अन्या से अनन्या

(आत्मकथा)

अन्या से अनन्या

डॉ. प्रभा खेतान

राजकमल प्रकाशन

ISBN : 978-81-267-1342-4

मूल्य : ₹ 695

पहला संस्करण : 2007
छठा संस्करण : 2019

प्रकाशक : राजकमल प्रकाशन प्रा. लि.
1-बी, नेताजी सुभाष मार्ग; दरियागंज
नई दिल्ली-110 002

शाखाएँ : अशोक राजपथ, साइंस कॉलेज के सामने, पटना-800 006
पहली मंजिल, दरबारी बिल्डिंग, महात्मा गांधी मार्ग, इलाहाबाद-211 001
36 ए, शेक्सपियर सरणी, कोलकाता-700 017

वेबसाइट : www.rajkamalprakashan.com
ई-मेल : info@rajkamalprakashan.com

मुद्रक : बी.के. ऑफसेट
नवीन शाहदरा, दिल्ली-110 032

ANYA SE ANANYA
Autobiography by Dr. Prabha Khetan

सती को प्रणाम ! सती माँ ! तेरा आदर्श मेरे सामने हमेशा रहा, मैंने खुद को उसी परम्परा में ढालने की कोशिश की। मेरे लिए सती का अर्थ था, पति की एकनिष्ठ भक्ति, सूचना समर्पण, किसी पराए मर्द की ओर आँख उठाकर भी नहीं देखना। लेकिन आज मेरे भीतर की बची हुई स्त्री को प्रणाम। बहुतेरे रूपों में बहुत दिन जी चुकी हूँ और आज साठ की हो चुकी हूँ। आधी शताब्दी से ऊपर। कल ही तो न्यूयॉर्क आई हूँ। बहुत सालों बाद सब कुछ कितना बदला-बदला लग रहा है, क्या वर्ल्ड ट्रेड सेंटर की अनुपस्थिति को, उसके अभाव को महसूसने मैं यहाँ चली आई।

ऐसा ही एक साफ चमकता हुआ दिन था, ऐसा ही झकाझक सफेद अमेरिका था, जैकसन हाइट पर दौड़ती हुई गाड़ियाँ थीं। मैं नीले अटलांटिक महासागर की फेनिल लहरों को याद करने की कोशिश करती हूँ। सात समन्दर, तेरह नदियों के पार बसे हुए इस देश में मैं और डॉक्टर सर्राफ आए थे। राजा नील अपनी दुओरानी को वहाँ कलकत्ता छोड़ आए थे और सुओरानी साथ में थी, क्योंकि सुओरानी को अंग्रेजी बोलना आता था, क्योंकि सुओरानी कर्मठ थी, क्योंकि राजा नील को सुओरानी का साथ पसन्द था। दुओरानी के बच्चे भी दुओरानी के साथ वहीं रह गए थे। हमें कुछ नहीं चाहिए राजन, बस आप अपनी सेहत का ध्यान रखिएगा, आपकी जिन्दगी है तो हमारी जिन्दगी है। मगर साथ में सामानों की लिस्ट पकड़ा दी गई थी और अब राजा नील अपनी डायरी खोलकर एक-एक खरीदे गए सामान की लिस्ट से मिलान कर रहे थे। और क्या-क्या बाकी रहा ? बादाम...पिश्ता, केशर, यह सारा सामान जैकसन हाइट की भारतीय दुकानों में मिलेगा। और अब तो हार्ट का चेकअप भी हो गया, डॉक्टर गुट ने सब कुछ ठीक

है, हार्ट एकदम नॉर्मल है, इसका भी एलान कर दिया। फिर अब क्या सोचना था, मैं भी निश्चिन्त, महीनों का तनाव दूर हुआ, सुरक्षा की नमकीन गुनगुनी लहरों ने थके हुए मन को ताजगी पहुँचाई। मैंने भी सोचा चलो काम में लगा जाए... मुझे निर्यात के व्यापार में एक नया आइटम और जोड़ना है, चमड़े से केवल औद्योगिक दस्ताने और जूते ही क्यों बनाएँ जाएँ, बैग क्यों नहीं ? भारत से कितनी बड़ी संख्या में बैग का निर्यात किया जाता है। मेरी आँखें अर्जुन की आँख की तरह दुकानों में टँगे फैशन बैग पर टिकी रहतीं, कितने रंग, कितनी तरह की डिजाइनें, बनाना रिपब्लिक...हाँ यही तो वह दुकान है जिसके बारे में 'एलीस' पत्रिका में पढ़ा था, मैंने चुपचाप पूरा पता-ठिकाना नोट कर लिया। एक बार जाकर देख भी आई थी, आज फिर से जाऊँगी। पूरे निश्चिन्त मन से...थोड़ा समय लूँगी, कुछ और डिजाइनों को दिमाग में बैठाना होगा, स्केचिंग करनी होगी। वैसे एक बैग तो सच में भा गया, नॉर्थ-साउथ वाला बैग, दुकान में खड़ी लम्बी टाँगोंवाली खूबसूरत-सी सेल्स गर्ल ने कहा–

"तो आपको यह नार्थ-साउथ बैग पसन्द आया।"

"इसकी कीमत ?"

"ढाई सौ डॉलर...!"

दाम महँगा है मगर खरीदना होगा, केवल स्केच देखकर इस्माइल मास्टर उस बैग को बना नहीं सकेंगे। चलो खरीद लेती हूँ। आखिर व्यापार करना है तो सैम्पल पर तो हमें खर्च करना होगा, मगर ढाई सौ डॉलर ? ऑफिस में लोग इतनी महँगी सैम्पलिंग पसन्द नहीं करेंगे। कोई बात नहीं मुझे क्या करना है अन्य और सामान खरीदकर ? अपने पैसे से यह बैग ही खरीद लेती हूँ। व्यापार है तो पैसा है। और पैसा है तो भविष्य में ढेरों सामान खरीदने की क्षमता है। अमेरिका कहीं भागा तो नहीं जा रहा। जुलाई में रॉन गार्डन कलकत्ता आएगा, मेरी व्यापारी बुद्धि कह रही है कि एक इस बैग पर लम्बा ऑर्डर मिल सकता है। और मैंने वह बैग खरीद लिया था। पूरे ढाई सौ डॉलर दिए थे। खाकी रंग का वह नॉर्थ-साउथ बैग बड़े चाव से डॉक्टर साहब को वापस होटल में लाकर दिखाया। मगर बैग का दाम सुनते ही आकाश टूट पड़ा–

"प्रभा ! तुम्हारा दिमाग तो नहीं खराब हो गया। खाकी कैनवास के इस थैले का ढाई सौ डॉलर दे आईं...पागल हुई हो ? चलो वापस करो।"

"नहीं मुझे हूबहू इसकी नकल उतारनी है और मेरी व्यापारिक बुद्धि कहती है..."

"...व्यापारिक बुद्धि ? तुम्हारे पास बुद्धि नाम की चीज भी है ?" गुस्से में

उनका गोरा चेहरा लाल होता जा रहा था—"तुम अपने आपको समझती क्या हो ?"

"डॉक्टर साहब मेरे पास पैसे हैं, अपनी खरच के लिए जो हैं, उसमें से दे दूँगी।"

"तुम्हारा यह मालिकाना तेवर मैं सहन नहीं कर सकता।"

"औरों के लिए भी तो इतना सामान खरीदा गया है।"

"वे चीजें उनकी जरूरत हैं।"

"तो यह बैग मेरी जरूरत है।"

बहस जो वहाँ से उठी तो जैकसन हाइट पर ही आकर खतम हुई। खतम क्या हुई, डॉक्टर साहब ने मेरे हाथ का पैकेट छीनकर फुटपाथ पर दे मारा था। और कहा था—

"तुम यहीं पड़ी रहो।" और डॉक्टर साहब टैक्सी में बैठकर चले गए, साथ में मेरा पासपोर्ट और वॉलेट भी लेते गए। एक बार फिर मेरी आँखों के सामने बनाना रिपब्लिक की दुकान घूम गई। जहाँ वह लड़की खड़ी थी। कितना खूबसूरत ताँबई रंग था—चमकते हुए सफेद हाथ, ऊँचा कद, और कन्धे से झूलता हुआ नॉर्थ-साउथ बैग...हाँ इसे सभी लोग खरीदेंगे। ख्याल में मैं वापस तालतल्ला की गली से लौट गई, जहाँ मेरी फैक्ट्री थी। आधी से अधिक आबादी का गली में रहना खाना-सोना, हगना-मूतना सब कुछ था। जहाँ दिन के समय बात-बात पर छुरा-चाकू निकलना मामूली बात है। बच्चों के मुँह पर आम का रस लगा रहता, मक्खियाँ भिनभिनाती रहतीं। हँसते-खेलते-रोते हुए बच्चे, बाप के कन्धों पर, माँ की गोद में टँगे हुए बेशुमार बच्चे। और अजान के वक्त मस्जिद के सामने झुके हुए कन्धे थे। वैसे भूख और गरीबी से कन्धे झुक ही जाते हैं। गली में शोर हुआ कि नफीसा बीवी ने भूख और गरीबी से दम तोड़ दिया, लेकिन यह हुआ कैसे ? किसी को पता नहीं था कि नफीसा भूखी रहती थी। मगर ऐसा क्यों ? नफीसा का शौहर तो शेखों का महल बनाने रियाद गया हुआ था, क्या वह पैसे नहीं भेजता था ? खूब पैसे भेजता, पर नफीसा का भाई आलमगीर, वही एक नम्बर का शैतान था, नफीसा के सारे पैसे दारू की भट्टी में झोंक आता। या फिर जुए के दाँव पर हार जाता। बेचारी नफीसा क्या करती ? शौहर के घरवालों से कैसे शिकायत करे ? घरवाले उसे मारेंगे नहीं ? इधर भाई, तो उधर सास, एक ही घर में रहते हुए बेचारी नफीसा बीवी पैसे-पैसे के लिए मोहताज रही, घुटती रही, बीमार रही।

"तपेदिक तो होना था, फेफड़े गल गए।"

"औरत के लिए अजीबो-गरीब है दुनिया। बस दम तोड़ दिया नफीसा ने।"

लोग आलम को खोजने गए। "अरे उसे ठीक से मिट्टी तो देकर आ... बे...हरामी ! थोड़ी देर बाद जुआ खेल लेना।" नफीसा की बूढ़ी सास चीखती रही थी।

लेकिन सारे ही लोग आलमगीर की तरह तो नहीं हो जाते। बेचारा इस्माइल मास्टर तो अपने बीवी-बच्चों के लिए हाड़-पसीना एक करता है, कभी अपनी कम्पनी के लिए दुआ करता है तो कभी अपने कुटुम्ब के लिए, पर नमाज पढ़ने मस्जिद तो सभी मजदूर-कारीगर जाते हैं, कम-से-कम दो वक्त की नमाज तो वे पढ़ते ही हैं। खासकर रमजान के महीने में। उन्हें देखकर फैक्ट्री की हिन्दू लड़कियाँ भी सोमवार, मंगलवार, शनिवार को व्रत करना नहीं भूलतीं, अरे क्यों इतने व्रत रखती हो तुम लोग ? यूँ ही मरी जाती हो। भूखी-मरियल ठूँठ हो।

अरे मैं धरम के खिलाफ नहीं। अपना-अपना धरम तो निभाना चाहिए। और मेरा मैनेजर निखिल, वह तो हर शनिवार को काली मन्दिर जाता है। कैशियर जितेन्द्र अपनी बड़ी-बड़ी आँखें नचाकर गहरी साँस छोड़ते हुए कहता—"निखिल दा ! हम जब तक अपना आचरण नहीं बदलेंगे, चरित्र नहीं सुधारेंगे, हमें नरक में जाने से न अल्लाह बचा सकता है और न ही माँ काली तुम्हारी बात सुनेंगी। लोग कम्पनी का पैसा चुराएँगे और माँ काली के दरबार में जाकर बकरा काटेंगे, भला यह कोई धरम निभाना हुआ ? यह चल नहीं सकता।" बेचारा बाबलू ! शर्म से उसकी गर्दन झुक जाती, क्या करे बाबलू, खरीदारी में दो पैसे बचाने की आदत जो पड़ गई। महीने में कुल हजार-दो हजार ही तो बचते हैं, बाबलू कहना चाहता है। "जितेन बाबू उसी रुपए में से तो आपके लिए कभी बिरियानी तो कभी कबाब रोटी लाता हूँ। निखिल दा के भी पैर दबाने पड़ते हैं। अब सभी तो आप जैसे नहीं हो जाएँगे जितेन बाबू।" पर मैं जानती हूँ कि फैक्ट्री में जब तक इस्माइल मास्टर और जितेन जैसे लोग हैं तब तक फैक्ट्री एकदम सुरक्षित है। मैं चाहे कितना भी दुनिया-जहान घूमती रहूँ, मेरी अनुपस्थिति में वे लोग काम चलाते रहेंगे।

उस चमकती हुई दोपहरिया में एक पुराने मकान की पाँचवीं सीढ़ी पर अकेली बैठी-बैठी न्यूयॉर्क जैसे शहर में सुबक रही थी। डॉक्टर साहब मुझे छोड़कर जा चुके थे। भला ढाई सौ डॉलर की बर्बादी को कैसे सहन किया जा सकता था। यों भी डॉक्टर साहब को मेरे व्यापार की हवस जरा कम समझ में आती। लेकिन हम लोग न्यूयॉर्क कोई घूमने तो आए नहीं थे।

मैं क्या लगती थी डॉक्टर साहब की ? मैं क्यों ऐसे उनके साथ चली आई ? प्रियतमा, मिस्ट्रेस, शायद आधी पत्नी, पूरी पत्नी तो मैं कभी नहीं बन सकती

क्योंकि एक पत्नी पहले से मौजूद थी। वे बाल-बच्चों वाले व्यक्ति थे। पिछले बीस सालों से मैं उनके साथ थी मगर किस रूप में...? इस रिश्ते को...नाम नहीं दे पाऊँगी। भला प्रेमिका की भूमिका भी कोई भूमिका हुई ? प्रेम तो सभी करते हैं। प्रेम करनेवाली स्त्री, माँ, बहन, पत्नी वह कुछ भी हो सकती है या फिर सीधे-सीधे उसे रखैल कहो ना। रखैल का क्या अर्थ हुआ ? वही जिसे रखा जाता है, जिसका भरण-पोषण पुरुष करता हो। लेकिन डॉक्टर साहब तो मेरा भरण-पोषण नहीं करते, उनसे मैंने कभी कोई आर्थिक सहायता नहीं ली। मैं तो खुद कमाती थी, स्वावलम्बी थी, एक आत्मनिर्भर संघर्षशील महिला थी। हाँ, डॉक्टर साहब से प्यार जरूर करती थी। मैंने स्वेच्छा से अपने इस अकेले जीवन का वरण भी किया। मुझे मालूम था कि वे एक शादी-शुदा व्यक्ति हैं। भला एक शादी-शुदा व्यक्ति से दूसरी स्त्री को पत्नीत्व का अधिकार कैसे मिल सकता है। लेकिन उस पुरुष से प्यार तो किया ही जा सकता है, प्यार में भला कैसी बाधा ? मुझे भी मालूम है कि वह पुरुष मुझसे शादी नहीं करेगा। मगर कौन कहता है वे मुझसे शादी करें ? मैं ऐसे ही ठीक हूँ, अकेले जिन्दगी जी लूँगी, बस जिसे अपना मान लिया, मान लिया। वैसे डॉक्टर साहब के प्रति शुरू में इतना लगाव नहीं था, मैं तो आँखों का इलाज कराने एक रोगी के रूप में उनके पास आई थी। और वे मेरी आँखों में ही खो गए। माना वह क्षणों की कमजोरी थी, एक भूल थी मगर अपनी इस भूल को अपराध कैसे मान लूँ ? क्या ऐसा कभी घटता नहीं ? विवाहित व्यक्ति से एक कुँआरी लड़की कभी प्रेम नहीं करती। हमने आखिर ऐसा अनोखा क्या किया था ? जिस दिन हम मिले थे, उस क्षण भी न जाने कितने-कितने लोग इस दुनिया में आपस में मिल रहे थे, वादा कर रहे थे, साथ-साथ जीवन निभाने का वादा।

उधर से एक काली औरत आती हुई दिख रही है। मैली-कुचैली जीन्स पहने, रूखे जट्ट बाल, बहुत ही बुरी लग रही है, भूतनी कहीं की, मुझे तो वह पागल लगती है। ड्रग एडिक्ट होगी...मैं आँसुओं से भरा चेहरा दूसरी ओर घुमा लेती हूँ, उल्टी हथेलियों से आँसू पोंछती हूँ। मैंने फिर कनखियों से देखा, वह मेरे पास सटकर खड़ी थी...ओफ ! अब यह मुसीबत। उसने दूसरी सीढ़ी पर पाँव रखते हुए मुझसे पूछा—"तुम रो रही हो ?"

"नहीं तो !"

"चलो रो लो...कोई बात नहीं, मगर क्यों रो रही हो ?"

बदबू का भभका आया। जी मितला गया। हशीश की गन्ध मैं बर्दाश्त नहीं कर सकती। मैंने फिर उठने की कोशिश की। उसने कहा, "बैठी रहो ना, क्या

परेशानी है ? किसने मारा तुम्हें ?"

"किसी ने नहीं, नथिंग...!"

"व्हाट नथिंग ? फिर रो क्यों रही हो...? और वह आदमी कहाँ गया, जो सुबह तुम्हारे साथ था, तुम्हारा पति है ना...?"

"नहीं...मेरा दोस्त है।"

"ठीक है...ठीक है...क्या फर्क पड़ता है, वह चाहे पति हो या दोस्त तुम्हें छोड़कर चला गया ना। वैसे जानती हो मर्द हमेशा औरत को रुलाता है, ऑल मैन आर बास्टर्ड। वैसे इन मर्दों को पैदा हम औरतों ने ही किया है, नौ मिनट का सुख...और नौ महीने का पेट...ही...ही...ही...।" अपने सफेद उजले दाँतों को वह काली औरत सूरज की रोशनी में झकझकाने लगी।

"हम दोनों में झगड़ा हो गया है।"

"दो व्यक्तियों में झगड़ा तो होता रहता है...।"

"नहीं आज बहुत ज्यादा बाता-बाती हुई और इसीलिए वह नाराज होकर चला गया।"

"जाने दो, चला गया तब वापस क्या आएगा। वैसे अच्छा हुआ कि चला गया, यहाँ रहता तो तुम्हारे साथ मारपीट करता।"

"लेकिन वे ऐसे कैसे चले गए ? वह भी मुझे यों अकेला छोड़कर ? कहते हुए मैं फिर रोने लगी।"

"पुलिस को खबर करूँ ? टूरिस्ट लगती हो।"

"नहीं, लौट आएँगे।"

"तुम्हें उस पर इतना विश्वास है ? हमारे समाज में तो जानेवाला कभी लौटकर नहीं आता।"

मैं खामोश रोती रही थी। कुछ देर तक वह बुढ़िया मेरे पास खड़ी रही, उसने मुझे कॉफी के लिए पूछा...कहा, "मेरे पास आज भर के लिए पैसे हैं। यह देखो मेरे पास दस डॉलर हैं।"

"और कल जब पैसे नहीं रहेंगे तब क्या करोगी ?"

"पैसे मिल जाएँगे, कोई-न-कोई दे ही देगा। वेलफेयर में भोजन आदि मिल जाता है, मैं अकेली हूँ, मेरा अपना कोई नहीं।"

मैंने घड़ी देखी, दो बज गए। डॉक्टर साहब अभी तक लौटे नहीं थे। क्या करूँ ? होटल कैसे जाऊँगी ? वे तो मेरा पासपोर्ट भी लेते गए। आ जाएँगे। डॉक्टर साहब बेकार इतना नाराज हुए। अरे मैंने इतना ही तो कहा था—"तो क्या करूँ ? अपना काम-धाम छोड़ दूँ ? दस दिन से तो आपके पीछे-पीछे चल रही हूँ। आपको

सँभाल रही हूँ। मैंने आपको जरा भी वजन नहीं उठाने दिया, कुछ भी करने को नहीं कहा।''

लेकिन वे तो कुछ समझने को तैयार ही नहीं थे। डॉक्टर केडिया के यहाँ उनकी पत्नी ने मुझसे कितना खराब व्यवहार किया था। सेंट लुइस में हम डॉक्टर केडिया के घर पर ही ठहरे थे। घर में कदम रखते ही मिसेज केडिया ने पूछा था–''आप डॉक्टर सर्राफ की नर्स हैं ?''

''जी मैं प्रभा खेतान हूँ।''

''ओह ! तो प्रभा खेतान नाम की कोई नर्स नहीं हो सकती ?''

''क्यों नहीं।''

''हमने तो यही सुना था कि डॉक्टर सर्राफ बीमार हैं...उन्हें दिल का दौरा पड़ा है इसलिए इलाज के लिए अमेरिका आ रहे हैं। उनके साथ एक नर्स भी आएगी...उनकी देखभाल करने, आखिर दिल के मरीज हैं ना, अतः पूरी देखरेख की जरूरत होगी।''

मेरा दिमाग सक-सक करने लगा था। यह क्या बोल रही है, भली औरत शिष्टता का नाम तक नहीं जानती। तब तक डॉक्टर केडिया ने बात सँभाल ली...''अरे ये प्रभाजी हैं। डॉक्टर साहब की बिजनेस पार्टनर हैं। चमड़े का एक्सपोर्ट करती हैं। यहाँ अपने काम के सिलसिले में आई हैं। अच्छा चलो, तुम खाना लगाओ।''

माहौल को सहज करने के लिए आयात-निर्यात उद्योग की चर्चा होने लगी, डॉक्टर साहब बड़े उत्साह से बताने लगे कि मैंने कैसे स्केच से जिन्दगी शुरू की है, एक मारवाड़ी लड़की के लिए यह कम साहस की बात नहीं कि वह देश-विदेश यों अकेले घूम ले। पहले ब्यूटी थेरापी का कोर्स हॉलीवुड से किया और अपना ब्यूटी पार्लर खोला था। अब चमड़े का निर्यात करती है। इंडिया टूडे में इनकी फोटो निकली है, ये बहुत डॉयनामिक महिला हैं।''

''अच्छा...!'' वह मुझे ध्यान से देखे जा रही थी। और डॉक्टर साहब के शब्द उससे टकरा-टकराकर छितरते जा रहे थे। इधर-उधर हर दिशा में। केन्द्र में वह थी मिसेज केडिया, डॉक्टर केडिया की पत्नी, उनके तीन बच्चों की माँ।

डॉक्टर साहब की ओर मुखातिब हो श्रीमती केडिया ने फिर छेड़ा, ''तो डॉक्टर साहब आप भाभीजी को साथ ले आते।''

''अब वह आ नहीं सकी, फिर खर्च का भी सवाल है, इतनी जल्दी फॉरेन एक्स्चेंज मिलता नहीं, प्रभाजी तो हमेशा विदेश यात्रा पर जाती रहती हैं।''

ओफ ! मैं भीतर ही भीतर सलाद की तरह, कटती जा रही थी...कबाब की

तरह भुनती जा रही थी। मैं जल रही थी आग की तरह, वह दाल में घी का तड़का लगा रही थी...मैं प्रभा खेतान...मैं कौन हूँ ? क्या मेरी कोई पहचान नहीं है ? मैं सधवा नहीं, क्योंकि मेरी शादी नहीं हुई, मैं विधवा नहीं...क्योंकि कोई दिवंगत पति नहीं, मैं कोठे पर बैठी हुई रंडी भी नहीं...क्योंकि मैं अपनी देह का व्यापार नहीं करती। मैं किसी पर निर्भर नहीं करती, स्वावलम्बी हूँ, अपना भरण-पोषण खुद करती हूँ। स्वेच्छा से एक जीवन का वरण किया है। तब मैं क्या हूँ ? मैं अबोध हूँ...अबोध माने मूर्ख। दीन-दुनिया से बेखबर, समाज की सच्चाइयों से दूर। मैं विवाहित होकर किसी से अफेयर चलाए रखती, कुछ दिनों तक...तब भी ठीक था। लोग स्वीकार लेते, आवारगी को समाज स्वीकार लेता है। मगर अविवाहित रहकर एक विवाहित पुरुष, पाँच बच्चों के पिता के साथ टँगे रहना, भला यह भी कोई बात हुई ?

"प्रभाजी ! आपने शादी क्यों नहीं की ?"

"शादी नहीं करने की कोई मजबूरी होगी।" डॉक्टर साहब ने मिसेज केडिया को समझाते हुए कहा।

"अजी कैसी मजबूरी, जो औरत खुद कमाती हो, पढ़ी-लिखी हो, उसे कोई कुँवारा नजर नहीं आया ?" मिसेज केडिया ने भोजन की मेज पर बैठते ही फिर एक गोली और दागी।

"शादी एक व्यक्तिगत मसला है, इस पर आप पब्लिक स्टेटमेंट तो नहीं देना चाहेंगी।"

"अरे...अरे...प्रभाजी ! आप तो नाराज हो गईं। हम तो बस पूछ रहे थे।" होंठों को बड़ी अदा से गोल करते हुए उन्होंने नींबू को चूसा।

मैंने पानी के सहारे कुछ कौर निगले, मुझे मेज से उठते देख मिसेज केडिया ने फिर कहा..."आपका बिस्तर नीचे बेसमेंट में लगा दिया है।"

"नहीं, डॉक्टर साहब जिस कमरे में सोएँगे, मैं वहीं पर सोऊँगी...उनकी तबीयत ठीक नहीं, आधी रात को यदि सीने में दर्द हो तो भला वे किसे जगाएँगे ?"

"हम लोग हैं ना, उन्हें कोई परेशानी नहीं होगी।"

दोनों पुरुष खामोश थे। लेकिन मैं नहीं मानी। कमरे में...मैं जमीन पर... डॉक्टर साहब पलंग पर। यों इसकी कोई जरूरत नहीं थी, मैं भी पलंग पर सो सकती थी पर शायद श्रीमती केडिया से मैं डर गई थी। मैंने अपना बिस्तर जमीन पर ही लगा लिया। औरत-मर्द की देह से हम कितना ऑब्सेस्ड रहते हैं।

अब जाकर मैंने डॉक्टर साहब से कहा—"सब कुछ मुझे अकेले ही झेलना

पड़ेगा और आपके मुँह में दही जमा है ?"

"अरे तो उस मूर्ख फूहड़ औरत से मैं क्या बहस करता ?"

"भली औरत सड़ाक-सड़ाक चाबुक चलाए जा रही थी। चोट तो मुझे ही लगनी थी।"

"अब क्या किया जाए ? सोचना शुरू करूँगा तो परेशान हो जाऊँगा।"

"नहीं...नहीं आप कुछ नहीं कहिए। बस मुझे ही तो झेलना है सब कुछ।"

एयरपोर्ट पर मिसेज सर्राफ ने चलते वक्त कहा था—"आप जैसे इन्हें लेकर जा रही हैं, वैसे ही ले भी आइएगा। ये मेरी अमानत हैं, मेरा सुहाग, मेरे बच्चों के पिता..." और मेरे ? मैं पूछना चाहती थी, आसपास खड़े हुए लोगों से पूछना चाहती थी, क्या पच्चीस सालों के सम्बन्ध के बावजूद डॉक्टर साहब मेरे कुछ नहीं लगते ? मेरे जीवन में इस व्यक्ति का कोई महत्त्व नहीं ? सब कुछ जानते हुए भी लोग क्यों इस सम्बन्ध को नकारना चाहते हैं ? और यदि थोड़ा-बहुत जान भी जाते हैं तो स्वीकारने में उनका अहम क्यों टूटता है ?

"मिसेज केडिया के ताने, बोली तो तुम्हारे लिए कोई नई बात नहीं। व्यर्थ की संवेदनशीलता से लाभ ?" डॉक्टर साहब कह रहे थे..."अब तक तो तुम्हें आदत पड़ जानी चाहिए।"

"आप ठीक ही कह रहे हैं। हम कोई नई बात नहीं सुन रहे, लेकिन हम लोग जहाँ भी साथ जाते हैं ऐसे ही अटपटे सवालों का सामना करना पड़ता है।"

"हाँ, ठीक कह रही हो।" डॉक्टर साहब ने बात बढ़ाना उचित नहीं समझा। मुझे पता था, डॉक्टर साहब भी मेरे रोने-धोने से, अकारण क्रोध से, चीखने-चिल्लाने से घबड़ाते हैं। ऐसी परिस्थिति में मैं अपने ही बाल नोंचने लगती, चप्पलों से अपना सर पीटने लगती थी। उस वक्त मुझे अपने आपसे इतनी घृणा होती कि अपनी चिन्दी-चिन्दी बिखेर देना चाहती, चीखते हुए कहने लगती कि मैं मर क्यों नहीं जाती, खतम क्यों नहीं हो जाती। क्या होगा जीकर ? ऐसी स्थिति में डॉक्टर साहब कभी मुझसे प्यार करते, कभी नाराज होते, कभी समझाते। आखिर तुम इतनी हिस्टिरिक क्यों हो जाती हो ? क्या शादी ही सब कुछ है ? बिना शादी के तुम्हारा कोई अस्तित्व नहीं, तुम्हारी पढ़ाई-लिखाई, तुम्हारा व्यापार, तुम्हारी साहित्यिक कृतियाँ, तुम कुछ नहीं। नहीं, मैं कुछ नहीं...मेरी कोई पहचान नहीं। माना कि मिसेज केडिया के शब्द नए नहीं, सुन चुकी हूँ, पहले भी बहुत-बहुत सुन चुकी हूँ। जहाँ जाती हूँ वहीं तो सुनना पड़ता है। "आपकी शादी किससे हुई है ?" डॉक्टर साहब के छोटेवाले लड़के-लड़कियों को देख, "क्या ये आपके बच्चे हैं ?" बड़े दोनों को देख, "क्या ये आपके भाई-बहन हैं ?" कभी हाँ कहती...कभी ना।

बेचारे बच्चे...उन्हें भी न जाने क्या-क्या सुनना पड़ता। अपराधबोध से मैं गलती रहती...फिर भी मैं और डॉक्टर साहब जुड़े हुए थे, एक-दूसरे को छोड़ नहीं पाते।

क्या यह देह का आकर्षण था। नहीं, देह के लिए भला इतनी कीमत देने की क्या जरूरत ? देह तो हर जगह उपलब्ध है, कहीं भी, किसी भी कोने में। तब मन का लगाव था ? इसे प्रेम कहा जाए, हाँ...नहीं...वैसे सब कुछ देह से शुरू होता है। फिर पर्त दर पर्त धूल मन पर जमती चली जाती है। और फिर एक दिन प्रेम के मीठे से भी मन भर जाता है। बची रहती है—एक रुग्ण निर्भरता, डॉक्टर साहब मेरे लिए सुरक्षा के प्रतीक थे। मानो उनके लिए मैं जिन्दा थी, उनको कुछ हो जाए ऐसा मैं सोच भी नहीं पाती। डॉक्टर साहब मेरे लिए बरगद की छाँव थे। मेरी जिन्दगी का पड़ाव, मेरा सब कुछ, रुपए-पैसे की मुझे कोई चिन्ता नहीं, मैं आत्मनिर्भर थी। मुझे रुपया कमाना आता है, बेईमानी से नहीं...बल्कि ईमानदारी से। मेरा अपने आप पर भरोसा है। कोई भी काम कर लूँगी, और कुछ नहीं तो एक रेस्टोरेंट ही खोल लूँगी। बस चार टेबलें होंगी...जो मन होगा वही बनाऊँगी, ग्राहकों की कमी नहीं रहेगी। रोज के हजार-पाँच सौ रुपए आराम से बच जाएँगे। अकेली जान के लिए काफी है। पर मन ? इस मन के सूनेपन का क्या करती ? डॉक्टर साहब के अलावा और किसी से मैं क्यों नहीं जुड़ पाती। मेरा यह अजीब स्वभाव रहा है। अपनी माँ के बदले दाई माँ से जुड़ी रही, वही मेरा सर्वस्व थी...। बचपन में कभी उपले पाथनेवाली का बेटा खेदरवा मेरा दोस्त था और आज डॉक्टर साहब। सुख-दुख में साथ निभाते हुए। उनसे जान-पहचान हुए पच्चीस साल हो गए, पच्चीस साल...बहुत लम्बे होते हैं। पर लोग अब भी हमारा सम्बन्ध स्वीकार नहीं पाते। उस दिन मिस्टर केडिया के घर जमीन पर पड़ी-पड़ी मैं देर रात तक रोती रही थी। दिनभर के चुभे हुए काँटों को निकालते-निकालते ऐसी बहुतेरी रात खतम हुई थी, आँखें जलने लगतीं, हारकर खुद से कहना पड़ता, चलो सो जाओ...नहीं तो कल काम नहीं कर पाओगी।

"कल मेरी डॉक्टरी जाँच है और मैं सोचता हूँ...।" डॉक्टर साहब कह रहे थे।

"क्या ?" मैं उठकर बैठ गई, "क्या सोच रहे हैं...छोड़िए आप क्यों मिसेज केडिया की बात से परेशान हो रहे हैं ?"

"मैं सोच रहा हूँ कि क्यों न तुम सप्ताह भर के लिए अपनी बहन गीता के पास मांट्रियल हो आतीं...अभी तो यहाँ विशेष कोई काम है भी नहीं। डॉक्टर लोग बस जाँच करते रहेंगे।"

"लेकिन ऐसे में आपको छोड़कर ?"

"नहीं, कोई परेशानी नहीं है, मेरे पास डॉक्टर केडिया जो हैं।"

"ठीक है।"

और मैं गीता के पास मांट्रियल चली गई थी। मुझे व्यवसाय करना है, कुछ करके दिखाना है, हम औरतें प्रेम को जितनी गम्भीरता से लेती हैं, उतनी ही गम्भीरता से यदि अपना काम लेतीं तो अच्छा रहता, जितने आँसू डॉक्टर साहब के लिए गिरते हैं उससे बहुत कम पसीना भी यदि बहा सकूँ तो पूरी दुनिया जीत लूँगी। मगर समस्या तो यही है कि अपनी तमाम समझ के बावजूद डॉक्टर साहब के अलावा अन्य किसी से भी मुझे लगाव नहीं था। कुछ भी तो मुझे बाँध नहीं पाता। सब कुछ आधा-अधूरा रह जाता, मगर क्यों ? क्या मैं यह विश्वास करूँ कि प्रेम का विकल्प तर्क-वितर्क नहीं, कि प्रेम और घृणा, स्वतन्त्रता और गुलामी, झूठ और सच, जीवन और मृत्यु...कुछ ऐसे स्थायी द्वित्व हैं, जिनके बीच कहीं कोई स्पेस नहीं, कोई तीसरा विकल्प है ही नहीं। इसी द्वित्व में से किसी एक का चुनाव करना होगा और इसे ही हम व्यक्तिगत जिजीविषा कहें तो ? निरपेक्ष कुछ नहीं, सब कुछ सापेक्ष, पर यह द्वित्व...अपने-आप में क्या यह द्वित्व भी निरपेक्ष नहीं हो जाता ?

बचपन की ओर मुड़ती हूँ और कभी-कभी सोचती हूँ कि आखिर कैसे मैंने यह त्रासदी झेली। आखिर मैं जिन्दा कैसे रह गई, एक बड़ी वाहियात-सी जिन्दगी जो थी।

ठंडी हवा का झोंका गालों को सहला गया। यहाँ की हवा सूखी है। बंगाल की भींगी हवा कितनी अच्छी लगती है। अम्मा इसे चौमासा कहतीं, ऐसे मौसम में वे बड़ी परेशान हुआ करती थीं। लगता है बारिश होगी। बरसात के मौसम में अम्मा परेशान हो जातीं। कपड़े नहीं सूखते, बच्चों की बहती हुई नाक और खाँसी-बुखार, एक ठीक हो तो दूसरा बीमार हो जाए। अम्मा सरदर्द लेकर पड़ जातीं। नमक की पुल्टिस बनाते हुए दाईमाँ थक जाती, पैरों के तलवे में सरसों का तेल रगड़ते हुए राधा नौकरानी भुनभुनाते हुए कहने लगती, "एक तो प्रभा बाई ऐसे ही काली है फिर यह सरसों के तेल की मालिश। कहाँ से गोरी होंगी ?"

"ठीक है, बकबक ना कर, बहुत सोणी है, हमार बिटिया।"

"उह सुन्दर है तुम्हारी बेटी ? किसने बोला तुमसे ?"

"हम बोलते हैं।" दाई माँ गरम पुल्टिस पर पहले अपनी हथेलियाँ रगड़कर देखती।

"अरे तुम चमेली का माँ, बिलकुल देहाती है, तुमको कुछ नहीं मालूम। हम जब मिसेज हडिंगर के यहाँ काम करता था तब मेम साहब इतना गोरा था कि

क्या बोलूँ ? उसका ओपर मलाई, गुलाबजल लगाता।''

''अरे चल...चल छिनार ! हमके इ सब नक्साबाजी मत सिखा। हट...परे हट...हम तेल लगाते हैं।'' दाई माँ मेरा सहारा, मेरा आश्रय थी। अम्मा के क्रोध, भाई-बहनों का तूफानी वेग, गरजते बादल, कड़कती बिज़लियाँ, दाई माँ इन सबसे मुझे बचाकर रखती।

फुटपाथ हमारे खेल का मैदान था। जब हरिया नौकर का मन करता तो हमें कभी-कभी लेक के किनारे घुमा लाता, नहीं तो वहीं खेलो मकान के सामने। दौड़ लगाओ सड़क पर, आस-पड़ोस के और दस-पाँच बच्चे, खाली सड़क, उन दिनों कौन वहाँ इतनी गाड़ियाँ आती थीं। कुल-मिलाकर मुहल्ले भर में पाँच गाड़ियाँ थीं, एक हमारी, एक धीरेन बाबू की पुरानी उल्सली, एक बोस बाबू की मॉरिस, एक और गाड़ी थी काले रंगवाली डॉज, हीरालाल बाबू की। महीने-बीस दिनों मे एक बार, छोटी जीजी आती थी अपनी फोर्ड गाड़ी में, तो उस बुर्जुवा शरीफ मुहल्ले में जिसका नाम लेक रोड है—छोटी जीजी की फोर्ड गाड़ी को देखते ही हलचल मच जाती। आज तो यह लेक रोड दक्षिण कलकत्ता का बड़ा प्रसिद्ध मुहल्ला है, जहाँ सब बड़े आदमी ही रहते हैं। आज से पचास वर्ष पहले लोगों का बसना शुरू हुआ था। मुहल्ले में चार-पाँच मकान थे, बाबूजी ने बड़े शौक से यह मकान बनाया था, और मैं उनकी आखिरी सन्तान इसी नम्बर 71 मकान में पैदा हुई थी। मुहल्ले का सबसे धनाढ्य परिवार हमारा ही माना जाता। आस-पड़ोस में एक-दूसरे के सुख-दुख में काम आना हम सब अपना फर्ज समझते। 1945 का साल था, जर्मन-जापान की लड़ाई जोरों पर थी, खिदिरपुर डक पर बमबारी हो चुकी थी...कलकत्ता के अप्रवासी मारवाड़ी दहल गए थे, भागो...खाली करो...बेचो... खरीदो, नहीं इसे भी बेचो, यही सब सुनते हुए मैं बड़ी हुई थी। हर व्यवस्था टूट रही थी, हर एक नई व्यवस्था बनने की तैयारी में थी।

गांधी बाबा आए थे, नोआखाली के बाद। अम्मा लेकर गईं...हम बच्चों को। गांधी बाबा के चेहरे पर तेज देखो, भजन करो रघुपति राघव राजा राम...। अल्लाह-अकबर एक है। इस एक मसले पर अम्मा, दाई माँ, जीजी लोग कोई भी गांधी बाबा से सहमत नहीं था। नहीं, अल्लाह का नाम नहीं लिया जाएगा। अम्मा, दाई माँ...दीदी लोग एक स्वर में कहतीं।

''लेकिन क्यों ?'' मैं पैर पटक रही थी। इसलिए कि ''हम हिन्दू हैं, भला राम के साथ अल्लाह का नाम क्यों बोलें ?'' मँझली दीदी ने समझाया—

''अल्लाह मुसलमानों के देवता हैं और हनुमानजी हमारे देवता। अल्लाह की पत्नी को किस नाम से पुकारा जाता है, जैसे देवता की पत्नी देवी वैसे अल्लाह

की पत्नी को क्या कहेंगे ? बहुत वर्षों बाद समझ में आया कि स्त्रीलिंग और पुल्लिंग में पति-पत्नी का सम्बन्ध नहीं होता, पर उस दिन किसी ने कुछ नहीं समझाया था।

हिन्दू-मुसलमान का दंगा भड़कता जा रहा था, रातों-रात सैय्यद अली लेन वाला मकान मामाजी लोगों को खाली करना पड़ा, जकरिया स्ट्रीट से मारवाड़ी भाग रहे थे। देश स्वतन्त्र होने के बाद, मिलिट्री बैरक, पूर्वी पाकिस्तान से आए शरणार्थियों से भर गए। चारों ओर हाहाकार मचा हुआ था...''घर से बाहर मत निकलो। कुछ हो जाएगा।'' राशन की तंगी, कालाबाजारी, घर में भरा हुआ खाने-पीने का सामान, तेल से भरी हुई टंकियाँ।

''गलती हो गई, गांधीजी ने मुसलमानों को शह दिया।'' मामाजी कहते, ताऊजी कहते।

''नहीं, अच्छा किया, गांधीजी के खिलाफ एक शब्द मैं नहीं सुनुँगा।'' बाबूजी अपनी ससुराल राजगड़िया हाउस जीमन ज़ीमने गए थे। गांधीजी की आलोचना सुनकर बिना भोजन किए ही उठकर चले आए। सुधारवादी, आदर्शवादी, गांधीवादी पिता, सदा द्वन्द्व में घिरी हुई माँ, कभी परम्परा, कभी...आधुनिकता के बीच झूलते हुए हम बच्चे।

''इन लड़कियों को पढ़ने भेजो, इन्हें मैं ऊँची शिक्षा दिलाना चाहूँगा।''

''नहीं...मुझे अपनी बेटियों को कोई नौकरी करानी है ? इन्हें कोई मेम बनाना है, घर में रहें, घर का काम सीखें।''

''धन्नू की माँ बच्चियाँ अभी छोटी हैं। तीन लड़कियों की तो हमने शादी की ना, उन्हें क्या सुख मिला ?''

''आपका दिमाग खराब हो गया है। इन बंगाली दोस्तों ने और भी फिजूल की बातें सिखा दिया है।''

अम्मा ने गोखले मेमोरियल कॉन्वेंट स्कूल से गीता और मेरा नाम कटा दिया, ''घर बैठो, राई-जीरा चुनो, सिलाई-कढ़ाई करो। नानी मुझे देखकर कहती—यह छोरी तो लम्बी ताड़ होती जा रही है। अरे बेटा पुरणी ! जरा इन दोनों छोरियों का नाक तो छिदा दे, दोनों ब्याहने लायक हो गई। हाँ माँजी, गीता को दसवाँ लग गया और प्रभा को नौवाँ।'' मेरी माँ कितनी आज्ञाकारिणी थी।

''शादी ? क्या कह रही हो धन्नू की माँ ?'' बाबूजी ने चौंककर पूछा। ''इस उम्र में इन छोरियों की शादी ? पता है गांधीजी बाल-विवाह के कितने खिलाफ हैं।''

''बोलते रहें गांधीजी, गांधीजी के तो लड़कियाँ हैं नहीं।''

पिता चुप।

मेरा स्कूल छुड़ा दिया गया, अम्मा ने कहा...''अब यह फ्रॉक-ब्रॉक नहीं चलेगा। साड़ी पहनो।''

मैं बरामदे में बैठी हुई सड़क देखा करती, दूसरे बच्चे स्कूल जाते लेकिन मैं स्कूल नहीं जाती। बड़ी दीदी के दोनों बच्चे किशन और पुष्पा, सब कितने स्मार्ट लगते हैं, वे रोज बस में बैठकर स्कूल जाते। हमारे नए किराएदार कौशिक परिवार थे। उनकी भी दोनों लड़कियाँ थीं, रानी और सुधा। दोनों बहनें शाम चार बजे स्कूल से वापस घर लौटतीं। मैं बेसब्री से चार बजे का इन्तजार किया करती। कब चार बजें और कब उनके साथ खेलने को मिले...इससे पहले मेरे लिए दिन काटना मुश्किल हो जाता। अम्मा की झिड़कियाँ सुनते-सुनते कान पक जाते... ''ठीक से चल क्या घोड़ी-सी फुदकती है।''

गीता हर काम सुघड़ता से करती लेकिन मैं उसकी तुलना में इन कामों में बिलकुल रुचि नहीं ले पाती।

''सुई में धागा ठीक से पिरो, अरे तेरा हाथ क्यों काँपता है, सीधी बैठो, कुबड़ मत निकालो।'' ससुराल से आई हुई मँझली दीदी मेरी कुबड़ पीठ पर एक धौल जमाती।

मैं खेल के मैदान में हूँ, गीता साथ। हम झूला झूल रही हैं, सी-सॉ खेल रहे हैं...ऊपर...नीचे, ऊपर...नीचे। मैं ऊपर जाती हूँ। गीता बिना कुछ कहे उठ जाती है...लकड़ी का पटरा धड़ाम से जमीन पर। उसके साथ मैं नीचे जमीन से टकराती हूँ, मैं चीखती हूँ...मेरे घुटने छिल गए हैं। मुँह से खून, ताजा खून बह रहा है, जीभ कट गई।

''हाय राम ! फिर चोट लग गई, घुटना फूट गया, अम्मा मारेगी।'' मेरी पहली प्रतिक्रिया थी।

और अम्मा पूछ रही थी...''अरे बता तो सही कैसे चोट लगी ? किसने तुझे मारा ?''

''मालूम नहीं ? मुझे नहीं मालूम।''

वे मेरा कान खींचती हैं...''जा मर।''

मैं चुप और खामोश। मैं कहाँ जाकर मरूँ ? किस जगह ? मेरे छिले हुए घुटनों पर दाई माँ हल्दी-चूना लगाती है, मुँह में चूसने के लिए बरफ की डली देती है। गीता मुँह चिढ़ाती है।

बाबूजी रोज शाम को ताश खेलने अपने दोस्त धीरेन बाबू के घर जाते। आज भी गए हुए हैं। सामने मकानवाली मिसेज गुप्तो की कुतिया लँगड़ा रही है। उसकी

एक टाँग जख्मी है, जख्म पर खून है। मेरा भी घुटना छिला हुआ, "दाई माँ दरद हो रहा है।" दाई माँ अम्मा के पैर दबा रही है। मैं उनका पल्ला खींचती हूँ।

"...चलत हँई बिटिया, तनी रुको।"

अम्मा झिड़कती है, "जा तू ले जा इसे, मरण जोगी चैन नहीं लेने देती।"

"दाई माँ ! क्या मैं भी हमेशा के लिए लँगड़ी हो जाऊँगी, मिसेज गुप्तो की कुतिया की तरह।"

"छिः इ का बात हुआ..." दाई माँ जीभ काटती है।

"दाई माँ मिसेज गुप्तो की कुतिया के पैरों में हल्दी-चूना लगा दो, पट्टी बाँध दो।"

दाई माँ हँसती है...बूढ़ा पोपला मुँह चाँद की रोशनी में झिलमिलाता है।

"दाई माँ तुम्हारे दाँत ? तुम फिर दाँत लगाना भूल गईं ?"

कई दिनों तक मेरे घुटने सूजे रहे। कटी हुई जीभ फूली रही। पर मेरी ओर ध्यान देने का किसी के पास वक्त नहीं था। क्योंकि घर में दो-दो शादियाँ होनेवाली थीं, छोटी दीदी की और उसके बाद बड़े भैया की। सारे मुहल्ले में लड्डू बँटे, फल-मिठाई के थाल सजे, ओह कितने नए कपड़े, कितने लोग। धापी बाई, गालों पर हाथ रखकर गीत गाती..."म्हारो बनड़ो ह सुकुमार।"

मैं रोती हूँ...कुछ खा नहीं पाती, जीभ में जलन होती है। मुझे गीता पर विश्वास नहीं रहा, लेकिन वह तो मुझे सुलह का मौका भी नहीं दे रही, बस मुझे अपना झूला झूलने नहीं देती। "ना बाबा तू दूर रह, कहीं गिर-पड़ जाएगी तो और आफत। अम्मा, बाबू से तेरी दाई माँ झूठी शिकायत करेगी, हमें नहीं खेलना तेरे साथ।"

"लेकिन गीता मैंने तो अम्मा से तेरी चुगली नहीं की...।"

"कैसे नहीं की, तू तो सदा की चुगलखोर है।"

"मैं चुगलखोर हूँ ? झूठी कहीं की, भैया लोग तुझे चुगलखोर कहते हैं।"

"जा...जा कहीं और खेल।" वह मुझे अपना झूला छूने नहीं देती। वह हँसती है...पेड़ की ऊँची डालियों को छूता हुआ उसका झूला...गीता जीभ निकालकर मुझे चिढ़ाती है। गीता और किशन, उनकी आपस में बहुत दोस्ती है। ठीक है मुझे नहीं झूला झूलना। मैं पुष्पा के साथ वापस लीली पुल की तरफ चली जाती हूँ। झुककर पोखर में खिली कमलिनी को निहारने लगती हूँ। आक्...किशन ने पीछे से धक्का दे दिया, उल्टे मुँह मैं कीचड़ भरे पानी में।

"हा...हा...हा... मजा आया, ले देख कमलिनी को।" किशन जब हँसता है तो कितना सुन्दर लगता है, मोतियों से झिलमिलाते हुए दाँत, गोरा रंग। बड़ा

खुशनसीब बच्चा है, सब सुखी हैं, एक मेरे अलावा।

आज फिर मार पड़ेगी क्योंकि मेरी फ्रॉक गन्दी हो गई।

मेरी गन्दी फ्रॉक देख अम्मा रुआँसी हो जाती हैं। ''मैं तो मर ली इस छोरी के पीछे। रात-दिन परेशान किए रहती है, बेशउरी है।''

''कैसी परेशानी ? दाई-नौकर है ना ? कहाँ गई चमेलिया की माँ...?'' बाबूजी पूछ रहे थे।

''उसके सर दरद हो रहा है—माथे पर पट्टी बाँधकर लेटी है।''

''भगवती जरा तू सँभालना बच्चों को...'' बाबूजी ने मँझली दीदी से कहा।

दीदी की डाँट से कुछ क्षणों के लिए हम सब शान्त हैं। हमें चुपचाप पढ़नेवाले कमरे में ही रहना है, क्योंकि अम्मा नाराज हैं। क्योंकि दाई माँ बीमार है और राधा आया अपने घर गई हुई है और बाबूजी को रात का भोजन कर ताश खेलने धीरेन बाबू के घर जाना है। भैया लोग अपने कमरे में किसी को घुसने नहीं देंगे। मुझे फिर भूख लग आई...''दीदी कुछ खाने को दो।''

''यह छोरी हर समय भूखी रहती है।'' मँझली दीदी ने झल्लाकर कहा। ''इसको चमेलिया की माँ बिगाड़ती रहती है।''

''खा-खाकर सांडो माच रही है।'' अम्मा कह रही थीं।

लेकिन दाई माँ तो कहती है—बच्चों का पेट भरा रहे तो वे शान्त रहते हैं। अम्मा और दाई माँ के विचार एकदम अलग-अलग क्यों हैं ? अभी यदि दाई माँ होती तो मुझे जरूर आटे की पंजीरी बनाकर देती। मेरे मुँह में पानी भर आया। मैंने फिर मँझली दीदी से कहा—''दीदी, मुझे भूख लगी है।''

''चलो सो जाओ, नहीं तो एक गिलास दूध और पी ले।''

''नहीं।''

''तब मरो ! तेरी आदत पड़ गई है ज्यादा खाने की।''

मैंने सात बजे खाना खाया था भूख नहीं लगेगी ? पर दीदी, सरिता पढ़ने में व्यस्त हो जाती। दीदी, दाई माँ जैसी नहीं। दाई माँ तो मुझे रोज चौके में ले जाती। यह रात दस बजे का शेसन रहता। दाई माँ के साथ दाल-रोटी खाए बिना तो मेरा पेट नहीं भरता। दाई माँ को पता है कि खाली पेट मैं सो नहीं पाती हूँ।

डॉक्टर गांगुली का कहना है, बच्चों को हर समय खाने मत दीजिए। मगर दाई माँ का कहना था—''उ मरिगउना का जाने बच्चन का बात। बच्चन का स्वास्थ्य ठीक रहे तो उन्हें हर समय भूख तो लगिहे पड़ी।''

''गीता नहीं खाती, उसको तो हर समय भूख नहीं लगती।''

''वह बीमार है, रोगली है।'' दाई माँ का विश्लेषण था।

"यह प्रभा तो मिलिट्री का घोड़ा है। देखो कैसे दौड़ती है।" छोटी दीदी हँसते हुए भैया लोगों से कहती है।

हमारे परिवार का परम सुख था रुपया ! अधिक-से-अधिक रुपया। बाबूजी, अम्मा को जब रुपया देते, तब अम्मा बहुत खुश होतीं। अम्मा सबसे पहले फल-दूध का बजट बढ़ा देतीं। हमें तब रोज एक गिलास भरकर, मौसम्बी या सन्तरे का रस पिलाया जाता। टिकरिये में मक्खन ज्यादा होता। वे सर ऊँचा किए नाते-रिश्तेदारों के घर जाया करतीं। मजाल है कोई उन्हें कुछ बोल दे।

छुट्टियों में हम कलकत्ता से बाहर जाते मगर एक रात के रेल सफर तक ही हम सीमित थे। कभी राँची, कभी हजारीबाग तो कभी जसीडीह या देवघर, बस। बिहार की वह लाल जमीन, साँय-साँय करती ठंडी सूखी हवा, उबाऊ दुपहरिया और कभी न खतम होनेवाली रातें।

जाने से पहले डॉ. गांगुली के सामने हर बच्चे का वजन लिया जाता। डायरी में मुनीमजी सबका वजन नोट करते। अम्मा कहतीं, "सेहत बनानी है। कमजोर हो गए हैं बच्चे। बंगाल का बरसाती मौसम..." डॉ. गांगुली का कहना था, "इहाँ का नोरोम हवा आँतों को भी सड़ा देता है, पोश्चिम का हवा जोरूरी है।" अम्मा भी मान लेतीं कि बिना पश्चिम की हवा के बच्चों की खाँसी-सर्दी ठीक होने से रही। फिर वे खुद भी तो बीमार रहती थीं। बाहर जाना उनके लिए भी जरूरी था। कोठी भाड़े पर ली जाती। महीनों पहले तैयारियाँ शुरू हो जातीं। हजारीबाग के जंगल का वह सूना बँगला, बड़े से बगीचे के बीच बड़े-बड़े पेड़ों से भरा हुआ। दस-पन्द्रह बीघे का बगीचा, रात को नीम अँधेरा, डर के मारे मुझे झुरझुरी हो जाती थी; क्योंकि दाई माँ से मैंने हरिया को बातें करते हुए सुना था..."अरे मौसी ! कल रात ऊ नीम का पेड़ पर उहाँ भूतनी बैठी रही थी।"

"अरे सच ? दिन में तो बच्चे लोग ऊहाँ खेलत रहिन।"

"हाँ, सच कहत हऊ, हमको छनक-छनक का आवाज आवत रही...हम सोचन कि जाई जरा देखी।"

"अरी भरिगवना...अपन जान से मत खेल...ऊ भूतनिया कोई तांत्रिक का किरिया कलाप है।"

"दाई माँ ! भूतनी को कैसे पहचाना जाता है ?"

"भूतनी का पंजा उलटा होता है।" हरिया बोला।

इसलिए नीम के चबूतरे की तरफ कोई नहीं फटकता। रोज सुबह दाई माँ शिवजी को जल चढ़ा आती। उसका कहना था कि शिवजी तो खुद भूत-परेत को लेकर रहत हई।

हाँ, तो पहला सप्ताह बड़े उत्साह से बीत जाता। पहुँचते ही अम्मा अपनी सारी दवाइयाँ बन्द कर देतीं। उनकी खुराक भी डबल हो जाती। राधा कहती कि बहूजी यदि तीन महीना हजारीबाग रह लें, तो हरदम के लिए बीमारी ठीक हो जाएगी। अम्मा कहतीं, "सवा महीना तो जरूर रहूँगी। बस, हम लोग धनतेरस के दिन कलकत्ता पहुँचेंगे।"

दिवाली के त्यौहार पर सबके नए कपड़े बनवाए जाते, उन्हें पहनकर सजकर हम सब नानी बाड़ी जाते। अम्मा सफाई करवातीं, रंग करवातीं, सारे घर को चम-चमाचम बना देतीं। साल भर की जरूरत का तेल-साबुन, काम में आनेवाला सामान स्टॉक करके रख लेतीं। नारायण दास सिंधी को बुलाया जाता। नई साड़ियाँ खरीदी जातीं...एक रकम की चार साड़ियाँ, तीनों दीदी लोगों के लिए और एक बड़ी भाभी के लिए। अम्मा की साड़ी सबसे अलग और सबसे कीमती होती। सतरामदास ढालामल के यहाँ गहने गढ़वाए जाते। "लड़कियाँ बड़ी हो रही हैं, शादी के वक्त एक साथ इतना रुपया कहाँ से आएगा ? मैं ठहरी बेटियों की माँ। कुछ-न-कुछ लगा रहेगा।" अम्मा यह बात नानी से कहतीं।

"अम्मा नहीं रहेगी तो उनकी साड़ियाँ किसे मिलेंगी ?" मैंने पूछा।

"यह हमेशा की बोकी है, भाटा-पत्थर है, उटपटाँग बातें पूछने में माहिर।" बड़े भैया की झिड़की थी।

रविवार को हमलोग बाल धोते, नाखून काटे जाते, राधा आया कहती..."प्रभा बाई को जितना साबुन लगाओ उतना उनका काला रंग चक-चक करता है।"

चाची-ताई कहती..."भाईजी यह तो एकदम दाई के बेटी लगती है।"

"हाँ मैं दाई की बेटी हूँ। इन लोगों को क्यों परेशानी होती है ?"

दाई माँ कहती, "हमार चार बिटिया हैं, चम्पा, चमेली, बिन्दा और परभा।"

"दाई माँ मेरा नाम प्रभा है, प्रभा बोल...परभा नहीं।"

"अरे बिटिया हम का जानी गँवई मानुस।"

तो मैं दाई की बेटी थी, वह भी राधा आया की नहीं, ललिता अम्मा की नहीं, चमेलिया की माँ की बेटी। उसके तीन लड़के मिर्जापुर में, मंगल, छेदीलाल, मेवालाल और भोला, दो लड़कियाँ चम्पा और चमेली, तीसरी मैं। दाई माँ कहती, "तू हमरी सबसे सुन्दर बिटिया है।"

माँ के बदले दाई माँ।

इन भाई-बहनों के बदले, मंगल, भोला, छेदी, मेवा, चम्पा, चमेली।

"और दाई माँ मेरी शादी किससे होगी ?"

छोटे भैया कहते, "दाई माँ की सहेली वह जो रामदुलारी घुटियावाली है ना,

अरे वही जो सामने झोपड़पट्टी में रहती है, उसी के बेटे खेदरवा से तेरी शादी होगी। तू दाई की बेटी जो ठहरी।''

''दाई माँ उनके यहाँ मैं खाऊँगी क्या ?''

''भात खाना।''

''रहूँगी कहाँ ?''

''वहीं उसी झोपड़ी में।''

''नहीं दाई माँ, मुझे तुम्हारी बेटी नहीं बनना, मुझे नहीं खेदरवा से ब्याह रचाना।''

गीता चिढ़ाती, ''खेदरवा की आएगी बरात, रँगीली होगी रात।''

''अरे रँगीली नहीं, अँधेरी होगी...अँधेरी होगी रात...'' किशन तालियाँ बजाकर नाचता।

लेकिन खेदरवा मुझे अच्छा लगता, वह मेरा दोस्त था। सड़क पार की खाली जमीन में रामदुलारी की झोपड़ी थी। रामदुलारी गोबर बटोरती, उपले पाथती, कोयले का चूरा बटोरकर खेदरवा ले आता, उसमें गोबर और भूसी मिलाकर काले-काले लड्डू बनाकर रामदुलारी सूखने डाल देती।

दाई माँ रामदुलारी से सुख-दुख की दो बात करने चली जाती। मैं दाई माँ की गोद में बैठी-बैठी उनका कथा-काव्य सुना करती। वह मेरी और दाई माँ की दुनिया थी, भाई-बहनों से दूर। खेदरवा कहता—''मौसी मैं इन सब पर पादता हूँ।'' और खेदरवा पों करके पादकर दिखाता। ''का करत हो बेटवा ?'' दाई माँ चौंकती, रामदुलारी डरती। लेकिन फिर दोनों खूब देर तक हँसती रहतीं, खूब देर तक। मैं कभी उन्हें देखकर हँसती, कभी नाक दबाकर छिः...छिः कहती।

''दाई माँ, खेदरवा ऐसे क्यों करता है ?''

''अरे उ कहत है मौसी तुम करो सेठन का नौकरी, हमके क्या ? हम ऐसी नौकरी पर पादते हैं।''

''सेठ की नौकरी खराब है दाई माँ ?''

''खराब तो है ही बिटिया, अपन घर छोड़कर परायों के दुआरे रहना, ई का ठीक हुआ ? हमसे अच्छी तो रामदुलारी है, अपना कमाती है, अपना खाती है, अपना बेटा पास में है।'' दाई माँ की आँखों की कोर भींग जातीं।

''दाई माँ अपने बच्चों के बिना तुम्हें अच्छा नहीं लगता, मैं हूँ ना तुम्हारे लिए, क्या मैं नहीं तुम्हारी बेटी ?''

''हाँ बिटिया, तू तो हमरी है ही।''

मेरे पैरों में दरद हो रहा है, खेदरवा के साथ दौड़ती रही थी, सड़क पर,

फुटपाथ पर, इस मकान के पिछवाड़े, उस मकान के गलियारे।

भूख लगी है, और खीर खाने का मन कर रहा है। सुबह हलवा और पूड़ी तथा रात को खीर। दाई माँ को मेरी पसन्द मालूम है। पर आज दाई माँ का मन उदास है। खेदरवा को देखकर उन्हें भोला की याद आ गई। क्या करूँ—किससे कहूँ ?

मैं गीता की बगल में रजाई ओढ़कर सो जाती हूँ, दाई माँ दीवार की ओर मुँह किए बैठी है, बीच-बीच में बीड़ी पी रही है। मुझे पता है दाई माँ रो रही है, आज दाई माँ को अपने बच्चों की याद आ रही है, दाई माँ ने अम्मा से पाँच सौ रुपए उधार माँगे थे, अम्मा ने कहा, रुपए उनके पास नहीं, वे बाबूजी से माँगकर देंगी।

और यदि बाबूजी ने नहीं दिया ? यदि मना कर दिया। तो दाई माँ कहाँ जाएँगी ? किससे कहेंगी ? मैं रोने लगी हूँ, हिचकियाँ बँध जाती हैं, "क्या हुआ हमार बिटिया को ? कोन मारिस ?"

"दाई माँ तुम्हें रुपए नहीं मिले ?"

"चुप...चुप।" दाई माँ कलेजे से लगाकर देर रात तक रोती रही थी।

मेरी और पुष्पा की जोड़ी अच्छी थी, मैं उदंड और वह शान्त। मैं दौड़नेवाली वह चलनेवाली, मैं खाऊँ वह एक फुलका खतम करती घंटे भर में। हमलोग खेलने मैदान में जाते हैं। मँझली दीदी हमलोगों की जेब में बादाम-पिश्ता-काजू भर देती है। दाई माँ के पल्लू में अलग से कुछ और बँधा रहता। लेकिन वह सब मेरे लिए रहता। दाई माँ जो भी खिलाती वह मुझे पसन्द होता। रेवड़ियाँ, तिलकुट, दूध-चीनी में साना हुआ जौ का सत्तू, बढ़िया घी में बनी पंजीरी, दाई माँ के पल्ले में सब कुछ बँधा होता, कागज की छोटी-छोटी पुड़ियों में। क़भी गीता हिस्सा माँगती, कभी किशन।

"नहीं तू नहीं खाएगी, छोड़ यह रेवड़ी मेरे लिए है।" मैं धक्का देती हूँ और गीता गिर जाती है।

उठकर कपड़े झाड़ती हुई वह कहती है, "ठीक है...ठीक है अम्मा से शिकायत करूँगी।" दाई माँ कागज की पुड़िया उसकी ओर बढ़ाती है।

"नहीं दाई माँ, गीता को नहीं देना है। पहले खाएगी फिर अम्मा से चुगली करेगी, दाई माँ अम्मा तुमको डाँटेंगी। दाई माँ, अम्मा कहती हैं रेवड़ी खाने से पेट में दरद होता है, गुड़ खाने से पेट में कीड़े पड़ जाते हैं।"

"उ डाग्दर बाबू कहें हैंगे, हमारा सारा मिरजापुर गुड़-चना खाता है, ओकरे कुछ नाही भया अउर तुमरे पेट में कीड़ा पड़ी। न जानी हमार बहूजी को लड़कन

का खाया-पीया काहे नहीं सोहात ?"

"चल हट, मुझे दिखा क्या खा रही है ?" अब किशन की बारी थी।

"नहीं दिखाऊँगी, नहीं खोलती मुट्ठी।"

"मैं कहता हूँ खोल अपनी मुट्ठी।"

"दाई माँ किशन मेरी चोटी खींच रहा है।"

"दाई माँ मेरा फ्रॉक...किशन मैं मारूँगी, मैं इतना मारूँगी... ।"

"मार...मार...ना।" वह तनके खड़ा है, मैं मारती जाती हूँ, मारती जाती हूँ। जब मैं थक गई, चुप हो गई, तो उसने बड़ी शान्ति से पूछा, "खतम हुआ गुस्सा ? यह लो तुम्हारी चीज तुम्हारे पास। रेवड़ी है ना ? बोलो।"

"हाँ...हाँ।"

"अब मैं मारूँगा।" और एक घूँसा मार वह भाग खड़ा होता है, चिल्लाता हुआ–"प्रभा की बच्ची...डाल-डाल कच्ची...खावे भात मच्छी।"

मुझे मालूम नहीं कि अब क्या करना चाहिए। दाई माँ दिखलाई नहीं देती। मैं कितनी असहाय हूँ, दाई माँ के अलावा मेरा कोई नहीं। दाई माँ आकर गोद में उठा लेती है..."जिन रोवा बिटिया जिन रोओ।" मैं हँसना चाहती हूँ किन्तु मैं हँस नहीं पाती, क्योंकि दौड़ता हुआ किशन झूले से टकरा गया है, उसके सर से खून बह रहा है। झूला पार्क में अँधेरा घिर आया है, दाई माँ परेशान है, मिट्टी से किशन के सर में लगी चोट को दबाती है पर खून है कि बन्द नहीं होता। वह बड़बड़ाती जा रही है..."दैय्या री दैय्या ! इ लड़का तो एक ही बदमास बाटे। बहूजी तो झूला पार्क आने से पहले मना कर रही थी, मत ले जा इन सबको एक साथ सँभालना मुश्किल होगा। पर का करती ?"

अब तक खून बन्द हो चुका था, हालाँकि किशन के माँ-पापा यानी मेरी बड़ी दीदी और जीजाजी के इस बारे में कुछ कहने का सवाल नहीं था, वे अम्मा के बीच कभी कुछ कहते भी नहीं। लेकिन अम्मा ?

बाबूजी गद्दे पर बैठे हुए अखबार पढ़ रहे थे, वे बड़े भैया को समझा रहे थे कि दूसरी पंचवर्षीय योजना तक सबको नौकरी मिल जाएगी। लेकिन बंगाल में कम्युनिस्ट जोर खा रहे हैं और इनकी नीति कुछ समझ में नहीं आ रही।

"क्या हुआ ? कैसे चोट लगी ?"

"गीता ने झूले से...?"

"नहीं, प्रभा ने रेवड़ी के लिए झगड़ा किया।" किशन झूठ बोल रहा था, सरासर झूठ। लेकिन बाबूजी के सामने कुछ बोलने की हिम्मत ही नहीं पड़ी।

"रेवड़ी कहाँ से आई ?"

"दाई माँ देश से लाई थी।"

"बच्चों को गुड़-सत्तू खिलाया...पेट नहीं फूलेगा ?"

"प्रभा के सब पचता है।" अम्मा ने चिढ़कर कहा।

मैं उपेक्षिता थी, आत्मसम्मान की कमी ने मेरा जिन्दगी भर पीछा किया। भला नीची हैसियत के लोगों की प्यार भरी तारीफों का, उनकी कमजोर राय का मेरी जिन्दगी में क्या मायने था। माँ ने प्यार नहीं किया, यह तो समझ रही थी, क्योंकि मैं ठहरी काली। माँ की तरह गोरी नहीं। मैं बहुत शान्त, गीता की तरह स्मार्ट नहीं, मुँह पर फटाफट जवाब नहीं दे पाती, लेकिन मैं पढ़ने में तो अच्छी थी, क्या यह काफी नहीं था ?

बाबूजी के इतालवी दोस्त ने हम दोनों बहनों को उपहार में दो गुड़ियाएँ भेंट कीं, एक बड़ी-सी वॉकी-टॉकी और दूसरी बेबी डॉल जो बोतल से पानी पीते ही सूसू कर देती, जिसे देख हम सब खूब हँसते। हाँ तो अम्मा ने बेबी गुड़िया पुष्पा को दे दी, बड़ी वाली वॉकी-टॉकी गीता ने झपट ली थी। अम्मा ने कहा, "तुम दोनों बहनें मिलकर खेलो।"..."नहीं, मुझे वही खेलनी है गीता की गुड़िया से।" लेकिन गीता क्यों देने लगी अपनी गुड़िया को। दाई माँ की गोद में मुँह छुपाके मैं बहुत-बहुत रोई थी। खैर, मुझे गुड़िया बनानेवाली मिल गई। दाई माँ की बेटी चमेलिया। मिर्जापुर से आई हुई थी। उसने कसम खाई—एकदम सच्ची काली माई की कसम, कि वह मेरे लिए एक खूबसूरत गुड़िया बनाएगी।

चमेलिया से मेरी फर्माइश थी—"चमेलिया मेरी गुड़िया को सुन्दर बनाना, उसको घाघरा पहनाना और हाँ, वह खड़ी हो सके, ताकि दूल्हा उसके गले में वरमाला डाल सके। मुझे तुम्हारी लुग्दीवाली गुड़िया नहीं चाहिए जो बिना दीवार का सहारा लिये खड़ी नहीं हो सकती।"

चमेलिया भी अपना माथा खुजला रही थी, "गुड़िया अपने-आप खड़ी हो..."

"हाँ, गीता की गुड़िया तो खड़ी होती है, चलती है।"

"पर ऊ तो बिलायती मेम हैं, तभी न खड़ी रहत है।"

"क्यों, देसी गुड़िया खड़ी नहीं हो सकती ? ब्याह के टाइम पर भी नहीं ?" मेरी आवाज में दुनिया-जहान की उत्कंठा थी, और मैंने फिर कहा, "देख चमेलिया, मुझे अपनी गुड़िया की सगाई खेदरवा के गुड्डे से पक्की करनी है। हाँ, इसी शिवरात्रि वाले दिन।"

चमेलिया मुँह में पल्ला ठूँसकर दबी हँसी हँसती रही, "पर ऊ खेदरवा का देगा पतोहू का मुँह दिखलाई में ? ओकर पास तो चवन्नी भी नाहीं ?"

"चमेलिया ! तू कहती तो ठीक है। मुझे सोचना चाहिए था। अब क्या करूँ ? एक बार हाँ करके ना नहीं करना चाहिए ना ?"

"अच्छा, ठीक है, तोहार बेटी का भाग।"

और चमेलिया ने सच में गुड़िया बनाकर दी थी। जरी का घाघरा, चोली पहने, घूँघट निकाले मेरी गुड़िया खड़ी थी। बिलकुल सीधी। घाघरे का फैला हुआ घेरा कितना सुन्दर लग रहा था ! पतली कमर में मोतियों की करधनी लटक रही थी। मैं तो बस उसे देखती ही रह गई। फिर चमेलिया से लिपट गई, "चमेलिया ! तू कितनी अच्छी है !"

"दाई माँ, मैं जाती हूँ, खेदरवा को न्योता देने, वह अपना बेटा लेकर आए। हाँ, और आज ही हमलोग सगाई कर देते हैं।"

मैं दाई माँ का हाथ पकड़े-पकड़े सीढ़ियाँ उतरी। उसके साथ सड़क पार करके खेदरवा की माँ के पास गई। दाई माँ बैठकर बतियाने लगी। खेदरवा गुल्ली-डंडा खेल रहा था। मैंने आवाज दी, "ए खेदरवा !" वह भागा-भागा आया...

"मेरी गुड्डी रानी से अपने बबुए की सगाई करेगा ?" खेदरवा के पास एक विलायती प्लास्टिक का बबुआ था। कहीं कूड़े से उठाकर लाया था। मैं जब भी जाती वह हमेशा अपने गुड्डे के ब्याह की बात करता। आज मेरी गुड़िया सज-धजकर तैयार थी। खेदरवा ने उत्सुक होकर पूछा, "कब ?"

"अभी, इसी वक्त। क्यों दाई माँ ?"

"अरे बिटिया ! तनिक साँस तो लेने दो।"

दाई माँ फिर बातों में मशगूल हो गई। खेदरवा की माँ ने अपना हुक्का दाई माँ को थमा दिया था। मैंने खेदरवा से कहा, "तू चल, पहले मेरी गुड़िया को देखकर तो आ।"

खेदरवा मेरे साथ हो लिया। दबे पाँव सीढ़ियाँ चढ़कर हमलोग छत पर गए। गुड़िया वैसे ही सजी-धजी खड़ी थी। खेदरवा भी मुग्ध हो गया।

"बहुत अच्छी है, इसको हम बहुत अच्छे से रखेंगे।" तब तक छत पर किशन चला आया। मैंने गुड़िया को अपनी गोद में छिपा लिया।

"दिखा मुझे...दिखा..." किशन की छीना-झपटी देख चमेलिया ने कहा—"अरे दिखा दो परभा बाई, नाहीं तो कहाँ से लोग बारात में अइहें ? आउर इ तो तोहार बिटिया का मामा भइलें !" मैंने किशन को गुड़िया दिखाई। तब तक गीता और पुष्पा भी ऊपर आ गई थीं।

"इतनी अच्छी गुड़िया ! अरे यह खड़ी कैसे है !" कहते हुए किशन ने गुड़िया का घाघरा उलटा।

''किशन ! बेशरम कहीं का...'' मैं चीखी, पर वह भला कहाँ मानने वाला...

''अरे देख गीता ! देख, यह गुड़िया बाँस को चीरकर बनाई गई है। दो टाँग के बदले चार टाँग और बीच में पत्थर अटका दिया है। है...है...प्रभा की गुड़िया भाटा माई, प्रभा की गुड़िया भाटा माई।''

किशन ने टिकोजी शेप की गुड़िया हथेलियों पर रखी और जोरों से नारा लगाया, ''भाटा माई की जय...भाटा माई की जय !'' किशन के पीछे गीता और पुष्पा। तीनों नीचे उतर गए थे। ''मेरी गुड़िया...मेरी गुड़िया...दाई माँ मेरी गुड़िया...'' मैं जमीन पर लोट रही थी। तब तक खेदरवा भाटा माई के लिए ना कहके जा चुका था। गीता, किशन और पुष्पा के जुलूस में अब शाम को खेलनेवाले अन्य और बच्चे भी शामिल थे।

अब छोटे भैया तथा जीजी लोगों की बारी थी। रात को खाना खाते वक्त सल्लो जीजी ने बात छेड़ी, ''अम्मा ! अपनी प्रभा की सगाई खेदरवा से कर दें।'' ''उपले पाथा करेगी।'' छोटे भैया ने चिकोटी ली। बाबूजी की प्रश्न पूछती आँखें। अम्मा ने कहा, ''मुझे तो ये बच्चे रात-दिन नोंचते रहते हैं। क्या मजाल कि शान्ति से कोई दोपहर को भी आराम कर ले।''

हरिया ने सारी कहानी बाबूजी के सामने सुनाई, ''हरिया ! चमेलिया की माँ से कहना—बच्ची को हर कहीं न ले जाया करे।''

उस रात मैं और दाई माँ, दोनों गले लगकर रोती रहीं। वह मेरे आँसू पोंछ रही थीं, मैं उनके। ''गरीबी बहुत बुरी चीज है बिटिया !...'' ''हाँ, दाई माँ ! सच कहती हूँ दाई माँ, अब मैं कभी भी गुड़िया के ब्याह का सपना नहीं देखूँगी।''

मैं स्मृतियों की पगडंडी पर सँभाल-सँभालकर कदम रख रही हूँ। कभी आँचल झाड़ियों में उलझता है, कभी पैरों में नुकीले पत्थर चुभते हैं...कभी सामने कोहरे के बादल...सामने कुछ भी दिखाई नहीं पड़ता...और कभी पैरों के नीचे ठंडी ओस की बूँदें, मुझे मेरे आँसुओं की याद दिलाती हुईं।

कहीं दूर पीछे छूटा हुआ अतीत ठंडी साँसें भर रहा है। दो, बड़े-बड़े काले कौवे फड़फड़ाते हुए सर के ऊपर से निकल गए। अचानक एक खामोशी चुपचाप पत्तों पर ठहर गई। मेरी आँखें चौंककर कौवों का पीछा करती हैं। धूप की सुनहरी किरणें ओस की बूँदों को सुखाने लगी हैं।

एक छोटी लड़की शाम से जंगले पर चुपचाप बैठी हुई है। आज वह खेलने भी नीचे नहीं उतरी। सहेलियाँ आईं, उसने झिड़क दिया। खामोश निगाहें दीवार पर बड़ी होती छायाओं को चुपचाप देख रही हैं। सूरज डूब गया। वह वहीं बैठी हुई है। हवा में ठंडक बढ़ गई है। दाई माँ स्वेटर पहना गई। उसने पहन लिया। खाने के लिए पूछा तो फिर मना कर दिया। सामनेवाले मकान में अपनी दोस्त चित्रा के घर भी खेलने नहीं गई।

कौन है यह लड़की ?

हाँ, यह मैं हूँ। मैं...!

मेरे साथ मेरा अकेलापन हमेशा रहा है, पर यह अकेलापन मुझे जीवन का अर्थ भी समझाता रहा है। मैंने अपने-आपको बचाया है, अपने मूल्यों को जीवन में सँजोया। हाँ, टूटी हूँ, बार-बार टूटी हूँ...पर कहीं तो चोट के निशान नहीं... दुनिया के पैरों तले रौंदी गई, पर मैं मिट्‌टी के लोंदे में परिवर्तित नहीं हो पाई। इस उम्र में भी एक पूरी-की-पूरी साबुत औरत हूँ, जो जिन्दगी को झेल नहीं रही बल्कि हँसते हुए जी रही है, जिसे अपनी उपलब्धियों पर नाज है। दोस्ती का हाथ बढ़ाकर जिसकी गर्म हथेलियाँ हर किसी को अपने करीब खींच लेती हैं।

मेरी स्मृतियों में दाई माँ की ममता भरी हथेलियाँ तैर जाती हैं। पाड़वाली सफेद साड़ी, ढीला कुर्ते जैसा ब्लाउज, सीधे पल्ले की गाँठ में बँधी हुई खैनी और कभी-कभी अधजली बीड़ी के टुकड़े। सुबह दाई माँ के कमरे में आते ही मेरी जिन्दगी शुरू हो जाती, "उठो, जल्दी करो ह मोर बचवा, सात बज गईल...अभी स्कूल का टैम हो जाईल..." और दाई माँ के हाथ से दूध का गिलास लेकर गट-गट पी लेना, फिर दौड़-भाग। फ्रॉक का बटन खुल हो, चोटी का फीता नहीं मिल रहा। मेरी बेल्ट कहाँ ? "दाई माँ ! मेरा मोजा ? मेरा नयावाला मोजा कहाँ...? दाई माँ ! गीता ने मेरा नया जूता पहन लिया। गीता ! निकाल मेरा नया जूता। मैं पहनूँगी।"

"नहीं देती, जा, जो करना है कर ले।"

"दाई माँ ?" मैं रोने बैठ जाती। "पुराना जूता पहन ले बिटिया ! का फरक ?" गीता, अम्मा की लाड़ली। क्योंकि उसकी चोटियाँ ठीक से गूँथी हुई होतीं, फीते का फूल सुघड़ तरीके से बुना हुआ होता। मेरी चोटियाँ एक ऊपर एक नीचे। जीजी लोगों के पास जाने की हिम्मत नहीं। अभी मार पड़ेगी...और दाई

माँ को चोटी ठीक से गूँथना नहीं आता। साटन का फीता तुड़ा-मुड़ा रहता। बालों में दाई माँ ढेर-सा तेल चुपड़ देती और आँखों में मोटा-सा काजल। स्कूल में विधु चिढ़ाती, "तू बिलकुल मिसरानी लगती है !" स्कूल खाना खाकर जाना पड़ता। वही दाल, चावल, आलू की सूखी सब्जी...जल्दी करो लड़कियो बस आ गई। गीता और पुष्पा हमेशा सबसे पहले तैयार रहतीं। लेकिन सारी गड़बड़ी मेरे ही साथ क्यों होती थी ? सफेद फ्रॉक पर बचाते-बचाते भी दाल-चावल गिर गए। दाग छुड़ाने में दाई माँ ने फ्रॉक और गीला कर दिया। कल जूतों पर पॉलिश करना भूल गई थी। दाई माँ का कहना था, "अईसे ही पहने जाओ।" और नीचे दौड़ते-दौड़ते यह लो, बस हॉर्न बजाती हुई निकल गई। मैं रुआँसी ऊपर लौट आई थी। मुझे देखते ही अम्मा का पारा सातवें आसमान पर था—"फिर बस छूट गई ना ? पड़ी रह घर में, अब कौन छोड़कर आएगा स्कूल तक ?"

"तनी दरबानजी से कह दो ना बहूजी ! अभ्भी टैक्सी में छोड़ अइहैं।"

"पैसे नहीं लगते क्या टैक्सी के ?"

दाई माँ की चिरौरी, मेरा उदास चेहरा, खैर, किसी तरह स्कूल पहुँच जाती।

बचपन से ही मुझे बरामदे में बैठे-बैठे चिड़ियों से संवाद या एकालाप करना अच्छा लगता था। मैं खुद ही प्रश्न करती, खुद ही उसका उत्तर देती। रेलिंग पर बैठी गौरेया से मैं न जाने क्या-क्या बातें किए जा रही थी। मैं गौरेया से बतिया रही थी, 'अले अले गौलेया ! बता तो, तू आज कहाँ-कहाँ होकर आई ? औल उस कौवे को देखकर क्यों डल गई थी ? कुछ खाया तूने ? क्या खाती है तू ? बोल न मेली चिड़िया, मेली अच्छी-सी गौलेया ? अले बोल न भाई ? तू भी नहीं बोलती...' और इतने में जोरों का ठहाका—हो-हो-ही-ही ! पीछे छोटे भैया, गीता, पुष्पा और किशन।

"देखो-देखो, इस पागल को !" छोटे भैया सबसे बदमाश, किसी की नकल करने में नम्बर एक। हो-हो करते हुए मुझे चिढ़ाते हुए बोले, 'अले अले बोल ना, मेली चिड़िया ! मेली दन्तोलानी...इसीलिए तो तेले भी दाँत बाहल निकले हुए हैं,

चिड़िया के चोंच जैसे !'

मैं फफक-फफक रो पड़ी। मैं रोए जा रही थी और मेरे भाई-बहन पेट पकड़कर हँसे जा रहे थे। तब तक भगवती बाई आ गईं, मुझे रोता देख उनका मन पिघला। आगे बढ़कर पुचकारा, फुसलाया। मैं जरा-से स्नेह से तुरंत चुप भी हो जाती थी। जीजी कितनी अच्छी हैं।

मेरी स्मृतियों में दाई माँ की यादें और यह उभरती हुई पीली शाम, साथ-साथ घुलकर नीली होती जा रही है। अभी, बस अभी कुछ ही क्षणों में सूरज डूब जाएगा और यह सारा दृश्य काला हो जाएगा।

कैसा अनाथ बचपन था। अम्मा ने कभी मुझे गोद में लेकर चूमा नहीं। मैं चुपचाप घंटों उनके कमरे के दरवाजे पर खड़ी रहती। शायद अम्मा मुझे भीतर बुला लें। शायद...हाँ, शायद अपनी रजाई में सुला लें। मगर नहीं, एक शाश्वत दूरी बनी रही हमेशा हम दोनों के बीच। अम्मा मेरी बातों को समझ नहीं पाती थीं।

स्कूल में पार्वती बहनजी को, मारवाड़ी लड़कियों से बेहद चिढ़ थी। अधिकतर टीचर बंगाली थीं, बड़ी बहनजी तो अच्छी-खासी हिन्दी बोल लेतीं। लेकिन संगीत की टीचर, सेवा बहनजी और गणित की टीचर पार्वती बहनजी मुझसे बहुत चिढ़तीं। मैंने एलान किया—"मैं गाना नहीं सीखूँगी, मैं गा नहीं सकती।"

"सीखो।"

"मेरा गला खराब है।"

"गधी भी तो रेंकते हुए स्वर निकालती है।"

"मैं गधी नहीं।"

और मैं कभी गा नहीं सकी।

वन्दना, स्वर्णलता, उषा के साथ मैं घूमती रहती। स्कूल से लेक, लेक से वापस घर, कभी निर्मला विहार दोसा खाने, कभी झाल मुड़ी, ये गैर बंगाली लड़कियाँ थीं, मेरे जैसी...स्वाति अकेली बंगाली लड़की थी, क्लास में प्रथम, विधु

द्वितीय, मैं तृतीय, तीसरे नम्बर पर होने का अपना सुख है, किसी की आपसे ज्यादा अपेक्षा नहीं रहती।

स्कूल में हमें सलवार-कमीज पहनना पड़ता। घर लौटकर मेरी अन्य सहेलियाँ भी स्कर्ट-ब्लाउज या सलवार-कमीज ही पहनतीं। मगर अम्मा का कहना था कि घर आकर कपड़े बदल साड़ी पहनो। लेकिन क्यों...?

इसलिए कि अब बड़ी हो गई हो।

पर मैं तो कुल नौ साल की हूँ, बड़ी कहाँ हुई ?

धापी मिसरानी, तीज-सन्धारे में मेहँदी लगा जाती। गणगौर के दिनों में गौरा की पूजा करवाती, और कानों के पास हाथ रखकर फटे बेसुरे गले से चीख-चीखकर गाती—'इसरजी तो पेचों बाँध गोरा बाई...ऊ...फ...।' "अम्मा धापी बाई को चुप कराइए ना, भला यह कैसी पूजा हुई ?" लेकिन अम्मा की कुछ कहने की हिम्मत नहीं होती। धापी बाई आँखें बन्द कर गला फाड़े गा रही है। पर इसी बीच हड़बड़ी में इसरजी का पेंचा खुल गया। तीलियों से अटकाया गया गौरा का सर लुढ़क गया। "अरे बाप रे। प्रभा ! तू ने यह क्या किया ?" गीता चीखी। अम्मा की खड़ाऊँ की आवाज़ सुनाई दे रही है। मेरा कलेजा मुँह को...जल्दी-जल्दी मैं गौरा का सर उनके धड़ से चिपकाने की कोशिश करती हूँ। चलो कोई बात नहीं सब कुछ ठीक हो गया, जान बची, अम्मा आकर पीढ़े पर बैठ गईं, "ए छोरियो हाथों में दूब लो और गौर माता को छींटे दो सात बार। हाँ अब हाथ जोड़ लो, और प्रार्थना करो...हे गणगौर माता जैसा वर तुमको मिला..." अचानक अम्मा की नजर गणगौर पर..."हैं...यह क्या ? किसने किया यह सब ?"

"के होयो बहूजी ?...' धापी बाई ने घबराकर पूछा।

"धापी बाई थान सूझ कोनी ? गणगौर को मूंडो (चेहरा) उलटो कईयाँ है, किसने किया ये करम ?" गीता उठकर भाग चुकी थी, और मैं वहाँ रुँआसी, भय-कातर। वैसे अम्मा कभी मार नहीं पाती थीं। बहुत नाजुक थीं मेरी माँ...उस दिन भी मेरी पीठ पर धौल जमाते हुए उन्होंने थककर कहा—"इसका कुछ नहीं बिगड़ेगा, भाट्टो पथ्थर पड़ी है, इसे मारने से मेरे हाथ और दुखने लगे।" उस दिन के बाद मैंने कभी गणगौर की पूजा नहीं की। पाथर पूजै हरि मिले तो मैं पूजु पहाड़। वैसे गौरा जरूर मुझ पर नाराज हुई होगी, गलती मेरी थी कि मैंने माटी की मूरत का सर उलट दिया था। सम्भव है गौरा की नाराजी से ही मुझे अच्छा घर-वर नहीं मिला। खैर, बड़ी हो रही थी और अपने में सीमित होती चली जा रही थी। नहीं खेलना इन लड़कियों से, नहीं जाऊँगी लीली पुल और झूला पार्क, एक सुरक्षित जगह है मेरी कल्पना की दुनिया, आँखें बन्द किए घंटों पड़ी

रहती...और कल्पना करती रहती। मेरी माँ अन्य और लड़कियों की माँओं की तरह स्मार्ट और पढ़ी-लिखी क्यों नहीं ? वे तो केवल चेक पर हस्ताक्षर करती हैं, 'पुरनी देवी खेतान'। बाद के दिनों में तो अम्मा वह भी नहीं कर पातीं। हाँ अपनी इस कमी के लिए उनके दिल में कसक जरूर थी। किसी भी पढ़ी-लिखी स्वावलम्बी स्त्री को देखतीं तो अम्मा यही कहा करतीं, "तुम लोग जरूर रुपया कमाना, अपने पैरों पर खड़ी होना। आखिर हमें क्या मिला ? बस बच्चे पैदा करती रही।" अम्मा ने कभी नहीं कहा मेरी तरह बनो। जन्म से वे विद्रोही थीं और विरासत में मुझे उनका विद्रोही स्वभाव मिला।

बाबूजी को व्यापार में जोरों का घाटा लगा, और उन्हें अपनी जूट मिल बेचकर, सेठिया के यहाँ वर्किंग पार्टनरशिप स्वीकारनी पड़ी। बड़े चाचा ने व्यंग्य किया, "भैया ! आप सेठ से बाबू हुए और अब बाबू से नौकरी पर उतर आए।" खैर, सेठिया के यहाँ वह बस कहने भर को ही नौकरी थी। बनवारी लालजी सेठिया ने बाबूजी के किसी निर्णय में कभी दखल नहीं दिया। उनके अनुभव का लाभ उठाकर जूट के काम में सेठिया ने कसकर पैसा बनाया, पर रुपए की हिस्सेदारी में सेठिया की नीयत डोल गई। बात गरमागरमी पर आ गई थी। जूट बाजार को भी इस आपसी वैमनस्य की खबर थी। मामा जी खुद जूट-मिलवाले थे। उन्होंने अम्मा से कहा, "बाई, जीजाजी से कहो, जल में रहकर मगरमच्छ से बैर कर रहे हैं। परिणाम अच्छा नहीं होगा।" आखिर हुआ वही। बाबूजी को उनके जिगरी दोस्त और समधी बालूरामजी और बनवारी लाल सेठिया ने जहर देकर मार डाला। दूसरे दिन अखबार में सुर्खियाँ थीं—'प्रसिद्ध उद्योगपति श्री लादूरामजी खेतान की रहस्यमयी मौत। मृत देह सोनागाछी के बाथ हाउस में मिली।' अम्मा तड़प उठीं, "जालिमो ! एक तो मेरे पति का खून किया, फिर ऐसे देवता जैसे आदमी पर यह इल्जाम...?" न मालूम अम्मा में कहाँ से इतनी ताकत आ गई थी ? तीज-त्यौहार या शादी-ब्याह के अवसर के अलावा हमेशा खाट पर पड़ी रहनेवाली अम्मा, जिनके लिए हर दूसरे दिन डॉ. गांगुली को चेक-अप के लिए आना पड़े, कोई बच्चा यदि गलती से भी उनके सर को हाथ लगा दे तो अम्मा बीमार हो जाएँ, दिन में चार-चार सैरिडॉन खानेवाली अम्मा, शेरनी-सी दहाड़ उठीं, "नहीं, वे मरे नहीं, उन्हें मार डाला गया। मेरा घर उजाड़नेवालो ! तुम सब भी तड़प-तड़पकर मरोगे।"

शायद ऊपरवाला हिसाब ठीक ही करता है। बालूरामजी अन्धे होकर मरे और बनवारी लालजी सेठिया अपने कमरे से बीस बरस तक बाहर नहीं निकल पाए। उनको फेफड़े की कोई खतरनाक बीमारी हो गई थी। उन्हें प्रायः ऑक्सीजन पर रहना पड़ता था।

दहशत भरी वह रात कभी भूली नहीं जा सकती। अम्मा एक-एक कर अपने पाँचों हीरों के गहने खोल रही थीं। पास में केवल भगवती बाई थी।

"ले, ये लौंग-अँगूठी उठाकर रख। ताई को मालूम नहीं पड़ जाए कि मैंने गहना खोला था।"

मैं हक्की-बक्की अम्मा के सामने खड़ी गीता से पूछ रही थी, "क्या हुआ ? गीता हार्ट फेल क्या होता है ?" उत्तर मिला, "चुप रहो अभी।" सुबह बड़े भैया भी आ गए। अखबार की सुर्खियों को पढ़कर सारा मारवाड़ी समाज स्तब्ध रह गया था। जो आदमी मुँह में सुपारी भी नहीं रखता था, उसकी ऐसी मौत ! जहर से बाबूजी की मौत हुई थी। मँझले चाचा गरजे, "हम भाईजी की मौत का बदला लेंगे।" पर कौन बदला ले पाता है ? और किसके अपराध का ? मुझे वह दिन कभी नहीं भूलता जब बाबूजी का शव ले जाया गया। वे अपने चारों भाइयों के कन्धों पर थे। पीछे-पीछे दोनों भैया और जीजाजी लोग। इतनी भीड़ ! सैकड़ों गाड़ियाँ। मैं खिड़की की सलाखें पकड़े स्तब्ध, सब कुछ देख रही थी। हम लोगों में कुँआरी लड़कियाँ श्मशान घाट नहीं जातीं। मैं और गीता पीछे अकेली रह गईं। मैं खुद से कह रही थी, 'नहीं, यह बाबूजी नहीं, बाबूजी को नहीं ले जाया गया। यह तो और किसी की मृत देह है, चेहरा भी तो ढँका हुआ है।'

"दाई माँ ! दाई माँ ! क्या बाबूजी लौट आएँगे ? दाई माँ ! जरूर वे लोग किसी और की लाश ले गए हैं। झूठी खबर है दाई माँ..." दाई माँ खुद रो-रोकर बेसुध हो रही थी।

"अरे भगवान ! ई का किए ? हमार देवता क ले गए ? ई का न्याय किए ?"

दाई माँ ने मुझे और गीता को नहलाया। रोते-रोते मैं सो गई थी। फिर रुलाई की आवाज से नींद खुली। देखा, घाट से सब लौट आए हैं। डॉ. गांगुली अम्मा की नब्ज पकड़े बैठे थे और अम्मा बोलती जा रही थीं, "मैं बोलती हूँ गांगुली बाबू ! उनका खून किया गया। वे देवता थे। उन्हें मार डाला जालिमों ने। कसाइयों ने मेरा सुहाग लूट लिया।"

"भाभी ! शान्ति रखिए। हम लोग बदला लेंगे।" छोटे चाचा बोले।

"क्या बदला लोगे देवरजी ? मैं अब अपने बच्चों का पेट भरूँ या फिर घर-द्वार बेचकर मामला-मुकदमा लड़ूँ ?"

हाँ, बहुत दिनों बाद कभी बातों ही बातों में भगवती बाई ने मुझे बताया कि उस दिन अम्मा की आलमारी में कुल पाँच सौ रुपए थे। बाबूजी अचानक गए थे। सारा रुपया तो बालू ताऊजी की गद्दी में जमा था। और न जाने कितने

रुपए कहाँ-कहाँ पड़े थे, किसी को मालूम ही नहीं था। काफी रुपया तो बाबूजी के जिगरी दोस्त बालू ताऊजी डकार गए।

"क्या होगा ? कल क्या होगा ? कैसे मेरे बच्चे पलेंगे ?" अम्मा बस एक ही बात सोचती रहतीं। बड़े चाचा ने कहा, "भाभी ! अब यह रईसी नहीं चलेगी। बड़े बाजार चलकर रहो। यह दाई-नौकरों का ठाठ नहीं चलेगा।"

अम्मा की जिद्द, "मैं उनकी इज्जत मिट्टी में नहीं मिलाऊँगी। सब कुछ ऐसे ही चलेगा।"

"रुपया कहाँ से आएगा ?"

"देनेवाला देगा। स्वर्ग में बैठे हुए क्या वे अपने बच्चों का इतना भी ख्याल नहीं रखेंगे ?"

"अब तुम जैसी फूहड़ औरत को कौन क्या समझाए ?" बड़े चाचा नाराज हो गए।

"मामला-मुकदमा के लिए भी तो रुपया चाहिए ?" ताऊजी ने अम्मा को समझाना चाहा।

ठंडे स्वर में अम्मा ने कहा, "मैं घराने की बेटी हूँ, कोई देहातन नहीं। मुझे अपने बच्चों को पालना है। मेरा अनमोल रतन लौटेगा तो नहीं। कसाइयों से बदला लेने के लिए मुझे कोट-कचहरी में पैसा नहीं फूँकना।"

"अरे भाभी ! हम लोगों के पास सारे सबूत हैं। उस साले सेठिया को फाँसी की सजा दिलवा सकते हैं। भाईजी हमारे खानदान की नाक थे।"

"देवरजी ! वे मेरे देवता थे, पर मामला-मुकदमा मैं नहीं लड़ूँगी। क्या पता मेरे बेटों पर हाथ उठा दें ?"

"तुम्हारे बच्चे अकेले हैं क्या ? हमारे कुछ नहीं लगते ? ठीक है, अब मैं बीच में नहीं बोलूँगा।" ताऊजी भी चुप हो गए। मामाजी ने अम्मा को सलाह दी, "बाई, तुम्हारे मकान की बगलवाली जमीन खाली पड़ी है। तुम अपने हीरों को तो बेच दो और एक मकान खड़ा करके किराए की व्यवस्था करो ताकि महीने के महीने रोटी-खर्चे की तो तुम्हें चिन्ता नहीं करनी पड़े।"

"भाया, इतना रुपया मैं कहाँ से लाऊँगी ?"

"बाई, सलाह तो लाख रुपए की मैंने दी। रुपया तो मेरे पास भी नहीं। तुम तो जानती हो, मेरा सोदपुर वाला कारखाना बन्द है।" कहकर मामाजी चुप हो गए।

"भाया ! मैंने आपसे रुपया माँगा थोड़े ही था।"

उस रात बड़े भैया को सपने में बाबूजी दिखे और बोले कि बड़ीवाली तिजोरी

का दाहिना ड्रॉअर खोलकर देखो। भैया हड़बड़ाकर उठे। अम्मा के पास आए। बड़ीवाली तिजोरी खोली गई। दाहिने ड्रॉअर में एक ब्रैंक की पासबुक थी, जिसमें दस लाख रुपए जमा की रसीद थी और जिसमें बड़े भैया की सही भी चल सकती थी। सुबह पहले भैया ने बैंक से रुपया निकालकर चुपचाप दूसरे बैंक में जमा कर दिया। अम्मा ने अपनी हीरे की चारों चूड़ियाँ बेचीं। लौंग, अँगूठी भी बेच डालीं। बाबूजी के श्राद्ध और छमाही तक कोई कसर नहीं रखी गई। वह एक उदास दिवाली थी, और दिवाली के बाद ही बगलवाला मकान बनना शुरू हो गया था।

पता नहीं क्यों आज इतने वर्षों बाद, यहाँ सीढ़ियों पर बैठी मैं अपनी स्मृतियों को टटोल रही हूँ। रोशनी के इस जादुई माहौल में यह शाम कितनी खूबसूरत लग रही थी। सितारे कैसे चटख-चटखकर खिलते जा रहे थे। दूर नारंगी रोशनी की उछलती हुई लहरें ! मैं फिर आँखों से सारे दृश्य को पीने लगती हूँ। यह पीना जरूरी है क्योंकि इसी नशे में मैं अपने अतीत के छिलके उतार पा रही हूँ...जैकसन हाइट की चौड़ी सड़कों पर गाड़ियाँ फर्राटे से निकल रही हैं, लेकिन फिर भी एक शान्ति है यहाँ। मेरे ख्यालों को एक झटका लगता है। क्या सोच रही थी अब तक ?

हड्डियों के भीतर तक धँसे इस दर्द के बारे में सोच रही हूँ, पर इस दर्द का कोई इलाज नहीं, लेकिन मैं चुप तो नहीं रहूँगी, अपनी बात कहूँगी जरूर, हालाँकि बार-बार कोई अदृश्य वहशी पंजा मेरे मुँह को दबोच लेता है और मैं दर्द से बिलबिला उठती हूँ।

कल रात मैंने बहुत दिनों बाद फिर वही सपना देखा। एक अजीब-सा सपना था। मैंने सपने में देखा—मैं एक बड़े कमरे में बन्द हूँ। और अचानक कोई मेरी ओर झपटता है। मैं एक छलाँग में होटल के कमरे से बाहर लॉबी में भागती चली जा रही हूँ। मुझे एक्जिट दिखता है। मैं धड़धड़ाती हुई घुमावदार सीढ़ियाँ उतरती चली जा रही हूँ, मानो दसों मंजिलें एक मिनट में मैंने तय कर ली हों। बुरी तरह हाँफ रही हूँ। नींद में भी एक गहरी पीड़ा का अहसास लगता है जैसे मेरे सीने

को कोई रस्सियों से बाँध रहा हो...फिर एक स्वीमिंग पूल...नहीं, यह तो हरिद्वार की गंगा है। पानी के तेज बहाव में ठहरना मुश्किल। अचानक मुझे एक छोटी लड़की दिखती है...चार-पाँच साल की। उसे तैरना नहीं आता। वह लहरों में डुबकियाँ ले रही है। अरे ! यह तो डूब रही है ! कहते हुए बड़े हौले से मैं उसे अपनी दोनों हथेलियों पर उल्टा लिटा देती हूँ। और वह तैरने लगती है। पानी बहे जा रहा है...पर वह बच्ची अब खिलखिलाकर हँसती है, 'आंटी ! देखो मैं तैर रही हूँ।' मुझे एक अद्‌भुत आनन्द मिलता है। सुख की साँस लेकर कहती हूँ, 'हाँ बेटे ! ऐसे ही तैरा जाता है, तुम पहले गलत तैर रही थीं।'

सुबह नींद खुली। अपने ख्यालों में खोई हुई मैं खिड़की से बाहर दूर-दूर तक हडसन नदी का फैलाव देखती हूँ। मैं फिर रात को देखे गए सपने के बारे में सोचती हूँ। मुझे अपने भीतर के द्वन्द्व से निकलना होगा। लेकिन कैसे ? क्या अर्थ हो सकता है इस सपने का ? कलकत्ता लौटकर कभी झरना बोउदी से पूछूँगी जरूर कि तुम्हारी साइक्रियाट्री में इस सपने का कौन-सा विश्लेषण होगा ? क्या अब भी मेरे भीतर अतीत की वह दहशत जमी हुई है ? या फिर मैं जीवन में तैरना सीख गई हूँ ?

बाबूजी की मृत्यु के समय मैं साढ़े नौ साल की थी। उनके जाने के बाद घर की गिरती हुई आर्थिक अवस्था का दबाव हम सब पर था। ऊपर से दिखावे के सारे आवरणों को, झालरों को, तोरणों से सजाकर यथास्थिति बनाए रखने की जी-जान से कोशिश में लगी हुईं अम्मा। एक ओर वे बड़ी कठोर और तिक्त हो गई थीं, तो दूसरी ओर कहीं अपने बच्चों के लिए बड़ी स्नेहिल।

मैं घंटों चुपचाप बरामदे के कोने में बैठी रहती। धुएँ भरा नीला आकाश बड़ा धुँधला लगता। मैं अब भी अपनी गौरेया से चुपचाप बातें किया करती। क्या पता फिर भैया लोग सुन लें। और फिर ये बातें तो मैं किसी से कर भी नहीं सकती थी। मैं गौरेया से पूछा करती—"बोल न ! मेरी गौरेया कब आएँगे मेरे बाबूजी ?" कभी स्कूल से लौटकर सीढ़ियाँ चढ़ती हुई सोचती—अभी बाबूजी गद्‌दीवाले कमरे में कान पर टेलीफोन लगाए मिल जाएँगे। पर नहीं, छह महीने में मुझे विश्वास होने लगा था कि बाबूजी सच में चले गए।

स्वभाव से अम्मा चिड़चिड़ी थीं। वैसे अम्मा के क्रोध का शिकार सबसे अधिक में होती। मुझे लगता—स्त्री होना मात्र अम्मा की नजर में पाप है, एक हीन स्थिति है, गुलामों का जत्था है जो बिना मालिक के जी नहीं पाएगा। एक मालिक असमय चले गए। सिंहासन खाली था। युवराज, बड़े भैया को युवराज के रूप में ही सबके सामने अम्मा ने रखा हुआ था, और अम्मा की आखिरी

जिम्मेदारी गीता और मैं, दो लड़कियाँ थीं, जिनके ब्याह की चिन्ता उन्हें दिन-रात खाए जा रही थी। कैसे होगा, इन छोरियों का ब्याह, कहाँ से लाऊँगी इनका दायजा ? गीता सुन्दर है, उसको तो फिर भी कोई ले जाएगा, लेकिन यह परभली, यानी प्रभा यानी मैं—अम्मा को मेरा चेहरा, मेरे लम्बे-लम्बे बाल, मेरा बढ़ता हुआ कद, शरीद पर उभार और दसवाँ लगते ही पीरियड्स का शुरू हो जाना, कुछ भी तो नहीं सुहाता। "ठीक से चलो, क्या पैरों की धम-धम आवाज करती चलती हो ? शऊर से बैठ...कूबड़ क्यों निकाल लेती हो ? क्या खो-खो लगा रखी है ? खाँस रही हो तो खाँसे ही जा रही हो..." और यदि मैं खाँसी दबाने की कोशिश करती तो, "क्या गाय की तरह गरगरा रही है...?"

मुझे आज भी याद है। अम्मा की पानी पीने की काँच की एक केटली थी, बड़ी नफीस-सी...जो मेरे हाथों गिरकर टूट गई। उनका चिल्लाकर पूछना, "अरे क्या तोड़ा ?" और तब तक मैं भागकर पीछेवाले बरामदे में, एकदम रेलिंग के ऊपर चढ़ गई। रेलिंग के इस ओर एक पैर तथा दूसरा पैर उठने की तैयारी में। मैंने नीचे झाँककर देखा, पथरीली जमीन थी। मैं मर जाऊँगी...? अच्छा होगा...लेकिन मेरे मरने पर कौन रोएगा ? केवल दाई माँ और शायद गीता और पुष्पा...नहीं किशन भी। बाबूजी रहे नहीं और अम्मा, वे तो मेरे मरने पर बेहद खुद होंगी। बरामदे की रेलिंग पर बैठी एक पैर बाहर की ओर झुलाए हुए मैं सोचे चले जा रही थी। अच्छा, मैं जाऊँगी कहाँ ? किस लोक में, क्या बाबूजी के पास ? बाबूजी तो स्वर्ग में हैं, और दाई माँ कहती हैं कि जो आत्महत्या करके मरते हैं, वे ही प्रेत हो जाते हैं। तब तक...

"अरी दइया री, ई का करत हो मोर बिटिया...?" दाई माँ ने दौड़ते हुए आकर मुझे खींचकर उतारा।

आज सोचती हूँ तो लगता है कि कैसा अनाथ और असहाय बचपन था।

लेकिन अम्मा भी मेरी तरह असहाय और अकेली थीं। इसलिए अम्मा निरन्तर किसी-न-किसी को पास बैठाए रहतीं या फिर फोन पर बातें करती रहतीं। मुझे अम्मा की जैसी जिन्दगी नहीं चाहिए। अम्मा कहतीं, उन्हें जिन्दगी मैं क्या मिला ? ज्यादा बच्चों के कारण औरत का शरीर खोखला हो जाता है। पहले बच्चों का करो, फिर उनके बच्चों का करो। अम्मा का इशारा बड़ी दीदी के लड़के-लड़की, किशन और पुष्पा की तरफ होता या फिर भगवती बाई के बच्चों की ओर। आए दिन के तीज-त्यौहार, बेटियों के ससुराल नेग भेजना...आज यह तो कल वह नेग। खर्चे का कोई अन्त नहीं।

एक शाम मुझे याद है। वैसे बचपन में अनेक शामें इसी तरह बीतती थीं।

छुट्टियों की हर दुपहरिया अम्मा को समर्पित करनी पड़ती थी। पास बैठो, सजग रहो। न जाने अम्मा को कब किस बात की जरूरत पड़ जाए ? हाँ, तो शाम हो रही थी। पीछेवाले बरामदे में अम्मा अपनी कुर्सी पर बैठी थीं। बगल में मोढ़े पर बैठी भगवती बाई स्वेटर बुन रही थीं। नीचे से गीता, पुष्पा और किशन की आवाजें आ रही थीं। साथ में पड़ोस के और बच्चे। हवा के झोंकों के साथ आवाजें कानों से टकरा रही थीं...''आलकी पालकी जय कन्हैया लाल की...''

''अम्मा ! मैं खेलने जाऊँ ?''

''क्या एक दिन खेले बिना जान निकल जाएगी ?''

भाटा, पत्थर, बोकी, गधी, भंगन उपाधियों से विभूषित होकर मैं कपड़े बदलने गई। समझ में आया कि पीरियड्स हो गए हैं। हाय ! अभी यदि अम्मा से कहूँगी तो वापस चार बोल और सुनने को मिलेंगे। पर एक राहत थी कि चलो आज का दिन पहला दिन कहलाएगा और परसों तीसरे दिन सर से नहा लूँगी। कुल-मिलाकर कल का ही दिन तो अलग बैठना होगा ? डरते-डरते अम्मा से कहा, ''अम्मा ! मुझे पीरियड्स...''

बस, एक भयानक विस्फोट था। ''मरणजोगी ! आज ही तुझे यह सब होना था... ? कल तेरे बाबूजी की बरषोदी (वार्षिकी) है। ताई-चाची सब आएँगी और ताई की गिद्ध दृष्टि से कुछ छिप नहीं सकता—भगवती, यह तो साढ़े दस की उमर में ही चौदह की लगने लगी।'' अम्मा ने असहाय भाव से भगवती बाई की ओर देखा। बाई धीमे स्वर में अम्मा से कुछ कह रही थी। उनकी बातें मेरे कानों में नहीं उतर रही थीं। मैं कुछ नहीं सुन पा रही थी। बस भीतर कुछ उमड़-उमड़कर पूछ रहा था। इसमें मेरा अपराध क्या है अम्मा ? तुम बोलो मेरा अपराध क्या है ? पर बिना अपराध के भी अपराधबोध। अपनी ही मासूमियत खोने की यह कैसी निर्मम सजा मुझे मिल रही है ? दूसरे दिन, सुबह से शाम तक पीछेवाले बरामदे में बन्द रहना पड़ा। बीच में एक बार बाई दाई माँ चुपचाप आकर खाने की थाली सरका गई, ''खा ले बिटिया, अउर इ तनिक चूल्हा के राख ले, इसमें मल दियो, बाद में आऊब।''

''दाई माँ ! बाथरूम जाना है।''

''अरे मोर बिटिया, एतना लोगन के बीच हम कईसे तोहके ले जाईं ? बहूजी तो हमके चीरकर रख देइहँ। तनिक धीरज धर बिटिया। तोहर ताईजी अउर बुआजी के जाते ही हम तोहके छत पर ले जाऊब।''

वह भादों की उमस भरी दुपहरिया और चुपचाप बैठे रहना। सारा अस्तित्व हिचकोले खा रहा था। अम्मा मेरा अपराध क्या है ? क्या महीने-के-महीने टाँगों

के बीच रिसता हुआ खून मुझे अच्छा लगता है ? और इसके कारण कैसी अजीब-सी आत्मग्लानि, अपराधबोध से मन खारा क्यों हो जाता है ? गीता को तो अभी तक कुछ नहीं हुआ। फिर मुझे ही क्यों ? पाँच बजे शाम को दाई माँ ने बरामदे का दरवाजा खोला। अम्मा ने धीरे से हिदायत दी, "सब पूर-पल्ला धोकर फेंकना, किसी की नजर नहीं पड़े।" गीता, किशन, पुष्पा और छोटे भैया मोनोपली खेल रहे थे। किशन ने मुझे देखते ही चिढ़ाया, "हे...हे... अछूत कन्या...अछूत कन्या !" शर्म से सारा शरीर झुक गया। तो इन लोगों को भी मालूम था ! छत पर फिर एक करमकांड। खून से सने कपड़े को धोना।

"दाई माँ ! यह मेरे शरीर से हर महीने खून क्यों निकलता है ?"

"तू जरा जल्दी बड़ी हो गई बिटिया !"

"क्यों दाई माँ ?"

"अब हम का बताईं ?" दाई माँ की असहाय ठंडी साँस थी।

उस दिन की उस घटना से भी तो पैंटी में खून लगा था ? मेरा सारा शरीर थर्रा उठा। सर के ऊपर से एक झोंक कव्वों का काँव-काँव करता हुआ निकल गया। मैं खामोश, नल के नीचे रखे हुए खून से भरे हुए कपड़े को देख रही थी। पानी के साथ नाली की ओर बहता हुआ गाढ़ा खून। और अब इस कपड़े को साबुन से धोकर सुखाना होगा।

"दाई माँ ! अम्मा मुझसे चिढ़ती क्यों हैं ? क्या इसीलिए... ?"

"ई तो कहो कि शहर है, हमार गाँव में तो बियाह के पहिले कवनों लड़की का ई महीना सुरू हो जाय तो माँ-बाप का सर पर पाप का बोझ बढ़त है।"

पाप ? क्या हर लड़की, हर महीने पाप का बोझ बढ़ाती है ? उस दिन पूरी बात समझ में नहीं आई थी। बस जीवन में कहीं कुछ बहुत गलत घट गया। अपराध ? पाप ? नहीं तो अम्मा मुझसे इतनी नफरत नहीं करतीं। उन्हें मेरा कुछ भी क्यों नहीं अच्छा लगता ? जरा-सी हरारत, हल्की-सी खाँसी और उनके दिमाग से चिनगारियाँ क्यों फूटने लगती हैं। कहीं कुछ शॉर्ट सर्किट हो जाता है। भगवान ! मेरी माँ मुझसे क्यों इतनी घृणा करती हैं ? मेरा कद लम्बा क्यों होता जा रहा है ? मेरे दाँत बाहर क्यों निकलते हुए हैं ? अम्मा इतनी गोरी, बाबूजी इतने गोरे थे। दोनों भैया लोग, जीजी लोग भी गोरे, फिर खाली मेरा रंग साँवला क्यों ? हाँ, बड़ी जीजी का रंग भी थोड़ा दबता हुआ है, पर मुझसे वे साफ हैं। बाहरवालों को चाय का कप पकड़ाते हुए मेरे हाथ काँपने क्यों लगते हैं ? चलते

समय पैरों की धमधम आवाज क्यों होती है ? मैं हमेशा उस परी की कल्पना करती जो अपनी जादुई छड़ी से मुझे छूकर सिंड्रेला बना देगी। मगर नहीं, याद नहीं आता कि बचपन में मैं कभी उनकी गोद में सर रखकर सोई हूँ। लेकिन आज अपनी माँ का दर्द समझती हूँ। बहुत दुख झेला था मेरी माँ ने। चालीस की उम्र में विधवा हो जाना, सफेद साड़ी में जिन्दगी बिताना क्या अम्मा को रुचिकर था ? अम्मा के वे गहने, वे बनारसी साड़ियाँ, बाबूजी के बिना तमाम सामाजिक दबावों को झेलती हुई अम्मा ! वे तो खुद विद्रोही थीं, औरत होने की नियति को अस्वीकारती हुईं। बहुत याद आती हैं वे ! भूख लगती, पेट में दर्द होता, कहीं गिर-पड़ जाती, घुटने छिलते...अम्मा की एक ही आवाज चमेलिया की माँ को पुकारती हुई, "जा, ले जा अपनी बेटी को। तू ही कर इसकी दवा-दारू।" यह दाई माँ का क़ाम था कि मुझे खाना खिलाए, खाँसी हो तो पान का रस पिलाए। यह दाई माँ थी जो बुखार होने पर रात-रात-भर मेरे सिरहाने बैठी रहती और यदि दो-तीन दिनों में बुखार नहीं उतरे तो जाकर अम्मा के सामने रिरियाए, "ए बहूजी ! तनिक गांगुली बाबू को बुलाय देव। हमार बिटिया के लिए तोहार मन में तिनिको दरद नाहीं ? अभी गीता बाई के जरा-सी खाँसी को जहिए तो तुम मिनट-भर में डॉक्टर बुला लेत हो।"

मैं बड़ी हो रही थी। दाई माँ के पास मेरा मन उतना नहीं लगता था। मेरे पास अब किताबें थीं और थीं मेरी सहेलियाँ। दाई माँ अब साल में दो बार महीने-भर के लिए घर भी हो आती। बस रात को मेरी चोटी किए बिना और मेरे तलवों में तेल लगाए बिना दाई माँ की ममता नहीं मानती।

ग्यारहवीं कक्षा के बाद एक-एक कर मेरी सहेलियों की शादी होने लगी। सबसे पहले उषा इन्दौर चली गई। वन्दना बम्बई चली गई। विधु पढ़ने के लिए दिल्ली। और सुधा की भी शादी हो गई थी। ज्यादातर मारवाड़ी सहेलियों की शादियाँ हो गई थीं। एक मैं ही अकेली मारवाड़ी लड़की थी जिसने प्रेसिडेंसी कॉलेज में दाखिला लिया था। नई सहेलियाँ, नया माहौल, प्रेसिडेंसी कॉलेज, जहाँ

लड़के-लड़की साथ पढ़ते। विद्वान प्रोफेसर। पहली बार लगा कि बालीगंज शिक्षा सदन में मेरी बहनजी लोग कितना कम जानती थीं ! स्कूल तो मेरा घर था। बाहर की दुनिया में तो मैंने अब कदम रखा है।

एक बार मैं फिर सड़क के दूसरी ओर देखती हूँ। वहाँ खरीदारी का शोर है। सूरज खो गया शहर के उफनते फेनिल शोर-शराबे में और शाम...न्यूयॉर्क की शाम अभी तक पूरी तरह डूबी नहीं है। मैं स्तम्भित-सी अचानक सड़क पर नीले और लाल रंगों का छिड़काव देखने लगती हूँ। गोधूलि वेला और लाल बत्ती के जलते ही तेज रफ्तार से दौड़ती हुई गाड़ियों का रुकना और फिर थोड़ा दम लेकर अजाने निकलती हुई साँसों के साथ हवाओं का आँचल पकड़ क्षितिज की ओर दौड़ जाना, मुझे और अकेला कर जाता है। मेरे भीतर एक आदिम वेदना सिसक उठती है। आखिर इतना भी क्या गुस्सा कि यों बीच बाजार में मुझे अकेला छोड़ डॉक्टर साहब चले गए। मैं वापस होटल भी नहीं लौट सकती, सारे पैसे तो उनके पास जो थे।

एक ठंडी साँस के साथ मेरी आँखें दूर अँधेरे में कुछ टटोलने लगती हैं। स्मृतियों का एक पर एक मन की सतह पर तैरना। पहले क्या सोचूँ ? और किसे पीछे ढकेलूँ ?

ग्यारहवीं की परीक्षा हो गई थी, रिजल्ट भी अच्छा आया।

"आगे क्या पढ़ोगी ?"

"दर्शन।"

"कहाँ पर ?"

"प्रेसिडेंसी कॉलेज में। आज के दिन हिन्दुस्तान के अग्रणी कॉलेजों में से एक है।"

"लड़कों के साथ ?" भैया लोगों ने मेरा सारा उत्साह धाराशायी कर दिया था।

लेकिन गीता भी तो मेडिकल कॉलेज में लड़कों के साथ पढ़ रही है फिर मैं ही क्यों पीछे रहूँ ? और बड़ी बहनजी ने कल ही कहा था, "और मारवाड़ी लड़कियों की तरह शादी करके घर में मत बैठ जाना।"

"लेकिन घरवाले मानेंगे नहीं।"

"क्यों नहीं मानेंगे ? तुम उन्हें समझाओ।"

खैर, प्रेसिडेंसी कॉलेज में पहले दिन दर्शनशास्त्र के प्रोफेसर, डॉ. प्रभाष जीवन चौधरी ने कहा—"इस क्लास में कभी नेताजी सुभाषचन्द्र बोस भी पढ़ा करते थे। तुम लोग उस परम्परा की अगली कड़ी हो।"

"परम्परा ? बंगाल में तुम मारवाड़ियों की कोई परम्परा नहीं। तुम तो बाहर से आए हो। लोटा-कम्बल लेकर आए और हमारे बंगाल को लूट-लूटकर इतनी-इतनी बड़ी मिल्कियत खड़ी कर ली।" अनिता ने मुझसे कहा।

मैंने अपने संगी-साथियों की ओर आँख उठाकर देखा। सभी तो बंगाली हैं। तब फिर मेरा देश कौन-सा है, राजस्थान ? क्या होता है मेरे देश में ? ज्वार-बाजरा और मोठ !

"छिः वह भी कोई खाने का अनाज है ?"

"यह सब तो गाय-भैंस को खिलाने की चीज हैं।"

"तुम मारवाड़ी नहीं लगतीं।" उनमें से कुछ का कहना था। साथ पढ़नेवाले लड़के-लड़कियों में से कुछेक ने दोस्ती का हाथ बढ़ाया। हाँ, मैं मारवाड़ी हूँ कोई मिसफिट नहीं। मैंने अपने टुकड़ों को जोड़ लिया है, बिलकुल साबुत हूँ। तुम लोगों को मेरे जैसों की जरूरत है, तुम लोग मुझे मिसफिट बनाए रखना चाहते हो ताकि अपने भीतर मैं तुम्हारी दिए हुए प्रेम और घृणा झेलती रहूँ।

"तुम बुरा मान गईं ? अच्छा ! अब हम तुम्हें मेड़ो नहीं कहेंगे।"

लेकिन उनमें से एक लड़का प्रायः कहता रहता—"तुम मारवाड़ियों के कारण हमारा बंगाल खाक हो गया। एक दिन देखना गंगा का पानी लाल हो जाएगा तुम्हारे लहू से। तुमने देखा दीवारों पर क्या लिखा है ? 'आमरा बंगाली'।"

शुभा सेन के पिता भी तो बंगाली हैं मगर वे तो मुझे बहुत पसन्द करते हैं,

वे तो कहते हैं, "मेरा छोटा भाई होता तो तुम्हारी शादी उससे करता।"

"क्या बंगाली समाज मुझे स्वीकारेगा ?"

"हाँ, क्यों नहीं ? तुम्हें हमारे साँचे में ढलना होगा।"

पर अम्मा ? वे तो किसी बंगाली को स्वीकारने से रहीं। उन्हें तो बंगाली आँखों देखे नहीं सुहाते।

अम्मा नहीं चाहतीं कि मैं इन बंगालियों जैसी बनूँ। उनका कहना है, तुम सबसे शादी करना मगर किसी बंगाली से नहीं। शुभा गुड़ के सन्देश लाई तो अम्मा ने नाक पर कपड़ा रख लिया, "नहीं हम नहीं खाएँगे, मछली की बू आती है।"

वैसे कॉलेज में मेरे अपने बंगाली दोस्तों की आँखों में मेरे प्रति छुपी ईर्ष्या मिश्रित सम्मान था क्योंकि मैं खेतान हाउस की लड़की थी। नहीं, मैं मारवाड़ी नहीं मेड़ो थी। उन लोगों जैसी बिलकुल नहीं। मैं भरसक चेष्टा करती कि मैं मारवाड़ी नहीं बंगाली दिखूँ। अपनी मारवाड़ी पहचान को मैं रगड़-रगड़कर मिटाने लगी थी। पर पेंसिल से खींची गई लकीरों, अक्षरों एवं तस्वीरों को ठीक से मिटाना सम्भव नहीं था। उन दिनों तो रबर की क्वालिटी भी अच्छी नहीं हुआ करती थी, धीरे से मिटाओ तो दाग रह जाता, जोर से मिटाओ तो कागज फट जाता। पर मुझे अपने आपको मारवाड़ी कहने में शरम आती थी। मुझे तो क्लास की अन्य लड़कियों जैसा होना था।

जिस मारवाड़ी को लोग पसन्द नहीं करते उसे मैं क्यों पसन्द करूँ ? मैंने भी मारवाड़ी भोजन, पोशाक, बोली सबका खुलकर मजाक बनाना शुरू किया। हम मारवाड़ियों की गलती है कि बंगाल में रहकर भी, बंगाल को नहीं अपनाते। मुझे मेड़ो नहीं बनना, मेड़ो से ब्याह भी नहीं करना।

साठ के दशक तक बंगाली बुर्जुवा और जमींदारों का भद्र समाज कमजोर पड़ रहा था। स्थानीय बंगालियों का पुश्तैनी धन्धा मारवाड़ी निगलते जा रहे थे। चाय बगान, कोयले की खान, टैक्समैको, हिन्द मोटर सभी व्यावसायिक प्रतिष्ठान मारवाड़ियों के ही थे। कभी-कभी घर में भैया लोगों की आपस में बहस होती..."कितनी भी चेष्टा क्यों न करो मगर बंगाल में हम मारवाड़ियों को नहीं स्वीकारेंगे।"

दूसरी ओर बंगाली समाज की निरन्तर शिकायत थी कि हमारे सोनार बांग्ला को पहले अंग्रेजों ने लूटा और अब मारवाड़ी लूट रहे हैं। तब क्या मैं लुटेरों की सन्तान हूँ ? लेकिन मैंने तो अपने पिता को, भाइयों को रात-दिन मेहनत करते देखा है। मारवाड़ियों का कहना था कि भात-मछली खाने वाले आलसी बंगाली,

भला इनसे बंगाल का व्यवसाय चलेगा ?

हाँ, यह अलग बात है कि क्लास में बंगाली माहौल में मैं अकेली पड़ जाती हूँ, और मैं अपनी मारवाड़ी पहचान को झेलने में बिलकुल असमर्थ हो जाती। अच्छा होगा कि मैं औरों की तरह दिखूँ, उनके जैसी बन जाऊँ।

मैं बहुत-से मारवाड़ियों को जानती हूँ जो बंगाल से जुड़ना चाहते हैं। जो बंगाली समाज से दोस्ती का हाथ बढ़ा रहे हैं। पर मेरी नजर में उनकी भी स्थिति आदर्श नहीं थी। ये समाज सुधारक तो दोनों ओर से मार खा रहे हैं। एक ओर पारम्परिक मारवाड़ी घराने उन्हें शक की निगाहों से देखते तो दूसरी ओर मुझ जैसों को वे ज्यादा समझौता परायण लगते।

वैसें कॉलेज में मेरे लिए दुनिया खुलती जा रही थी। एक बड़ी गहरी बात मन के भीतर बैठी हुई थी। मुझे अम्मा की तरह नहीं होना, कभी नहीं। भाभी की घुटन भरी जिन्दगी की नियति मैं कदापि स्वीकार नहीं कर सकती। मैं अपने जीवन को आँसुओं में नहीं बहा सकती। क्या एक बूँद आँसू में स्त्री का सारा ब्रह्मांड समा जाए ? क्यों ? किसलिए ? रोना और केवल रोना, आँसुओं का समन्दर, आँसुओं का दरिया और तैरते रहो तुम। अम्मा, जीजी, भाभीजी, ताई, चाचियाँ क्या सभी रोने के लिए पैदा हुईं। यहाँ तक कि स्कूल की मेरी शिक्षिकाएँ, जिनकी ओर कभी मैंने बड़ी ललक से देखा था, जो मेरे जीवन में प्रेरणा स्रोत रही थीं, वे भी तो आँसुओं से इसी समन्दर को भरे चले जा रही थीं। स्कूल की हेड मिस्ट्रेस पुष्पमयी बसु को मैंने प्रायः उदास और दुखी पाया। वे अकेली थीं। लेकिन मन्नू भंडारी, जिन्होंने मुझे चौथी से ग्यारहवीं तक पढ़ाया, साहित्य की दुनिया में जिनके कदमों की छाप पर मैंने चलना चाहा वे भी कहाँ इन आँसुओं की नियति से मुक्त हो पा रही थीं ? राजेन्द्र यादव को उन्होंने जीवन साथी के रूप में स्वीकारा था लेकिन शादी के बाद एक दिन मन्नूजी ने रोते-रोते अपने पति-परमेश्वर के कारनामे सुनाए। ऐसे दगाबाज आदमी पर मुझे बेहद गुस्सा आया था। अपनी इस माँ जैसी शिक्षिका को मैंने पहली बार रोते हुए देखा था। गलत पुरुष के हाथ में पड़कर औरत कितनी असहाय (Vulnerable) हो जाती है, यह भी उसी दिन समझा था। उस दिन जब मैं मन्नूजी के सीआईटी रोड वाले घर से निकली तो राजेन्द्र यादव साथ हो लिए। सीआईटी रोड से गरियाहाट तक बस में बैठे-बैठे वे मुझे प्रतिक्रिया और क्रान्ति का फर्क समझाते रहे थे। अपने स्थायी और अस्थायी सम्बन्धों के पक्ष में दलीलें देते रहे थे। पर उन दलीलों का मेरे ऊपर कोई असर नहीं हुआ। मेरा जी दुखी था। काफी लम्बे समय के पश्चात् ही यादवजी से मेरा व्यवहार सहज हो पाया।

हाँ, तो कॉलेज में मैं एक बिलकुल अलग माहौल में साँस लेती हूँ। यहाँ स्कूल की सुरक्षा नहीं। वैसा भावुकता भरा माहौल भी नहीं। नरेश सर पढ़ा रहे हैं–'काजिटो अरगो सुम...आई थिंक देयरफोर आई एम। मैं सोचता हूँ इसलिए मैं हूँ...यानी मेरा अस्तित्व है।' क्या सोच रही थी मैं उस दिन, उस वक्त ? उस लड़के के बारे में जो मेरे दिवा स्वप्नों में बस गया था। उस दिन मेरा सारा अस्तित्व इसी सोच पर टिक गया था कि काश ! मैं भी उस लड़के की तरह किसी जुलूस में शामिल हो पाती !

उस लड़के का सुझाव था, "क्यों नहीं...तुम भी एसएफ की सदस्य बन जाओ और अपना बुर्जुवा लबादा उतार फेंको।"

कॉफी हाउस में बैठे-बैठे उस लड़के ने मुझे बुर्जुवा का अर्थ समझाया। अन्य छात्रों से आन्दोलन के लिए चवन्नी-अठन्नी बटोरा करता। लेकिन क्लास में डॉ. चौधरी कह रहे थे–"इन कम्युनिस्टों पर विश्वास मत करना, इनका कोई चरित्र नहीं होता। ये धर्म विरोधी हैं।" तब क्या उस लड़के का चरित्र खराब है ? नहीं, वह तो बड़ा भला और सच्चरित्र लड़का है। लेकिन मेरे तो सारे दोस्त ही कम्युनिस्ट हैं। नरेश सर का कहना है, "अरे मार्क्स का नाम लेने से ही कोई मार्क्सवादी हो गया ? कॉमरेड कहलाने वाले ये सारे लड़के कॉलेज पास करते ही अच्छी नौकरियों की तलाश में सरकारी दफ्तरों एवं पूँजीपतियों के दरबार का चक्कर काटने लगेंगे, और भूल जाएँगे समाजवाद के सपने।"

घर पर बड़े भैया अपने दोस्तों से चर्चा करते। उनके अनुसार सामाजिक क्रान्ति के बदले अब द्वितीय औद्योगिक क्रान्ति की जरूरत है। बंगाल को भी उद्योग की ही जरूरत है। उद्योग के बिना कैसी समृद्धि ? कैसा सुख ? पूछना चाहती थी कि आप लोग किसकी समृद्धि की चर्चा कर रहे हैं ? हमारे जैसे मारवाड़ी परिवारों के सुख-समृद्धि की ? क्योंकि ऐसे ढेरों लोग हैं जो हमारी समृद्धि के दायरे में नहीं आते। हमारी प्रगति से दाई माँ, खेदरवा, हरिया...बेचन और न जाने कितने लोग हैं, उन्हें क्या मिला ? वे तो वहीं के वहीं हैं। कुछेक परिवारों की समृद्धि के लिए आखिर क्योंकर इतनी बात बढ़ाई जाए ? समाज बदलेगा, समुदाय की मानसिकता बदलेगी तो उद्योग व्यवस्था खुद ही बदल जाएगी।

छोटे भैया मेरे द्वारा कही बातों पर कोई ध्यान नहीं देते। वे तो जो इन दिनों विदेशों के चक्कर लगाने लगे थे। उनका कहना था..."अरे अमेरिका, जापान की बात छोड़ो...इन छोटे-छोटे देशों की ओर देखो, सिंगापुर, मलेशिया, सिओल, बैंकाक...कितनी तेजी से बदल रहे हैं हमारे पड़ोसी देश ! स्वर्ग बनते जा रहे हैं...स्वर्ग ! हम हैं कि इस नरक में सड़ने को बाध्य हैं।"

भैया रूस की अक्टूबर क्रान्ति के बारे में जानते हो ? और चीन का लांग मार्च ?

"फू...फू...तेरे चे ग्वेयारा के आत्मदान का कोई महत्त्व नहीं...क्या होगा लाल झंडा से ? रात-दिन की नारेबाजी से। 'चोलबे ना चोलबे ना', अरे क्या नहीं चलेगा ? टीवी के सामने, बाजार के सामने सब लोग घुटने टेक देंगे। तुझे नहीं चाहिए अमेरिकन शिफॉन की साड़ियाँ ? बड़ी क्रान्तिकारी बनी फिरती है !" मुझे चुप हो जाना पड़ा था। जापानी शिफॉन की साड़ियाँ मेरी कमजोरी थी।

"तुम्हें पता है स्टेनलैस स्टील के दाम ? बड़े चाचा, भैया से कह रहे थे। बस एक बार दिल्ली से कोटा निकलवा लो, मालामाल हो जाओगे।"

"अम्मा पेट्रोल के दाम तो और बढ़ेंगे..."

"लेकिन कोई गाड़ियाँ चलनी बन्द थोड़े हो जाएँगी।"

मैं कहती हूँ, "यदि बस का भाड़ा बढ़ेगा तो एसएफ कलकत्ता को हिलाकर रख देगा।"

"हमने बेकार इसे प्रेसिडेंसी में पढ़ने भेजा। अब तुम चुप भी करो।"

"लेकिन आज ही तो हम लोग क्लास में डॉ. भवतोष दत्ता की सारी बातें सुन रहे थे। हाँ, वे भी तो भैया लोगों जैसी बातें कर रहे थे। उनका कहना था, "समाजवाद अभी दूर है। बल्कि अब तो हम पर बाजार हावी होगा। कलकत्ते में टेलीविजन आ गया, फ्रिज का दाम सस्ता हो गया, उपभोक्ता चीजों से पट जाएगा बाजार। पार्क स्ट्रीट के रेस्टोरेंट, ब्लू फॉक्स, मैग्नोलिया, ट्रिकों, वहाँ जाकर देखो तो सही...शराब की बोतलों पर कैसे रुपया बहाया जाता है। रोज नई दुकानें खुलती जा रही हैं।"

अभिजित, उमा, अनिता आदि चीख रहे थे..."अरे किसको चाहिए बाप का यह दो कमरों वाला मकान...यहाँ देश में रहने का अर्थ हुआ जिन्दगी भर की गुलामी। नून-तेल-लकड़ी को जुटाते-जुटाते हम मात्र एक ठठरी रह जाएँगे, हमारे ये सूखे अस्थि-पंजर भला कहाँ से दुनिया बदलेंगे ?

उदयन ने दाँत चियारते हुए कहा—"वक्त रहते खिसक जा मेरे भाई ! अभी तो इंग्लैंड, अमेरिका का वीसा मिल रहा है...और लड़कियों की कमी नहीं। बड़े घरों की ढेरों लड़कियाँ हैं इस कॉलेज में किसी एक को पटा ले। या फिर इधर-उधर के कॉलेजों में मुँह मारो। हम जैसे विदेशी भारतीयों के लिए पलक-पाँवड़े बिछाए वे इन्तजार कर रही हैं। बस एक बार यहाँ से निकल भागो।"

लेकिन वह लड़का ? खामोश क्यों रहता है वह लड़का ? क्या अब भी दुनिया बदलने का सपना देख रहा है ?

बेवकूफ है वह लड़का। एसएफ के पोस्टर चिपकाने में व्यर्थ ही वक्त जाया कर रहा है। जबकि प्रेसिडेंसी कॉलेज के अधिकतर लड़के विदेशों का सपना देख रहे हैं। उनका दम घुटता है इन मध्यवर्गीय मूल्यों के दबावों से। लेकिन यह लड़का ? क्या इसका दम नहीं घुटता यहाँ के माहौल में ?

डॉक्टर चौधरी रोज समझाते हैं, "तेजेन्द्र, समीर, तमाल...तुम सब एक गलत लड़ाई लड़ रहे हो। इस लड़ाई से कुछ भी हासिल न होगा। तुम्हीं लोगों ने उस दिन चित्तपुर में बम फोड़ा था ना ? किसलिए तुम पुलिस से बचकर दर-दर भटक रहे हो ? क्यों अपनी जिन्दगी बरबाद कर रहे हो।"

"सर ! क्या आपको नहीं लगता कि चारों ओर फैले हुए गरीबी के समन्दर में ये पूँजीपति अपने-आप में अल्पसंख्यक होते जा रहे हैं ?"

उस लड़के की बात पर डॉक्टर चौधरी चुप हो गए थे।

"प्रभा ! तुम बड़ी गाड़ी में कॉलेज क्यों आती हो ?" उस लड़के ने मुझसे पूछा था।

"क्योंकि प्रभा के पास गाड़ी है।" सुप्रिया मल्लिक ने इठलाते हुए कहा।

"ऐ प्रभा ! एक दिन हम लोग भी चलेंगे तुम्हारे साथ गंगा किनारे घूमने।" रमा घोष ने प्यार से कहा।

"नहीं, इस गाड़ी पर मेरा कोई हक नहीं। यह मेरी नहीं भैया की गाड़ी है। घर पर मेरा दम घुटता है...वहाँ हर क्षण रुपया और रुपया का रोना है।"

उस लड़के ने मेरी बात पर कोई ध्यान नहीं दिया, "सुनो प्रभा ! चीन, वियतनाम, अल्जीरिया, बोलिविया में जो घटा है वह यहाँ भी घटेगा। जरूर घटेगा...एक बार हमें सत्ता में आने का मौका मिले।" हम लड़कियों को वह लड़का फिर से अपनी बात समझा रहा था। आह ! उसकी वे आँखें, न जाने कितने कोमल-कोमल सपनों से भरी थीं।

लेकिन क्लास में एक ही निर्देश रहता—"अपना सौभाग्य समझो कि प्रेसिडेंसी कॉलेज में पढ़ रहे हो। तुम छात्र-छात्राएँ इस देश का भविष्य हो।"

सर की बात सुन उस लड़के ने दूसरी ओर मुँह घुमा लिया था। "ऊँह ! प्रेसिडेंसी कॉलेज बस कैरियर बनाने का कारखाना बनकर रह गया है। जगत मिथ्या, ब्रह्म सत्य। नहीं-नहीं केवल रिजल्ट सत्य है। फर्स्ट कलास कितना बड़ा कैरियर चुम्बक है जानते हो ? सारी बुराई को सोख लेगा, फर्स्ट क्लास यानी सात खून माफ। ये फर्स्ट क्लास लड़के-लड़की सब स्नायु रोग से पीड़ित हैं। देखा नहीं समीर को, परीक्षा हॉल में जाते-जाते वापस अपने घर की ओर मुड़ गया। कहता है इस साल नहीं...अगले साल फर्स्ट क्लास लाऊँगा। तभी ना वह ऑक्सफोर्ड,

कैम्ब्रिज जा सकता है। कैसी यह औपनिवेशिक संस्कृति, जिसके प्रभाव से बेचारे गरीब लड़के-लड़की बिना वजह हीन भाव से ग्रसित हो जाते हैं। डॉ. तारक सेन, डॉ. भवतोष दत्त, डॉ. अजित साहा, बेकार हैं ये सब बड़े-बड़े विद्वान, मुझे नहीं जाना इनकी क्लास में।''

वह इन प्रोफेसरों की बातें भी ध्यान से नहीं सुनता था और न कभी उन लोगों की क्लास में कोई नोट्स लेता। ''तुमको पढ़ना-वढ़ना नहीं है क्या ?'' वह चुप।

यह 1962 का साल था। भारत पर चीन का आक्रमण हुआ। मेरा राष्ट्रवादी मानस पूरी तरह सत्ता के साथ था। मैं अपने सोने के तमाम गहने दान कर आई थी...देश को धन की जरूरत है। अम्मा ठंडी, खाली आँखों से मुझे देर तक घूरती रही थीं। लेकिन उन्होंने कुछ कहा नहीं। बेटी की देशभक्ति पर उन्हें भी नाज हुआ। सबको फोन पर मेरे कारनामे सुनाती रही थीं।

रेडियो पर घंटों नेहरू जी का भाषण सुनती हूँ...चीन ने यदि संयम से काम नहीं लिया तो न केवल यह विश्वयुद्ध होगा बल्कि परमाणु युद्ध में बदल जाएगा।

एसएफ के सदस्यों का कहना था–''चीन और आक्रमणकारी ? यह तो अन्तर्राष्ट्रीय स्तर पर सर्वहारा के खिलाफ साजिश होगी। यह सम्भव नहीं।''

लेकिन कैसी अजीब बात थी कि किसी ने भारत का साथ नहीं दिया। आज तक हम हिन्दी-चीनी भाई-भाई का नारा क्यों लगाते रहे थे ? चीन ने आक्रमण क्यों किया और क्या कारण था कि मॉस्को एकदम से खामोश रहा। वहाँ से कोई फौजी सहायता नहीं मिली। नई दिल्ली में सभी उदास, सभी हताश थे, क्या होगा कल ? नेफा से खबर आई, चीन की सेना के सामने भारतीय सेना नहीं टिक पा रही। हम सभी कितने आतंकित थे। क्या हमारा देश अब चीन का गुलाम हो जाएगा ?

रक्षा मन्त्रालय एक पर एक अस्त्र-शस्त्रों की माँग पेश करता रह गया। नेहरू कभी रूस, कभी अमेरिका, कभी ब्रिटेन की ओर आशा भरी नजरों से देखते रहे। घाव पर नमक छिड़का गया, जब भारत के राजदूत बी.के. नेहरू को व्हाइट हाउस में सुनना पड़ा–''आप लोग दो दिन भी मोर्चा नहीं सँभाल पाए ? चर्चिल ने तो दो वर्ष तक बिना अस्त्र-शस्त्र के अपनी लड़ाई जारी रखी थी।''

मेरा छोटा-सा दिमाग सोचता रह गया था–लड़ाई कैसे लड़ी जाती है ?

20-24 नवम्बर की रात को चीन अचानक युद्ध विराम की घोषणा करता है। ''मैं इसी की प्रतीक्षा में था।'' ठंडी साँस लेते हुए नेहरू कहते हैं।

जिस तेजी से चीन ने आक्रमण किया उतनी तेजी से चीन पीछे भी हट गया।

"अरे !...अरे, लड़ाई रुक गई...लड़ाई रुक गई।" एसएफ ने बिगुल बजाया।

मुझे बड़ा अजीब लग रहा है। मेरे वे गहने ? अम्मा का कहना था कि दान में दिया गया सोने का वजन पच्चीस भरी था। कहाँ गया मेरा वह सोना ? मन ही मन मैं अफसोस करती हूँ।

"मैंने तुमसे कहा था, चीन हमारा दुश्मन नहीं। हमारा असल दुश्मन है, साम्राज्यवाद, उपनिवेशवाद, पूँजीवाद...हम लड़ेंगे, इन सबके खिलाफ लड़ेंगे।" टेबल पर मुक्का बरसाता हुआ वह लड़का चीख रहा था—"यह देखो तुम लोग बर्टेड रस्सल ने क्या लिखा है—"चीन साम्राज्यवादी नहीं। चीन ने कभी नहीं कहा कि वह हमारी जमीन चाहता है। जबकि चीन यदि चाहता तो पूरा आसाम दखल कर लेता।"

गांधीवादियों ने अपनी इज्जत बचाने हेतु युद्ध के उन्माद को हिस्टीरिया में बदलकर रख दिया। यह कैसा उग्र राष्ट्रवाद है ? अन्ध देशभक्ति से भला किसे लाभ होगा ?

मैं उस लड़के से बुरी तरह नाराज हूँ। वह गांधी और नेहरू की आलोचना क्यों करता है ?

"तुम चुप करो तो। मैं नहीं मान सकती ये बातें। बकवास बन्द करो, देश के खिलाफ मैं कुछ भी नहीं सुन सकती। तुमने लता मंगेशकर का गाना सुना...'ऐ मेरे वतन के लोगों, जरा आँख में भर लो पानी' अरे इस गीत को सुनकर नेहरूजी रो पड़े थे। सुना तुमने ?"

"चीन हमारा दुश्मन है।" मेरे समर्थन में तेजेन्द्र ने कहा।

"चीन हमारा दुश्मन नहीं है।" उस लड़के ने कहा।

"है।"

"नहीं... ।"

लड़के आपस में उलझ गए थे...मारपीट...मुक्का-मुक्की, धक्का-धुक्की... कॉलेज के गलियारे में दो दल हो गए। हम लड़कियाँ हमेशा की तरह निष्क्रिय द्रष्टा।

सरकार की टेढ़ी नजर पड़ी, भारतीय कम्युनिस्ट पार्टी पर। देश के हर शहर में जनता ने कम्युनिस्टों के विरोध में नारे लगाए। उन्हें चीन के दलाल कहा गया। जनरल करिअप्पा ने उन्हें विभीषण का खिताब दिया।

क्या कम्युनिस्ट चीन साम्राज्यवादी है ? कॉलेज में बहस हो रही थी। और ये स्थानीय कम्युनिस्ट ? क्या वे घर-फोड़ू नहीं ? इन विभीषणों को कौन नहीं जानता। कम्युनिस्टों के खिलाफ दबी जबान से आपस में चर्चा थी, मगर एसएफ

के लड़कों को देख सब चुप हो जाते। भारत रक्षा कानून के अन्तर्गत व्यापक गिरफ्तारियाँ शुरू हुईं और देशभर में किसी ने सरकार का विरोध नहीं किया। जनमानस में कहीं कोई उत्तेजना नहीं दिखलाई पड़ी।

ताराशंकर बन्द्योपाध्याय ने लिखा—'कम्युनिस्टों में कहीं कोई सच्चाई नहीं, केवल इनका दलीय स्वार्थ ही सच है। दलगत स्वार्थ के लिए झूठ का वरण करने में ये नहीं हिचकेंगे। इनके स्वर्ग राज्य में व्यक्ति नहीं—वहाँ मृत्यु है, हिंसा है, छलबल और कौशल है।'

नारायण गंगोपाध्याय का कहना था—'पराई जमीन के लिए चीन का लोभ-लालच...ऐसा समाजवाद मेरा शत्रु है, मेरे देश का शत्रु है, समग्र मानवता का शत्रु है।'

"हमारा असली दुश्मन एक विशेष जाति नहीं, किसी विशेष भूखंड को लेकर यह झगड़ा नहीं, हमारा वास्तविक दुश्मन एक विशिष्ट मतवाद है—जिससे प्रभावित होकर आक्रमणकारियों ने हमारी राष्ट्र व्यवस्था को हिलाना चाहा था।" प्रोफेसर लोग हम छात्रों को समझाना चाहते थे।

हम लोग तपन सिंह का सिनेमा, 'आमार देश' देखने जाते हैं। हेमन्त मुखर्जी ने रवीन्द्र संगीत गाया था...।

"तुमने अशोक मित्र का संपादकीय पढ़ा ?" वह लड़का पूछ रहा था।

"नहीं, क्या लिखा है ?"

इन सबकी देशभक्ति के बारे में अशोक मित्र का कहना है, "यह एक चटकदार देशप्रेम है, जिसकी अश्लीलता से भींगी हुई हवा देश के बुद्धिजीवियों को भिगो रही है। ऐसे लोग या तो चुप हैं या फिर सियारों के दल में शामिल होकर हुआँ-हुआँ कर रहे हैं। मगर सच बोलने का साहस इन लोगों में किसी को नहीं।"

"सच क्या है ?"

"सच्चाई तो यह है कि चीन हमारा शत्रु नहीं, हमारे शत्रु तो देश के भीतर हैं।"

मैं सच और झूठ बिलकुल नहीं समझ पाती। यह राजनीति मेरी समझ से परे है। मगर अपने देश से मुझे बेहद प्यार है। 1 नवम्बर को भारतीय सुरक्षा कानून के अन्तर्गत बी.डी. रणदिवे को गिरफ्तार कर लिया गया। कम्युनिस्ट दफ्तरों पर आक्रमण हुआ,.कार्यकर्ताओं की धर-पकड़ जारी रही और कांग्रेसियों ने नेताओं का पुतला जलाया। ज्योति बसु को देशद्रोही की उपाधि मिली। जगह-जगह वामपन्थी पुस्तकों की होली जलाई गई। यह कैसा अँधेरा समय था, भला ऐसे

वक्त में कोई प्रेम कर सकता है ? लेकिन ये सपने ? इन सपनों का क्या करूँ ? मैं अपने दिवास्वप्नों में प्रायः खो जाती हूँ।

मार्क्स को पढ़ना बेहद अच्छा लगता है। पहली बार लगा, दर्शन का सम्बन्ध मेरे अस्तित्व, मेरे परिवेश से है। बहुतेरे लड़कों से बात नहीं करती। खासकर वे जो व्यवस्था के समर्थक हैं। मगर उस लड़के के साथ और भी बहुत लोग हैं। असीम (असीम दासगुप्ता, वर्तमान में पश्चिम बंगाल के वित्तमन्त्री), बुद्धदेव (बुद्धदेव भट्टाचार्यजी, वर्तमान में पश्चिम बंगाल के मुख्यमन्त्री), शैलेन, लाली, अभिजित...नहीं इन लड़कों से मैं बात नहीं कर पाती। एसएफ के इन सदस्यों से मुझे घबराहट होती है। शुभा के पिता मिस्टर सेन ने उसी दिन मुझे समझाया, "तुम भले घर की लड़कियों को कम्युनिस्ट लड़कों से कम मिलना चाहिए। पुलिस की उन पर कड़ी नजर है।"

पुलिस के नाम से मेरा चेहरा सफेद हो गया। अरे बाप रे ! अम्मा के कानों में यदि जरा भी भनक पड़ी तो मुझे वे काटकर रख देंगी। बड़े भैया इन लाल झंडेवालों से बेहद नफरत करते हैं।

"तुम्हें पता है पार्टी में दो फाड़ हो गई है। जगह-जगह पुलिस रेड कर रही है।" तेजेन्द्र ने हम लड़कियों से कहा।

आज कॉफी हाउस में लड़कों में फिर हाथापाई हो गई। मेज-कुर्सियाँ उलट गईं। काँच के गिलास फेंके गए।

लेकिन दूसरे दिन क्लास में वह लड़का सर पटक-पटककर रो रहा था।

"क्या हुआ ? अरे कुछ बोलो तो...?" नरेश सर पूछ रहे थे।

"दादा को पुलिस उठाकर ले गई। बेचारे बाबा बुढ़ापे में कैसे गृहस्थी टानेंगे ? माँ तो बेहोश होकर गिर पड़ी थी। सर ! आप ही बताइए मैं क्या करूँ ?" आज पहली बार उस लड़के की आँखों में भय मिश्रित कातरता थी।

"तुमसे कहा नहीं था मैंने कि इन झूठे क्रान्तिकारियों के चक्कर में मत पड़ो, इन कम्युनिस्टों के माँ-बाप रूस और चीन हैं।" नरेश सर को सच में गुस्सा आ गया।

मैंने बीच में टोका..."नहीं सर...पार्टी के विभाजन के कारण कामरेडों का आपसी वैमनस्य है, कहते हैं जॉली कौल ने खुद अपने दफ्तर में आग लगवाई और पुलिस को खबर दी है।" मैंने बीच में कहा।

सर कड़ी नजर से मेरी ओर देखते हैं और पूछते हैं, "क्या राजनीति में जाने का इरादा है ?"

"नहीं सर ! बिलकुल नहीं।"

"एसएफ़ यानी छात्र परिषद की सदस्यता ली है ?"

"नहीं सर।"

"बचकर चलो, चारों ओर घना अँधेरा है।"

मेरे पास अपना कुछ भी नहीं, बेकार मैंने अपने गहने दान दिए। आज यदि वे गहने मेरे पास रहते तो मैं इस लड़के की सहायता कर पाती।

सर ब्रैडली को पढ़ा रहे हैं। 'Appearance is not reality.' मेरा मन नहीं लगता। क्या होगा इन सबको पढ़कर...अस्तित्व की किसी भी समस्या का ब्रैडली के पास उत्तर नहीं।

एसएफ यानी अपने सदस्यों को पुनः संगठित करना चाहता है। क्रान्ति के इतिहास को आगे बढ़ाना चाहता है।

लेकिन उस लड़के का दादा जेल से छूटकर आ गया। पार्टी के खिलाफ उसके दादा ने पुलिस को बयान जो दिया था। उसे एक अच्छी नौकरी भी मिल गई। मल्लिक परिवार की लड़की से दादा की शादी की चर्चा जोरों पर है। मगर वह लड़का ! वह उदास है।

"सर ! हमने सुना ज्योति बसु एवं भूपेश गुप्त दोनों गहरे दोस्त थे। पर इन्दिरा गांधी के सामने भूपेश गुप्त ने ज्योति बसु को गुरिल्ला क्यों कहा ? एक राजनीतिज्ञ और गुरिल्ला में फर्क नहीं होता ?"

"जरूर होता है।"

मगर अब वे दो अलग-अलग खेमों में विभाजित हो गए हैं। देवकुमार बसु ने कहा—"पुरानी पार्टी में सर रह गया और धड़ चला गया नई पार्टी के साथ।"

नरेश सर से हम छात्र-छात्राएँ पार्टी की दो फाड़ का कारण पूछते हैं।

"सीपी के सभी सदस्य पचास से ऊपर के, सभी सवर्ण सभी बौद्धिक थे। पार्टी को तो टूटना ही था।" सर का विश्लेषण था।

छात्र परिषद का आह्वान था...'हमें मॉस्को, चीन से स्वतन्त्र होना होगा, हमारे निजी मामलों में कोई बाहरी हस्तक्षेप न हो।'

मेरे मन में शान्ति नहीं,
यदि तूफान आ जाए ?
शब्दों के गहरे आघात से आकाश टूट पड़े ?
इस गहरे अँधेरे को,
यदि कोई तूफान चीरकर रख दे।
तब शायद, मेरा मन शान्त हो जाए।

समर सेन की ये पंक्तियाँ वह लड़का गाता रहता था। उसका मन अशान्त था। उसके कांग्रेसी माँ-बाबा और वे दोनों भाई, दो कामरेड अलग-अलग दिशा में थे। दोनों भाई आपस में बात नहीं करते।

"राजनीति के कारण भाई-भाई में इतनी लड़ाई ?" मैं पूछती हूँ।

"तुम मूर्ख हो।" वह लड़का मुझसे कहता है।

"देशप्रेम किसे कहते हैं ?"

"विश्लेषण करो तो समझोगी। देशप्रेम के दो रूप हैं। अपने जैसे लोगों के लिए कल्याणकारी, अपने से भिन्न के प्रति हिंसक। लेकिन क्या यह देश महज कुछ लोगों का है ? क्या यह देश सबका नहीं ? हमें यह कैसी आजादी मिली कि देश का नेतृत्व कालाबाजारी, मुनाफाखोर लोगों के हाथ में आ जाए और इनके इशारे पर सत्ता नाचती रहे। इनके कहे पर आम आदमी को पुलिस गोलियों से भून दे।"

"मगर नेहरूजी तो खुद ऐसे लोगों के साथ नहीं। वे तो खुद कहते हैं कि इन कालाबाजारियों को लैम्पपोस्ट से लटका दिया जाएगा।"

"हाँ, समाजवादी नेहरू ने कहा तो है मगर आज तक किसी को चौराहे पर फाँसी दी गई ? किसी मुनाफाखोर को गोली मारी गई ?" क्रोध से उसकी गर्दन की नसें फूली हुई थीं।

"तुम बंगाली हम मारवाड़ियों से बहुत नफरत करते हो। है ना...?"

उसने पेंसिल से मेरे ललाट को छूते हुए कहा—"बेवकूफ लड़की, हमारी लड़ाई व्यवस्था से है, किसी व्यक्ति या जाति से नहीं। देखना एक दिन इस देश में भी क्रान्ति होगी, ठीक वैसी ही जैसे फ्रांस में हुई थी। फ्रांस की राज्य क्रान्ति के बारे में तुम्हें और ज्यादा पढ़ना होगा। लुई सोलहवें की गिलोटिन से हत्या हुई।"

"गिलोटिन किसे कहते हैं ?"

"खुद पढ़ो और समझो।"

और उसने मुझे प्रगतिशील किताबों का पुलिन्दा पकड़ा दिया था। हीरेन्द्रनाथ मुखर्जी, कोशम्बी, जोशुआ दी कास्त्रो की किताबें थीं। हमारे बीच किताबें घूम रही थीं, गुपचुप-गुपचुप।

गिलोटिन का अर्थ हुआ गर्दन का कटना। मैं रातों को सो नहीं पाती। मेरी जान-पहचान के लोगों का चेहरा मेरी आँखों के सामने तैरता रहता है। फलाँ भाईजी के पैसा बहुत बढ़ गया, वे सरसों के तेल में मिलावट करते हैं। क्या तब एक दिन उनको भी मार डाला जाएगा ? ठीक वैसे ही जैसे लुई सोलहवें को मारा गया।

अम्मा परेशान हैं महँगाई से, गेहूँ-चावल के बढ़ते हुए दाम से। व्यापारियों का बड़ा तबका कालाबाजारी में मशगूल था। अम्मा चिन्तित थीं कि राशन और घट जाएगा तो चावल कहाँ से आएँगे ? भैया ने अम्मा से कहा, "चावल जुटाना कठिन काम है। राशन में और कमी होगी। आप ही बताइए ब्लैक में चावल कहाँ तक खरीदेंगे ? घर का खर्च कैसे चलाऊँगा ? भैया भी नाराज। "अम्मा, आप कुछ नौकरों को गाँव भेज दीजिए।"

हरिया रोने लगा, "माँजी, वहाँ गाँव में हम खाएँगे क्या ?"

अम्मा दुखी और सब पर नाराज। जर्मन-जापान की लड़ाई के वक्त भी ऐसी हालत नहीं हुई थी। कैसा महँगा जमाना आ गया है।

लेकिन अम्मा अपनी जिद पर अड़ी हुई हैं। मेरे नौकर-चाकर कहीं नहीं जाएँगे, यहीं रहेंगे।

भैया रात-दिन पैसेवालों की चर्चा करते हैं। फलाँ ने तेल में मिलावट की और लाखों कमाया, फलाँ ने अपनी आटे की मिल से करोड़ों कमाया। भैया पैसा और पैसा कमाना चाहते हैं। क्योंकि हर चीज का दाम बढ़ रहा था।

भैया से उनके यार-दोस्त कहते, "तुम आज स्टॉक करो और कल बेच दो, करोड़पति होने में देर नहीं लगेगी।" पर भैया लोगों को अम्मा की सौगन्ध थी, उन्हें कालाबाजारी नहीं करना है, पुलिस की पकड़ा-पकड़ी से अम्मा को बेहद डर लगता। सर पर बाप का साया भी नहीं।

"कम खा लेना बेटा पर बेईमानी मत करना।" अम्मा का सख्त निर्देश था।

"बिना बेईमानी के कोई करोड़पति नहीं हो सकता।" बड़े भैया के स्वर में तल्खी।

जय इंजीनियरिंग के कारखाने में मजदूरों ने हड़ताल कर दी। इसी बीच हिन्दू-मुसलमान का दंगा भड़क उठता है। राजा बाजार की बस्ती जलकर राख हो जाती है। ज्योति बसु ने आह्वान किया—"हिन्दू-मुसलमान एक होकर साम्प्रदायिक ताकतों के खिलाफ संघर्ष करें।" लोग एकजुट हुए। क्लास के ब्लैक बोर्ड पर किसी ने लिखा—'हिन्दू-मुसलमान आपस में क्यों लड़ते हैं ? अल्लाह ने तो

भगवान के सीने में छुरी नहीं भौंकी।' खैर, छात्रों ने बस्तियों में घूम-घूमकर लोगों की सहायता की। शान्ति का आह्वान किया।

जली हुई बस्ती की राख अब हवा में नहीं उड़ रही थी। मुर्दों को पुलिस ने हटा दिया था। उस लड़के ने क्लास की दीवार पर लिखा–'मृत देह की जाति नहीं होती, उसका कोई धर्म नहीं हुआ करता। किसी पार्टी का वह सदस्य नहीं।'

असीम राय ने लिखा–'जब सारे स्वप्न चूक जाएँ तभी समझना कि नए स्वप्न को देखने का समय आ गया है।' क्या था नया सपना ?

कलकत्ता विश्वविद्यालय के प्रांगण में एक बार बम विस्फोट हुआ...मगर कोई आहत नहीं हुआ। उस समय मैं और शान्ता क्लास में थीं। बम की आवाज सुन मैं तो रो पड़ी थी।

मगर वह लड़का हँस रहा था। उसके साथ कुछ अन्य भी हँस रहे थे। पता चला यह काम एसएफ के सदस्यों का था। एक बार फिर शान्ति।

जय इंजीनियरिंग कारखाने में वापस हड़ताल हो गई। समर्थन में इंजीनियरिंग के अन्य सभी कारखाने बन्द हो गए थे। बैंक, बीमा, सरकारी कर्मचारी, मिल-कारखानों के श्रमिक सभी सन्तुष्ट, सभी ने हड़ताल का आह्वान किया।

भैया का कहना था, ''सरकार का मालिकों को पूरा समर्थन है। पुलिस ने जय इंजीनियरिंग कारखाने के मजदूरों पर लाठी बरसाई, डी.आई. कानून का प्रयोग किया गया। सरकार ने हड़ताल को गैरकानूनी करार दिया। मालिक वर्ग को सरकार का पूरा समर्थन मिला।''

लेकिन हड़ताल नहीं टूटी, हड़ताल जारी थी। मैं उस लड़के से पूछ रही थी, ''क्या दुनिया बदलेगी ?''

''हाँ बदलेगी, जरूर बदलेगी। तुमने नेरूदा को पढ़ा ?''

''नहीं। मैं बर्टेंड रस्सल का 'मैरिज एंड मॉराल्स' पढ़ रही हूँ।''

''वह भी कोई पढ़ने की चीज है !''

सेन रैली, बर्न स्टैंडर्ड, गेस्टकीन विलियम्स, ब्रेथवैट, इंडियन फैन, रैकिट एंड कोलमैन, भारत इलेक्ट्रोनिक्स, जेसप एंड कम्पनी हर जगह लाल झंडा फहरा रहा था। मजदूर धरने पर बैठे। पुलिस की धर-पकड़ जारी थी।

और एक दिन गार्डनरीच शीप बिल्डर कारखाने में भी हड़ताल हो गई।

''यह अस्तित्व का संकट है।'' कॉलेज में अध्यापक मंडल का कहना था।

व्यापारी वर्ग दोनों हाथों से काला धन बटोर रहा था।

भूखा मजदूर आन्दोलन की गुहार लगा रहा था। क्योंकि रोटी महँगी होती जा रही थी।

हिन्द मोटर, दुर्गा कॉटन मिल, प्रेसिडेंसी जूट मिल, लक्ष्मी जूट मिल सभी जगह मजदूर आन्दोलन शुरू हो गया।

"हमें बंगाल छोड़ना होगा।" मामाजी ने अम्मा से कहा। ये कम्युनिस्ट हमें जान से मार डालेंगे।

"छोड़कर जाएँगे कहाँ ?" भैया के माथे पर चिन्ता की लकीरें।

"अपने देश। सुजानगढ़।"

"वहाँ देश में क्या खाओगे ?" अम्मा ने पूछा।

भैया चुप हो गए थे। सच बात है, वहाँ राजस्थान में हम क्या खाएँगे ?

सहमा हुआ था व्यापारी समाज, लाल झंडे से बड़ा आतंकित था व्यापारी वर्ग।

"तुमने डॉक्टर जीवागो को पढ़ा ?" उस लड़के ने पूछा।

"नहीं, मैं सार्त्र का ला नाशे पढ़ रही हूँ। सिमोन द बोउवा का सेकंड सेक्स पढ़ा है।"

"क्या लिखा है सिमोन द बोउवा ने ?"

"बहुत कुछ, कोई जन्म से स्त्री नहीं होती, समाज उसे स्त्री बनाता है।"

"तुम स्त्री की चिन्ता बाद में करना। पहले मजदूर की चिन्ता करो।"

"क्यों मैं स्त्री की गुलामी की चिन्ता क्यों न करूँ ? तुम भी तो कोई मजदूर के पेट से पैदा नहीं हुए ? तुम्हें अपनी माँ का शोषण समझ में नहीं आता ?" हमलोगों में बुरी तरह झगड़ा हो गया।

लेकिन यह भूख और यह गरीबी ? इन्दिरा गांधी ने भाषण दिया—'सबको अनाज उपलब्ध हो सके, हमारी सरकार का यह पहला काम है।' भारत को 54 हजार टन गेहूँ दान में मिला है। एमस्टरडॅम के छात्र-छात्राएँ भारत को अनाज भेजने के लिए धन इकट्ठा कर रहे हैं।

सारे देश में छात्र आन्दोलन, छात्र असन्तोष का सैलाब उमड़ पड़ा। छात्र हिंसक होते जा रहे थे। कॉलेज में छात्रों से प्रोफेसरों ने अपील की। छात्रों से संयम बरतने को कहा गया। यादवपुर विश्वविद्यालय के वाइस चांसलर डॉ. त्रिगुणा सेन का कहना था—"इन युवाओं को घर पर सही शिक्षा नहीं मिलती।"

राष्ट्रपति डॉ. राधाकृष्णनन ने छात्रों से अपील की कि वे रोज महाभारत का पाठ करें।

"मेरा मन करता है इस कॉलेज में महाभारत का युद्ध छेड़ दूँ।" वह लड़का पंचम स्वर में चीखता है।

उसने दाढ़ी बढ़ा ली, गुरु कुर्ता पहनता था वह, कन्धे से लटकते हुए झोले में न जाने वह क्या-क्या रखने लगा था। उस लड़के की माँ कॉलेज में आई थी।

सर के सामने बहुत देर तक रोती रही। पता चला कि वह लड़का फाइनल परीक्षा में नहीं बैठना चाहता। तुम लोग समझाओ उसको। मैं, सर्बरी, रमा...सभी चुपचाप खड़ी थीं।

वह लड़का चीखता है, "थू है ऐसी नौकरी पर, बैंक की क्लर्की के लिए अट्ठाईस हजार लोगों की अर्जी ! यह कोई नौकरी हुई ? हमें एक और बड़ा आन्दोलन करना होगा।"

मगर चावल के दाम बढ़ते जा रहे थे।

एक ओर राशन का लागू होना, दूसरी ओर सुरसा की तरह मुँह फैलाता हुआ कालाबाजार। चावल नहीं...चावल का अभाव। भात के बदले आलू और पत्तागोभी खाने की अपील। पश्चिम बंगाल कालाबाजारियों का स्वर्ग बन गया। छात्रों के सवालों का उत्तर देने में बहुतेरे कांग्रेसी प्रोफेसर असमर्थ नजर आ रहे थे। व्यापारियों को पैसा कमाने के अलावा और कुछ नहीं सूझ रहा था—उन्हें कालाबाजारी का अभ्यास जो था। पुलिस की पकड़-धकड़ जारी थी। धान की खड़ी फसल रातों-रात काट ली जाती। धान के खेतों पर कालाबाजारियों का शिकंजा कसता जा रहा था। सुबह चावल के दाम अलग और रात को अलग।

वह पिकनिक भी बड़ी अजीब थी, हम सभी लड़के-लड़कियाँ कोंटाई गए थे। ट्रेन में कोंटाई होकर सुन्दरवन की ओर। लड़के-लड़कियों का अजीब सम्मिश्रण था। प्रवीर के पिता चावल के बड़े आढ़तिए थे, गल्ले के काम में रात-दिन पैसा बटोर रहे थे, मैं व्यापारी घर की थी मगर हमारे यहाँ का पुश्तैनी धन्धा जूट का था, जो बाबूजी के देहान्त के बाद प्रायः बन्द था। वह लड़का अब एसएफ का एक तेजस्वी सदस्य था। साथ में अनिता, रमा, लाली और मेरी बड़ी बहन गीता। लौटने में ट्रेन में गाँव की औरतें चढ़ीं। साथ में उनके छोटे-छोटे बच्चे। अचानक पुलिस की रेड, "चावल निकालो।...कहाँ है चावल... ?"

कोरियर का काम कर रही हैं ये औरतें ! गाँव से चावल शहर ले जा रही हैं। वहाँ ब्लैक में बेचेंगी।

"अरे ये नहीं बेचेंगी...इन चावलों को बस्ते में भरा जाएगा, उसे व्यापारी खरीदेंगे। गाँव भूखे मरेगा और शहर में बड़े आदमियों का पेट भरेगा।"

"एक-एक के पास चार-पाँच केजी चावल है।"

"हाँ मैंने देखा है इस औरत को, सुबह से इसने चार-पाँच चक्कर लगाए हैं।"

"बाबू मैंने तो अभी तक भात नहीं खाया है, और यह जो फूला हुआ पेट है ना, इस पेट में बच्चा है।"

"चोप्प साली...! कपड़े खोल..." महिला पुलिस की खींचतान..."चल दिखा

कमर में क्या लपेट रखा है ?"

ओह...कपड़े की थैली में चावल भरे हुए थे, और उस थैली को कमर में बाँधा गया था, देखने में पेट फूला हुआ नजर आ रहा था। हम लड़कियाँ चकित थीं।

"इसे छोड़ दो... ।" अबकी उस लड़के की बारी थी। भिड़ गया था वह पुलिस से..."चलो थाना चलो।" उसे छुड़ाने में रात के आठ बज गए। हम लड़के-लड़कियों को घर पहुँचते-पहुँचते रात के नौ बज गए।

दूसरे दिन बशीरहाट में गोली चली। बंगाल में आग लग चुकी थी। वह लड़का मंच पर भाषण दे रहा है—"जन्म से ये बच्चे अभिशप्त हैं। मक्खियों की तरह भिनभिनाते हैं। नंग-धड़ंग जीते हैं—उनकी एक रोटी में चार पेट का साँझा है। किसी को उनकी चिन्ता नहीं, माँ-बाप को भी नहीं। कुछ नहीं चाहिए उन्हें, बस दो वक्त की रोटी...यह कैसी स्वतन्त्रता कि रोटी भी न जुटे ? अब खोने को क्या है हमारे पास ? कीचड़ मिट्टी से सनी बस यह नंगी देह ही तो हमारे पास।"

कॉलेज के लड़के-लड़कियों का विद्रोह देख सब चौंक उठे—सरकार एवं वामपन्थी सभी लोग। क्या यह क्रान्ति है ? सर्वदलीय क्रान्ति...?

उत्तर के लिए मैं इधर-उधर देखती हूँ। हम छात्रों से आजकल सारे अध्यापक आँखें चुराते हैं।

अब ट्रॉम आन्दोलन की बारी थी। ट्रॉम का भाड़ा जो बढ़ा दिया गया। छात्रों में फिर उत्तेजना।

"हम नहीं मानेंगे, कभी नहीं मानेंगे।" छात्रों का कहना था।

"हम सारी ट्रॉमों को जलाकर खाक कर देंगे।"

और एक दिन हमारे सामने देखते-देखते एक-पर-एक कई ट्रॉमों को जलाकर खाक कर दिया गया।

गोली चली, हवा में बारूद की गन्ध भर गई थी। मौत के साथ कैसा खेल खेला उन लड़कों ने ! खून से लथपथ वह लड़का सामने गली में कॉफी हाउस की ओर भागता चला गया था। वह लड़का भाग रहा था और उसके साथ भाग रही थी पूरी धरती। बीस साल का वह लड़का...मानो आज भी और हजारों साल बाद भी बीस साल का ही रह जाएगा। अब भी उस लड़के के साथ कोलकाता, बीजिंग, वियतनाम, क्यूबा के तमाम लड़के दुनिया बदलने का सपना देख रहे थे। लड़के ऑक्सफोर्ड एवं सौरबों में सवाल पूछ रहे थे, आदमी होने का सबब जानना चाह रहे थे। सृजन का सुख चाहते थे सब लड़के। और बाद के दिनों में मैंने उससे बस एक सवाल पूछा था, "यदि इस बार भी दुनिया न बदले तो ?"

"तो क्या होगा ? मैं मर भी जाऊँ तो फिर जन्म लूँगा और बार-बार दुनिया

को बदलने का सपना देखूँगा।''

हाँ, तो बंगाल में आग लग चुकी थी। जगह-जगह मिलिट्री को बुलाना पड़ रहा था। बसें और ट्रामें जल रही थीं। टीयर गैस, 144 धारा, स्कूल-कॉलेज फिर बन्द। विवेकानन्द रोड, कॉलेज स्ट्रीट, महात्मा गांधी रोड पर दंगा भड़क उठा। पुलिस ने गोलियाँ चलाईं, करीब अस्सी छात्रों को तत्काल गिरफ्तार कर लिया गया।

सत्ता चौंक उठी। यह कैसा आन्दोलन है कि बच्चे आग लगा रहे हैं। बच्चे जुलूस में शामिल हैं। बच्चे गोलियों से भूने जा रहे हैं। क्यों ? ऐसा कैसे हुआ ? यह बुडापेस्ट नहीं, बंगाल है। बंगाल की कांग्रेस सरकार को उत्तर नहीं सूझ रहा था। बच्चे बैरिकेट बनाते हैं, पत्थर उठाते हैं, बम फोड़ते हैं, रेल के डिब्बों में आग लगाते हैं। सवाल उठा इन छोटे-छोटे लड़कों के पास इतनी ताकत आई कहाँ से ? शिक्षक वर्ग परेशान, अभिभावक चिन्तित।

लड़कों का कहना था, ये कांग्रेसी नेता, नेपाल राय, अतुल्य घोष, क्या अधिकार है कि अपने भाषण में ये कहें—'इन कम्युनिस्ट देशद्रोहियों के हाथ-पाँव काट लो।'

''ऐसे नेताओं से एक-न-एक दिन हम बदला लेंगे।''

''पता है तुम्हें ज्योति बाबू ने क्या कहा ? हम न रूस के समर्थक हैं न चीन के। हम केन्द्र में हैं।''

''अरे कम्युनिस्टों में फिर आपस में झगड़ा हो गया।'' सत्ता समर्थक लड़के कह रहे थे।

''कभी नहीं, ये लोग एक रहेंगे।'' दूसरा कहता है।

''तुम्हें कुछ पता नहीं, छात्र परिषद की उस दिन जो मीटिंग हुई थी।''

''कौन-सी मीटिंग ?'' मैं बीच में बोल पड़ती हूँ।

''दूर छाई...तू किस दुनिया में रहती है ? पिछले सप्ताह 17 अगस्त को यूनिवर्सिटी हॉल में मीटिंग नहीं हुई ? कितना भारी जमावड़ा था।''

''ओह ! हाँ...हाँ...मैं भी तो गई थी तुम लोगों के साथ।''

''तब क्या सुना वहाँ पर ?''

मैं चुप रहती हूँ। कह नहीं पाती कि मुझे वहाँ शान्ता ने आधा घंटा तो टिकने नहीं दिया।

तेजेन्द्र ने फिर छौंक लगाया, ''हाँ-हाँ हमने भी देखा, कॉमरेड ननी गोपाल भट्टाचार्य मंच से भाषण दे रहे थे, लेकिन तुम्हारे जिला परिषद के कार्यकर्ता विमान बसु, असित सिन्हा, दिलीप पाइन, धीरेश, निर्मल सभी तो वहाँ मौजूद थे। लेकिन मंच पर केवल ननी गोपाल बोल रहे थे, केवल ननी गोपाल।''

उस लड़के का मुँह काला हो जाता है। क्रोध से फिर उनकी गर्दन की नसें फूल जाती हैं, ''एई तेजेन्द्र ! देखो ठीक नहीं हो रहा, बात को घुमाओ मत...''

कुछ और शब्द...कुछ और बकझक, मारपीट हुई नहीं पर होने की नौबत... यह तो रोज की घटना थी।

शान्ता ने मुझसे कहा, ''तू इन किताबों को पढ़ना बन्द कर। ये किताबें तेरा दिमाग खराब करती हैं, चल मेरे साथ ट्रिंकास में...वहाँ सुरेन्द्र पॉल, गोपा राय...नमिता गिडानी...''

''मुझे नहीं जाना। मुझे कहीं भी नहीं जाना।''

''क्या पढ़ रही हो इन दिनों ?'' वह फिर पूछता है।

''सिमोन द बोउवा की आत्मकथा।''

''तुम हमेशा बेकार की किताबें पढ़ती हो। चलो आज मेरे साथ मीटिंग में चलो।''

''ऐ प्रभा...! तुम्हें वहाँ नहीं जाना है।'' शान्ता मेरा हाथ पकड़कर खींचती है। ''मेरे डैडी के मित्र हैं राजगोपालाचारी। इन कम्युनिस्टों से बेहद चिढ़ते हैं। इन कम्युनिस्टों को सरकारी नौकरी कभी नहीं मिलेगी।''

''हाँ, मेरे बाबूजी भी पक्के कांग्रेसी थे, गांधी के भक्त। पूरे खानदान में कभी किसी ने कांग्रेस के अलावा और किसी को वोट नहीं दिया।''

''हमें लाल कलम और लाल पेंसिल का व्यवहार नहीं करना है।'' शान्ता ने फिर कहा।

''पर शान्ता, लाल रंग तो शुभ रंग है, लाल सिन्दूर, लाल चुनरी, लाल-लाल सुहाग की चूड़ियाँ। तब लाल झंडे से इतना परहेज क्यों ?''

लेकिन तमाम सहानुभूति के बावजूद लाल खून, लाल सलाम, से मेरा रास्ता अलग होता जा रहा था। उस लड़के के दोस्त थे, सुविनय, सुभाष, श्यामल, विमान, दीपक जो मेरे जैसे पैसेवाले बुर्जुवा दोस्तों की रात-दिन बुराई करते रहते।

''शान्ता वह लड़का मुझसे नफरत करता है।''

''मैंने कहा नहीं था। चलो मेरे साथ आज ट्रिंकास चलना है। ब्लू फॉक्स गई थी ? इन लड़कों से बात मत कर, उसे पुलिस पकड़ेगी तो तुम भी फँस जाओगी।''

सर ने मुझे स्टाफ रूम में बुला भेजा। शान्ता ने जरूर कुछ लगाया-बुझाया होगा, नहीं तो सर मुझे स्टाफ रूम में नहीं बुलाते।

''क्या बात है ? मैं देख रहा हूँ, क्लास में तुम्हारा मन नहीं लगता ?''

''सर ! मेरे मन में दर्शन की जो रूपरेखा थी; वह नहीं पढ़ाया जा रहा,

सर...सर...''

''हाँ, हाँ, कहो। डरो मत।''

''सर देकार्त, कांट, हीगेल, ब्रैडले, सबको तो पढ़ डाला। इतनी अमूर्त बातें, आधी बातें तो समझ में नहीं आतीं...और भारतीय दर्शन...वह भी नहीं सर...अद्वैत वेदान्त...ब्रह्म सत्यम् जगत् मिथ्या, यह वाक्य बस हम रटे जा रहे हैं। रटकर लिखने से क्या फायदा ?''

''तुमने दर्शन का चुनाव क्यों किया था ? तुम्हारे तो नम्बर अच्छे थे। तुमने पॉलिटिकल साइंस क्यों नहीं लिया या फिर अर्थशास्त्र ?''

''पता नहीं सर ! बिना कुछ सोचे-समझे ही मैंने चुनाव कर लिया था। पर मैं जब तक अपने को, अपनी स्थितियों को, नहीं जानूँ, तब तक पढ़ने से क्या लाभ ? केवल मुझे समाजशास्त्र का ही विषय अच्छा लगता है। जॉन स्टुआर्ट, मिल विदकेनस्टाइन और...और...सर, सबसे अच्छा मार्क्स का दर्शन लगता है।''

''हूँ।'' डॉ. चैटर्जी ने गम्भीरता से सर हिलाया। वे एंटी एसएफ थे। गांधी के परम भक्त। अन्य सहेलियों के अनुसार उनके सामने मार्क्स का नाम भी मत लेना। लेकिन मैं तो मार्क्स का नाम लूँगी। नम्बर कटते हैं तो कटने दो, मुझे कौन-सा फर्स्ट क्लास चाहिए !

''कल इसी वक्त आना। तुम्हारी किताबों की लिस्ट तैयार रखूँगा। हाँ, कुछ अमूर्त धारणाओं को भी समझना जरूरी है।''

''मसलन ?''

''अरस्तू और प्लेटो, हीगेल और शंकराचार्य, इन चारों में एक अकेले शंकराचार्य का अद्वैत वेदान्त भी ध्यान से पढ़ लो तो तुम्हारे मानस की जमीन पुख्ता हो जाएगी।''

''चेष्टा करूँगी।''

''नहीं, भारतीय दर्शन को जरूर पढ़ो, बार-बार पढ़ो। अर्थों की पर्त-दर-पर्त खुलती चली जाएगी। हाँ, तुम्हारे अन्दर तीन बातों का होना जरूरी है—अभीप्सा, जिज्ञासा और संकल्प। और फिर बार-बार दोहराते रहने का अभ्यास।''

दूसरे दिन सर ने किताबों की एक लम्बी लिस्ट दी। पूछा, ''खरीद पाओगी ? कुछ किताओं को जरूर खरीदो। किताब खरीदकर पढ़ने की आदत डालो।'' मैंने लिस्ट पर नजर दौड़ाई। हीगेल, नीत्शे, कीर्केगार्द की डायरी, हुर्सेल की पोइट्री, हाइडेगर का बीइंग, सार्त्र की साइकोलॉजी ऑफ इमेजिनेशन एवं ईगो का सिद्धान्त, लानॉशे का उपन्यास, मार्टिन व्युकर का आई एंड दाऊ, कामू का उपन्यास प्लेग, मिथ ऑफ सिसिफिस, मार्लों पोंती के नोट्स आदि।

"जहाँ नहीं समझ पाओ, मुझसे पूछना। स्टाफ रूम या मेरे घर आने में संकोच मत करना। तुम जो खोज रही हो, उसका उत्तर इनमें है। हाँ, और एक बात। दर्शन की सबसे बड़ी व्याधि है कि यह विश्लेषणात्मक दृष्टिकोण को बढ़ावा देता है। पर मेरी समझ में जिन्दगी का एक समग्र दृष्टिकोण अपनाओ। गीता को धर्म की तरह मत पढ़ो, एक महाकाव्य की भाँति पढ़ती रहना आजीवन।"

"लेकिन सर, मुझे संस्कृत नहीं आती।"

"आ जाएगी। पढ़ते-पढ़ते अर्थ खुलने लगेंगे और हाँ, कॉफी हाउस मत जाया करो, आजकल वहाँ छात्र परिषद वाले अड्डा जमाए रहते हैं।"

"क्यों सर ?"

"पहले अपने स्त्री होने की गुलामी को समझो।"

मैं स्टाफरूम से सीधे लाइब्रेरी में आ गई। मैं उन मोटी-मोटी किताबों को सूँघती रही थी। चिकनी पर्तों पर हाथ फिराती रही। और जब पढ़ना शुरू किया—मैं कौन हूँ...? और इसमें से शुरू होनेवाली समस्या, समस्याओं के निदान की सम्भावना पर सोचती रह गई थी। हर दूसरे-तीसरे दिन सर के पास मैं चली जाती। वे घंटा-आधा घंटा मुझसे बतियाते, अपनी व्यस्तता में से जितना समय निकाल पाते, निकालते। एक दिन की घटना मुझे याद है। सर नीत्शे को समझा रहे थे कि कैसे नीत्शे का प्रभाव फ्रेंच दार्शनिक बर्गसाँ पर पड़ा। मैं भाव-विभोर सुन रही थी। स्टाफरूम के एक कोने की मेज पर रमेश बाबू साप्ताहिक परीक्षा की कॉपियाँ जाँच रहे थे। मेरी उत्तरपुस्तिका लेकर वे सर की मेज पर आए।

"देखिए, यह क्या लिखा है, इस लड़की ने...ठीक से अंग्रेजी भी नहीं लिख पाती।"

उन्होंने हँसते हुए कहा, "लिखने लगेगी, इंग्लिश इस नॉट द एंड ऑफ वर्ल्ड। इसको कांट पर नोट्स दे दो और जो पढ़ना चाह रही है वही पढ़ने दो। अरे भाई, कितने छात्र-छात्राएँ फर्स्ट क्लास का मोह छोड़कर ज्ञान की पिपासा लेकर पढ़ते हैं ?"

"अच्छा प्रभा ! यह बताओ गुरुदक्षिणा क्या दोगी ?" हँसते हुए सर ने पूछा था।

"सर, मैं क्या दे सकती हूँ ?"

"बहुत कुछ। स्त्री होना कोई अपराध नहीं है पर नारीत्व की आँसू भरी नियति स्वीकारना बहुत बड़ा अपराध है। अपनी नियति को बदल सको तो वह एकलव्य की गुरुदक्षिणा होगी।" मैं अवाक् उन्हें देखती रह गई थी। वह गौरवपूर्ण, उन्नत ललाट, काले घुँघराले बाल, वह स्वच्छ पारदर्शी दृष्टि...पुरुष का ऐसा भी

रूप होता है ! मैंने उठकर चरण हुए—"सर ! आज से आप मेरे गुरु हुए।"

"नहीं, किसी भी बाहरी व्यक्ति को गुरु मत स्वीकारना। वह जो सिखाए, सीखना और कृतज्ञता सहित धन्यवाद देकर आगे बढ़ जाना। आत्मा ही आत्मा का गुरु हो सकता है।"

1965 का वह साल, मेरे लिए बहुत महत्त्वपूर्ण साल था। एम.ए. फाइनल की परीक्षा सर पर, लॉ इंटरमीडियेड भी देना...आजकल सभी संगी-साथी पढ़ने में मशगूल, खासकर वे जिन्हें अपने कैरियर की चिन्ता थी।

"वह लड़का !" दौड़ते हुए आकर रमा ने कहा, "अरे वही छात्र परिषद वालों ने क्या किया जानती हो ?"

"क्या ?"

"उन लोगों ने बेकर लैबोरेटरी में आग लगा दी।"

कॉलेज के सामने धरना शुरू हुआ।

अब क्या पढ़ाई होगी, कहाँ से फर्स्ट क्लास होगा ?

कॉलेज स्ट्रीट से जुलूस निकला। और हम लोग अच्छे-भले, सभ्य छात्र-छात्राएँ खिड़की से देखते रहे। स्कॉटिश कॉलेज के लड़के चीख रहे थे..."शेम...शेम प्रेसिडेंसी।" भला यह भी कोई बात हुई। कॉलेज का दरवाजा यदि बन्द कर दिया गया तो यह हमारी गलती तो नहीं।

इधर जनजागृति के आन्दोलन ने जोर पकड़ा और उधर भारत-पाकिस्तान की लड़ाई की रणभेरी बज उठी।

छात्र परिषद का कहना था, "राजनैतिक, आर्थिक संकटों से मुक्ति के लिए दोनों देशों के नेताओं ने लड़ाई छेड़ी है। दोनों ही देशों में पैसेवाले व्यापारियों एवं सामन्तों के हाथ में है सत्ता। अपने होने और जीने के लिए वे लड़ाई छेड़ेंगे।"

लेकिन साइरन की तेज आवाज में सारे आन्दोलन खामोश कर दिए गए। जीवन में पहली बार ब्लैक आउट देखती हूँ। अम्मा हमें जर्मन-जापान की लड़ाई के बारे में बताती हैं, "ऐसा हुआ कि खिदिरपुर पोर्ट पर जापानियों ने बम गिराया,

लाशें पट गईं, लोग कलकत्ता छोड़-छोड़कर भाग निकले, तेरे बाबूजी के पास एक जौहरी आया। क्रिम क्रैक्रस बिस्कुट का डिब्बा सँभालने लगा। उसमें हीरे-मोती भरे थे, 'बाबू आप इसे रख लीजिए, बस मुझे पचास हजार की जरूरत है।' ''

''बाबूजी ने डिब्बा नहीं रखा ?''

''अरे कहाँ से रखते ? जैसी उस जौहरी की जान वैसी हमारी जान। हम भी तो कलकत्ता छोड़ानेवाले थे। जापानी सेना बढ़ी चली आ रही थी।''

''तो उन हीरे-मोतियों को आप साथ ले जातीं।''

''अरे नहीं...जब जान पर बन आती है तो हीरा-मोती कुछ भी नहीं सुहाते।''

अम्मा की कहानी में मैं ज्यादा रुचि नहीं ले पाती। आजकल मेरा देशप्रेम ठंडा हो गया है। ब्लैक आउट से मुझे बेहद परेशानी होती है क्योंकि मैं शाम को घर से बाहर नहीं जा पाती। और मेरे लिए बाहर निकलना जरूरी है, बेहद जरूरी। कम-से-कम एक बार डॉक्टर सर्राफ से मिल पाती। क्या पता कल हो या न हों। यदि कहीं जनरल याह्या खान के आदेश पर कोई पाकिस्तानी हवाई जहाज कलकत्ता शहर पर बम गिरा दे तो क्या होगा ? कलाई कुंडा तक तो पाकिस्तानी जहाज आ ही चुके हैं। भैया का कहना है, ''अबकी पाकिस्तानी हमें नहीं छोड़ेंगे।''

आजकल राजनीति की बातें नहीं सुहातीं। बस किसी तरह परीक्षा पास कर लूँ, मुझे और आगे नहीं पढ़ना। प्रेसिडेंसी के दोस्त पीछे छूटते जा रहे हैं। उस लड़के का क्या हुआ पता नहीं। वह जैसे एकदम से गायब हो गया।

मेरी आँखों के सामने डॉक्टर साहब का चेहरा घूम जाता है। कुल बाईस वर्ष की थी जब डॉक्टर साहब के सम्पर्क में आई थी।

कुछ दिनों से सर में दर्द रहने लगा था। गीता का सुझाव था कि एक बार आँखों का चेकअप करवा लूँ, उसने डॉक्टर साहब से मेरा एप्वाइंटमेंट भी कर दिया। पहली बार जब मैंने उन्हें देखा तो पता नहीं क्यों मुझे लगा कि इस व्यक्ति का मेरे जीवन में महत्त्वपूर्ण स्थान होगा।

पेंटास्कोप की सहायता से मेरी आँखों में झाँकते हुए वे और गहरे उतर गए

तथा कहने लगे—"इतनी सुन्दर आँखें मैंने आज तक नहीं देखीं।" लाज से आरक्त चेहरा उनके सीने से लग गया। उनकी वह पहली छुअन भीतर तक सहला गई। पहली बार किसी पुरुष ने प्यार से मुझे अपनी हथेलियों में भरा और पहली बार कोई पुरुष मुझसे कह रहा था कि 'तुम कितनी आकर्षक हो...' पहली बार किसी की बाँहों में मैंने खुद को सुरक्षित महसूस किया।

मेरी आँखों में कृतज्ञता के आँसू थे।

"इन आँखों में आँसू ? मैंने तुम्हें रुलाया, मुझे माफ करना, प्लीज !"

"नहीं कोई बात नहीं। मेरी गलती है, मुझे इतना भावुक नहीं होना चाहिए।"

"क्या मैंने तुम्हें दुखी किया ?"

मैंने धीरे से अपना सर झटक दिया और मेरा सर उनके कन्धे पर टिक गया। उनकी देह की गन्ध और कमरे में मिली-जुली दवाओं की गन्ध, मुझे बेहद लुभा रही थी। अपरिचय का कोहरा बड़ी जल्दी छँट गया। उन्होंने वापस मेरी पलकों को हल्के से चूमा। फिर गालों पर, होंठ, कानों के पीछे—मैं आग का दरिया थी। एक उफनती हुई नदी...अचानक मुझे परे हटाकर डॉक्टर साहब वापस अपनी मेज पर जा बैठे—उनके चेहरे पर क्रोध झलक आया—"लोगों का कहना है मेरा कुछ हिस्सा वहशी है, और वे ठीक ही कहते हैं।"

पास पड़ी कुर्सी खींचकर बैठते हुए मैंने समर्थन में सर हिलाया—"हाँ ! मुझे भी लगता है।"

उन्होंने कलम उठाई और प्रेसक्रिप्शन लिखने लगे—"मेरे भीतर जहर है जो सबको बीमार कर देता है।" वे बेहद परेशान नजर आ रहे थे।

"चाहने पर स्वस्थ हुआ जा सकता है, वैसे हर बीमारी का इलाज है। नहीं ? मैं तो इन क्षणों को सँजोकर रखना चाहूँगी।"

"बेवकूफ मत बनो। जानती हो तुम क्या कह रही हो ?" आवाज की सख्ती से मैं सहमकर धीरे से उठ गई और कुर्सी के पीछे जाकर खड़ी हो गई, उनके बालों पर हाथ फेरते हुए मैंने कहा—

"आप क्या चाहते हैं मैं समझ नहीं पा रही ?"

"तुम समझना चाहतीं नहीं।"

"लेकिन बिना समझे मैं कर भी क्या सकती हूँ ?" वास्तव में मैं कहना चाह रही थी कि यदि नहीं समझती तो समझा दीजिए, आप तो मुझसे उम्र में बड़े हैं। दुनिया का अनुभव है। लेकिन नहीं। डॉक्टर साहब अपनी खामोशी में वापस लौट गए थे। मैंने असहाय नजरों से उनकी ओर देखा—मैं एकदम उनके विचारों को छू लेना चाहती थी, उनके बन्द दिमाग की पर्त-दर-पर्त खोल देना

चाहती थी। पर वहाँ कुछ था नहीं, बस उस पूरे परिवेश में एक दर्द था, पोर-पोर में रिसता हुआ।

"तुम्हारा यों औचक जिन्दगी में आना ऐसा लगता है मानो तेज तूफान में उड़ती हुई चिड़िया हो। नहीं...नहीं...तुम बेमौसम का तूफान हो, जो सब कुछ उथल-पुथल कर देगा।" खामोशी को तोड़ती हुई उनकी आवाज कहीं दूर से आ रही थी। पता नहीं वे किस किनारे पर थे, मगर वे मेरे पास नहीं थे। मुझसे वे कुछ बाँटना नहीं चाह रहे थे।

मैं साँस रोके उनकी बातें सुनती रही। मुझे डर था कहीं मेरी गहरी साँसों से उन्हें चोट न लगे।

"डॉक्टर साहब क्या संयम रखना जरूरी है ? क्यों नहीं हम खुद को इन ताकतों के हवाले कर दें।" आगे बढ़कर मैंने फिर उनके कन्धे पर अपनी दाहिनी हथेली रख दी।

"नहीं ! बिलकुल नहीं ! कभी नहीं !!"

"लेकिन आप अकेले तो अपनी जड़ों से नहीं उखड़े हुए, मेरी भी तो नींव हिली हुई है। ऐसे तूफान की मैंने भी कल्पना नहीं की थी।" गहरी साँस छोड़ते हुए मैंने कहा—"अब जो घट गया क्यों नहीं हम उसे स्वीकारें।"

एकदम से घूमकर उन्होंने मेरी ओर गहरी दृष्टि से देखा—"तुम जिसे स्वीकारने को कह रही हो, जानती हो उसका परिणाम ?"

"हाँ जानती हूँ, पर एक ईमानदार चाहत को ग़लत कैसे कहा जाए ?" मेरा स्वर इतना स्पष्ट था कि वे एकदम से हड़बड़ा उठे।

"नहीं ! मेरा इरादा तुम्हें चोट पहुँचाने का नहीं।" उनकी आवाज में छुपा कम्पन, मुझे फिर सहला गया।

"आज तुमसे पहली बार मिला हूँ, समझ नहीं पा रहा यह कैसा आकर्षण है ? हालाँकि इसके लिए खुद को धिक्कार भी रहा हूँ मगर इतना कमजोर तो मैं कभी किसी के लिए नहीं हुआ, यह मुझे क्या हो गया ?"

बादलों को चीरकर सूरज निकल आया जिसकी आँच में कमरे में जलती हुई बत्तियाँ फीकी पड़ गईं। मेरा मन तड़प उठा। काश ! एक बार फिर वही सब घटता, काश ! एक बार फिर उनके होंठों का स्वाद चख पाती...पर अपने-आप पर नियन्त्रण रखते हुए मैं बस इतना ही कह पाई..."जब हम दोनों एक-दूसरे को चाहते हैं..."

उलटी हथेलियों से उन्होंने धीरे से मेरे गालों को छुआ—"मैंने अपनी जिन्दगी का हर निर्णय खुद लिया है। हालाँकि बहुतेरे निर्णय मेरे खिलाफ गए हैं। अब

तुम्हीं सोचो गोरखपुर से यहाँ आने की जरूरत क्या थी ? वहाँ सबकुछ तो था, लेकिन नहीं, यहाँ चला आया। अच्छा एक यह निर्णय मैं तुम पर छोड़ता हूँ...यदि तुम चाहती हो...''

अपनी दोनों हथेलियों से मेरे चेहरे को थामते हुए उन्होंने फिर मुझे बाँहों में भर लिया मगर वे कह रहे थे—''भविष्य में हमें नहीं मिलना चाहिए।''

मेरी हथेलियाँ पसीज गईं, माथे पर पसीने की कुछ बूँदें छलक आईं। भला यह भी कोई निर्णय हुआ ? अपने ही सुख के खिलाफ, यह कैसा आत्मघाती निर्णय ! हमें फिर कभी नहीं मिलना चाहिए। मगर क्यों ? क्या अब मैं कभी इन होंठों को नहीं छू पाऊँगी, इस आदमी के सीने पर अपना सर नहीं रख पाऊँगी। हमेशा-हमेशा के लिए इस व्यक्ति से जुदा हो जाऊँ, मगर क्यों ? किसलिए ? कौन हैं वे लोग जिनसे एक पुरुष को, वह भी इतने स्थापित डॉक्टर को डर लगता है। जबकि डर तो मुझे लगना चाहिए था।

उनकी हथेलियों को दबाते हुए मैंने बस इतना भर कहा—''आपसे मैं नहीं मिलूँ, मेरे लिए यह सम्भव नहीं।'' मेरी आवाज काँप रही थी—''मैं जोखम लेने से नहीं घबराती। यदि आप मेरे साथ हैं तो मुझे किसी का डर नहीं।''

''तुम जानती हो क्या कह रही हो ? आखिर यह जिद क्यों ?''

हँसते हुए मैंने कहा—''इसी अन्धी जिद को तो प्यार का नाम दिया गया है।''

''तुम्हारे इन शब्दों का स्वाद मेरे लिए बड़ा अपरिचित है। किसी भी स्त्री के लिए, मेरे जैसे आदमी से प्यार करना बड़ा कठिन है। और फिर प्यार की मेरी उम्र भी नहीं...विवाहित हूँ, दो लड़के, तीन लड़कियों का पिता हूँ। चालीस से ऊपर की उम्र है। खुद अपनी नजर में यह सारी बातें मुझे बड़ी अजीब लग रही हैं, आखिर ऐसा क्या है मुझमें ?''

''कुछ नहीं, लेकिन आपके लिए मुझे हर स्थिति मंजूर है।''

''क्यों...तुम्हें सब कुछ किसलिए स्वीकृत है ?''

''मुझे सब कुछ स्वीकृत है।'' कहते हुए मेरी आँखें छलछला उठीं। हालाँकि मैं कहना चाहती थी कि अब तक मैं प्यार से वंचित हूँ कि मैंने मान लिया है मेरी जिन्दगी में प्यार जैसा कुछ घटेगा नहीं। धीमे मगर सधे हुए स्वर में मैं कहने लगी—''मुझे इतना नादान क्यों समझते हैं ?''

''तुम बिलकुल नादान हो।''

''बाईस वर्ष की लड़की पूरी औरत होती है।''

वे खिलखिलाकर हँस पड़े। मेरे कन्धों से उनके हाथ फिसलकर मेरी कमर से लिपट गए। धीरे से उन्होंने मुझे अपनी ओर खींचा...''तुम एक जिद्दी लड़की

हो प्रभा !" और एक गहरी साँस छोड़ते हुए उन्होंने फिर कहा—"उतनी ही दुस्साहसी...मैं...मैं तो एक कमजोर आदमी हूँ।"

"आप और कमजोर ?" हँसते हुए मैंने आँखें बन्द कर लीं।

"हाँ, कमजोर और लोभी। मेरे व्यक्तित्व की यह तासीर बड़ी अजीब है।" उनकी आवाज गाढ़ी हो गई थी—"तुमसे दूर रहना असम्भव है।"

"लेकिन आप दूर क्यों रहेंगे ? बाधाओं को तोड़ने का अपना सुख है।"

मुझे चूमते हुए उन्होंने कहा—"तुम मुझ पर छा गई हो। लेकिन आज तक मैंने किसी स्त्री को इतना नहीं चाहा जितना कि तुम्हें।"

उनका प्रतिरोध दरक गया था। उनकी बाँहों का घेरा मुझे कस रहा था—गीले होंठों से मुझे चूमते हुए वे आक्रामक हो उठे। और मेरे लिए यह सब एक जादुई अनुभव था। मेरे सपनों से भी ज्यादा मादक यथार्थ...वेदना...संवेदना...तीखी काँच की किरचें रोम-रोम में चुभती चली जा रही थीं। एक अजीबो-गरीब चाहत को पैदा करते हुए। मेरे कानों में उनका कहा हर शब्द घंटियों-सा बज रहा था। मुझे जगाते हुए, जगाकर बेहोश करते हुए—"प्रभा ! प्रभा !! कहाँ थीं...तुम अब तक...!! बोलो कहाँ थीं...?"

"यहीं, इसी जगह आपके पास।"

"झूठी कहीं की, तुम्हें पता है मैं तुम्हें कितना चाहता हूँ।"

"जानती हूँ। अपने-आप में यह क्षण पूर्ण है, कोई कमी नहीं।"

"लेकिन तुम इतनी नादान क्यों हो ? बेवकूफ लड़की !" उनके शब्दों की नाराजगी मुझसे छुपी नहीं थी, "क्या तुम्हें पता नहीं कि मेरे जैसे पुरुष कैसे जानवर होते हैं ? हाँ, मुझे जानवर ही कहो जो अपनी भूख मिटाने किसी का भी शिकार कर बैठता है।"

"आप जानवर नहीं।" मेरी आँखें फिर छलछला उठीं। एक बड़ी-सी बूँद, जलती हुई बूँद मेरे गालों पर लुढ़ककर फैल गई, "मैं आपसे प्यार करती हूँ डॉक्टर साहब...।" धीरे से अपनी आँखें पोंछते हुए मैंने उनकी आँखों में झाँका—"मेरा जो कुछ भी है आज से वह आपका हुआ।"

"ऐसा मत कहो प्रभा !" गहरी साँस छोड़ते हुए उन्होंने फिर कहा—"नहीं ! ऐसा मत कहो !"

"यह सच है।"

"अपने-आपको इतनी आसानी से आग में मत झोंको, तुम बेपरवाह हो, और मैं..." मुझसे छिटकते हुए उन्होंने फिर कहा—"मैं अपने-आपको कभी माफ नहीं कर पाऊँगा...कभी नहीं।" मुझे कड़ी नजरों से देखते हुए उन्होंने फिर कहा—"मैं

तो खुद से नफरत करने लगूँगा, यों भी मेरे घरवाले...मेरे भाई मुझे पसन्द नहीं करते।''

मैंने कुछ नहीं कहा। मैं समझ गई थी कि तर्क करना व्यर्थ होगा। यह आदमी तो गिरगिट की तरह रंग बदलता है। इतनी अस्थिर बुद्धि ! कुर्सी पर बैठे-बैठे खामोश निगाहों से मैं उनकी ओर देखती रही। उनके शान्त होने की प्रतीक्षा करती रही। उनका प्यार, उनके लाड़-दुलार अब भी मुझसे चिपके हुए थे, मेरे गाल अब भी उतप्त थे और मेरे लिए इतना ही काफी था। वे कुर्सी से उठ खड़े हुए, दीवार से सटी आलमारी खोल दवा की शीशियों को सजाकर रखने लगे। उनकी साँस तेज चल रही थी और पूरी कमीज पसीने से भीग गई थी। लेकिन बड़ी जल्दी उन्होंने अपने-आप पर नियन्त्रण पा लिया।

''अब तुम्हें घर जाना चाहिए।'' अपने बालों में उँगलियाँ फँसाते हुए उन्होंने कहा—''बाहर मेरा ड्राइवर खड़ा है।''

''नहीं, मैं बस में चली जाऊँगी।''

''शाम ढल गई है, इस वक्त भले घर की लड़कियाँ अकेले नहीं आया-जाया करतीं।''

''मगर मैं तो यूनिवर्सिटी अकेले ही आया-जाया करती हूँ और लॉ क्लासेज तो शाम को साढ़े सात बजे ही खतम होती हैं।''

''यानी रात साढ़े सात बजे तुम बस में अकेले आती-जाती हो ? बड़ी बहादुर हो, कोई कुछ बोलता नहीं ?''

''नहीं।''

वे बातें करते हुए चेम्बर के गेट तक पहुँच गए थे। एक बार मुझे फिर लगा कि सारा मामला खारिज किया जा रहा है। लेकिन यों खारिज होना मुझे भला कैसे स्वीकृत होता ?

''अब फिर कब मिलेंगे ?'' मेरा पूरा लहजा चुनौतीपूर्ण था।

वे खामोश थे, उन्होंने कुछ नहीं कहा। बस धीरे से चेम्बर का दरवाजा खोला...उनकी खामोश आँखों ने पहले बाहर का जायजा लिया फिर मुझे देखते हुए पूछा—''तुम सच में मुझसे मिलना चाहती हो ?''

''हाँ...सच में।''

मेरे कन्धे से पार दूर जाती हुई उनकी आँखों में एक अजीब अवसाद घिर आया।

''...ठीक है आ जाना।''

''कब...?'' मैंने फिर ढिठाई से पूछा।

"जल्दी ही बुलाऊँगा।"

"लेकिन कब मिलिएगा यह तो बताइए ?"

"कहा न जल्दी ही फोन करूँगा।"

"मैं यदि फोन पर न मिली ?"

"मुझे मालूम है तुम फोन से ही चिपकी बैठी रहोगी।" कहते हुए उनका चेहरा हँस दिया।

वैसे उनकी बेरुखाई मुझे चुभ रही थी। "तुम नहीं जानतीं प्रभा !" मेरी उल्टी हथेलियों को धीरे से अपने होंठों से छुआते हुए उन्होंने कहा—"मैं तुमसे वापस मिलने के लिए खुद कितना बेताब हूँ।"

घर लौटते हुए मैं हवा के पंखों पर सवार था। मुझे पता था जिस राह पर मैं चल पड़ी हूँ वह गलत-सही जो भी हो पर वहाँ से वापस मुड़ना सम्भव नहीं। इसे ही प्रेम कहते हैं और मुझे अपने प्यार पर पूरा भरोसा था।

दो दिन बाद हम फिर मिले थे। गंगा किनारे। मुझे अपनी सहेलियों से सुनी हुई कहानियाँ याद आ रही थीं। शताब्दियों से प्रेमी-प्रेमिकाओं का जोड़ा यहीं मिलता रहा है। विशेषकर अंग्रेजों के जमाने में स्ट्रांड रोड बहुत मशहूर था।

"तुम्हें समझने के लिए आँखों की जरूरत नहीं है।" मेरी हथेलियों को धीरे से मोड़ते हुए उन्होंने कहा—"मेरी नजर से तुम कभी छुप नहीं सकतीं।"

उस एक क्षण में मैं पूरी तरह उन पर न्यौछावर थी। कौन है यह आदमी ? ऐसे कैसे मेरी जिन्दगी में आ गया और अब आगे क्या होगा ? कुछ ऐसा था जो रह-रहकर मुझे आतंकित कर रहा था किन्तु फिर भी जिसे मैं पाना चाहती थी।

"मुझे आपकी चिन्ता होती है।"

"चिन्ता और वह भी मेरी...? आज तक किसी ने मेरी चिन्ता नहीं की और कोई जब मेरा ज्यादा ख्याल रखता है ना...तो मुझे बड़ी परेशानी होती है।"

"और आपकी पत्नी ? वे आपकी चिन्ता नहीं करतीं ?" मैंने अपने होंठ काट लिए, अनचाहे मैंने उनकी दुखती रग पर हाथ रख दिया था। पिछली बार जब मैं आई थी तब डॉक्टर साहब ने अपनी लिखी हुई कविताएँ सुनाई थीं। और उनमें से एक कविता जिसका सन्दर्भ था, मुझको मत बाँधो बन्धन में, उड़ने दो उन्मुक्त गगन में।

"लेकिन आप तो इतने बन्धनों में जकड़े हुए हैं।"

"हाँ, लेकिन कविता के माध्यम से कुछ तो मुक्ति मिलती है... ।" और अभी वे कह रहे थे—"वैसे मुझे पता नहीं, मेरा मन अब तक क्यों प्यासा है। मैंने तो सपने में भी नहीं सोचा था कि तुम्हारी जैसी लड़की मुझे मिलेगी। तुमसे कितना

कुछ सीखना है, कितना कुछ जानना है।''

मेरे मुँह में शहद घुल गया था...मीठा-सा। मेरे मन से उनकी अस्थिरता, कड़ुए वाक्य, सभी मिट गए। मैंने धीरे से उनके कन्धों पर अपना सर रख दिया था। अनकहा समर्पण अपने-आप में बड़ा पवित्र होता है।

मेरी देह बेचैन हो उठी, उनके साथ होते ही यह बेचैनी मुझे हमेशा घेर लेती। कुछ क्षणों तक मैं ऐसी ही बैठी रही...उनकी उँगलियाँ मेरे बालों में उलझी थीं...पर वे खुद को अब भी नियन्त्रित रखने की चेष्टा कर रहे थे...''प्रभा ! यों तो मैं एक दुस्साहसी व्यक्ति हूँ, मुझे जल्दी से कोई डरा नहीं सकता मगर तुम्हारे कारण मैं अपने-आप से डरने लगा हूँ, बड़ी अजीब बात है ना।''

मैंने चौंककर उनकी ओर देखा, ''भगवान साक्षी है डॉक्टर साहब यह सब कुछ हमारे चाहने से नहीं हुआ।''

''तब हम इसे क्या कहें ? एक्सिडेंट...एक घटना ? और जरूरी नहीं कि हर घटना पर आदमी का नियन्त्रण रहे। अच्छा यह बताओ तुम मुझसे इतना प्यार क्यों करने लगीं ?''

''जो कुछ भी घट रहा है, वह हमारा चुनाव है।'' कहते हुए मेरी आवाज थोड़ी तीखी हो गई थी—''हमारा सम्बन्ध असाधारण है। हमारे मिलने का कारण केवल देह नहीं...पर हम देह से अलग भी तो नहीं हो पा रहे।''

मैं जो कह रही थी उसमें छुपा था ढेर सारा प्यार, मेरा सब कुछ, बदले में मुझे मिल रहे थे कुछ शब्द, हल्की-सी छुअन भर। लेकिन मेरे लिए इस छुअन का...इन शब्दों का असीम महत्त्व था।

खामोशी तोड़े बिना वे उठ खड़े हुए।

दिन बीतते गए।

एक और रविवार। वैसे रविवार की शाम उनकी व्यस्तता कम रहती थी। लेकिन रविवार को घर से निकलना मेरे लिए आसान नहीं था। हाँ, सहेलियों का नाम लेकर निकला जा सकता था।

लेकिन हर बार उनका बदला हुआ रूप होता। घायल पशु की तरह वे कँटीले तारों में उलझे हुए लगते। उनकी सनक...उनकी गहरी साँसें...आँखों की सर्द खामोशी...मुझे देखते ही सब कुछ धीरे-धीरे पिघलने लगता। क्या इसे प्रेम कहूँ ? मैं यही सोच रही थी।

''हमारी उम्र में अठारह साल का अन्तर है, मैं एक खेला-खाया पुरुष हूँ जबकि तुम्हारा यह पहला अनुभव होगा।''

''नहीं, आप पहले पुरुष नहीं हैं मेरे जीवन में...''

"तो मुझसे पहले कौन था...?" वे तड़प उठे थे, कोमल आवाज सख्त हो उठी।

"ऐसे ही कुछ घटा था, बस देह के स्तर पर।"

"कौन था वह ? मुझसे कहो।"

"कोई भी मगर वह प्रेम नहीं था। बस इतना कहना चाहूँगी कि मैं कुँआरी नहीं, किसी ने जबर्दस्ती मेरा..."

"ऐसा कब घटा ?"

"जब मैं नौ साल की थी। घर में ही..."

"चलो भूल जाओ, ऐसी घटनाओं को किसी से जिक्र नहीं किया करते। इन्हें भूल जाना अच्छा है।"

मैं एकदम से चुप हो गई। उस दिन दाई माँ ने भी तो यही कहा था—"काहू से ना कहियो, अपने पति से भी नहीं।" पर क्यों ? उत्पीड़न के बावजूद औरत से खामोश रहने को क्यों कहा जाता है ? अब डॉक्टर साहब कह रहे थे—

"तुम मुझे भी भूल जाओ, यह भी प्रेम नहीं।"

"तब क्या है यह ?"

"तुम सुरक्षा खोज रही हो, तुम्हें शादी कर लेनी चाहिए।"

"मुझे शादी नहीं करनी, मैं और किसी पुरुष के बारे में सोच भी नहीं सकती।"

मेरे मुँह का कसैलापन जाता रहा था। एक उस क्षण मैंने अपनी पूरी जिन्दगी सौंप दी, प्यार का भरा-भरा बादल फट पड़ा। मैं बस देह थी, कामना से आपूरित। कुछ क्षणों तक वे मेरी बाँहों में ठहरे रहे—उनकी उँगलियाँ मेरी लटों से खेलती रहीं, चेहरे को सहलाती रहीं...मगर वे फिर भी नियन्त्रित थे, सहमे-से, कुछ-कुछ डरे हुए। फिर चेहरा उठा मुझे चूमते हुए उन्होंने कहा—

"प्रभा ! तुम मुझे बहुत छूट दे रही हो..."

लेकिन मेरी देह के साथ होते हुए वे फिर दूर हो गए, अपने-आप में पुनः सिमट गए। मुझे उनकी इस आदत से बड़ी चिढ़ हो रही थी। मैं तो उन्हें पूरा-का-पूरा समेट लेना चाहती थी, अपने में समा लेना चाहती थी। लेकिन समझ पा रही थी। मैं जबरदस्ती अपने आपको उन पर थोप नहीं सकती।

"क्या आप सच में मुझसे कुछ नहीं चाहते ?"

"क्या कहा तुमने ?" उन्होंने चौंककर पूछा। फिर खुद से ही कहने लगे—"मुझे मालूम नहीं मगर तुम मुझे इतना क्यों चाहती हो ?"

इस क्यों का उत्तर मैं भी ढूँढ़ रही थी, मुझे आज तक पता नहीं चल पाया

कि प्रेम का कौन-सा गणित होता है ? औरत-मर्द के रिश्ते की क्या यह जैविक अनिवार्यता है या फिर इसमें नियति का हाथ मानें ? मेरा मन किया कुछ कड़ुआ बोलूँ, पर चुप रही। भला आदमी बार-बार एक ही सवाल पूछता रहता है, एक अजीब-सी स्थिति थी जिस पर मेरा वश नहीं था। क्या कहूँ इस रिश्ते को, प्रेमी या फिर दोस्त, देह या आत्म ? नहीं यों हम अपने को टुकड़ों में बाँट नहीं सकते। मैं जो देना चाह रही हूँ वह पूरा-का-पूरा है, इतना प्रचुर है कि मैं चाहूँ तब भी इसे अपने में समेटकर रखना सम्भव नहीं। यह आदमी अपने खोल में सिमटा रहना चाहता है। अपनी छायाओं से युद्धरत है। लेकिन मेरे लिए अपनी इस चाहत भरी दृष्टि का कितना महत्त्व है इसे यह समझना नहीं चाहता। सारी दुनिया के पुरुष एक ओर, बस एक यह पुरुष मेरा है, मेरे लिए है। दुनिया की कोई ताकत मुझे इस राह से वापस नहीं लौटा सकती।

उनके हर शब्द मुझे दूर और दूर ढकेलते जा रहे थे—एक बन्द, हवा रहित, घुटन भरी कोठरी में। मेरा मन बुझ गया, हमारे बीच की खामोशी में खुली हुई कब्र थी—दो किनारों पर खड़ी दुनिया में संवाद असम्भव था। मेरी आँखों के पार वे कहीं दूर देख रहे थे—

''मैं तुमसे और नहीं मिल सकता प्रभा...!'' अब जाकर उन्होंने खामोशी तोड़ी।

''पर इतने दिनों से आप यही तो रटते आ रहे हैं। आपने नया क्या कहा है ?''

लेकिन मैं भीतर ही भीतर दरक रही थी।

मेरे मुँह पर रेत का बवंडर था। पलकें उठा उन्हें देख नहीं पा रही थी—हाँ, जोरों से मेरी खोपड़ी में कोई लोहे की कीलें ठोंकता जा रहा था। हर कहीं धुन्ध थी, न केवल उनके-मेरे बीच बल्कि हर कहीं। मुझे चक्कर-सा आ गया।

''अब नहीं मिलना है हमें, कभी नहीं।'' वे फिर कह रहे थे। मगर क्यों ?

घर लौटकर मुझे बुखार आ गया, दो-तीन दिन बिस्तर में रही। सोए-सोए पूरा अतीत आँखों के सामने घूमने लगा। ऐसा आकर्षण, ऐसी उत्तेजना मैंने कभी महसूस नहीं की, इतना सुख मुझे कभी किसी से मिला ही नहीं। पुरुष मुझे इतना आकर्षक कभी नहीं लगा। बरामदे में घंटों चुपचाप बैठी रहती और सोचती रहती।

अपनी चाहत, अपने आवेग से निकलने का मुझे कोई रास्ता नजर नहीं आ रहा था। निरन्तर रिसता हुआ, हृदय को खुरचता हुआ एक घाव था जिसे कभी आँसुओं से धोती तो कभी तर्क से ढँकती, कभी झूठी मुस्कानों से पोंछती। जिस व्यक्ति ने खुद आगे बढ़कर स्वीकारा था वही अब फोन पर कह रहा था—''सब

कुछ भूल जाओ, क्षणों का बहाव था, 'टेक इट इजी', ज्यादा गम्भीरता से इन बातों को मत लो।''

दो-चार दिन इसी कशमकश में और बीत गए। आखिर एक शाम बिना किसी सूचना के मैं उनके चेम्बर पहुँच गई। बाहर मेज पर उनका सेक्रेटरी विलियम बैठा हुआ था। ''डॉक्टर साहब हैं ?'' वह कुछ कहे इससे पहले मैं भीतर थी।

''तुम्हें यों नहीं आना चाहिए था। मुझे परेशानी होती है।''

''मेरे आने के पीछे कारण है।''

''मैं तुम्हारे मूड के बारे में जानता हूँ।''

''मूड ? आपसे मेरा सम्बन्ध मेरे मूड पर आधारित है ?'' एक व्यंग्य भरी मुस्कान मेरे होंठों पर खेल गई। ''कम-से-कम ऐसा कहते हुए आप मेरी ओर देखिएं तो सही। या इससे भी आपको डर लगता है।''

धीरे-धीरे उन्होंने प्रिस्क्रिप्शन लिखना खतम किया। कुर्सी से पीठ टिकाई और ठंडी आँखों से मेरी ओर देखा—''नहीं, मुझे तुमसे डर नहीं लगता, लेकिन मैं तुम्हें इस सम्बन्ध की सीमा से अवगत करना चाह रहा हूँ।'' वे पुनः लिखने में डूब गए।

अपमान...क्रोध...क्षोभ...मैं नहीं जानती उस दिन उस वक्त कौन-सा भाव था पर किसी तरह अपने-आप पर नियन्त्रण रखते हुए, पास पड़ी कुर्सी खींचकर मैं बैठ गई। ''आपको पता है आप क्या कह रहे हैं ?''

''तुम्हारी शिकायत का मुझे अन्दाजा है पर इसमें मेरी गलती क्या है बताओगी ?''

''नहीं, आपकी गलती नहीं मेरी ही गलती है।'' अपमान से मेरा चेहरा सँवला गया और मैं उठ खड़ी हुई—''लेकिन आपकी एक गलती है, एक विवाहित व्यक्ति को जिस मर्यादा में रहना चाहिए था, उसमें आप नहीं रहे।''

''प्रभा ! मैं तुम्हारा एहसान मानूँगा यदि मुझे तुम अकेला छोड़ दो। ड्राइवर से कह देता हूँ तुम्हें घर छोड़ आए।''

अचानक मेरा मन किया जोरों से चीख पड़ूँ, मेज पर रखे शीशे के पेपरवेट को दीवार पर दे मारूँ। व्यर्थ मैं अपना सर टकरा रही हूँ। क्रोध से मेरा सारा शरीर काँप उठा, उनके हाथ से कलम छीनकर मैंने दीवार पर दे मारा—''डॉक्टर साहब, आप मुझे इस तरह खारिज नहीं कर सकते समझे ! मैं उन औरतों में नहीं जो अब तक आपके पास आती-जाती रहीं...मैं शरीर को भी उतना ही पवित्र मानती हूँ जितना मन को, मैंने आपको दोनों दिए हैं। उलझन आपके दिमाग में है, आप कभी मुझे स्वीकारते हैं तो कभी छोड़ते हैं।'' मेज पर रखे कागजों को मैंने फाड़कर

नीचे फेंक दिया—"आपने क्यों कहा कि भूल जाओ इस सम्बन्ध को, क्यों भूल जाऊँ ? सम्बन्ध खतम करने के लिए तो नहीं बनाए जाते ?" मेरा पूरा शरीर काँप रहा था। मेरे इस आवेग से उत्पन्न घबराहट को भरसक छुपाते हुए डॉक्टर साहब ने झुककर सारे कागज और कलम को उठाया, सबको यथास्थान रखा और धीरे-धीरे कहने लगे—"तुम जानती हो मैं एक विवाहित पुरुष हूँ—मेरा परिवार है, समाज है, तुम इस आग में मत कूदो, यह मेरा नरक है मुझे इसमें अकेला रहने दो।"

"मैं आपसे जुड़ चुकी हूँ और यदि आपकी जिन्दगी नरक है तो भी इस नरक में मैं आपके साथ हूँ।"

मैं चाहता हूँ कि तुम इससे निकल जाओ, मेरी ओर देखते हुए उन्होंने फिर कहा—"छिछली भावुकता में कुछ नहीं रखा, पाँच-सात बार का मिलना, कुछ चुम्बन और आलिंगन इसे प्यार तो नहीं कहा जाएगा। इसके लिए ताउम्र तुम कुँआरी तो नहीं बैठी रहोगी।"

मैं नई चोट खाने की पूरी तैयारी के साथ आई थी, मुझे पता था घाव पर नमक छिड़का जाएगा। उनके पूरे हाव-भाव में अपरिचय की गन्ध रची-बसी थी। लेकिन उनके इस कथन से मैं तड़प उठी...मेरा आहत अभिमान..."क्या बस यही है हमारा सम्बन्ध...इसका इतना भर महत्त्व आपके जीवन में ? तन-मन से मैं आपकी..." मेरी धीमी होती हुई आवाज हवा में घुल गई।

"प्रभा ! सच मानो मैं तुम्हें चोट नहीं पहुँचाना चाहता।"

"अब और चोट पहुँचाना बाकी है ?" जलती हुई आँखों से उनकी ओर देखते हुए मैंने कहा।

मेरी चुनौती स्वीकारते हुए उन्होंने बड़े सपाट लहजे में कहा—"ठीक है, तुम सुनना चाहती हो ना, तो सुन लो—मेरे लिए इस सम्बन्ध का कोई महत्त्व नहीं...क्योंकि मेरे लिए औरत बस एक देह है, मन लगाने की चीज, और कुछ सुनना चाहती हो ?"

एक खेला-खाया चालीस साल का आदमी मुझसे कह रहा था और मैं मूर्ख की तरह पूछ रही थी—"आप सच कह रहे हैं ? नहीं, आप झूठ बोल रहे हैं, आप इतने गिरे हुए इंसान नहीं हो सकते।" वे हँस दिए थे। मेरा हाथ उठ चुका था। उनके गालों पर मेरा तमाचा था, "आप...आप...आप इतने नीच नहीं हो सकते।"

उनकी स्थिर आँखों में और ठंडक जम गई, "हाँ, मैं नीच हूँ, दोगला हूँ, लँगोटी का कच्चा हूँ, जिन्दगी में मेरे जैसे बहुत सफेदपोश तुम्हें मिलेंगे, जरा उनसे सँभलकर रहना।"

मेरा हाथ फिर उठा, पर अबकी वे सँभले हुए थे। मेरी कलाई को हल्के से मरोड़कर उन्होंने झटक दिया। हल्के से अपने गालों को सहलाते हुए वे कमरे में चहलकदमी करने लगे, फिर मानो अपने-आप से कह रहे हों—प्रभा ! तुम क्या सोचती हो मेरे बारे में ? मुझसे ऐसा व्यवहार करने का, इतना बकने-झकने का तुम्हारा साहस कैसे हुआ ? कौन हो तुम, क्यों चली आईं मेरी जिन्दगी में ? मैं थक चुका हूँ तुमसे, तुम्हारे प्यार की गर्मी से। क्या तुम्हारे प्रति सारी जवाबदेही मेरी है ? तुम्हारा अपना आचरण ? मैंने तुम्हें फुसलाया या फिर तुम्हारी अपनी जिद थी। ऐसी कौन-सी बड़ी गलती की मैंने ? क्या विवाहित पुरुष दूसरी औरत से खेलता नहीं ? मैंने कुछ अनोखा किया ? मैं फिर कहता हूँ मेरी तुम्हारे प्रति कोई जवाबदेही नहीं, तुम्हारे प्रति मेरी कुछ भी नैतिक जिम्मेदारी नहीं। हम दोनों के बीच जो भी घटा वह क्षणों की कमजोरी थी, जब कोई लड़की गले पड़ती हो तो क्या करे बेचारा पुरुष ? जबर्दस्ती तुम अपने दिमाग में मेरी रोमांटिक तस्वीर खींच रही हो। "मैं...मैं...तुमसे नफरत करने लगा हूँ, सुना तुमने और सच्चाई यह है कि प्यार-व्यार जैसे शब्दों पर मेरा विश्वास ही नहीं। प्यार एक भ्रम है और कुछ नहीं और इस भ्रम को तुम जीना चाहती हो तो जीओ, मुझे इसमें क्यों घसीटती हो।" रुककर वे फिर कहने लगे—"तुम अब अपने घर जाओ, समझीं !"

दर्द की एक लहर उठी और मुझे निचोड़ गई। साहस-दुस्साहस जो भी मुझमें बचा था उसका आखिरी सिरा अब भी मैंने छोड़ा नहीं था—हमारे बीच का यह क्षण संवाद का आखिरी क्षण था—"डॉक्टर साहब आप न केवल झूठे हैं बल्कि कायर भी...आप सच्चाई का सामना करने से कतरा रहे हैं। मेरी जिन्दगी में कुछ ऐसा है ही नहीं जिसकी खातिर मैं आपसे झूठ बोलूँ या अपना कोई हिस्सा बचाकर रखूँ—चूँकि मैंने अपना कुछ भी बचाकर नहीं रखा, अतः मेरे इस समर्पण से ही तो आपको घबराहट होती है। मुझसे उम्र में, अनुभव में, हर बात में आप बड़े हैं लेकिन मेरे लगाव के सामने आप अपने आपको छोटा महसूस कर रहे हैं।" घुमड़ते आँसुओं को पीते हुए मैं कहती जा रही थी।

मेरे भीगे हुए स्वर में उनके लिए, ममत्व के साथ हल्की उपेक्षा थी—"आपसे मैं कुछ माँगने तो नहीं आई, आपको मेरे लिए कुछ करने की जरूरत नहीं, मैं अपने-आप जी लूँगी। इतना सामर्थ्य है मुझमें लेकिन आप मुझे आई-गई लड़कियों की जमात में नहीं बैठा सकते, आप अपनी मर्जी से गैर-जिम्मेदारी का जाला कैसे बुन सकते हैं ?"

क्षण भर को मेरा स्वर काँप गया। बस क्षण भर को—आँख से टपकती हुई बूँद ने कहा, "जितनी मेरी साँस में सच्चाई है उतना ही मेरे प्यार में भी है और

सुनिए आप मुझसे प्यार करते हैं।''

''गेट आउट, मैं कहता हूँ तुम बाहर जाओ।''

''नहीं जाऊँगी...उस वक्त तक नहीं जाऊँगी जब तक कि आप यह न स्वीकारें कि आप भी मुझसे प्यार करते हैं।''

मेरे कन्धों को झकझोरते हुए उन्होंने व्यथित होकर कहा—''तुम मुझे मेरे हाल पर छोड़ क्यों नहीं देतीं प्रभा ! बार-बार क्यों मुझे तंग करती हो।'' अन्तिम धागा भी चटक गया।

मैंने उन्हें अपनी बाँहों में खींच लिया था, इससे पहले वे कुछ कहें मैं उन्हें पगलों की तरह चूम रही थी। वे रो पड़े थे मेरी बाँहों में। अपने दुपट्टे से उनके आँसू पोंछते हुए कह रही थी—''छिः रोते नहीं...।'' सान्त्वना के मेरे शब्द उनके आँसुओं के साथ पिघल रहे थे। ''चुप हो जाइए आपको मेरी कसम, कहा न चुप हो जाइए, हम दोनों एक-दूसरे के हो चुके हैं।''

''नहीं प्रभा ! मुझे इतना प्यार मत दो, मैं इसके लायक नहीं।'' उनका चेहरा फिर सिकुड़ने लगा, होंठ थरथराने लगे—''तुम अच्छी तरह से जानती हो मैं तुम्हारे लायक नहीं।''

''आप बार-बार एक ही शब्द क्यों दोहराते हैं। आपकी आँखों में मैं जो देख रही हूँ वह घृणा तो नहीं।''

''तुम बेकार मेरी आँखों में झाँकती हो और कुछ-का-कुछ पढ़ती हो। जबकि मैं आँखों का डॉक्टर हूँ।''

लेकिन अब उनकी जकड़ मजबूत होती जा रही थी। यह हारी हुई बाजी की मुहर थी। ''घर चली जाओ प्रभा, तुम बहुत मासूम हो। यथार्थ का चाकू तुम्हें काट डालेगा। यह प्यार नहीं, बस देह का आकर्षण है।''

''कहाँ चली जाऊँ ? अब मेरे पास बचा ही क्या है ? और डॉक्टर साहब अपने निर्णय पर मैं पछताने वाली नहीं। इतना मैं जानती हूँ मैं जैसी भी हूँ, आपकी हूँ।''

''लेकिन मेरे पास तुम्हें देने को कुछ है नहीं।''

''आप अनजाने बहुत कुछ दे देते हैं। धीरे से अपनी चुन्नी से उनके ललाट का पसीना पोंछते हुए मैंने कहा—''और जो आप दे नहीं सकते उसकी मुझे जरूरत नहीं।''

''मैं तुमसे शादी नहीं कर सकता।''

''जानती हूँ।''

''मैं उतना बड़ा आदमी नहीं जैसा कि तुम सोचती हो।''

"मैंने कब कहा कि मेरा भरण-पोषण आप करें, अपनी जरूरत भर का रुपया मैं कमा लूँगी।"

"मुझे तुम्हारे आत्मविश्वास पर आश्चर्य होता है, बिलकुल बच्ची हो, भविष्य की चिन्ता से बेखबर...बेवजह बिना सोचे-समझे आग में कूद रही हो। क्या तुम नहीं जानतीं कि ऐसे सम्बन्ध के प्रति समाज कितना निर्मम है।"

ठंडी साँस छोड़ती हुई मैं एकदम से खामोश हो गई। मैंने कैसे पुरुष से प्रेम किया जो लड़कियों की देह से खेलता है। जो कायरों की भाँति समाज से डरता है।

"मुझे समाज की चिन्ता नहीं।" मेरी चुनौती की प्रतिक्रिया में उनका प्रगाढ़ आलिंगन था, अपने-आप में मुझे समेटता हुआ। अब वहाँ कोई बाधा न थी, कहीं किसी बात की दूरी थी न कोई शक, न अनिर्णय। मेरी देह से एक-एक कर उतरते कपड़ों के साथ और भी अड़चनें उतरती जा रही थीं। क्षणभर को, बस क्षणांश को वे रुके, मेरी नंगी चिकनी देह पर हाथ फिराते हुए उन्होंने कहा—"तुम कितनी कमसिन हो प्रभा !"

"कमसिन का अर्थ ?"

"तुम्हें कमसिन का अर्थ नहीं मालूम ? कविताएँ कैसे लिखती हो ?" प्रेम से आपूरित मैंने अपना मुँह सोफा के कुशन में छुपा लिया। मेरा आरक्त चेहरा अपनी ओर घुमाते हुए उन्होंने फिर पूछा—

"तुम जो कुछ भी कर रही हो स्वेच्छा से ना ?"

"ओह, आप एक ही बात और कितनी बार पूछेंगे ?"

कुछ कहे बिना उन्होंने मुझे और करीब खींचा। और इस बार अस्फुट स्वर में हम जो कुछ भी कह रहे थे वह चिरन्तन सत्य था, अन्तहीन उद्‌गार थे, कभी न खतम होनेवाला प्यार था। उनके गले में बाँहों का घेरा डालते हुए मैंने गाढ़े स्वर में फिर कहा—"मैं आपसे प्यार करती हूँ डाक्टर साहब। अपनी जिन्दगी से भी ज्यादा।"

समर्पण की गहराई से वे चौंक उठे थे, मेरी बगल में लेटे हुए वे बड़ी खामोशी से मेरे चेहरे पर अपनी उँगलियाँ फिराते रहे, अपनी खामोशी में भी बहुत कुछ कहते रहे। धीरे से उन्होंने मेरी पलकों को चूम लिया।

"तुम मुझसे बहुत प्यार करती हो ना ?" उनके प्रश्न में छुपी बेचैनी से मैं अपरिचित नहीं थी लेकिन क्या करती, खामोश रहना ही अच्छा था।

"मैं तुम्हारी भावना की कद्र करता हूँ लेकिन मैंने तुम्हारे प्रति अन्याय किया।"

कोहनी के बल उठते हुए मैंने कहा—"आप इसे अन्याय कहते हैं ? बल्कि मुझे और मेरी चाहना को आदर दिया।"

"नहीं, यह सब ऐसे नहीं होना चाहिए था।" कहते हुए उन्होंने अपना चेहरा घुमा लिया।

अपनी दोनों हथेलियों से उनका चेहरा थामते हुए कोमल स्वर में मैंने पूछा—क्यों नहीं इसे हम अपना चुनाव मान लें ?

"नहीं, यह चुनाव नहीं बल्कि नियति है।" वापस गहरी साँस लेते हुए उन्होंने कहा—"तुम अनुभवहीन हो, नहीं जानतीं कि यों टूटकर किसी को चाहना खुद अपने लिए कितना गलत हो जाता है।"

"क्या करूँ प्यार करने का अपना-अपना तरीका होता है।"

धीमे स्वर में वे फिर कहने लगे..."एक दिन अपने इसी निर्णय पर तुम्हें पछताना पड़ेगा, मेरी गलती है, मुझे पहले दिन ही सजग रहना चाहिए था।"

लेकिन जो भी घटा वह हम दोनों की जिम्मेदारी है। मगर ये शब्द होंठों पर ही रुक गए। इसके बदले मैंने फिर कहा—"ठीक है यह मेरा चुनाव है और मैं इसे निभाऊँगी।" उस दिन, उस क्षण कौन कहला रहा था मुझसे यह सब ? कहाँ से चले आए थे चुनाव और प्रतिबद्धता जैसे शब्द ? क्या इन शब्दों को मैंने दर्शन की पुस्तकों से सीखा या फिर ये मेरे संस्कार थे जो मुझसे कहला रहे थे कि सात फेरों के बिना भी तुम मेरे हो।

उनके होंठों पर एक हल्की मुस्कान थिरक गई, "तुम सोचती हो हर बीमारी का इलाज प्यार है।"

"प्यार दिमाग से नहीं हृदय से किया जाता है। और हृदय से यदि हम कुछ करते हैं तो ज्यादा सोचने-समझने की जरूरत नहीं।"

कमरे की दीवार को घूरते हुए उन्होंने कहा—तुम्हारा प्यार मुझे छोटा बना देता है, मैं अपनी ही नजर में गिर जाता हूँ, आखिर मुझे अधिकार क्या है कि एक विवाहित पुरुष होते हुए अविवाहित लड़की की जिन्दगी से खेलूँ...और तुम्हारी यह नासमझी। जिस दिन तुम्हें होश आएगा तब तक तुम्हारे लिए काफी देर हो चुकी होगी।

"क्या आप सच में चाहते हैं कि मैं चली जाऊँ ?"

उनकी आँखें भर आई थीं। उन्होंने खींचकर मुझे गले लगाते हुए कहा—"तुम्हारा प्यार और तुम दोनों ही..." क्या कहूँ ? वे फिर चुप हो गए।

"लेकिन मैं सुनना चाहती हूँ। बात को बीच में न छोड़िए..."

"यही कि तुम्हारा मेरी जिन्दगी में आना एक चमत्कार की तरह है। तुमने

मेरी जिन्दगी से हर मैल को मानो धो दिया और बदले में तुम कुछ भी नहीं माँग रहीं। कुछ भी नहीं... ।''

''डॉक्टर साहब ! जिन्दगी कोई बही-खाता नहीं कि हम लेन-देन का हिसाब करें।''

''तुम्हारी यह आत्मघाती प्रवृत्ति, बिना सोचे-समझे अपना सब कुछ दाँव पर लगा देना, क्या तुम्हें पता है अपनी मासूमियत और सरलता में तुम कितनी हठी और जिद्दी हो...मेरे इतने मना करने पर भी तुमने मुझे हमेशा-हमेशा के लिए अपना गुलाम बना लिया... ।''

उनके कहे गए एक-एक शब्द मेरे दिमाग की शान्त झील में कंकड़ की तरह टपक रहे थे, मुझमें समाते हुए... । मैंने ऐसी खुशी न कभी जानी थी और न इतना सुख मुझे कभी मिला था—वह अकेला क्षण मेरा सर्वस्व था। उनके कन्धे पर सर रख मैं फूट-फूटकर रो पड़ी। उन्होंने मुझे चुप कराने की कोशिश भी नहीं की, हाँ उनकी भीगी और तरल आँखें, उनका हल्का कोमल स्पर्श मुझे सहलाता रहा था।

क्षणों की खामोशी के बाद मैंने फिर पूछा...''आपके जीवन में मेरे अलावा कोई और भी स्त्री... ?

''मेरी पत्नी।''

''नहीं, आपकी पत्नी नहीं...कोई और, कुछ और... ।''

''तुम क्यों जानना चाहती हो यह सब ?''

''बस जानना चाहती हूँ...क्योंकि गीता कह रही थी।''

''क्या कह रही थी गीता ?''

''कि मेडिकल सर्कल में आपका चरित्र अच्छा नहीं समझा जाता।''

''मैंने कब कहा कि मैं एक-पत्नीव्रत में आस्था रखता हूँ।''

इससे अधिक उन्होंने कुछ कहा नहीं। बात वहीं खतम हो गई, मैंने बस अपने आपसे कहा—क्या मैं भी उन्हीं औरतों की तरह अस्थायी हूँ, क्या एक दिन यह सारा आवेग धुल जाएगा। प्रकट में मैंने फिर पूछा, ''अच्छा जब आपको मेरी जरूरत नहीं रहेगी तब मेरा क्या होगा ? मैं कहाँ जाऊँगी ?''

वे खामोश निगाहों से एकटक मेरी ओर देखने लगे थे। मानो मेरे आर-पार देख रहे हों, फिर धीरे-धीरे कहने लगे—''प्रभा ! मेरे जीवन में तुम्हारी जरूरत खतम हो जाएगी, ऐसा हो नहीं सकता। उम्र के साथ मेरी तो तुम पर निर्भरता बढ़ेगी ही।'' अपनी जेब से क्रॉस का एक सुनहला बालपेन निकालकर मुझे देते हुए उन्होंने फिर कहा—''मैं तुम्हें जीवन में बहुत कुछ दे नहीं पाऊँगा, क्योंकि मैं खुद अपने बीवी-बच्चों के पास गिरवी हूँ। मेरे एक-एक पैसे पर उनका अधिकार

है। मेरे दो-एक अजीज दोस्त हैं जो मेरी आदतों से वाकिफ हैं और निरन्तर मुझ पर निगरानी रखते हैं।'' उनके चेहरे पर अजीब तरह का अतंक था—बस यह कलम रख लो, इसे खोना मत।

गले में कुछ फँस गया था। इस उपहार का महत्त्व था। बदले में मैं क्या दूँ ? उस दिन उनको देने के लिए मेरे पास कुछ था भी नहीं। एम.ए. की परीक्षा की फीस के पैसे भी इस बड़े घर की बेटी ने अपनी सहेली से उधार लिये थे। क्योंकि अम्मा का कहना था कि अब वे मेरी पढ़ाई का खर्च उठाने में असमर्थ हैं। ''हर महीने तेरी पढ़ाई के पैसे कहाँ से लाऊँ ? धन्नू (बड़े भैया) पैसे देना नहीं चाहता।''

''लेकिन अम्मा, मकान का नियमित किराया आता है।''

''अब वह रुपया न दे तो मैं क्या करूँ ?'' और अम्मा रोने लगी थीं, ''बेटी, तुम दोनों बहनें ब्याह कर लेतीं।''

''माँ ! भैया, गीता को पैसे देने में कभी मना नहीं करते, मैं ही तो आप सबकी परेशानी का कारण हूँ, ठीक है आज के बाद मैं आपसे पैसे नहीं माँगूगी।''

और अब यह पुरुष जिससे मैं प्यार करती हूँ, जिसे मैंने अपना सब कुछ सौंप दिया, मुझसे कह रहा है कि वह कभी मुझसे विवाह नहीं कर सकता। उसकी जेब पर उसके अजीज दोस्त निगरानी रखते हैं, क्योंकि उनके धन पर उनके बीवी-बच्चों का हक बनता है।

चलो कोई बात नहीं, पढ़ी-लिखी हूँ कहीं नौकरी कर लूँगी। मैंने पैसे के लिए तो प्यार नहीं किया। खैर, जो मिला उसे ताउम्र सहेजकर रखूँगी।

सोफा छोड़कर डॉक्टर साहब उठ खड़े हुए। लापरवाही से उन्होंने कपड़े पहने, कमीज के बटन बन्द किए, बालों में कंघी फिराई, वापस झुककर मेरे ललाट को चूमते हुए पूछा—''हमेशा मेरा साथ दोगी ना ? कभी छोड़ तो नहीं दोगी ?''

ठंडी साँसों के साथ, अँगड़ाई लेते हुए मैं उठ खड़ी हुई। कपड़ों को समेटा और बाथरूम की ओर बढ़ गई। लौटकर आने पर वे अपनी मेज पर मिले, यहाँ बैठो...और उन्होंने पास वाली कुर्सी को अपनी ओर खींच लिया।

''चाय पीओगी ?''

''नहीं।''

''मेरे अतीत के बारे में तुम कितना जानती हो ?''

''विशेष कुछ भी नहीं। बस यही कि आप पहले गोरखपुर रहते थे।''

''मेरी पत्नी से मिलना चाहोगी ?''

''फिर कभी...आप अपने बारे में बताइए।''

"क्या बताऊँ ? यही कि मैं एक डॉक्टर हूँ, हमारे समाज को डॉक्टरों की जरूरत है। विवाहित हूँ, लेकिन यह विवाह कोई मेरी मर्जी से तो हुआ नहीं।"

"क्यों, आपकी मर्जी से क्यों नहीं ?"

"हमारे गोरखपुर में यही रिवाज है, बड़े भैया लड़की देख आए थे। जब मैंने लड़की देखने की जिद की तो भैया ने कहा, लड़की देखना है तो देख लो मगर ना नहीं कर सकते, क्योंकि मैंने बात पक्की कर दी है। बस मेरी शादी कर दी गई, मन न मिले तब भी बस निभाते रहो।"

"लेकिन यदि आपकी पत्नी अशिक्षित और कमजोर हैं तो यह उनकी गलती तो नहीं।"

"मैं कब कहता हूँ कि वह उसकी गलती है, लेकिन मैं भी मनुष्य हूँ, मेरी भी आत्मा में कुछ चुभता है।"

"मगर जो है, जैसा भी है, क्या उसके प्रति सन्तोष नहीं रखना चाहिए ?"

"सब समझता हूँ, जीवन में सन्तोष नहीं ला पाता। अच्छा यह बताओ हमारी उम्र का जो फासला है, क्या इस सन्दर्भ में तुम सन्तोष रख पाओगी ?"

"हाँ बिलकुल...जो मुझे मिल गया, इससे अधिक मैं कुछ भी नहीं चाहती, मैं आपसे बेहद प्यार करती हूँ, बेहद।"

"जानता हूँ।" वे चुप हो गए थे। हाँ, उठने का उपक्रम जरूर था।

अनचाहे मैंने फिर पूछ ही लिया...फिर कब मिलेंगे ?

मेरे होंठों पर उन्होंने अपनी तर्जनी रख दी, उनकी हथेलियाँ ठंडी थीं...नियोन की रोशनी में उनका गोरा चेहरा मटमैला लग रहा था, बाहर बारिश का शोर था—"प्रभा ! जो तुम्हारा प्राप्य है उसे मैं दे नहीं पाऊँगा। लेकिन इतना जरूर याद रखना कि मैं हमेशा तुम्हारे साथ हूँ।"

"मुझे पता है।" कहते हुए उनके कन्धों पर मैंने अपना सर रख दिया।

मुझे करीब खींचते हुए उन्होंने मानो स्वयं से पूछा—"तुम्हें याद रहेगा ? मुझ पर विश्वास है ?"

"हाँ।"

"वादा करो कि अपना विश्वास नहीं डिगने दोगी। कोई कुछ भी कहे मेरे लिए लेकिन तुम...मुझे नहीं छोड़ोगी।"

"कभी नहीं।" मेरा संक्षिप्त उत्तर था।

"ठीक है। शाम ढलने को है अब तुम घर जाओ तो।"

"आप रोज मुझे जल्दी घर जाने की याद क्यों दिलाते रहते हैं ?" लेकिन में उठ गई थी।

गाड़ी में बैठते हुए मैंने फिर पलटकर देखा। मैंने बाई कहते हुए हाथ हिलाया, पर वे एकदम जड़वत थे। डॉक्टर साहब इतना डरते क्यों हैं ? उन्हें मेरी इज्जत का बेहद ख्याल है, लेकिन मुझे किसी का डर नहीं, मुझे अपने निर्णय पर पूरा भरोसा है। मैंने पीछे पलटकर फिर देखा—वे रूमाल से अपना चश्मा पोंछ रहे थे।

उनसे अलग दो दिन भी कटना मुश्किल होता, मेरी आँखों की चमक अपने से पार मुझे और कुछ देखने ही नहीं दे रही था। लेकिन मैं दुनिया को अपने इस प्यार के बारे में, अपने जीवन के इस भराव के बारे में बताना चाहती थी। क्यों छुपाऊँ इस प्यार को ? सबसे पहले मैंने यह बात गीता से कही, उसके चेहरे की हैरत, फिर आँखों का सिकुड़ना, होंठों का हल्के से थोड़ा टेढ़ा होना मुझे समझ में आ गया कि यह बात उसे बिलकुल रुचिकर नहीं लगी। मैंने सोचा गीता हमेशा की शुद्धतावादी है। नहीं, वह मुझसे जलती है, बस गीता के लिए मैंने दिमाग के दरवाजे हमेशा के लिए बन्द कर लिये।

अब और किससे कहूँ ? शुभा, नीना, शर्वरी और शान्ता, मगर मेरी सभी सहेलियों की एक ही प्रतिक्रिया थी।

"तुझे और कोई जुटा नहीं, 22 वर्ष की है और चालीस वर्ष के पुरुष, वह भी पाँच बच्चों के पिता के पीछे पागल हुई जा रही है ?"

"प्यार में कोई शर्त नहीं हुआ करती।" बड़े शहीदाना लहजे में मेरा प्रत्युत्तर था।

"मूर्ख हो। ऐसे कोई अपने को आग में झोंकता है ?"

"पागल हुई है, तेरे भाई लोग सुनेंगे तो मार दी जाएगी।"

"मगर क्यों ? मैंने क्या अपराध किया है ?"

"विवाहेतर सम्बन्ध को पाप कहा जाता है और तू अपना अपराध पूछती है।"

लेकिन मुझे अपनी सहेलियों की बातें बिलकुल समझ में नहीं आ रही थीं। कैसी सोच है इन लोगों की जो मेरे मासूम, पवित्र प्यार को पाप कह रही थीं और डॉक्टर साहब को अपराधी। माना कि हम लोगों में उम्र का फासला है कि वे विवाहित हैं पर इसमें उनकी क्या गलती ? यह शादी तो उनकी मर्जी से हुई नहीं।

मेरा हाथ खींचते हुए शान्ता मुझे कॉफी हाउस ले गई, और बहुत देर तक समझाती रही—"ऐ प्रा...इस बात को तुम अपने तक ही रखो, किसी से कभी मत कहना...भारतीय संविधान की धारा...के तहत एडल्ट्री इज ए क्राइम, यह एक

नाजायज सम्बन्ध है। उनकी पत्नी यदि पुलिस को खबर कर दे तो तुम और तुम्हारे वे डॉक्टर साहब चौबीस घंटे के लिए हवालात में बन्द कर दिए जाओगे। अरे ऐसे छूट मिलने लगी तो हर हिन्दू पुरुष हरम खोलकर बैठ जाएगा।''

''मगर शान्ता ! मेरी राय में विवाह एक ओवररेटेड संस्था है। मैं इस संस्था को ज्यादा तरजीह देने से इनकार करती हूँ, फिर जो कुछ भी है वह मेरे और डॉक्टर साहब के बीच है, बिलकुल हमारा निजी कोना। सार्त्र, बर्ट्रेंड रस्सल, सभी तो इस संस्था की आलोचना करते हैं।''

''यार ! इन नए-नए दार्शनिकों को पढ़कर तेरा तो बिलकुल दिमाग खराब हो गया है।''

''पर शान्ता ! मैं तो पत्नी का स्थान माँग नहीं रही, मुझे तो उनसे कुछ चाहिए नहीं।''

''तो तुम रुकोगी नहीं राधिका रानी...?''

''शान्ता बकवास बन्द करो तो।''

''प्रा...मैं चुप भी रहूँ तो दुनिया चुप नहीं होगी। और सुनो आज के बाद फिलहाल हमारी दोस्ती यहीं खतम होती है। मेरे डैडी बेहद पारम्परिक मद्रासी ब्राह्मण हैं। हालाँकि दक्षिण भारत में दो पत्नियों की परम्परा रही है, मगर डैडी इससे चिढ़ते हैं।''

उस दिन शान्ता चली गई थी। वर्षों बाद मेरी प्रिय सहेली वापस मेरी जिन्दगी में लौटकर आई थी...मगर उस दिन शान्ता को खोकर भी मुझे दुख नहीं हुआ। अन्य सहेलियों के ताने मुझे चुभे नहीं। मुझे यही लगा, मेरी और अन्य लड़कियों की सोच में कोसों दूरी है और मुझे तो अपने विचारों के अनुसार जीना होगा। शान्ता ने सम्बन्ध तोड़ लिया, गीता नाराज रहने लगी थी। अन्य और सहेलियाँ मुँह चुराने लगी थीं और मैंने खुद को डॉक्टर साहब की बाँहों में हमेशा के लिए कैद कर लिया।

साथ ही मैंने यह भी महसूस किया कि मेरा रिश्ता अब मेरी मर्जी पर निर्भरशील नहीं था, वह टिका था बाहरी शक्तियों पर। भीतर सन्नाटा था। पर बाहर मैं ताकत बटोरती रहती अपने अहं से। मैंने उस हिस्से पर कब्जा किया था, जो मेरा नहीं था, आखिर मैंने अपनी एक हैसियत बनाई थी। और अब मुझे वहाँ डटे रहना था।

दो-तीन महीने बाद मुझसे पूछा गया—''मुझसे खुश हो ?''

''बहुत...आपके अलावा कहीं किसी के साथ मेरा मन नहीं लगता। मेरे लिए हर दूसरे का अर्थ खतम हो गया है।''

उनकी आँखों में झूठा क्रोध था। पर मुझ पर इसका कोई असर नहीं था। मेरी मुट्ठी में हीरे की कणिकाएँ जगमगा रही थीं। मेरा सोना-जागना, उठना-बैठना उनके चारों ओर घूमता रहता, मुझे बस यही खुशी थी कि किसी और के ख्यालों में मैं इस तरह छाती चली जा रही हूँ। जो कल तक मुझे सँभालने की नसीहतें देता रहा था, आज मेरी गिरफ्त में था। नहीं तो वे क्यों पूछते...''तुम हमेशा यों ही मिलती रहोगी ?''

''इसमें सन्देह है ?''

''घरवाले तुम्हारी शादी कर देंगे।''

''मेरी तो आपसे शादी हो चुकी, जिससे मन मिले वही ना बन्धन होगा।'''

''तब क्या तुम्हारी नजर में सात फेरों का कोई महत्त्व नहीं ?''

''आप मुझसे क्यों पूछ रहे हैं ? आपको तो स्वयं इसका अनुभव है।''

''हाँ, विवाह और प्रेम दो अलग-अलग घटनाएँ हैं। काश ! तुम्हारे साथ दोनों एक साथ घटी होतीं।''

''जो घट गया, जिससे प्रेम हो गया मैं उसे ही विवाह मानती हूँ और समाज ? मुझे समाज की परवाह नहीं।''

मैं और भी बहुत कुछ कहना चाहती थी, मेरी देह पुरुष की जिस भूख को जगा पाती है, वह देह बड़ी कीमती है। जब वे कहते...''तुम मेरी चीज हो, मेरी।'' तो मुझे बेहद सुकून मिलता है, इन छोटी-छोटी उपलब्धियों की बड़ी कीमत है।

चमकती हुई आँखों से मैंने जी भर उनकी ओर देखा—''फिर कब मिलेंगे ? और रोज मैं ही क्यों पूछती हूँ, क्या आप नहीं मिलना चाहते...?''

''कल।''

''कल !'' मैं खुशी से उछल पड़ी थी। आदमी या मरीचिका, छाया या समूचा अस्तित्व ? खेल जैसा भी हो पर गहरा था। चक्कर खिलानेवाला...उत्तेजना से भरपूर। मैंने उस दिन उस क्षण नहीं समझा था कि इस उत्तेजना की, इस खेल की, इस प्रेम की आनेवाले वक्त में मुझे इतनी बड़ी कीमत चुकानी होगी। उस दिन मैं इतना भर कह पाई थी, ''डॉक्टर साहब ! मैं हर कीमत चुकाने को तैयार हूँ। मुझे अपनी जिन्दगी में बस आपकी जरूरत है...केवल आपकी।''

''तुम नहीं जानतीं कि तुम्हें कितनी बड़ी कीमत चुकानी होगी। हमारा यह मारवाड़ी समाज...'' उन्होंने एक ठंडी साँस ली।

''मुझे समाज की परवाह नहीं।''

"तुम स्वभाव से विद्रोही हो।"

विद्रोही ? और मैं ?? मैं तो एक साधारण लड़की हूँ। मैंने तो झरोखे से सारे आन्दोलनों को देखा है। मेरे कानों में कॉलेज में सुने हुए टुकड़ा-टुकड़ा संवाद तैरने लगे...कॉलेज की दीवारों पर लिखा रहता–

'समाज में आमूल परिवर्तन की आवश्यकता है।'

'यह सारी उदारवादी बातें बकवास हैं।'

'आदमी की हत्या करनेवालों के पास कोई मानवीय मूल्य नहीं हुआ करता।'

'क्या यही है शिक्षा का महत्त्व कि किसी तरह हम परीक्षा पास कर लें ? फिर नौकरी के लिए दरवाजे खटखटाएँ ?'

मैंने प्रत्यक्ष में डॉक्टर साहब से पूछा–"क्या यही है पढ़ने-लिखने का लाभ, कि घरवाले चाहे जिस खूँटे से मुझे बाँध आएँ ? चुनाव, निर्णय की स्वतन्त्रता, प्रतिबद्धता जैसे शब्दों को मैं आज तक सुनती आई हूँ, आज मैं खुद से पूछना चाहती हूँ–बस क्या यही है स्त्री की नियति ? उसका जीवन ?"

"अबला जीवन हाय तुम्हारी यही कहानी...! मैथिलीशरण गुप्त की कविता की ये पंक्तियाँ।" डॉक्टर साहब ने छेड़ते हुए कहा।

"छिः मुझे नहीं सुहातीं ये पंक्तियाँ, नहीं चाहिए ऐसा जीवन।" डॉक्टर साहब चुप हो गए थे।

मगर सारी भावुकता सकारात्मक विद्रोह के बदले निषेध की धूल के साथ उड़ रही थी। कॉलेज में मेरा परिचय बंगाल की जातीय मानसिकता से हुआ था। हम बंगाली, हमारी अपनी जातीय संस्कृति, हमारे बंकिमचन्द्र, हमारे रवीन्द्रनाथ...। मेरे दोस्तों के सोच और चिन्तन में राष्ट्र नहीं था, दिल्ली नहीं थी। नेहरू और गांधी के बदले सुभाष थे, आर्य संस्कृति के प्रतीक विवेकानन्द और ईश्वरचन्द्र विद्यासागर थे। लेकिन दयानन्द सरस्वती की वे कभी भूले-भटके चर्चा नहीं करते थे। लेकिन मैं ? मैं तो बंगाली नहीं हूँ। उनकी जातीय संस्कृति, मेरी संस्कृति नहीं है। उनके सामाजिक सरोकार मेरे मारवाड़ी सरोकारों से बिलकुल भिन्न थे। कॉलेज में मैं अकेली मारवाड़ी लड़की थी, मेरे और उनके बीच दरार नहीं बल्कि चौड़ी खाई थी जिसे पाटना फिलहाल असम्भव था। हालाँकि मेरे संगी-साथी मुझे बेहद पसन्द करते थे। मगर फिर भी उनकी नजर में मैं एक बाहरी व्यक्ति थी। कॉलेज में आते-जाते मुझे देख छेड़ने के लिए लड़के गा उठते...'आमी चिनिगो चिनी तोमाय ओगो विदेशिनी।' मैं सच में विदेशिनी थी उनकी नजर में। और अपनी नजर में ? अपनी नजर से स्वयं को देखना चाहती थी।

वैसे मेरे संगी-साथी वे लड़के-लड़कियाँ बेहद साहसी थे। उन्हें किसी की

चिन्ता नहीं थी, जबकि मैं एक डरपोक, दब्बू लड़की थी। वे क्रान्ति चाहते थे...और मैं व्यक्ति-स्वतन्त्रता के नाम पर अपने ही टापू पर खड़ी किसी अनजान पुल को खोज रही थी एवं अपने स्त्री अधिकारों की पैरवी कर रही थी। उनके बीच मेरी कोई जगह नहीं थी। बाहरी होने के बोध से मैं इतना ग्रसित थी कि उससे उबरना और उनके जुलूस में शामिल होना मेरे लिए सम्भव नहीं था। उनकी बातें मुझे अच्छी जरूर लगतीं मगर उन भाषणों में मैं स्वयं को खोज नहीं पाती थी। मैं सर्वहारा तो नहीं, मैं गाँव की समस्या से परिचित नहीं। मुझे कभी भूखे नहीं रहना पड़ा। मुझे आर्थिक परेशानियाँ इसलिए झेलनी पड़ रही हैं क्योंकि मैं अम्मा की बात नहीं सुनती, जब-तब बड़े भैया से मेरी बहस हो जाती है। लेकिन फिर भी चारों ओर का यह असह्य दबाव, दमघोंटू रीति-रिवाज, ये परम्पराएँ, जो दिन-रात मुझे कूटती रहती हैं। लेकिन इन सबके बावजूद मैं भावुक और नरम थी। जबकि मेरे संगी-साथी मानवीय दया और करुणा की चर्चा मात्र से ही बौखला जाते। उनका कहना था–

"हमारे लिए किसने सोचा ?"

"हम पर किसने दया दिखलाई कि हम उन पर दया की बातें सोचें ?"

"व्यवस्था हमारी दुश्मन है। राष्ट्र उदारपन्थी राजनीति, बौद्धिकी और ये सारे भद्रलोक हमारे दुश्मन हैं।"

और उन लोगों की नजर में मारवाड़ी शब्द बुर्जुवा एवं प्रतिक्रियाशील ताकतों का पर्याय था। मारवाड़ी होना मेरी अपनी नजर में मानो एक अपराध हो गया।

व्यवस्था के प्रति क्रोध उनमें भी था और मुझमें भी, पर हमारे क्रोध में मौलिक अन्तर था। वे अपनी ही जमीन पर खड़े युद्धरत थे। अपनी जाति को बचाना चाहते थे...और मैं ? मैं और मेरे पुरखे सौ वर्ष से बंगाल में रहकर भी यहाँ की जमीन से जुड़ नहीं पा रहे थे। बाबूजी कहा करते, 'मारवाड़ी-बंगाली के पचड़े में मत पड़ो, खुद को भारतीय समझो। हम स्वतन्त्र भारत के नागरिक हैं।' भारतीय बनने की चेष्टा में हम घर में मारवाड़ी बोलने के बजाए हिन्दी में बातें करना पसन्द करते। धीरे-धीरे मैं खुद की जड़ों से अपरिचित होती जा रही थी, और विदेशी बना दी गई इस बंगाल की जमीन में अपनी जमीन चाह रही थी।

तब क्या डॉक्टर साहब के पास मुझे अपनी जमीन मिल सकती है ? मैं जो एक टूटी डार हूँ, हवा में उड़ता पत्ता हूँ, मैं जो तूफान में उड़ती हुई एक चिड़िया हूँ। उस दिन, उस क्षण तो ऐसा ही लगा था।

न केवल डॉक्टर साहब का साथ चाहता था। बाकी सारी बातें गौण थीं। घर लौटने में प्रायः देर हो जाती थी, मेरे पास एक-न-एक बहाना तैयार रहता, अपनी परेशानियों में टूटी अम्मा को मेरी ओर देखने का समय भी नहीं था, डॉक्टर साहब और मैं दोनों अपने-आप को बहलाते-फुसलाते रहे बिना यह समझे कि ऐसे रिश्तों की दुनिया अपनी नजर, अपने पैमाने, अपनी परम्परा से तौला करती है कि दुनिया की नजर में पति-पत्नी के अलावा औरत-मर्द का हर रिश्ता, नापाक है, गलत है। कटघरे में तो हम उसी दिन खड़े कर दिए गए थे, जिस दिन डॉक्टर साहब ने इस रिश्ते को अपनी पत्नी के सामने कबूल किया। घटना यों घटी कि पति-पत्नी के बीच उनका छोटा बेटा सोया हुआ था और उसने रात के अँधेरे में माँ-बाप की पूरी तकरार सुनी, सुबह उठकर उसने सारी बात अपने भाई-बहनों से कह डाली, भाई-बहनों ने गोरखपुर से आए हुए रिश्तेदारों से कहा। बात को बिगड़ना ही था, लेकिन सब कुछ समझते हुए भी हम नादान बने हुए थे और हमारा मिलना जारी था।

इन्हीं दिनों, दाई माँ मिर्जापुर से कलकत्ता आई हुई थीं। मैंने सोचा क्यों न मैं अपनी सारी बातें दाई माँ से कह दूँ, अम्मा तो कभी मेरी बात समझेंगी नहीं, लेकिन दाई माँ ने तो हमेशा मेरी बातें सुनी हैं, उस दिन एकादशी थी, दाई माँ बस फलाहार करके उठी ही थीं, हमेशा की तरह मेरी हथेलियों पर पेड़ा रखते हुए उन्होंने कहा—"लो खाव लो, और हू रहा सरबत।"

"दाई माँ, मैं तुमसे अपनी एक बात कहना चाहती हूँ, किसी से कहोगी तो नहीं ?"

"का बात है ?" दाई माँ बिलकुल उसी तरह चौकन्नी हो गई थीं जैसे कभी किसी दिन अतीत में हुई थीं।

"दाई माँ...मैं ना...मैं एक आदमी से...वह डाक्टर है...उससे..." मैंने फिर सूखे होंठों पर अपनी गीली जीभ फिराई, आवाज को थोड़ा सँभाला, खुद को सन्तुलित किया। ललाट पर छलछला आई बूँदों को पोंछा...अजीब तरह से दिल की धड़कन बढ़ गई थी...उफ् ! कैसे कहूँ, इन बातों को दाई माँ से ? क्या वे

समझ पाएँगी ? नहीं...नहीं...सब कुछ कहना जरूरी भी है। दाई माँ दो-तीन दिनों में मिर्जापुर वापस चली जाएँगी। उन्हें आजकल दिन-रात मेरे ब्याह की चिन्ता खाए जा रही है। बल्कि उनकी यह रटन्त तो अम्मा को भी परेशान कर देती है। आखिर अम्मा ने उस दिन झल्लाकर दाई माँ से कह दिया था—"क्या दिन भर ब्याह का लगाए रखती हो, अभी तो गीता का ब्याह नहीं हुआ, उसे कोई लड़का पसन्द ही नहीं आता, वह तो दिन-रात अपनी डॉक्टरी की पढ़ाई में जुटी रहती है।"

"तो हमार बिटिया का ब्याह पहिले करि दो।"

"कैसी बातें करती हो चमेलिया की माँ ! बड़ी के रहते मैं छोटी का ब्याह पहले कर दूँ ?"

दाई माँ चुप हो गई थीं। और आज मैं दाई माँ से कहना चाह रही थी—दाई माँ मैं अब कभी विधिवत विवाह नहीं करूँगी, मैं बिना विवाह के आजीवन किसी विवाहित पुरुष से बँध चुकी हूँ। दाई माँ अब तुम्हारे दरवाजे कोई बारात लेकर नहीं आएगा, वह सपना खतम हो चुका है हमेशा-हमेशा के लिए।

लेकिन एक आदमी का और वह भी डॉक्टर का जिक्र सुनते ही दाई माँ थोड़ा आगे झुक आईं—"हम सब जानते हैं बेटा, तोहार मन कहीं जरूर अटक गया है, कोई बात नाहीं तुम ओसे बियाह कर लो बेटा।"

"दाई माँ उससे ?"

"सोच लो बेटा, कउनो हड़बड़ी थोड़े ही है। अभी तो गीता बाई बइठी हैं।"

मेरी आँखें भर आईं, रुँधे गले से मैंने बस इतना ही कहा—"दाई माँ ! वे शादीशुदा हैं, पाँच बच्चों के पिता हैं।"

दाई माँ का चेहरा काला पड़ गया। वहाँ शर्म, बेबसी और पीड़ा का मिला-जुला भाव था—"का कहत हो बिटवा..." उनके मुँह से और आगे एक भी शब्द नहीं निकला। एक शब्द भी नहीं।

मैं दाई माँ को खामोश घूरती रही। हवा का झोंका सरसरा गया, एक गौरेया उचककर बारजे की रेलिंग पर आ बैठी, एक हवाई जहाज अकेला बादलों को चीरता हुआ निश्चित दिशा की ओर बढ़ गया। मैं दाई माँ को देख रही थी, दाई माँ मुझे।

क्या फिर कुछ गलत घट गया ? जैसा कि अतीत में कभी घटा था। उस दिन भी दाई माँ की आँखें इतनी ही विस्फारित थीं, पर उस दिन दाई माँ ने मुझे अपने आँचल के नीचे छुपाते हुए कहा था, "बस बिटिया, जिन्दगी भर के लिए चुप्पी साथ लो। केहू से कुछ ना कहियो। अपने पति देवता से भी नहीं।" लेकिन

आज दाई माँ केवल खुली आँखों से मुझे देखती रह गईं। मेरे माथे पर ठंडी बूँदें चुहचुहा आईं। दाई माँ को मेरी बातों से चोट पहुँची है—नहीं तो उनके चेहरे पर यों दहशत नहीं छा जाती। मैंने दाई माँ को दुख पहुँचाया, उनसे यह सब न कहती तो अच्छा था।

हम दोनों के बीच क्षणों का अन्तराल कुछ लम्बा घिसट गया। घुटनों पर हाथ रख उठते हुए दाई माँ ने बस इतना ही कहा—"चली बिटिया...थोड़ा-बहुत अपन बहूजी का सेवा-टहल कर दूँ। ऊ भी का करें बेचारी...मुर्झा गई हैं। बड़ा बाबू का जाने के बाद ई सब तो होना ही था।"

दिन बीतते गए, रातें बीतती गईं। समझ रही थी कि हमारा सम्बन्ध उनकी पत्नी को बुरा लगता है। मैंने डॉक्टर साहब से पूछा—"आपकी पत्नी को बुरा नहीं लगता ?"

"लगता है लेकिन क्या करूँ ? वे कुछ कहतीं नहीं बस रोती रहती हैं। या यों कहो उन्हें रोने की आदत पड़ चुकी है।" मैं खामोश हो जाती।

घर में मेरे आने-जाने का ख्याल यदि कोई रखता था तो वह गीता थी। भैया लोग अपनी गृहस्थी में व्यस्त रहते। अम्मा को रुपए-पैसे की परेशानियाँ खाए जा रही थीं। उनके पास तीनों बड़ी बहनों में से कोई एक या भाई-भाभियों में से कोई-न-कोई बैठा रहता। या फिर वे नौकर, दरबान, ड्राइवर में से किसी को बैठा लेतीं, बातें करती रहतीं। फिर राधा नौकरानी या दाई माँ तो थीं...उनके अकेलेपन की साथिन। अम्मा अकेले बैठ ही नहीं सकती थीं, अकेले बैठते ही उनकी तबीयत बिगड़ने लगती। मेरे और गीता के लिए अम्मा चाहती थीं कि हम भी शादी करें, घर बसाएँ, बाल-बच्चे हों, एक भरी-पूरी जिन्दगी जीएँ किन्तु अम्मा का एक परोक्ष मन था जो हमसे यह कहना चाहता था...कि औरत को आत्मनिर्भर होना चाहिए। जिन्दगी में जोखम उठाना सीखना चाहिए। अम्मा के पोर-पोर से फूटती निराशा चीख-चीखकर कहना चाहती—क्या मिला मुझे ? माना कि पति देवता थे पर उन्हें देवत्व के पद पर मैंने ही आसीन किया। लेकिन मैं तो देवी नहीं बन गई, क्या मेरी कोई मानवीय आकांक्षा नहीं ? भूल जाऊँ अपने-आपको ? बस दिन-रात तुम बच्चों की चिन्ता करूँ, तुम्हारे लिए जीऊँ, तुम्हें दे दूँ सब कुछ ? मैं कुछ भी न रहूँ ?

अम्मा जब ऊपर टाँड से बक्से उतारतीं तब हम बहनें और भाभियाँ वहीं धँसकर बैठ जातीं।

"अम्माजी, इस बक्से में तो आपकी जरीवाली साड़ियाँ रखी हैं, और इस वाले बक्से में आपके घाघरे हैं। यह चाँदी के बर्तनों से भरा बक्सा है, इस पेटी में केवल

शॉल और दुशाले हैं। अम्मा, इसमें तो गीता के दहेज में दी जानेवाली विलायती चीजें हैं।''

''लेकिन अम्मा, गीता तो अभी शादी नहीं करेगी, उसकी तो और साल भर की पढ़ाई बाकी है।''

''ठीक है रखो सब कुछ। छोटी बिन्दणी, वह चाँदीवाला भारी डब्बा निकाल लेना और थाली का सेट भी।''

''क्यों किसके लिए ?'' बड़ी भाभी पूछे बिना नहीं रह पाती।

''भगवती (मँझली दीदी) को दूँगी। महीने भर रहकर ससुराल जा रही है तो कुछ तो देना होगा लड़की को।''

''चाँदी के थाल देने की अभी क्या जरूरत पड़ गई ?'' बड़ी दीदी अपनी जलन छुपा नहीं पाती, मँझली दीदी का सर झुक जाता।

''भगवती बाई ने अम्मा को पटा लिया होगा।'' छोटी दीदी कहती।

''वाह रे भगवती ! तू बड़ी तेज निकली।'' बड़ी दीदी ताना मारे बिना नहीं रहती। दीदी ठुमककर कहती—''अम्मा, मुझे आपवाला भारी घाघरा चाहिएगा।''

''अभी नहीं बाद में कभी ले लेना।''

''क्यों अम्मा, भगवती बाई बाहर गाँव रहती है इसलिए उसको इतना माल मिलता है ?'' छोटी दीदी जवाब-सवाल किए बिना नहीं मानती।

''अब कुछ भी समझ लो। भगवती की हैसियत तुम सबमें कमजोर है।''

''किस मायने में यह कमजोर है ?'' बड़ी दीदी फिर से ठुमक रही थी।

दीदी लोगों के ससुराल चले जाने पर अम्मा तकिए पर सर रखे खामोश रोती रहतीं। मुझे या गीता को देखकर कहतीं, ''मेरी ये दोनों छोरियाँ सबसे अच्छी, इन्हें न गहना चाहिए न कपड़ा, बस अपनी पढ़ाई में मगन रहती हैं। मैं तो इन तीनों बड़ी बेटियों का करते-करते थक गई। पहले ब्याह-मुकुलावा फिर छुछक और खिचड़ी फिर भात। जाए पर जाए तक का करना-धरना बस लगा रहता है।''

उस दिन के बाद दाई माँ मुझे पहले जैसा प्यार नहीं कर पा रही थीं। चेहरा बुझा-बुझा रहता। एक दर्द ठहर गया था उनकी आँखों में। जिस दिन वे वापस अपने घर जानेवाली थीं, उस दिन मेरे पास आई थीं। सर पर हाथ रखे खामोश रोती रही थीं।

''दाई माँ, आप फिर कब आओगी ?''

''अब का आऊब बिटिया, जो तोहे नाही करना चाहिए था वही तो तू कर बैठी। सब आपन-आपन भाग। हमार बिटिया को ही उपरवाला इतना दुख काहे दिया समझ नाही पड़त।''

“दाई माँ मैं दुखी कहाँ ? मैं तो सुखी हूँ।”

“अभी तोहके कुछ मालूम नहीं पड़त। अभी तो शुरूआती दौर है...करेजवा का इ घाव तो सूखले पर अऊर पीर बढ़हिएँ।”

फिक् से मैं हँस पड़ी थी। कितनी नादान थी। आनेवाले कल से कितनी अनजान। और जो नहीं घटना चाहिए था, वही घट गया। क्या कोई पुरुष इतना भी लापरवाह हो सकता है ? सोचकर भी मैं कुछ सोच नहीं पाई, दहशत से मेरा पूरा शरीर सिहर उठा। यह क्या ? वक्त पर पीरियड क्यों नहीं हुआ, महीने की दस तारीख को हमेशा हो जाता है, मगर आज तो पच्चीस तारीख है और अभी तक कुछ हुआ नहीं। क्या मैं ? ओह नो ! मेरे भगवान ! बिलकुल ऐसा नहीं। ऐसे कैसे हो सकता है ? अभी तो न जिन्दगी शुरू हुई और ना खतम हुई, फिर बीच में यह सब क्या घट गया ? ऐसा लगा मानो मुझे जिन्दा रहते चिता पर लिटा दिया गया है। मेरे चारों ओर लकड़ी जलाए फेरी दी जा रही है, अब मुखाग्नि दी जाएगी...मगर ऐसे कैसे ? कौन मेरी इच्छा के विरुद्ध मेरा शवदाह कर रहा है ?

“डॉक्टर साहब मैं तो नादान थी, क्या आपको सोचना नहीं चाहिए था ?”

“मैंने सोचा तुम गर्भ निरोधक गोलियाँ खा रही होगी।”

“ऐसा कैसे सोच लिया आपने ?”

“क्योंकि तुम आधुनिका हो, पढ़ी-लिखी हो, फिर डॉक्टर होने के नाते मैं पहले दिन समझ गया था कि तुम कुँआरी नहीं हो।”

ओह ! मैं पसीना-पसीना हो गई थी। मेरे हाथों से फोन का रिसीवर धीरे-धीरे फिसलता जा रहा था। यह सब कैसे हुआ और क्यों हुआ ? उन्होंने वापस फोन किया—“अच्छा एक बार शाम को तुम मिलो।”

“नहीं मैं नहीं आऊँगी...कभी नहीं।” वे कुछ देर के लिए बिलकुल खामोश हो गए। मैंने चारों ओर की खामोशी को और फैल जाने दिया, टेलीफोन के तारों को छेड़ा नहीं। उन्होंने आहिस्ता-आहिस्ता कहना शुरू किया—“प्रभा ! तुम जानती हो अपनी मुसीबत ?”

और आप ? मेरा रोम-रोम चीत्कार कर रहा था, मेरी हर साँस चीख रही थी।

“अच्छा तुम शाम को आओ। और सुनो कहीं भूले से भी यह बात किसी से कहना मत।”

फिर वही वेद वाक्य किसी से कहना मत। दाई माँ ने कभी कहा था—“केहू से कहिये मत। आपन होनेवाले पति देवता से भी नहीं।” खामोशी का पाठ पढ़ानेवाला कभी सोचता नहीं कि ये हिदायतें औरत को कितना-कितना अकेला

कर जाती हैं। इन हिदायतों के कारण औरत जिस जाल में उलझती है उसी में उलझती चली जाती है। भाग्य ने मुझे फिर पटक दिया। क्रूर नाटक का यह कौन-सा अंक लिखा जा रहा था मैं समझ नहीं पाई। मैं सोचने लगी आखिर जिन्दगी किस क्लाइमेक्स पर पहुँचकर दम लेगी। उस शाम जब मैं डॉक्टर साहब से मिलने मैग्नोलिया रेस्त्राँ पहुँची तो मैंने अपना निर्णय ले लिया था–

"प्रभा ! क्या तुम स्वेच्छा से ऐसा करना चाहती हो ?" डॉक्टर साहब ने कॉफी के प्याले को मेरी ओर सरकाते हुए पूछा था। उनकी ठंडी आँखें मेरा जायजा ले रही थीं। इन्हीं आँखों से वे अपने रोगियों की भी जाँच-पड़ताल करते हैं।

"हाँ, डॉक्टर साहब ! मेरे मन में कोई नैतिक द्वन्द्व नहीं, कोई पश्चाताप नहीं।" और निःशब्द झरते आँसुओं को मैंने धीरे से पोंछ लिया था।–"मैं बीमार हूँ डॉक्टर साहब, बहुत बीमार, यह एक ऐसी बीमारी है जो मुझे मौत भी नहीं देगी।"

"अरे इतना घबराने की क्या बात है ?" मेरी उल्टी हथेलियों पर अपना हाथ रखते हुए वे धीरे-धीरे कहने लगे–"तुम तो हमेशा से एक बोल्ड लड़की हो। गलती मेरी भी है कि मैंने तुमसे कभी कुछ पूछा ही नहीं। बस मान लिया कि एक पढ़ी-लिखी लड़की इस मामले में सजग तो रहेगी।"

"मुझे आपका सहारा चाहिए डॉक्टर साहब, मैं अब किसके पास जाऊँ ? शुचिता और शर्मसार होने के इस नाटक से मैं बेहद थक चुकी हूँ। किसी ने बचपन में मुझे खराब किया और अब आपने। काश ! मेरे जीवन में यह सब नहीं घटा होता। लेकिन क्या यह मेरी गलती है, सिर्फ मेरी ? और यदि नहीं तो मैं क्यों दिन-रात इस आग में झुलसती रहती हूँ ? आपको शर्म क्यों नहीं आ रही ?"

"नहीं ऐसी बात नहीं, पछता रहा हूँ अपनी गैर-जिम्मेदाराना हरकतों से। और देखो चूँकि तुम एक औरत हो इसलिए कीमत तुम्हें चुकानी पड़ रही है।"

मैंने डॉक्टर साहब से उस दिन, उसी क्षण अपना सारा अतीत कह डाला था। समझ और धीरज के साथ वे सब कुछ सुनते रहे थे। "वह तुम्हारा भाई अब भी जिन्दा है ?"

"आपने कभी ऐसा अपनी बहन के साथ किया होता तो आप क्या करते, मर जाते ?"

"हाँ, तुम ठीक कह रही हो, हम पुरुष होते ही ऐसे हैं।"

"खैर, इन पुरानी बातों को जाने दीजिए, अभी क्या करना है यह बताइए। देह में जो समा नहीं सकता उसे निकाल फेंकना ही अच्छा होगा।"

"तुमने ठीक से सोच लिया ना, कहीं बाद में पछतावा न रहे।"

मैं फिर रोने लगी थी...''मेरी माँ को ये बातें जरा भी मालूम पड़ीं तो सच मानिए वे मर जाएँगी। डॉक्टर साहब वे जी नहीं पाएँगी।''

''लेकिन तुम जो करना चाह रही हो उसके बारे में एक बार फिर से सोच लो, मैं डॉक्टर हूँ इसलिए तुम्हें सब कुछ बता देना जरूरी समझता हूँ, सम्भव है भविष्य में तुम फिर कभी माँ नहीं बन सको।''

''आप बार-बार सारी जिम्मेदारी मुझ पर क्यों थोप रहे हैं ?''

''मैं भी क्या करूँ ? मैं तुम्हें अपना नाम तो नहीं दे सकता, लेकिन यह बच्चा हमारे प्यार...''

''प्यार-व्यार कुछ नहीं, बस देह का जबर्दस्त आकर्षण था और उसी का फल मुझे भोगना पड़ रहा है। डॉक्टर साहब मैं बेड़ियों में जकड़ गई हूँ। भीतर-बाहर की इन जंजीरों को यदि काट पाती तो शायद कुछ हल्का लगता।''

''कैसी बातें कर रही हो, मुझे यह अपना अंश लग रहा है और तुम उसे निकाल फेंकना चाहती हो ?''

''तो क्या करूँ ? मदर मेरी बनकर जीसस क्राइस्ट को जन्म दूँ ?''

''तुम यदि अमेरिका चली जाओ तो वहाँ बच्चे को जन्म दे सकती हो। मैं सारा बन्दोबस्त कर देता हूँ, मेरे कुछ अच्छे दोस्त वहाँ रहते हैं। उनके परिवार में तुम्हें जगह मिल जाएगी।''

''और आप ?''

''मैं आता-जाता रहूँगा।''

''अच्छा ! यानी एक बच्चे के लिए जो फिलहाल जन्मा नहीं है मैं अपना शहर, अपना देश छोड़ दूँ। अपने-आपको दरिन्दों के हवाले कर दूँ ? नहीं... नहीं...बहुत हो चुका, अब और मैं अपनी जिन्दगी से नहीं खेल सकती।''

अब और कुछ कहने को नहीं बचा था। डॉक्टर साहब ने आश्वस्त करते हुए कहा—''अच्छा घबराओ मत। सारी व्यवस्था करके मैं कल तुम्हें फोन करता हूँ।''

उस रात मैं सो नहीं सकी थी। सोचती रही थी औरत की नियति पर, मेरी अपनी तकदीर पर। लौटते वक्त गाड़ी में डॉक्टर साहब ने बस इतना भर कहा—''शायद तुम ठीक कह रही हो, इसे मिटा देना अच्छा है। भविष्य के सन्दर्भ में यही उचित निर्णय होगा। जिन्दगी की स्लेट को गीले कपड़े से पोंछ दो, उस पर लिखा हुआ सब कुछ मिटा दो, साफ धुली हुई स्लेट पर फिर नया कुछ लिखना।''

गर्भपात, भ्रूणहत्या, प्रजनन का अधिकार स्त्री जीवन से सम्बन्धित न जाने कितने मुद्दों पर लिखती रही हूँ, मगर उस दिन अविवाहित मातृत्व की कल्पना

मात्र से मेरा सर्वांग सिहर उठा था। बस किसी तरह इससे मुक्ति मिले, नहीं तो घरवाले मुझे फाँसी के तख्ते पर लटका देंगे। भ्रूणहत्या एक पाप कर्म है ऐसी कोई भावना नहीं थी मेरे मन में। मैं कुछ गलत कर रही हूँ ऐसा क्षण भर को मुझे नहीं लगा। खुद डॉक्टर साहब इस अवांछित स्थिति से बेहद परेशान हो उठे थे। चूँकि वे स्वयं डॉक्टर थे अतः डॉक्टरी पेशे के इस अँधेरे पक्ष के बारे में पता लगाने में उन्हें कोई कठिनाई नहीं हुई। सारी व्यवस्था कर दी गई, बड़ा बाजार की घनी बस्ती में स्थित उस नर्सिंगहोम में कुँवारी लड़कियों को उनके माँ-बाप और विवाहितों को उनके पति गर्भपात करवाने ले जाया करते थे। बीच-बीच में पुलिस रेड किया करती, मगर नर्सिंगहोम का संचालक बूढ़ा डॉक्टर काफी पटु था, कानून को हाथ में लेना जानता था। नर्सिंगहोम पहुँचकर मुझे वहाँ अंजली नर्स से मिलना था। अंजली का नाम सुन मुझे थोड़ा ढाढस बँधा क्योंकि अंजू दी डॉक्टर साहब की निजी नर्स थीं, उनके चेम्बर में काम करती थीं।

''अंजू दी, आप किसी से कुछ कहेंगी तो नहीं ?''

''क्या बात करती हो, मैं औरत होकर औरत का दर्द नहीं जानती, मैंने खुद बड़े डॉक्टर से सारी बातें कर ली हैं, वैसे इस डॉक्टर को रोगी के नाम-पते से कुछ लेना-देना नहीं रहता, बस पैसे रखो और अपना काम करवा लो। यह कोई नर्सिंगहोम थोड़े ही है, बल्कि एक छोटी-मोटी फैक्ट्री है। लेकिन यहाँ सारी बातों को बिलकुल गोपनीय रखा जाता है।''

''लेकिन यदि किसी को पता चल गया, कोई जान-पहचान वाला मिल गया तब...?'' मैंने सूखे होंठों पर जीभ फिराते हुए अंजू दी से पूछा।

''उस समय तुमने क्यों नहीं सोचा ?'' अंजू दी के स्वर की कड़वाहट मुझसे छुपी नहीं थी। मेरा सर झुक गया।

''वैसे घबराओ नहीं, मैं पहले भी यहाँ आ चुकी हूँ।'' बात को सँभालते हुए उन्होंने कहा।

''आप यहाँ किसलिए आई थीं ?'' मैंने चौंककर पूछा।

''मैं यहाँ काम जो करती थी।''

''फिर आपने नौकरी छोड़ी क्यों ?''

''इसलिए कि यहाँ काम करनेवालों को मोहल्ले के लोग भी नीची नजर से देखते हैं। हालाँकि पैसा अच्छा मिलता है मगर इज्जत भी तो कोई चीज है।''

इज्जत शब्द पर जाकर मेरा दिमाग अटक गया। यदि किसी को मालूम पड़ जाए तो दुनिया की नजर में मेरी क्या इज्जत रहेगी, खुद अपनी ही नजर में मेरी कोई इज्जत नहीं बची। डॉक्टर साहब ने तो मना ही किया था, यह मेरी करनी

थी...मैंने ही पहल की थी, मैंने ही उनसे सब कुछ माँगा था, मुझे लगा मैं चक्कर खाकर गिर पड़ूँगी। मैंने घबराकर अंजू दी का हाथ पकड़ लिया—"अंजू दी आप तो मेरे पास रहेंगी ना...मैं अकेले यह सब सहन नहीं कर सकती।"

"घबराओ नहीं, अभी तो तुम्हारे ज्यादा दिन ऊपर नहीं हुए हैं, सब कुछ आसानी से हो जाएगा।"

अन्दर ओटी रूम में मुझे टेबल पर लेटने को कहा गया, मैं पसीना-पसीना थी।

"शुरू किया जाए।" बूढ़े डॉक्टर ने अंजू से पूछा।

"हाँ, सर सब कुछ लड़की की मर्जी से हो रहा है।...उम्र चौबीस वर्ष।"

"ठीक है तो शुरू किया जाए।"

सबसे पहले मुझे इंजेक्शन दिया गया। धीरे-धीरे बेहोशी छाने लगी, मेरे हाथ-पैर ठंडे हो रहे थे, मैंने आँखें बन्द कर लीं, मेरा सर तकिए में धँसता जा रहा था। बूढ़ा डॉक्टर टाँगों के बीच झुक आया...और मैंने सुना वह अंजू दी से कह रहा था—"हम सक्शन मेथड से एक सेकेंड में सब कुछ खींच लेते हैं, बाद में ब्लीडिंग वगैरह कुछ नहीं होगी।"

"जी हाँ सर !"

आँखें खुलने पर मैंने अपने को एक दूसरे कमरे में पाया। अंजू दी ने मेरे माथे पर हाथ रखते हुए कहा—"बस हो गया, दो मिनट का ही तो काम था, आराम कर लो, शाम तक घर चलेंगे।"

"अंजू दी क्या सब कुछ खतम हो गया ?"

"हाँ सब कुछ।"

सुनते ही आँसुओं की झड़ी थी। वे राहत और पश्चाताप से मिले-जुले आँसू थे। असहाय बोध से जन्मे हुए आँसू थे, "क्या अब मैं कभी माँ बन सकूँगी ?"

"क्यों नहीं, कितनी कुँआरी लड़कियों के जीवन में ऐसा घटता है, क्या उनकी शादी नहीं होती ? वे माँ नहीं बनतीं ?" अंजू दी मुझे समझा रही थीं।

लेकिन मेरे लिए माँ बनने की सम्भावना खतम हो गई थी, इस घटना के बाद कुछ दिनों के लिए मैं बिलकुल पथरा गई थी। मैं डॉक्टर साहब से अपना सम्बन्ध तोड़ लूँगी पर ऐसा कुछ भी नहीं घटा। जिन्दगी उसी रफ्तार से चलती रही। जो कुछ भी घटा उसके लिए मैं ही तो दोषी थी। पता नहीं क्यों डॉक्टर साहब मुझे त्राणकर्ता लगते। वे नहीं होते तो कौन मुझे सँभालता। एक अजीब तरह की रुग्ण निर्भरता थी उन पर जिसे मैं प्यार का नाम दे रही थी। इसी बीच महीने भर के लिए डॉक्टर साहब सपरिवार शिमला घूमने चले गए, पीछे अकेली छूटी हुई मैं और

उदास हो गई। खाली वर्तमान मुझे भविष्य के बारे में दिनों-दिन और अधिक आतंकित कर रहा था—न जाने क्या होगा भविष्य में ? जिन्दगी किस ठौर पर लगेगी। आदमी लम्हों के धागे से न जाने किन-किन सपनों को बुनता रहता है। शिमला से लौटकर डॉक्टर साहब ने अपना हार्निया का ऑपरेशन करवाया, साथ ही नसबन्दी भी करवा डाली। उन्होंने इस बारे में न मुझसे कुछ सलाह ली और न ही कुछ बताने की जरूरत समझी। पराएपन के व्यवहार से आहत मन लिये मैं उन्हें देखने गई, वहाँ उनकी पत्नी से परिचय हुआ। उनके दोस्त श्री एवं श्रीमती मस्करा भी वहाँ मौजूद थे। वापस लौटते हुए मुझे लगा मैं उनकी जिन्दगी का कितना छोटा-सा हिस्सा हूँ...महज एक चिह्न, ऐसा चिह्न जिसके कई अलग-अलग अर्थ निकलते हैं।

लेकिन चोरों की तरह छुपकर मिलना मुझे गवारा नहीं था। सब कुछ समझते-बूझते हुए भी डॉक्टर साहब चुप थे। आखिर एक दिन मुझे ही कहना पड़ा—

"लुका-छुपी का यह खेल मुझसे बर्दाश्त नहीं होता, पार्क की बेंचों पर, झाड़ियों की ओट में किया गया प्यार, प्यार नहीं होता। दिन के उजाले में आप मुझे अपने साथ रखिए, अपने जीवन में स्थान दीजिए।"

"मगर कैसे ? तुम जानती हो मैं शादीशुदा हूँ।"

"हाँ जानती हूँ।"

"...बच्चों की जिम्मेदारियाँ...मैं उन्हें छोड़ नहीं सकता।"

"मैं कब कहती हूँ आप अपनी पत्नी को छोड़ दीजिए, मैं क्यों चाहूँगी आप बच्चों को न सँभालें ?"

"फिर तुम्हें... ?"

"क्या मुझे आपके परिवार में कोई कोना नहीं मिलेगा ?"

"कैसी बातें करती हो !"

"हाँ, मैं तो आपसे कुछ माँग नहीं रही, मुझे कुछ नहीं चाहिए, धन-दौलत, नाम...मुझे बस आपका साथ चाहिए।"

उन्होंने तत्काल उत्तर नहीं दिया था, हाँ मुझे परे नहीं ढकेला था, बस उनकी नरम गुदाज हथेलियाँ बड़ी देर तक मेरी पीठ को सहलाती रही थीं, उनके उस स्पर्श में चाहत के साथ असीम ममत्व था, क्या पुरुष भी इतना स्नेही इतना ममत्ववान होता है ? कुछ शब्द उन्होंने बड़ी कठिनाई से बोले—"तुम हमेशा के लिए मेरी रहोगी ना ?"

क्षण भर को सब कुछ रुक गया था, सड़क पर दौड़ती गाड़ियाँ, घूमता हुआ

दीवार घड़ी का काँटा, मेरी आती-जाती साँसें। जिन्दगी का कोई चिह्न नहीं, धड़कन भी नहीं, मानो मैं जीवाश्म थी, हमेशा के लिए कब्र में रहने को मजबूर...मेरी यही नियति थी...क्योंकि मैंने यही चाहा था।

अचानक वे अपने ख्यालों से हड़बड़ाकर निकले और कहा—"चलो घर चलते हैं।"

"घर ? कौन से घर ?"

मेरे घर...अपने घर...और हम गंगा किनारे से वापस उनके चेम्बर वाले फ्लैट में आ गए थे। रात के आठ बज चुके थे।

मैंने फिर वही बात दोहराई, "क्यों नहीं मैं आपके यहाँ नौकरी कर लूँ...और इसके लिए जरूरी है कि मैं काम-काज में आपका हाथ बटाऊँ। मैं आपकी सेक्रेटरी बन जाती हूँ, दिन भर साथ रह पाऊँगी। बस मुझे तीन सौ रुपए महीने का दे दीजिएगा, और आपका उतना काम मैं कर दिया करूँगी।"

"तुम्हें मेरी नौकरी करनी है ना ? क्या तीन सौ रुपए काफी होंगे ?"

"हाँ। मुझे बस इतना ही चाहिए।"

"पता है मेरी मासिक आमदनी कितनी है ?"

"मुझे नहीं मालूम करना।"

"फिर भी सुन लो, मैं दस-पन्द्रह हजार रुपए हर महीने कमा लेता हूँ।"

"मैंने तो कुल तीन सौ रुपए ही माँगे हैं, आप वह भी नहीं दे सकते ? बिना आपके पास कुछ काम किए मैं रोज आपसे मिलने कैसे आ सकती हूँ ?"

"क्या तुम्हारे घरवाले, तुम्हारी माँ मान जाएँगी ?"

"मैं समझा लूँगी उन्हें। मगर आपकी पत्नी ?"

"उसे मैं समझा दूँगा।"

और मैंने एक डॉक्टर के चेम्बर में सेक्रेटरी का काम सँभाल लिया। आनेवाले लोगों में कुछ परिचित चेहरे भी रहते। मुझे यहाँ देख चौंक जाते। डॉक्टर साहब की मित्र मंडली मुझे देख मुस्कुरा देती, पर मैं दीन-दुनिया से बेखबर थी।

डॉक्टर साहब कहा करते—"प्रभा ! तुमने मुझे सहा है। मैं ही एक गलत व्यक्ति हूँ, मैंने तुम्हें कुछ नहीं दिया, कुछ भी नहीं। मैं नहीं जानता कि तुम मुझसे क्यों निभा रही हो, कोई और लड़की होती तो कब का मुझे छोड़ गई होती, तुमने तो न केवल मेरा बल्कि इस परिवार का बोझ ढोया है। तुम्हारे बिना मैं क्या करता ? मेरी पिछली जिन्दगी, ये कुंठाएँ...सब कुछ तो सहा है तुमने। कभी मुझसे दूर मत जाना, मैं तुम्हारे बिना जी नहीं पाऊँगा।"

पुरुष को इतना असहाय मैंने पहली बार देखा था। मुझ जैसी साधारण लड़की

के लिए इतने मशहूर डॉक्टर की आँखों में आँसू...वहाँ कोई प्रभा नहीं थी, मेरे भीतर की लड़की न जाने कब मुझे छोड़कर चलती बनी थी, सब कुछ इतनी जल्दी घट गया, क्या लड़की से औरत कोई इतनी जल्दी बन जाता है ?

मुझे कुछ और कहना ही नहीं था, बस उनकी आँखों में देखती और मुझे अपना औरत होना नजर आ जाता। अपने अस्तित्व की सार्थकता समझ में आ जाती।

एक दिन उन्होंने पूछा—''क्या तुम्हें नहीं लगता कि तुम अपनी इन आँखों से दुनिया देखो।''

''जो देख रही हूँ मेरी वही दुनिया है, मेरे लिए वही काफी है। चूँकि दुनिया बहुत बड़ी है अतः मैं अपने में रह लूँ यही क्या कम है।''

''बेवकूफ लड़की तुम इसे जिन्दगी कहती हो ?''

''हाँ, मुझे और क्या चाहिए, तीन सौ रुपए महीने की यह नौकरी मिल गई, बस जी लूँगी।'' उनकी आँखों में अविश्वास ठहर गया था, किसी की जरूरत इतनी कम हो सकती है यह तो कभी सोचा ही नहीं था।

''कितनी साड़ियाँ हैं तुम्हारे पास ?''

''कभी गिनी नहीं।'' फिर कुछ सोचते हुए मैंने याद करने की कोशिश की...''यही कोई आठ-दस, हाँ एक स्वेटर, दो सलवार-कुर्ते।''

''एक रात को पहननेवाली नाइटी...यही ना।'' उन्होंने हँसते हुए कहा था।

''नहीं, अम्मा रात को नाइट सूट नहीं पहनने देतीं, बस जो सलवार-कमीज पुरानी हो जाती है, उसे ही रात को पहनने लगती हूँ।''

''तब तो सच में तुम्हारी जरूरत बहुत कम है।''

क्या डॉक्टर साहब मुझ पर निर्णय दे रहे थे। मैं उनसे प्यार करती थी, इसका यह अर्थ तो नहीं कि वे मुझे कैसे जीना चाहिए यह सिखाते ? वैसे मेरी किताबें-कॉपियाँ, मेरा अपना कमरा, खाट और ड्रेसिंग टेबल, उस कमरे में मैं और गीता बस दो ही जने तो रहते थे। गीता चूँकि डॉक्टरी की अन्तिम परीक्षा दे रही थी इसलिए दीन-दुनिया से बेखबर थी। उसे पता ही नहीं चला कि मैं कहाँ कैसे बदल गई कि मैं अपना चुनाव कर चुकी और अब तो मेरे पास तीन सौ रुपए तनखा की नौकरी भी थी। मैं डॉक्टर साहब की सेक्रेटरी भी थी। वैसे डॉक्टर साहब को बड़ा आश्चर्य होता जब मुझमें वे किसी तरह की महत्वाकांक्षा का अभाव पाते। वे कहा भी करते, ''तुम्हारा कहीं भी जाने का मन नहीं करता ?''

''नहीं।''

''कुछ देखने का ?''

"नहीं मैं खुश हूँ अपने-आप में, अपनी इस जिन्दगी में।"

"व्यक्ति में महत्वाकांक्षा होनी चाहिए, उसे कुछ बनना चाहिए।"

"लेकिन मैं कविता तो लिखती हूँ और अपने-आप में वही क्या आनन्द नहीं ?"

"तब तुम महादेवी वर्मा बनने की कोशिश करो, दुनिया में तुम्हारी एक खास जगह हो।"

मैं केवल प्रभा खेतान बन सकती हूँ और कुछ नहीं।

एम.ए. का रिजल्ट निकला, नम्बर अच्छे मिले थे, पर लॉ फाइनल की परीक्षा देने का मन ही नहीं किया। कॉलेज स्ट्रीट की हवा में राजनीति लावा उगल रही थी। ट्रॉम और बसों के शोर में, छात्रों की भीड़ में सिर्फ राजनैतिक चर्चाएँ थीं। सत्ता पक्ष की संवेदनहीनता ने छात्रों के हृदय में आग जला दी थी। प्रेसिडेंसी के बहुतेरे मेधावी छात्रों ने नौकरी नहीं की बल्कि क्रान्ति का सन्देश देने वे किसानों के बीच गाँवों में चले गए। बंगाल का समाज करवट ले रहा था। और छात्रों की एक नई प्रजाति सामने खड़ी थी। उनके हाथों में बारूद के गोले थे, उनकी आँखों में चिंगारियाँ थीं और अब वे व्यवस्था से सवाल पूछ रहे थे। आदमी होने का हक माँग रहे थे। पर भीतर ही भीतर छात्रवर्ग यह भी समझ रहा था कि स्थापित मगर घुन लगी हुई व्यवस्था उन्हें कुछ देने से रही। शायद इसीलिए रात के अँधेरे में कलकत्ता मेडिकल कॉलेज, प्रेसिडेंसी कॉलेज और उत्तरी कलकत्ता की न जाने किन-किन छोटी-छोटी गलियों के अँधेरे कमरों में रात-रात भर मीटिंगें चला करतीं। छात्रों द्वारा विरोध प्रदर्शन। आए दिन की बमबारी, आगजनी, पुलिस के साथ मारपीट रोजमर्रा की घटनाएँ थीं।

एक पत्र आया मेरे पास, जिसमें लिखा था—'प्रेसिडेंसी कॉलेज की भूतपूर्व छात्रा होने के नाते आप भी हमारे आन्दोलन में सहयोग दीजिए। कल कॉलेज के गेट पर धरना दिया जाएगा।' पत्र के साथ माओ की 'लाल किताब' भी भेजी गई थी। किसने भेजा है यह पत्र ? क्या उसी लड़के ने... ? मगर वह लड़का तो पिछले

चार-छह महीनों से बिलकुल गायब है। मैंने अनिता को फोन किया, उसका उत्तर था–"अरे छोड़ो यह सब झंझट। मैं तो लन्दन जा रही हूँ।"

"शुभा की शादी हो रही है अगले महीने, बैरिस्टर लड़का मिला है।"

"रमा और लॉली का प्रेम-प्रसंग तुम्हें पता है।"

"सर्बरी, आलो दत्ता सभी अपने-अपने में व्यस्त हैं। वे भी बड़ी जल्दी शादी करेंगे।"

"टूशी कनाडा जा रही है। वहीं नौकरी करेगी और शादी भी।"

बस एक मैं हूँ...और मेरा यह जीवन !

क्या मैं कभी एक निर्भीक सबल महिला बन सकूँगी ? मैं जो एकदम टिड्डी हूँ, इन बड़े लोगों के सामने।

वह बड़ा अजीब-सा दिन था, भीगा हुआ, चिपचिपा-सा। ऐसे दिनों में मैं बहुत उदास हो जाया करती हूँ। गरमी, उमस और घुटन। शाम के पाँच बजे थे, डॉक्टर साहब के नौकर लछमनिया ने आकर जरा ऊँची आवाज में ही सबको सुनाते कहा–"आपको डॉक्टर साहब ने अपने चेम्बर में बुलाया है।"

"आती हूँ।"

भरा-भरा-सा आकाश बरसना चाहकर भी नहीं बरस रहा था। बस बादल उमड़-घुमड़ रहे थे। हॉल में बैठे रोगियों से आँखें चुराती हुई मैं भीतर वाले कमरे में पहुँची।

डॉक्टर साहब अपनी मेज पर थे, उनके पास एक महिला बैठी हुई थी। इस महिला को मैं जानती थी। प्रभावशाली महिला थी, गोरा रंग, सुतवाँ नाक, नक्श...आँखें छोटी मगर तीखी, शोख रंग की अमेरिकन जार्जेट साड़ी पहने हुए थी। वे डॉक्टर साहब के मित्र की पत्नी थीं, जो न जाने क्यों मुझसे बेहद चिढ़ा करती थीं। उन्हें देखते ही मेरा मन किया भाग खड़ी होऊँ, लेकिन मैं वहीं-की-वहीं खड़ी रह गई।

डॉक्टर साहब का चेम्बर काफी बड़ा था, दीवार के सहारे लाइन से आँख

देखने की मशीनें रखी हुई थीं। एक कोने में रखी हुई गोदरेज की अलमारी में डॉक्टर साहब अपने जरूरी कागजात और रुपए-पैसे रखा करते थे। महीने के अन्त में सारा हिसाब डॉक्टर साहब खुद करते तथा उन रुपयों को बैंक में जमा करवा दिया जाता। बाद के दिनों में जब मैं लाखों-करोड़ों का व्यापार करती तब भी उनका कहना था कि रुपया कमाना और रुपया रखना बिलकुल अलग-अलग बात है, और मुझे रुपया रखना नहीं आता। खैर, मुझे देख उनके मित्र की पत्नी धीरे-धीरे अपनी कुर्सी से उठ खड़ी हुईं।

मैंने सहमी नजर से डॉक्टर साहब की ओर देखा, मगर असम्पृक्त भाव से वे खिड़की से बाहर देख रहे थे। अंजू दी बिना आहट किए दबे-पाँव भीतर आईं, "मरीज लोग नाराज हो रहे हैं, खासकर मिसेज जाजोदिया को हमने घंटे भर से बैठा रखा है।"

"उनकी आँख में दवा डाल दो, कहना हम उन्हें अभी बुलाते हैं।"

मिसेज...वापस अपनी कुर्सी पर बैठ गईं। मैं डॉक्टर साहब की मेज से सटी हुई खड़ी थी...

"तुमसे बात करनी थी।"

"जी कहिए...।"

"यह सब तुमने क्या लगा रखा है ?"

"जी मैं समझी नहीं ?" मैंने डॉक्टर साहब की ओर देखा, वे खामोश थे, आँखें थोड़ी झुकी हुईं।

"तुम्हें पता नहीं अपना अपराध ? एक भले घर के बाल-बच्चों वाले व्यक्ति को अपने जाल में फँसा रखा है।"

मैं कुछ बोलूँ इससे पहले वे फिर चालू हो गईं..."क्या चाहिए तुम्हें, यहाँ से दफा होने के लिए ? कितना धन लोगी बोलो ?"

ओफ हो ! यह फिल्मी डॉयलॉग...

"तुम डॉक्टर साहब की सेक्रेटरी बनकर आईं और तुमने उन्हीं के घर में सेंध मारी ? हमने तो एक मारवाड़ी भाई की बेटी को सहायता दी थी और तुमने हमारे एहसान का यह बदला चुकाया। अभी बुलाती हूँ मैं सावित्री (डॉक्टर साहब की पत्नी) को...।" उन्होंने फोन उठाया और बाहर बैठे टेलीफोन ऑपरेटर विलियम से कहा, "मिसेज सर्राफ को बुला दें।" वापस वे मेरी ओर मुखातिब हुईं—

"हाँ, तो बोलो कितना धन चाहिए तुम्हें ? लाख-दो लाख का चेक हम अभी लिखकर देते हैं।"

"मैं अपना पैसा आप कमाती हूँ...मुझे आप पैसा क्यों दिखा रही हैं...?"

"तो और तुम यहाँ क्या कर रही हो हरामजादी !"

"प्लीज आप मुझे गाली नहीं दीजिए।"

"गाली नहीं दूँ तो क्या करूँ ? हम लोगों की जिन्दगी तुमने खराब कर दी...जहर घोलकर रख दिया जीवन में...तुम हमारी नौकर थीं और आज तुम्हारी यह हिम्मत कि मालिक की बगल में बैठी हो।"

इसी बीच श्रीमती सर्राफ आ गई थीं। उन्होंने सब कुछ सुना पर वे खामोश थीं।

प्रत्युत्तर में मुझे बहुत कुछ कहना चाहिए था, पर मैं एकदम शून्य थी...कुछ भी कहने में असमर्थ...मैं सिर्फ उनके पैरों पर गिर पड़ी..."प्लीज आप गालियाँ नहीं दें..."

भय...आतंक...असमर्थता...क्या था मेरे मन में ? जिसने मुझे उनके पैरों पर गिराया। अपनी इस कमजोरी को मैं आज भी समझ नहीं पाई हूँ। डॉक्टर साहब खामोश क्यों थे ? मिसेज सर्राफ के चेहरे पर मुस्कान क्यों थी, क्या जो बात वे नहीं कह पा रही थीं वह काम उनकी सहेली ने किया ? पर उनकी सहेली को मुझसे क्यों इतनी जलन हो रही थी ? मिसेज...फिर दहाड़ रही थीं, "महीने भर में तुम अपना बोरिया-बिस्तर बाँध लो, समझी चुड़ैल ! अन्यथा नतीजा अच्छा नहीं होगा।"

मैं आगे कुछ कहती इससे पहले वे जा चुकी थीं। वे पैसेवाली महिला थीं, डॉक्टर साहब के अमीर दोस्त की पत्नी। लेकिन मेरे आत्मसम्मान को क्या हो गया था ? मैं क्यों इतनी दयनीय और कातर हो गई कि अपने पक्ष में कुछ कह न सकी ? मिसेज...की ऊँची आवाज, गाली-गलौज बाहर स्टाफ ने भी सुना होगा। क्या सोच रहे होंगे वे सब मेरे बारे में ? और ठीक ही तो कह रही हैं मिसेज..., मैं डॉक्टर साहब की एक अदना सेक्रेटरी ही तो हूँ।

दो-चार दिन मैं सो नहीं सकी, न खा सकी, भीतर ही भीतर रोती रही। आह ! रुदन, अपमान की जलती हुई चुभती हुई शलाकाओं को सहन करना मेरे बूते का नहीं था। डॉक्टर साहब द्वारा अपने बचाव में दी जानेवाली सारी दलीलें मेरे लिए व्यर्थ थीं। बौखलाकर मैं पांडिचेरी चली गई, अरविन्द आश्रम में। मुझे नहीं रहना है। नहीं चाहिए कलकत्ते का यह जीवन लेकिन अरविन्द आश्रम...वहाँ भी तो रहना सम्भव नहीं हुआ। यह समझ में आया कि मुक्ति नहीं मिलेगी बल्कि डॉक्टर साहब की याद में दिन-रात घुलती रहूँगी। मैं स्पष्ट रूप से कुछ भी सोचने में असमर्थ थी। वहाँ रहनेवाले आश्रमवासियों को देखकर लगा नहीं कि ऐसे किसी विराटत्व की झलक उन्हें मिली है। डॉक्टर साहब का मेरे पास फोन पर

फोन...उनका समझाना-बुझाना। मैं वापस पिघलने लगी।

श्रीमाँ के दर्शन हुए, उनका आदेश था...''वापस जाओ।'' उन दिनों नवजात भाई भी जीवित थे। बेहद स्नेही व्यक्ति। उनका कहना था, ''प्रभा ! तुम्हें दुनिया डरावनी लगती है और डॉक्टर साहब की बाँहों का घेरा सुरक्षित, लेकिन तुम यह क्यों नहीं समझना चाहतीं कि दुनिया तुमसे इसलिए नाराज है क्योंकि तुम डॉक्टर साहब के साथ हो। यहाँ रहो, साधना के पथ पर चलो।''

''नहीं भाईजी ! मेरा यहाँ बिलकुल मन नहीं लग रहा।''

इन्हीं उलझनों के बीच सोचती रही कि क्या करूँ ? लौट चलूँ वापस कलकत्ता। जिसको जो करना है करे, बके-झके, चीखे-चिल्लाए, मुझे अपनी राह पर चलना होगा। माना कि प्यार का यह धागा गाँठों से भरा है पर फिर भी यह मेरा सम्बल है, सहारा है, इसके बिना फिलहाल मैं जी नहीं पाऊँगी। और मैं कलकत्ता वापस लौट आई।

इसी बीच लॉयंस क्लब के यूथ एक्सचेंज के प्रोग्राम में मुझे अमेरिका जाने का अवसर मिला। डॉक्टर साहब चूँकि स्वयं लॉयंस क्लब के एक मानक सदस्य थे और चुनाव कमिटी के किसी सदस्य को जानते थे अतः मुझे मनोनीत कर दिया गया। डॉक्टर साहब बेहद खुश थे, मगर अड़चन यह थी कि टिकट के पैसे कहाँ से आएँगे ?

''मैं आपसे रुपए नहीं ले सकती।''

''क्यों ?''

''मेरा प्यार बिकाऊ नहीं।''

''अजीब लड़की हो, हम एक हैं प्रभा ! हमारी जिन्दगी एक है, मेरी रोटी में आधा हिस्सा तुम्हारा भी है।''

''लेकिन वह आधा हिस्सा मेरा कभी नहीं हो सकता। आपके कमाए हुए धन पर किसी और का कानूनी हक है।''

''यह सब तुमने किस किताब में पढ़ा ?''

''आप ही ने कहा था कि आपके पैसों पर केवल आपके बीवी-बच्चों का अधिकार है।''

''तुम गलत सोचती हो।''

मैंने कुछ नहीं कहा, मैं अपने-आप में, अपने ख्यालों में डूबी हुई थी। यदि मुझे इनसे सहायता लेनी भी पड़ेगी तो मैं अमेरिका से लौटकर पैसा-पैसा चुका दूँगी। कोई यह नहीं कहे कि पैसे के लिए मैंने इस आदमी को फँसाया। खैर, मेरे पास अम्मा की दी हुई सोने की चेन और एक हीरे-पन्ने की अँगूठी थी जिन्हें मैंने

मिसेज गजराज सरावगी को साढ़े चार हजार में बेच दिया। नौ सौ रुपए मेरी तनखा के डॉक्टर साहब के पास जमा थे, बाकी चार हजार रुपयों का बन्दोबस्त डॉक्टर साहब ने किया। मेरे अमेरिका जाने की खबर से पहले तो अम्मा बेहद नाराज हुईं, फिर मानो उन्होंने राहत की साँस ली। मुझे एक दिन अकेले में उन्होंने समझाया, ''बेटी वहीं रह जाना, यहाँ लौटने की जरूरत नहीं। कोई मन-पसन्द लड़का मिले तो उससे शादी भी कर लेना।''

''अम्मा ! आप मुझे देश निकाला दे रही हैं।''

अम्मा चुप थीं। उन्होंने मेरी बात का कोई उत्तर नहीं दिया। बस मेरी ओर से मुँह घुमा लिया।

और मैं अमेरिका चली गई थी, 1966 की साल में। यह मेरी प्रथम विदेश यात्रा थी, या फिर यों कहूँ कि पहली बार मैं हवाई जहाज में बैठी थी।

इधर प्रेसिडेंसी कॉलेज के आँगन में टँगे हुए पोस्टर कह रहे थे, 'हर एक क्रान्तिकारी को कम-से-कम एक वर्ग शत्रु के खून से हाथ रँगना होगा।'

यह एक ऐसा भयानक यथार्थ था जो आज भी रह-रहकर अतीत से झाँकता है, और जिसने हम सबको प्रभावित किया। उस दिन उस यथार्थ को मैं समझ नहीं पाई थी। लेकिन आज उस सन्धिकाल को देख पा रही हूँ। धूप-छाँव के उस खेल में क्रान्ति कैसे करवट बदल रही थी इसे आज समझ पा रही हूँ। उस दिन मैं राजनैतिक रूप से बेहद मासूम थी। या यों कहूँ कि व्यक्तिगत घटनाओं में मैं इतनी अधिक उलझी हुई थी कि अपने से बाहर झाँकने की शायद मुझे फुर्सत ही नहीं थी। यथार्थ से मैं इतनी अलगावित थी कि बंगाल की विद्रोही युवा शक्ति को पहचान ही नहीं पाई। हाँ, एक कविता मैंने जरूर लिखी थी—'दृष्टि धुँधली पड़ गई है/कभी न सच होनेवाले उस स्वप्न को देखते हुए/और मैं वह अकेली चिड़िया हूँ/जो सागर किनारे प्रतीक्षा कर रही/आनेवाले तूफान की... ।'

यह कविता मैंने लिखी थी...मुझे तूफान का अन्देशा था...तूफान मेरी जिन्दगी में था और तूफान बंगाल में भी आया था। इस तूफान को बँगला भाषा में काल बैशाखी कहते हैं यानी चक्रवात गति से धूल उड़ाती हुई तेज हवाएँ, चमकती हुई बिजलियाँ और फिर बारिश की ठंडक। कम्युनिस्ट कहलानेवाले ये लड़के छोटे शहरों और गाँवों से आए हुए मध्यमवर्गीय साधारण परिवारों से थे, जिनका अपने आसपास के शिक्षकों, क्लर्कों, दुकानदारों से, उनकी उदारवादी विचारधारा से मोहभंग हो चुका था। जिनके लिए आदर्श की बड़ी-बड़ी बातें अर्थहीन हो चुकी थीं। जो समझ चुके थे कि कॉलेज की परीक्षा पास करने से कुछ नहीं होगा कि मंथर गति से चलनेवाली संसद की राजनीति से शायद ही कोई परिवर्तन सम्भव हो।

1966 के बंगाल में शिक्षित बेकार युवकों की संख्या थी 917000, इसलिए हवा में थी राजनीति, धान की बालियों के साथ झूम रही थी राजनीति। इस राजनीति से युवा वर्ग के सपनों में आग लग चुकी थी। वे दिलोजान से मान रहे थे कि आमूल परिवर्तन की आवश्यकता है, परिवर्तन लाना ही होगा। वे चले गए गाँवों में किसानों के पास। वह भावुक, आवेगमय, आदर्शवादी युवा वर्ग था। कुछ करने को आतुर। पहले वह राष्ट्रवादी था लेकिन अब वह विश्व क्रान्ति के सपने देख रहा था। इसीलिए हिन्दुस्तान-पाकिस्तान युद्ध के समय उसने सत्ता वर्ग से पूछा था–"जब भी जनता अन्न-वस्त्र चाहती है, सीमा युद्ध क्यों छिड़ जाता है ?" और अब वह कह रहा था–"तुम्हारा नाम/हमारा नाम/हो-ची-मिन... वियतनाम।"

एक अनजान आदमी के मकान की सीढ़ियों पर बैठी हुई सोचती रही थी। अपने अतीत के बारे में।

"अरे तुम अभी तक यहीं बैठी हो ? तुम्हारा दोस्त नहीं लौटा ?" मैंने चौंककर मुँह घुमाया और देखा, वही सुबहवाली बुढ़िया थी। उसके सफेद दाँत झकझका उठे..."मैंने कहा था न कि वह लौटकर नहीं आएगा, भ्रम मत पालो...पुलिस की सहायता लो।"

"क्या बेकार की बात कर रही हो, किसी काम में अटक गए होंगे, बस आते ही होंगे।"

"चलो ठीक है, काफी पियोगी ? मेरे पास दस डॉलर हैं।"

"मुझे नहीं पीनी कॉफी। तुम अपने पास रखो अपने डॉलर। और सुनो यहाँ से दफा हो जाओ, मुझे परेशान मत करो।"

"ठीक है मैं जा रही हूँ...पर वह नहीं लौटे तो पुलिस की सहायता लेना... ।"

लेकिन आज डॉक्टर साहब ऐसे कैसे चले गए ? वह भी मुझे अकेला छोड़कर...इतना गुस्सा...थोड़ी देर और प्रतीक्षा कर लूँ...आते होंगे।

बुढ़िया चली गई थी, मेरे ख्यालों में एक और बुढ़िया तैर आई, उसका नाम था आइलिन।

मैं फिर ख्यालों में खो जाती हूँ। हाथ में दस डॉलर लेकर मैं अमेरिका चली आई थी। एयरपोर्ट पर डॉक्टर साहब के मित्र डॉक्टर तिवारी मुझे लेने आए थे। दो-चार दिन मुझे उन्हीं के घर रहना था। उन्हीं से डॉलर मिलने थे। उन दिनों हिन्दुस्तान से बाहर आप डॉलर लेकर नहीं जा सकते थे, खर्च किए गए डॉलरों का हिसाब सरकार को देना पड़ता। चूँकि रुपए का अवमूल्यन हो चुका था, अतः डॉक्टर तिवारी ने पुराने दाम पर डॉलर देने से मना कर दिया। उनका कहना था

जब तक उन्हें हिसाब के पूरे पैसे नहीं मिल जाते तब तक वे डॉलर नहीं दे सकते।

"वैसे आपका घर है, आप आराम से दो-चार दिन रहिए...खाइए-पीजिए, क्या परेशानी है ?" साथ ही उन्होंने यह भी पूछ लिया कि "अच्छा यहाँ लॉस एंजेल्स में मेरी जान-पहचान का अन्य कोई व्यक्ति है या नहीं ?"

"नहीं...हाँ...एक डॉक्टर ड्यूपांट हैं, वे शायद आँखों के बड़े डॉक्टर हैं, डॉक्टर सर्राफ ने उनके लिए एक पत्र दिया है, किसी दिन जाकर उन्हें पत्र दे आऊँगी।"

"चलिए मैं ले चलता हूँ आपको डॉक्टर ड्यपांट के यहाँ। डॉक्टर, वह भी गोरा डॉक्टर, आपके लिए वह जरूर काम का आदमी साबित होगा।"

डॉक्टर तिवारी के साथ मैं ड्यूपांट से मिलने गई। कॉफी पीकर और डॉक्टर सर्राफ की चिट्ठी पकड़ाकर चली आई। ड्यूपांट के चेम्बर से बाहर निकलते ही डॉक्टर तिवारी ने पूछा—"आपने डॉक्टर ड्यूपांट से और कोई बात नहीं की ?"

"पहली मुलाकात में मैं कैसे कहती कि मुझे डॉलर चाहिए। और डॉक्टर सर्राफ सपरिवार मसूरी गए हुए हैं। उनके पास चिट्ठी पहुँच सकती है मगर फोन नहीं। और चिट्ठी में डॉलर की चर्चा भारी बेवकूफी होती।"

"ठीक है। कुछ दिन और इन्तजार कर लेते हैं। वैसे ये अमेरिकी लोग बड़े उदार मन के होते हैं। फिर डॉक्टर ड्यूपांट तो बेवरली हिल में प्रैक्टिस कर रहे हैं। आपने देखा नहीं कि उनका चेम्बर कैसा दमक रहा था और उनकी बीवी, हालीवुड की किसी अभिनेत्री से कम नहीं लग रही थी।"

उस दिन रात के भोजन के पश्चात् डॉक्टर तिवारी अपनी ह्विस्की लेकर बैठ गए। मिसेज तिवारी अपने बच्चों के साथ टीवी देखने में मशगूल थीं। ह्विस्की पीते हुए डॉक्टर तिवारी ने फिर याद दिलाया कि कल एक बार जरूर डॉक्टर ड्यूपांट को फोन कर लूँ, डॉलर न भी मिलें तो कम-से-कम उनके चेम्बर में कोई काम माँग लूँ, पाँच डॉलर घंटे के तो मिल ही जाएँगे, कम-से-कम रहने-खाने का खर्च निकल आएगा।

"जी, आप ठीक कह रहे हैं।"

दो दिन और बीत गए लेकिन मैंने फोन नहीं किया, तीसरे दिन शाम को उन्होंने फिर पूछा..."क्या हुआ आपने डॉक्टर ड्यूपांट से बातें कीं ?"

"नहीं।"

"क्यों ? क्या हुआ आपको ? क्या आपको अमेरिका में रहना नहीं ? कुछ सीखना नहीं ? कहाँ से आएँगे पैसे ?"

"जी नहीं, ऐसी बात नहीं।"

"तब आपको बातें कर लेनी चाहिए। मुझे तो वे दोनों अमेरिकन दम्पति बड़े

सज्जन व्यक्ति लगे। यह अमेरिका है हिन्दुस्तान नहीं, यदि एक बार इस अमेरिकन डॉक्टर का आप पर दिल आ जाए तो आप कहाँ-से-कहाँ पहुँच जाएँगी।''

डॉक्टर ड्यूपांट से डॉक्टर तिवारी का एक ही बार मिलना हुआ था मगर वे डॉक्टर तिवारी के दिलो-दिमाग पर छाए हुए थे। उनकी चर्चा करते हुए धीरे-धीरे समझाने के लहजे में डॉक्टर तिवारी फिर कहने लगे—''बात यह है प्रभाजी ! हम लोग मिस्टर ब्राउन की सन्तान ठहरे, ये गोरे लोग हम जैसों को जल्दी से मुँह नहीं लगाते। मुझे तो बड़ा आश्चर्य हुआ था जब वे मियाँ-बीवी आपको छोड़ने दरवाजे तक आए। शान्ति, मैं तुमसे ठीक कह रहा हूँ...'' और अब वे अपनी पत्नी की ओर मुड़ गए थे—''सच में बड़ा खूबसूरत जोड़ा था।''

डॉक्टर तिवारी से मैं कह नहीं सकी कि उस गोरे डॉक्टर से मैंने केवल इतना भर ही कहा था—''नाइस टू मीट यू।'' और उस डॉक्टर ने दोनों हाथों में मेरी हथेलियों को दबाते हुए मुस्कुराकर कितना प्यारा उत्तर दिया था। कहा था—''तुम्हारे हाथ कितने छोटे हैं, और तुम्हारे काले बाल कितने घने और लम्बे हैं और तुम्हारी आँखें कितनी गहरी हैं...'' मैं तो एकदम से शरमा गई थी। अब जिसने मेरी इतनी कद्र की उससे भला कैसे तो डॉलर माँगूँ और कैसे नौकरी की चर्चा करूँ ? क्या सोचेगा भला आदमी। उससे कैसे कहूँ कि मेरे पास कुल पाँच डॉलर बचे हैं कि मैं डॉक्टर तिवारी के घर मुफ्त की रोटियाँ तोड़ रही हूँ कि बड़ी जल्दी उनकी बीवी घर से बाहर मेरी बक्सा रखनेवाली हैं। और इसी तरह एक दिन और बीत गया। मैंने डॉक्टर तिवारी से कहा—''मैं डॉक्टर ड्यूपांट से इस बारे में बात नहीं कर पाऊँगी, मुझे घबराहट होती है।''

''तो उनकी पत्नी से बात कर लीजिए...चलिए मैं नम्बर मिलाता हूँ।''

''नहीं...नहीं...आज नहीं, मैं कल सुबह जरूर बात कर लूँगी।''

डॉक्टर तिवारी भी तो भारतीय हैं मगर कितने आत्मविश्वास से भरपूर हैं, हर किसी से बात कर लेते हैं। वे मुझे वह तरीका क्यों नहीं बताते कि एक अमीर गोरे डॉक्टर से कैसे बातें करूँ ? एक तो मुझे यहाँ की अंग्रेजी समझ में नहीं आती। गीता मुझसे बड़ी है, गीता ऐसे मौके नहीं चूकती लेकिन गीता तो डॉक्टर है और फिलहाल कलकत्ता में है। डॉक्टरी की ऊँची पढ़ाई करने लन्दन जा रही है, गीता को लन्दन के किसी अस्पताल में नौकरी मिल गई है। कहते हैं डॉक्टरों को कहीं भी काम मिल जाता है। उन्हें डॉलर-पाउंड की परेशानी नहीं होती। लेकिन मैंने तो दर्शन की पढ़ाई की है और डॉक्टर ड्यूपांट के चेम्बर में दर्शन का क्या काम, फिर मेरा बिलकुल मन नहीं कि किसी अमीर गोरे डॉक्टर से सहायता की याचना करूँ लेकिन जब पर्स में कुल पाँच डॉलर हों और एक भारतीय दम्पति

हर मिनट गिन रहा हो कि आप कब उसका घर छोड़कर जाएँगी तो आप क्या कर सकते हैं ?

कलकत्ते से आते वक्त मैं अपने साथ अन्ना कैरेनिना ले आई थी। हालाँकि रूसी नामों से मुझे बड़ी कोफ्त होती है पर अन्ना एवं प्रिंस ब्रॉनस्की के नाम मैंने याद कर लिए हैं। बाकी नाम न भी याद रहें तो फर्क नहीं पड़ता। मुझे यह किताब बड़ी अच्छी लगती है, शरतचन्द्र की देवदास से भी ज्यादा अच्छी। कितनी अजीब कहानी है एक विवाहिता का किसी पराए मर्द के प्रेम में दीवाना होना। अन्ना ने समाज की परवाह नहीं की, यहाँ तक कि प्रिंस ब्रॉनस्की के लिए अपना बेटा भी छोड़ दिया। कितनी कशिश है दोनों की चाहत में। मैं अवाक् सोच रही थी कि आखिर अन्ना जैसी औरत को भी इतना दबना पड़ा। रूस का अमीर समाज कितना प्रताड़ित करता है, अन्ना को। अन्ना और प्रिंस ब्रॉनस्की समाज की नजरों से दूर कैसे छुप-छुपकर मिलते रहते हैं। नहीं, अपने प्रेमी के बिना अन्ना रह नहीं पाती। उसका कहीं किसी काम में मन नहीं लगता। अन्ना की तरह मैं भी किसी के प्रेम में पागल हूँ। मैंने तो अमेरिका आना ही नहीं चाहा था, लेकिन डॉक्टर साहब का मन था...''मौका मिल रहा है, जाओ कुछ सीख के लौटो।''

डॉक्टर तिवारी ने आज घर लौटते ही मुझे बड़ी अजीब नजरों से देखा। उनकी पत्नी को मैंने कहते हुए सुना—''अब यह देवीजी कब तक हमारी छाती पर बैठी रहेंगी।'' मेरी आँखों में आँसू थे। मैं रोते-रोते सो गई थी। आधी रात को नींद खुली, मेरी छाती पर अन्ना कैरेनिना का बोझ था। जोरों की भूख लग आई थी, पर मुझे तो किसी ने भोजन के लिए उठाया ही नहीं। वहाँ घर में भी बहुधा पढ़ते-पढ़ते सो जाती हूँ पर अम्मा या दाई माँ उठा देती हैं—''चलो रोटी जीम लो।'' यहाँ अम्मा नहीं, दाई माँ मिर्जापुर चली गईं, डॉक्टर साहब भी मेरे पास नहीं। मैं कितनी अकेली हो गई हूँ। कमरे से बाहर डाइनिंग रूम में आकर देखा, मेज पर एक नोट रखा था—'चूँकि आपने अभी तक डॉक्टर ड्यूपांट से बातें नहीं कीं अतः यह काम मुझको करना पड़ा। मैंने उनसे बातें कर ली हैं। सुबह आठ बजे तैयार रहिएगा। मिसेज एलिजाबेथ ड्यूपांट आपको लेने आएँगी।''

मुझे फिर जोरों से भूख सताने लगी। लेकिन फ्रिज खोलकर कुछ निकालने की मेरी हिम्मत नहीं पड़ी। मैं इतनी कायर क्यों हूँ ? कायर कहाँ हूँ, बिना बुलाए मेहमान की तरह इनके घर में पड़ी-पड़ी मुफ्त की रोटियाँ तोड़ रही हूँ और...और कल सुबह मिसेज ड्यूपांट मुझे लेने आ रही हैं, क्या कहूँगी उनसे ? सोचते-सोचते मैं भूखी सो गई।

सुबह मुझे मिसेज ड्यूपांट लेने आ जाती हैं। उनकी नीली गाड़ी, नीले

आसमान के नीचे झकझका रही थी।

मिसेज ड्यूपांट की गाड़ी सड़क पर चल नहीं रही बल्कि तैर रही थी, अपने देश की वही हिन्दुस्तान मार्का एम्बेसेडर गाड़ी याद आने लगी थी। मेरी बातें सुन उन्होंने मुझसे फिर पूछा—"तुम्हारे देश में सभी गाड़ियाँ यदि एक-सी हैं तो गाड़ियों की भीड़ में तुम लोग अपनी गाड़ी कैसे पहचानते हो ?"

"नम्बर से।"

"और अगर किसी को नम्बर याद नहीं रहे ?"

बात तो उन्होंने सही कही थी। कितनी बार अम्मा अपनी गाड़ी के बदले किसी दूसरे की गाड़ी में बैठने लगतीं, तब तक दौड़कर आया हुआ ड्राइवर हाँफते हुए कहता है—"माँजी ! यह अपनी गाड़ी नहीं है।"

कलकत्ते की जैसी टूटी-फूटी बसें भी तो नहीं हैं यहाँ। सब कुछ कितना खुला-खुला है, लोग कितने खुश मिजाज और भरे-पूरे हैं। डॉक्टर तिवारी ने कहा था कि "उन्होंने डॉक्टर ड्यूपांट से सारी बातें कर ली हैं, वे मेरा बन्दोबस्त कर देंगे।"

मिसेज ड्यूपांट ने मुझसे पूछा—"ब्रेकफॉस्ट करोगी ?"

"दूध और सिरियल ले चुकी हूँ।"

"अच्छा चलो कॉफी पीते हैं।"

बड़ा खूबसूरत छोटा-सा रेस्त्राँ था।

"कैसी कॉफी लोगी, ब्लैक या व्हाइट...?"

मैं सूनी आँखों से उनकी ओर ताकने लगी, मुझे कुछ समझ में नहीं आया, क्या कॉफी के प्यालों पर भी यहाँ नस्लभेद प्रचलित है ? मैंने उनसे पूछ ही लिया, "क्या यहाँ काले लोगों के लिए काली कॉफी और गोरे लोगों के लिए सफेद कॉफी मिलती है ?"

उनके मोती जैसी दाँत चमक उठे, उनकी नीली आँखों से हँसी झरने लगी..."हाय मेरी प्यारी दोस्त ! यह अमेरिका है महान अमेरिका, यहाँ न जातिभेद है और न रंग-भेद।"

फिर वे मुझे तरह-तरह की कॉफी के बारे में बताने लगीं। मैं खुली आँखों से सारे ज्ञान को पी रही थी। तो ये अमेरिकन लोग इतनी तरह की कॉफी पीते हैं। मैंने तो अब तक केवल एक ही तरह की कॉफी पी है। वे मुझसे कह रही थीं, "यहाँ कोई भूखा नहीं रहता। कैलिफोर्निया में दूध की नदियाँ बहती हैं, हर फूल से शहद टपकता है, एक बार कोई यहाँ बस जाए, उसे कभी किसी चीज का अभाव नहीं होगा।" मिसेज ड्यूपांट ठीक कह रही हैं, मुझे भी जब काम मिल

जाएगा तब मैं अन्ना कैरेनिना उपन्यास को एक बार फिर पढ़ूँगी।

"तुमने मैकडोनाल्ड का हैमबर्गर खाया ?"

"वह क्या होता है, गाय के मांस वाला ? छिः मिसेज डी आपको मालूम होना चाहिए कि मैं एक हिन्दू, वेजिटेरियन हूँ और हम लोगों के लिए गाय का मांस खाना वर्जित है।"

"ओह !" वे कुछ सोचने लगी थीं। उन्होंने फिर पूछा—"और डॉक्टर तिवारी ? खासकर उनके बच्चे, क्या वे भी बर्गर नहीं खाते ?"

"हाँ, वे लोग तो बर्गर खाते हैं।"

"तब तुम भी खाने लगोगी।"

"नहीं...कभी नहीं।" मैंने जोरों से सर हिलाते हुए कहा। वे फिर चुप हो गईं। आखिर यह अमेरिकन औरत क्या सोच रही है और डॉक्टर ड्यूपांट से मुझे यह कब मिलवाएगी ? यहाँ अमेरिका में बिना कमाई के कैसे रहूँगी ? मेरी पढ़ाई का खर्च कौन देगा ? डॉक्टर तिवारी ने कहा था कि उन्होंने डॉक्टर डी से मेरे बारे में सारी बातें कर ली हैं...शायद मिसेज डी को इस बारे में मालूम नहीं। लेकिन मिसेज डी से अपने बारे में कैसे कहूँ ? मिसेज डी ने हाथ के इशारे से वेटर को बुलाते हुए मुझसे कहा—"बर्गर नहीं खाओगी तो कुछ और खा लो ?"

इतना मनुहार कर रही हैं, मुझे इनका मान रखना चाहिए। बड़े आदमी हैं कहीं नाराज न हो जाएँ। डॉक्टर तिवारी के अनुसार इन गोरे लोगों को यदि एक बार कोई पसन्द आ जाए तो बस समझो कि उसकी तकदीर बन गई। मैंने बड़े कायदे से धीरे-धीरे कहा—"मिसेज डी आप जो खिलाएँगी मैं वही खा लूँगी, वैसे मैं वेजिटेरियन हूँ।"

"व्हाट ?" उनकी बड़ी-बड़ी आँखें और फैल गई थीं—"भला तुम मेरे कहने से क्यों खाओगी ? तुम्हें जो खाना है तुम वही तो खाओगी। खाने के मामले में तुम्हारा अपना चुनाव होना चाहिए।"

अपनी मूर्खई से शर्मिन्दा होकर मैंने पुनः मेनू में आँखें गड़ा लीं। मिसेज डी और वह वेटरेस लड़की आपस में बातें करने लगीं—

"यह लड़की इंडिया से आई है, गरीब देश के गरीब लोग हैं।"

उफ् ! मेरा अपना देश कब अमीर कहलाएगा ?

"इन्हें दो वक्त का खाना भी नहीं मिलता...प्रभा को काम की जरूरत है।"

शर्म से मेरा चेहरा मेनू में धँसता जा रहा था। नीचे और नीचे। डॉक्टर तिवारी ने आखिर मुझे भिखमंगा बना ही दिया।

"हाँ, तो क्या खाओगी प्रभा !" मिसेज डी ने फिर पूछा। बड़ी मुश्किल से

मेरे मुँह से पोटाटो चिप्स शब्द निकला। मिसेज डी ने मुस्कुराते हुए वेटर से कहा—"अमेरिका में चिप्स को फ्रेंच फ्राई कहते हैं, इस लड़की को मालूम नहीं। और मेरे लिए सिर्फ कॉफी।"

सर हिलाते हुए वेटरेस ने कहा—"हाँ, फ्रेंच फ्राई इनको पसन्द आएगा। मेरे डैडी के एक भारतीय दोस्त हैं, पिछले महायुद्ध में वे दोनों साथ थे। वे जब भी हमारे घर आते हैं, फ्रेंच फ्राई खाते हैं।"

मिसेज डी उठकर टायलेट की ओर चली जाती हैं। वेटरेस की मुझमें कोई रुचि नहीं। मैं बड़ी तबीयत से तले हुए आलुओं पर टमाटर सॉस को फैलाती हूँ फिर थोड़ी काली मिर्च छिड़कती हूँ, ताकि स्वाद जरा चटपटा हो जाए, लौटकर मिसेज डी पूछती हैं, "तुम जाना चाहोगी ?" हवा में लैवंडर की खुशबू घुल जाती है। नैपकिन से मुँह पोंछते हुए हुए मैंने कहा—"नहीं।"

"खाना हो गया ?" उनके पूछने के तरीके से मुझे लगता है वे जल्दी में हैं। मैं हड़बड़ाकर उठते हुए कहती हूँ, "हाँ...हाँ...चलिए।"

हम उसी ऑफिस में लौट आते हैं जहाँ कुछ दिनों पहले मैं डॉक्टर ड्यूपांट से मिलने आई थी। मेज पर डॉक्टर ड्यूपांट की सेक्रेटरी बैठी हुई है। पहले दिन भी इसे देखा था। बुढ़िया बेहद वाचाल है, मुझे देखते ही उसने आँख मारी। मिसेज डी ने उससे कहा—"आइलिन ! प्रभा यहाँ काम करेगी।"

मेरी ओर घूमने का उसका एक खास अन्दाज था। पूरे चेहरे को उसने जरा-सा झटका देकर घुमाया। कद पाँच फीट के करीब। इकहरा बदन। लाल बालों का बया का घोंसला सर पर। कानों में सोने के बड़े-बड़े कुंडल। गले में सोने की आठ-दस रकम की छोटी-छोटी लड़ियाँ। बाँई हथेली की चारों उँगलियों में अँगूठियाँ। दाहिने हाथ में केवल मध्यमा में तीन नग। गले में सुर्ख-लाल स्कार्फ। झुर्रियों से भरे चेहरे के ऊपर दो दिपदिपाती नीली आँखें, मस्कारा और काजल से भरी हुई। ड्यूपांट क्लीनिक की सफेद झकमक दीवारों से सटी वह मुझे एक सुर्रीयलिज्म की पेंटिंग लगी। खैर, उस आध घंटे में आइलिन बिना रुके बोलती चली गई। किस रोगी को किस कमरे में किस डॉक्टर के पास भेजना है, किसका कार्ड बनाना है, फोन रिसीव करना, उत्तर देना। इसी बीच चार कप कॉफी, दस बिस्किट, दो विटामिन की गोलियाँ और साथ ही मुझसे बातें, सभी कुछ चलता रहा। उस आध घंटे में मेरे बारे में उसने सब कुछ पूछ डाला।

"तुम्हारी उम्र ?"

"तेईस।"

"पढ़ाई ?"

"एम.ए. दर्शन।"

"कौन-सा दर्शन।"

"जीवन दर्शन, अस्तित्व के प्रति जिज्ञासा।"

"फुह !"

"क्यों ? फुह...फुह क्यों कर रही हो ?"

"अरे, अस्तित्व, अस्तित्व तो है ही, उसके बारे में प्रश्न क्या करना ? भला इसकी भी कोई जरूरत हुआ करती है ?"

"तुम नहीं समझ रहीं।"

"मैं नहीं समझती ! अरे, लड़की, मैं नहीं समझती ? आइलिन खूब समझती है। बोलो, तुम उदास हो ना, रात-भर सोईं नहीं ना ?"

"आइलिन, मैं-मैं..."

"अच्छा, यह बताओ, तुम्हारे हिन्दुस्तान में लोग ऑफिस किस पर बैठकर जाते हैं ?"

"क्यों ? बस से, ट्राम गाड़ी से।"

"हाथी पर नहीं ?"

"हाथी पर ? हाथी पर बैठकर ऑफिस जाना ? किसने कहा तुमसे ?"

"मैंने कहीं पढ़ा था।" उसने फिर एक और गोली दागी, "अच्छा, वहाँ पलंग पर साँप चले आते हैं ना ? काला कोबरा साँप ?"

"अरे, साँप जो जंगलों में रहते हैं, या कभी-कभी गाँव के घरों में आ जाते हैं। शहर में थोड़े ही कोई साँप रहते हैं ?"

"तो यह बात है। शहर में साँप नहीं रहते। एक प्याला कॉफी और लोगी ?" उसका यह पाँचवाँ प्याला था।

मैंने कहा, "नहीं।"

"मैं एक और लेकर आती हूँ। नींद आ रही है।" और वह उठी।

इतनी देर में मिसेज डी अपने कमरे से बाहर आईं, मुझे वहीं बैठे देख उन्होंने आइलिन से कहा—"सुनो, प्रभा से कुछ काम करवाकर देखो कि इसे कहाँ फिट किया जा सकता है। इसे पैसों की जरूरत है।"

"प्रभा से क्या काम करवाऊँ ? यह कुछ नहीं जानती। इसको कोई काम नहीं आता।"

"यह टाइप कर सकती है ?"

"टाइप, और यह ? अरे, इसके छोटे मुलायम हाथ तो देखो ! मैंने कहा न, यह बिलकुल बेकार की लड़की है।"

"आइलिन, तुम इतनी अक्खड़ क्यों हो जाती हो ?"

तब तक मेरी आँखें छलछला उठी थीं। आइलिन ने एक आँख मारी और आगे बढ़कर मुझे अपने कन्धों पर झुका लिया।

"तुम्हें दुख पहुँचाने का मकसद नहीं था। आओ तुम्हें कोई काम बताती हूँ।"

इसके बाद घंटे भर तक आइलिन मेरा इंटरव्यू लेती रही। टाइप मैं नहीं कर सकी। कार्ड अरेंज करना, वह भी ठीक से नहीं हुआ। रोगियों को उठाना-बैठाना, वे अमेरिकी कानून, मुझे समझ में नहीं आए। दवा की गन्ध से मुझे मितली आने लगी।

कोई भारी सामान मुझसे नहीं उठे, और यदि कुछ कर भी पाती, तो आइलिन की बक-बक के सामने काम करना मुश्किल था।

खैर, अन्त में आइलिन मुझे बेसमेंट में ले जाती है। "सब पेशेंट के रेकॉर्ड अलग-अलग करो। सन् 1950 से 1965 तक।"

तीन घंटे तक बेसमेंट में बैठे-बैठे, सीलन-भरी ठंड में काँपती हुई मैं कार्ड्स छाँटती रही थी। शाम के पाँच बज चुके थे। आँखें खूबसूरत चमकते हुए पाँवों पर पड़ीं। पलकें कुछ और खुलीं, तो मिसेज डी का मुस्कुराता हुआ चेहरा सामने था।

"चलो, ऊपर चलते हैं।"

आइलिन के सामने से गुजरते हुए मैंने देखा, बुढ़िया के चेहरे पर एक तृप्त मुस्कान थी।

"चुड़ैल कहीं की !" मैं होंठों में बुदबुदाई।

वह एक छलाँग में उठी। उसने पीछे से आकर मेरा कन्धा पकड़कर घुमाया और दबी हुई आवाज में कहा, "ए लड़की ! तूने मुझे गाली दी ?"

"नहीं तो।"

"झूठ मत बोल, लड़की !"

तब तक हम दोनों के बीच मिसेज डी थीं। आइलिन से उन्होंने फ्रेंच में कहा, "आइलिन यह बच्ची है, परेशान है, कुछ तो रहम करो ?"

आइलिन ने मेरे बाएँ गाल को चूमकर कहा, "चलो, माफ कर दिया।"

मिसेज डी मुझे साथ लेकर अपने कमरे में आईं और कहने लगीं—"सुनो प्रभा ! तुम्हें ऑफिस का कोई काम नहीं आता। मेरे गर्मी के कपड़े, जूते, सभी कुछ मरील फिर से आलमारियों में रखेगी। वह मेरी वार्डरोब मैनेजर है। इस काम में तुम उसकी सहायता करोगी। तुम्हें सिलाई और बटन आदि लगाने आते हैं ?"

"जी, कपड़े रखने का काम तो दो-चार दिन का होगा ?"

"अरे नहीं, पूरे मौसम का वार्डरोब मैनेज करने में मरील को तीन महीने लगेंगे। तब तक तुम खुद ही समझ जाओगी कि वार्डरोब मैनेजमेंट किसे कहते हैं।"

वे फिर कहने लगीं, "वैसे अमेरिका आई हो तो तुम यहाँ से कुछ हुनर सीखकर जाओ। तुम ऐसा काम सीखो जिससे अच्छे पैसे कमा सको, आत्मनिर्भर हो सको। तुम्हारी कॉलेज की पढ़ाई के पैसे हम नहीं दे पाएँगे लेकिन बेवरली हिल हेल्थ क्लब की मालकिन मेरी दोस्त हैं, वे तुमसे कम पैसे लेंगी। तुम वहाँ ब्यूटी थेरापी में डिप्लोमा कर लो। फुर्सत के समय मरील के साथ मेरा वार्डरोब मैनेज करना। दस डॉलर घंटे के मिलेंगे।"

मेरी आँखों में कृतज्ञता के आँसू थे। डरते-डरते मैंने फिर पूछा, "मिसेज डी मैं रहूँगी कहाँ पर ?"

"मेरी प्यारी दोस्त, तुम आइलिन के घर रहोगी।"

"आइलिन ?"

"हाँ-हाँ, तुम घबराओ नहीं। आइलिन जितना कड़ुआ बोलती है, उतना ही उसका दिल मीठा है।"

शाम को छुट्टी होते ही आइलिन मुझे साथ लेकर निकली। आइलिन की गाड़ी एक पुरानी फोर्ड थी, सुर्ख लाल रंग की।

आइलिन कह रही थी, "मुझे लाल रंग पसन्द है। सब कुछ लाल। आदमी के शरीर में बहता हुआ लाल खून, यीशू के कलेजे से निकलता हुआ लाल-लाल खून, चारों ओर लाल ही लाल। वह देखो, पश्चिम का आकाश ? यहाँ की शाम बहुत लाल हुआ करती है, सुर्ख गुलाबों-सी महकती हुई।"

उसका भाषण चलता रहा। मैं केवल सोच रही थी। हे भगवान ! कैसे रहूँगी इस बुढ़िया के साथ ? क्या करूँ ? इधर कुआँ...उधर खाई। डॉक्टर तिवारी के घर रहना मुश्किल था। पिछली रात की बातें याद करके अपमान और लज्जा से मेरा सर्वांग जल उठा, और बगल में बैठी यह विदेशिन, सत्तर साल की वृद्धा, अर्द्धपागल। एक ठंडी साँस अनचाहे ले बैठी। आइलिन लाल रंग के वर्णन से हटकर मेरी साँसों पर आ गई।

"देखो, मेरी प्यारी, मेरी नन्ही चिड़िया ! जिन्दगी को इतनी गम्भीरता से मत लो। यीशू क्रॉस का बोझ रखता है ना, तब कन्धे भी मजबूत करता है। अच्छा, यह बताओ, तुम्हारे देवता का क्या नाम है ?"

"राम, कृष्ण, विष्णु, दुर्गा..."

"रुको-रुको, पेगन वाली बहुमूर्तिपूजक हो ? कितने देव-देवियाँ हैं तुम्हारे धर्म में ?"

"सैकड़ों।"

"तुमने अपने देवता का चुनाव किस आधार पर किया ?"

"मेरी माँ ने हमारे कुलदेवता श्रीराम और हनुमान की पूजा करने के लिए कहा है। यह देखो, मेरी सोने की चेन में हनुमान की मूर्ति लगी हुई है।"

मैंने चेन निकालकर उसके हाथ में दे दी। लॉकेट पर हनुमानजी का चित्र बना हुआ था। देखते ही वह हो-होकर हँसने लगी। वह हँसती जाए, रुके ही नहीं। मैं बौखला उठी, "इसमें हँसने की क्या बात है ?"

"तो तुम्हारे भगवान आदमी नहीं, बन्दर हैं ?"

"बन्दर ! आइलिन, बकवास मत करो !"

कल रात हनुमान चालीसा मन-ही-मन दोहराते हुए ही तो आज यह आस की लकीर दिखी थी। यह मुझे रखे-न-रखे, पर मेरे हनुमान जी पर यह आरोप ? मुझे नहीं सुनना।

"बेहूदी कहीं की !" मैं फिर बोल उठी।

"तुमने मुझे फिर गाली दी।"

"हाँ।"

"अच्छा किया। मैंने काम ही गलत किया था। भला किसी का भगवान बन्दर कैसे हो सकता है ?"

उसने फिर हँसना शुरू कर दिया। साथ ही गाड़ी की स्पीड अचानक अस्सी से सौ पार कर दी। पहले चौड़ी सड़क की बाईं ओर से चल रही थी। अब तेज रफ्तार से दौड़ती हुई दाहिनी ओर गाड़ी दौड़ने लगी।

"अच्छा, जरा डॉक्टर तिवारी का पता निकालना। यही है न ? यहाँ से दाहिने मुड़ना होगा ?"

मैं चुप सोच रही थी, "हे मेरे राम ! इस पागल के साथ कैसे गुजारा होगा ?"

"नम्बर सैंतीस देखो तो, यही है न ?"

"हाँ-हाँ।"

"चलो, उतरो !"

मेरे साथ वह भी उतरी। गेट पर डॉक्टर तिवारी मिले। पीछे उनकी पत्नी थीं। मैं कुछ बोलूँ इसके पहले आइलिन शुरू हो गई, "प्रभा अब डॉक्टर ड्यूपांट के संरक्षण में रहेगी। हम लोग सँभाल लेंगे। हम उसे डॉलर भी दे देंगे। इसका सामान कहाँ है ?"

डॉक्टर तिवारी कुछ बोलें, इसके पहले वह भीतर थी और जब तक मैं कुछ स्थिति का बयान करूँ, वह बक्सा उठाए बाहर आ खड़ी हुई।

"अच्छा हम लोग चलें। मैं थकी हुई हूँ। अभी आधे घंटे की ड्राइव बाकी है। बाई-बाई ! यह रहा हमारा फोन नम्बर।" दाहिने हाथ में मेरा बक्सा, बाएँ हाथ से गाड़ी का गेट खोलकर उसने आज्ञा दी, "भीतर बैठो !" अजीब मोहिनी है। मेरी बोलती जैसे बन्द हो गई थी। यन्त्रचालित-से दोनों हाथों ने डॉक्टर तिवारी को नमस्ते किया और तब तक गाड़ी दाहिने घूम चुकी थी।

"बास्टर्ड इंडियन ! फक हिम ! यह भी नहीं सोचा कि इतनी दूर से आई हुई अकेली लड़की के दिल पर क्या गुजरी होगी ? पैसा-पैसा ! डॉलर-डॉलर ! तुम्हारे देश में भी शाइलॉक होते हैं ?"

वह 'वार' को 'वाव' बोल रही थी। ये अमेरिकी लोग 'आर' का उच्चारण नहीं करते। 'आई कान्ट' के बदले 'आई कैन्ट' कहते हैं। 'कार' के बदले 'काव'। मुझे इन लोगों की अंग्रेजी समझ में नहीं आती, बड़ी मुश्किल है। खैर समझने लगूँगी। आइलिन के साथ रहूँगी तो यहाँ की जीवन-शैली के बारे में काफी कुछ मालूम पड़ जाएगा।

"जो अपने देश के लोगों को यों भटकने छोड़ देता है उसे और क्या कहूँ ? मेरा बाप हंगरियन था, उसने अपने पूरे खानदान को हंगरी से यहाँ लाकर बसाया। बस मेरे डैड की एक शर्त थी कि हर रविवार को तुम्हें चर्च जाना होगा।"

"मगर मिसेज डी कह रही थीं तुम एपस्टल हो।"

"हाँ, फिलहाल।"

"ऐसा क्यों आइलिन ? मिसेज डी कह रही थीं तुम बार-बार अपना धर्म बदलती रहती हो।"

"ऐ लड़की ! तुम अभी बहुत छोटी हो, इन बातों को नहीं समझोगी। जितनी बार मेरा तलाक हुआ उतनी बार मैंने नया धर्म अपनाया। कोई खुशी-खुशी थोड़े अपना धर्म बदलता है।"

आइलिन ने बताया कि मिसेज डी ने मेरे लिए सारे पैसे दे दिए हैं। सप्तान्तर तक वह बिस्तर और खाट खरीदकर ले आएगी और तब छतवाला छोटा कमरा मुझे अलग से मिल जाएगा।

"आइलिन ! खाट खरीदने की क्या जरूरत है ? मैं जमीन पर सो जाऊँगी, तुम बेकार परेशान हो रही हो।"

"मरना है निमोनिया से ? और भला जमीन पर कोई सोता है ?"

मन-ही-मन मुझे हँसी आ रही थी। मैं कमजोर थी। डॉक्टर तिवारी से मेरा बदला आइलिन ने ले लिया। मुझे हँसते देखा, आइलिन खिल उठी, "अब हम लोग दोस्त हुईं न ? मुझे गाली नहीं दोगी न ?"

''नहीं, आइलिन, कभी नहीं।''

'नहीं, वह तो तुम दोगी ही। मैं बीच-बीच में काम ही ऐसा करती हूँ कि लोग गाली देने पर मजबूर हो जाते हैं।''

''नहीं, आइलिन, मैं तुम्हें समझने की चेष्टा करूँगी।''

''चेष्टा ही करती रहोगी। समझ नहीं पाओगी, बहुत छोटी हो।''

वह कुछ सोचने लगी। धीरे-धीरे दिन ढल रहा था। पेड़ों की लम्बी होती छाया के साथ चिड़ियों ने अपनी बेचैनी हवा में बिखेर दी थी। एक नीरस और शुष्क पारदर्शिता हम सबको लपेटती जा रही थी। बदलते हुए मूड के साथ वे अमेरिकी दृश्य बड़े उबाऊ एवं फूहड़ लग रहे थे। आकाश से झरनेवाली काली रात को फैली हुई, सड़क की रोशनी ने अपने अंकवार में समेट लिया था। मेरे और आइलिन के बीच निषेध फैला हुआ था, उसके सामने मैंने घुटने टेक दिए। जो मेरी मर्जी सो मेरी मर्जी।

''उतरो हम घर आ गए।''

मैंने हड़बड़ाकर देखा। गाड़ी एक छोटे-से बँगले के सामने खड़ी थी। हम उतरे। आइलिन के हाथों में दुनिया-भर के पैकेट थे। मेरे हाथों में बक्सा। उसने चाबी घुमाई। गेट खोला और अब कयामत की बारी मेरी थी।

''हाय, मेरी माँ।''

मैं दहशत से चीख उठी। एक कद्दावर एलसेशियन कुत्ता सामने दोनों पंजे मेरे कन्धे पर रखे जीभ लपलपा रहा था। दो और छोटे पिल्ले पैरों को सूँघ रहे थे। एक स्पैनियल सामने खाने की मेज पर बैठा था।

''आ...इ...आइलिन !''

''डरो नहीं, पेपे तुम्हारा स्वागत कर रहा है। ज्यादा चीखोगी तो काट लेगा।''

मेरी तो घिग्घी बँध गई। लगा चक्कर खाकर गिर पड़ूँगी।

''पेपे, अन्दर जाओ ! कार्ला ! जिमी ! चलो-चलो, सब अन्दर चलो ! हमारे नए मेहमान को शान्त होने दो।''

पेपे मेरे कन्धे छोड़कर उतर तो गया, पर न उसको मैं पसन्द आई और न वह मुझे। इसे कुत्ता कहा जा रहा है। कलकत्ते के चिड़ियाघर में तो मैंने इतना बड़ा शेर देखा है। मेरे घुटने पानी-पानी हो गए। मैं वहीं दहलीज पर बैठ गई।

''आइलिन, मैं कुत्तों के बीच नहीं रह सकती।''

''अच्छा रुको ! मैं इन सबको पीछे गैराज में बन्द करके आती हूँ।''

इसके बाद आइलिन ने खाना बनाया। इसे खाना कहते हैं ? कब खाने को मिलेंगी घी से चुपड़ी फुलकियाँ और गरम मूँग की दाल ? यहाँ तो प्लेट में ढेर सारी

उबली हुई सब्जियाँ हैं और कुल दो चम्मच चावल। खा-पीकर सोने का वक्त हुआ।

ब्रश करके जब अपना पुराना सलवार-कुर्ता पहनकर मैं बाथरूम से निकली तो आइलिन ने रजाई से लेटे-लेटे कहा—''यह क्या तुम्हारी रात की पोशाक है ?''

''हाँ, मेरे पास रात की अलग से कोई पोशाक नहीं है।''

''ठीक है, चलो बिस्तर में आ जाओ।'' उसने लिहाफ उठाया, वह बिस्तर में बिलकुल नंगी लेटी हुई थी। हाय राम ! एक नंगी औरत के साथ मैं कैसे सो सकती हूँ ?

मैंने दूसरी ओर मुँह घुमाते हुए कहा—''आइलिन मैं जमीन पर सो जाती हूँ।''

''क्यों ? जमीन पर क्यों ?''

''तुम नंगी लेटी हो इसलिए मैं तुम्हारे साथ नहीं सो सकती। मुझे शर्म आ रही है।''

''शर्म ? औरत को औरत की देह से कैसी शर्म ? ऐ लड़की, तुम अपनी माँ के पेट से पैदा नहीं हुईं ? तुमने अपनी माँ की नंगी छातियाँ नहीं देखीं, उनका दूध नहीं पीया ?''

अब मुझे वहाँ आइलिन नहीं बल्कि दाई माँ दिखलाई पड़ रही थीं।

आइलिन फिर कह रही थी—''यहाँ अमेरिका में अधिकतर लोग नंगे सोते हैं। थोड़े दिनों में तुम भी कपड़े उतारकर सोने लगोगी।''

''ओह ! कभी नहीं।''

''ठीक है मत सोओ। तुमने मेरी नींद में खलल डाली इसलिए मुझे फिर से स्नान करना पड़ेगा, तब ही मैं सो पाऊँगी।'' बाथरूम से लौटकर उसने मुझसे फिर पूछा—''ऐ लड़की ! नहाने के बाद तुमने अपना बदन कैसे सुखाया ? तौलिया तो सूखा पड़ा हुआ था।''

''नहीं...वह जो जमीन पर रखा हुआ तौलिया था न, मैंने उसी से अपना बदन पोंछा है।''

''उससे बदन पोंछा ? बाथ मैट से बदन पोंछा ? ओह माई गॉड...हो...हो...ही...ही...अरे लड़की ! तुझे टॉवल और बाथ मैट का फर्क नहीं मालूम ? मैट पर तो खड़े होकर बदन पोंछा जाता है ताकि जमीन गीली न हो...''

मैट ? यानी पाँवपोंछ यानी झाड़न। मैं अपने दिमाग से पूछ रही थी लेकिन हिन्दी में मैट का अर्थ होता है चटाई, वह जो बिछाई जाए। मैं सामने लगे शीशे में अपना शर्म से लाल होता चेहरा देख रही थी। क्या कहूँ आइलिन से। वैसे मैं कहना चाहती थी, सॉरी आइलिन, मैं बहुत जल्दी सब कुछ ठीक-ठाक समझने लगूँगी। मैं डॉक्टर तिवारी की तरह हैमबर्गर तो नहीं खा पाऊँगी मगर पोटाटो

चिप्स को फ्रेंच फ्राई कहने लगूँगी। वेट्रेस से मिसेज डी की भाँति बातें किया करूँगी, और प्रॉमिस...आइलिन मैं प्रॉमिस करती हूँ कि अब कभी भविष्य में बाथ मैट से अपना बदन नहीं सुखाऊँगी। मैं भी तुम लोगों की तरह उच्चारण करूँगी, कान्ट के बदले कैन्ट यानी आ के बदले ए बोलूँगी। वैसे आइलिन हिन्दुस्तान में तुम्हारी अंग्रेजी कोई नहीं समझता। डॉक्टर सर्राफ भी ऐसी अंग्रेजी नहीं समझ पाते। और डॉक्टर तिवारी को बहुत पाप लगेगा क्योंकि वे ब्राह्मण होकर भी गो-मांस खाते हैं।

आइलिन की बक-बक जारी थी। मेरी पलकें बहुत चेष्टा करने पर भी खुल नहीं पा रही थीं—गहरी नींद ने मुझे अपने अंकवार में लपेट लिया मगर अचानक लगा, जैसे हाथ पर कुछ रेंग रहा है। मैंने चौंककर आँखें खोलीं।

''ओ माँ, पेपे, आइलिन ! आइलिन !'' आधी रात को मैं चीखे जा रही थी।

''क्या है ? मुझे सोने दो।''

''आइलिन !''

मैं रुआँसी हो गई। तब तक पेपे की हिम्मत और बढ़ चुकी थी। वह बिस्तर पर उचक आया था। मैंने जोरों से गला फाड़कर रोना शुरू कर दिया।

''पेपे ! मेरे बच्चे ! यह लड़की इतनी जल्दी दोस्त नहीं बनेगी। चलो-चलो पेपे ! तुम गैरेज में रहो। तुम्हें आज वहीं सोना पड़ेगा !''

मैं पसीना-पसीना थी।

''आइलिन ? मैं तुम्हारे घर नहीं रह सकती। यहाँ या तो पेपे रहेगा या मैं।''

''तुम दोनों मेरे बच्चे हो। इतना लड़ोगी तो कैसे चलेगा, डियर, मेरी हनी, पेपे तुमसे दोस्ती करना चाहता है। वह काटेगा नहीं। जीसू की कसम, आज तक बेचारे पेपे ने किसी को जख्मी नहीं किया।''

''यानी काटने की कोशिश की।''

''अरे, इसके दाँत कहाँ हैं ?''

आधी रात को हम दोनों के बीच खड़ा वह ढाई हाथ ऊँचा कुत्ता जीभ बाहर करके कान पसारे सारी बातें सुन रहा था। अब तक उसके दोनों साथी कार्ला और जिमी भी आ गए थे। छोटा टॉमी कमरे की देहरी पर कुकिया रहा था। जिमी मेरे पैरों को सूँघ रहा था। कुत्तों को दूसरे कमरे में बन्द करने के लिए आइलिन को फिर उठना पड़ा।

सुबह तैयार होकर मैंने कमरे से बाहर झाँका, आइलिन के कुत्तों की भों-भों और गुर्राना शुरू हो गया था। आइलिन का संवाद चल रहा था, ''खा ले, मेरे पेपे। आज यह खा ले। कल तेरे लिए दूसरी नई चीज लाऊँगी। ऐसे मुँह नहीं घुमाते

मेरे लाल। देखो, जिमी, कार्ला, टॉमी सबने ब्रेकफास्ट कर लिया।''

फिर कुत्तों की गुर-गुर।

''पेपे ! तू क्यों नहीं खा रहा ? क्या तू प्रभा से नाराज है ? उसने तुझसे बात नहीं की इसीलिए ना ?''

फिर कुत्तों की भों-भों।

''अच्छा मैं प्रभा को डाटूँगी। तू भूखा मत रह, ले खा ले !''

मैंने देखा, पेपे राम जी आइलिन की बगल वाली कुर्सी पर बैठे थे, मुँह ऊपर उठाए हुए। सामने कटोरे में दूध और सिरियल। आइलिन बार-बार चम्मच उसके मुँह के पास ले जा रही थी। और पेपे अपना थूथना घुमा लेता।

हुँह ! बिलकुल पागल है। कमबख्त कुत्ता न हुआ, उसका बेटा हो गया।

मैं वापस कमरे में लौट आई। दस मिनट बाद आइलिन की आवाज आई, ''प्रभा डार्लिंग ! बाहर आओ ! ब्रेकफास्ट कर लो।''

''मुझे भूख नहीं है।''

''ठीक है, मत खाओ, भूखी रहो। यदि तुमको पेपे नहीं अच्छा लगता, तो तुम अपने कमरे में रहो। मैं तुम्हारा ब्रेकफास्ट लेकर आती हूँ।'' फिर भी कमरे से बाहर नहीं निकलती। चौके से आइलिन की आवाज आई, ''हे जीसू ! इस लड़की को सद्‌बुद्धि दे। यह आदमी में जानवर और जानवर में आदमी को देखना सीखे !''

मैंने करीब-करीब चीखते हुए कहा, ''इसके लिए जीसू को क्यों तकलीफ दे रही हो ?'' माथे पर पसीने की बूँदें थीं। रात की घटना याद कर दिल अब भी जोरों से धक-धक कर रहा था। आँखों में आँसू आ गए। लेकिन आइलिन को मेरा यों कमरे में बैठा रहना बुरा न लगे इसलिए झक मारकर मैं दबे पाँव उठी। झाँककर पूछा, ''तुम्हारा पेपे कहाँ है ?''

''वह गैरेज में सो रहा है। जल्दी करो। हमें चलना है।''

लेकिन निकलने से पहले एक और मुसीबत थी। अब आज ही मुझे पीरियड होने थे। सैनिटरी नैपकिन तो बक्से में रखना ही भूल गई थी। या फिर सम्भव है कि वह पैकेट डॉक्टर तिवारी के बाथरूम में छूट गया। अब क्या करूँ ?

''आइलिन, मुझे पीरियड हुआ है।''

''पीरियड ? व्हाट यू मीन बाई पीरियड ?'' मैंने उसे समझाया फिर उससे कहा–

''आइलिन मुझे कोई साफ पुराना कपड़ा चाहिए।''

''क्यों ? तुम्हारे हिन्दुस्तान में लड़कियाँ सैनिटरी नैपकिन, स्पंज, टैम्पून...

आदि व्यवहार नहीं करतीं ?"

मैं खाली नजरों से उसे घूरे जा रही थी—कुछ-कुछ असमंजस का भाव लिये। अब इतनी निजी बात को भला इसे कैसे समझाया जाए मगर आइलिन की तेज निगाहें मेरे हर निजी कोने में झाँक जाती हैं। अमेरिका, ओ मेरे महान अमेरिका, मैं यहाँ क्यों चली आई, क्या हर कदम पर अपनी मूर्खई प्रमाणित करने। क्या मुझे इनके जैसा ही होना होगा, मेरा अपना कुछ नहीं बचेगा ? मिसेज तिवारी तो एकदम अमेरिकन हो गई हैं। लेकिन मुझे इनके जैसा नहीं होना है, निरन्तर मन में चलनेवाला द्वन्द्व खुद को बचाए रखने की कशमकश और फिर भरभराकर टूट गिरने की मजबूरी।

"आइलिन मुझे यहाँ की बहुत-सी बातें नहीं पता।"

"तुम इतनी जाहिल और गँवार क्यों हो ? तुम्हारी जैसी लड़की को बहुत होशियार होना चाहिए था। मिसेज डी की ऑफिस में और भी दो-तीन भारतीय लड़कियों ने काम किया है, सीमा, आलिया, जयन्ती, वे तो तुम्हारी जैसी नहीं थीं।"

मेरी आँखें छलछला आई थीं। "आइलिन, तुम मुझे चोट पहुँचा रही हो।"

"सॉरी, बहुत-बहुत सॉरी। लेकिन इतनी भोली रहोगी तो लोग तुम्हारा फायदा उठाएँगे।"

कहना चाहती थी, "आइलिन ! मेरे जैसे लोग भी तो इस दुनिया में जिन्दा रहते हैं, मर नहीं जाते वे। क्या सभी को तुम लोगों जैसा होना है।" पर मैं कुछ कह नहीं पाई। इस बुढ़िया के मुँह लगना बेकार है। समय आने पर दिखा दूँगी। मैं भी तुम लोगों जैसा बनूँगी। मिसेज डी की तरह मेरा भी ऑफिस होगा, ढेरों पैसे कमाऊँगी। उनकी जैसी अंग्रेजी बोलूँगी। आई कान्ट का उच्चारण 'आई कैन्ट' करूँगी लेकिन कलकत्ते में मेरी अमेरिकन अंग्रेजी सुनकर लोग क्या कहेंगे...हँसेंगे नहीं मेरे ऊपर ? नहीं मुझे देसी ही रहना है। हैमबर्गर के बदले रोटी-सब्जी खानी है, और यदि रोटी-सब्जी न मिले तो ब्रेड और उबले हुए आलुओं से काम चला लूँगी। पर अपनी पहचान मिटाकर अमेरिकन होने की जरूरत नहीं है।

माना कि मुझे बहुत कुछ मालूम नहीं...किसे बाथ मैट कहते हैं...या बाजार में कितने रकम के परफ्यूम मिलते हैं। कि मैंने यहाँ आकर पहली बार चीज सैंडविच खाई है। यहाँ ढेरों ऐसी चीजें हैं जिन्हें पहले-पहल देख रही हूँ, छू रही हूँ, चख रही हूँ और इन सबका मुझ पर भारी दबाव है, जिससे हर क्षण मेरा कोई-न-कोई कोना चटकता रहता है, हर दिन मन करता है वापस अपने देश लौट

जाऊँ। मुझे नहीं रहना ऐसे देश में जहाँ आदमी इतना अकेला है। बेचारी आइलिन कितनी अकेली है कि रात को अपने साथ बिस्तर में एक कुत्ते को साथ लिये सोती है।

हम लोग गाड़ी में बैठे। बाकी पिल्लों ने भों-भों किया लेकिन पेपे बाहर नहीं आया। आइलिन ने अस्सी की स्पीड से गाड़ी शुरू की और बाएँ हाथ से टेप चलाया।

''तुम अमेरिकन म्यूजिक समझती हो ?''

''थोड़ा-थोड़ा...''

गाड़ी चलाते-चलाते उसने कभी दाएँ, तो कभी बाएँ हाथ से अपने बाल सँवारे, क्लिप लगाया, गालों पर क्रीम-पफ फेरा, फिर लिपस्टिक फैलाई। अब गाड़ी की स्पीड सौ से ऊपर जा रही थी। मेरा जी मिचलाने लगा। मैंने कहा, ''आइलिन गाड़ी धीरे नहीं चला सकतीं ?''

''यह लास एंजेल्स है, न्यूयॉर्क नहीं। आँखें बन्द कर लो।'' अब वह कानों में बुन्दे पहन रही थी।

मैंने कहा, ''मगर आइलिन, तुम अपना पूरा ध्यान गाड़ी पर रखो !''

''अरे, मरना तो है ना ? वह तो मर ही जाएँगे। उसके लिए गाड़ी के एक्सीडेंट की क्या जरूरत है ?''

''तुमसे कोई जीत सकता है भला ?''

''कोई नहीं। डॉक्टर डी भी नहीं। मेरी जैसी सेक्रेटरी उन्हें मिलेगी कहाँ ?''

''क्या ऐसी खासियत है तुममें ?''

''तुम नहीं समझोगी। डॉक्टर डी का मुझसे रोमांस नहीं हो सकता और कोई दूसरी औरत यदि उनकी ओर ज्यादा बढ़े, तो उसकी खबर मैं पहले ही मिसेज डी को पहुँचा देती हूँ।''

''बड़ा अच्छा करती हो।''

मैं बाहर नीला आकाश, चारों ओर फैले छोटे-छोटे हरे पहाड़ी टीले, खूबसूरत मकानों की कतार, साफ चौड़ी सड़कों पर फिसलती हुई रंग-बिरंगी गाड़ियाँ देखने लगी।

''चलो, उतरो ! हम लोग मिसेज डी के घर के सामने हैं।''

मिसेज डी का काँच-घर। हाय ! कितना सुन्दर। दरवाजे पर मिसेज डी मिलीं।

''आओ प्रभा, तुम्हें अपना घर दिखाऊँ। डॉक्टर डी तो सुबह छह बजे ऑपरेशन करने निकल जाते हैं। मैं आठ तक ही निकल पाती हूँ।''

मैं मन्त्रमुग्ध-सी चल रही थी। किचिन में जाकर हम लोग बैठे ही थे कि गेट

की घंटी फिर बजी, ''मरील आ गई,'' उठते हुए मिसेज डी ने कहा, ''मरील ! यह प्रभा है। इससे काम लेना तुम्हारे जिम्मे।''

मरील मुझे भा गई थी। इतनी हँसोड़, इतनी जिन्दादिल कि रोते को हँसा दे, और एक यह बुढ़िया खूसट आइलिन और उसका वह पेपे ! मुँह कड़ुवा हो गया, फिर संस्कारी मन ने कहा, ''प्रभा, तुम उसकी मेहमान हो। उसको भी समझने की चेष्टा करो।''

मरील का सुझाव था काम शुरू करने से पहले कुछ खा लिया जाए। ''तुम वेजिटेरियन हो ना ?'' उसने पूछा।

''तुम्हें कैसे पता चला ?''

''मिसेस डी से; और जानती हो कल रात साढ़े दस बजे आइलिन ने मिसेज डी को फोन किया। कहने लगी, 'अजीब लड़की है। दूध नहीं पीना चाहती, चीज नहीं खाती, बिना प्रोटीन के यह जीएगी कैसे ?' मिसेज डी ने कहा, आइलिन तुम ज्यादा परेशान मत होओ, 'बल्कि प्रोटीन की चिन्ता तुम मरील पर छोड़ दो।' तो अब दिन में तुम्हें प्रोटीन खिलाने का जिम्मा मेरा और रात को आइलिन तुम्हें अनाज खिलाएगी।''

''उसने रात को फोन किया मिसेज डी को ?''

''अरे-अरे, चिन्ता मत करो, आइलिन को फोन करने का बहाना चाहिए। इन दिनों उसके पास सबसे बड़ा बहाना तुम रहोगी। अच्छा, चलो, अब ऊपर चलते हैं, काफी काम करना है।''

मरील से उसके पति के बारे में पूछने पर बोली, ''भाग गया साला, किसी बीस बरस की लड़की को लेकर। कोर्ट का दरवाजा खटखटाने पर आजकल हजार डॉलर महीने का भेजता है, सूअर कहीं का।''

लंच के बाद मरील मुझे बेवरली हिल हेल्थ क्लब ले गई। वहाँ एक अलग ही नजारा था। एक लम्बा-सा हॉल था जिसमें करीब बीस-पच्चीस कसरत करने की अलग-अलग मशीनें थीं। इन मशीनों में से कुछ पर स्त्रियाँ स्थिर साइकिल पर अपने पैर चलाए जा रही थीं। कुछ 'वाइब्रेशन बेल्ट' पर थीं, तो कुछ नाववाली मशीन पर यन्त्रचालित नाव चला रही थीं। कुछ 'रोलर मशीन' पर झुकी हुई पेट की चर्बी को मसल रही थीं। पूरे हॉल में गुलाबी आभा फैली थी। दीवार पर रंग भी गुलाबी था। अलग-अलग कद, अलग-अलग शरीर के ढाँचे। सबको अपनी-अपनी देह से शिकायत। किसी की कमर चौड़ी हो गई, तो किसी के कूल्हे मोटे थे। कोई अपनी मोटी बाँहों से परेशान। देखनेवालों को चाहे विशेष बुरी न लगें, पर उन महिलाओं को अपने आपसे शिकायत थी। उनको अपना वजन जो घटाना था।

हॉल के बीचोबीच कमर पर हाथ रखे मिसेज त्रातस्की खड़ी थीं। एक बार मुँह घुमाकर उन्होंने मेरी ओर देखा। हाथ के इशारे से उन्होंने मुझे कोने में खड़ा होने के लिए कहा और वापस तरह-तरह के यन्त्रों पर बैठी, खड़ी, लेटी और कसरत करती हुई औरतों के झुंड की ओर मुखातिब हो गईं।

आवाजें, हँसी का शोर, मशीनों की घर्र-घर्र, इनके बीच डायना त्रातस्की का ऊँची आवाज में आदेश, ''ठीक से करो,...पैर जरा और उठाओ,...पेट निकालकर मत खड़ी होओ।''

एक अजीब दुनिया थी ! खड़े-खड़े पैर दुखने लगे। मशीनों को तो मैंने जीवन में कभी देखा नहीं था।

'सोना रूम' से नंगी औरतें निकल-निकलकर स्वीमिंग पूल में कूद रही थीं। कुछ देर बर्फीले पानी में तैरकर वे औरतें बदन पोंछती हुई पुनः 'सोना रूम' में चली जातीं। अपनी नंगी देह से उन्हें एक-दूसरे के सामने जरा भी लाज नहीं आ रही थी। गाजर का रस पीते हुए मैं सोचने लगी, भारत में यह कब सम्भव होगा ? इसका संक्षिप्तीकरण ही मेरी जैसी के लिए असम्भव है। फिर इन मशीनों को खरीदने के लिए रुपया चाहिए। मिसेज त्रातस्की से जब मशीनों का दाम मालूम हुआ, तब मुझे झुरझुरी आ गई। हजारों डॉलरों का मामला था। इस मरे अमेरिका में तो, डॉलर ! हर कदम पर डॉलर चाहिए। मेरी कमाई दस डॉलर प्रति घंटा, यानी ज्यादा-से-ज्यादा तीस डॉलर रोज। महीने में करीब नौ सौ डॉलर। इससे तो रहने-खाने का खर्च भी मुश्किल से चलेगा। तब ये मशीन कैसे खरीदूँगी। और भला आइलिन ही मुझे मुफ्त में क्यों खिलाने लगी ?

डायना त्रातस्की ने अचानक कन्धे पर हाथ रखकर पूछा, ''क्या सोच रही हो ?''

''कुछ नहीं।''

''सायास झूठ। ट्रेनिंग की चिन्ता मत करो। हम लोग बहुत जल्दी तुम्हें सब कुछ सिखा देंगे।''

''हाँ, मगर बिना मशीनों के मैं वहाँ अपने देश में क्या करूँगी ?''

वह चुप हो गई।

''चलो, हम लोग ब्यूटी क्लीनिक में चलें।''

ब्यूटी क्लीनिक में काफी चहल-पहल थी। डॉयना ने कहा, ''पहले सब कसरत करती हैं, फिर स्नान, फिर चेहरे पर मालिश या पूरे शरीर पर। इसके बाद बालों का शृंगार।''

कोई बाल कटवा रही थी, कोई शैम्पू करवा रही थी। यहाँ बालों का शृंगार

पुरुष कर रहे थे। दो-चार ट्रेंड ब्वाय थे, उनके अधीनस्थ लड़कियाँ। अब तक मैं बिलकुल थक गई थी। डायना त्रातस्की ने भी जम्हाई लेते हुए फिर कहा, "पाँच बज रहे हैं। तुम गेट पर जाकर खड़ी हो जाओ। तुमको लेनेवाले आते ही होंगे।"

गेट पर पहुँचते ही आइलिन अपनी लाल फोर्ड से उतरती हुई दिखी। मुझे देखते ही वही व्यस्तता का भाव, "चलो, जल्दी बैठो ! हमें घर पहुँचने में घंटा-भर लगेगा। बेचारा पेपे भूखा होगा।"

अभी तक मैं आइलिन और उसके पेपे को बिलकुल भूल गई थी। पेपे की चर्चा मात्र से मुझे पसीना आने लगा। अचानक आइलिन मुझे बेहद बूढ़ी लगी। लगा चेहरे की झुर्रियाँ सुबह से अब तक और बढ़ गई हैं। उसकी गाड़ी जो कल तक मुझे बड़ी अच्छी लग रही थी, आज पुराने मॉडल की लगी। आइलिन के कपड़े सस्ते। नाइलोन की फ्रॉक कितनी सस्ती लग रही थी। घर में घुसते ही कुत्तों की गुर-गुर शुरू हो जाती है। नथुनों में एक पुरानी गन्ध टकराने लगती है। आइलिन के यहाँ सब कुछ बिखरा हुआ, बेतरतीब लगता है। कल तक ऐसा नहीं लगा था, फिर एक ही दिन में ?

तब तक आइलिन ने तोप दागी, "क्यों, तुमको मैं बहुत गरीब लग रही हूँ ? लगूँगी, लगना स्वाभाविक है। तुमने हॉलीवुड की चकाचौंध देख ली ना ? अब इस बुढ़िया के पास क्यों बैठोगी ?"

"आइलिन, तुम बेवजह बकवास करती हो। मैंने कुछ कहा क्या ?"

"कहे बिना क्या मैं चुप्पी का अर्थ नहीं समझती ?"

"चुप इसलिए हूँ कि मुझे तुम्हारे पेपे की याद आ गई।"

"आज देखना, पेपे तुमको बिलकुल तंग नहीं करेगा। अब वह तुम्हारा बन्धु है।"

"मुझे उसका बन्धु-भाव नहीं चाहिए। बस, उस कुत्ते को तुम मुझसे दूर रखो।"

"तुम उससे जितना दूर भागोगी, उतना वह तुम्हें काटेगा। एक बार सहज हो जाओ।"

"अब लगीं न लेक्चर देने ?"

"क्या करूँ ? जीशु तुम्हें सद्बुद्धि दे !"

आइलिन शायद बुरा मान गई। बिना कुछ बोले उसने गाड़ी की स्पीड बढ़ा दी और बजते हुए टेप का कान उमेठ दिया। घर पहुँचते ही सबसे पहले उसने पेपे के गले में बेल्ट बाँधी और उसको ड्राइंग रूम के कोने की खिड़की के ग्रिल से बाँध दिया। कुल मिलाकर आधे घंटे बाद उसने मुँह से पहले शब्द निकाले,

"अब तो खुश हो ? मैंने आज तक अपने पेपे बेटे को चेन से नहीं बाँधा।"

पेपे की गुरगुराहट और मेरी ओर मुँह करके थूथन को हवा में चलाना, उसे देख मैं भय से काँप गई। भय हमेशा अपराध-बोध को जन्म देता है। मैंने खीझकर कहा, "तुम बिना वजह मुझे अपराधी मत बनाओ। मैं सभी कुत्तों से तो नहीं डरती ?"

"अच्छा, तुम हाथ-मुँह धोकर आओ।"

थकान से मेरा रोम-रोम चूर हो रहा था। खाने का दिल नहीं कर रहा था। मन कर रहा था कि जाकर सीधे बिस्तर पर पड़ूँ, लेकिन आइलिन। उसको तो पिछले चौबीस घंटों में सोते हुए देखा ही नहीं।

"लो, पी लो !"

मैंने घूमकर देखा, आइलिन हाथ में एक छोटा-सा गिलास लेकर खड़ी थी।

"यह क्या है ?"

"ब्रांडी है। थकान मिट जाएगी।'

"मैं शराब नहीं पीती।"

"मैं शराब नहीं पीती !" उसने मेरी नकल करते हुए कहा, "मत पीओ, भाड़ में जाओ।"

"मुझे क्या खाना है, क्या नहीं, यह तुम मुझ पर क्यों नहीं छोड़ देतीं ? मैं बच्ची तो नहीं ? अपना खाना, जो मुझे खाना होगा, बना लूँगी।"

"ठीक है। यही तय रहा। तुमको जो खाना अच्छा लगे, बना लिया करो। मुझे जो करना है, मैं करूँगी। मैं समझूँगी आज से मेरे घर में एक अजनबी रह रहा है।"

"आइलिन, तुम बात को कहाँ से कहाँ ले जाती हो ! सारा दिन इतना अच्छा बीता और यहाँ घर आते ही तुम चालू हो गईं।"

"ओह ! तो हेल्थ क्लब की वे अमीरजादियाँ बहुत भा गईं मन को ? एक बात मेरी याद रखना। इन अमीरजादियों के पास तुम्हें देने के लिए कुछ नहीं है।"

मगर मेरे पास सोचने के लिए इतना मसाला था कि आइलिन की बातों पर ध्यान न देना ही उचित था, फिर मैं उसकी मेहमान हूँ। कृतघ्नता लगी कि मैं उसके खिलाफ सोच भी रही हूँ, पर कहीं उसके व्यक्तित्व में कुछ ऐसा था कि बिना वजह मूड बिगड़ जाता। चलते-चलते किसी-न-किसी जगह बुढ़िया मुट्ठी-भर बालू सामने वाले की आँखों में झोंके बिना नहीं मानती; और इसके बाद पूरी मासूमियत से आँखों की पलकें उठा बालू की किरकिराहट धोने बैठ जाती।

खाना लग चुका था। आइलिन ने पुकारा, "प्रभा, खाना खाने आओ।"

मैंने कमरे से बाहर झाँका। आइलिन के कुत्ते मेज पर मौजूद थे। बीच में एक बड़े-से बोल में मांस रखा हुआ था। आइलिन लकड़ी के चम्मच से उठाकर उन लोगों की प्लेट में परोस रही थी। मुझे लगा मैं वहीं उलटी कर दूँगी। मैंने वहीं से आवाज दी, "आइलिन, मुझे भूख नहीं है। मैं सोने जा रही हूँ।"

"क्या सच में तुम्हें भूख नहीं है ?"

"नहीं।"

"सच कह रही हो, तुम्हें भूख नहीं है ?"

"हाँ, मैं सच कह रही हूँ आइलिन !"

मैंने मन में सोचा, ऐसे खाने से तो भूखे रहना अच्छा। कुत्तों के साथ भी कोई खाना खाने बैठता है ? आइलिन का संवाद जारी था, "कार्ला, तुम जिमी की प्लेट से कुछ नहीं ले सकतीं। पेपे बेटा, इतना भावुक मत बनो ! प्रभा के आने के बाद से तुम परेशान हो। मैं समझती हूँ तुम्हारा दुख !"

लगा कान में पिघला शीशा किसी ने जबरन उड़ेल दिया है, फिर आइलिन की आवाज, "प्रभा, क्या तुम्हें सच में भूख नहीं है ?"

"कहा न, आइलिन, भूख नहीं है।"

"अच्छा, मैं इन लोगों को सुलाकर आती हूँ, फिर हम दोनों साथ खाना खाएँगे। वैसे अभी मैंने खाना बनाया नहीं है।"

मैंने होंठ काट लिए। इससे माथा लगाना ही बेकार है, फिर पुकार हुई, "खाना लगा दिया है, जल्दी आओ ! मैं काफी देर से बैठी हूँ।" इतनी जल्दी खाना कैसे बन गया, सोचते हुए मैं कमरे से बाहर निकली।

मेज पर बैठते ही खाना जल्दी बनने का रहस्य समझ में आया। वही कल वाली सब्जी यानी मक्खन में भुने हुए आलू-मटर रखे हुए थे। कटी हुई ककड़ी, प्याज थी और उसी के ऊपर बड़े करीने से सजाया हुआ था कल का जूठा छोड़ा गया आधे टमाटर का टुकड़ा। मक्खन और ब्रेड के साथ कल का बचा हुआ केक भी था। यानी खाना गरम करके रख दिया गया था। मेरी आँखें टमाटर के टुकड़े पर जमी हुई थीं। आइलिन स्टेक और आलू-मटर आराम से खा रही थी। मुँह में स्टेक का बड़ा-सा कौर भरते हुए उसने फरमाया, "मैं रोज-रोज खाना नहीं बनाती। चार-पाँच दिन का खाना बनाकर रख लेती हूँ। हाँ, और एक बात, जो कुछ भी मैंने तुम्हारे लिए पकाया है, वह तुम्हीं को खाना पड़ेगा। मेरा परिवार मांसाहारी है। पेपे तो एक किलो मांस दस मिनट में चट कर लेता है।"

सारी कड़ुवाहट को भीतर निगलकर मैंने धन्यवाद कहा, फिर पूछा, "पेपे कहाँ है ?"

"वह आज खुद ही इधर नहीं आया। तुम क्या सोचती हो, खाली तुम्हीं को उससे शिकायत है ?" उसने फिर पूछा, "अच्छा यह तो बताओ कि दिन भर क्या करती रहीं ? कैसा लगा तुम्हें बेवरली हिल ?"

मैंने उसकी आँखों में झाँका। काँच-सी पारदर्शी आँखों में असीम ममता।

आधे घंटे तक सविस्तार वर्णन सुनने के बाद आइलिन की नीति-शिक्षा शुरू हुई, "देखो, तुम इन बड़े घरों की औरतों के चक्कर में आ मत जाना। ये सब खाली पैसा समझती हैं, पैसा ! और वह चुड़ैल मरील तो दिन-रात इन्हीं लोगों के तलवे सहलाती है।"

"मरील तो अच्छी औरत लगी, आइलिन।"

"देखो, तुम उसकी फाँकियों में आ मत जाना। वह तुम्हें बरबाद करके रख देगी; और हाँ, एक बात समझ लेना। खबरदार ! कभी उसके साथ क्लारा ब्राउन के घर या उसकी पार्टी में गईं। मिसेज डी की जानी दुश्मन है क्लारा ब्राउन।"

"दुश्मन ? मरील तो कह रही थी क्लारा को जब दौरे पड़ते हैं, तब केवल डॉक्टर डी ही उसे ठीक कर पाते हैं।"

"बेवकूफ लड़की ! दो और दो जोड़ना नहीं जानती ? क्लारा और डॉक्टर डी का..." कहते-कहते उसने दाहिनी आँख मारी। अब उसने पानी का बड़ा-सा घूँट भरा और बोली, "समझ गईं ना, मैं क्या कहना चाह रही हूँ ?"

"लेकिन मिसेज डी इतनी खूबसूरत हैं। वह क्यों बर्दाश्त करती हैं ?"

"पैसा, मेरी बच्ची, पैसा ! डॉक्टर डी के पास सारा हॉलीवुड क्लारा ब्राउन के कारण आता है।"

"तब क्या तुम्हारे देश में भी औरतें त्रिशंकु होकर जी लेती हैं ?"

"कहाँ नहीं जीतीं वे ? दुनिया में ऐसा कोई कोना बताओ, जहाँ औरत के आँसू नहीं गिरे ?"

अचानक मैं बहुत अकेली हो गई। मेरी भी तो यही जिन्दगी है। मैं भी तो एक विवाहित पुरुष से प्रेम करती हूँ, पता नहीं उस पुरुष के साथ आखिर कितनी दूर तक जा पाऊँगी ? आइलिन को यदि मेरे बारे में पता चल जाए तो क्या वह मुझसे नफरत नहीं करने लगेगी ? जितना वह क्लारा ब्राउन से चिढ़ती है, क्या उतना ही मुझसे नहीं चिढ़ेगी ? किसी और के पति को झपटने का अपराध तो मैंने भी किया ही है। आइलिन, मिसेज डी, मरील सभी तो मुझसे नाराज हो जाएँगी। मैं तो इनके दल की नहीं, मुझे तो क्लारा ब्राउन के गुट में होना चाहिए था। कैसे बीतेंगे ये तीन-चार महीने ! डॉयना त्रातस्की के अनुसार डिप्लोमा कोर्स पूरा करने में मुझे तीन महीने लगेंगे। विदेश आने से पहले अपने स्कूल की

प्रधानाध्यापिका से मिली थी। बड़ी बहनजी बेहद नाराज थीं।

''फिलॉसफी में एम.ए. करके अब ब्यूटी थेरापी में डिप्लोमा करने अमेरिका जाओगी ? तुम्हारा दिमाग खराब हुआ है ? तब इतनी पढ़ाई-लिखाई की क्या जरूरत थी ?''

''मुझे कॉलेज की नौकरी नहीं चाहिए। मैं पैसा कमाना चाहती हूँ।''

''यह अचानक पैसे की इतनी हवस क्यों ? मुझको देखो। मैं कम खर्च में सादगी से काम चला रही हूँ।''

''आप चला सकती हैं, क्योंकि आप बंगाली समाज की हैं, आपके समाज में शिक्षा का सम्मान है। और मैं ? मैं उस समाज की हूँ जहाँ आदमी की एक ही विशेषता होती है कि वह लाख रुपए का आदमी है या फिर करोड़ का ?''

''तो तुम बंगाली लड़के से शादी कर लो। वह तुम्हारा सम्मान करेगा।''

''नहीं, मेरी लड़ाई अपने ही समाज से चलेगी। आप नहीं जानतीं, बहनजी, औरत की सारी स्वतन्त्रता उसके पर्स में निहित है।''

''पैसे को इतना महत्त्व मत दो।''

''कुछ दिनों के लिए देना होगा। नहीं तो मारवाड़ी समाज में मुझे अपनी मर्जी से जीने नहीं दिया जाएगा।''

बड़ी बहनजी ने उठकर कलेजे से लगा लिया। बोलीं, ''ठीक है मेरी बच्ची ! मुझे तुम पर भरोसा है कि तुम और मारवाड़ी लड़कियों की तरह केवल हीरा-मोती नहीं तौलने लगोगी।''

रात को नींद खुल गई और मैं डॉक्टर साहब के बारे में सोचने लगी। सुबह कमरे में आइलिन आई। उसके दोनों हाथों में चाय के दो मग थे। एक मग मुझको थमाती हुई बोली, ''यूँ अकेले नहीं बैठा करते, और उदास हो जाओगी।''

''तुम भी तो रात को टीवी के सामने बैठी थीं। तुम कहाँ सोईं ?''

फिर से हँसकर उसने कहा, ''मैं ऐसे ही सोती हूँ।''

''भला सोने का यह कौन-सा तरीका हुआ ?''

''मुझे बिस्तर पर अकेले सोने से डर लगता है।''

''आइलिन, तुम्हारे पति ने तुम्हें फोन किया ?''

''नहीं।'' कहते हुए उसने मुँह घुमा लिया।

वह उदास हो गई थी।

''पेपे कहाँ है ?''

''मेरे बिस्तर में सो रहा है। अच्छा, चलो, अब तैयार हो जाओ ! हमें आधे

घंटे में निकलना है।"

ठीक सात बजे हम दोनों निकलीं। वही कल वाली आपाधापी। गाड़ी चलाते हुए आइलिन का तैयार होना। जोरों से टेप का बजना।

ठीक आज बजे मिसेज डी के घर। गेट पर मरील ने कहा, "पता नहीं इस फ्रस्ट्रेटेड बुढ़िया के यहाँ तुमको मिसेज डी ने क्यों रखा ? एक महीने में यह तुम्हें पागल बना देगी।"

मैं चुप रही। अब मुझे दो और दो को जोड़ना आ गया था। समय अपनी गति से बीत रहा था।

मिसेज डी ने मेरी रेल पटरी पर बैठा दी थी। किस रफ्तार से दौड़ना है, यह मुझ पर निर्भर करता है। धीमे चलो तो धीमे, कोई नहीं टोकेगा और दौड़ना चाहो तो सबका पूरा सहयोग है। सभी तेज रफ्तार से दौड़ रही हैं, कम-से-कम मैं जिन लोगों के सम्पर्क में हूँ। एक बेचारी आइलिन को छोड़कर, जिसका सारा भविष्य मिसेज डी की सेक्रेटरी की भूमिका तक सीमित हो गया है। मन में अचानक आइलिन के लिए बड़ी ममता हो आई।

बेचारी ! फिर लगा, नहीं आइलिन का आत्मसम्मान इन सबसे अधिक है। उसकी भेदक दृष्टि में कुछ है, जो पूरे शरीर को, शरीर से परे मन को पारदर्शी काँच-सा देख लेता है। शायद उसका यों देखना ही मुझे घबरा देता है। इस बुढ़िया की नुकीली आँखें और अटपटी जीभ तो हर किसी का आत्मविश्वास डिगा सकती हैं।

आइलिन हर रात कुर्सी पर पड़ी शराब की खुमारी में मत्त-बेहोश हो जाया करती, टीवी चलता रहता। केवल आवाजों के माध्यम से उस घर में संवाद जारी रहता। हर रात आइलिन के बिस्तर में पेपे सोता और हर दिन मुझे वही आलू-गोभी की सब्जी खानी पड़ती।

एक दिन मुझे उदास देखकर मरील ने कहा था, "दिल छोटा मत करो। शुरू-शुरू में ऐसा ही होता है। जब मैं पोलैंड से यहाँ आई थी न, तब मेरी जेब में कुल सौ डॉलर थे और मैं किसी को जानती तक नहीं थी, लेकिन आज मेरे सामने खुला आसमान है।"

फिर कान के पास मुँह ले जाकर धीमे स्वर में वह फुसफुसाई, "आइलिन से कहना मत। बहुत जल्दी ही मैं अपनी बुटीक खोलने जा रही हूँ। क्यों न खोलूँ ? मेरे पास अनुभव और प्रतिभा दोनों ही हैं।"

"मैं कलकत्ता जाकर क्या करूँगी ? मेरे पास तो अपनी पूँजी नहीं ? कैसे अपना पार्लर खोलूँगी ? लेकिन मैं अपने देश वापस जरूर जाऊँगी। कम-से-कम

अपने देश अपने शहर में एक नई चीज तो ले जा सकूँगी। जो कुछ मैं यहाँ देख रही हूँ, वैसा कोई क्लीनिक कलकत्ते में है भी नहीं, और चाहे मुझे करोड़ों की दौलत यहाँ मिल जाए, यह विदेश है, यहाँ की जमीन मुझे अपनी नहीं लगती।''

''प्रभा ! तुम यहाँ रह जाओ। हम दोनों मिलकर एक बुटीक खोल लेंगे।'' मरील ने कहा।

''नहीं, कभी नहीं।''

''यदि तुम्हारे पास क्लारा ब्राउन जैसा पैसा हो तब भी नहीं ?'' मरील ने हँसते हुए फिर पूछा।

उँगलियों में सूई चुभ गई थी। मैंने तर्जनी को मुँह में रखते हुए कहा, ''नहीं-नहीं-नहीं !''

मरील स्थिर देखती रही, फिर बोली, ''तुम हम लोगों से इतनी नफरत क्यों करती हो ?''

''नहीं तो !''

''तुम्हारी नफरत का कारण मुझे समझ में आ रहा है। आइलिन के पास रहकर तुम हम लोगों से कभी प्यार नहीं कर पाओगी।''

मरील मिसेज डी के ब्लाउज छाँटने लगी थी। किस स्कर्ट के साथ कौन-से ब्लाउज को रखा जाए, किसकी बाँह छोटी करनी है, किस स्कर्ट की लम्बाई काटकर जो कपड़ा बचे, उसी से कॉलर और बाँह में पट्टियाँ लगानी हैं, कहाँ कमर में चौड़े लेस की जरूरत होगी। मैं चकित होकर उसका यूँ पुराने कपड़ों को नए फैशन में रूपान्तरित करना देख रही थी। साथ ही वह लिस्ट बनाती जा रही थी, कि उसे क्या-क्या खरीदना होगा। आज उसने पहले वाले चार स्कर्ट्स और उनसे मिलते-जुलते ब्लाउज छाँटे, उनके साथ कौन-से जूते, कौन-से बैग, कौन-से गहने चाहिए होंगे इसे, तय किया। मेकअप के बिना हेलेना रूबिनस्टाइन की कॉसमेटिक्स का नया शेड कार्ड खरीदकर लाई थी। उसी में से मिसेज डी की पीली त्वचा के लिए, जो ठंड में प्रायः बड़ी जर्द लगती थी, उपयुक्त चीजों का चयन करके वह तेजी से नोट करती जा रही थी। मेरे सामने कुछ और स्कर्ट-ब्लाउज़ रखे थे जिनमें से किसी के नीचे महीन तुरपाई करनी थी, किसी का बटन बदलना था, तो किसी में लेस की नई झालर लगानी थी।

जब उन चारों स्कर्ट-ब्लाउज को इस्त्री करके हैंगर में टाँगकर मरील कमरे में वापस लौटी, तो खुद मुझे अपनी आँखों पर विश्वास नहीं हुआ था। यूँ लगा, जैसे अभी-अभी रोडियो ड्राइव की किसी बुटिक से सारे कपड़ों को खरीदकर लाया गया हो। स्कर्ट के कमरबन्द के भीतर शैनल का लेबल चमक रहा था। मरील ने हँसकर

कहा, "अब तुम्हें समझ में आया मिसेज डी मुझे क्यों इतने पैसे देती हैं ? ये चारों शैनल के सूट चार-पाँच हजार डॉलर से कम में नहीं खरीदे जा सकते, यानी चालीस-पचास हजार रुपए।" मेरी फटी आँखों को देखकर उसने कहा, "यह तो मैं कम दाम बता रही हूँ। हाँ, और एक बात, ये लेबल भी नकली हैं, हाँ सच कह रही हूँ ये लेबल नकली हैं। लेकिन मिसेज डी से कुछ न कहना। वे मुझे कच्चा चबा जाएँगी।"

"इन नकली लेबलों को लगाने की क्या जरूरत पड़ी ?"

"स्टेट्स सिम्बल। समझी मेरी प्यारी ! मिसेज डी रईस हैं नहीं, रईसी दिखाती हैं, इसलिए रईसी के तमाम प्रतीकों को जमा करती हैं, जबकि क्लारा ब्राउन सच में रईस है।"

"उसके वार्डरोब का भी प्रबन्ध तुम ही करती हो ? यानी नकली लेबल लगाकर कपड़ों को कीमती बना देती हो।"

"अरे, वहाँ तो मजा आ जाता है। दुनिया की हर कीमती चीज धड़ल्ले से खरीदकर रख दो।"

"यानी असली पैसा क्लारा ब्राउन के पास है ?"

"नहीं, मिसेज डी के पास भी पैसा है, पर मिसेज डी अपने वैभव को अच्छी तरह पसारना जानती हैं। हाँ, उनके पास क्लारा ब्राउन से कम पैसा है। इसीलिए मुझे सौ डॉलर देकर, वे एक हजार डॉलर का शैनल सूट चाहती है। इसमें हर्ज ही क्या है ? वैसे इन दोनों महिलाओं के व्यक्तित्व में मौलिक अन्तर है।"

"और डॉक्टर डी इन दोनों को चाहते हैं ?"

"शी...शी।" उसने मेरे मुँह पर हाथ रखते हुए कहा, "ऐ लड़की ! इन बातों को पेट में रख। मेरी आदत है बक-बक करने की, इसलिए बोल देती हूँ लेकिन ये बातें उस बुढ़िया डायन से कभी बोल मत देना, मैं बेमौत मारी जाऊँगी। वह चुड़ैल मिसेज डी की चीफ जासूस है।"

"नहीं-नहीं, तुम निश्चिन्त रहो। मैं किसी से कुछ नहीं कहूँगी।"

मरील को नए फैशन का जायजा लेना था, अतः उसके साथ मैं रोडियो ड्राइव भी गई थी। नई-नई दुकानें देखकर आँखें खुली रह गईं। इन चीजों को तो मैंने आज तक जिन्दगी में कभी देखा नहीं था। जब हम वापस गाड़ी में बैठने लगे तो सामने से लड़के-लड़की का एक जोड़ा निकला। मरील ने कहा, "शेम ऑन देम।"

"मरील ! तुम इन्हें गाली क्यों दे रही हो ? ये बेचारे हिप्पी, अपने को प्रेम का प्रतीक समझने वाले।"

उसने घूरकर मेरी ओर देखा, "बेवकूफ मत बनो प्रभा ! ये गाँजा पीते हैं, नशे में रात-दिन डूबे रहते हैं। इनके कारण हमारा देश बरबाद हो जाएगा। इसका असर सारी दुनिया की नई पीढ़ी पर पड़ेगा। तुम्हें पता नहीं, अपनी छोटी बेटी लारा के लिए मैं कितनी चिन्तित रहती हूँ। वह आजकल बिलकुल विद्रोही हो रही है। फटे जीन, बिखरे बाल, न जाने किस-किस के साथ घूमती रहती है। अच्छा, यह लो, आ गया तुम्हारा हेल्थ क्लब।"

मैं वहीं उतर पड़ी। मन उकता गया था, घर से दूर रात-दिन की मेहनत से। ऐसा लगता है मानो किसी ने जड़ से उखाड़कर पौधे को कूड़े के ढेर पर फेंक दिया हो। मन रोने-रोने को हो रहा था।

उस दिन शाम को आइलिन की कॉटेज के सामने सीढ़ियों पर चुपचाप बैठी मैं बेहद उदास हो आई थी। भीतर से टीवी की आवाज, साथ में आइलिन की बक-बक का मिला-जुला शोर सुनकर भी मैं अनसुनी कर रही थी। किचिन की गन्ध बाहर की खुश्क हवा में घुलती जा रही थी। मैं अचानक चौंकी। पैरों के पास कुछ गीला-गीला लगा।

अरे, बाप रे ! पेपे पास में बैठा हुआ मेरे पैर चाट रहा था। मैं हड़बड़ाकर उठी, पर पेपे वैसे ही बैठा रहा। बड़े कातर भाव से उसने अपना सिर उठाकर मेरी ओर देखा, उसकी बड़ी-बड़ी आँखें बिना कुछ कहे भी बहुत कुछ कहती हुई लगीं। उन आँखों में सारी दुनिया की हमदर्दी समाई हुई थी। मेरे वापस बैठते ही वह और करीब सरक आया। मैंने डरते-डरते उसकी पीठ पर हाथ फेरा। पेपे के दोनों कान खड़े हो गए। खुश होकर उसने मेरी ओर देखा। धीमे से गुर्राया। मेरे पैरों को फिर से चाटने लगा।

मैंने धीरे से कहा, "पेपे, घर की याद आ रही है।"

उसने सिर हिलाया। मैंने पूछा, "क्या करूँ, पेपे, यहाँ मन नहीं लग रहा, क्या वापस घर चली जाऊँ ?"

पेपे अब एकदम करीब सरक आया था। उसने दोनों टाँगों को उठाकर ऊपर वाली सीढ़ी पर रखा और मुँह को गर्दन के पास ले आया, लेकिन पता नहीं क्यों उस समय मुझे लगा कि अब पेपे से दोस्ती खतम। अब वह झपट्टा मारेगा, और मुझे चीरकर रख देगा। मैंने एक हाथ से उसे जोरों का धक्का दिया। अप्रस्तुत होने की वजह से वह सीढ़ियों से दूर जा गिरा और लगा जोरों से भौंकने। मैं उठकर घर के भीतर दौड़ती हुई ऊपर अपने बैडरूम में। मगर पेपे आगे बढ़ा नहीं। केवल आहत स्वर में वह और जोरों से भौंकता रहा। आइलिन दौड़ती हुई आ रही थी। ऊपर खिड़की से मैंने झाँककर देखा, आइलिन पेपे के गले से लगी हुई सुबक रही थी।

"नहीं, मेरे बच्चे ! मत रो, मत रो, मेरे पेपे ! किसी को हमारी जरूरत नहीं है, किसी को नहीं। सबको हमारी नीयत पर शक है, लेकिन हमने किसी का क्या बिगाड़ा है ? किसके यहाँ डाका डाला ? किससे कुछ माँगने गए ?"

ऊपर खिड़की पर खड़े-खड़े मेरी आँखों से भी टप-टप आँसू गिरने लगे, फिर एक हिचकी, जोरों की रुलाई। वहीं से रोते-रोते नीचे झाँककर कहा, "वेरी सॉरी, आइलिन, वेरी सॉरी ! मुझे भी पेपे के साथ अच्छा लग रहा था, फिर न जाने क्यों वही भय का दौरा !"

"सुनो, लड़की ! तुम पागल हो, मेरा पेपे नहीं। नीचे आकर पेपे से माफी माँगो।"

मैं नीचे उतरी। मैंने दूर से ही कहा, "मैं अपने व्यवहार के लिए लज्जित हूँ।"

आइलिन ने तड़पकर कहा, "यह कोई तरीका हुआ माफी माँगने का ? दूर से बोल दिया मैं लज्जित हूँ। अरे ! क्या तुम इसे छू नहीं सकती थीं ? दूर हो जाओ मेरी आँखों के सामने से।"

मैं सच में दुखी हो रही थी, "आइलिन, चलो, भीतर चलो। खाने का वक्त हो गया।"

"तुम खा लो। मेरा पेपे जब तक शान्त नहीं हो जाएगा, तब तक मैं नहीं आऊँगी भीतर।"

"शान्त तो है।"

"शान्त तो है...!" आइलिन ने चिढ़कर मेरी नकल की, "देखो, इसकी आँखों में देखो ! कैसा दर्द उफन रहा है ? तुमने इस बेचारे का दिल तोड़ दिया। मिसेज डी की पेगी को बड़ा गोद में लिये फिरती हो। अमीर औरत का कुत्ता है ना।"

"बात यह नहीं, आइलिन, पेपे दिखने में हिंसक लगता है।"

"देखने में हिंसक लगता है ? इस बेचारे ने ऐसा क्या काम किया हिंसा का ? किसी को काटा ? किसी पर झपटा ?" आइलिन सच में नाराज हो गई थी। मुझे दुख और ग्लानि के साथ-साथ न जाने क्यों उस पर गुस्सा भी आ रहा था।

"तुम मुझे क्यों एक कुत्ते से प्रेम करने के लिए कह रही हो ?"

"मैं तुमसे कुछ नहीं कहती। जो करना है करो। हम दोनों को हमारे हाल पर छोड़ो।"

लेकिन मुझे इस सारी बकझक में सबसे बड़ा आश्चर्य हो रहा था पेपे की खामोशी पर। उसकी खामोश और कातर आँखों से झरता हुआ पानी। क्या सच में वह रो रहा था ? पर अपनी तमाम समझ के बावजूद पेपे के पास वापस जाने की मेरी हिम्मत नहीं हो रही थी। कल मुझे मिसेज डी से बात करनी होगी। मैं

भारत वापस लौट जाऊँगी। मुझे लगा, इस देश की हर औरत, खूबसूरत और जवान तथा सक्रिय औरत, एक दिन आइलिन का अकेलापन हो जाती है। नहीं, मेरा यह तर्क ठीक नहीं। कहीं कुछ गलत है। मेरी संवेदनशीलता में कहीं कोई कमी है।

मैं चुपचाप वापस अपने कमरे में आकर लेट गई। खाने की कोई रुचि नहीं रही। सुबह वही चार बजे आँखें खुलीं। नीचे गई किचिन में। चाय की केटली का स्विच ऑन किया। रात के सन्नाटे में पानी का खौलना भी जैसे आतंकित कर रहा था। मैंने फ्रिज खोला। एक टुकड़ा ब्राउन ब्रेड का निकाला। चाय का मग और ब्रेड लिये स्वीमिंग पूल के किनारे आ गई। यह कौन बैठा है, खतम होती रात के धुँधलके में ! वह आइलिन थी। झूले पर बैठी हवा के साथ हौले-हौले झूलती हुई, पेपे को गोद में थपकियाँ देती हुई वह गुनगुना रही थी।

मैं पलटकर भीतर चली गई। मन नहीं किया कि कुछ बोलूँ। वह सुबह भी कुछ बुझी-बुझी सी थी। रात जागने के कारण आइलिन की आँखें सूजी हुई थीं। एक रात में लगा, वह दस साल और बुढ़ा गई है। इतनी कमजोर ! इतनी जर्जर ! पेपे खामोश था। टॉमी, कार्ला और जिमी तीनों इधर-उधर खेल रहे थे। मुझे तैयार देख उसने कहा, "चलो।"

उस दिन मरील ने मुझे एक ब्लाउज पर कढ़ाई के फूल उकेरने को कहा, "प्रभा ! तुम यह काम कर दो, मैं तुम्हें बीस डॉलर दूँगी।" मैंने खुशी-खुशी हाँ कह दिया। मुझे डॉलर की जरूरत है।

पैसों के जिक्र पर मुझे मिसेज डायना त्रातस्की याद आ गई। कल ही वह फीस का जिक्र कर रही थी। पैसे-पैसे, हे भगवान ! इतनी गरीबी तो मैंने कभी झेली नहीं।

डॉक्टर साहब को फोन नहीं कर पा रही क्योंकि पैसे लगेंगे। बाहर खाती नहीं हूँ क्योंकि पैसे लगेंगे। कहीं कुछ खरीदा नहीं कि पैसे लगेंगे। उस शाम मैं अपने कमरे में सोने के लिए जल्दी चली गई, आइलिन से मैंने सरदर्द का बहाना बनाया। और फिर रात एक बजे तक क्लारा ब्राउन के ब्लाउज पर मैं फ्रेंच नॉट के छोटे-छोटे फूल काढ़ती रही। नींद से आँखें बन्द हुई जा रही थीं। गर्दन अकड़ गई थी, पर जो काम करना था, उसे पूरा किया।

सुबह आइलिन के दरवाजा खटखटाने से उठी। ब्रश करके जल्दी-जल्दी कपड़े बदले। नहाया भी नहीं। गाड़ी में आइलिन ने एक लिफाफा पकड़ा दिया। खोलकर देखा, सौ डॉलर थे।

"यह क्या ?"

"मेरे पेपे के लिए एक कॉलर बना दो, और सुनो महज कुछ डॉलरों के लिए अपनी आँखें फोड़ने की जरूरत नहीं। यूँ ही तुम काफी मेहनत कर रही हो, और सुनो, वह मरील की बच्ची आज तुम्हें बड़ा सब्ज बाग दिखाएगी। कह देना कि डिप्लोमा लेकर तुम्हें अपने देश जाना है। पौधा अपनी ही जमीन पर उगता है।"

"आइलिन ! पेपे के कॉलर पर तो मैं यों भी कढ़ाई कर देती, डॉलर की क्या जरूरत है ?" आइलिन ने कुछ नहीं कहा। बस खामोश मेरी ओर देखती रही। मेरा सर झुका हुआ था।

मिसेज डी ने क्रिसमस पर मुझे निमन्त्रित किया, पार्टी क्लारा ब्राउन के घर पर थी। क्लारा ब्राउन का घर नहीं, यूँ कहिए कि एक महल था। पार्टी लॉन में थी। पता नहीं कितने लोग थे। मिसेज डी मेरे साथ थीं। जगह-जगह रुक-रुककर, "हैलो ! हाय !...हाँ, भारत से। अरे आपकी यह साड़ी कितनी खूबसूरत है !" आदि-आदि चलता रहा। डॉक्टर डी भीड़ में अलग कहीं खो गए थे।

मिसेज डी ने मुझे एक कोने में बैठाकर कहा, "प्रभा ! तुम यहीं बैठो। मैं जरा डॉक्टर डी को खोजकर आ रही हूँ।"

उस पूरे माहौल का एक संक्षिप्त वर्णन काफी होगा। उस इन्द्रपुरी में पिंक गाउन में जगमगाती हुई क्लारा ब्राउन को रम्भा, मेनका या उर्वशी कुछ भी कहा जा सकता है।

अचानक बैंड ने स्वर बदल दिया। वॉल्ज बज रहा था। जोड़े थिरकने लगे। कुछ लोग बैठे भी थे। वे सभी पीने में मशगूल थे। दो-एक जगह दो-चार औरतों का झुंड गुटर-गूँ करता नजर आया। न मैं सिंड्रेला थी, न वहाँ कोई राजकुमार ही मिला। हाँ, नशे में धुत एक सत्तर वर्ष का बूढ़ा जरूर पूछने लगा, 'भारत के किस हिस्से और कहाँ से आई हो तुम ? द्वितीय विश्वयुद्ध के समय मैं कलकत्ता में सेना में सर्जन था।"

"मैं कलकत्ता से ही आई हूँ।"

बुड्ढे ने काफी शराब पी रखी थी। नाच के लिए हाथ बढ़ाया। मैंने कहा, "माफ कीजिएगा, मुझे नाचना नहीं आता।"

लेकिन उस बेचारे को मेरे साथ बैठना पड़ा। उसने अपना नाम बताया, 'लारेंस जॉर्ज हेसे'; जर्मन यहूदी था। द्वितीय विश्वयुद्ध के बाद कैलिफोर्निया आकर बस गया। युद्ध में उसके सारे साथी मारे गए थे। किसी तरह वह बच-बचाकर यहाँ आ पाया था। जिस दिन अमेरिका आया था, उस दिन उसकी पॉकेट में कुछ नहीं था। लेकिन आज उसके पास पेट्रोल के बड़े-बड़े कुएँ हैं। अमेरिका ! द ग्रेट अमेरिका ! यहाँ आदमी आसमान की ऊँचाइयों को छू सकता है। वह बहुत बोल

रहा था। लेकिन उसकी आधी बातें मुझे समझ में नहीं आ रही थीं। खैर, जो कुछ भी पल्ले पड़ा, उससे यही पता चला कि आज की यह क्रिसमस पार्टी लॉस एंजेल्स शहर की विशिष्टता का प्रतीक है। कुछ लोग इस पार्टी के लिए ही न्यूयॉर्क, बोस्टन, शिकागो, टेक्सास आदि से आए हैं। लेकिन मैं इन बड़ी-बड़ी बातों से बिलकुल अनभिज्ञ थी। पैसेवालों के ये चोंचले ! यह महल ! दबी जबान इसके-उसके बारे में चर्चा। इन सब बातों से मैं बिलकुल अनजान थी। मेरी जिन्दगी की वह पहली पार्टी थी, जहाँ मैंने सुरा, सुन्दरी और पैसे को पानी की तरह बहाया जाता हुआ देखा। लेकिन जिस व्यक्ति ने कभी हीरा न देखा हो, उसके सामने आप हीरे के कितने भी कोण बनाते रहें, उसे वह हीरा एक चमकदार टुकड़े के अलावा और कुछ नहीं लगेगा। मेरी भी कुछ-कुछ वैसी ही हालत थी।

मिसेज डी ने आकर कहा, "क्लारा ब्राउन के गले का हार देखा ? उसकी कीमत पाँच करोड़ रुपए है।"

क्लारा की मक्खन-सी त्वचा मेरा ध्यान ज्यादा आकर्षित कर रही थी, और वह हार भी। जॉर्ज हेसे मिसेज डी के साथ डांस फ्लोर पर चला गया। क्लारा ब्राउन, डॉक्टर डी की बाँहों में खिल रही थी। मुस्कराने के सारे प्रयास के बावजूद मिसेज डी, लारेंस हेसे की बाँहों में रोती हुई-सी लगीं। रात के दो बज गए। कुछ और नए लोगों ने पार्टी में प्रवेश किया, कुछ लोग लौटने लगे। मुझे आइलिन बुरी तरह याद आ रही थी। अचानक उस ओर से हाथ में ट्रे लिये मरील आती हुई दिखी। मुझे देखते ही उसने कहा, "कहो कैसी लगी हमारी क्लारा ब्राउन ?"

"सिंड्रेला !" मैंने हँसते हुए उत्तर दिया।

अचानक छपाक की आवाज हुई, यानी पानी में कोई गिरा और पूरा बगीचा तालियों की गड़गड़ाहट से गूँज उठा। मैंने चौंककर मरील की ओर देखा, "मरील, यह कैसी आवाज हुई ? लोग क्यों स्विमिंग पूल की ओर जा रहे हैं ?"

"अरे नाच और शराब की मदहोशी में दोस्त लोग अचानक प्रेमी-प्रेमिका को स्वीमिंग पूल में ढकेल देते हैं।"

"क्यों ?"

"ताकि वे पानी में नंगे हो सकें।"

"तो क्या क्लारा ब्राउन और डॉक्टर...?"

"और नहीं तो क्या, मूर्ख लड़की !"

पूल के दूसरी ओर मिसेज डी दिखीं। उनका चेहरा तमतमाया हुआ था... "इसीलिए मिसज डी का मूड इतना बिगड़ा हुआ था।"

"बात ही मूड बिगड़ने की है। बेचारी मिसेज डी ! कैसे अपनी शादी बचाएगी ?"

"यानी डॉक्टर डी तलाक देंगे ?"

"वे क्यों तलाक देने लगे ? तलाक तो मिसेज डी को देना चाहिए। आखिर वे कब तक यह सब सहन करती रहेंगी ?"

दबी आवाज में मरील ने फिर कहा—"प्रभा ! अब तुम जाओ तो यहाँ से। क्लारा देख लेगी तो कयामत हो जाएगी।"

"क्यों ?"

"तुम मिसेज डी की मेहमान हो, जाओ यहाँ से !" कहती हुई मरील तेजी से घूमकर दूसरी ओर चल दी। मैं स्तब्ध-सी वहीं खड़ी सोच रही थी। क्या यहाँ भी, इस महान अमेरिका में भी औरत-मर्द का वही पुराना त्रिकोण बनता-बिगड़ता रहता है ?

दिन बीत रहे थे...बेवरली हेल्थ क्लब में ब्यूटी थेरापी का कोर्स कर रही थी। लेकिन वह एक और अलग दुनिया थी। अमेरिका कितना देहग्रस्त है यहाँ काम सीखते हुए पता चला, तकनीक कितनी आदमी की देह पर हावी होती जा रही है। यह भी समझ में आया, फिटनेस एक कल्ट बनता जा रहा है। एक पूरी उद्योग व्यवस्था इस पर खड़ी है। आधुनिक सभ्यता आदमी की दैहिक, मानसिक क्षमता को चरम पर ले जाने का दावा करती है। आइलिन का कहना था, इनमें से अधिकतर ठग लोग हैं, जो औरतों को भुला-फुसलाकर पैसा कमा रहे हैं। मुझे लगा इनमें से यदि कुछ मशीनों को मैं हिन्दुस्तान ले जा पाती तो सच में अच्छा रहता, मैं भी अपना हेल्थ पार्लर खोल पाती। डॉक्टर साहब से पत्र लिखकर पूछा। उनका उत्तर था—क्या पैसे खर्च करके लोग दुबला होना चाहेंगे ?

मुझे लगा क्यों नहीं होना चाहेंगे ? भारत भी तो एक प्रगतिशील देश है, वहाँ की आधुनिकाएँ क्यों नहीं अमेरिकी तकनीक को अपनाना चाहेंगी, और मैं मन लगाकर काम सीखती रही।

एक दिन आइलिन पूछ बैठी, "आखिर यह रोज-रोज किसकी चिट्ठी तुम्हारे पास आती है ?"

सच बोलते-बोलते मैंने झूठ कह दिया—"मेरे अंकल की चिट्ठियाँ आती हैं।"

"तुम्हारे अंकल तुम्हारा बहुत ख्याल रखते हैं।"

मैं चुप थी। वह खामोश मुझे घूरती रही। उस दिन रात को उसने फिर पूछा—"कौन हैं ये डॉक्टर सर्राफ ?"

"कहा न...मेरे अंकल हैं।"

"ऐ लड़की ! झूठ मत बोलो। मुझे झूठ से बड़ी नफरत है।"

"तुम कौन होती हो मेरी निजी जिन्दगी के बारे में पूछने वाली।" मैं चीख उठी थी।

"इसलिए कि तुम इस आदमी से प्यार करती हो। इन रोज आनेवाली चिट्ठियों को पढ़कर कभी खुश, कभी उदास हो जाती हो। कभी तुम रोती हो तो कभी घंटों अपने आपमें गुम हो जाती हो। बोलो कौन है यह शख्स ?"

अब कुछ भी छुपाना व्यर्थ था। और एक बार जब बाँध टूटा तो नदी हरहराकर चट्टानों पर सर पटकने लगी।

"तुम्हें और कोई नहीं मिला, इस विवाहित व्यक्ति के अलावा। जानती हो ईसाई धर्म में ऐसे नाजायज सम्बन्धों को यानी एडल्ट्री को पाप की संज्ञा दी गई है।"

"हमारे हिन्दू धर्म में इसे पाप नहीं कहा गया। मैंने अपने हिन्दू पंडित से पूछा है। हमारे शास्त्रों में बहुविवाह का प्रचलन है।"

"मगर तुमने तो इस व्यक्ति से शादी नहीं की।"

"मन से वरण करने को हम गन्धर्व विवाह कहते हैं। यह तो 1952 में हिन्दू मैरिज एक्ट के कारण एकल विवाह का प्रचलन बढ़ा। लेकिन कानून बना देने से कोई परम्परा खतम नहीं हो जाती।"

"तुम्हें अपनी परम्परा के बारे में कैसे मालूम ?"

"शास्त्रों से।"

"शास्त्र झूठ बोलते हैं।"

"डॉक्टर साहब के एक वकील मित्र हैं, उन्होंने भी हमें समझाया कि हम लोग मुसलमान होकर शादी कर सकते हैं। और बाद में आर्य समाजी बना जा सकता है।"

"इन मामलों में सारे पुरुष झूठे होते हैं।"

"नहीं, वह वकील एक अच्छा इंसान है।"

"देखो लड़की, तुम अभी नादान हो। बस इतना समझ लो कि पुरुष ने अपने स्वार्थ में धर्म, समाज और कानून को बनाया है, औरत ने तो बस अभी-अभी अपने अधिकारों के बारे में बोलना शुरू किया है।"

"तो आइलिन, तुम तो हमेशा अपने अधिकारों के बारे में सजग रही होगी।" मेरे स्वर का व्यंग्य उससे छुपा नहीं था, पर आइलिन ने सहज उत्तर दिया।

"कहाँ सजग थी ? यदि मेरे में समझ होती तो तीन-तीन विवाह नहीं टूटते, तलाक नहीं होते।"

“और मिसेज डी ? क्या वे स्त्री के अधिकारों के प्रति सजग हैं ?”

“वहाँ भी घोटाला है। डॉक्टर डी लड़कीबाजी से बाज नहीं आते और मिसेज डी उन्हे तलाक नहीं देना चाहतीं।”

“क्यों ?”

“तलाक देना आसान है पर तलाकशुदा औरत की समाज में कोई हैसियत नहीं रह जाती। फिर मिसेज डी तो कैथोलिक हैं।”

“और मरील ? वह क्यों अपने विवाहित प्रेमी के साथ समझौता करती है ?”

“अरे उस कुतिया को मुश्किल से तो एक अदद पुरुष जुटा है, वापस और कोई उसे मिले न मिले।”

यानी ये अमेरिकी औरतें भी हम भारतीय औरतों की तरह असहाय हैं। केवल पैंट पहनने और मेकअप करने से औरत सबल नहीं हो जाती। इस अमेरिका में भी औरतों को अपने हक के लिए लड़ना पड़ रहा है। लेकिन उस दिन के बाद से आइलिन मुझे सुबह-शाम नसीहतें देने लगी। एक अविवाहित लड़की को विवाहित पुरुष से दूर रहना चाहिए। उस पुरुष का कुछ नहीं बिगड़ेगा, लेकिन समाज तुम्हें दूसरी औरत के रूप में कटघरे में खड़ा कर चाबुक लगाएगा। सारी जिन्दगी तुम रोती रह जाओगी। मैं आइलिन की बातों को समझकर भी नहीं समझना चाह रही थी।

आइलिन ने अपने भतीजे जेफ से मेरा परिचय करवाया। उसकी नीली आँखें थीं, उसकी नीली कमीज की तरह। उसके घुंघराले बाल और खूबसूरत चेहरा पहली नजर में मोहनेवाला था। उसने मुस्कुराते हुए हाथ आगे बढ़ाए और फिर उसने कॉफी पीने का निमन्त्रण दिया।

“यह लड़की इंडियन है, बिलकुल रीयल इंडियन !” आइलिन उससे मेरे बारे में कह रही थी।

“चलें हम लोग...” जेफ ने पूछा।

“हैव ए गुड डेट...” पीछे से आइलिन की खनकती हुई आवाज तैर आई।

यह आइलिन क्या कह रही है ? क्या मैं डेटिंग पर जा रही हूँ ? लेकिन क्या यह गलत नहीं होगा ? डॉक्टर साहब को पता चलेगा तो मेरे बारे में वे क्या सोचेंगे ? नहीं मुझे नहीं जाना एक पराए मर्द के साथ। लेकिन मैं कुछ कहती इससे पहले जेफ ने कहा—“हम कॉफी के प्याले पर बस बातें करेंगे।”

कॉफी पीते हुए मुझे जेफ के बारे में टुकड़ों में थोड़ा-बहुत हासिल हुआ। वह टेक्सास में रहता था, पढ़ने के लिए यहाँ आया और यहीं का होकर रह गया। एक बड़ी विज्ञापन कम्पनी में नौकरी करता है और इस सिलसिले में दुनिया-जहान

के लोगों से मिलता रहता है, नए-नए लोगों से मिलना उसे अच्छा लगता है। अमेरिका में न जाने कितनी जाति के लोग आते हैं, पहले-पहल सब लोगों में अपनी-अपनी जातीय पहचान का आग्रह रहता है, बाद में सभी अमेरिकी हो जाते हैं, विशुद्ध अमेरिकन।

एक और सप्ताह बाद जेफ ने मुझे फिर लंच पर आमन्त्रित किया...''और यदि तुम्हें ऑफिस से लंच की छुट्टी न मिले तो हम लोग डिनर पर साथ चल सकते हैं। तुम्हारे ऑफिस की बगल में ही एक नया रेस्त्राँ खुला है—ब्लू लगून। वहाँ का माहौल बड़ा अच्छा है।''

''हाँ...हाँ...ठीक है। मगर जेफ, बाहर जाना जरा मुश्किल होगा।'' मैं हक़ला रही थी...''लंच पर मुझे ज्यादा समय नहीं मिल पाएगा और रात में मैं जरा जल्दी सो जाती हूँ। क्योंकि मैं बेहद थकी हुई होती हूँ। आइलिन ने तो तुम्हें बताया होगा कि मैं अब भी यहाँ के माहौल में पूरी तरह एडजस्ट नहीं हो पाई हूँ।''

उसने कुछ नहीं कहा, बस आँखों ही आँखों में मुस्कराता रहा और मुझे तौलता रहा।

''और फिर जेफ बात यह है...'' बिना रुके मैं कहती जा रही थी...''कि हम भारतीय लड़कियाँ ऐसे किसी अपरिचित पुरुष के साथ लंच-डिनर पर अकेले नहीं जातीं। मेरे घरवाले इसे कभी पसन्द नहीं करेंगे। मैं खुद भी एक पारम्परिक लड़की हूँ...डेटिंग-वेटिंग के चक्कर से बचकर रहना चाहती हूँ। तुम एक भले व्यक्ति हो और मैं आशा करती हूँ कि तुम मेरी भावना की कदर करोगे।''

किन्तु इतना सब कहने के बावजूद हम लोग ब्लू लगून गए थे। जीवन में पहली बार मैंने एक नाइट क्लब देखा, वह भी एक अमेरिकन व्यक्ति के साथ। जेफ ने मेरे बारे में सब कुछ जानना चाहा। कॉलेज में मैं क्या पढ़ती थी ? और जब मैं लड़कों के साथ पढ़ती थी तो किसी लड़के से मेरा प्रेम क्यों नहीं हुआ ? परम्परा से इस प्रकार भी चिपके रहने का भला कैसा सबब ? सामाजिक और पारिवारिक रूढ़ियों से डरना बेकार है ? खासकर जब इतने खूबसूरत शहर में जिन्दगी का दरिया ठाठें मार रहा हो और यदि सच में तुम्हारे घरवाले इतने पुराने ख्यालों के हैं तो इतनी दूर तुम्हें यहाँ आने की इजाजत कैसे मिल गई ?

''जेफ ! तुम नहीं जानते कि यहाँ तक पहुँचने के लिए मुझे कितना विद्रोह करना पड़ा।''

''तुमने विद्रोह किया ? तब अच्छा है ना। विद्रोही व्यक्ति भला कहीं रुकता है ? विद्रोही को कोई कभी बाँध नहीं पाया है ?''

यह तो और भी अच्छी बात है कि तुमने टिकट के लिए अपने गहने बेच

दिए, तुम्हारी जगह मैं भी यही करता लेकिन आज भी तुम्हारे दिमाग में अपने घरवालों का खौफ छाया हुआ है। क्यों नहीं तुम मौज करतीं ? जरा सोचकर देखो उन्हें क्या पता, तुम यहाँ क्या करती हो, कैसे रहती हो ?

मुझे उससे बातें करना अच्छा लग रहा था। मेरे अपने शब्द मेरे कानों से टकरा रहे थे, और मैं खुश थी, अपने आपसे बेहद खुश ! जीवन में पहली बार मैंने पास्ता खाया। जेफ मुझसे कह रहा था–"इस पर चीज बुरक लो और यह रहा पेस्टो सॉस, थोड़ा आलिव भी चखकर देखो।" जेफ के लिए मैं बस प्रभा थी, एक सम्पूर्ण उपस्थिति। उसे न मेरी खेतान वंशावली का कुछ पता था, और न ही वह डॉक्टर साहब के बारे में कुछ जानना चाह रहा था। बस वह तो एक भारतीय लड़की से पहली बार मिल रहा था और उस लड़की के रेशम से लम्बे घने काले बालों पर फिदा था।

"मुझे यहाँ बहुत अकेला लगता है।" मैं उससे कह रही थी..."मुझे अपना काम पसन्द है लेकिन हर शाम आइलिन के साथ उनके घर पर..."

"यानी आइलिन के कुत्तों से बातें करना तुम्हें अच्छा नहीं लगता..." कुत्तों की बात पर हम लोग दिल खोलकर हँसते रहे। बड़ी देर तक वह मुझे आइलिन के बारे में बताता रहा। जिन्दगी के थपेड़ों ने कैसे एक जवान खूबसूरत औरत को चिड़चिड़ी बुढ़िया में तब्दील कर दिया।

मैंने उसे बताया कि हिन्दुस्तानी औरत इतनी अकेली नहीं होती। मेरी माँ चालीस की उम्र में विधवा हो गई थीं, लेकिन आज भी हम भाई-बहन उनके इशारों पर नाचते हैं।

"और तुम ? तुमने शादी क्यों नहीं की ?"

यह क्या पूछ रहा है ? हाय राम ! इसका इशारा कहीं डॉक्टर साहब की ओर तो नहीं ? आइलिन ने कहीं जेफ से मेरे अफेयर के बारे में तो नहीं बता दिया ? उफ ! इस आइलिन का कोई भरोसा नहीं, इतनी वाचाल है कि क्या कहा जाए, उगल दी होंगी सारी बातें।

"क्या हुआ चुप कैसे हो गईं ? तुमने किसी से प्यार तो जरूर किया होगा..."

"नहीं...हाँ..."

"कौन है वह ?"

"फिर कभी बताऊँगी।"

उसने धीरे से मेरी उँगलियों को छुआ..."मैं भी तुमसे प्यार करने लगा हूँ।"

"असम्भव ! इतनी जल्दी प्यार थोड़े ही हो जाता है।"

''प्यार या तो जल्दी होता है, यानी बिना सोचे-समझे या फिर हम ताउम्र दूसरे व्यक्ति को तौलते रह जाते हैं। अच्छा प्रभा ! तुम्हें नहीं लगता कि तुम हमेशा के लिए अमेरिका रह जाओ ?''

''नहीं, मेरे घरवाले इसे पसन्द नहीं करेंगे, वे लोग ऐसा कभी नहीं चाहेंगे।'' कहते हुए मैं एकदम से चुप हो गई। अम्मा के शब्द कानों में तैर गए—'बेटी वहाँ कोई मन लायक आदमी मिले तो ब्याह कर लेना।'

''तुम कहाँ खो गईं मेरी दोस्त !'' जेफ ने हल्के से मेरे कन्धों को झकझोरते हुए कहा—''मुझे लेकर परेशान होने की जरूरत नहीं। मैंने तो बस अपने मन की बात कही थी।''

''नहीं। मैं अपनी जाति से बाहर नहीं जाना चाहूँगी, हमारे यहाँ शादी का अर्थ जन्मों का रिश्ता है, मेरे परिवार में शायद ही कभी किसी का तलाक हुआ हो, इसका यह अर्थ नहीं कि सभी विवाहित जोड़े सुखी हैं, सुख-दुख का सम्बन्ध शादी के बन्धन से नहीं।''

''तुम्हारे माँ-बाप जो चाहेंगे तुम वही करोगी ?''

मैं एकदम से चुप हो गई थी।

''क्या कोई लड़की माँ-बाप की इच्छा के विरुद्ध कुछ नहीं करती ?''

मैं फिर भी खामोश रही। हालाँकि मैं जेफ से कहना चाहती थी, कि हाँ मैंने परिवार की अवज्ञा की है, उनके मान-सम्मान की परवाह तक नहीं की और मैं अपने चुनाव से पीछे भी नहीं हटूँगी।

''लेकिन जेफ तुमने भी तो शादी नहीं की...रोज नई-नई लड़कियों के साथ घूमते हो, अब तक कोई पसन्द नहीं आई ? किसी से प्रेम नहीं हुआ ?''

''किसी के साथ बातें करना, प्यार करना और शादी करना तीनों एक बात नहीं। लड़कियों से बातें करना मुझे अच्छा लगता है इसीलिए उनके साथ घूमता भी हूँ।''

''हमारे यहाँ इसे चरित्रहीनता समझा जाएगा।''

''चरित्र की इतनी संकुचित परिभाषा ?'' फिर थोड़ा रुककर उसने पूछा... ''क्या तुम्हारा कोई ब्वायफ्रेंड नहीं है ?''

मैंने कहा—''नहीं, कोई नहीं है।''

''तुम झूठ बोल रही हो। आइलिन ने मुझे सब कुछ बता दिया है। मैंने आइलिन से तुम्हारे बारे में और भी बहुत कुछ जाना है, तुम एक भली लड़की हो, जो विवाहित पुरुष के जाल में फँस गई है। आइलिन के अनुसार ऐसे विवाहेतर सम्बन्ध सुख नहीं देते।''

मुझे बेहद गुस्सा आ गया। कौन होती है आइलिन, एक पराए मर्द के सामने मेरी जिन्दगी की बखिया उधेड़ने वाली ?

"प्रभा ! आइलिन को तुम गलत नहीं समझो, वह तुम्हारी मित्र है। उसका भी एक विवाहित व्यक्ति से बीस साल तक सम्बन्ध रहा था। वह प्रत्येक सप्ताहांत फ्लोरिडा से यहाँ आता था। लेकिन उस दोहरी जिन्दगी को जीते-जीते आइलिन टूटने लगी थी। और एक दिन उसने यह रिश्ता तोड़ दिया।"

"जेफ ! उस आदमी को मैं बेहद चाहती हूँ, मैं उसे छोड़ नहीं सकती।"

"क्या तुम उसके बच्चे की माँ बन सकती हो ? एक कुँआरी माँ, हालाँकि हमारे अमेरिकन समाज में यह निन्दनीय नहीं रहा।"

मेरी सारी देह झनझना उठी। ऐसा लगा मानो अचानक ब्लू लगून की सारी बत्तियाँ जल उठी हैं और कमरे के बीचोबीच मैं बिलकुल नंगी खड़ी हूँ। लेकिन यह आदमी ? इसे क्या मालूम मेरे अतीत के बारे में, यह तो बस इतना ही पूछ रहा है, "तुम जिससे इतना प्यार करती हो क्या उसके बच्चे की माँ नहीं बनना चाहोगी ?"

"जेफ मैं जिससे प्यार करती हूँ वह विवाहित व्यक्ति है। पाँच बच्चों का पिता है और वह अपनी सती-सावित्री पत्नी को तलाक देने से रहा।"

"लेकिन तुम ? क्या तुम एक विवाहित जीवन नहीं जीना चाहोगी ? तुम किसी बच्चे की माँ नहीं बनना चाहोगी ?" आइलिन ने भी यही सवाल पूछा था—और मैं चुप रही थी। मन का यह गोपनीय हिस्सा...औरत को चाहिए कि इसे ढँककर रखे।

कोई एक पुरानी धुन बज रही थी, जेफ उसी में खो गया, खिड़की से बाहर फुहारें झर रही थीं। खाली रेस्त्राँ में बस हम दोनों ही रह गए थे। भीतर एक कम्पन, एक हल्का-सा कोमल अहसास, एक चाहत और उससे जुड़ी यादें, मन किया उसकी पलकों को छू लूँ, उसके होंठों को चूम लूँ...उसके सीने पर सर रख अपना सब कुछ उड़ेल दूँ, बस क्षण भर को ही ऐसा लगा। और दूसरे पल मैं अपनी ही नजर में अपराधी थी। ग्लानि से मन धिक्कार उठा...यह क्या ? इतना भी अपने पर संयम नहीं, इतनी जल्दी मैं बदलने लगी।

एक दिन मैं वापस हिन्दुस्तान लौट जाऊँगी, जेफ इसे जानता है। फिर इन आवारा ख्यालों से क्या लाभ ? क्या मैं भी इन्हीं अमेरिकन लड़कियों जैसी नहीं हूँ जो क्षणों के बहाव में देह सुख के लिए बहती रहती हैं, क्या हिन्दुस्तानी लड़की उसी समय तक संयमित रहती है जब तक उसे मौका नहीं मिले। या फिर एक हद तक आगे बढ़ना वह गलत नहीं मानती, और उस हद के बाद वह पुनः सात

तालों में कैद हो जाती है। हर हिन्दुस्तानी लड़की का बस एक वही शाश्वत सपना—कब वह लाल चुनरी ओढ़ेगी ? कब उसकी सुहागरात होगी, कब कोई धीरे से उसके लाज भरे चेहरे को हथेलियों में भरकर चूम लेगा। मेरी जिन्दगी में भी तो सब कुछ कितनी जल्दी घट गया मगर बिना किसी उत्सव के, बिना मेहँदी के, बिना सिन्दूर के। अम्मा की चिट्ठी में फिर एक और नसीहत, बेटा शादी कर ले, लाल घाघरे में सारे दाग छुपते हैं लेकिन सफेद आँचल में लगा जरा-सा छींटा सबको दिखलाई पड़ता है। तो क्या अम्मा को डॉक्टर साहब के साथ मेरे सम्बन्ध की भनक लग गई ? नहीं...ऐसा नहीं है। यदि मालूम पड़ जाता तो अम्मा मुझे इतनी दूर आने नहीं देतीं। वहीं कलकत्ते में जमीन में दफना देतीं।

नहीं...जेफ के साथ बाहर आना-जाना बन्द करना पड़ेगा। उसके साथ यों ही अजाने अपराध-बोध से मन धड़कता रहता है। क्या सोचेंगे डॉक्टर साहब मेरे बारे में ?

छोटे भैया की चिट्ठी से पता चला इन दिनों डॉक्टर साहब बेहद परेशानी में हैं। मकान मालिक से उनका मामला-मुकदमा चल रहा है। शायद इसीलिए पिछले पत्र में डॉक्टर साहब ने लिखा था—'तुम कुछ और दिनों के लिए अमेरिका रह लो, वहाँ से कुछ बनकर कुछ सीखकर वापस हिन्दुस्तान लौटो ताकि आत्मनिर्भर स्त्री बन सको।'

मगर ये सभी लोग—अम्मा, गीता, भैया लोग और खुद डॉक्टर साहब मुझे अमेरिका बसने की सलाह क्यों दे रहे हैं ? वहाँ किसी को मेरी जरूरत नहीं ? औरों की बात तो मैं फिर भी समझ सकती हूँ मगर डॉक्टर साहब ? क्या उन्हें मेरी याद नहीं सताती, या फिर एक गर्भधारण की उस घटना से उनका मन बदल गया है, हाँ उस घटना के बाद ही न वे मुझे अमेरिका जाकर कुछ बनने, कुछ हासिल करने की सलाह देने लगे थे।

"तुम ऐसे कैसे अपने आप में खो जाती हो। कुछ कहतीं नहीं, तुम मेरे साथ नहीं ?" जेफ की आवाज तल्ख थी।

"जेफ मैं तुमसे बहुत कुछ कहना चाहती हूँ...बहुत कुछ...लेकिन..."

"ठीक है, फिर किसी दिन कहना। चलो घर चलते हैं।" उसके स्वर की उकताहट मुझसे छुपी नहीं थी। इसके बाद जेफ कभी मिलने नहीं आया। आइलिन का कहना था..."कुछ लड़कियाँ पुरुषों को सम्हाल नहीं पातीं। तुम उनमें से एक हो। एक अच्छे भले लड़के से तुम्हारा परिचय करवाया था, तुम्हें वह चाहता भी था लेकिन तुमने उसे नाराज कर दिया।"

"आइलिन, इसमें किसी की गलती नहीं। मेरी तकदीर में यही लिखा था।

अनावश्यक चर्चा से कोई लाभ नहीं। डॉक्टर साहब मेरी जरूरत बन चुके हैं, उनके साथ मैं बड़ी दूर निकल गई हूँ, अब वहाँ से वापस लौटना सम्भव नहीं।'' मैं और भी बहुत कुछ आइलिन से कहना चाहती थी–

आइलिन जब मैं कुछ नहीं समझ पाती तो रातों को तकिए में मुँह छुपाकर रोती रहती हूँ। और खुद को समझा लेती हूँ...यही मेरा भाग्य है। डॉक्टर साहब के अलावा किसी और को चाहना मेरे लिए सम्भव नहीं।

मैं वापस अपने काम में लग जाती हूँ। अनावश्यक रिश्तों के पीछे दौड़ने से क्या लाभ ? जेफ ने पूछा था, ''तुम माँ नहीं बनना चाहोगी... ।'' उससे मैंने कुछ नहीं कहा, कभी किसी से नहीं कहा कि कौन नहीं माँ बनना चाहेगी कि माँ शब्द मुझे कितना तरल बना देता है लेकिन डॉक्टर साहब के साथ यह सम्बन्ध...?

और उस दिन बेवरली हिल हेल्थ क्लब में ग्रेटा गारबो आई थी। नैन्सी उस दिन अनुपस्थित थी, अतः उसकी जगह मुझे डायना त्रॉतस्की के साथ खड़े रहना पड़ा, आधे घंटे तक वह न जाने कितने रकम के क्रीम और लोशन ग्रेटा गारबो के चेहरे पर मलती रही। फिर उसने आधा तरबूज लिया, जिसके बीच में से थोड़ा गूदा निकाला हुआ था और साँस लिया जा सके इसके लिए बीचोबीच त्रिकोण छेद बनाया गया था। इस तरबूज को ग्रेटा के चेहरे पर रख दिया गया और मुझे वहाँ खड़े रहने का निर्देश दे वह चली गई।

आधे घंटे बाद जाकर ग्रेटा का फेशियल खतम हुआ, जाते समय ग्रेटा ने मुझे पचास डॉलर का टिप देना चाहा। मेरा चेहरा शर्म से लाल था, नहीं-नहीं, मैं यानी हम भारतीय टिप नहीं लेते।

उसकी आँखें आश्चर्य से थोड़ी फैलीं फिर वह मुस्करा दी। ग्रेटा आँखों से हँसती थी। ग्रेटा के जाने के बाद डायना त्रातस्की मुझसे बेहद नाराज हुई। तुमने ग्रेटा गारबो का अपमान क्यों किया ? इतनी महान अभिनेत्री। तुम्हें पैसे दे रही थी और तुमने लिये नहीं ?.

''लेकिन डॉयना मुझे क्या मालूम कि वह इतनी प्रसिद्ध हीरोइन है ?''

''क्यों तुमने उसकी फिल्में नहीं देखीं ?''

''नहीं...मुझे अंग्रेजी फिल्में अच्छी नहीं लगतीं। मैंने बहुत कम फिल्में देखी हैं।''

''क्यों ?'' डायना त्रातस्की की आँखें फैली हुई थीं, स्वरों की तल्खी मुझसे छुपी नहीं थी।

''क्योंकि मुझे अमेरिकन अंग्रेजी समझ में नहीं आती।''

''तुम क्या हमारी भाषा समझ नहीं पातीं ?''

"नहीं ! नहीं ! ! मुझे अंग्रेजी आती है मगर आप लोगों की अंग्रेजी यानी आपका उच्चारण कम समझ पाती हूँ।"

"ओह ! यह बात है।" मगर डायना त्रातस्की को अच्छा नहीं लगा कि मैं हॉलीवुड में रहकर भी वहाँ की फिल्मों की यों आलोचना करूँ। लेकिन मैं उससे यह भी कहना चाहती थी कि तुम्हारी ग्रेटा गारबो ? उससे तो हमारी मधुबाला ज्यादा सुन्दर है। पर नहीं, अब मैं समझ गई थी कि चुप रहने में ही मेरी भलाई है।

घर आकर आइलिन से टिप की चर्चा करते ही वह आग का दरिया थी– "उसने डॉलर दिए और तुमने स्वीकार लिया ? तुमने उसकी भीख ले ली क्योंकि तुम एक गरीब देश से आई हो ? तुमको पता है तुम्हारे देश की कैसी दयनीय छवि यहाँ का मीडिया दिखाता है ?"

"नहीं, आइलिन, मैंने डॉलर लिये ही नहीं, इसीलिए तो त्रातस्की नाराज हो रही थी।"

"अच्छा किया। सुनो, इस तरह अपना आत्मसम्मान नहीं बेचा करते।"

लेकिन सच में हमारे पास खाने को गेहूँ नहीं, कि कंकर भरे हुए चावल के लिए भी राशन की लम्बी लाइन रहती है, पढ़े-लिखे लड़कों को नौकरी नहीं मिलती।

एक दिन वह मुझसे कहने लगी–"देखो, यह मेरी शादी का सफेद गाउन, अब भी कैसे जतन से रख छोड़ा है। मेरी बहुत इच्छा थी कि मेरी एक बेटी होती। उसको मैं यही गाउन पहनाती, पर बेटा हुआ और वह भी वियतनाम जाकर मारा गया। जीसू ने कम दुख दिए हैं !"

"देखो, यह सेंट है ना, मेरे दूसरे पति ने दिया था।"

"आइलिन, तुम हर समय पहले पति, दूसरे पति, एक नम्बर प्रेमी से लेकर पाँचवें नम्बर तक की गिनती करती हो और जब क्लारा ब्राउन करे तो..."

"प्रभा ! मेरी नैतिकता का उसूल बिलकुल व्यक्तिगत है। मैं तुमसे प्यार करती हूँ ना ! अब तुम जो भी करो, सब बर्दाश्त है।"

"तब मिसेज डी को भी डॉक्टर डी का अफेयर बर्दाश्त होना चाहिए। यानी क्लारा ब्राउन के बदले मिसेज डी !"

"हो-हो-हो !" उसका हँसना देखने लायक था, "अरे, यह तो मैं रोज मिसेज डी को समझाती हूँ कि तुम जब डॉक्टर डी को इतना चाहती हो तो अन्ततः क्लारा ब्राउन को ही पीछे हटना पड़ेगा।"

तब क्या मुझे भी डॉक्टर सर्राफ की जिन्दगी से पीछे हटना पड़ेगा ? क्योंकि

मिसेज सर्राफ भी तो अपने पति को न केवल चाहती हैं बल्कि उनकी पूजा करती हैं। मैं कुछ और सोचती इससे पहले आइलिन ने बड़ी संजीदगी से पूछा—"अच्छा, यह बताओ, तुम भारत कब वापस जाओगी ?"

"क्यों तुमको मैं बोझ लगती हूँ ?"

"नहीं, पर यह जगह रहने लायक नहीं। अच्छा कल इकत्तीस दिसम्बर है, साल का आखिरी दिन। हम लोग नया साल साथ-साथ मनाएँगे।"

"आइलिन, मरील मुझे डिज़्नीलैंड ले जाना चाहती है। उसका दोस्त बॉब भी जाएगा।"

"देख, लड़की ! यह सब चक्कर मुझे अच्छे नहीं लगते। तुम्हें डिज़्नीलैंड देखना है ना ? चलो हम-तुम चलेंगे, फिर शाम को फारमर्स मार्केट में पास्ता खाएँगे और घर लौटेंगे।"

इकत्तीस दिसम्बर की शाम से आइलिन ने सजना शुरू किया। उसने अपनी लटें अलग-अलग रंगों में रँगी। दसों उँगलियों के नाखूनों में दस रंग की नेल पॉलिश लगाई थी। जब हम तैयार होकर घूमने निकले तो आइलिन का नजारा देखने लायक था। छोटे स्पैनियल और टॉमी के भी बाल रँगे गए। सच में मुझे हँसी आ गई। मिसेज डी का फोन आया। वे मुझे म्यूजिक कन्सर्ट साथ में ले जाना चाह रही थीं। मैंने खुद ही मना कर दिया। फोन रखते ही आइलिन बोली, "यह तुमने ठीक किया। क्या करती उन बड़े आदमियों के बीच ? आदमी को अपने बराबर वालों की कम्पनी रखनी चाहिए।"

रात के ढाई बजे तक हम लोग यानी आइलिन और मैं, साथ में पेपे, कार्ला, जिमी और टॉमी घूमते रहे। टॉमी एकदम थक गया था। आइलिन ने उसको गोद में ले रखा था। सड़क पर चहल-पहल थी। हर अजनबी 'हैपी न्यू इयर' बोल रहा था। लोग शैम्पेन का फव्वारा छिड़क रहे थे। आइसक्रीम पार्लर पर भी रौनक थी। ज्यादातर लोग अपने बच्चों के साथ थे। आइलिन ने कुत्तों के लिए चॉकलेट बार खरीदा। मैंने नटीस लिया, आइलिन ने वैनिला आइसक्रीम का ऑर्डर दिया। कुत्तों को आइसक्रीम चटाकर लौटने में घंटा-भर लग गया था।

"आइलिन, यहाँ के लोग त्योहार कितनी समझदारी से मनाते हैं। हमारे यहाँ तो हो-हल्ला..."

"बिलकुल गलत।" आइलिन ने बीच में ही कहा..." ज्यादा पैसा समझदारी को कम कर देता है। अच्छा, ब्रांडी और देना तो।"

"तुमने बहुत शराब पी ली है। बस अब बन्द करो यह पीना।"

"तो क्या हुआ ? नए साल में ही तो पिऊँगी।"

"तो पीओ। मुझे नींद आ रही है।"

"नहीं-नहीं, मेरी डार्लिंग। आज की रात सोने की नहीं होती।"

"तुम तो किसी दिन नहीं सोतीं।"

"मुझे सोने से डर लगता है, और पेपे कहाँ है ?"

"पता नहीं कहाँ है ? आइलिन, तुम बड़ी अजीब औरत हो, वहाँ क्लीनिक में सारा दिन काम करती हो, और रात को भी नहीं सोतीं।"

"अरे, कहाँ काम करती हूँ ! बस, डॉक्टर डी और क्लारा ब्राउन की खबर तथा फीस का ख्याल रखती हूँ। बाकी समय टेबल पर सिर रखकर सो जाती हूँ।"

"तुम्हें कोई मना नहीं करता ?"

"नहीं, मिसेज डी मुझे कभी-कभी उठा देती हैं, बस, इतना-भर।"

"ठीक है आइलिन, मैं सोने जा रही हूँ।"

दूसरा दिन नया साल था, पहली जनवरी। डॉक्टर डी के क्लीनिक में नए साल के दिन ओपन हाउस पार्टी दी जाती थी। सब पुराने पेशेंट, डॉक्टर, दोस्त आदि निमन्त्रित रहते।

"कल क्या किया ?" मरील पूछ रही थी।

"हम लोग देर रात तक घूमते रहे थे।"

"हम लोग ! यानी साथ में कौन-कौन था ?"

"मैं और आइलिन..."

"उस खूसट बुढ़िया के अलावा तुम्हें और कोई नहीं मिला ?"

"क्या करती ! लेकिन सच में कल बहुत मजा आया।"

इतने में मिसेज डी हड़बड़ाती हुई बाहर आईं, "मरील, डॉक्टर डी कहाँ हैं ?"

"क्यों, क्या हुआ ?"

"आइलिन की तबियत..." कहते-कहते मिसेज डी जोरों से सुबक पड़ीं। तब तक डॉक्टर डी बाहर रिसेप्शन पर दौड़े। हम सब भी। पूरा कमरा भरा हुआ था।

"ओह ! शी इज नो मोर।" डॉक्टर डी ने धीरे से उसे मेज पर ही लिटा दिया।

"आइलिन ऐसे कैसे मर गई ? मिसेज डी उसे अचानक क्या हो गया ?" मैं रोते हुए पूछ रही थी।

"यह तो होना ही था। आइलिन को ल्यूकोमिया था। हम लोग जानते थे कि वह कभी भी खतम हो सकती है।"

"आपको पता था और आपने मुझे बताया तक नहीं ?"

"आइलिन की यही इच्छा थी। उसने तो तीन-चार महीने का समय निकाला,

वह भी शायद तुम्हारे कारण। तुम्हें वह बेहद चाहती थी।''

''पर मिसेज डी ? आपने यदि मुझे बताया होता।''

''तुम्हारे इस यदि का मेरे पास कोई उत्तर नहीं है। मिसेज डी खुद रो रही थीं।''

डॉक्टर डी ने कन्धे पर हाथ रखकर कहा, ''हम लोग मजबूर थे, प्रभा; और सब कुछ जानकर शायद तुम भी उसके पास नहीं रहतीं। हाँ, लगता है, कल रात को उसने ड्रिंक ज्यादा कर लिया।''

''हाँ, मैंने आइलिन से कहा था, आइलिन तुम बहुत पी रही हो। तो उसने क्या कहा जानते हैं, मैं आज नहीं पीऊँगी तो फिर कब पीऊँगी ?''

आइलिन नहीं रही। दो तारीख को उसे कब्रिस्तान ले जाया गया। सब लोग सिर झुकाए खड़े थे। अचानक पेपे आकर मेरे पैरों से लिपट गया। मैं पेपे को अपने से सटाकर रो पड़ी, ''पेपे, वह हम सबकी माँ थी।''

पेपे चुपचाप कब्र की कच्ची मिट्टी पर बैठ गया। किसी ने कुछ नहीं कहा। न ही किसी ने पेपे को हटाया। हम लोग लौट आए थे, पर पेपे की वे बड़ी-बड़ी आँखें ! उसके आँसू कुछ न कहते हुए भी बहुत कुछ कह रहे थे।

आइलिन जा चुकी थी हमेशा के लिए। उसे जाना ही था। जेफ का फोन आया था। फोन में उसकी सिसकियाँ थीं पर अन्तिम संस्कार पर आने में वह असमर्थ था। बस पेपे की एक जोड़ी नीली आँखें निरन्तर रोती रहतीं। पेपे क्लीनिक में आता और आइलिन की कुर्सी के पास चुपचाप बैठा रहता। मुझे देखकर धीरे से आकर पैरों से लिपट जाता।

आह ! जानवर में आदमी और आदमी में जानवर ! आइलिन ने मुझे यही तो देखने और समझने को कहा था।

सिलसिला ख्यालों का, घटनाओं का, एक बार शुरू होता, तो रुकने का नाम नहीं लेता।

आइलिन की मृत्यु के बाद समस्या थी कि मैं रहूँगी कहाँ और किसके पास ?

ब्यूटी थेरापी का कोर्स पूरा होने में पन्द्रह दिन और बाकी थे। मिसेज डी का ही सुझाव था और मरील ने खुशी-खुशी इसे स्वीकार भी लिया, "प्रभा हमारे साथ रहेगी।"

यानी अब मुझे मरील और उसकी दो बेटियों के साथ रहना था।

इसी बीच डॉक्टर साहब का एक लम्बा पत्र आया, जिसका सारांश था... कलकत्ता लौटने की जल्दी मत करो, तुम पढ़ी-लिखी हो, एम.ए. पास हो। हो सके तो बर्कले विश्वविद्यालय में दाखिले की चेष्टा करो। डॉक्टर ड्यूपांट को मैं अलग से पत्र लिख रहा हूँ। वे लोग जरूर तुम्हारी सहायता करेंगे। सम्भव है तुम्हें वे कोई छात्रवृत्ति दिला दें।

डॉक्टर साहब के पत्र से मन दुखी हो गया। ऊँची पढ़ाई का खर्च मिसेज डी कभी नहीं दे सकतीं, उन्होंने पहले दिन ही कह दिया था। बस डिप्लोमा मिल जाए और मैं हिन्दुस्तान वापस चली जाऊँ...डॉक्टर साहब के पास।

लेकिन अजीब थी मरील की गृहस्थी। उस घर में कोई किसी से बात नहीं करता था। अजीब तनाव था वहाँ। बार-बार आइलिन की याद आती।

मरील की छोटी बेटी लारा कहा करती—"हम सब अपने आप से नफरत करते हैं। हमारी टूटी हुई आत्म-तस्वीर, ममा की एलीट सोसाइटी उनको दिन-रात खरोंचती रहती है। डैड क्यों चले गए, ममा के ही कारण ना ? ममा कभी एक पुरुष के साथ साल-भर भी नहीं गुजार सकतीं, फिर शादी का ढोंग क्यों करती हैं ?"

"लारा, तुम...तुम अपनी माँ से नफरत क्यों करती हो ?"

"नहीं, दरअसल हम सब, मैं और मेरी बहन नैन्सी एक बीमार व्यवस्था की उपज हैं।"

ओह ! यह ठंडी समझ ! यह घृणा ! क्या इसे परिवार कहूँ ? एक माँ जिसकी दो बेटियाँ और किसी का किसी से लगाव नहीं। बाहर लोगों के सामने हँसती हुई, जवान दिखती हुई मरील ! बेटियों के सामने बेतरह हाँफती-हारती हुई मरील !

मैंने मरील से कहा था—"तुम मियाँ-बीवी के अहं की टकराहट में बेचारी लारा पिस जाएगी। नैन्सी तो खैर बड़ी हो गई। अपने आप को सम्हाल लेती है।"

"मरने दो उस कुतिया को, मेरी बला से।"

"तुम माँ हो या पत्थर ?"

"ऐसी औलाद को पाकर हर माँ पत्थर हो जाती है।"

कुछ कड़वे शब्द गले में अटक गए। छोड़ो, क्या होगा कुछ भी कहकर ? यह पराई जमीन है, लेकिन आदमी सब जगह तो एक-सा है। वही सुख-दुख के लम्हे, वही बातें।

मैं भी अपनी माँ के कहे अनुसार कहाँ चल पा रही हूँ ? समाज के अनुसार

तो अब तक किसी के गले में हीरे का हार बनकर लटक जाना चाहिए था; और माँ भी क्या कम दुखी थी मुझे लेकर ? हर जगह उनसे एक ही तो सवाल किया जा रहा था, "प्रभा, शादी क्यों नहीं कर रही ?" और बेचारी अम्मा, क्या सोचती होंगी मेरे इस निर्णय पर ?

मिसेज डी का फोन था..."आज रविवार है, विशेष कुछ कर नहीं रही हूँ, चलो तुम्हें फारमर्स मार्केट ले चलती हूँ।" मिसेज डी के साथ घूमना और आइलिन के साथ घूमना एक नहीं था। आइलिन तो चलती-फिरती ट्रेवलॉग थी और मिसेज डी यों भी नपा-तुला बोलती और आज तो थोड़ी ज्यादा खामोशी थी। घर पहुँचकर मिसेज डी. ने पित्ज़ा मँगवाया। शराब की बोतल खोली और मुझसे कहा..."थोड़ी पीकर देखो।" मिसेज डी अपने बारे में बताने लगीं...अपनी जिन्दगी की फटी चिन्दियों को समेटने लगीं। अन्त में मैं पूछ ही बैठी..."मिसेज डी आप डॉक्टर डी को तलाक क्यों नहीं देतीं ? आप तो हर तरह से समर्थ हैं।"

"कर तो बहुत कुछ सकती हूँ। तलाक, मुआवजा, परस्त्री-गमन का चार्ज। मैं...मैं जॉर्ज के पूरे कैरियर को धूल में मिला सकती हूँ।" उनका स्वर खट्टे सिरके में डूबा हुआ था। "लेकिन इससे मुझे डॉक्टर डी का प्यार नहीं मिलेगा।"

"डॉक्टर डी का प्यार एक उड़ता हुआ पाखी है। वह कभी एक डाल पर बैठ नहीं सकता।" कहते हुए मैं एकदम से खामोश, अपने आप पर लौट आती हूँ।

क्या डॉक्टर साहब का भी प्यार बदल जाएगा ? या बदल गया है ? लेकिन प्रकट में मैंने पूछा था, "इसके विकल्प में आप क्या सोचती हैं ?"

"कुछ नहीं, कुछ नहीं सोच पाती। मेरा मनोवैज्ञानिक मुझसे कहता है, 'तुम जॉर्ज से मनोग्रस्त हो, वह प्यार नहीं, बल्कि शराब का नशा है।' वह कहता है, 'एलिजा, बार-बार के इस रिजेक्शन से तुम्हारी अपनी आत्मछवि धुँधली होती जाती है। तुममें हीनभाव भरता जा रहा है।' "

"तब आपको डॉक्टर डी और क्लारा ब्राउन का सम्बन्ध स्वीकार कर लेना चाहिए।"

"तुम्हारे देश में एक आम स्त्री क्या करती है ? यदि उसका पति किसी और से प्यार करे ?"

मेरे सामने श्रीमती सर्राफ की तस्वीर थी।

"चेहरे पर स्वीकृति का मुखौटा लगाए हुए वह आँसू बहाती है, बहाती रहती है। पर दिल से सारी स्थिति कभी नहीं स्वीकार पाती। हाँ, खुला विरोध भी नहीं कर पाती।"

यह कैसा दोहरापन ? मिसेज डी ने मानो अपने आप से पूछा।

घर लौटने के दिन करीब आते जा रहे थे। एक दिन अचानक मरील ढेर सारे कपड़े लिए चली आई और कहने लगी...“प्रभा ! ये कपड़े क्लारा ब्राउन के हैं। बिलकुल नए, तुम रख लो, तुम्हारे काम आएँगे। यों भी तुम्हारे पास यहाँ के फैशन के अनुसार कपड़े नहीं हैं, और अब तो तुम भारत लौटने की तैयारी में हो।” पता नहीं मुझे क्या हुआ उस समय, पर गुस्से से मैं एकदम थरथरा उठी। सारे कपड़ों का बंडल मैंने उसके मुँह पर दे मारा, “मरील ! तुम मेरे बारे में क्या सोचती हो, क्या मैं भिखमंगी हूँ ? क्लारा ब्राउन के उतारे हुए कपड़े पहनूँगी ? ग्रेटा गारबो से टिप लूँगी ? मिसेज डी की मेहरबानी पर पलूँगी ? क्या समझा है तुम लोगों ने ? रुपए का अवमूल्यन हो गया, विदेशी मुद्रा हमारे देश से नहीं आ पा रही, पर क्या हम भारतीयों का कोई आत्मसम्मान नहीं है ?”

मरील एक-एक कर कपड़े समेटती जा रही थी। उसने मिनट-भर के लिए स्थिर दृष्टि से मेरी ओर देखा, फिर बस इतना-भर कहा, “वह पागल बुढ़िया तो मर गई पर हम लोगों से तुम्हें घृणा करना सिखा गई। उसके घर तुम्हें नहीं रहना चाहिए था।”

भारत लौटने से पहले मिसेज डी और मैं दोनों ही आइलिन की कब्र पर अलविदा कहने गए। वहाँ हम दोनों की आँखें भर आई थीं। मिसेज डी पत्थर की कब्र को धीरे-धीरे सहला रही थीं, फिर उठते हुए कहा—“चलो, अब चलें !”

एक घंटे की ड्राइव के बाद हम लोग कुत्तों के असाइलम में थे। पेपे को सामने लाया गया। मुझे देखते ही वह मेरे पैरों से लिपट गया। पेपे की वही बड़ी-बड़ी कातर आँखें कुछ न कहती हुई भी बहुत कुछ...! मिसेज डी ने कहा, “बहुत दुबला हो गया है। इसके शरीर के बाल झड़ गए हैं। लगता है, ज्यादा दिन जीएगा नहीं। बात यह है कि आइलिन इसको बच्चे की तरह पालती थी। यहाँ तो इसे कुत्ते की तरह ही पाला जाएगा। हालाँकि मैं पाँच सौ डॉलर महीने की फीस भी देती हूँ। हमेशा फोन पर हाल-चाल पूछती रहती हूँ।”

हम लोग लौटने लगे, तो पेपे रो उठा। कुत्ते को यूँ रोते हुए मैंने पहली बार

देखा। मैं पेपे की ओर बढ़ूँ, इससे पहले मिसेज डी ने हाथ खींचकर कहा, "नहीं, बाहर चलो। उसके पास जाना उसे और दुखी करेगा। आखिर है तो जानवर ही, कहीं आवेग में काट न ले।"

आइलिन के शब्द हवा में तैर आए, "पेपे ने आज तक किसी को नहीं काटा।"

'डॉक्टर डी तुम क्यों मिसेज डी को काट रहे हो ?...क्यों ?' इस क्यों का उत्तर लौटते हुए गाड़ी में हम दोनों की चुप्पी थी। ख्यालों का जंगल था। कहीं शेर की दहाड़ थी, कहीं नागिन की फुफकार।

"हाँ यह सच है।" मेरे कानों में आइलिन के शब्द टकराए, "मेरे पेपे ने आज तक किसी को नहीं काटा है। किसी से झगड़ा नहीं किया है।"

मरील के घर मेरा मन नहीं लग रहा था। यों भी ब्यूटी थेरापी का कोर्स पूरा हो गया था। वापस घर लौटने के दिन करीब आ रहे थे। वहाँ कलकत्ते में घर पर रहना मेरे लिए हमेशा उकताहट भरा होता था लेकिन यहाँ घर के लोग जरूर याद आते थे। कलकत्ता में एक स्थायी पुख्ता नींव पर बना हुआ घर है, जो मेरा नहीं, भैया लोगों का है। लेकिन फिर भी घर है। चिट्ठियों में हिदायतें भरी रहतीं, "वहाँ कुछ कर सको, तो करो, वहीं रह जाओ।" गीता का कहना था, कलकत्ता आते ही माँ तेरा ब्याह कर देंगी, और मैं थी कि न जाने क्या-क्या सपने देख रही थी। और सारी नसीहतों का एक ही उत्तर मेरे पास था, "आर्थिक स्वतन्त्रता मेरी पहली जरूरत है। कलकत्ता लौटकर अपने पैरों पर मुझे आत्मनिर्भर होना होगा। मुझे भी डायना त्रातस्की बनना है, स्लिमिंग पार्लर खोलूँगी पर पैसे ? पहले ट्रेनिंग तो पूरी करूँ। मिसेज डी ने कहा, "भारत लौटते हुए तुम पाँच-सात दिनों के लिए न्यूयॉर्क चली जाओ। असल ट्रेनिंग तुम्हारी न्यूयॉर्क में होगी। वहाँ के सारे हेल्थ क्लीनिक-ब्यूटी पार्लर सब कुछ देख लो। मेरी बहन कैथी के यहाँ रह जाना। वह सच में बहुत अच्छी है।"

कैथी से मिलकर पहली बार लगा कि स्वतन्त्र आत्मविश्वासी औरत से मिल रही हूँ। कैथी जो प्रपात-सी झरती हुई जिन्दगी की मिसाल थी। बहुत ही भा गई वह। औरत हो तो कैथी जैसी। जिन्दगी कोई जीए तो कैथी जैसी। मस्ती में कोई नाचे-गाए, दोस्तों का जमघट जमाए तो कैथी की तरह। और कैथी के इन सारे कारनामों के बीच उसके पति डॉक्टर ब्रैडली मूर नहीं आते थे। पूरे फ्लैट में, उसकी बेहतरीन सजावट में हर जगह कैथी फैली हुई थी। काँच के खिड़की-दरवाजों में कैथी की आँखों की चमक थी। तीस-बत्तीस साल की वह बेहद जिन्दादिल अमेरिकी औरत आज भी मन में बसी हुई है।

उस दिन जब हम लोग घूमने निकले तो कैथी ने अपना एक स्कर्ट मुझे पकड़ाते हुए कहा, "लो यह स्कर्ट पहन लो।"

"नहीं, मैं दूसरों के कपड़े नहीं पहनती।"

"क्यों हम लोग दोस्त नहीं ?"

वह सीधे मेरी आँखों में देख रही थी, "मुझसे जी मत चुराओ।"

"तुम अमीर देश की, अमीर बाप की, अमीर आदमी की बीवी, तुम कैसे समझोगी कि यहाँ आकर कैसे मुझे एक-एक डॉलर के लिए मोहताज होना पड़ा है।"

स्वरों में छिपी तल्खी और आँखों की भाँप। उसने आगे बढ़कर दोनों हाथों में मेरा चेहरा थाम लिया। और कहने लगी—"प्रभा, औरत अभी मनुष्य श्रेणी में नहीं गिनी जाती और तुम अमीर-गरीब का सवाल उठा रही हो ? तुम मुझे राष्ट्र का भेद समझा रही हो ? माई स्वीट हार्ट ! हम सब औरतें अर्ध-मानव हैं। पहले व्यक्ति तो बनो, उसके बाद बात करना। चलो, कपड़े बदलो, तुम्हारा-मेरा कद एक-सा है।"

फुटपाथ पर वह मेरा हाथ थामे चलती रही थी। उसने फिर कहा—"अरे न्यूयॉर्क रूमानी शहर है। न्यूयॉर्क व्यावसायिक शहर है। यहाँ सुबह आदमी रॉकफेलर होने का सपना लेकर अपनी साठवीं मंजिल के ऑफिस में जाता है और शाम को दिवालिया होकर अपनी खिड़की से छलाँग लगा लेता है। जानती हो, प्रभा, मुझे यह शहर बहुत एक्साइट करता है। यह जो गो-गो है, चलो-चलो, चलते रहो, रुको मत, बहते रहो नसों में बहते खून की तरह। यहाँ रोज कुछ-न-कुछ नया घटता है। यह देखो, इस आदमी को, सड़क के कोने पर अपना ठेला लिये हॉट डॉग और बेगल बेच रहा है। इसके हॉट डॉग में जो स्वाद होगा, वह तुम्हें कहीं नहीं मिलेगा।"

कैथी को अपने बाल कटवाने थे, मुझे भी वह सैलून में भीतर साथ ले गई। फिर वह जिद करने लगी, "प्रभा ! तुम भी बाल कटवा लो।'"

पर अपने कटे हुए बालों को देख सच मुझे तो एकदम से रोना आ गया। हाय अम्मा ! यह मैं अपनी कैसी शक्ल देख रही हूँ ? सामने ललाट पर आँखों तक झुके हुए बालों को देख मैं एकदम से बौखला गई। और बालों की लम्बाई एक इंच काटने के बदले कैंची चलाई गई थी छह इंच पर और वह भी ऊपर-नीचे। कोई लट कन्धे तक तो कोई कन्धे से दो इंच नीचे। कुल मिलाकर मेरे बालों का सत्यानाश कर दिया गया था। हाय कलकत्ते जाकर क्या शक्ल दिखाऊँगी ? अम्मा तो गर्दन ही काट डालेंगी। यह वह जमाना था, जब बाल कटवाने का मतलब था मेम साहब की संस्कृति अपनाना; और अम्मा किसी औरत को कटे बालों में

देखतीं, तो कहतीं, ''मेमड़ियों जैसे बाल कटवा रखे हैं। चुड़ैल-सी फिरती है।''

''लेकिन तुम रो क्यों रही हो ? तुम्हारे ही बाल हैं। गलत कट गए तो दो-चार महीनों में ठीक हो जाएँगे।''

''कैथी, तुम नहीं समझ सकतीं कि हमारा मारवाड़ी समाज कितना पुरातनपन्थी है ? एक तो मैं यों ही लकीर से हटकर चल रही हूँ, अब यदि कटे हुए बालों को लेकर वापस जाऊँगी तो लोग न जाने कितनी बातें बनाएँ।'' कहते-कहते मैं फिर रुआँसी हो गई। मुझे मेरा चेहरा खुद ही अजीब लग रहा था।

''तुम लकीर से हटकर चल रही हो, तब तो अच्छी बात है, फिर अपनी मर्जी से जैसे चाहो रहो। दूसरों की नजर से जीने की क्या जरूरत है ?''

''ओह ! हमारा समाज। कैथी, मैंने शादी नहीं की। अकेले इतनी दूर चली आई हूँ और अब वापस इस शक्ल में जाऊँगी, तो लोग कहेंगे बिलकुल आवारा हो गई है।''

''तो क्या हुआ ? तुम्हें आवारा कहेंगे और तुम मान लोगी ? अब तो सच में मुझे ब्रेडी से तुम्हारी साइको थेरापी करवानी होगी।''

घर लौटकर हम लोग चाय पी रहे थे कि कैथी के लिए किसी का फोन था। ''बास्टर्ड ! स्वाइन !'' कैथी का मुँह लाल इंगुर-सा था। उसकी आँखें विस्फारित हो रही थीं।

फोन रखते ही उसने कहा—''एलिजा के वकील का फोन था। एलिजा ने परसों रात को गोलियाँ खा ली थीं, बच गई है, मगर डॉक्टर डी ने पागलपन के आधार पर कोर्ट में तलाक की अर्जी दे दी है।'' और वह फूट-फूटकर रो रही थी।

''कैथी, अपने को सँभालो ! कैथी, तनाव तुम्हारे लिए ठीक नहीं होगा।'' लेकिन मैं क्यों डॉक्टर साहब को इतना चाहती हूँ ? और यदि उन्होंने मिसेज सर्राफ को तलाक दे दिया या मिसेज सर्राफ ने गोलियाँ खा लीं तो क्या मैं अपने आप को माफ कर पाऊँगी ?

''प्रभा, एलिजा को...'' उसकी आँखें बरसने लगीं, ''एलिजा मेरी सबसे अच्छी बहन है, प्रभा, हमारे परिवार में कोई भी औरत सुखी क्यों नहीं ? ममा ने आत्महत्या कर ली। आंटी एडिना का प्यार असफल रहा और अब एलिजा। एलिजा ने अपना सब कुछ तो न्योछावर कर दिया। इतना टूटकर किसी को चाहना कि अपना कहने लायक तुम्हारे पास कुछ न बचे।''

''कैथी, प्लीज कैथी, शान्त रहो !''

''नहीं, मैं शान्त हूँ, इस सदमे के बाद अब कोई भी हादसा मुझे परेशान नहीं कर सकता।''

"कैथी, क्या प्यार एक आदत है ?"

"बिलकुल।"

मैं चुप थी। सोच रही थी अपने बारे में, अपनी आनेवाली जिन्दगी के बारे में। एक ठंडे-बर्फीले संघर्ष के बारे में और सबसे अधिक पेपे के बारे में। क्या वह जिन्दा है ? क्या अब भी आइलिन को याद करके रोता है ? उसकी वे आँखें कुछ न कहती हुई भी बहुत कुछ कहती हुईं, "पेपे, क्या तुम्हारे गले में मेरा कढ़ाई वाला कॉलर अब भी बँधा हुआ है ?"

शाम घिरने लगी थी मगर डॉक्टर साहब का फिर भी कहीं अता-पता नहीं था। मारे घबराहट के मैं चहलकदमी करने लगी। न्यूयॉर्क में रहते हुए कुल सात दिन हुए थे पर यों लग रहा था मानो महीनों से रह रही हूँ। अच्छा-बुरा सभी कुछ साथ-साथ घटता रहा था। दूर से आती हुई वह लाल मोटरकार जाने कैसा एक अद्भुत आनन्द मेरी ओर उछाल देती है। हवा अपने आपको पौधों की खुशबू में डुबो देती है। मैं उन हवाओं को चूमकर फिर ताजा हो जाना चाहती हूँ। मैं खुद से कहती हूँ, प्रभा ! यों तिल-तिलकर घुटने के लिए तो तुम पैदा नहीं हुईं। यह जिन्दगी हर व्यक्ति को बस एक बार के लिए मिलती है उसे भोगना सीखो। काश ! इस समय डॉक्टर साहब साथ होते, जीवन में पहली बार उनके साथ आई हूँ...पहली बार उनके साथ कुछ अकेले क्षण मिले हैं लेकिन उन क्षणों की ऐसी दुर्दशा। आखिर इतनी भी क्या नाराज़ी ? मैं अपनी मर्जी से ढाई सौ डॉलर भी खर्च नहीं कर सकती ?

कब और किन घटनाओं ने मुझे और डॉक्टर साहब को दो अलग-अलग दिशाओं में ढकेलना शुरू कर दिया याद नहीं आता। बस यों लग रहा था मानो कोई हथौड़े से धमाक-धमाक हमारे सम्बन्ध को गिट्टियों में तोड़ता चला गया।

तथ्यगत रूप से उन दिनों की घटनाओं को याद करना और लिखना सम्भव नहीं। स्मृति की गलियों में एक कदम आगे बढ़ाती हूँ तो दो कदम पीछे लौट जाती हूँ। मन दुखी हो ज़ाता है। सम्भव है कुछ घटनाएँ गलत रूप से स्मृतियों में रह

गई हों लेकिन मैं इतिहास के भीतर हूँ उससे बाहर नहीं। बार-बार लगता है कुछ अतिरिक्त है जिसे मैं नहीं जानती। पहली बार जब मैं अमेरिका से लौटी तब मेरी व्यक्तिगत जिन्दगी की उलझनें और बढ़ गईं। प्रेसिडेंसी के पुराने दोस्तों को फोन किया। कुछ मिले, कुछ नहीं। कुछ लड़कियों की शादी हो गई थी, कुछ लड़कियाँ और लड़के ऊँची नौकरियों पर कायम थे।

साठ के दशक के उत्तरार्द्ध में सारी दुनिया में मन्दी का दौर था। उदारवादियों की दुर्दशा चरम पर थी। बर्ट्रेंड रसल, ज्याँ पाल सार्त्र साम्राज्यवाद का घिनौना चेहरा देख चुके थे। अब और कुछ बाकी नहीं था। युवावर्ग सबसे अधिक विद्रोही इसलिए हुआ क्योंकि प्रचलित बुर्जुवा रीति-रिवाजों का अन्तर्विरोध सबके सामने था।

1968 में विश्व बैंक के प्रधान मैक्नमारा भारत आए थे। पचास हजार छात्रों की क्रुद्ध भीड़, दमदम एयरपोर्ट से लेकर राजभवन तक कुरुक्षेत्र बन गया। उस दिन की घटना मुझे आज भी याद है। बाजार करने मैं अपनी स्टॉफ बासन्ती के साथ न्यूमार्केट गई थी। अचानक भीड़ का रेला, गोलियों की आवाज, काँच की बोतलों की बरसात...धड़ाधड़ दुकानें बन्द होने लगीं। भागो...दौड़ो...अपने घर जाओ। कहीं बसें जल रही थीं तो, कहीं खड़ी गाड़ियों को फूँक दिया गया था।

''यहाँ मत रुकिए, बिलकुल मत रुकिए, ये लोग कलकत्ते को श्मशान बना देंगे।'' कोई कह रहा था...शायद एक सार्जेंट था।

''मैक्नमारा वापस जाओ...वापस जाओ। लुटेरों को हम नहीं स्वीकारेंगे...नहीं स्वीकारेंगे।'' भीड़ का नारा।

बासन्ती और मैं ग्लोब सिनेमा की गलियों से दौड़ती-भागती पार्क स्ट्रीट मोड़ तक पहुँचीं जहाँ अलग हंगामा था लेकिन एक जान-पहचान के व्यक्ति मिल गए थे, उनकी सहायता से किसी तरह रसल स्ट्रीट पहुँचीं।

अन्त में मैक्नमारा को हेलीकॉप्टर से राजभवन लाया गया। उस हिंसा की आलोचना, निन्दा करना आसान है...किन्तु हिंसा का भी एक समाजशास्त्र होता है। हताश मध्यमवर्ग, दिशाहीन छात्र समाज था जिसका सामना सत्ता वर्ग को आज या कल करना ही था।

सत्तावर्ग का कहना था—''थोड़ा धीरज रखो, परिवर्तन जरूर होगा।'' लेकिन छात्रों को संसद की राजनीति मद्धिम लगी। भूख से बेहाल छात्रों का कहना था—''हम आज क्या खाएँ ? कैसे चलेगी जिन्दगी, कहाँ से जुटेगा भात ? हमें तो लड़ना होगा। आखिर कब तक पेट की आग बुझाने के लिए घुन लगा अमेरिकन गेहूँ खाते रहेंगे और चावल के बदले उबली हुई पत्तागोभी ?''

1968 में पेरिस की सड़कों पर भी युवा वर्ग उफन रहा था। कहते हैं पेरिस

जब छींकता है तो समूचा यूरोप बुखार से काँपने लगता है। अमेरिका, इटली, पश्चिम जर्मनी, दक्षिण कोरिया के युवा वर्ग...प्रगतिशील छात्र समाज को लगा कि सामाजिक कचरे की सफाई हिंसा द्वारा ही सम्भव है। किन्तु वहाँ और यहाँ की लड़ाई में मौलिक अन्तर था। बंगाल की इस मध्यमवर्गीय युवा पीढ़ी को जिस भूख का सामना करना पड़ा वह शायद सत्तर के दशक के बाद की भारतीय युवा पीढ़ी को नहीं करना पड़ा।

छात्रों की नजर में हिंसा जायज थी। उन्होंने हिंसा का मिथक गढ़ना शुरू कर दिया था। उनके अनुसार एक दिन बंगाल की जमीन पर लाल फौज मार्च करेंगी। किसान क्रान्ति के साथ हाथ मिलाया युवा समाज ने।

उनका कहना था—"हिंसा का जवाब हिंसा द्वारा ही देना होगा ताकि बंगाली समाज को अपनी खोई हुई मानवता वापस मिले।" लेकिन मैं यह बात कभी स्वीकार नहीं पाई। मुझे हमेशा लगा कि हिंसा का प्रत्युत्तर हिंसा नहीं है। बल्कि हिंसा के प्रयोग से हमारे आत्मविश्वास का क्षरण होता है, और हिंसा के कारण जिस व्यक्ति के आत्म का क्षरण हो रहा है वह भला किसी दूसरे से कब तक लड़ेगा ?

रसल स्ट्रीट लौटने पर डॉक्टर साहब बेहद नाराज हुए थे। "पता है जब शहर में दंगा-फसाद होगा तो न्यूमार्केट जाने की क्या सूझी ? और ये कम्युनिस्ट लोग..." कम्युनिस्ट डॉक्टर साहब की दुखती रग थे।

मेरे और डॉक्टर साहब के मत में स्पष्ट विभाजन था। मैं कांग्रेसी विरासत के साथ इस नए दौर को समझने की चेष्टा कर रही थी। मेरी पूरी सहानुभूति इसी नई पीढ़ी के साथ थी। हालाँकि अपने वर्गीय अन्तर्विरोध से मैं भली-भाँति परिचित थी और वहाँ से छलाँगें लगाकर बाहरी दुनिया में कूद पड़ने की मेरी हिम्मत भी नहीं हुई। लेकिन परिवर्तन की गुहार लगानेवालों के प्रति मेरी पूरी वैचारिक पक्षधरता थी।

यादों के समन्दर से निकलकर एक बार मैंने फिर घड़ी देखी, अरे पाँच बज गए और डॉक्टर साहब अभी तक नहीं आए ? अब मेरा दिल सच में घबराने लगा,

क्या हुआ ? कहाँ चले गए डॉक्टर साहब ? कहीं कुछ अघटन तो नहीं हुआ ? इतने में...

"प्रभा ! प्रभा !!" मैं चौंक उठी। "सॉरी...वेरी सॉरी ! मैं होटल चला गया था फिर मुझे नींद आ गई।"

"आपको नींद आ गई ? और मैं यहाँ सुबह से भूखी-प्यासी बैठी हूँ, चिन्ता के मारे मेरी जान निकली जा रही थी।"

"अरे...रे...तुम होटल क्यों नहीं आ गई और तुमने कुछ खाया-पीया ही नहीं ?"

"कहाँ से खाती ? मेरा वॉलेट भी तो आप साथ लेते गए थे।"

"सॉरी...वैरी सॉरी !"

वे फिर कहने लगे—

"मैं बेहद थक गया था, सुबह की चख-चख से।"

मैं खामोश।

"आई लव यू प्रभा !" मैं फिर भी चुप थी।

"मैं बहुत बुरा हूँ, है ना ? सच बहुत बुरा हूँ। यों तुम्हें छोड़कर चला गया। पर मैंने तो सोचा था कि तुम होटल खुद चली आओगी। पता नहीं तुम्हारे पैसे भी मेरी जेब में कैसे रह गए।"

इतना सुनते ही मैं तो फूट-फूटकर रो पड़ी, वहीं फुटपाथ पर...आसपास से गुजरते हुए लोग क्षणभर को रुकते, मुझे रोता हुआ देखते और आगे बढ़ जाते...और मैं थी कि चुप नहीं हो पा रही थी। हिचकियों में टूट रही थी, आँसुओं में बह रही थी।

"चुप हो जाओ प्रभा। सच में मैं बहुत बुरा हूँ। मगर जितना तुम सोच रही हो उतना नहीं। शायद मैं परेशान हूँ।" कहते हुए डॉक्टर साहब ने मुझे बाँहों में भरना चाहा...पर मैं छिटककर दूर खड़ी हो गई और रोती रही। क्रोध, अपमान और उसके साथ दुख, कुल मिलाकर आँसुओं का सैलाब उमड़ आया था। डॉक्टर साहब कहे जा रहे थे—"जब से मैं तुम्हारे साथ यहाँ आया हूँ मैं स्वस्थ चित्त नहीं। मुझे लगता है मैं अब तुम्हारे काबिल नहीं रहा। मैं...मैं...बहुत बूढ़ा लगता हूँ ना। और फिर यह हार्ट की बीमारी... ।"

"डॉक्टर साहब क्या आप उस समय बूढ़े नहीं लगते थे ? उन दिनों जब मैं तेईस साल की थी और आप मुझसे अठारह साल बड़े।" रुलाई थम गई थी और अब मेरा गुस्सा उफन रहा था।

"नहीं...उन दिनों हम लोगों में उम्र का इतना फासला नहीं लगता था लेकिन

अब इतने सालों में मैं बहुत बुढ़ा हो चुका हूँ और तुम दिन-पर-दिन और अधिक निखरती जा रही हो। जानती हो कल वह डॉक्टर मुझसे क्या पूछ रहा था ? क्या यह आपकी लड़की है ? बहुत स्मार्ट है। लोग यदि तुम्हें मेरी बेटी समझने लगे तो जरा सोचकर देखो मुझे कैसा लगा होगा ?'' और जब उनकी आवाज भर्रा आई थी...वे कह रहे थे, ''चलो माफ कर दो। अरे गुस्से में आदमी कुछ से कुछ कर बैठता है। अब तुम ढाई सौ डॉलर में यदि खाकी कैनवास का थैला खरीदकर चली आओ तो मुझे गुस्सा नहीं आएगा, जानती हो ब्लैक में एक डॉलर कितने रुपए के बराबर है ?''

''तो क्या हुआ ? सैम्पल बनाने के लिए मुझे इस थैले की जरूरत थी।''

डॉक्टर साहब ने मेरी बात पर ध्यान नहीं दिया, बस अपनी रौ में वे बोलते जा रहे थे—''पैसे की बर्बादी मुझसे सहन नहीं होती लेकिन मैंने तुम्हें दुख दिया, मैं सच में तुम्हारा गुनाहगार हूँ। लेकिन मैं तुमसे बेहद प्यार करता हूँ, तुम मेरी जरूरत हो, मैं तुम्हारे बिना जी नहीं सकता। तुम चुप क्यों हो प्रभा ! तुम मुझे माफ नहीं करोगी ?'' अब उनकी आँखों में आँसू थे।

''इसमें माफी की क्या बात है ? पर आप ऐसे कैसे चले गए ? और वह भी इतनी देर के लिए ?''

''मुझे अपनी कमजोरी पर गुस्सा आता है। तुम आगे बढ़ रही हो और मैं पिछड़ रहा हूँ।''

''आप कैसी बातें कर रहे हैं ? चलिए होटल वापस चलते हैं।''

''तुमने मुझे माफ नहीं किया न ?''

''नहीं, ऐसी बात नहीं है। अच्छा आप ऐसा करें...सब कुछ भूल जाइए...मैं भी भूल जाती हूँ, चलिए कहीं घूमने चलते हैं।

जैकसन हाइट से हम लोग वापस होटल लौट आए थे। लेकिन मेरे आँसू थमे नहीं थे। टैक्सी में रह-रहकर सुबकने लगती और डॉक्टर साहब कहते रहे थे—''तुम बहुत अच्छी हो प्रभा ! मैं सच में तुम्हारे काबिल नहीं।''

''प्लीज बार-बार एक ही बात मत दोहराइए, आप भी बिलकुल बच्चों की तरह हैं।''

''अच्छा चलो आज किसी अच्छे रेस्त्राँ में खाना खाएँगे। प्रभा, मैं तुम्हें भरा-पूरा और खुश देखना चाहता हूँ। भगवान ने तुम्हें बहुत कुछ दिया है। कितना कुछ है तुम्हारे पास ? याद है जब तुम पहले-पहल मेरे पास आई थीं, तुमने कुल तीन सौ रुपए की तनखा माँगी थी और आज तुम लाखों कमाने लगी हो। मन करता है तुम्हें दुनिया के सामने खड़ा करूँ और कहूँ देखो मेरी प्रभा किसी से कम नहीं।''

लेकिन ये सब उद्‌गार थे और प्रशंसा के ये मूल कब धोखा दे जाएँ, इसे बताना सम्भव नहीं था।

होटल वापस पहुँचकर मैंने सोचा आज की घटना को भूल जाना ही अच्छा होगा। एक नए रिश्ते की शुरुआत माफी से कहीं अच्छी होती है। अतः अपने आपको संयत करते हुए मैंने फिर पूछा—

"बाहर चल रहे हैं ना ? आप कपड़े नहीं बदलेंगे ?"

"नहीं, जरूरत नहीं, वैसे भी मैं तुम्हारे सामने जवान लगने से रहा।"

"यह क्या हो गया है आपको ? ऐसे तो आप कभी नहीं कहा करते थे, और पच्चीस साल पुराने रिश्ते में अब कौन कैसा लग रहा है इसकी चर्चा कितनी बेमानी है।"

अचानक उन्होंने पलटकर मेरी आँखों में झाँकते हुए पूछा—"तुम सिर्फ मेरी हो ना, मेरी चीज ?" मैं एकदम चुप थी।

"तुमने जवाब नहीं दिया ?"

"मैं सिर्फ आपकी हूँ, लेकिन आप केवल मेरे नहीं।"

डॉक्टर साहब मौन हो गए।

"अब आप खामोश क्यों हैं ? आपने जवाब नहीं दिया ?"

पर वे चुप थे।

इसी बीच कलकत्ता से मेरे मित्र का फोन आ गया। उन्हें अमेरिका से कोई दवा मँगवानी थी। मुझे पता था कि डॉक्टर साहब ने अन्दरवाले कमरे से फोन उठा रखा है। यह कोई नई बात नहीं। मुझ पर नियन्त्रण रखने का यह उनका अपना तरीका है। मेरे नाम की हर चिट्ठी पहले डॉक्टर साहब की मेज पर जाती थी। तीस साल के साथ के बावजूद मैं कभी उनका विश्वास नहीं जीत पाई। मेरे सम्पर्क में आनेवाले हर पुरुष के प्रति वे सन्देहग्रस्त रहते और रिश्तों की कैफियत देते-देते मैं थक जाती।

आज भी वही पूछताछ..."कौन था यह मर्द ?"

"आप उसे जानते हैं।"

"कलकत्ता से वह क्यों फोन कर रहा था ?"

"उसे दवा मँगवानी थी।"

"दवा तो एक बहाना है। उसे तुम्हारी आवाज जो सुननी थी।"

"क्यों बेकार की बात करते हैं ? स्त्री-पुरुष अच्छे दोस्त नहीं हो सकते ?"

"अरे छोड़ो ये जुमले ! तुम इस हद तक गिरी हुई हो मैं सोच भी नहीं सकता था। कहो और कितने यार हैं तुम्हारे ? और कितने चक्कर चलाओगी तुम ?"

"आप कहना क्या चाहते हैं ?"

"बनो मत। मैं तुमसे उस चिट्ठी के बारे में पूछ रहा हूँ जो तुम्हें परसों मिली और जिसे तुमने इतना सहेजकर रखा हुआ है।"

"क्या बात करते हैं डॉक्टर साहब ?" अब मैं चीख रही थी..."वह तो मिस्टर बासु का पत्र था...न्यूयॉर्क में किसी ग्राहक कम्पनी से मिलने का मुझे निर्देश दिया गया था।"

"और यह फोन, जो अभी-अभी आया, क्या वह भी तुम्हारी ऑफिस से आया था ?"

"डॉक्टर साहब, आपने तो खुद सारी बातें सुनी हैं। किसी को दवा मँगवानी थी, आप फिजूल लोगों पर शक करते हैं।"

"तुम मुझे इतना बेवकूफ समझती हो ? झूठ बोलती हो, बिलकुल झूठ !"

लेकिन यह तो न्यूयॉर्क में ही नहीं घटा था, यह तो आए दिन का आपसी संवाद बनता जा रहा था। मैं क्यों सह रही थी यह सब ? मुझे लगता, मैं समाज से लड़ सकती हूँ पर डॉक्टर साहब से नहीं। यों ही लोग मेरे इस अवैध रिश्ते के कारण मुझे बुरी औरत कहते हैं और अब यदि डॉक्टर साहब से भी लड़ाई ठन जाए तो लोगों की नजर में मैं एकदम गिर जाऊँगी। डॉक्टर साहब पुरुष हैं, समर्थ हैं, लोग तो उन्हीं की बातों पर भरोसा करेंगे, मुझ पर नहीं। लेकिन मैं भूल गई थी कि इस यथार्थ से बाहर भी जिन्दगी है, लोग हैं, उनके अपने नैतिक मापदंड हैं।

मैं खिड़की से बाहर नीले आकाश की ओर आँखें गड़ा लेती हूँ, कुछ खोजती हुई सी...कोई एक छोटा-सा शब्द जो हमारे इस तनाव को सही रूप से व्यक्त कर सके। पश्चिम के क्षितिज पर बस नीले रंग की साड़ी का लाल पाड़ एक गहरी धारी की तरह खींचा हुआ था।

डॉक्टर साहब की खामोशी से मैं फिर सहम गई। पता नहीं अब कौन-सा नया बखेड़ा शुरू करें ? बात शुरू करने की गरज से मैंने ही सवाल किया—

"क्या हुआ ? आप फिर मुझसे दूर हो गए ?" कहते हुए मैं होंठों को काट लेती हूँ। यह बात मुझे नहीं कहनी चाहिए थी...जो बात खतम हो गई उसे फिर दोबारा उठाने से आखिर किसका लाभ होगा ? आपसी रिश्ते की क्या यही मर्यादा रह गई है कि हम एक-दूसरे को कोंचते रहें। मैं कहना चाहती हूँ...यह शाम कितनी सुन्दर है लेकिन कह नहीं पाती...सारे दिन की घटना को चाहकर भूल नहीं पा रही। कह नहीं पा रही कि मेरे लिए अब इस दबाव को सहन करना सम्भव नहीं।

"तुम कुछ खा नहीं रहीं ? तुम तो कह रही थीं कि भूख लगी है। तबियत ठीक है ना ?"

"आपने ऐसे क्यों पूछा...मैं तो ठीक हूँ।"

"कुछ कहना है ?" डॉक्टर साहब ने पूछा।

"चलें हम लोग ?" मेरा सवाल था या फिर निर्देश मालूम नहीं।

रात को डॉक्टर साहब की बाँहों में मैं उन्हीं के खिलाफ कुछ और सोच रही थी और मेरा मन धिक्कार उठा, अपने दोहरेपन से। मैं कैसी औरत हूँ ? मुझे अपने आप से ग्लानि हो गई। मैं धीरे से डॉक्टर साहब के बालों को छूती हूँ..."डॉक्टर साहब ! प्लीज मुझे माफ कर दीजिए, मुझसे पहले जैसा प्यार कीजिए।"

डॉक्टर साहब आँखें खोलते हैं, नींद से धुली हुई आँखें..."तुम अभी तक सोईं नहीं, कल लम्बा सफर है। शाम चार बजे की फ्लाइट है।" और वे करवट बदलकर फिर सो गए। मुझे भी नींद कब आई पता नहीं चला। रोते-रोते भी आदमी थक जाता है।

दूसरे दिन सुबह डॉक्टर साहब से मेरा पहला सवाल था—"आप कहें तो यह बैग वापस कर दूँ ? बनाना रिपब्लिक से हम लोग कुछ और खरीद लेंगे। उस दुकान में जीन्स भी अच्छे मिलते हैं। उषा (डॉक्टर साहब की बड़ी बेटी) ने चीकू के लिए जीन्स लाने को कहा है।"

न्यूयॉर्क टाइम के पन्नों को मोड़ते हुए वे मेरी ओर मुड़ते हैं। चश्मे से बाहर झाँकती हुई आँखें मुझे आश्वस्त करती हैं..."भूल जाओ कल की सारी बातों को और सुनो ! कल जो हुआ उसके बारे में किसी से कुछ कहना मत।"

डॉक्टर साहब के साथ मुझे यही अहसास क्यों घेर लेता है कि सब कुछ वे हैं और मैं कुछ नहीं कि मैं केवल एक खामोशी...एक रिक्तता...निषेध, अनुपस्थिति भर हूँ जिसे केवल वही भर पाएँगे।

मैं अखबार का एक पन्ना उठा लेती हूँ। "नाश्ता करेंगे ? बनाऊँ ?"

"नहीं, केले और सेव हैं, थोड़ा दूध और सिरियल दे दो, चल जाएगा। सामान पैक कर लिया ?"

"करूँगी।"

डॉक्टर साहब बड़े करीने से केले के छिलके उतारते हैं, फिर तहों में सरियाते हुए छिलके को प्लेट के किनारे रख देते हैं। धीरे-धीरे सेव छीलते हैं...छिलके की गोल कतरन कहीं से टूटती नहीं। मैं उनकी सुन्दर उँगलियों को देखती हूँ...एक सफल सर्जन के हाथ। इन हाथों से न जाने कितनों को वे रोशनी देते हैं। भविष्य में देते रहेंगे। हर चीज साफ-सुथरी, करीने से सजी हुई, उनकी मेज देखकर लगता

नहीं कि उन्होंने अभी-अभी उस पर काम किया है।

मैं अव्यवस्था पर फलती-फूलती हूँ। मुझे बक्सा पैक करते देख डॉक्टर साहब ने पूछा—"कल जो सामान खरीदा उसमें केशर वाला पैकेट कहाँ गया, दिखलाई नहीं पड़ रहा ?"

"हाँ, मुझे भी वह पैकेट मिल नहीं रहा।"

"क्या पैकेट वहीं दुकान में छूट गया ?"

"नहीं, दुकान से तो ले आई थी। यहीं-कहीं रखा होगा।"

"बाजार में कितने पैसे दिए गए ?"

"याद नहीं आ रहा, मैं तो बिलकुल भूल गई।"

"यह भूल गई क्या बला हुई ? तुम पढ़ी-लिखी हो, क्या इस बात को भी तुम भूल गईं।"

"ओह ! जिन्दगी को सहज बहने दीजिए ना।" वे चुप हो गए थे। थोड़ी देर बाद—

"टिकट कहाँ रखा है ?"

"आपके पास ही तो है।"

"नहीं।" उनकी नहीं मैं कितनी स्पष्टता है। घबराकर मैं अपना पर्स खोलती हूँ। "मिल गया। यह तो मेरे पर्स में ही पड़ा था।"

"लाओ मुझे दो...तुम अपने आपको सम्हाल लो यही काफी है।"

"डॉक्टर साहब, मैं हर तीन-चार महीने में अकेली विदेश जाती रहती हूँ, और सही सलामत लौट भी आती हूँ।"

पर उनकी खामोशी का वजन। बात बढ़ाने का मेरा मन नहीं किया, जानती थी कि कुछ कहते ही डॉक्टर साहब कहने लगेंगे...

"प्रभा ! तुम्हारा कोई जवाब नहीं, तुम इडियट ऑफ द फर्स्ट वाटर हो। तुम व्यापार कैसे करती हो मुझे यही आश्चर्य होता है।"

चिढ़ मचती है डॉक्टर साहब के इन शब्दों से। वे क्यों अपनी दुनिया के साथ मेरी दुनिया को भी व्यवस्थित करना चाहते हैं। लेकिन ज्यादा सोचने से क्या होगा ? अपने बारे में कहाँ तक सोचूँ और कब तक ? सोचकर कभी कोई हल निकला ? नहीं ना...

डॉक्टर साहब अपने कागजों को समेटने लगते हैं। मैं टीवी के पर्दे पर आँखें गड़ा लेती हूँ...

"यह क्या ? टीवी देख रही हो या फिर चैनल बदल रही हो ? कहाँ ध्यान है तुम्हारा ?"

“कहीं नहीं।” मैं पास रखी हुई एक पत्रिका के पन्ने पलटने लगती हूँ। परेशान हूँ...नहीं बेचैन हूँ। किसलिए ? मन उचट गया है। बस किसी तरह वापस कलकत्ता पहुँच जाऊँ और हम दोनों अपने-अपने काम में लग जाएँ। यह अहसास ही काफी है कि हम दोनों एक-दूसरे के लिए हैं। माना कि हम आकाश में उड़ते हुए अलग-अलग पंछी हैं लेकिन क्या हम दोनों कभी एक डाल पर नहीं बैठ सकते ? क्या डॉक्टर साहब मुझे खुश नहीं देखना चाहते ? शायद हाँ, शायद नहीं। हर क्षण हर दिन मेरे दिमाग में एक ही धुन बजती रहती है कि इस दुनिया में कितना कुछ देखने को है, कितना कुछ सुनने को है। एक जीवन काफी नहीं कि सब कुछ समेट लूँ जबकि मैंने तो आधी जिन्दगी रोते-रोते बिता दी। मैंने कभी नहीं चाहा था कि यों रो-रोकर जिन्दगी तमाम करूँ। अम्मा, जब भी रोती, तो यही कहा करतीं...“तुम लोग तो पढ़ी-लिखी लड़कियाँ हो, हमारी तरह बात-बात पर टिसुए ढलकाने मत बैठ जाना।” अम्मा कहीं आती-जाती नहीं थीं। बस एक उसी कमरे में उनकी सुबह, रात हो जाया करती। मगर उनके पास कितनी कहानियाँ थीं और उन कहानियों को सुनते हुए लगता मानो हम ही हैं उन कहानियों के पात्र। अम्मा को साधारण पारम्परिक जीवन कभी अच्छा नहीं लगा। बड़ी विद्रोहिणी थी मेरी माँ। अपनी फन्तासी में दूर देश के अजाने लोगों का चित्रण करती...पीछे छूटे राजस्थान की बातें...कौन मामी जो विधवा होने पर अपने मुनीम के साथ तीरथ गई और वहीं रह गईं, कोई एक और चाची जो घर छोड़कर निकल जाना चाहती थीं, जो अपने शराबी पति से दुखी थीं। एक और मौसी की बेटी जिसने अपने पति को जहर देकर मार दिया। एक और मामी जिसने अपने कालाबाजारी पति के कुकर्मों के खिलाफ अंग्रेज हाकिम के सामने गवाही दी और अपने पति को जेल की चक्की पिसवाकर मानी।

“अम्मा उन्होंने अपने पति के खिलाफ क्यों बोला ? और वह भी उस जमाने में ?”

“तेरे नानाजी लोगों ने तो उनके कदमों में अपनी पगड़ी रख दी थी। ‘ऐ बिन्दणी तू म्हारी इज्जत मत उछाल’। पर मामी नहीं मानी।”

“पर कालाबाजार तो और लोग भी करते थे।”

“कालाबाजार के साथ मेरे उस भाई ने एक और बड़ा कुकर्म किया। सात बरस की कुँआरी लड़की का शीलहरण किया था...”

“और मामी को मालूम था।”

“हाँ, इसीलिए तो उन्होंने ही मामा के खिलाफ अंग्रेज हाकिम के सामने दरखास्त दी। उस जमाने में जेल जाना एक बड़ी घटना थी। पूरे खानदान की नाक

कट गई थी।''

''ये कौन से मामा थे ?''

''मेरे चचेरे भाई थे, तू नहीं जानती उन्हें।''

क्या अम्मा की महत्वाकांक्षा मुझे मिली ? अम्मा कहा करतीं...''चाँद को छूने की कल्पना करो तो खजूर के पेड़ तक तो पहुँचोगे। अरे तुम्हारी चाहना ही सीमित रहेगी तो आगे कैसे बढ़ोगे ? जो मिले उसी में सन्तोष खोज लेना भला यह भी कोई बात हुई ?''

उन दिनों लगता मैं बहुत सन्तोषी हूँ। मुझे चाँद की जरूरत नहीं। आज लगता है चाँद की कल्पना मात्र हमारी जिन्दगी को उजाले से भर देती है।

डॉक्टर साहब सच में बेहद ढले हुए नजर आ रहे थे। बीमार से अधिक बीमारी के आतंक ने उन्हें तोड़ दिया था। कलकत्ता वापस लौटते हुए सारी पैकिंग मुझे अकेले करनी पड़ी, उन्होंने किसी काम में हाथ भी नहीं लगाया। उनके अनुसार हार्ट की बीमारी तो नहीं निकली मगर व्यक्ति को परहेज से रहना चाहिए। रास्ते भर वे अपने हाथ का थैला और रुपए-पैसे सम्हालते रहे। चार बजे की फ्लाइट थी। लुफ्तहांसा एयरलाइन से हमें वापस लौटना था।

प्लेन में उन्होंने फिर पूछना शुरू किया—''कौन था वह आदमी जिसने फोन किया था ?''

''कहा न अरुण थे।''

''उन्होंने मुझसे बात क्यों नहीं की ?''

''यह तो वही जानें।''

''सब सालों को लड़कियों से चोंच लड़ाने में मजा आता है।''

''जैसे सड़क पर चलनेवाली हर औरत वेश्या नहीं होती, वैसे हर मर्द, औरत को देखते ही लार नहीं टपकाने लगता।''

''अच्छा ! तो अब तुम्हें मर्दों का वर्गीकरण भी आ गया, पर लग गए हमारी सोन चिरैया के।''

"प्लीज ! डॉक्टर साहब इतना कड़वा मत बोला कीजिए।"

मेरी आँखें फिर भर आईं और मैंने मुँह घुमा लिया। कुछ देर वे और बड़बड़ाते रहे फिर मेरे कन्धे पर सर टिकाकर सो गए। उनका थका निढाल चेहरा देख मेरा दिल उमड़ आया। जैसा भी है यह व्यक्ति मेरा अपना है। कैसे रहूँगी इस आदमी के बिना...डॉक्टर साहब को यदि कुछ हो गया ? यदि ये भी वैसे ही इस दुनिया से चले गए जैसे एक दिन बाबूजी चले गए थे...हमेशा-हमेशा के लिए। बाबूजी के बिना हम बच्चे कितने असुरक्षित हो गए थे।

डॉक्टर साहब हैं तो मेरा सब कुछ सुरक्षित है।

अमेरिका की पहली यात्रा से लौटकर मैंने फिगरेट नाम से हेल्थ क्लब खोला था। लोगों का मुझसे पहला सवाल था—भला पैसे देकर कोई दुबला होना कौन चाहेगा ? मुझे लगा यदि अमेरिकी स्त्रियाँ अंग सौष्ठव चाहती हैं तो भारतीय स्त्रियाँ क्यों नहीं चाहेंगी ? यदि पश्चिम की हर तकनीक को हम अपना रहे हैं तो मोटापा घटाने की यह भी एक तकनीक है और इसे लोग जरूर अपनाएँगे। पहले यह हेल्थ क्लब छोटा था, एक कमरे में सीमित मगर धीरे-धीरे काम चल निकला, कुछ पैसे जमा हुए तो मैंने इसे बड़े रूप में खोलना चाहा। 1970, इसी हेल्थ क्लब से मुझे पच्चीस से तीस हजार रुपए महीने की आय हो जाती थी। अपने आप में यह एक बड़ी आर्थिक उपलब्धि थी।

लेकिन धीरे-धीरे मेरे लिए फिगरेट का काम उबाऊ होता जा रहा था, बोरियत से भरपूर...दस साल के दौरान एक भी ऐसी स्त्री से परिचय नहीं हुआ जो अपने आप से अपनी देह से, रूप-रंग से सन्तुष्ट हो। औरत इस हद तक वस्तु हो जाती है कि अपनी ही देह की एक-एक परत को दूसरों की नजर से तौलती रहती है और नापने-जोखने, तौलने के बाद की अतृप्ति, पूर्णता हासिल नहीं कर पाने की हार और थकान औरत को तोड़कर रख देती है। मीडिया स्त्री देह की एक खूबसूरत मगर असम्भव सी तस्वीर को औरत के सामने आदर्श रूप में प्रस्तुत करता है, तथा स्त्री इस छवि को एक परम आदर्श एवं सुखकारी रूप में स्वीकार

लेती है। उसे इस आदर्श को पाना है, इसके अनुकूल ढलना है। वह कमर कसकर मैदान में उतर पड़ती है, किन्तु तमाम चेष्टा के बावजूद स्वयं को वह इस छवि के माफिक नहीं पाती। कभी उसको लगता है कि उसका पेट ज्यादा है, कभी कमर चौड़ी, कभी हाथ ज्यादा मोटे तो कभी शरीर के आकार को लेकर अन्य कुछ शिकायतें। उसका मन शिकायतों से भर जाता है। आदर्श को हासिल न कर पाने के अभाव से वह त्रस्त हो जाती है।

चूँकि वह स्त्री मीडिया द्वारा निर्मित छवि के अनुकूल नहीं बन पाती इसलिए अपनी देह को वह अन्य के रूप में लेने लगती है। यह देह मानो उसकी अपनी नहीं, देह मानो उससे स्वतन्त्र है और देह की इस स्वतन्त्रता को नियन्त्रित करना होगा। इसे काटना- छाँटना होगा। अपनी देह के प्रति स्त्री कितनी फासिस्ट होती जा रही है, मुझे उन दिनों समझ में आया। अक्षत यौवन की चाह कितनी मासूम है, मगर यह चाह बड़ी आक्रामक है कि स्त्रियाँ अपनी देह पर वार पर वार किए जाती हैं, उम्र को एक जगह फ्रिज कर देना चाहती हैं लेकिन इन तमाम चेष्टाओं के बावजूद कुछ-न-कुछ कमी रह जाती है।

"प्रभाजी ! देखिए ना...मेरी स्किन कैसी होती जा रही है ?"

"और यह पेट कितना मोटा है।"

"अरे मेरे सर पर बाल इतने कम कैसे हो गए ? पहले तो नहीं थे।"

"यह तो आपके फिगरेट में सोना बाथ के कारण मेरे बाल झड़ गए।"

उनकी आँखों में शिकायत के साथ क्रोध और हताशा भी रहती। मानो उनकी हर कमजोरी के लिए मैं ही जिम्मेवार।

एक मिसेज रेवा बासु का कहना था–"पहले मैं ज्यादा ठीक थी, ज्यादा सुन्दर। पाँच सालों से मैं आपके फिगरेट में आ रही हूँ लेकिन चेहरे की झुर्रियाँ और बढ़ गईं।" मैं कुछ कहूँ इससे पहले बासन्ती बोल उठी–"अब पोन्चास का उमर में आप बाइस बोरस का तो नेई लागेगा।" मैं सोचने लगती आखिर देह के बदलते मौसम को हम औरतें क्यों नहीं स्वीकार पातीं ? पतझर में पीली सरसों कैसे नजर आए ? किस तकनीक के सहारे ?

फिगरेट में केवल पैसेवाली औरतें ही नहीं आती थीं...दुबले होने का चलन मध्यवर्ग में भी फैल रहा था, मारवाड़ी स्त्रियों की तुलना में मुझे बंगाली स्त्रियाँ अपने रखरखाव के बारे में ज्यादा सजग लगीं। कामकाजी महिलाएँ धड़ल्ले से अपने पर खर्च करतीं। मेरी एक महिला मित्र जो कि कलकत्ता हाईकोर्ट की मशहूर जज थीं...किन्तु अपने मोटापे के कारण बेहद परेशान रहती थीं, और अपनी इस हीनता को छुपाने के लिए रखरखाव के प्रति बेहद सजग रहतीं, वे बालों की स्टाइल

में ज़रा भी फेरबदल नहीं कर पातीं। मुझे लगता, व्यर्थ की इन रूप चर्चाओं से हम कामकाजी स्त्रियाँ अपने आपको कितना थका डालती हैं।

खैर, फिगरेट मेरी शरणस्थली थी। वहाँ से बाहर के पारिवारिक एवं सामाजिक माहौल को सहन करना बड़ा कठिन होता जा रहा था। मेरे और डॉक्टर साहब के सम्बन्ध के कारण एक तूफान खड़ा हो गया। घर पर अम्मा, दीदी और भैया लोगों की नाराजी...और काम पर आओ तो डॉक्टर साहब की पत्नी, बच्चे, यार-दोस्त, रिश्तेदार यहाँ तक कि नौकर, ड्राइवर तक सबकी नजरों में मैं एक दूसरी औरत थी और सारा अपराध इस दूसरी औरत का था। क्योंकि इस दूसरी औरत ने एक स्थापित डॉक्टर को फँसा रखा था। एक ही मकान में तीन फ्लैट किराए पर लिये गए थे, एक फ्लैट में मैंने फिगरेट खोल रखा था, ठीक मेरे फ्लैट के सामनेवाले फ्लैट में डॉक्टर साहब का आँख का क्लीनिक था और उससे ऊपरवाले माले में उनका परिवार रहा करता था। हमारा रिश्ता किसी से छुपा नहीं था। सबको एक-दूसरे की गतिविधि के बारे में पता रहता। डॉक्टर साहब चाहते थे कि मैं उनके परिवार में घुल-मिल जाऊँ, परिवार का हिस्सा बनूँ, बच्चों की परवरिश में हाथ बँटाऊँ, लड़कियों को स्मार्ट बनाऊँ। आश्चर्य की बात तो यह थी कि उनकी पत्नी भी यही चाहती थीं। अतः हमारे आपसी सम्बन्धों में अजीब तरह की उभयभाविता थी।

मेरे कुछ हितैषियों का मुझसे कहना था—

"सुनो, तुम ऐसे अकेले नहीं जी सकतीं।"

"क्यों ? मैं जीकर दिखा दूँगी।"

"लोग तुम्हें दूसरी औरत समझते हैं।"

"मैं फॉहशा की पहचान को उतार फेंकूँगी।"

"लोग तुम्हारे जीवन में मनमाने ढंग से हस्तक्षेप करेंगे।"

"उनका हर हस्तक्षेप अप्रासंगिक हो जाएगा।"

मेरे यह संवाद थे। कभी अपने आपसे, कभी दोस्तों से, कभी अनजान लोगों से।

इन तमाम दबावों के बीच मुझे बहुधा लगता कि मैं बिलकुल स्वतन्त्र हूँ क्योंकि मैं अकेली हूँ। जीने के लिए आखिर क्या चाहिए और कितना ? जितना चाहिए उतना मेरे पास है। मैं अकेले जीकर दिखा दूँगी।

लेकिन फिर भी जीने की तमाम कोशिश के बावजूद हर दूसरा मेरे लिए एक जीवित आतंक था। लकीर के इस तरफ शादीशुदा औरतें थीं। सती-सावित्री, पतिव्रताएँ, परम्परा को मानकर चलनेवाली, अपने आपको पति के चरणों में

रखनेवाली। कमोबेश इन सभी स्त्रियों के मूल्य एक जैसे थे, उनकी ताकत का स्रोत उनके पति थे। उनकी गृहस्थी ही उनका कर्मक्षेत्र थी। उन्हें सुकून पहुँचानेवाले बच्चे उनके पास थे। लकीर के इस ओर मैं थी, एक दूसरी औरत के रूप में। जिसके पास अपन काम था, बैंक में कुछ पेसे थे लेकिन इन सबके बावजूद समाज की नजर में जो पथभ्रष्ट और अपवित्र थी।

हाँ, मेरे और उन विवाहिताओं के बीच एक गहरी अलंघ्य खाई खुदी हुई थी। वैसे मेरे मन में भी ये दोनों प्रकार की औरतें बसी हुई थीं। मेरे भीतर संवाद चलता रहता। एक ने मुझसे कहा—"तुम विवाह क्यों नहीं कर लेतीं ? सुखी रहोगी।" दूसरी का उत्तर था—"तुम तो विवाहित हो लेकिन क्या तुम सुखी हो ? तुम्हारे पास तो ऐसा कोई छोटा-सा कोना नहीं जहाँ बैठटकर तुम अपने लिए कुछ सोच सको।"

"हमारे साथ समाज है, सुरक्षा है।"

"लेकिन तुम अपने बारे में निर्णय लेने में स्वतन्त्र कहाँ ? और क्या तुम भी मेरी जैसी जिन्दगी चाहोगी ? क्या मैं तुम्हारी आँखों का सपना बन सकूँगी ?" वही घिसा-पिटा उत्तर तैर जाता—"हमें नहीं मालूम, तुम्हारी इस नई जिन्दगी के बारे में हमें कुछ नहीं मालूम और इस समाज से लड़ना उतना आसान नहीं जितना कि तुम समझ रही हो।" मैं समझ रही थी कि मेरी इस बेतुकी दुनिया को शायद ही कोई औरत अपनाना चाहे।

मैं डॉक्टर साहब के परिवार में एक घुसपैठिया थी। अतः परिवार को प्रसन्न रखना मेरी पहली जिम्मेवारी थी। इन जिम्मेवारियों का निर्वहन मुझ पर नहीं बल्कि उनकी पत्नी और बच्चों की इच्छा पर निर्भर करता। उनका जब मन होता तब वे मुझे अपने फ्लैट में बुला लेतीं, अपनी गृहस्थी में शामिल करतीं, "शाम को पार्टी है, दस जन खाने पर आ रहे हैं, खाना बना दीजिए।" और जब उनका मन चाहता मुझे किनारे बैठा देतीं। कभी वे अपने कमरे में बनी रहतीं और मैं पार्टी की पूरी तैयारी खतम कर खाना बनाकर वापस नीचे अपने फ्लैट में लौट आती। दुखी वे भी थीं और मैं भी। किन्तु वे अपने दुख को जायज मानतीं और मैं अपने अपराधजन्य दुख को कम करने के लिए क्षतिपूर्ति में लग जाती। आसपास के लोग भी समझ चुके थे, मैंने एक फटी हुई चादर ओढ़ रखी है और फटे में पाँव रखना वे कभी नहीं भूलते थे। परिवार के अन्य सदस्यों को उनकी पत्नी समझा देतीं कि यदि वे मुझे सहन कर रही हैं तो अपने पति की खुशी, इच्छा और तानाशाही के कारण। ऐसा नहीं कि उन्हें खाना बनाना नहीं आता, कि अपने घर का रखरखाव वे नहीं जानतीं, लेकिन उनका बनाया हुआ भोजन यदि उनके पति को पसन्द नहीं आए तो वे क्या करें ? बच्चों को उन्होंने पैदा किया है, अपने बच्चों

की माँ हैं। वे बच्चे उनकी बात नहीं सुनेंगे तो किसकी सुनेंगे लेकिन पति हैं जिन्हें अपनी पत्नी नहीं बल्कि इस दूसरी औरत का ही किया-धरा पसन्द आता है और फिर इस दूसरी औरत को यदि खुश नहीं रखेंगी तो कहीं यह औरत बदला लेने बैठ गई तब क्या होगा ? आज समझती हूँ कि दमित व्यक्ति की अपनी रणनीति अलग होती है। जोड़-तोड़ का सारा तर्क उसके जीने की पहली शर्त है। हाँ, इन बातों का मेरे मन पर प्रभाव गलत पड़ा। अपनी निजी जरूरतों से मैं अलगावित होती गई और डॉक्टर साहब एवं उनके परिवार की जरूरतें मुझ पर हावी होती चली गईं। शायद यह मेरे भीतर का अपराधबोध था जो मुझसे इतनी मेहनत, इतना त्याग करवा रहा था। मैं उनका घर सजाती, उनकी बेटियों का दहेज इकट्ठा करती, उन्हें मान-सम्मान मिले इसकी चेष्टा करती। मैंने अपनी ओर ध्यान ही नहीं दिया। डॉक्टर साहब को जब पद्मश्री मिली तो मेरी पहली प्रतिक्रिया थी, चलो अब लोग यह नहीं बोलेंगे या कम-से-कम डॉक्टर साहब के मन में यह शिकायत नहीं रहेगी कि इस प्रेम सम्बन्ध के कारण उनकी तरक्की नहीं हुई।

मैं अकेली थी, इतनी अकेली कि मैं किसी का रोल मॉडेल नहीं बन सकी। कोई लड़की मेरे जैसी नहीं होना चाहती थी...मेरी तमाम सफलताएँ सामाजिक कसौटी पर पछाड़ खाने लगतीं। सारी उपलब्धियाँ अपनी चमक खो देतीं। अतः मेरी स्वतन्त्रता एक जहरीली स्वतन्त्रता थी। जहाँ तनाव अधिक था, कभी न खुलनेवाली गाँठें थीं। अपनी शर्त पर फलती-फूलती हुई एक प्यार भरी जिन्दगी को भीतर से परास्त कर देनेवाली उलझनें थीं। डॉक्टर साहब एक सफल डॉक्टर होने के साथ-साथ एक सामाजिक कार्यकर्ता भी थे। लेकिन इन सामाजिक मंचों से दूर वे नर्वस, चिड़चिड़े और अवसादग्रस्त इंसान थे। अपने प्रति अत्यधिक आत्मसजग। उनके क्रोध और विस्फोट से हर कोई डरता, छोटी-बड़ी बातों को ले वे किसी से भी भिड़ जाते, अनदेखा करना उनके स्वभाव में नहीं था। एक छोटे से भाषण को, पत्र को दस-दस बार लिखवाते। उनके साथ रहते हुए मैं खुद तनावग्रस्त होती जा रही थी। काम का बोझ मुझे अनुशासित करता लेकिन इसके साथ मेरी छोटी-छोटी खुशियों की होली रोज जला करती। मेरी सबसे बड़ी त्रासदी थी कि मैं हमेशा भयग्रस्त रहती, समाज के ताने-बोली का भय, डॉक्टर साहब के विमुख होने का भय, उनके परिवार में एक बाहरी व्यक्ति ही बनकर न हर जाऊँ इसका भय, भय मेरा स्थायी स्वभाव बन गया। मजे की बात तो यह है कि मुझे आर्थिक असुरक्षा कभी नहीं घेरती थी। मुझे लगता अपनी जरूरत भर तो मैं जरूर कमा लूँगी पर यदि जीवन में प्यार न रहे, यह रिश्ता छूट जाए तो मैं कैसे जीऊँगी, कहाँ जाऊँगी ? उनका परिवार मुझे नहीं स्वीकार रहा था और मैं थी कि उसी

परिवार को अपना बनाने में जुटी थी। जो मेरी छवि पर कालिख मलते मैं उन्हीं को जीतने की जी-जान से चेष्टा करने लगती। मैं उन्हीं लोगों की तरह होने का प्रयास करती जो मुझे बुरा समझते। उन्हीं के सामने मुझे धवल, पवित्र होना था और जो मुझे गलत कह रहे थे। जो मुझे स्वीकारते थे, जिन्हें मुझसे प्यार था उस ओर मैं आँख उठाकर भी नहीं देखना चाह रही थी। उनमें मेरी कोई रुचि नहीं थी।

मैं वह अन्य थी जिसे निरन्तर निर्मित किया जा रहा था। क्योंकि महज मेरा होना पत्नीत्व नामक संस्था को चुनौती दे रहा था। सहमति की खोज में मैं बुरी तरह थकने लगी थी। मैं बस पति-पत्नी के बीच 'एक वह' थी। एक बाहरी तत्व, अनचाही स्वीकृति। मैं कायर और बुजदिल थी, इतनी अधिक डरी-सहमी कि सर उठकर पूछ भी नहीं पा रही थी कि आखिर मुझे इतनी निर्मम सजा क्यों दी जा रही है ? मैंने तो इस व्यक्ति का घर बनाया है, जो कमाती हूँ उसमें इन लोगों का भी हिस्सा है। डॉक्टर साहब की व्यस्त जिन्दगी में आखिर मैं कितना समय घेरती हूँ ? अजीब-सी दोहरी जिन्दगी थी ! मेरे बुद्धि-विवेक का, अनुभव और सुघड़ता का सभी लोग पूरा फायदा उठाते और साथ ही यह कहना नहीं भूलते कि हमने कब कहा कि आप हमारे लिए कुछ कीजिए...आप खुद आगे बढ़कर करती हैं तो इसमें हमारी क्या गलती है ? डॉक्टर साहब का कहना था—"तुम कुछ करके सुनाती क्यों हो ? नेकी कर और कुएँ में डाल।" मैं पूछना चाहती थी, क्या सारी वैधता सात फेरों से मिलती ?

मेरे लिए हर दिन मानो फाँसी के फन्दे से साक्षात्कार था। यदि मेरे पास फिगरेट नहीं होता और उससे एक नियमित आय नहीं होती तो शायद इस सामाजिक प्रताड़ना को झेलना बिलकुल असम्भव हो जाता। कविता लिखना भी इन्हीं दिनों शुरू किया, कविता के सहारे मैं असहनीय यथार्थ से पलायन कर पाती। मैं हर कीमत पर अपने आपको जिन्दा रखना चाहती थी। यथार्थ के बदले में फन्तासी में पूरी तरह पलायन कर चुकी थी।

धीरे-धीरे वक्त के साथ मुझे पता चलने लगा कि मैंने और डॉक्टर साहब ने जिस चाँद को साथ-साथ देखा, वह एक नकली चाँद था, हमने जो कविता गुनगुनाई थी वह किसी और की कविता थी, जिस चिड़िया ने हमें पहले-पहल एक-दूसरे से लिपटे हुए देखा वह भूले-भटके हमारी मुँडेर पर आ बैठी थी, अन्यथा उस चिड़िया को तो कहीं और होना था। हमारा अपराध था कि हम प्यार करते थे, वैसे ही जैसे हजारों स्त्री-पुरुष करते हैं लेकिन इन हजारों स्त्री-पुरुषों की शादी हो जाती है और यदि शादी नहीं होती तो वे अलग-अलग हो जाते हैं। त्रासदी

तो यह थी कि न हमारी शादी हो सकती थी और न हम अलग हो पा रहे थे। क्या इन सामाजिक मान्यताओं से पहले कोई समाज नहीं था ? क्या उस समाज में स्त्री-पुरुष के विवाहेतर सम्बन्ध नहीं हुआ करते थे ?

और यदि विवाह व्यंवस्था ही एक शाश्वत सच है, और यदि इससे इतर कुछ भी स्वीकृत नहीं तो मुझे भी शादी कर लेनी चाहिए, बिना शादी के मेरी कोई पहचान नहीं बनेगी। डॉक्टर साहब से शादी की सम्भावना नहीं थी क्योंकि मिसेज सर्राफ ने हमारे रिश्ते पर आँसू जरूर गिराए पर उन्होंने कभी तलाक नहीं चाहा। हमारे सम्बन्ध के प्रति उनका एक निष्क्रिय प्रतिरोध था। पत्नी होने के अलावा अन्य कोई विकल्प उनके जीवन में था भी नहीं, पति के बिना वे कहाँ जाएँगी ? उनका क्या होगा, वे बेहद असहाय हैं, और इस असहाय छवि के अनुसार उन्होंने स्वयं को ढाल लिया था। इस छवि से सबको सहानुभूति थी, इस छवि के सामने डॉक्टर साहब को भी झुकना पड़ता। इसलिए हम शापित थे, बाध्य थे एक-दूसरे को झेलने के लिए। श्रीमती सर्राफ की दुनिया व्यर्थ के कर्मकांडों से भरी हुई थी। हालाँकि इन पारिवारिक रीति-रिवाजों का मेरी नजर में कोई महत्त्व नहीं था मगर इन्हीं कर्मकांडों के माध्यम से मुझे व्यर्थ महसूस करवाया जा सकता था।

क्रूर समाज था, क्रूर परिवेश, उनकी क्रूरता जितनी त्रासद थी उतनी ही बेतुकी भी और ऐसे परिवेश में अपना ही कटा हुआ सर अपनी हथेलियों पर लिये मैं घूम रही थी। मुझे कोई शारीरिक सजा नहीं मिली, किसी दैहिक पीड़ा का अहसास कभी नहीं हुआ लेकिन एक चरम मानसिक यन्त्रणा को भोगते रहने को, एक स्थायी आतंक को झेलते रहने को मैं बाध्य थी।

एक दिन डॉक्टर साहब ने कहा, "तुम दिन-रात कुछ-न-कुछ पढ़ती रहती हो, क्यों नहीं तुम डॉक्टरेट कर लेतीं ? अच्छा रहता।" डॉक्टर साहब का सुझाव था।

"मगर क्यों ? मुझे कहीं पढ़ाने तो जाना नहीं।"

"कहा न...अच्छा रहेगा। लोग तुम्हें डॉक्टर प्रभा खेतान के नाम से जानेंगे...मिस प्रभा खेतान का परिचय असल में लोगों को तुम्हारी निजी जिन्दगी

में झाँकने का अवसर देता है।''

''पढ़ाई करने का यह भी भला कोई कारण हुआ ?'' मगर यह एक ठोस कारण था।

डॉक्टर साहब को सलाह देनेवालों का भी यही कहना था कि मिस या सुश्री कहकर परिचय करवाने से दिक्कत होती है।

और इस कारण बताओ नोटिस को खारिज करने के लिए मुझे भी शोध कार्य करना था। सार्त्र मेरे प्रिय लेखक और वैचारिक प्रणेता थे लेकिन शोधकार्य के लिए वापस कलकत्ता विश्वविद्यालय के परिसर में जाने का मन नहीं किया। प्रेसिडेंसी की स्थिति और बिगड़ती जा रही थी। एक अन्तराल था जो मेरे एवं उन लड़कों के बीच पसरा हुआ था। वे मुझे शोषक मानते थे। उनकी नजर में मैं वर्ग शत्रु थी। उनकी तरह व्यवस्था को उठा फेंकना, या फिर परिवर्तन के जुलूस में शामिल होना मेरे लिए सम्भव नहीं था। इसे चाहे मेरी कायरता कह दिया जाए किन्तु अपनी बुर्जुवा पहचान से एक प्रकार का मोह और लगाव था। मुझे लगता सम्भव है किसी और ने बंगाली समाज का शोषण किया हो पर मैंने तो कभी किसी का शोषण नहीं किया, फिर मैं क्यों दंडित होऊँ ? सिर्फ इसलिए कि मैं एक पूँजीपति की बेटी हूँ ? मेरे भाई रात-दिन की मेहनत करते, आसपास के परिवेश से उनका मोह और लगाव है। मेरी माँ सदा अन्याय के खिलाफ लड़ती रही हैं। बाबूजी ने कभी किसी का एक पैसा नहीं मारा। कभी झूठ नहीं बोलनेवाली, पाक-साफ मेरी अम्मा हमेशा कहती हैं—बेटा ! रूखी-सूखी खा लेना पर चोरी नहीं करना। भला ऐसे माँ-बाप को मैं कैसे शोषक मान लूँ ? बल्कि मेरे कुछ साथियों के आदर्श मुझे बड़े वायवीय लगते। उनके सामाजिक और आर्थिक सरोकार बड़े अस्पष्ट थे।

मैं श्रीमती सर्राफ के लिए सोचती हूँ तो लगता है शायद वे मुझसे ज्यादा दुखी थीं। कौन स्त्री अपने सुहाग में साझा चाहेगी ? ऐसा नहीं कि मुझसे पहले डॉक्टर साहब की जिन्दगी में लड़कियाँ नहीं थीं पर वे गैर-जरूरी थीं, उनका आना-जाना शायद श्रीमती सर्राफ को परेशान नहीं करता था। वे या फिर उनके सर्कल की अन्य स्त्रियों का कहना था—बाजार की चाट एक ही दिन अच्छी लगती है, घर की रोटी आपको बारह महीने स्वस्थ रखती है। लेकिन मैं भी किसी की स्थायी जरूरत बनती जा रही थी। पर मेरी तुलना में जिन्दा रहने का नुस्खा श्रीमती सर्राफ ज्यादा अच्छी तरह से जानती थीं। वे व्यावहारिक थीं, बिना किसी बहस के शान्ति से उन्हें जो करना रहता वे करके मानतीं। डॉक्टर साहब जितना नाराज होते, चीखते-चिल्लाते उतनी ही वे मंथर गति से अपना मनचाहा करती रहतीं। वे दमित

थीं, बेहद कुंठित, मगर प्रतिरोध का उनका तरीका भी बड़ा नायाब था। सीधे विरोध करने के बदले ऐन मौके पर वे कुछ ऐसा करतीं, कुछ ऐसी फूहड़ता, ऐसी मूर्खई कि डॉक्टर साहब का सारा सन्तुलन गड़बड़ा जाता। वे चीखने लगते, "तुम्हारी जैसी फूहड़, गँवार औरत ने मेरी जिन्दगी बिगाड़ दी..."

"तो आप प्रभा से अपना काम करवा लीजिए। मैं कब आप लोगों के बीच आती हूँ ?"

"तुम गँवार हो।"

"हाँ मैं बेपढ़ी-लिखी गँवार औरत ठहरी। मुझे ये नई-नई बातें नहीं आतीं।"

पति-पत्नी के बीच एक तूफानी झगड़ा होता। आँसुओं की बाढ़ आ जाती। बाद में श्रीमती सर्राफ बिलकुल धुली-पुँछी निखरी हुई लगतीं। शक्तिमान पुरुष कितना कमजोर होता है तथा हर रूप में असहाय और कमजोर दिखनेवाली औरत कितनी ताकतवर हो सकती है, कैसे अपने पति को नियन्त्रित कर सकती है यह देख मेरा अपराधबोध और गहरा जाता। मेरे कारण ही यह झगड़ा हुआ। बेचारी मिसेज सर्राफ, वे कैसे ऐसा निष्क्रिय समर्पण कर पाती हैं, वे कैसे सब कुछ चुपचाप सुन लेती हैं ?

लेकिन वह एक उदास गृहस्थी थी। बच्चों की शिकायत भरी आँखें मेरा पीछा करती रहतीं—खाने की मेज पर अचार-चटनी की बोतलें लुढ़की रहतीं, सोफे पर गीला तौलिया पड़ा रहता, कोई बच्चा पलंग पर बैठे हुए आम की गुठलियाँ चूसता रहता, श्रीमती सर्राफ शायद एक अच्छी गृहस्थिन बन भी जातीं, सुघड़ता का प्रशिक्षण लेना कोई इतना असम्भव काम तो नहीं था, मगर वे मुर्झा गई थीं, उन्होंने अपने पास के खिड़की-दरवाजे बन्द कर लिए थे। डॉक्टर साहब हमेशा यही कहते कि तुम फूहड़ और गँवार हो और वे मानो डॉक्टर साहब के इसी कथ्य को प्रमाणित करने में जुट गई थीं। देखनेवाले को भी लगता वे सच में डॉक्टर साहब के लायक नहीं। हर बात में उनका उत्तर होता—"मैं क्या जानूँ, मैं तो पढ़ी-लिखी नहीं, मैं तो गँवार औरत ठहरी।" घर में यदि कहीं कुछ टूटा हुआ है तो पड़ा रहे अपनी बला से, यदि घर में किसी चीज का अभाव है, कुछ नहीं है तो मँगानेवाला अपने आप मँगवाएगा। फर्नीचर पर धूल जमी है जो जमी रहे। वे कभी नौकरों से एक शब्द भी कड़वा नहीं बोलतीं, बच्चों को वे कभी नहीं डाँटती थीं किन्तु घर में व्याप्त तनाव जानलेवा था। हम तीनों के बीच क्रोध का लावा बड़ी खामोशी से बहता था। घर में आनेवाला हर व्यक्ति इस लावे की आँच को महसूस कर सकता था, बच्चों को भली-भाँति समझा दिया था कि इन सबके मूल में मैं हूँ। परिवार की तमाम असफलता की जड़ मैं हूँ, यदि मैं नहीं होती तो घर में अमन-चैन

रहता। कठघरे में खड़ी कभी मैं अपने लिए सफाई दिया करती, तो कभी सर झुकाकर खड़ी हो जाती। भरसक चेष्टा करती कि डॉक्टर साहब का परिवार सुखी रहे, उन्हें और उनके बच्चों को वह सब कुछ मिले जिससे वे मेरे कारण वंचित हो रहे थे।

गीता ने मुझसे कहा—"मूर्ख वे नहीं मूर्ख तू है ! तूने डॉक्टर साहब से प्यार किया था लेकिन इससे और आगे बढ़कर उनके पूरे परिवार को अपनाने की तुझे क्या जरूरत थी ? और अपनाने से कोई तेरा अपराध कम तो नहीं हो गया, सजा देने में वे कोई कोताही तो नहीं करते। मैं श्रीमती सर्राफ का मन समझ सकती हूँ। वे शिक्षित नहीं, बाहरी दुनिया का उन्हें ज्ञान नहीं लेकिन डॉक्टर साहब तो बुद्धिमान हैं। यदि उनकी जिन्दगी में कोई है, यदि उस स्त्री से डॉक्टर साहब प्यार करते हैं तो उन्हें चाहिए था कि अपनी इस समस्या का समाधान ज्यादा सृजनात्मक रूप से करते।"

किन्तु एक सिरे पर उनका परिवार था तो दूसरे छोर पर डॉक्टर साहब थे जो बहुत कुछ देखते हुए भी अनदेखा कर रहे थे जिनकी दृष्टि केवल अपने परिवार में सीमित नहीं थी। क्योंकि उनकी बेशुमार महत्वाकांक्षाएँ थीं जिसे पूरा करने में वे कोई कसर नहीं उठा रखना चाहते थे।

डॉक्टर साहब मेरे प्रेमी नहीं रह गए थे, पर मेरे अभिभावक जरूर हो गए थे। मैं जो कमाती उनके हाथ में रख देती। जैसे वे सब बच्चों की फाइल देखते थे, टैक्स भरते थे, वैसे ही मेरी कमाई का, विनियोजन का हिसाब रखते। डॉक्टर साहब को मेरी जरूरत थी। और वे बार-बार मुझसे कहते..."तुम मेरी सबसे बड़ी उपलब्धि हो, मैं तुम्हारे बिना जी नहीं सकता।"

एक दिन उन्होंने कहा—"मिसेज तुम्हें छोटे बेटे नीरज को गोद देना चाहती है।"

"वही उन्हीं का रहेगा मेरा कभी नहीं होगा। मैंने जिन्दगी के पच्चीस साल आप सबके पीछे गँवाए हैं। अब और भ्रम पालने से क्या होगा ? यह तो बताइए कि आप या आपके परिवार का कौन मेरा अपना हुआ ?"

"तुम इतना कड़ुवा क्यों बोल रही हो ? कहाँ से कहाँ बात को ले जाती हो।"

"मैं बस इतना जानती हूँ कि मुझे मेरा सफर अकेले तय करना होगा।"

"बस एक शादी तो नहीं हुई हमारी।"

"शादी नहीं होने का मुझे उतना दुख नहीं। मेरा सबसे बड़ा दुख है कि एक विवाहित पुरुष से मेरे नाम का जुड़ा होना, लोग मुझे आपकी रखैल कहते हैं।"

"कौन कहता है, किसकी इतनी हिम्मत, क्या लोग नहीं जानते कि तुम एक

पढ़ी-लिखी, आर्थिक रूप से स्वावलम्बी स्त्री हो। रखैल तो उसे कहते हैं जिसका पुरुष भरण-पोषण करता है।''

''समाज नहीं मानता, न समाज यह विश्वास करता है कि मैं अपना पैसा आप कमाती हूँ, मेरी हर उपलब्धि को बस आपका अवदान मान लिया जाता है। समाज की नजरों में ऐसे सम्बन्धों की कोई कद्र नहीं। सोचती हूँ मुझे सच में शादी ही कर लेनी चाहिए। आप नहीं करेंगे तो मैं किसी और से कर लूँगी।''

''शादी करके तुम कौन-सी सुखी हो जाओगी। इतना रोओगी-पछताओगी कि तुम्हें अन्दाजा नहीं। अतीत का बोझ हमेशा तुम्हारी पीठ पर रहेगा।''

बात इसी तरह उठा करती और खतम हो जाया करती और वापस सब कुछ पहले जैसा चलता रहता। उनके दोस्त ने भी मुझसे कहा—''आप शादी करना चाहती हैं मगर अतीत का यह दाग तो मिटेगा नहीं, जो नया आदमी आपकी जिन्दगी में आएगा क्या वह कभी आपके अतीत को लेकर ताने-बोली नहीं सुनाएगा ?''

''और भी तो स्त्रियाँ शादी करती हैं, विधवा, तलाकशुदा, बच्चों की माँ...''

''पर सब दुखी रहती हैं, और फिर आपका तेज स्वभाव।''

मैंने खुद से पूछा क्या मैं तेज हूँ ? मेरे दिमाग में शान्त-सीधी औरतों के न जाने कितने असफल दाम्पत्य जीवन तैर गए।

डॉक्टर साहब ने उस दिन एक और सवाल भी दागा था—''पहली पत्नी तो पत्नी रहेगी, तलाकशुदा होकर भी रहेगी, बच्चों की माँ रहेगी, तब क्या तुम दूसरी पत्नी कहलाना पसन्द करोगी ?''

''पत्नी, पत्नी होती है, पहली-दूसरी का यह कैसा क्रमबद्ध सम्बोधन हुआ ?'' मुझे अपना तर्क ठीक लगा...''आपको मुझसे शादी करनी होगी अन्यथा मुझे छोड़ दीजिए, मैं अपनी जिन्दगी जीना चाहती हूँ।''

''अपनी जिन्दगी तो अपने ढंग से तुम जी रही हो, कौन इसमें डिस्टर्ब करता है ? तुमसे कोई कुछ कहने जाता है ?''

''नहीं...मुझे यह बन्दीघर अच्छा नहीं लगता, आप हर बात की खोज-खबर रखते हैं, कौन आया, कौन गया।''

डॉक्टर साहब चिढ़ गए थे, ''तो तुम रंडीखाना खोल लो।''

मैं भी चीख रही थी...''स्वतन्त्र स्त्री का क्या यही अर्थ हुआ कि उसे वेश्या का दर्जा दे दिया जाए ? मुझे आपसे और आपकी गार्जियनशिप से मुक्ति चाहिए।''

''तुम्हें पता नहीं प्रभा कि दुनिया कितनी जोखमभरी है, लोग तुम्हारा सारा

धन लूट-पाट कर खा जाएँगे। मैं तुम्हारा हितैषी हूँ, मुझसे ज्यादा तुम्हें न किसी ने चाहा है और न चाहेगा।''

और दुनिया सच में जोखमभरी होती जा रही थी। इतिहास के इस खतरनाक मोड़ को बंगाल शायद ही कभी भूल पाए। प्रेसिडेंसी के मेरे बहुत सारे परिचित छात्र जो गाँवों में किसानों के साथ मिलकर काम करने गए थे, अब नक्सलपंथी बनकर सक्रिय थे। उनके गुरु थे चारु मजूमदार। उनकी प्रेरणा शक्ति थी माओ की लाल किताब !

छात्रों ने यह नहीं सोचा कि विवेकहीन हिंसा जन-मानस को उनसे और दूर ढकेल देगी। अधिकतर छात्र मध्यवर्ग पृष्ठभूमि से थे। किन्तु अपना वर्ग भूलकर इन्होंने हाथ मिलाया किसानों के साथ, मजदूरों के साथ। गेस्टकीन विलियम एवं हिन्द मोटर, स्टेट्समैन आदि कम्पनियों में लम्बी-लम्बी हड़तालें हुईं। छात्रों का इसमें सहयोग था। वे चले नक्सलबाड़ी, मुर्शिदाबाद, वीरभूम, सुन्दरवन आदि सुदूर इलाकों में। वे किसानों के साथ जीना चाहते थे, उनके साथ एकात्म होना चाहते थे और अपने आपको, अपने वर्ग को भूल जाना चाहते थे।

क्रान्ति की यह चरम भूमिका छात्रों द्वारा ही लिखी गई थी मगर विकृति का स्रोत भी यहीं से शुरू हुआ। छात्रों ने अपनी संस्कृति का विरोध करना शुरू कर दिया। उन्होंने इतिहास को उठा फेंकना चाहा। परम्परा को खारिज करना चाहा जबकि बंगाल की माटी में उदारपन्थी शिक्षा, जीवन-मूल्य, नैतिक संस्कार रचा-बसा था। जिस जमीन पर वे खड़े थे, उसी का उन्होंने विरोध शुरू किया और उनके विरोध से बंगाल का मध्यवर्ग चौंक उठा।

अजय मुखर्जी की बांग्ला कांग्रेस और उसमें उपमन्त्री के रूप में ज्योति बसु। सवाल उठा सुधारवाद को स्वीकारा जाए या फिर सशस्त्र क्रान्ति का आह्वान ही ठीक रहेगा ?

परिस्थिति और विस्फोटक हो गई। मार्क्सवादी और नक्सलपन्थी आपस में भिड़ गए। एक ओर कलकत्ते के अधिकतर छात्रों में कोआर्डिनेशन के माध्यम से सुधार एवं ठोस परियोजना की चर्चा थी, उनका कहना था परिवर्तन लाना है मगर योजनाबद्ध तरीके से। दूसरी ओर प्रतिक्रिया तीखी थी—सशस्त्र लड़ाई को जल्द-से-जल्द शुरू किया जाना चाहिए।

पहला संयुक्त एकीकृत मोर्चा (यूनाइटेड फ्रंट) खारिज होता है। और उसके बाद राज्यपाल का शासन लागू हुआ। फिर चुनाव हुआ। सत्ता में आनेवाली कांग्रेस सरकार के मुख्यमन्त्री सिद्धार्थ शंकर राय के दमनचक्र के सक्रिय प्रतिरोध के अलावा और कोई उपाय नहीं था। 1968 में कामरेड कानू सान्याल की गिरफ्तारी,

1969 में दुर्गापुर आर.ई. कॉलेज में गोली चली जिसके विरोध में कॉलेज स्ट्रीट में छात्र एवं पुलिस में घंटों लड़ाई हुई।

नक्सलबाड़ी की एक निर्धारित भूमिका थी। बल्कि उन दिनों तो हर युवक ही नक्सलपन्थी हो गया था। जो भी कलकत्ता पढ़ने आया अपने गाँव लौटकर उसने स्वयं को नक्सलवादी कहकर परिचय दिया, जबकि आन्दोलन से उसका दूर-दूर तक नाता नहीं था। व्यवस्था के विरुद्ध उसने शायद ही कभी कोई आवाज उठाई हो। वह तो बस मौकापरस्त व्यक्ति था। खैर, बहस जारी थी और बहस के बीच मुझे अपने सोच की सीमा भी समझ में आ रही थी।

छात्र आन्दोलन में बहुतों ने सहयोग दिया, सम्भव है उनमें से कई ऐसे भी थे जो झंडा लेकर जुलूस में नहीं चले, किन्तु आन्दोलन की कीमत उन्हें भी चुकानी पड़ी। छात्र आन्दोलन का इतिहास किसी दल विशेष का इतिहास नहीं था।

किसी ने कहा...''इस देश में कुछ नहीं होगा। साले सब चोर, लुटेरे, भ्रष्टाचारी ! यदि कोई परिवर्तन लाने में समर्थ है तो वह केवल नक्सली हैं।''

किसी के अनुसार योजनाबद्ध तरीके से ही क्रान्ति सम्भव होती है।

और कोई अब भी इस बात पर अड़ा था कि ''यदि कभी कुछ अच्छा घटा तो अंग्रेजों के जमाने में।''

वह जाड़े की काँपती हुई सुबह थी। मानो भय...आतंक...का कोहरा छाया हुआ था क्योंकि कलकत्ता शहर में नक्सलपन्थी का तांडव नृत्य शुरू हो चुका था। आतंक हमारी हड्डियों में धँस गया था।

श्यामपुकुर का सीपीएम कैडर बाबलू दास बेचारा गैलिफ स्ट्रीट के ट्रॉम डिपो के पास अड्डा मारने गया था। टूट पड़े थे नक्सली उस पर। बाबलू की चीख से मुहल्ला काँप उठा पर बीचबचाव की किसी को हिम्मत नहीं हुई। पेट में छुरा मारकर वे दूर तक भागते चले गए। उनका नारा था बंगाल को हम लाल कर देंगे।

थू है ऐसे नारों पर। हिंसा के समर्थन में फैनन को पढ़ना एक बात है मगर

दिन-दहाड़ किसी की हत्या को देख पाना सम्भव नहीं।

दस जनवरी को डॉक्टर साहब का जन्मदिन था। उन्हें जन्मदिन की शुभकामना देने मैंने फोन किया, फोन पर बातें हो रही थीं कि डॉक्टर साहब की आवाज में दहशत ! आसपास कहीं बम फटा है। अरे ! नहीं यह कोई भारी बम था। पता चला इंटाली कामारडांगा के सात नम्बर रेलवे क्वार्टर में बम बनाने का कारखाना था, वहीं पर आठ बम एक साथ फटे थे। बम की आवाज से खिड़की-दरवाजे तक टूट गए। डॉक्टर साहब का अर्दली त्रिभुवन रोते-रोते कह रहा था...कोई नहीं रुका, बस मेरा भगना रह गया। उसी के दोनों हाथ कट गए हैं डॉक्टर साहब ! बाकी सब संगी-साथी भाग निकले हैं। थोड़ा चलकर देखिए डॉक्टर साहब...नहीं तो सियालह रेलवे अस्पताल में फोन कर दीजिए, कम-से-कम उसका इलाज तो हो। वे फोन करने हाथ बढ़ाते हैं लेकिन सहमकर रुक जाते हैं। उनकी हिम्मत जवाब दे गई। इन नक्सलियों का क्या भरोसा, कहीं उन पर ही गोली न दाग दें। एक बार फिर बम की आवाज।

''त्रिभुवन यह क्या है ?''

''ऊ खोकन था न ? उ कहत रहिस हमलोग इन्कलाब करेंगे।''

सत्तरह जनवरी रात दो बजे चितपुर थाना के पास की कोई गली। चौधरी लेन, और उस गली का वह पुराना मकान। वहाँ कोई रहता नहीं था। अचानक दो-चार बमों का विस्फोट हुआ मगर अड़ोस-पड़ोस किसी का दरवाजा नहीं खुला। कोई चेहरा खिड़की से नहीं झाँका।

रातों को सो नहीं पाती हूँ। भय और आतंक से हम सभी काँपते रहते। न जाने कब क्या घट जाए ? खुली आँखों छत को ताक रही हूँ। ऐसी रातों में भला किसे नींद आती है ? पड़ोस में कोई बच्चा रो रहा है, रात के सन्नाटे को चीरता हुआ बच्चे का रुदन। क्या इसी बच्चे के लिए नक्सली लोगों ने धरती पर स्वर्ग उतार लाने का एलान किया है ? इस बच्चे का पिता बिशू तो पुलिस की गोली से मारा गया।

दूसरे दिन दमदम रोड पर एक होमगार्ड की नक्सलियों ने गोली मारकर हत्या कर दी। हत्या और केवल हत्या का दौर...यह कैसी बर्बरता...पशु से पशुतर होने का सिलसिला कब जाकर रुकेगा, और कौन इसे रोक पाएगा ?

कालीघाट ब्रिज के ऊपर पुलिस की गोली से दो नक्सलपन्थियों की मौत हो गई। बस और ट्रॅाम से उतरकर लोग तिलचट्टों की तरह इधर-उधर भागने लगे थे। मेरी गाड़ी वहीं पर थी, किसी तरह जान बचाकर डर से काँपते-काँपते हम घर पहुँचे।

बीस जनवरी को मनीन्द्र चन्द्र कॉलेज के अध्यापक अशोकनाथ मुखर्जी को छुरा मार दिया गया। मगर क्यों ? किसलिए यह हत्या की गई ? नक्सलियों ने कहा वे बुर्जुवा थे। बुर्जुवा शिक्षा में विश्वास रखनेवाले। कहाँ हैं मेरे सारे बुर्जुवा शिक्षक नरेश सर, देवी बाबू, रमाकान्त बाबू ? सभी तो उदारवादी थे। क्या सब ठीक-ठाक तो है ना ? क्यों ये लड़के इतने पागल हो गए कि हित-अहित का ज्ञान नहीं ? अपने-पराए का बोध नहीं ?

बड़े भैया कह रहे थे...''आज टालीगंड रोड के सामने रात के अँधेरे में सीपीएम नेता गणेशचन्द्र बसु पर नक्सलियों ने बम फेंका। भागने की कोशिश में वे उलझकर गिर पड़े, छह-सात नक्सलियों ने दराँती से उनका सर धड़ से अलग कर दिया, और बड़ी शान्ति से नक्सली अपने ठिकाने की ओर लौट गए।'' इसी बीच रात दस बजे भैया के ससुराल से फोन आया...कलकत्ता छोड़ना होगा। यहाँ रहना जोखम से खाली नहीं। अभी-अभी महात्मा गांधी रोड पर युवा कांग्रेस कार्यकर्ता अशोक कुमार घोष पर चार-पाँच नक्सलियों ने छुरे से वार किया और उनकी आँतें निकालकर रास्ते पर फेंक दीं।

इतनी तीखी घृणा...घृणा का समन्दर हिलोरे ले रहा था। खून के बदले खून लेंगे, जान के बदले जान।

सुबह अशोक घोष के खून से दीवार पर लिखा हुआ था—इतिहास का नियम है—इन हत्याओं से भारत में क्रोध और घृणा का सैलाब उमड़ पड़ेगा। पुरानी व्यवस्था मिट जाएगी और नया भारत बनेगा।

पर इन मासूमों की हत्या से कौन-सा नया भारत बनेगा ? हमारे मन से किसके प्रति घृणा उपजेगी ?

बेचारे इन मासूमों ने किन लोगों का ऋण चुकाया ?

किसे प्रतिक्रियावादी कहा जाए ?

और फिर ये हत्यारे तो आपस में ही लड़ने लगे। आपसी वैमनस्य और असहमति को ये स्वीकार नहीं पा रहे थे। रोज नई घटनाओं के वर्णन से अखबार भरे रहते।

तालतल्ला में डॉक्टर पाड़ा लेन—बेचारे बूढ़े महादेव साहू से रुपया माँगा गया। पर महादेव बाबू ने मना कर दिया। ''चलो हटो तुम कल के छोकरे अभी दूध के दाँत टूटे नहीं, बने फिरते हो क्रान्तिकारी !''

बस दूसरे ही क्षण लपलपाता हुआ छुरा उनके पेट में घुसेड़ दिया गया, दम तोड़ दिया महादेव बाबू ने अस्पताल में।

तालतल्ला की गलियों से मेरा परिचय अस्सी के दशक में होता है जब हमने

वहाँ दस्ताने की फैक्ट्री शुरू की। आज और अतीत में इतना बड़ा फर्क आ गया कि आश्चर्य होता है। अस्सी के दशक तक भी वह इलाका सहज़ नहीं हो पाया था। मैं फैक्ट्री जाती जरूर थी पर मैं और मेरा स्टॉफ आतंक में जीते थे। कौन कब चन्दा माँगने आ जाएगा, किसी श्रमिक को निकालते ही तूफान उठ खड़ा होगा। कहाँ किसे पीट दिया जाएगा इसका अन्दाजा किसी को नहीं रहता था।

क्या क्रान्ति का ठेका आपने ले रखा है ? प्रतिरोध में कुछ भी कहते ही हम सुधारवादी, संस्कृतिवादी बुर्जुवा हो गए और तुम ? उस बेचारे बूढ़े प्रभाष बाबू की हत्या से कौन-सी क्रान्ति घटित होगी ? सुबह टहलने गए और लड़कों ने घेर लिया।

"कौन हो तुम लोग ? तुम्हें तो कभी देखा नहीं।"

"साले अब देख लो ! आखिरी बार देख लो।" और उनका काम तमाम कर दिया गया। मौत के जुलूस में बेचारे प्रभाष बाबू भी शामिल हो गए। क्रान्ति के पथ में वे बेचारे किसके लिए बाधा थे ? कौन जाने ?

क्या माओत्से तुंग ने कहा था कि निरपराध लोगों की हत्या की जाए ?

दमदम इलाके में सीपीआईएम और नक्सलियों में भयानक दंगा-फसाद हुआ। छुरा...भुजाली...पाइपगन...सोडावाटर की बोतलें...पिस्तौल की गोलियाँ...क्या नहीं चलीं। भैया के पास वकील राय साहब का फोन था। बच्चों की तरह फूट-फूटकर रो रहे थे। "धनराज मैं मार दिया जाऊँगा ! अरे कोई मुझे बचा ले।" उनका मकान सिथीं मोड़ पर था जिसे उन दिनों मौत का मुहाना कहा जाने लगा था।

इसी तूफान के बीच चुनाव होता है। काशीपुर में चुनाव प्रचार के लिए गए प्रफुल्लकान्ति घोष। उनके ड्राइवर की हत्या हुई। किसने हत्या की पता नहीं ? नक्सली के भेस में शायद गुंडे थे लेकिन प्रफुल्ल बाबू को मौका मिल गया विरोधियों को गिरफ्तार करवाने का। पुलिस ने जिन लड़कों को गिरफ्तार किया था, बाद में उन्हें ही अपना कहकर प्रफुल्लकान्ति घोष छुड़ाकर ले आए। उनका कहना था—"ये मेरे अपने लोग हैं। मेरे प्रिय। इनके प्रति मैं जिम्मेवार हूँ। यदि ये कुछ गलत करें तो मैं भोगूँगा पुलिस की सजा।"

बस वे सारे लड़के चुनाव के जुलूस में शामिल हो गए। करिश्मा, बाजीगरी...नौटंकी क्या इसे राजनीति कहा जाए ? देश के लीडरों की पोशाक में कितने लोभी-भोगी शैतानों ने जन्म लिया कौन जाने और आज भी वे पैदा हो रहे हैं। बड़ी उपजाऊ है इस व्यवस्था की जमीन...चारु बाबू ने हत्या की नौटंकी दिखाई थी। अपने लड़के को अराजकता का लाइसेंस दिया था। पता नहीं आनेवाला वक्त हमें और कितनी बाजीगरी दिखलाएगा।

रात के अँधेरे में बमों की आवाज से कान फटने लगते। दहशत से दिल डूबने लगता। अँधेरा होते ही लोग घरों में घुस जाते। न जाने कितने पुलिस अफसर मारे गए। शाम होते ही कलकत्ते की सड़कों पर ट्रैफिक पुलिस दिखाई न दे। यह कैसा शहर ? सन्नाटे का साम्राज्य पसरा रहता। शहर में आदमी नहीं दहशत के भूत-प्रेत चलते थे। नक्सलपन्थियों के दल में घुस गए थे कलकत्ता शहर के बहुतेरे लम्पट अपराधी, चोर, खूनी। दो-चार छोकरे आपके दफ्तर या फिर घर पर आ जाएँ और कहने लगें, निकालिए रुपया, दीजिए चन्दा। विरोध में किसी नागरिक का मुँह नहीं खुलता था। कुछ कहने का अर्थ हुआ, बुर्जुवा दुश्मन होना। वर्ग शत्रु की तालिका में नामांकन। भय और आतंक से लोग घर-बार, शहर छोड़कर भागने लगे। समस्या और केवल समस्याएँ थीं। कोल्हू का बैल बना आदमी कहने लगा था—हमारे लिए जिन लोगों ने सोचा वे सब मर गए।

आज भी मेरी स्मृति में उस लड़ाई की सिर्फ यादें बची हैं...उन ढेरों लड़के-लड़कियों की। वे जिद्दी-हठीले निषेधक नहीं थे। हिंसा उनका धर्म नहीं था, जीवन का उद्देश्य नहीं था, बल्कि प्रचंड क्रोध को न सम्हाल पाने की मजबूर अभिव्यक्ति थी। अपना वर्ग वे त्याग चुके थे। अपनी पहचान वे मिटा देना चाहते थे। और वे सच में किसान-मजदूर के सहायक बनना चाहते थे। लेकिन क्या वे सहायक बन पाए ?

चारु मजूमदार ने खुद अपना गड्ढा खोदा था। उन्होंने तो पूरी शिक्षा व्यवस्था को बुर्जुवा व्यवस्था कह डाला था और यह भी कहा कि तमाम शैक्षणिक संस्थानों को जलाकर खाक कर दो। वांग्मय मनीषियों में से किसी को पुकारा गया—दलाल। किसी को कहा गया—सामन्तीय अवशेष। परिधि की जरा-सी हलचल पर वे कमान दागना शुरू कर देते। सांस्कृतिक क्रान्ति के नाम पर शास्त्र जला दिए गए। रवीन्द्रनाथ की मूर्ति तोड़ डाली। मध्यमवर्गीय मानस इस धृष्टता को बर्दाश्त नहीं कर पाया, यदि यही तुम्हारी क्रान्ति है तो तुम इसे अपने पास रखो।

तुम्हारी अराजकता, इतिहास और संस्कृति का विरोध हम नहीं सह सकते। तुम यदि सुभाषचन्द्र बोस, रवीन्द्रनाथ टैगोर का विरोध करोगे तो यह तुम्हारी आत्महन्ता नीति है। नहीं चाहिए हमें ऐसी क्रान्ति। क्या तुम मूर्तिभंजक होकर नया इतिहास लिख सकते हो ? इतिहास लिखने के लिए तो एक और नई प्रगतिशील संस्कृति की आवश्यकता है। और तुम्हारे पास ऐसी कोई ठोस परियोजना नहीं। बात ठीक भी थी। बंगाली स्वभाव से कोमल एवं धार्मिक होता है। उसे अपनी संस्कृति पर नाज है। वह साल के बारह महीने में तेरह पर्व मनाने का अभ्यस्त है, और ऐसे उदार मानसिकता वाले धर्म पिताओं की सन्तानें

मूर्तिभंजक, संस्कृति विरोधी कैसे हो गईं ? आम बंगाली मानस के लिए कल्पनातीत था। पूरा बंगाली समाज धिक्-धिक् धिक्कार उठा। खैर, इस आक्रोश से लाभ भी हुआ—संस्कृति में निहित प्रगतिशील तत्वों को जो अब तक सत्ता के दमन का शिकार थे, इन अराजक क्रान्तिकारियों ने जगा दिया। बंगाल के बौद्धिकों के सामने विकट सवाल उठा कि संस्कृति के इस सजे-सजाए बागीचे की रक्षा कैसे की जाए ? क्योंकि कम्युनिस्ट रणनीति, संगठन और परियोजना के बदले नक्सलपन्थियों द्वारा एक काल्पनिक स्वर्ग का मिथक रचा गया था जिसके कारण छात्रों की भोली आस्था, आलोचनात्मक दृष्टि का उपहास उड़ा रही थी। किन्तु सभी समझ रहे थे कि विरोध का अर्थ सीमाविहीन उद्दाम मानसिकता नहीं। परम्परा को यों उठा फेंकना किसी के लिए सम्भव नहीं। दो शब्दों में बुर्जुवा मानस इतना कमजोर नहीं था कि समाज की नींव इतनी जल्दी हिल जाती ? समाज यदि भूकम्प के इन छोटे-मोटे धक्कों से बदल जाए तो समाज ही नहीं कहलाएगा।

कुछेक लेखकों और नाटककार, अभिनेताओं के अलावा इन छात्रों की असल भाषा कोई समझ ही नहीं पाया। महाभारत का यह अजीब पर्व था जिसमें केवल सिपाही लड़ रहे थे और सेनापति गायब था। स्वाभाविक था कि छात्र समाज कमजोर पड़ता।

तीस मार्च को ठीक दोपहर बारह बजकर चालीस मिनट पर कांग्रेस विधायक नेपाल राय का खून हो गया। चितपुर रोड स्थित उनके ऑफिस को बम से उड़ा दिया गया। अब डॉक्टर साहब एकदम से हिल उठे। उन्होंने अभी कुछ ही महीने पहले नेपाल राय की आँखों का ऑपरेशन किया था। डॉक्टर साहब के पास नेपाल राय का काफी आना-जाना था। हत्या की राजनीति हम लोग समझ नहीं पाए।

राजनैतिक अस्थिरता और अनिश्चितता। सबके सामने एक ही सवाल—कल क्या होगा ? व्यापारी वर्ग के चेहरे पर हवाइयाँ उड़ रही थीं। कैसे चलेंगे ये मिल-कारखाने। हम कैसे रुपया कमाएँ और व्यापार करें ? लोग शहर छोड़कर भागने लगे।

अरे साब जान है तो जहान है। निजी कम्पनियों के दफ्तरों पर ताले लटक गए।

रात सात बजे थे। फ़ोन की घंटी बजी। मैंने ही फोन उठाया, सोचा अम्मा का फोन होगा, घर जल्दी आने को कह रही होंगी। वक्त की नजाकत को मैं भी समझ रही थी। आठ बजे के बाद रास्ता साँय-साँय करने लगता है। खाट पर बैठी अम्मा माला जपती हुई मिलतीं। कभी नाराज, कभी चिन्तातुर लेकिन घर लौटने में अँधेरा हो ही जाता। वैसे फिगरेट की कमाई दिन-पर-दिन घटती जा रही थी।

शाम के बाद महिलाओं ने घर से निकलना बन्द कर दिया था। अतः कौन आता फिगरेट में। लोगों का वजन तो यों ही घटता जा रहा था।

हाँ तो, फोन उठाते ही उधर से किसी ने कहा, "डॉक्टर सर्राफ को दीजिए।"

"आपका फोन है, शायद कोई पेशेंट है।"

डॉक्टर साहब ने फोन उठाया और उनका चेहरा स्याह था। रिसीवर रखते हुए हाथ काँप रहे थे। माथे पर पसीने की बूँदें छलक आईं। समझने में देर नहीं लगी। फिर भी पूछा–"किसका फोन था ?" और उनका थरथराया हुआ उत्तर– "धमकी है दस लाख रुपए रखो वरना...।"

"दस लाख ?"

"कहाँ से दूँगा ? प्रैक्टिस की हालत तुम जानती हो।"

"क्या डीआईजी साहब से पुलिस सुरक्षा की माँग की जाए ?"

"और बड़ी आफत को बुलाना होगा।"

रो पड़े थे डॉक्टर साहब। "यह कैसा जाहिल देश है ? यह मेरा देश नहीं। मुझे नहीं रहना यहाँ।"

"इतना घबराइए मत, झूठी धमकियाँ भी दी जा रही हैं।"

डॉक्टर साहब डीआईजी साहब से बात कर रहे थे। मेरी आँखों के सामने वह लड़का था। प्रेसिडेंसी में मेरे साथ पढ़ते हुए ऐसे कई लड़के थे जिनकी समाजवादी विचारधारा से मैं प्रभावित थी पर वे अराजक नहीं थे। हत्यारे नहीं थे। वे योजनाबद्ध तरीके से क्रान्ति करना चाहते थे। ऐसे लोग जरूर मेरी मदद करेंगे।

"डॉक्टर साहब ! सब एक जैसे नहीं होते।"

"ये...भातखोर...हमारा खून पीकर रहेंगे..हमें अब बोरिया-बिस्तर बाँध लेना चाहिए।"

"बोरिया-बिस्तर लेकर जाएँगे कहाँ ? आपकी गोरखपुर में कमाई होती तो आप कलकत्ता क्यों आते ?"

"ठीक है गोरखपुर नहीं तो बम्बई या फिर लन्दन चला जाऊँग। एक डॉक्टर के पास काम की क्या कमी ?"

"और मेरा फिगरेट ? उसका क्या होगा ?" मुझे अपना भविष्य डूबंता नजर आया।

डॉक्टर साहब स्थिर दृष्टि से मेरे भीतर गहरे उतर गए। फिर उन्होंने आहिस्ते से कहा–"प्रभा ! फिगरेट को हम बेच देंगे।"

"कौन खरीदेगा ऐसे वक्त में ?"

"तो इसे तुम बन्द कर दो !"

"नहीं...कभी नहीं...और मैं कलकत्ता छोड़कर नहीं जी सकती।"

सो नहीं पाई थी उस रात। डॉक्टर साहब चले जाएँगे, सम्भव है बम्बई में वे रह भी जाएँ पर मैं...? क्या करूँगी ? कहाँ जाऊँगी ? मैंने इतना अनाथ अपने को शायद ही कभी महसूस किया था। अब तक मेरे अकेलेपन का साथी मेरा कलकत्ता था। खैर, सुबह मैंने उस लड़के को फोन किया। "एक बार मिलना है।" फोन पर ही वह समझ गया था।

"सुनो मिलने की जरूरत नहीं। वैसे जिसने भी तुम लोगों को फोन किया है उसका तुम पता-ठिकाना पूछ लेना। कहाँ रुपया लेकर जाना है यह भी पूछना और हाँ सब कुछ शुद्ध बँगला में पूछना।"

रात सात बजे फिर वही फोन..."हाँ आपसे हम लोग मिल लेंगे अपना पता बताइए।"

"मिर्जा गालिब स्ट्रीट...पुलिस को लाने की हिम्मत मत कीजिएगा।"

"लेकिन मैं अपने एक दोस्त के साथ आऊँगी।"

"डॉक्टर सर्राफ कहाँ पर हैं ?"

"वे नहीं आ पाएँगे।"

"ओह...डरपोक कहीं का।"

मुझे उस लड़के ने एक ही ताकीद किया था कि मैं फोन पर थोड़ी देर कम-से-कम एक मिनट उसे उलझाए रखूँ और वह टेलीफोन भवन से हमारी बात सुनने की कोशिश करेगा। कौन है, किस नम्बर से बोल रहा है, शायद इसे समझा जा सके और वही हुआ। फोन पर कोई लफंगा था। पार्क स्ट्रीट के किसी रेस्त्राँ से बोल रहा था। आभारी हूँ अपने उस दोस्त की।

सन् 1977 में वामफंट की सरकार सत्ता में आती है, और सारे राजनैतिक बन्दियों को मुक्ति मिलती है। ज्योति बसु का कहना था क्रान्ति ऐसे नहीं घट जाएगी। क्रान्ति के लिए योजना बनाओ। व्यवस्था को और अधिक जनतान्त्रिक बनाओ। व्यक्ति की हत्या से कुछ नहीं होगा।

एक दिन किसी मित्र ने पूछा—"तुमने डॉक्टर जीवागो देखा ? देखकर आओ, दहल जाओगी। अलीपुर के एक-एक हाउस की ज्योति बसु यही दशा करेंगे। भूमि सुधार के नाम पर बड़े आदमियों के बँगलों के पास तुम्हारे नौकरों, मिस्त्रियों की बस्तियाँ बनेंगी।"

मैं और डॉक्टर साहब देखने गए। वे काफी गम्भीर थे। "मैं कहता हूँ तुम अब भी मेरी बात मान लो। अपने कलकत्ता मोह से उबरो। हम यहाँ मात्र एक

सेकेंड क्लास सिटीजन यानी दोयम दर्जे के नागरिक हैं, बाहर से आए हुए घुसपैठिए हैं।" पिक्चर देखने के बाद बहुत उदास थे डॉक्टर साहब...बार-बार उन्हें अफसोस हो रहा था कि देखो बेचारे डॉक्टर जीवागो को, कैसे उसका घर-बार लुट गया। मुझे अफसोस हुआ था लारा के अकेलेपन, बेबसी और लाचारी को देख।

डॉक्टर साहब को कम्युनिस्टों पर भरोसा नहीं था। लेकिन डेढ़ लाख में ली गई जमीन की कीमत उछलकर चार गुनी हो जाती है। इस जमीन ने मुझे और डॉक्टर साहब के परिवार को बहुत कुछ दिया। इस पर सात तल्ले का मकान बना, जिसका एक-तिहाई हिस्सा मेरा था। सोचा यह था कि नियमित किराए की आय से परिवार सुरक्षित महसूस करेगा। लेकिन क्या सच में हम सुरक्षित हो पाए ? धन की हवस मिटी ? मेरी, डॉक्टर साहब की या फिर उनके परिवार की ?

अब मैं झरोखे से नहीं बल्कि पूरा दरवाजा खोलकर देहरी पर खड़ी-खड़ी दुनिया देख रही थी। आगे कदम बढ़ाने से पहले कुछ और समय लेना चाहती थी, अपने आपको तौल लेना चाहती थी। मैं बीच बाजार में बेहोश नहीं होना चाहती थी। मुझे लगा किसी भी राजनीतिक सिद्धान्त एवं आदर्श के प्रति आस्था के बदले मेरी आलोचनात्मक दृष्टि दिन-प्रतिदिन और कैसे परिष्कृत हो सके, इसकी ज्यादा चेष्टा करनी होगी और इसके लिए ठोस पढ़ाई की आवश्यकता है। कुल मिलाकर वे कुछ अमूर्त क्षण थे, जिन्हें मैं जी सकती थी पर ज़िसे नाम नहीं दे पा रही थी।

1968-72 तक बंगाल में राष्ट्रपति शासन लागू किया गया। उस समय तक इन्दिरा गांधी ने इमरजेंसी नहीं लगाई थी पर मार्क्सवादी सरकार इन्दिरा गांधी को कभी माफ नहीं कर पाई। सिद्धार्थ शंकर राय की सरकार (1972-77) को दमन, उत्पीड़न और जेल भरो की खुली छूट भी इन्दिरा गांधी से ही मिली। इसी बीच चारु मजूमदार की पुलिस हिफाजत में 28 जुलाई 1972 में मुत्यु हो जाती है।

दिन जितने बीत रहे थे अफवाहों का बाजार उतना ही अधिक उछाल पर था। रोज नए-नए राजनैतिक विमर्श कानों से टकराते। जब सिद्धार्थ शंकर राय

की कार्यवाहक सरकार बनी तो उनका कहना था, या फिर वे ऐसा ही मानते थे कि विरोधियों को खतम करने की सबसे सूक्ष्म चाल है कि अपने बचाव में पहले हमला बोलो, आक्रमण करो—यानी एक ओर व्यवसायी बुर्जुवा वर्ग की पूरी आस्था कांग्रेस सरकार में थी तथा दिलो-जान से चाहते थे कि बंगाल में कांग्रेस का राज हो। सिद्धार्थ शंकर भला क्यों हार मानते ? वे जुट गए पूरी तैयारी के साथ मासूमों की हत्या करने। उनके साथ जुटी नौकरशाही। जगह-जगह तलाशियाँ होने लगीं। रात-बिरात लड़कों को उठाकर ले जाया जाने लगा। हिरासत में इन लड़कों पर सुरक्षा के नाम पर अकथनीय अत्याचार हुआ जो कि अपने आपमें मानवाधिकार का खुल्लमखुल्ला हनन था। जहाँ तक मुझे याद है आखिरी मुठभेड़ पानागढ़ के जंगलों में हुई थी। डीआईजी साहब का कहना था कि बस दो-चार दिन और मिल जाते तो मैं इन बदमाशों को जड़ से उखाड़ फेंकता पर इसी बीच चुनाव के परिणाम की घोषणा और वामफ्रंट का चुनाव जीतकर सत्ता में आना इतिहास की धारा को नया मोड़ देना था। बाजी पलट गई। सिद्धार्थ शंकर राय का असली चेहरा कभी भूला नहीं जा सकता, खून से रँगे हुए थे उनके हाथ। दिन जितने बीत रहे थे उतनी ही समस्याएँ बड़ी होती जा रही थीं। सीपीएम पर दोहरा भार था। सरकार एवं नक्सली दोनों ही उनके जानी दुश्मन होते जा रहे थे। कलकत्ते की सड़कों पर जो घटा था उसे देख-सुनकर लगता था मनुष्यता मानो खतम होती जा रही है। सत्ता पक्ष अपना विवेक खो चुका था, उन्हें भी कभी जनता के दरबार में खड़े होना होगा इसे वे भूल चुके थे। न जाने कितने असहाय मासूमों का खून हुआ। इन सबका सही आँकड़ा शायद ही किसी के पास हो। रात-दिन कलकत्ते की सड़कों पर पिशाच लीला चलती रहती और लोग घरों में दुबककर आँखों ही आँखों में रात बिताते। भय से काँपते रहते कि न जाने कल क्या होगा ? कानून व्यवस्था पूरी तरह टूट चुकी थी, मानव अधिकार के नाम पर न्यायपालिका तक तो पहुँचने का सवाल ही नहीं था। पहले ही मुद्दई के मुँह में बन्दूक की गोलियाँ ठूँस दी जातीं। बहुत ही कम हत्याकांडों की न्यायालय में सुनवाई हो पाई। गैरसरकारी आँकड़ों के अनुसार मरनेवालों की संख्या हजारों में थी। बहुतेरे शवों को गंगा में बहा दिया जाता, नालों में फेंक दिया जाता। शवगृह में जो मृतदेह आती थीं उनकी गणना जरूर की गई पर यह गणना सही नहीं थी।

सिद्धार्थ बाबू ने खुद अपनी नजर से नक्सल आन्दोलन को किस रूप में देखा यह तो मालूम नहीं पर मैं इतना जानती हूँ कि भीतर से वे सहमे हुए थे। कहीं उन पर ही आक्रमण न हो जाए ऐसा डर उन्हें भी था। और राजनेता जब भयभीत होते हैं तो दमनचक्र की रफ्तार भी तेज हो जाती है। इतना असाधरण क्रूर निर्णय

उन्होंने क्यों लिया कौन जाने पर कांग्रेस के माथे पर कलंक का यह टीका लगना ही था।

आत्मा अविनाशी है यदि इसे मान लूँ, पुनर्जन्म को स्वीकार लूँ तो सवाल उठता है कहाँ होंगे वे हजारों लड़के जो असमय काल कवलित हो गए। उन निष्पाप, असहाय लड़कों के लिए ईश्वर ने चाहे बहिश्त में कोई भी व्यवस्था की हो पर क्या माँ भारती के लिए वे इतने बड़े बोझ थे कि उन्हें गोलियों से उड़ाना पड़ा ? सिद्धार्थ शंकर राय ने अपने भाषण में कहा—

"इन नक्सलियों को खतम करने की पूरी छूट मुझे इन्दिरा जी से मिली है। जनक्रान्ति के नाम पर रेलवे स्टेशन, गोदाम इत्यादि को जलाना, स्टेशन लूटने की इजाजत तो नहीं दी जा सकती।"

ज्योति बसु का कहना था—"नहीं, इसे तो हम क्रान्ति नहीं कह सकते पर सिद्धार्थ राय की नीति को भी हम राजनीति की संज्ञा नहीं देंगे। शिक्षित बंगाली को अपनी महान संस्कृति को याद रखना होगा। याद रखना होगा अपनी भाषा और साहित्य की गौरवशाली परम्परा को।"

मुझे ज्योति बाबू की बातें ज्यादा अच्छी लगतीं, ज्यादा समझ में आतीं। महान राजनीतिज्ञ हैं ज्योति बसु। बंगाल की नैया एक भयानक चक्रवात में फँस गई है इसे वे भली-भाँति समझ गए थे और यदि इसका निवारण करना है तो सबसे पहले राष्ट्रपति शासन को खारिज करना जरूरी था। दिल्ली की कठपुतली सरकार भला कब तक जनता का साथ देगी ?

नक्सल आन्दोलन से कलकत्ता शहर को बहुत बड़ा नुकसान हुआ। जिस कलकत्ते को हम पहचानते थे जितने निश्चिन्त होकर हम यहाँ जीते थे उस कलकत्ते को फिर से लौटने में एक लम्बा समय लगा। मुझे अच्छी तरह याद है उन दिनों की। उन दिनों बाईपास सड़क बनी ही थी मगर बहुत-सी जगह अँधेरा रहता। मुझे प्रायः चैन्नई जाना रहता, लौटने में इंडियन एयरलाइंस की उड़ान रात साढ़े नौ बजे और देर हो जाए तो दस-ग्यारह बजे हवाई अड्डे पर पहुँचती। एयरपोर्ट से जल्दी लौटने के चक्कर में मैं गाड़ी बाईपास से ही लेने को कहती। सन्नाट सड़क पर अस्सी की स्पीड से गाड़ी चलने का अलग ही आनन्द था। ड्राइवर नेपाली का कहना था कि गाड़ी की सीट के नीचे वह लोहे की मोटी छड़ रखे हुए है, मौका पड़ने पर दो-चार को मार गिराना उसके बाएँ हाथ का खेल है। "और फिर दीदीजी ! इन चेंगड़ा लोगों (आवारा छोकरों) को आप नक्सली कैसे पुकारेंगी...ये लोग नकली नक्सली हैं। ये नक्सली नहीं बल्कि चोर-उचक्के हैं। आप आराम से गाड़ी में बैठिए बिना डरे।"

"तुम किसी से कहना मत कि हम बाईपास के रास्ते से लौटे थे।"

"अरे नहीं दीदीजी ! माँ काली की कसम ले लीजिए।"

बाद का इतिहास किसी से अज्ञात नहीं। वामपन्थी सरकार न केवल सत्ता में आती है बल्कि चुनाव पर चुनाव जीतती चली जाती है। पर लम्बे समय तक कलकत्ता फिर पहले जैसा कलकत्ता नहीं हो पाया। सड़कें अब भी रात होते ही सूनी हो जातीं। दो-चार लड़के यदि चन्दा माँगने आ जाते तो हमारी साँस ऊपर-नीचे होने लगती। व्यापारी वर्ग घेराव एवं तालाबन्दी से अलग परेशान। सीटू की नीतियों को स्वीकारना कठिन था उनके लिए।

प्यार का हमारा सम्बन्ध डॉक्टर साहब के लिए अतीत होता जा रहा था पर मेरे लिए नहीं। उनकी उपेक्षा से मैं दुखी होती और छोटी-छोटी बातों पर रोना शुरू कर देती। शायद दया मिश्रित भाव से डॉक्टर साहब एक बेहतर भविष्य का वादा करते। उनके दोस्त ने उन्हें सलाह दी कि वह मुझे ज्यादा समय दिया करें, या फिर कहीं घुमाने ले जाएँ–"आखिर इतने पुराने सम्बन्ध को झेलना तो होगा। फिर प्रभाजी तुम्हारी जिन्दगी में महत्त्वपूर्ण स्थान घेरती हैं।

"मेरे पास भी समय कहाँ है ? दिन भर यह भी तो अपने काम में व्यस्त रहती हैं।" डॉक्टर साहब का कहना था।

"जैसे आपके पास मेरे लिए बहुत समय रहता है।" मेरा आक्षेप था।

"अब कल ही मैंने पता लगाया, सोचा चलो तुम्हारे साथ खाना खा लूँ, तो पता चला कि मैडम की कोई सहेली आईं, मैडम उनके साथ बाहर जानेवाली थीं, हाँ भई मैडम की सहेली हमसे ज्यादा महत्त्वपूर्ण हैं।" उनके स्वर में ईर्ष्या थी, यह उनकी शुरू से आदत थी कि अपने हक, अपनी सुविधा के लिए वे ज्यादा चौकस रहते। मगर प्रतिपक्ष की बात वे कभी नहीं सुनते। "ठीक है चलो आज शाम को हमारे साथ बाहर चलो।"

"आज तो मुझे काम है।"

"यही तो मैं भी कहना चाहता हूँ, तुम बिलकुल मशीन होती जा रही हो। कहीं आतीं-जातीं नहीं, तुम साथ चलतीं तो अच्छा रहता।"

"वैसे जिनके यहाँ आप मुझे ले जाना चाहते हैं, उन लोगों ने केवल आपके परिवार को निमन्त्रित किया है, मुझे नहीं बुलाया।"

"अब अलग से बुलाना क्या होता है ? परिवार को बुलाया है उसमें तुम भी शामिल हो, तुम परिवार नहीं क्या ? साथ चलतीं तो अच्छा ही रहता।"

ऐसी ही एक और शाम की घटना...

"मैं कला मन्दिर वाले प्रोग्राम में नहीं जाऊँगी।"

"मैं कहता हूँ तुम साथ चला करो।"

"नहीं, लोग अजीब निगाहों से मेरी ओर देखते हैं।"

"यह तुम्हारी जल्पना-कल्पना है।"

"नहीं यह वास्तविकता है।"

"तब ठीक है तुम थोड़ी देर अपने ऑफिस में बैठो, मैं बस घंटे भर में आया।"

मैं बार-बार घड़ी देखती हुई अपने ऑफिस में प्रतीक्षा कर रही थी। लेकिन सारे दिन की कमरतोड़ मेहनत के बाद सात बजे से इन्तजार में बैठना अब मुझे भी भारी लगने लगा था। लेकिन डॉक्टर साहब चाहते थे कि यदि मैं साथ नहीं जा रही थी तो ऑफिस में उनके लिए प्रतीक्षा करूँ। यह उनकी हमेशा की आदत थी, यदि वे किसी सार्वजनिक कार्यक्रम, मीटिंग, पारिवारिक उत्सव में जाते तो साथ ही हरकारा भेज दिया करते—"डॉक्टर साहब ने कहा है आठ बजे तक वे आ जाएँगे, आप जरा इन्तजार कीजिए।"

"मगर कब तक ? जानती हूँ कि नौ से पहले वे नहीं आ पाएँगे ?"

प्रतीक्षा ! अर्थहीन प्रतीक्षा थी। कभी न खतम होनेवाले इन्तजार का सिलसिला था। इतनी प्रतीक्षाएँ मैंने भगवान के लिए की होतीं तब शायद वे भी मिल जाते। मैं जितना अपने व्यापार में सफल होती जा रही थी, उतनी ही मेरी निजी जिन्दगी में किए जानेवाले ये समझौते मेरे लिए बेमानी साबित हो रहे थे।

मैंने अपनी डायरी में लिखा—पिछले पूरे सप्ताह हम कुल तीन बार साथ बैठ पाए हैं। सोमवार को पन्द्रह मिनट, सवा नौ बजे गए थे और मुझे घर जाना था, मंगल-बुध वे व्यस्त थे, पहले से ही कहला दिया था कि उन्हें बाहर जाना है। गुरुवार को डॉक्टर साहब सवा आठ बजे अपनी मेज पर से उठ गए थे, मगर सुबह से लगी हुई झड़ी, तेज बरसात में बदल गई थी, खिड़की से बाहर देखते हुए मैंने ही निर्णय लिया था कि खेतान हाउस चले जाना ठीक होगा। अन्यथा सड़क पर पानी भर जाएगा। रात का वक्त है, गाड़ी कहीं अटक गई तो कोई सहायता भी नहीं मिलेगी। शुक्र को लायंस क्लब की प्रान्तीय मीटिंग थी, शनि को उन्हें एक शादी में जाना था, घर लौटकर उन्हें अपने समधी के साथ भोजन करना था। रविवार को हमने निश्चय किया कि शाम को विक्टोरिया साथ टहलने जाएँगे, फिर चाय पीने क्लब। आठ बजे तक डॉक्टर साहब मेरे साथ समय बिता सकते थे। उन्हें सपत्नीक कहीं भोजन पर जाना था। लेकिन शाम पाँच बजे घर से निकलते वक्त एक इमरजेंसी केस आ गया, डॉक्टर होने के कारण मरीज के प्रति फर्ज पहले है इसे मैं भी स्वीकारती हूँ।

"ठीक है घूमने का प्रोग्राम कैंसिल, आधे घंटे में मैं मरीज देख लेता हूँ फिर शाम को क्लब चलते हैं चाय पीने।"

"नहीं, यहीं बैठते हैं ऑफिस में।"

"चलो ठीक है। उषा बम्बई से आई हुई है। उसने कुछ नई डिश बनाई है। यहीं भेज देगी।" डॉक्टर साहब का सुझाव था।

"जरूर।" बच्चों को मैंने हमेशा प्राथमिकता दी, क्योंकि उनके प्रति मैंने हमेशा स्वयं को अपराधी पाया, मैं क्षतिपूर्ति करने की चेष्टा किया करती।

मगर नाश्ते के साथ उषा भी नीचे आ गई, उसे हम दोनों से ही कोई जरूरी बात करनी थी। क्या किया जाए, बड़ी बेटी है और फिर वह तो हम दोनों से ही सलाह लेना चाहती है। मगर मेरे ही वक्त पर उषा को क्यों आना था ? अब तक पौने आठ बज गए। फिर उषा को उठाने की गरज से डॉक्टर साहब ने कहा—"उषा ! जरा देख लेना कि तुम्हारी मम्मी ने साड़ी अच्छी पहनी है या नहीं, वहाँ डिनर में काफी लोगों का जमावड़ा रहेगा और लछमन से कहो जरा हमारा चार नम्बरवाला सफारी सूट और ब्राउन जूते-मोजे तुम्हारी मम्मी से माँगकर ले आए और उनसे भी कहना कि ठीक साढ़े आठ बजे नीचे गाड़ी में बैठ जाएँ।"

इन सारे निर्देशनों के बाद वे मेरी ओर मुड़े और कहने लगे—"अभी हमारे पास पौने घंटे का वक्त है। हाँ, बोलो कैसे चल रहा है तुम्हारा काम-काज... ?"

"ठीक ही है...।"

बातों में और दो-चार टुकड़े जुड़े ही थे कि गोरखपुर से उनके भाई का फोन आ गया, बेटी की शादी के लिए किसी लड़के की खोज-खबर कर रहे थे। बीस मिनट खतम हो गए, सवा आठ बजे लछमनिया सफारी सूट लिये कमरे में दाखिल हुआ, डॉक्टर साहब ने कहा, "बाथरूम में रख दो। और सुनो यह रूमाल गन्दा हो गया है बदलकर लाओ।"

शैतानी मुस्कान के साथ लछमनिया ने कहा—"शिबू मिस्त्री बाहर खड़ा है।"

"क्यों ?"

"पम्प खराब हो गया है।"

"प्रभा, जरा उससे तुम बात करो तो। मैं तब तक तैयार हो जाता हूँ।" डॉक्टर साहब के चेम्बर के गेट पर शिबू से उलझी हुई थी। ऊपर सीढ़ियों से मिसेज सर्राफ उतर रही थीं, खिली-खिली, "कैसी हैं ? आप नहीं चल रही हैं ?"

"नहीं।"

"आप भी साथ चला कीजिए।"

"नहीं मुझे काम है।"

"हाँ, आप तो बेचारी कहीं आतीं-जातीं नहीं, बहुत मेहनत करती हैं, बहुत ही।"

उनकी सफेद कॉन्टेसा एक गेट से निकल रही थी और मेरी लाल मारुति दूसरे गेट से। क्या रविवार के इस दिन का यही उपयोग होना था ? मैं सिनेमा जा सकती थी, किसी दोस्त के घर जा सकती थी, किसी दोस्त को बुला सकती थी—मैं अपने लिए कुछ भी कर सकती थी, लेकिन मैंने किया नहीं...इस शहर में मेरे ऐसे ढेरों दोस्त हैं, जिनके पास जाने से मुझे अच्छा लगता, लेकिन मैं जाती नहीं। आखिर मैं क्यों नहीं अपने लिए जीती ? क्यों ? मैं क्यों एक परजीवी की तरह जी रही हूँ ? किसलिए ? हिसाब लगाऊँ तो एक महीने में चौबीस घंटे से अधिक समय मैं और डॉक्टर साहब साथ नहीं रहते। फिर भी उनके प्रति यह कैसा दुर्निवार आकर्षण है जो खतम नहीं हो रहा ? डॉक्टर साहब को मेरी पीड़ा का अहसास क्यों नहीं होता ? या फिर अहसास होता भी है तो अपनी जरूरतों के सामने वे इतने असहाय क्यों हो जाते हैं कि मेरी एक सामान्य मानवीय जरूरत को भी वे समझ नहीं पाते। आज इतने वर्षों बाद डायरी के इन पन्नों का अर्थ क्या रह गया ? ऐसा तो नहीं कि मुझे उनसे कुछ भी नहीं मिला, कुछ तो मिला था। लेकिन उस कुछ के सहारे जिन्दगी बिताना सम्भव नहीं था। हाँ, उन तमाम उलझनों के बीच मैंने एक बेहतर भविष्य का सपना देखना नहीं छोड़ा। मैं हमेशा मानती हूँ कि व्यक्ति अपने सपनों के सहारे काफी कुछ पा सकता है।

मैं एक सपना देख रही थी। उस सपने में मैं एक सबल और सशक्त महिला थी। इस समाज में मेरी भी एक ऊँची हैसियत थी। लेकिन यह सपना सच कैसे हो ? मेरी जिन्दगी तो मानो कहीं गिरवी है। जिन्दगी पर मेरा अपना नियन्त्रण ही नहीं। कहीं पढ़ा था कि यदि आप स्वयं गाड़ी चलाते हैं तो आपका आत्मविश्वास बढ़ता जाएगा, बस मुझे झक्क चढ़ गई कि गाड़ी चलाना सीखना होगा। जब तक मैं गाड़ी चलाना न सीख लूँ तब तक अपनी जिन्दगी की गाड़ी भी ठीक से नहीं चला सकती। आखिर आप कुछ भी करें, नियन्त्रण की बागडोर तो आपके हाथों में होनी चाहिए। भला यह भी कोई बात हुई कि कोई आपको लादकर एक स्थान से दूसरे स्थान ले जा रहा है, आप गाड़ी में पीछे बैठे-बैठे कभी खुश, कभी नाराज, कभी चीखते हुए, "अरे नेपाली ! गाड़ी ठीक से चलाया करो, यह क्या धचाक से ब्रेक मार दिया तुमने ? पीछे बैठी सवारी को चोट नहीं लगेगी ?"

और उसका आश्वासन—"चिन्ता नहीं करें दीदीजी ! नेपाली ने आज तक गाड़ी को कभी चोट नहीं लगाई। यह तो सामने गाय आ गई थी क्या करता ? ब्रेक मारना पड़ा।"

"तो गाय उड़कर तो नहीं आ गई ? तुम्हें पहले से दिखलाई पड़ी होगी।"

नेपाली ड्राइवर से मेरी यह चख-चख हमेशा लगी रहती थी। मेरे एक जर्मन व्यापारी दोस्त कुलमैन ने भी मुझसे कहा था—"जब तक तुम खुद गाड़ी चलाना नहीं सीख लोगी तुम ऐसे ही नर्वस हुआ करोगी।"

और तब मैंने अपने ड्राइवर से पूछा था, "अच्छा नेपाली ! क्या इस उम्र में मैं गाड़ी चलाना सीख पाऊँगी।"

"क्यों नहीं दीदीजी और आप डरती क्यों हैं ? आप तो पढ़ी-लिखी हैं। हम नौकर-चाकर, गँवई आदमी यदि गाड़ी चलाना सीख जाते हैं तो आप क्यों नहीं सीख सकतीं ?"

नेपाली कहे जा रहा था..."जब हम पुनवानी मैडम के यहाँ खाना बनाते थे तो सुबह हम गाड़ी भी धोते थे और उसी दौरान गाड़ी चलाना सीख भी लिया हमने।"

हाँ, नेपाली ठीक कह रहा है। ये लोग ऐसे ही तो जिन्दगी शुरू करते हैं। पहले घरों में झाड़-पोंछा और खाना बनाना सीख लेते हैं तथा जब थोड़ी और कमाई होती है, तो ड्राइवरी सीख लेते हैं क्योंकि ड्राइवर की इज्जत अलग है।

मैं भी गाड़ी चलाना सीख लूँगी।

मेरी लाल मारुति रेड रोड पर दौड़ रही थी। आनन्द से सिहर उठती हूँ... अतीत कितना ठहरा हुआ लगता है और यह वर्तमान...इसमें राहत...भय... उत्सुकता...उल्लास सभी कुछ तो घुल-मिल गया है। मेरी आँखें छलछला आईं।

अचानक मुझे मेरे ड्राइवर नेपाली की आवाज सुनाई देती है, "दीदीजी ! गाड़ी को जरा बाएँ रखिए...हाँ ऐसे...बस सामनेवाली गाड़ी के पीछे-पीछे चलते रहिए...बिल्कुल लाइन से... ।"

"अरे ! उधर से तो बस आ रही है।" और मैं हठात् गाड़ी को बाएँ करती हूँ, लेकिन बाईं लाइन में पीछे वाली टैक्सी हॉर्न बजा रही थी, उसे पास चाहिए था, और मैं घबराकर एकदम से ब्रेक मारती हूँ, एक धक्के से गाड़ी रुक जाती है। पीछे से आती हुई टैक्सी का ड्राइवर गालियाँ बकता हुआ ओवरटेक कर तेजी से आगे बढ़ जाता है।

"गाड़ी को अचानक नहीं रोकना चाहिए दीदीजी ! ऐसे ही एक्सीडेंट हो जाता है।"

"तुम्हीं बताओ नेपाली, मैं और क्या कर सकती थी ? गाड़ी दाहिने भी तो नहीं मोड़ सकती थी, सामने से मिनी बस जो आ रही थी ?"

"कुछ नहीं आप अपनी गाड़ी जरा धीरे कर लेतीं और बाएँ जाने का संकेत

देतीं, बस आपकी गाड़ी किधर जाएगी खुद-ब-खुद पीछेवाली गाड़ी को समझ में आ जाता।''

''लेकिन वह टैक्सीवाला पीं...पीं...पीं...हॉर्न पर हॉर्न बजाए जा रहा था।''

''बजाने दीजिए साले को ! आप जब तक क्लियर पास नहीं देंगी तब तक वह अपनी टैक्सी आगे नहीं बढ़ा पाता, ऐसा तो है नहीं कि वह आपकी गाड़ी को लाँघ जाए...आगे किधर जाना है। आपको खुद-ब-खुद समझ में आ जाएगा।''

''अच्छा अब समझी मैं।'' मैं फिर गाड़ी स्टार्ट करती हूँ। मैंने फिर पूछा... ''नेपाली ! गाड़ी ठीक जा रही है ना... ?''

''जी हाँ दीदी जी ! बिलकुल ठीक।'' उसका चेहरा हँसने लगा।

''नेपाली, हम एजेसी रोड की ओर चलें ?''

''इतनी भीड़ में ? चलिए कोई बात नहीं।'' एक झटके से मैंने गाड़ी को बाएँ घुमाया और मैं सोच रही थी—कितना खूबसूरत दिन है, ऐसे दिन मेरी जिन्दगी में कम आते हैं। शाम की हवा में सुख-दुख की स्मृतियाँ घुली हुईं। सूरज की रोशनी बाईं ओर विक्टोरिया मेमोरियल के बुर्ज पर झिलमिला रही थी। लेकिन मैं चाहकर भी टहलने नहीं जा पाती। कभी यदि जाती भी हूँ तो लोगों से बचती रहती हूँ। क्योंकि अब भी मुझे अपने मारवाड़ी समाज के लोगों से भय लगता है। क्या सोचेंगे वे मुझे अकेला देख ? जरूर मेरे बारे में चर्चा करेंगे।

''बेचारी प्रभा खेतान...''

''अकेली औरत है, डॉक्टर सर्राफ से फँसी हुई है।''

''यह शादी क्यों नहीं कर लेती ?''

''इसे हम कैसे अपने घर बुलाएँ ?''

''इससे कैसे दोस्ती करें ? पूछेंगे नहीं लोग इसके चरित्र के बारे में...''

''अरे लोग तो हमसे भी सवाल-जवाब करेंगे ? हमारी भी तो बहू-बेटियाँ हैं। उनके सामने ऐसे गलत उदाहरण को कैसे परोस दें।''

''इसकी देखा-देखी हमारी बहू-बेटियाँ बिगड़ेंगी नहीं ? और कल को वे भी किसी से उलझ जाएँ तो ?''

''इस औरत को हम मंच पर कैसे बैठाएँ ? माना कि पढ़ी-लिखी, आत्मनिर्भर स्त्री है पर ऐसी स्त्री समाज की नाक नहीं बन सकती।'' बस आवाजें केवल आवाजों का शोर रहता है मेरे चारों ओर। वर्षों से इन आवाजों को सुन रही हूँ, मगर मैं चुप हूँ, खामोश हूँ। उत्तर नहीं दे पाती, क्योंकि डॉक्टर साहब को में छोड़ नहीं पाती। डॉक्टर साहब को छोड़ने के नाम से ही मैं कातर हो जाती हूँ। मुझे अपना सारा अस्तित्व खतरे में लगता।

''दीदी जी ! क्या हुआ ? हरी बत्ती का सिग्नल है, गाड़ी आगे बढ़ाइए।''

''नहीं नेपाली, घर वापस चलते हैं।''

''दीदी जी, आपने तो बस अभी थोड़ी दूरी तय की है।''

''नहीं नेपाली, आज नहीं। फिर किसी दिन चलेंगे। आज मेरा जी घबरा रहा है।''

हाँ, ऐसे ही भीड़ में, लोगों के बीच, खास लोगों के सामने मेरा जी घबराता। अधिकतर जगह मुझे निमन्त्रित नहीं किया जाता। जहाँ आमन्त्रित होती वहाँ भीड़ को देख, मेरे गाल लाल हो जाते, माथे पर पसीना चुहचुहा आता। छिद्रान्वेषी आलोचकवृन्द मेरी घबराहट को पहचानते थे। वे मेरी कमजोरी से वाकिफ थे, वे जानते थे कि यदि वे मेरा परिचय मिस खेतान कहकर देंगे तो सामने वाला व्यक्ति जरूर एक बार मेरी ओर प्रश्नवाचक दृष्टि से देखेगा, और पूछ ही लेगा, ''मिस ? यानी आपने शादी नहीं की ?''

''जी हाँ मैं अविवाहिता हूँ।''

''अच्छा ! मगर क्यों भला ? अच्छी-खासी तो देखने में हैं...कोई मिला नहीं क्या अब तक ?''

कुछ नजरें साथ खड़े डॉक्टर साहब पर टिक जाएँगी। कुछ वहाँ से हटकर मुझ पर ठहर जाएँगी। और मेरी झुकी हुई नजरें सम्हलकर कुछ कहना चाहेंगी। मगर तब तक मेहमान को लिए मेरा मेजबान दूसरी ओर मुड़ जाएगा।

पार्टियों में डॉक्टर साहब का कोई-न-कोई परिचित चेहरा मिल ही जाता है। उनके रिश्तेदार, दोस्त, परिचित, डॉक्टर साहब के साथ-साथ चलती हुई उनकी पत्नी। भीड़ में बिलुकल अकेली वर्जनाओं के अथाह सागर में गोते लगाती हुई मैं सोच नहीं पाती कि कहाँ खड़ी होऊँ किस कोने में।

इन कुंठाओं से निकलने का मुझे एक ही रास्ता नजर आया कि मैं अपना व्यापार खड़ा कर लूँ और वह भी निर्यात का, कम-से-कम देश-विदेश घूम तो सकूँगी, लोगों की जर में इज्जत मिलेगी वह अलग। स्वाभाविक था कि निर्यातक बनने की, अपना स्वतन्त्र व्यापार करने की मेरी इच्छा दिन-पर-दिन बलवती होती। डॉक्टर साहब भी मेरे इस सपने से सहमत थे, मगर वे व्यापारी तो थे नहीं, उनका सुझाव था क्यों नहीं किसी व्यापारी मित्र से सलाह ले ली जाए।

''लेकिन व्यापार तो मुझे करना है इसमें भला सलाह की क्या जरूरत ? मुझे किसी से सलाह नहीं लेनी।''

मगर उसी दोस्त को फिर बुलाया गया। दोस्त ने मुझसे पूछा—''आप व्यापार क्यों करना चाहती हैं ?''

"क्योंकि मैं दुनिया देखना चाहती हूँ।"

"दुनिया तो आप काफी घूम चुकीं।"

"मुझे मेरी पहचान चाहिए, और डॉक्टर साहब भी चाहते हैं कि मैं व्यापार करूँ।'

उन्होंने डॉक्टर साहब की ओर देखा। डॉक्टर साहब ने कहा—"चाहता तो मैं भी हूँ कि घर में एक साइड इन्कम रहे, ताकि भविष्य में परिवार सुरक्षित रहे। डॉक्टरी की कमाई का क्या भरोसा, मैं जिन्दा हूँ तभी तक ना कमाई है। फिर नीरज के भविष्य का सवाल है। वह व्यापार करना चाहता है। किसी और की ऑफिस में कहाँ काम सीखने जाएगा ? बहुत हुआ तो किसी व्यापारी के घर नौकरी कर लेगा। लेकिन अपना स्वतन्त्र व्यापार नहीं कर पाएगा।"

"तब मुझे कुछ नहीं कहना, जो ये करना चाहती हैं इन्हें करने दो।"

उनके दोस्त इसी अन्दाज में अपना निर्णय दिया करते थे और डॉक्टर साहब सर झुकाकर सब कुछ स्वीकार लेते। दोस्त की प्रौढ़ मानसिकता के सामने निरे बच्चे बन जाते।

मैं भी अपनी भावी योजना में जुट गई। यही निर्णय लिया कि मुझे कुछ ऐसी चीज बनानी चाहिए जिसे पश्चिम के बाजार में बेचा जा सके। छोटे भैया हमारे परिवार के पहले निर्यातक रहे हैं। सबसे पहले उन्होंने पश्चिम के बाजार में सिल्क बेचना शुरू किया था। फिर नित नई चीजें तैयार करने लगे थे। भैया को देख परिवार के अन्य और लोगों ने भी निर्यात का व्यापार शुरू कर दिया। पर बहनोई और भांजे से भैया को चोट भी मिली, परिवार में रिश्ते टूटे, सम्बन्ध कुछ दिनों के लिए खट्टे हुए। भैया अपने आप में बन्द हो गए। उनकी देखा-देखी औरों ने भी चारों ओर कवच पहन लिया। मुझे किसी से कोई सहायता नहीं मिली। हाँ, भैया ने केवल इतना भर सुझाव दिया..."तू चमड़े का काम शुरू कर ले।"

"लेकिन चमड़े की कौन-सी चीजें बनाऊँ ? आखिर विदेशों में उस चीज की माँग भी तो होनी चाहिए ?"

"अरे कुछ भी बना न, जो मन में आए वही बना। सब बिकेगा।"

"जो मन में आए वही बनाऊँ ?"

"हाँ।"

"यदि बैग बनाऊँ तो...क्या वह बिक जाएगा ?"

"तू बैग बना, जूते बना, सारी चीजों की खपत है वहाँ।",

"और भैया इन चीजों के लिए चमड़ा कहाँ मिलेगा ?"

"वह तू जाने।"

"भैया चिट्ठियाँ किसे लिखूँ ?"

"वह तू जाने।"

समझ में आ गया कि इससे आगे भैया कुछ भी मदद करने से रहे। खैर, मैंने निश्चय कर लिया कि मुझे चमड़े से बनी चीजों का, खासकर बैग का निर्यात करना है।

मैं न्यू मार्केट गई, वहाँ बैग मिलते थे, वॉलेट, जूता-चप्पल। घंटों मैं उन्हें उलट-पुलट कर देखती रही थी। फिर कॉलेज स्ट्रीट गई, वहाँ भी शान्तिनिकेतन के बैग और चप्पलों के ढेर थे। कौन बनाता है इन्हें ? एक से दूसरे को दूसरे से तीसरे को पूछती रही। कोलकाता की गलियों का अन्दाजा भी मुझे तभी हुआ। छोटे-छोटे कारखाने, अँधेरे आँगन, सँकरी सीढ़ियाँ...ठक-ठक ठुक-ठुक करते हुए कारीगरों के हाथ !

"क्या काम है मैडम ?"

"हमें चमड़े का सामान बनवाना है।"

"क्या चीज बनानी है ?"

"बैग।"

"बन जाएगा।"

"पर पहले सैम्पल तो बनाना पड़ेगा।"

"हम सैम्पल भी बना देंगे।"

"मगर आप कैसे बनाते हैं यह भी तो हमें सीखना होगा।"

"वह कैसे सीखिएगा, हम मजदूरी करते हैं, हम कारीगर हैं, कारीगरी को सीखने में वक्त लगता है।"

"आप यदि हमें वक्त दें...थोड़ी-बहुत कारीगरी यदि हमें भी सिखा दें।"

"कैसी बातें करती हैं मैडम ? हम कहाँ से वक्त दें ? हमारे अपने काम-काज हैं।"

"और हम यदि यहाँ बैठना चाहें ?" मेरी साथिन और सेक्रेटरी बासन्ती धीरे से मेरा पल्ला खींचते हुए मेरे कानों में फुसफुसाई..."प्रभा दी ! यहाँ कहाँ बैठेंगी...आप भी कैसी बातें करती हैं ?" लेकिन मैं सुनूँ तब ना..."रहमान, हम आपके कारखाने में कल से रोज चार घंटा समय बिताएँगे, हमें यह काम सिखा दीजिए। हम आपके अहसानमन्द होंगे।"

"ठीक है मैडम ! आप जिद कर रही हैं तो हम कैसे मना करें लेकिन आप दो-चार दिनों में परेशान हो जाएँगी। आप लोगों के बैठने की यह जगह भी नहीं।"

"नहीं, मैं काम सीखना चाहती हूँ।"

डॉक्टर पाड़ा लेन जाने के नाम सुनते ही डॉक्टर साहब चीखने लगे—''बिलकुल नहीं...तुम ऐसे गली-कूचों में नहीं जा सकतीं।''

''डॉक्टर पाड़ा लेन, तालतल्ला के पास है।''

''वह मुसलमान बस्ती है, खबरदार जो वहाँ पैर रखा तो।''

''वे भी इसी मुँह से रोटी खाते हैं, जिससे हम आप।''

''बकवास मत करो।'' फिर उन्होंने अपने अजीज दोस्त की गुहार लगाई। वे आए।

उनके दोस्त का कहना था—''लेकिन क्या यह एक सुगला काम नहीं ? अपने मारवाड़ी तो इस काम में कभी हाथ नहीं लगाते, होटल-शराब-चमड़ा यह सब भी कोई व्यापार है ?''

सुनकर मेरा तो शर्म से सर झुक गया। उनसे क्या कहती ? अपने पर ही खीझ हुई। मैं जो भी करती हूँ वही इन दूसरों की कसौटी पर खरा नहीं उतरता। मैं क्यों जी-जान से अपने इस मारवाड़ी समाज की स्वीकृति माँग रही हूँ। और जितनी स्वीकृति माँगती हूँ उतनी ये लोग मुझे नीचे क्यों रखते हैं। जब फिगरेट शुरू किया तो कहा गया यह काम तो मैट्रिक पास करके ही किया जा सकता था, इसमें इतनी पढ़ाई-लिखाई की क्या जरूरत थी ? मगर ब्यूटी बिजनेस भी तो एक धन्धा है और धन्धे का पढ़ाई-लिखाई से क्या सम्बन्ध ? कबीर जुलाहे का काम नहीं करते थे ? और जुलाहा बनकर क्या वे कवि नहीं रहे ? मेरी जाति के लक्ष्मी पुत्र जो करते आए हैं और आज भी कर रहे हैं, मैं भी तो उसी व्यापार को करना चाहती हूँ। लेकिन व्यापार भी एक साधना है, जैसे और तरह की साधना या साहित्य साधना है। माना कि दोनों बिलकुल अलग-अलग हैं मगर बिना साधना के कुछ नहीं हासिल होनेवाला। साधक होने की क्षमता उसी व्यक्ति में रहती है जो अनुशासन में बँधे, श्रम करे, एकोन्मुखी अग्नि की तरह जले, जलता रहे।

इसी बीच गीता की शादी तय हो गई। जीजाजी स्वयं आयात-निर्यात उद्योग में थे और कनाडा में रहते थे। गीता ने मुझसे पूरे सहयोग का वायदा किया। और

अब मैंने पागलों की तरह गली-गली चक्कर लगाना शुरू किया। चमड़े की चीजों की तरह-तरह की डिजाइन का मेरे पास अच्छा-खासा संकलन हो गया था। दिन भर मेरा दिमाग इसी ओर लगा रहता। शादी के बाद जीजाजी कलकत्ता आए और मैंने अपने बनाए हुए बैग और वॉलेट के नमूने उन्हें दिखलाए। नमूनों को देखते ही जीजाजी तो नाराज। लगे खरी-खोटी सुनाने और वह भी गीता, डॉक्टर साहब और डॉक्टर साहब के अजीज दोस्त के सामने। उनके अनुसार, ''यह क्या तुमने ब्रैंडी कलर का वॉलेट बना दिया। बाजार को काले और ब्राउन बैग और वॉलेट की जरूरत है, तुम्हारी बनाई हुई इन कलाकृतियों की नहीं।''

''मगर मैंने तो यह डिजाइन हैरोडस में देखा था—छह महीने पहले जब मैं गीता के पास लन्दन गई थी।''

''प्रभा, तुम्हारे पास तो व्यापारी बुद्धि नहीं। व्यापार की दुनिया में तुम कभी कुछ कर नहीं पाओगी...'' मुझे धराशायी करने में जीजाजी ने कोई कसर नहीं छोड़ी थी।

घर लौटकर सारी रात रोती रही, इस अँधेरी सुरंग से आगे का रास्ता क्या होगा, मुझे मालूम नहीं था। सुबह-सुबह ख्याल आया कि मेरी बचपन की दोस्त वन्दना मुरारका के बड़े भाई श्याम मुरारका ने भी हाल ही में चमड़े का व्यवसाय शुरू किया है, क्यों नहीं एक बार उनसे सलाह ली जाए, शायद वे कुछ मदद कर पाएँ। कोई सलाह दे पाएँ। मैंने उन्हें फोन किया, उनका कहना था कि, वे चन्दन बासु नाम के किसी व्यक्ति को जानते हैं जो सेन एंड कम्पनी के जनरल मैनेजर हैं और चमड़े की लाइन के अच्छे ज्ञाता हैं।

''क्या आप उनसे मेरा परिचय करवा सकते हैं ?''

''चलो...अभी चलो।''

मिस्टर बासु ने मेरे बनाए सैम्पल देखे। उनके अनुसार इन चीजों की पश्चिमी बाजार में अच्छी माँग है।

''क्या मुझे ऑर्डर मिल सकता है ?''

''फिलहाल हमारी कम्पनी यानी एस.के. सेन के पास ऑर्डर हैं, निर्यात हमारी कम्पनी के नाम से होगा। आप बस जॉब वर्क कर दीजिए। पहले उत्पादनकर्ता बनिए। बाद में आप स्वयं निर्यातक बन सकती हैं।''

यानी अब मुझे एक छोटा कारखाना लगाना था। एक छत के नीचे कारीगरों को इकट्ठा करना था, उनका विश्वास जीतना था। एक उन्माद था...चमड़े की चीजों का बनाते रहने का, एक नशा था, व्यापार करने का जो प्यार के नशे से भी ज्यादा तीखा था, मेरे सामने एक दुनिया थी, उस दुनिया में रोज नए-नए

दरवाजे खुल रहे थे और मुझे लग रहा था कि मैं पहली बार सूरज देख रही हूँ कि पहली बार हवा इतनी मादक है। मैं विभोर थी बाहर की दुनिया से। घंटों अपनी कल्पना में खोई रहती...माना कि मेरा व्यापारिक अनुभव कम था, मगर काम करने का मुझमें उत्साह बहुत अधिक था।

वह मेरी दुनिया थी। उसके केन्द्र में मैं और मेरे कारीगर थे। इन कारीगरों से काम सीखना था। डॉक्टर साहब का कहना था, "यह क्या बेहूदा काम शुरू कर लिया ? रात-दिन तुम इन मुसलमान कारीगरों से माथा फोड़ती रहती हो, अन्य किसी बात की ओर तुम्हारा ध्यान ही नहीं।"

"चमड़े के क्षेत्र में बंगाली हिन्दू कारीगर भी हैं...वे भी मेरे लिए काम कर रहे हैं।"

मुझे आज भी याद है, मद्रास लेदर फेयर में गई थी। इतनी विशाल प्रदर्शनी, हजारों लोग, मेरे पैर मन-मन के हो रहे थे। यही सोच रह थी, क्या मैं कभी इस दुनिया का हिस्सा हो पाऊँगी ? वैसे मद्रास प्रदर्शनी में जाने का सुझाव श्याम मुरारका ने दिया था। उन्हें भी शायद विश्वास नहीं था कि मैं निर्यातक बनने का हौसला रखती हूँ। इसीलिए तो उन्होंने कहा था—"चलो...मद्रास की प्रदर्शनी तो देखकर आओ, तुम निर्यातक बनो न बनो, पर तुम्हें इस उद्योग के बारे में पता तो होना चाहिए।"

चैन्नई लेदर फेयर में जाकर लगा मानो उस विशाल समन्दर में मैं एक बूँद हूँ जो जरा-सी तपिश से सूख सकती है। मुझे लगा मेरी व्यक्तिगत जिन्दगी की सारी कालिख धुल जाएगी यदि मैं निर्यातक बन जाऊँ। इस व्यापार में स्थानीय व्यापारी समाज का भी कोई दबाव नहीं रहेगा, मुझे उनसे क्या लेना-देना ? एक बार ऑर्डर मिल जाए फिर तो एलसी देखकर बैंक रुपए देगी। फिगरेट को कहीं और शिफ्ट कर दूँगी। इसी फ्लैट में मेरी निर्यात ऑफिस होगी। कभी घरवालों से जान छुड़ाकर डॉक्टर साहब के पास भाग आई थी और अब लग रहा था यहाँ से कहीं और जाऊँ। कितनी सम्भावनाओं से लबरेज है बाहरी दुनिया।

मुझे एक कहानी याद आ गई। बचपन में स्कूल के दिनों में पार्वती बहनजी ने गोपाल भाँड़ की कथा सुनाई थी। गोपाल दही की हंडी लेकर बाजार चला। चलता-चलता सोच रहा था, बाजार में दही बेचकर मुर्गी खरीदूँगा, मुर्गी से बकरी, बकरी के बाद गाय...गाय का दूध बेचकर घोड़ी खरीदूँगा...घोड़ी दौड़ेगी सरपट...टगबग...ढगबग...और गोपाल भाँड़ ने भी दौड़ना शुरू किया, हंडी गिरी छपाक् से। सारा सपना हवा, गोपाल भाँड़ वहीं के वहीं, वैसे के वैसे।

"यह क्या, आप यहाँ कोने में बैठी हैं ?" मिस्टर बासु को देख मैं हँस पड़ी।

अपने सपने के बारे में कहा। मिस्टर बासु का कहना था, गोपाल भाँड़ ने यदि थोड़ा धीरज रखा होता, सपने की गति इतनी तेज न की होती तो वह सब कुछ हासिल कर पाता।

मद्रास से हम लोग तीनों साथ ही लौटे थे। मैं, मिस्टर बासु और श्याम मुरारका। रास्ते में श्याम मुरारका ने मुझसे कहा—"तुम इस चन्दन बासु से पूछकर देखो, क्या यह मेरी कम्पनी में नौकरी करना पसन्द करेगा ?" श्याम मुरारका ने फैब इंडिया के नाम से एक बड़ी टैनरी खोली थी...करोड़ों का काम था उनका। मिस्टर बासु का उत्तर था—

"मैं आपके साझे में भले ही काम कर लूँ...लेकिन इन मारवाड़ी व्यापारियों से भगवान बचाए। ये सिर्फ शोषण जानते हैं।"

"मैं भी तो मारवाड़ी हूँ।"

"औरों जैसी नहीं।"

डॉक्टर साहब से जब मैंने मिस्टर बासु के बारे में कहा, वे तो आगबबूला, "पराए मर्द के साथ कैसे काम करोगी ?"

"लेकिन मैं कोई पर्दानशीन औरत तो नहीं। फिर मिस्टर बासु एक शरीफ इंसान हैं। विवाहित हैं, एक बच्ची के पिता हैं।"

डॉक्टर साहब चुप हो गए। पर अनुमति देने में उन्होंने एक महीना समय गँवाया और अन्त में कहा—"ठीक है, तब तुम्हारी कम्पनी में मेरा भी हिस्सा होगा।"

"पर आप तो डॉक्टर हैं। आप कैसे काम करेंगे।"

"तो क्या हुआ, डॉक्टर व्यापार नहीं करते ? फिर नीरज है (उनका छोटा बेटा), पढ़ाई पूरी कर मेरा हिस्सा वह सम्हाल लेगा।"

कम्पनी बनाई गई, उनके व्यापारी दोस्तों का सुझाव था, "मिस्टर बासु को बराबरी की भागीदारी क्यों दे रहे हो ? दो-चार प्रतिशत की हिस्सेदारी काफ़ी होगी।"

मुझे लगा यह बेईमानी होगी, यह आदमी मातहत रहकर काम नहीं कर सकता।

"और फिर मैं इसे पारिवारिक कम्पनी का रूप नहीं देना चाहूँगी। आखिर हम तीनों एक-एक लाख रुपया ही तो लगा रहे हैं..."

माना कि आज से पैंतीस साल पहले लाख रुपए की कीमत थी मगर उतनी नहीं। ऑफिस के नाम पर फिगरेट का फ्लैट था...ब्यूटी बिजनेस को कहीं और ले जाऊँगी। लेकिन डॉक्टर साहब से हर कदम पर बहस होती, हर रोज झगड़ा

होता। उन्हें मेरा व्यापारी रूप जरा भी नहीं सुहा रहा था।

"चिड़िया हाथ से निकल जाएगी..." उनके और एक ब्यपारी दोस्त ने कहा।

आसपास ईर्ष्या की नदी बह रही थी। हर आँखों में मेरे लिए प्रश्न था।

दोस्तों एवं परिचितों के होंठों पर मुझे और मिस्टर बासु को देख अलग तरह की मुस्कराहट तैर जाती। एक बार मैं फिर कटघरे में खड़ी कर दी गई। प्रमाण दो कि तुम सती-साध्वी हो, कि बासु नाम के इस पुरुष से तुम्हारा रिश्ता पाक-साफ है। डॉक्टर साहब कभी छुपकर मेरी और मिस्टर बासु की बात सुनने की कोशिश करते, कभी मुझसे जवाब-तलब किया जाता।

"कहाँ गई थीं ?"

"ग्रांड होटल।"

"क्यों ?"

"एक अमेरिकन व्यापारी आया हुआ है, उससे मिलना था।"

"बोलकर क्यों नहीं गईं ?"

मैं चुप...

"बासु को क्यों नहीं भेज दिया ?"

"सारा काम बासु करेंगे तो मैं क्या करूँगी ?"

"तुम ऑफिस में रहा करो। भले घर की लड़कियाँ अकेली होटलों में जाती अच्छी नहीं लगतीं, और न हो तो साथ में बासन्ती को ले जाओ।"

"डॉक्टर साहब, आपको मुझ पर विश्वास नहीं ?"

"नहीं...यह बात नहीं, लोग व्यर्थ में बातें बनाएँगे।"

"लोगों ने बातें बनाने में कोई कसर छोड़ी है ?"

"नहीं, तुम्हारे चरित्र पर..."

"वे तो न जाने कितने सालों से मुझे चरित्रहीन कहते हैं।"

"बकवास मत करो, मेरे से नाम जुड़ना तथा हर ऐरे-गैरे से नाम जुड़ना क्या एक ही बात है ?"

बात वहीं खतम हो जाती। दो-चार आँसू गिराकर मैं वापस अपने काम में लग जाती। जानलेवा मेहनत का दौर था। और सारे दिन की मेहनत के बाद शाम सात-साढ़े सात बजे से उनकी प्रतीक्षा में बैठे रहना। नहीं, मुझसे अब और प्रतीक्षा नहीं होगी। मन बुरी तरह उकता रहा था।

वैसे अपने व्यापारिक जगत में होनेवाले अनुभवों के बारे में मैं डॉक्टर साहब से कभी कुछ कहती नहीं थी। वहाँ हर दिन कोई नया अनुभव, नया किस्सा घटता रहता जो मुझे औरत होने की सीमा को समझा देता। उसी दिन की तो बात

है...मिस्टर सिंगर आए थे, स्विस व्यापारी थे। सैम्पलों का बक्सा लेकर मैं ग्रांड होटल पहुँच गई, नीचे से फोन किया...''मिस्टर सिंगर, मैं नीचे लॉबी में हूँ, क्या आप नीचे आएँगे ?''

''मैं लॉबी में बैठकर व्यापार नहीं करता।''

''लेकिन मिस्टर सिंगर, मैं अकेली हूँ और यों पहली मुलाकात में ऊपर, आपके कमरे में...?'' मैंने भरपूर नरम शब्दों में अपनी मजबूरी बयान कर दी।

''ओ...के...।'' गोरा व्यापारी नीचे आया, पर क्रोध से लाल-भभूका था... ''आप व्यापार करने निकली हैं तो अपने आप पर अपना भरोसा करना सीखिए और आपको यदि पराए मर्द से डर लगता है तो आप चाहे पूरी सेना लेकर मुझसे मिलने आतीं पर आपको मेरे कमरे में आना चाहिए था। मुझे आपने लॉबी में नीचे क्यों बुलाया ? मेरी इतनी बड़ी बेइज्जती।''

मिस्टर लारेंस सिंगर ने कभी हमारी कम्पनी को ऑर्डर नहीं दिया था। एक और घटना जो मुझे हमेशा याद रहती है। एक व्यापारी दम्पति को भोजन कराके निकली ही थी, रात के साढ़े ग्यारह बज गए थे। कलकत्ते की सड़कों पर उन दिनों नौ बजे से ही सन्नाटा हो जाया करता था। बार-बार एनाउंसमेंट के बावजूद ड्राइवर गेट पर गाड़ी नहीं लेकर आया।

''लगता है सो गया, चलो कोई बात नहीं, होटल के बाहर कहीं पार्किंग में खड़ा होगा, देख लेती हूँ।''

मगर होटल के बाहर कैसे-कैसे लोग और उनके फिकरे, उन सबके बीच एक औरत अपने आपको कैसे छुपाए, कैसे कहे कि वह 'वह' नहीं।

कभी व्यापार के काम से स्टॉकहोम गई थी। यह शुरू के दिनों की बात है। होटल की लॉबी में नीचे बैठी थी, एक पाकिस्तानी लड़का चला आया...''मेरे कमरे में चलोगी ?'' अजीब तरह से जी भिन्ना गया था। यह केवल विदेशों में ही नहीं घटा था, बम्बई के होटल ताज में भी, मैंने काउंटर पर पूछा—''हाउस फोन किधर है ?'' उस ओर दो कदम बढ़ाते ही दो सफेदपोश सज्जनों ने कहा—''आप हमारे कमरे से फोन कर लीजिए।'' अपनी एक मित्र जूडी से मैंने इसका जिक्र भी किया था। मेरी इस प्रतिक्रिया पर जूडी का कहना था कि ''तुम अपने आपको वस्तु समझती हो और वह पुरुष भी तुम्हें वस्तु रूप में ही देख रहा है। रसीले फल के लिए मन ललचाना स्वाभाविक है। इसके बारे में इतना क्या सोचना, बस तुम ना कर देतीं। वह कोई जबरदस्ती तो कर नहीं सकता।''

''जूडी, यह हिन्दुस्तान है, तुम्हारा पश्चिम नहीं।''

''तो कानून बनाने की माँग करो, आन्दोलन करो।''

"जूडी हर जगह पुरुष हैं, हर तरह के पुरुष हैं, इनके बीच शारीरिक रूप से औरत कमजोर तो है ही। औरत ही क्यों, किसी कमसिन पुरुष को भी लोग अपने कमरे में उठाकर ले जाते हैं।"

"सच ?" और हम दोनों स्त्रियाँ देर तक हँसती रही थीं।

बाद के दिनों में मैंने समझा कि हमारी औरतें वह चाहे बाल कटी हों या गाँव-देहात से आई हों, कहीं भी सुरक्षित नहीं। उनके साथ कुछ भी घट सकता है। सुरक्षा का आश्वासन पितृसत्तात्मक मिथक है। स्त्री कभी सुरक्षित थी ही नहीं। पुरुष भी इस बात को जानता है। इसलिए सतीत्व का मिथक संवर्धित करता रहता है। सती-सावित्री रहने का निर्देशन स्त्री को दिया जाता है। पर कोई स्त्री सती रह नहीं पाती। हाँ, सतीत्व का आवरण जरूर ओढ़ लेती है। या फिर आत्मरक्षा के नाम पर जौहर की ज्वाला में छलाँग लगा लेती है।

व्यवसाय जगत में कुछ अन्य समस्याएँ भी सामने आईं। कारण, किसी भी समाज में कुछ ऐसे कोड होते हैं जो स्त्री-पुरुषों के आपसी सम्बन्ध को निर्धारित करते हैं। विदेशियों से मिलती और उन्हें समझाना पड़ता कि भारतीय समाज कितना जटिल है। सामाजिक परम्पराओं की जटिलता को समझना तो दूर बल्कि ये परम्पराएँ खुद हमें ही जकड़ लेती हैं। पश्चिमी समाज में यह समस्या नहीं, पुरुष जानता है कि एक कैथोलिक स्त्री उसके साथ कितनी दूर तक अग्रसर होगी... वह शाम बिताएगी, आपस में चुम्मा-चाटी सब कुछ होगा मगर इससे आगे नहीं। विवाह से पूर्व यौन सम्बन्ध में कैथोलिक स्त्री की आस्था नहीं। वह शायद ही हाँ करे। लेकिन प्रगतिशील भारत में कई तरह के भिन्न-भिन्न समाज हैं, जातियाँ हैं, बड़े और छोटे शहर हैं। कमर नचाती हुई बम्बइया हीरोइन हैं तो पूरे बदन को साड़ी में लपेटकर चलती हुई औरतें भी हैं। एक पारम्परिक समाज को यदि प्रगति की मथानी से रात-दिन बिलोया जाए तो स्वाभाविक है कि कुछ लोग मक्खन की तरह ऊपर-ऊपर तैरेंगे, बाकी समाज कोरे छाछ की तरह अपनी जड़ों को भिगोते रहेंगे। उनकी दुनिया बाहरी दुनिया से एकदम अलगावित होगी। उनकी भाषा और नैतिकता औरों से भिन्न होगी। बार-बार मैं अपने मारवाड़ी समाज का इसलिए जिक्र करती हूँ कि कहीं उसमें हिन्दी समाज की झलक है तो कहीं बंगाल के सम्पर्क में हमारा समाज बदलने भी लगा था। हम अपने में बन्द आणविक समाज नहीं रह गए थे।

बात यह है कि सामाजिक परिवर्तन हमेशा अनुकरण पर आधारित है। दूसरे समाज में हमें जो कुछ भी अच्छा लगता है, हम उसकी नकल करते हैं। बच्चा दूसरे को चलते हुए देख चलना सीखता है, भाषा सीखता है। दूसरे चरण में नकल

से सीखा हुआ जब हम बार-बार दोहराते हैं तो वह हमारा हो जाता है। और इससे हमारा व्यक्तित्व संवर्धित होता है। हम अपनी परम्परा की अगली कड़ी बनते हैं।

आज से तीस साल पहले एक मारवाड़ी स्त्री के लिए पाँच सितारा होटल में किसी गोरी चमड़ी के साथ अकेले जाना बड़ी बात थी। हालाँकि मैं विदेश यात्रा दो-तीन बार कर आई थी मगर कलकत्ते के ग्रांड होटल, हिन्दुस्तान होटल और बाद में ताज बंगाल होटल से बिलकुल अपरिचित थी। मुझे वहाँ के कायदे-कानूनों का पता नहीं था। मैंने पहले-पहल इन होटलों को देखा था। नक्सलपन्थियों के आतंक से कलकत्ता बस अभी-अभी थोड़ी राहत की साँस ले रहा था। मेरी जीवन-शैली अन्य शादीशुदा मारवाड़ी स्त्रियों से भिन्न थी।

लेकिन मैं असुरक्षित थी। ढेरों सम्भावनाओं में से मैं किसका चुनाव करूँ समझ में नहीं आता था। कैसे कपड़े पहनूँ ? इन विदेशियों से कैसे आँखें मिलाकर बात करूँ ? मैं तो पराए पुरुषों से आँखें मिला बात नहीं कर पाती थी। नजरें झुक जातीं। फन...या सेक्स...दोनों ही मेरे चुनाव के दायरे से बाहर थे लेकिन मेरी शामें अकेली और बोझिल हो जातीं। किसी फिरंगी ने मुझे डांस करने का निमन्त्रण दिया। कह दिया मुझे नहीं आता। उसने कहा—"तुम कूल नहीं।" सोचने लगी कूल संस्कृति किसे कहते हैं ? क्या मैं कूल नहीं हूँ ? कूल का अर्थ चीप लगना तो नहीं। मैं नए कोड के लिए आतुर थी, कुछ ऐसा मिले जो मेरी उलझन को दूर कर सके। मैं अन्ध नकल नहीं करना चहती थी बल्कि सही परिप्रेक्ष्य में निर्णय लेना चाह रही थी। कुछ ऐसा जो मेरी अस्मिता को बचाए रखे। किताबों में पढ़ती, खासकर फेमिना, इव्स वीकली और खुद से कहती हाँ ऐसे कूल लगा जाता है—व्यापारिक एवं सामाजिक मंचों पर ऐसे बात की जाती है, पर मैंने पाया कि सच में मेरा काम हो जाता। मेरा आत्मविश्वास बढ़ रहा था। अपनी नजर में मेरा कद ऊँचा हो रहा था...ढेरों ऐसी छोटी-छोटी बातें थीं जिनके बारे में अब मुझे पता चल रहा था। पुरुष को क्या बुरा लग सकता है और क्या अच्छा, यह भी समझ में आ रहा था। फिलिप हँसता, कहता, "तुम हिन्दुस्तानी लड़कियाँ जरा-सा हाथ बढ़ाते ही अपनी देह क्यों सिकोड़ लेती हो ?" वह कभी कन्धे पर हाथ रखता, कभी विदा के वक्त गालों पर किस करता और मैं सच में अपने आप में सिमट जाती और घबराकर कहती—

"फिलिप, और लोग भी देख रहे हैं।"

'पर यह तो हमारा यूरोपियन तौर-तरीका है।"

"लेकिन देखनेवाले इसे गलत मानेंगे... ।"

"ठीक है, अब से केवल नमस्ते ही सही।" एक और फिरंगी ने बड़ी इज्जत

से मेरी उलटी हथेलियों को चूमा और मैं थी कि कनखियों से पासवाली मेज पर बैठी अपनी किसी परिचित महिला को देख रही थी। उनके होंठों की वह जहरबुझी मुस्कान मुझे तौल रही थी। बाद में इसी महिला ने किसी परिचित से कहा—क्या इन पराए मर्दों से इस प्रकार हाथ मिलाना उचित है ?

मैं अपनी पहचान चाहती थी, एक ऐसा जीवन जो स्थानीयता के साथ वैश्विक हो। जीवन, रोमांस, सेक्स, सम्बन्ध सबके अलग-अलग कोड होते हैं। इन चिह्नों के अर्थ अलग होते हैं। बंगाली और पंजाबी समाज से हमारा मारवाड़ी समाज भिन्न था। प्रगतिशीलता के सन्दर्भ में मैं किसी समाज को कम-ज्यादा कहकर नहीं तौलना चाहती। लेकिन यही सोचती हूँ कि आखिर कौन इन्हें निर्मित करता है ? व्यक्ति ही ना। इनमें से बहुतेरे कोड हैं जिन्हें तर्क के सरौते से मैं काटना चाहती हूँ। बादाम की गिरी जैसी इनकी भी कोई अलग गिरी होगी और कैसा होगा उसका स्वाद ? किन्तु यह भी जानती हूँ कि इसे इतनी आसानी से तोड़ा नहीं जा सकता। बड़ा सख्त है इनका छिलका।

बाहरी दुनिया में कदम रखते ही मेरी कार्यक्षमता दुगुनी हो गई। एक असह्य यथार्थ से पलायन कर रही थी, मैं केवल डॉक्टर साहब की होकर नहीं रह गई थी। लोगों से मैं कहना चाहती, डॉक्टर साहब से अलग भी मेरी कोई हैसियत है। मैं भी कुछ हूँ। दुनिया देखने का, पारम्परिक दायरों के अतिक्रमण का यह दौर था। मैं व्यापारी महिला बन चुकी थी। डॉक्टर साहब और उनके इष्ट मित्र मेरी प्रशंसा कम ही किया करते थे। वे सभी इन मामलों में मेरे प्रति मितव्ययी थे, मगर अब उनकी आँखों में प्रशंसा देख रही थी। पहले मैं डॉक्टर साहब से समय न देने की शिकायत करती, अब डॉक्टर साहब को मुझसे शिकायत रहती। इन सबके बावजूद कहीं थोड़ी-सी चूक और डॉक्टर साहब ताना सुना ही देते...'भई ! बिजनेस लेडी है ! मेरी या तुम्हारी वाली की तरह थोड़ी ही है।'

मैं दौड़ रही थी...और पहलेवाली रिक्तता, शून्यता, व्यर्थता के बदले बहुत कुछ सार्थक पा रही थी। मुझे अपनी इस नई व्यापारिक दुनिया में रस मिल रहा

था, काम में सन्तुष्टि थी। हर दिन लगता, मैं प्रगति की राह पर एक और कदम आगे बढ़ा रही थी। निर्यात का काम चल निकला। लेकिन व्यापार शुरू करने के छह-सात महीने बीतते न बीतते मेरा और डॉक्टर साहब का सम्बन्ध गड़बड़ाने लगा।

फैक्ट्री फ्लोर पर घंटों खड़ी रहती, पसीने से लथपथ...पसीने और चमड़े की गन्ध मुझे सुकून देती, जीवित रहने का बोध देती।

मजदूर, यूनियन, सर्वहारा को मैंने अपनी व्यापार की दुनिया में जाना। मार्क्सवाद अब मेरे लिए कोरा सिद्धान्त नहीं था। वर्गीय चेतना कैसे फैक्ट्री फ्लोर पर सघन होती है इसे मैंने भली-भाँति समझा। एक ओर मेरी मालिकीयत की चेतना सघन हो रही थी तो दूसरी ओर मेरे सामने अपनी सघन वर्गीय चेतना के साथ श्रमिक वर्ग था। अपना अन्तर्विरोध भी मुझे समझ में आ रहा था। स्त्री के रूप में मैं चाहे दमित और शोषित थी मगर व्यापार की दुनिया में मैं व्यापारी पुरुषों के मूल्यबोध को ही स्वीकार रही थी। बिना उस व्यापारिक चेतना के सफलता मिलना असम्भव था। मैं भली-भाँति समझ गई थी कि मौका मिलते ही हम व्यापारी श्रम का शोषण करने से बाज नहीं आते। इन लड़ाइयों में मालिक और मजदूर में पैसे-पैसे का मोलभाव होता है। श्रमिक अपने श्रम के निवेश में बेहद सजग होता है। हम बुर्जुवाओं की आँखें उसके इसी अतिरिक्त श्रम पर ही तो लगी रहती हैं।

जिन बातों को, जीवन की अपनी जिन कमियों को मैं पहले सहन कर लेती, अब नहीं कर पाती थी। क्योंकि मैं सशक्त और दबंग होती जा रही थी। मेरा आत्मविश्वास बढ़ता जा रहा था। डॉक्टर साहब का कहना था—"तुम पुरुष होती जा रही हो। तुम ज्यादा हिसाब-किताब करती हो, दिन-रात अपने काम में उलझी रहती हो।" और अन्त में सारी कड़वाहट उड़ेलकर वे ताना देने से नहीं चूकते...हाँ भई ! पैसा जो कमा रही हो।"

"लेकिन इस पैसे में से एक-तिहाई आपके पास भी जाता है।"

"मुझे सुनाओ मत, थूकता हूँ तुम्हारे पैसे पर।"

व्यापार मैं कर रही थी मगर पैसे का कंट्रोल डॉक्टर साहब कर रहे थे। कहाँ कितना पैसा लगाना है, किसके पास कितना रुपया जाना है इसका निर्णय वही लेते थे। मेरी भी उनके प्रति शिकायत बढ़ रही थी। इतनी मेहनत करती हूँ, इनके परिवार को इससे फायदा होता है, इनका छोटा बेटा इस काम में लगा है, उसका एक सुन्दर भविष्य बन रहा है। लाखों-करोड़ों वाला भविष्य ! कहाँ से कहाँ हम सब पहुँचेंगे, क्या इस उपलब्धि की कोई कीमत नहीं ? मेरी उपलब्धियों को

आखिर किसलिए हल्का किया जाता है ? हाँ, मैंने मेहनत की है। मैंने मिस्टर बासु को पार्टनरशिप दी है तो गलत क्या हुआ ? सभी का तो लाभ हो रहा है।

उनके मित्रों का कहना रहता—"प्रभाजी तोड़-जोड़ में माहिर हैं। संजय सेन की कम्पनी से मिस्टर बासु को तोड़ लाईं और अपना पूरा काम जमा लिया।"

पूछना चाहती थी तो गलत क्या ? आप जो बड़े-बड़े व्यापारी बनकर इठला रहे हो, आपके औद्योगिक घराने में न जाने कितने जैन, कितने बासु, सेन, राय, खन्ना, सिंह लगे हुए हैं, न जाने कितनों के दिमाग का आपने फायदा उठाया है। क्या आपके साथ आपका भाई, आपका बेटा काम नहीं करता ? क्या हुनर और ज्ञान के लिए आप पार्टनर की सहायता नहीं लेते ? क्या आप बैंक से पैसा उधार नहीं लेते ? फिर मेरी हर उपलब्धि में हर प्रयास की क्यों बखिया उधेड़ी जाती है ?

लेकिन नहीं, मैं एक औरत थी...औरत के आर्थिक अवदान को नकारने की परम्परा रही है। पहले गृहस्थी में उसके श्रम को नकारा जाता है, फिर मुख्यधारा में यदि उसे उसे स्थान दिया जाता है तब उस स्त्री को या तो अपवाद मानकर पुरुष वर्ग अपने कर्तव्य की इतिश्री समझ लेता है, या फिर उसे परे ढकेल दिया जाता है। पर आनेवाले वक्त में औरत की सबसे बड़ी लड़ाई इस मुख्यधारा में बने रहने की होगी। खैर, पहचान के आग्रह से ही मैंने बाहरी दुनिया में कदम रखा। मगर बड़ी जल्दी इस दुनिया की राजनीति मुझे समझ में आने लगी, मेरे भ्रम टूटने लगे। बाहरी जगत में ढेरों ऐसे काम रहते हैं जिसे औरत बिना कीमत माँगे स्वेच्छा से अपने कन्धों पर उठा लेती है। कारण, बचपन से औरत जिस काम को करती आई है उसे वह भूल नहीं पाती...। मुझे आज भी याद है, व्यापारिक बातचीत में हम लोग जब भी बैठते तब चाय बनाना मेरा काम रहता; सिर्फ इसलिए कि मैं औरत थी। स्वाभाविक था यह काम न मिस्टर बासु करते न नीरज और डॉक्टर साहब ? उन्हें मेरा व्यापार करना अच्छा भी लगता और बुरा भी।

"... ..."

"कौन था वह आदमी !"

"ओफ्फ़...डॉक्टर साहब मैं थक गई हूँ अपने चरित्र की कैफियत देते-देते...आपके प्रति अपनी उत्सर्गता, वफादारी प्रमाणित करते-करते। औरत की वही परम्परा अच्छी थी जब वह घर में घूँघट निकाले बैठी रहती थी, कहीं कोई झंझट नहीं था।"

पर मेरी जैसी औरत के लिए बाहरी दुनिया में जाना चाहे मेरी मजबूरी कहिए या फिर चुनाव लेकिन मैं कहना चाहती थी कि यदि स्त्री बाहरी दुनिया में मौजूद

है तो क्या उसके सम्पर्क में पुरुष नहीं आएँगे ? और कैसे प्रमाणित करूँ कि मेरे और उस फलाँ पुरुष के बीच ऐसी-वैसी कोई बात नहीं है लेकिन डॉक्टर साहब थे कि शब्दों के चाकू से मुझे चीरते रहते।

''तुम इतने मिठास से उससे क्यों बातें कर रही थीं ?''

''डॉक्टर साहब मिठास से जैसे आप अपने रोगी से बातें करते हैं, वैसे ही मुझे भी उस फिरंगी से बात करनी पड़ती है। उसके हाथ में मोटा ऑर्डर है, और इस ऑर्डर की कम्पनी को बेहद जरूरत है। यदि यह ऑर्डर न मिला तो फैक्ट्रियाँ बैठ जाएँगी, मजदूर बिफर जाएँगे। पिछली बार तो यूनियन ने हड़ताल की नोटिस दी थी, प्रबन्धन को समझा दिया था कि आप यदि काम नहीं ला सकते तो यह आपकी गलती है। मजदूर को पूरी मजदूरी नहीं तो बैठकी ही मिलनी चाहिए। लेकिन बैठकी में दिया गया पैसा तो कम्पनी को डुबा देगा, हम घाटा बर्दाश्त नहीं कर पाएँगे।''

''ठीक है, मैं तुम्हारी बात समझ रहा हूँ। फिर भी ज्यादा अन्तरंग होने की जरूरत नहीं।'' डॉक्टर साहब कोई कैफियत न सुनना चाहते थे न समझना। वे बेहद असंवेदनशील होते जा रहे थे।

कुछ था डॉक्टर साहब के मन में जो इतने वर्षों से बूँद-बूँद कर इकट्ठा हो रहा था और जो इन दिनों बात-बेबात मुझ पर गरज-बरसकर ही शान्त होता। मुझे कभी अपनी बेबसी और लाचारी पर गुस्सा आता तो कभी मैं भी पलटकर वार किए बिना नहीं मानती। मुझे अपने स्त्रीपने से चिढ़ हो रही थी, आखिर हम स्त्रियाँ अपने प्रिय पुरुष की अहं सन्तुष्टि के लिए खुद का अवमूल्यन क्यों करती हैं, किसलिए गुलाम की तरह उस पुरुष की हर मूर्खता एवं कुंठा को झेलती रहती हैं। मैं ही आखिर क्यों और किसलिए यह सब बर्दाश्त करूँ ? क्या मैं मेहनत नहीं करती ? क्या मैं पैसे नहीं कमाती ? दूसरा मन तुरन्त पलटकर मुझसे कहता, चुप ! बिलकुल चुप !! इन बातों को जबान पर नहीं लाना। नहीं तो मार दी जाओगी। लाखों-करोड़ों का मामला है, सँभलकर चलना सीखो।

कभी मैं सोचती क्या इसी के लिए मैंने इतनी कीमत दी ? हमारे बीच अब वह प्यार का रिश्ता नहीं रहा था। एक मोल-भाव हम दोनों के बीच चलता रहता था...वे मुझे छूट दे रहे थे, देने को बाध्य हो रहे थे और इसके लिए मन-ही-मन पछता भी रहे थे, कहे बिना रह नहीं पाते...''मैंने तुम्हें पैसा कमाना सिखाकर गलती की।''

''आपने पैसा कमाना कहाँ सिखाया ?''

''क्यों ? यदि मैंने तुम्हें व्यापार करने नहीं दिया होता ?''

"मेरी जगह यदि कोई और होती तो कब का तुम्हारा छमियाकरण हो जाता।"

"छमियाकरण का माने ?"

और वे उठकर चले गए थे। उनके जीवन में एक पूर्ण समर्पिता पारम्परिक स्त्री थी...दूसरी ओर अपनी अस्मिता की तलाश में, एक स्वतन्त्र स्त्री के रूप में मैं कह रही थी—मुझे घर की सुरक्षा नहीं मिली। मातृत्व से मैं वंचित हूँ। मुझे अपनी रोटी आप कमानी पड़ रही है। आपकी बस एक ही भूमिका मेरे जीवन में बची है, कि आप भी मुझे उतना ही प्यार दें, मुझसे उतना ही लगाव रखें, उतनी ही मेरी जरूरतों का ख्याल रखें जितना ख्याल और जितना प्रेम आपसे रखती हूँ। एक स्वतन्त्र स्त्री के प्रति रखरखाव की भावना गायब क्यों हो जाती है ? पुरुष कमजोर स्त्री से ही क्यों प्यार करता है ? और सबल स्त्री से चिढ़ता क्यों है ?

हम दोनों अपने-अपने बचाव में लगे हुए थे। मेरे लिए सम्भव नहीं था उन पुरानी भूमिकाओं की ओर लौटना, डॉक्टर साहब के लिए घंटों इन्तजार करना। मेरे लिए स्थापित सीमाओं के अतिक्रमण का प्रयास स्वाभाविक था। निर्यात के चक्कर में बक्सा उठाए-उठाए न जाने कितने देशों में कितने शहरों में गई हूँ, कैसे-कैसे अजीबो-गरीब अनुभव हुए हैं। ऐसा नहीं कि व्यापार की दुनिया में आतंक नहीं था, धोखा और छलावा नहीं था, पर वहाँ दुश्मन मेरे सामने था। बाधाओं को मैं देख पा रही थी और उन बाधाओं के पार एक और दुनिया भी है जिसका भी मुझे अन्दाजा था। रोज-रोज की कहासुनी से मैं बेहद उकताने लगी थी। यही सोचती रहती कि क्यों नहीं हम दोनों अपनी-अपनी उड़ान भरते और लौटकर एक ही घोंसले में आश्रय लेते किन्तु साथ रहते हुए व्यक्तिगत जिन्दगी की रोजमर्रा की उठापटक का मुख्य कारण घोंसले की मालिकीयत था। डॉक्टर साहब के अनुसार मालिक एक होता है, और वह पुरुष ही होता है।

"क्यों ? स्त्री क्यों नहीं ?"

"वह अपनी गृहस्थी की मालकिन होती है।"

गृहस्थी की मालकिन शब्द से मुझे हँसी आ जाती। मिसेज सर्राफ तो डॉक्टर साहब की गृहस्थी चला रही हैं लेकिन यह किसकी गृहस्थी है ? डॉक्टर साहब की। किसके बच्चे हैं ? डॉक्टर साहब के नाम पर चलता हुआ वंश है। बैंक की पास बुक डॉक्टर साहब के पास रहती है। परिवार के सदस्यों पर डॉक्टर साहब नैतिक निर्णय देते हैं। तब मिसेज सर्राफ क्या करती हैं ? वह घर के चकले-बेलन को अपनी ढाल-तलवार बनाती हैं। मालकिन शब्द में छुपे हुए विरोधाभास को कम-से-कम मैं समझने लगी थी। सम्भव है विवाहित जीवन के ये छोटे-छोटे

रीति-रिवाज कभी मुझे बड़े आकर्षक लगे हों पर अब इनके प्रति मेरे मन में कोई भ्रम नहीं बचा। सम्भव है कभी मैंने डॉक्टर साहब की पूजा की हो पर अब मेरी पूजा-अर्चना से क्रमशः स्थापित होते हुए इस देवता से मैं चिढ़ने लगी थी लेकिन डॉक्टर साहब से मैं फिर भी डरती थी। मुझमें साहस का अभाव था, एक भयभीत बच्चे की तरह डैने फैलाकर मैं उचक-उचककर दीवारों के पार देखती तो कभी वापस अपने घोंसले में सिमट जाती। हाँ...यह सब मुझे परेशान करने के लिए और समूचे आत्मविश्वास को हिला देने के लिए काफी था। यानी मुझे इन सारी उलझनों से मुक्ति चाहिए थी किन्तु यह बाहरी और भीतरी जटिलताओं से भरा एक कठिन काम था।

यह वह वक्त था जब डॉक्टर साहब के पास न दौलत की कमी थी और न शोहरत की...पूनम का चाँद अपनी पूरी मस्ती में था, और ऐसे में मेरी यह भैरवी भला उन्हें क्योंकर पसन्द आती। इन्हीं दिनों पीरियड्स बन्द हो गए। यानी अब मैं जिन्दगी के तीसरे पड़ाव में थी, लेकिन क्या बयालीस की उम्र में मेनोपॉस होता है ? डॉक्टर सुजीत का कहना था, इससे क्या हुआ, यह तो कभी भी घट सकता है। मेरा पहला प्रश्न था, तब क्या मैं कभी भी माँ नहीं बन सकती ? अपनी एक आँख बन्द करते हुए उसने कहा, ''हाँ, माँ बनने के अलावा आप सब कुछ कर सकती हैं। निराश मत होइए...मगर हॉरमोन लीजिएगा, अन्यथा मानसिक सन्तुलन नहीं रख पाइएगा।''

सन्तुलन कहाँ रख पाती हूँ, और मेनोपॉस के बाद, पोर-पोर से फूटती हुई निराशा, मेरा चेहरा कभी कपूर की भाँति धक से जल उठता, कभी हथेलियाँ पसीज उठतीं, कभी रातों की नींद उड़ जाती।

एक बार की घटना मुझे हमेशा याद रहेगी। काम के सिलसिले में जर्मनी जाना हुआ। हैमबर्ग में ऑरोप्रेशर हॉफ होटल से निकलते-निकलते दिन चढ़ आया था। चौराहे की दुकान पर पत्रिकाएँ और अखबार झाँक रहे थे। पर सभी जर्मन भाषा में थे जो कि मेरी समझ से परे थे। हाथ में शहर का नक्शा था, ध्यान से देखने पर समझ में आया कि हर्मन हैंसे की ऑफिस अगले चौराहे से दाहिने मुड़ने पर मिलेगी। पैदल ही चली जाती हूँ, टैक्सी की जरूरत नहीं। चौराहे पर दाहिने मुड़ती हूँ, सौ डेढ़ सौ कदम...अरे यही तो 14 नम्बर है मगर इतनी जल्दी ? मैं तो वक्त से पहले पहुँच गई। मैं फिर वापस लौट पड़ती हूँ, आधे घंटे का समय जो बाकी था। आसपास की दुकानों के साइनबोर्ड पढ़ने की कोशिश करती हूँ, हाथ में नक्शा थामे मैं व्यापारी कम टूरिस्ट ज्यादा लग रही हूँ। अचानक घड़ी देखती हूँ, साढ़े तीन बज गए। हर्मन हैंसे ने चार बजे ही तो बुलाया था। बाहर अँधेरा घिर आया

था। स्टेनग्लास की खिड़कियाँ सड़क की रोशनी में चमक रही थीं। चौराहे पर मैं कॉफी पीने एक रेस्त्राँ में घुसती हूँ। अचानक मेरे चारों ओर शोर-शराबे की लहरें ऊँची होने लगीं, कैफे की छत से टकराती हुई आवाजें, मानो पूरी बिल्डिंग को हवा में उछालकर रख देंगी...आवाजें, रेलवे स्टेशन की ऊँची बुर्ज को छूकर लौटी हुई आवाजें, क्षण भर को मुझे लगता है मैं कितनी अकेली और असहाय हूँ। प्रार्थना में दो हाथ आपस में जुड़ जाते हैं–तू सब कुछ है प्रभु ! तेरे सामने मैं कुछ भी नहीं। लेकिन फिर भी मैं एक स्त्री हूँ, और इस बीहड़ दुनिया में स्त्री की भाँति ही जीना चाह रही हूँ। अपने आप में यह कोई बहुत बड़ी, बेहद असम्भव महत्वाकांक्षा तो नहीं।

वापस 14 नम्बर मकान के दरवाजे पर पहुँचकर घंटी बजाती हूँ। दरवाजा खोलनेवाली एक अनिंद्य सुन्दरी महिला थी जो कि हैंसे की पत्नी नहीं थी क्योंकि तीन महीने पहले हैंसे दम्पति से मैं कलकत्ते में मिल चुकी थी। मैंने पूछा–''आप ?''

''मेरा नाम मार्था है और मैं हैंसे की रखैल हूँ !''

''ओह, दोस्त होगी।''

''नहीं रखैल हूँ। वह मेरा भरण-पोषण करता है।''

''और मिसेज हैंसे ?''

''वे अलग रहती हैं।''

''कब से ? तीन महीने पहले तो वे लोग कलकत्ता आए थे।''

''पिछले एक महीने से।'' उसका उत्तर बड़ा धीमा था।

मेरी आँखों के सामने खूबसूरत मिसेज हैंसे तैर जाती हैं। मैं अपने साथ लाए हुए पैकेट को टटोलती हूँ, देखती हूँ, कीमती शॉल है। क्या करूँ ? वापस ले जाऊँ ? फिर अपने आपसे पूछती हूँ, क्या तुम किसी रखैल का सम्मान नहीं कर सकतीं ? मार्था के बदले यदि यहाँ मिसेज हैंसे होतीं...। पैकेट बढ़ाती हुई मैं दाँत चियारती हूँ।

''यह आपके लिए।''

''अरे !'' आश्चर्य मिश्रित खुशी छलक उठती है। वह पैकेट खोलती है, ''जीसस इतना कीमती तोहफा ? निस्सन्देह यह मेरे लिए नहीं था।''

मैंने इधर-उधर आँखें दौड़ाईं, हैंसे कहीं नजर नहीं आ रहे, नहीं तो वे ही बात को सम्हालते।

''वैसे कोई बात नहीं, तुमने जो तोहफा दिया वह मेरा ही हुआ ना... ?''

''हाँ जरूर।''

''हैंसे कहीं गए हैं आते होंगे, क्या लोगी ? कॉफी बनाऊँ, कैसी कॉफी लोगी, अमेरिकन या मोका ?''

''धन्यवाद। बस मुझे कॉफी चाहिए कोई भी, कैसी भी, बस ज्यादा कड़वी न हो।'' कहते हुए मैं सोफे पर बैठ जाती हूँ। मुझे वह अच्छी लगी, एक बेहद जिन्दादिल औरत मेरे सामने थी।

कॉफी परकुलेटर का स्विच ऑन करते हुए उसने मुझसे कहा–''तुम कुछ भिन्न हो, औरों से अलग। हालाँकि मैं बता नहीं पा रही हूँ कि तुम किस रूप में भिन्न हो।'' कॉफी को मग में डालते हुए उसने कहा–''तुम्हें भिन्न कहा इस बात का बुरा नहीं मानना।''

वह फिर कहने लगी–''मैं भी कभी भारत गई थी। मुझे दिल्ली जाकर लगा कि भारतीय बड़े प्रगतिशील हैं, खासकर महिलाएँ तो तेजी से आगे बढ़ रही हैं। मैंने दिल्ली-मुम्बई की पार्टियाँ, जयपुर के गुलाबी भवन, वहाँ की शॉपिंग, जैसलमेर की रेगिस्तानी रात, रंगीन छपे हुए कपड़े, लाल चुँदरी-लहरिया इन सभी को करीब से देखा और समझा।''

वह ऐसे कह रही थी मानो वह किसी निष्पादित भूमिका का विश्लेषण कर रही हो। पर जिसका फिलहाल अभी के वातावरण से कोई लेना-देना नहीं था। मार्था कहती जा रही थी...''दिल्ली के बाद हम लोग काशी गए। मुझे गंगा स्नान करना था। कहते हैं गंगा नहाने से पाप धुल जाते हैं। सब कुछ बड़ा रोमांटिक था, रोमांटिक और रहस्यमय। मेरा इतना सब कहना तुम्हें अखर तो नहीं रहा ?''

''नहीं बिलकुल नहीं, वैसे हमारी संस्कृति में आस्था और विश्वास जैसे शब्द अब भी मटमैले नहीं हुए हैं। एक बात पूछूँ, तुम भारत गईं तो कलकत्ता कैसे नहीं आईं ? हैंसे तो आते रहते हैं, अभी तीन महीने पहले ही अपनी पत्नी के साथ आए थे।''

''ओह मैं ? मैं तो कलकत्ता आनी चाहती थी मगर हैंसे का कहना था कि तुम लोग बड़े दकियानूसी व्यक्ति हो, मेरे और हैंसे के सम्बन्ध को स्वीकार नहीं पाओगे। इसलिए दिल्ली तक मैं साथ थी और दिल्ली से आगे हैंसे की पत्नी।'' कहते हुए खिलखिलाकर वह हँस पड़ी। मैं भी हँसने लगी थी। मेरे भीतर तुरन्त एक आवाज ने चिहुँककर पूछा, तो इस देश में भी अपनी 'वह' को पुरुष इतना छुपाकर चलता है।

कॉफी के दो मग लिये वह पास आकर बैठ गई। पहली मुलाकात में कोई अजनबियों के इतना करीब बैठता है, वह भी एक गोरी महिला, मुझे जरा आश्चर्य हुआ। वह एकटक मेरे चेहरे को पढ़ने की कोशिश कर रही थी।

बड़ी जल्दी औपचारिक बातें खतम हो आईं, और हम दोनों दो पुरानी सहेलियों की तरह अपने-अपने आत्मीय क्षणों को खँगालने लगीं। मैं उसे अपनी निजी जिन्दगी की उलझी गुत्थियों के बारे में बताने लगी। मेरी व्यथा को सुनकर वह रोने लगी थी। उसने मेरी उलटी हथेलियों से अपनी आँखें पोंछी, फिर उँगलियों को होंठों से लगाया और कहा, "लगता है मैं तुम्हें जन्मों से जानती हूँ, प्रभा ! तुम हमेशा मेरी दोस्त रहोगी ना ?"

कितनी अजीब बात है। क्या सम्बन्ध ऐसे ही बनते हैं ? उसने मेरे बिखरे बालों को ठीक करते हुए कहा—"काश ! मेरे भी बाल इतने काले और चमकीले होते।"

"मार्था, तुम बहुत सुन्दर स्त्री हो।" मेरी बात उसे रुचिकर नहीं लगी। वह मुँह घुमा लेती है।

"मैं सुन्दर से अधिक एक साइकिक महिला कहलाना ज्यादा पसन्द करती हूँ। कभी समुद्र किनारे बालू पर मैंने हैंसे शब्द लिखा था...मुझे पता था ऐसा ही कोई पुरुष मेरे जीवन में आएगा, और देखो मुझे हैंसे मिल गया।"

"अच्छा !"

"तुम्हें देखते ही प्रभा ! मुझे लगा कि तुम्हारा मेरे जीवन में विशेष स्थान होगा।"

"क्या सच में तुम्हारे जीवन में... ?"

"हाँ, बिलकुल।" उसने अपना हाथ मेरी जाँघों पर रख दिया था। वह और करीब खिसक आई थी। उसने हाथ और आगे बढ़ाया, जाँघों के बीच..."प्लीज एक बार।"

"सॉरी...आइ एम सॉरी।" कहते हुए मैं उठ खड़ी हुई। हँसते हुए उसने मेरा हाथ अपनी ओर खींचा।

"नहीं, मार्था बिलकुल नहीं।"

और मैं दरवाजा खोलकर बाहर थी। भय, आतंक और जुगुप्सा...मगर मैं इतनी आतंकित क्यों हुई थी ? यह बात मैं आज भी अपने-आप से पूछती हूँ कि मैं क्यों भाग खड़ी हुई थी ? मेरी तरह वह भी तो एक स्त्री थी। एक बेहद खूबसूरत स्त्री। मैं उससे भयभीत क्यों हुई ? मैंने इतनी बेरुखी से उसका हाथ क्यों झकझोर दिया...इतनी रूड होने की क्या जरूरत थी ? पुरुष का प्रेम निवेदन अच्छा लगता है, स्त्री का नहीं, विचित्र है संस्कारों का ताना-बाना।

शाम के झुटपुटे में, सन्नाट सड़क पर चलते हुए बार-बार उसका खूबसूरत चेहरा आँखों के सामने आ खड़ा होता और मैं उसे परे ढकेलकर उस शाम में जब

सारी दुनिया का शोर एक फुसफुसाहट में तब्दील हो गया था...तब अपना सर झटकते हुए मैंने कहा था—खुद से—इस दुनिया से, मैं कोई लेस्बियन थोड़े ही हूँ...

कोई अतीत नहीं, कोई भविष्य भी नहीं, बस शाम का वह धुँधलका मेरे दिशाबोध को खारिज करता हुआ लगा। उसकी वे चमकती, हँसती-खिलखिलाती आँखें, कॉफी का हल्का-सा गीलापन होंठों को नम करता हुआ—वे बातें जिन्हें सुनते हुए सब कुछ बड़ा आत्मीय लगा था, एकदम से तिरोहित हो गया था। क्या इसीलिए मैं उसे प्यार नहीं कर पाई क्योंकि वह स्त्री थी ? या मेरे संस्कारों के दबाव ने जीवन के एक कोमल, आत्मीय क्षण को दूर ढकेल दिया। संस्कारों के इस ताने-बाने को किसने निर्मित किया ? टुकड़ा-टुकड़ा ईंट पर ईंट रखते हुए किसने मेरी आत्मा के लिए इस कैदखाने को गढ़ा था ? आखिर किसने ?

मेरे सामने से लड़के-लड़की का एक खूबसूरत जोड़ा हँसते-खिलखिलाते हुए निकल गया। मैं उन्हें दूर जाते हुए देखती हूँ। होटल वापस लौटकर मन किया मार्था को फोन करूँ, मगर क्या कहूँगी ? और हर्मन हैंसे ? कहीं मार्था हैंसे से मेरे बारे में कुछ ऐसा-वैसा न कह दे। पार्टी हाथ से निकल जाएगी। होटल लौटकर याद आया कि अपनी डायरी तो वहीं सोफे पर छोड़ आई हूँ। क्या करूँ ? फोन तो करना ही पड़ेगा।

"मार्था...मैं तुम्हें परेशान नहीं करना चाहती, लेकिन मेरी डायरी..." और अचानक आँखों के सामने वह आ खड़ी हुई थी वहाँ। मानो उसे मेरी प्रतीक्षा थी, "हाँ, मैंने उठाकर रख ली है।"

"कहाँ थी मेरी डायरी ?"

"कॉफी टेबल पर। तुम्हारी डायरी लिये मैं मकान के गेट तक भी गई, तुम्हें आवाज दी, तुमने पीछे मुड़कर देखा तक नहीं। तुम तो मानो मुझसे डरकर भाग रही थीं। नाक के सीधे दौड़ती चली जा रही थीं।"

"मार्था ! डायरी के बिना मैं बिलकुल असहाय हो जाऊँगी, मेरे सारे नम्बर उसमें लिखे हुए हैं।"

"पढ़कर तो ऐसा ही लगा। क्या तुम आओगी डायरी लेने ? एक बार फिर तुम्हें देख पाऊँगी।" उसकी बात अनसुनी करते हुए मेरा उत्तर था—

"रात के आठ बज गए हैं और कल सुबह छह बजे की फ्लाइट से मैं फ्रैंकफर्ट जा रही हूँ।"

"ठीक है, तुम्हें अपनी डायरी रात दस बजे तक मिल जाएगी।"

"कैसे ?"

"कोरियर से। बेवकूफ लड़की..." और वह हँसती रही थी। बड़ी देर तक। आह ! ये अनजाने क्षितिज...परत-दर-परत खुलते हुए।

देर रात तक मैं मार्था के लिए सोचती रही। मार्था, जो पहली मुलाकात में एक पुरानी एलबम-सी लगी थी। ये कविताएँ, मेज पर रखी ये किताबें, यह रुटीनी जिन्दगी...इन सभी के माध्यम से मैंने स्वयं को अपनी भावनाओं से दूर रखा। मैं कभी अपने तक पहुँच ही नहीं पाई। मार्था ने मुझे औचक समझा दिया कि अपने-आप से सामना कैसे किया जाता है।

होटल वापस लौटते हुए पूरी यात्रा में मैं चेष्टा करती हूँ कि मेरा मन स्थिर हो जाए। मगर कहीं कुछ घट गया था। मेरा कोई कीमती हिस्सा पीछे छूट गया था। यदि उसने खुद को और मुझे दोस्ती के दायरे में रखा होता तो कितना अच्छा होता लेकिन उसने क्यों ऐसा किया ? ऐसी कौन-सी प्यास थी उसके मन में ? आज लगता है ऐसी कोई बात ही नहीं थी। मार्था के साथ मुझे सहज रहना चाहिए था...उसकी चाहना गलत नहीं थी बल्कि मेरी प्रतिक्रिया ही बड़ी असहज और बचकानी थी।

उस रात मैं सो नहीं सकी थी। मैंने तो सोचा था कि इतने वर्षों बाद व्यापार की दुनिया में मैं बाहरी व्यक्ति नहीं हूँ। लेकिन हर बार मेरी यह देह क्यों आड़े आती है ? मार्था मुझसे भिन्न नहीं, मैं औरत हूँ और वह भी एक औरत है। दो औरतों में स्नेह, प्रेम, दोस्ती सभी कुछ तो स्वीकृत है लेकिन इससे आगे की बात मेरा संस्कारी मन स्वीकार नहीं पाता। आज भी कभी लेस्बियन को देखती हूँ तो बड़ा अजीब लगता है। बात यह है कि भौतिक स्तर पर किसी बात को स्वीकारना और सहज रूप से उसे आत्मसात करना बिलकुल दो अलग घटनाएँ हैं। मेरी जगह सम्भवतः कोई और स्त्री होती तो वह मार्था को स्वीकार लेती। इसे मैं गलत नहीं कहती हूँ। लेकिन मन के स्तर पर मैं अपनी सीमाओं से अवगत हूँ...मैं नहीं दावा करती कि मैं एक प्रगतिशील आधुनिका जैसा ही आचरण करूँगी—हमारा एक हिस्सा परिचित कर्मकांडों को दोहराता रहता है। पूजा-अर्चना की घंटियों को टुनटुनाता रहता है, और दूसरा हिस्सा, हमारी गहराइयाँ बार-बार हमसे पूछती हैं, 'तुम जिसे अपना संस्कार कहती हो क्या वह सच में तुम्हारा संस्कार है ?' लेकिन इसके बावजूद मैं रुपया कमाना जानती हूँ। मुझे व्यापार करना आता है। मुझ जैसी औरत को लोग नहीं स्वीकारना चाहते मगर क्यों ? मैं उत्तर देने की कोशिश करती हूँ...फोकस करती हूँ...उत्तर खोजती हूँ...खोजती हूँ...उस वक्त तक खोजती रहती हूँ जब तक मेरा फोकस धुँधला नहीं पड़ जाता। उस रात बड़े विचित्र थे मेरे आँसू, जो मेरी आँखों में किरकिरा रहे थे।

कलकत्ता पहुँचकर एक लिफाफा मिला। मार्था का लिखा हुआ छोटा-सा पत्र था...

सॉरी प्रभा ! मेरी गलती हुई। मुझे मालूम नहीं था कि भारतीय स्त्रियाँ इतनी प्राचीन होती हैं। हम पश्चिमी स्त्रियाँ नवीना हैं। इसीलिए उस दिन...खैर, भूल जाओ। हैंसे तुम्हारी कम्पनी को ऑर्डर नहीं देना चाहता, उसकी आर्थिक स्थिति इन दिनों ठीक नहीं है। कहीं तुम यह मत समझ लेना कि मैंने उसे भड़काया है। मैं अब भी तुमसे प्यार करती हूँ...तुम्हारी मार्था।

भीतर कुछ हलचल हुई। जैसे किसी ने थोड़ी-सी खिड़की खोली हो, और वहाँ रोशनी ठिठक गई हो।

आज भी मेरी आँखों के सामने वह खूबसूरत चेहरा, उसके उन्नत उरोज, उसकी पतली कमर से लिपटी हुई काली सिल्क की स्कर्ट, पेंसिल हील पर टिकी हुई बेहद श्वेत पिंडलियाँ। गाहे-बगाहे झलक मारती है।

विदेशी शहरों में अकेले घूमते हुए अपने-आप से से पूछती—यदि इस अनजाने शहर के अनजाने रास्ते पर चलते-चलते मैं गिर पड़ूँ ? माना कि मेरे पर्स में एक-दो परिचित फोन नम्बर हैं लेकिन जिसे परिचित कह रही हूँ क्या वह निर्भरयोग्य व्यक्ति है ? क्या वह मेरी कमजोरी का फायदा नहीं उठाएगा ? बहुत बार रास्ता भूल गई हूँ, पता नहीं क्यों मुझे नक्शे के सहारे एक शहर को जानना कभी अच्छा नहीं लगा। खुलने दो इन गलियों को अपने-आप किसी चौराहे पर, कहने दो इन दुकानों से कि उनके पास क्या-क्या सामान है, सड़क किनारे के ये छोटे-छोटे रेस्त्राँ, इन्हें जरूर पता होगा कि मुझे कैसा खाना पसन्द है। कैसा पागलपन था, कैसी अन्धी जिद, कितनी गहरी आस्था कि गिरती-पड़ती फिर भी मैं अकेली बढ़ती चली जा रही थी अपनी मंजिल की ओर। पीछे पलटकर कलकत्ते के बारे में देखना और सोचना अच्छा नहीं लगता। घर में किसे मेरी चिन्ता है ? पास में पैसे बहुत कम रहते थे। 1985 में प्रतिदिन सौ डॉलर के हिसाब से ही एक निर्यातक को खर्च के लिए भारतीय रिजर्व बैंक से अनुमति दी जाती थी। भारत सरकार की हम

निर्यातकों पर बस इतनी भर मेहरबानी थी। उन सीमित डॉलरों पर अकेले चलते हुए रह-रहकर हाथ अपने वॉलेट पर चला जाता। एक हाथ में सैम्पलों का बक्सा, दूसरे कन्धे से लटकता हुआ अपना बैग और छाता। तूफान-बारिश, हड्डियों के भीतर पहुँचने को आतुर ठंड। थकान से त्रस्त अपने-आप से कहती, अब और नहीं चला जाता। टैक्सी ले लूँ, लेकिन इतना किराया कहाँ से दूँगी ? पैदल ही चलती रहूँ। लेकिन कैसे तो एस्केलटर से नीचे उतरूँ ? कैसे फिर ट्रेन में बैठूँगी...फिर मरी यह साड़ी, पता नहीं मुझे भी क्या झक थी कि अपने साउथ इंडियन कपड़े पहनकर चली आई। इस दिखावे की कोई जरूरत नहीं थी। पैंट पहनना चाहिए था। पर इम्प्रेशन का सवाल था। मूर्खई में मेरे बराबर कोई नहीं, चलो टैक्सी ले ही लेती हूँ। होटल तक पहुँचने में इतने डॉलर लग जाएँगे ? आज तो मिस्टर रोजर डिनर पर भी नहीं ले जा रहे, चलो कोई बात नहीं, सुहाली भुजिया से सन्तोष करना पड़ेगा। गलती मेरी भी है, कल मुझे बीस डॉलर का बैग नहीं खरीदना चाहिए था, फिर स्वेटर...फिर क्लीनिक नाइट क्रीम...बाप रे ! चीजें कितनी महँगी हैं ? शॉपिंग के बाद मैं अपने-आप को बेहद अपराधी पाती...यह तो बाद के दिनों में मैंने जाना कि औरतें जितनी इन विलायती चीजों के पीछे पागल रहती हैं उतने ही पुरुष भी पागल रहते हैं। खरीदारी करना तो हर व्यक्ति की निजी आदत है, और बाजार कभी स्त्री-पुरुष के भेद को नहीं स्वीकारता।

कलकत्ते में मेरी अनुपस्थिति से डॉक्टर साहब को कोई विशेष फर्क नहीं पड़ता था। वे अपनी जिन्दगी में व्यस्त रहते। मैं सही-सलामत हूँ बस इतनी खबर काफी थी उनके लिए। इन यात्राओं के दौरान एक बात और भी समझ में आई...पीछे छूटे हुए घर को सँभालती हुई बासन्ती, वह मेरी सेविका, मित्र, बीवी सभी कुछ थी...चूँकि वह भी अकेली थी और एक निम्न मध्यमवर्गीय परिवार के संघर्ष से परिचित...अपनी विधवा माँ और नाबालिग भाई के भरण-पोषण की पूरी जिम्मेवारी को ओढ़े हुए मेरा दर्द समझती थी। बासन्ती बिखरे हुए घर को समेट-सँभालकर रखना जानती थी...एयरपोर्ट पर मुझे लेने वही पहुँचा करती। पहले स्वदेश पहुँचकर मेरी आँखें नम हो जाया करती थीं...सब अपनी-अपनी जिन्दगी में व्यस्त हैं...मेरे लिए किसी के पास वक्त नहीं। बाद के दिनों में आदत-सी पड़ गई।

वैसे कामकाजी औरतों को पत्नी की आवश्यकता अधिक है, पति की कम। पत्नीत्व की भूमिका को हम आधुनिक स्त्रियाँ व्यर्थ ही 'अंडरमाइन' करती हैं। बाहरी जिन्दगी बहुत आसान हो जाती है यदि घर में इन छोटी-छोटी सुख-सुविधाओं का ख्याल रखनेवाला कोई मौजूद हो। बिजली का बल्ब कट गया,

नल बह रहा है, गैस खतम हो गई, किसने फोन किया, कौन आया, कौन गया, बासन्ती ख्याल रखती। मेरे पीछे फ्लैट की चाभियाँ उसके पास रहतीं। बहुधा आलमारी की चाभियों का गुच्छा भी वही टाँगे रहती, मैंने हमेशा अपना घर औरों पर छोड़ दिया...मेरी आस्था इस जोड़-घटाव पर टिकी रहती कि यदि डकैती भी हो तो कुल कितने का नुकसान होगा ? आपको यदि अपने नुकसान का पूरा गणित मालूम हो तो आप बिन्दास जी लेते हैं। घर रहने के लिए है, घर आराम के लिए है। बड़ी जल्दी ऊब जाती हूँ घरेलू झंझटों से। अतः मेरी समझ में कामकाजी औरतों को घर के साइट पर सुरक्षा कवच की तरह किसी और स्त्री को तैनात रखना चाहिए ताकि आप अन्य जरूरी कामकाज पर, प्रगति पर ध्यान दे सकें।

फिर भी मेरा कोई हिस्सा किसी और के कन्धों का सहारा चाहता, जिससे जितना मिल जाए वह काफी नहीं, कोई एक अपना...बेहद अपना जो मेरे लिए सिर्फ मेरे लिए जीए, औरत जैसे पुरुष के लिए जीती है पुरुष भी क्यों नहीं औरत के लिए जी पाता ?

अधिकतर औरतों को विशेषकर अकेली स्त्री को आर्थिक असुरक्षा का भय सबसे अधिक सताता है, विवाहित स्त्री सुरक्षित होती है, पति और बच्चों पर निर्भर करने की उसे आदत है, खर्च के लिए वह पैसे माँग लेती है पर अकेली स्त्री इस मुद्दे पर बेहद संवेदनशील होती है। कम-से-कम मैं तो हमेशा रही हूँ। मेरे पास सब कुछ था, अच्छी-खासी रकम मैंने जोड़ ली थी मगर फिर भी इस मुद्दे पर मैं स्वयं को असुरक्षित पा रही थी। इस भय का सम्बन्ध औरतपने के साथ जुड़ा हुआ था। क्या होगा यदि पैसे खतम हो जाएँगे ? मैं तो किसी से माँग नहीं पाऊँगी...कह नहीं पाऊँगी, कौन मेरी देखरेख करेगा ? भीड़ भरे चौराहे पर, कालीघाट मन्दिर पर कहीं कोई भिखारन नजर आ जाती...और भय से मेरा मन सिहर उठता, कहीं मेरी स्थिति ऐसी न हो जाए ? इस भय से मुक्ति चाही मैंने, इसीलिए उदार हाथों से पैसा लुटाया है मैंने, जी भरकर दिया है आसपास के लोगों को। सम्पर्कों ने

खूब-खूब फायदा उठाया है इसका। पर मैंने तो अपने भय से मुक्ति चाही है। धन को जितना समेटूँगी उतनी गरीब हो जाऊँगी। मुझे कृपण और ओछे मन के लोग कभी पसन्द नहीं आते, लेकिन असुरक्षा का बोध तो आज भी मेरे भीतर है...क्या करूँ इसका ? कैसे मुक्ति पाऊ ?

तब क्या इतने वर्षों के व्यापारिक अनुभव के बाद भी मुझे अपने पैसों का सही तरीके से प्रबन्ध करना नहीं आया ? पता नहीं मेरे चेहरे पर क्या लिखा रहता है पर घर में आया हुआ साधारण बढ़ई, बिजली मिस्त्री, प्लम्बर हमेशा मुझसे ज्यादा पैसा ले जाता है। खैर ये मेहनत-मजूरी करनेवाले लोग हैं...लेकिन खाते-पीते लोग...? वे जिन्हें दूसरे का पैसा मारने का कोई हक नहीं, वे क्यों ऐसा करते हैं ?

वामफ्रंट की सरकार बार-बार बहुमत से चुनाव जीतकर सत्ता में आती है, व्यापारी वर्ग निराश होता जा रहा था...अब न बन्द कारखाने खुलेंगे और न कोई आर्थिक प्रगति। गाँव की प्रगति और पंचायती राज से हमें क्या लेना-देना ? उद्योग व्यवस्था तो ठप्प पड़ती जा रही है। राजीव गांधी ने कोलकाता को एक मरता हुआ शहर कहा था। बड़े भैया कह रहे थे—"अरे मरता हुआ क्यों कहा, यह तो एकदम से मरा हुआ शहर है। इन बन्द कारखानों को कोई वापस खोल तो ले। समझ लो ये हमेशा के लिए बन्द हो गए हैं। उनके निमाई बाबू कहते—"हावड़ा की जूट मिलों में तो पार्टी बैगन की खेती करेगी और मुर्गीखाना खोलेगी।

श्रमिक समस्या, श्रमिक आन्दोलन इनसे लोग आतंकित हो रहे थे। एक पर एक कारखाने बन्द होते जा रहे थे। लाल झंडे को देख लोग दहशत से काँप जाते थे। मारवाड़ी व्यापारियों के दिलो-दिमाग में यह बात बैठी हुई थी कि स्टालिनिस्ट और कम्युनिस्ट एक-दूसरे के पर्याय हैं। फोबिया का यह हाल था कि आम व्यापारी जैसे ही अपनी दुकान पर लाल झंडा देखता वैसे ही अपनी गद्दी समेटने लगता। व्यापारी वर्ग अपनी सामन्ती मानसिकता को बदलने को तैयार नहीं थे, और वामपन्थी सरकार तो इसी सामन्ती पूँजीवाद के खिलाफ लड़कर सत्ता में आई थी। अतः घेराव एवं हड़ताल के समय भला पुलिस व्यापारियों को समर्थन कैसे देती ? आनेवाले वक्त में जब भूमंडलीकरण के नाम पर देश ने अपना दरवाजा खोला तो बंगाल की सरकार को भी सहमति की आवश्यकता पड़ी। एक लम्बे समय तक बुर्जुवा पूँजीपतियों ने सहमति को रोके रखा। मेरे तीन कारखाने थे, एक तालतल्ला लेन इलाके में जहाँ करीब डेढ़ सौ लोग काम करते थे, दूसरा शेरिफ लेन में (इसी गली के पीछे मुजफ्फर भवन, अलीमुद्दीन स्ट्रीट में भारतीय कम्युनिस्ट पार्टी, पं. बंगाल का सदर दफ्तर है)। शेरिफ लेन की फैक्ट्री में करीब पचास लोग थे। तीसरी फैक्ट्री इकबालपुर में थी जहाँ करीब सौ सवा सौ लोग

थे। हमें कम्युनिस्टों के मजदूर संगठन 'सीटू' (सेंटर फार इंडियन ट्रेड यूनियन) से परेशानी नहीं हुई, परेशानी हुई हिन्द मजदूर यूनियन से जिसके नियन्त्रण में अधिकतर बिहारी मुसलमान कारीगर थे। इस पूरी जद्दोजहद को मैंने झेला, झेलते हुए खुद मुझमें परिवर्तन हुआ, श्रमिक की भाषा अलग होती है और मालिक वर्ग की अलग। हालाँकि उस दौर में हमें भी तालाबन्दी करनी पड़ी। तीन-चार महीने बाद कारखाने वापस खुले, साथ ही मुझे यूनियन की भूमिका भी समझ में आई। यह भी समझ में आया कि श्रमिक एक वर्ग है, पहले उसके वर्ग चरित्र को ठीक से समझना पड़ता है अन्यथा व्यक्ति श्रमिक को समझना कठिन होता है। कालान्तर में निर्यातक की हैसियत से मुझे न केवल अपने श्रमिकों के शोषण का पता चला बल्कि तीसरी दुनिया के गरीब राष्ट्रों के सस्ते श्रम का शोषण भी समझ में आया। यह भी समझा कि कैसे एक देश का श्रमिक दूसरे देश के सस्ते श्रमिक से होड़ करता है, और कैसे इसका फायदा गोरी चमड़ी उठाती है। इस गोरी चमड़ी की नजर में हम भारतीय निर्यातक की हैसियत छोटे ठेकेदार के रूप में है। मलाई की परत गोरी चमड़ी खाती है। बची हुई खुरचन में हम निर्यातक भाग-बखरा करके सन्तोष पा लेते हैं। 'चीन को देखो कितना सस्ता और अच्छा माल बनाता है।' प्रत्युत्तर में मालिक व्यापारी के सामने हम यह नहीं कह पाते थे कि चीन की पूरी समाज व्यवस्था हमसे अलग है, एक चीन मजदूर को साल भर में कुल दो दिन की छुट्टी मिलती है, चीनी नववर्ष के दिन एवं मई दिवस। यहाँ बारह महीने में तेरह त्योहार हैं, न जाने कितनी जयन्ती और कितने मृत्यु दिवस हैं, आम हड़तालें हैं, आदत से लाचार धीमी गति से चलनेवाली नौकरशाही है तो कभी मौसम का उत्पात है। फैक्ट्री फ्लोर पर यूनियन के अपने सिद्धान्त हैं, वक्त पर माल को जहाज पर चढ़ाना एवरेस्ट की चढ़ाई से कम नहीं। फिर यहाँ की नौकरशाही की लाल स्याही फाइल को आगे बढ़ने ही नहीं देती। लाइसेंस और कोटा का ज़माना था। बहुतेरे भ्रष्ट नौकरशाहों के साथ भ्रष्ट निर्यातक व्यापारियों का ध्यान सरकारी नीतियों का कैसे उल्लंघन कर ज्यादा-से-ज्यादा पैसा कमाया जाए इस पर लगा रहता था। पहले-पहले जिस दिन हम तीन व्यक्तियों मिस्टर बासु, डॉक्टर सर्राफ और मैंने कम्पनी के कागज पर दस्तखत किए थे, उसी दिन यही निर्णय ले लिया गया था कि विदेशी मुद्रा के लेन-देन में शत-प्रतिशत ईमानदरी बरती जाएगी, निर्यात के एवज में मिलनेवाले लाइसेंस का दुरुपयोग हम नहीं करेंगे, और किसी कर्मचारी या श्रमिक का पैसा नहीं मारेंगे। पिछले पैंतीस वर्षों से आज भी मेरी कम्पनी इस नीति पर अमल कर रही है। माना कि हमसे बड़े और भी ढेरों निर्यातक हैं मगर एक स्वस्थ आत्मछवि के साथ मेरी कम्पनी

सर उठाकर खड़ी है। कुछ लोगों की नजर में यह एक छोटी विजय है, मेरी दृष्टि में यह आजादी की लड़ाई से कम नहीं। निर्यात उद्योग कितनी शहादत और कितनी कुर्बानियाँ माँगता है इसे हर निर्यातक जानता है। चार डॉलर बचाने के लिए भूखे पेट बक्सा उठाए-उठाए न जाने कहाँ-कहाँ फिरती रहती हूँ।

लेकिन आज भी अन्तर्राष्ट्रीय बाजार में चीन हमारा सबसे बड़ा प्रतिद्वन्द्वी है। चीन की चर्चा करते ही मेरे सामने आइवी युंग आकर खड़ी हो जाती है। इस चीनी महिला को मैं कभी भूल नहीं पाई। मिस्टर डिक्रे की हांगकांग वाली कम्पनी में आइवी सेक्रेटरी के पद पर थी।

आज से कोई बीस साल पहले आइवी युंग से मिलना हुआ था। व्यापार के वे शुरू के दिन थे। नए ताजा अनुभवों के लिए मन उत्सुक रहता। आज जैसा मन उन दिनों नहीं था। आज तो कितनी चीजों को देखकर अनदेखा करती हूँ, चुनौतियों से बचकर चलती हूँ। व्यर्थ में ली गई चुनौतियों की मैंने कीमत भी चुकाई है। औरतपने का हीनभाव, पुरुषों की दुनिया में बार-बार अपना औचित्य स्थापित करना चाहता रहा है। क्या मैं औरत हूँ इसलिए यह काम नहीं करूँगी ? करके दिखा दूँगी। दिखाया भी पर देखा भी कम नहीं।

हांगकांग में करीब चार वर्ष बाद दुबारा आई थी। रात ग्यारह बजे कैथेपैसिफिक का प्लेन हांगकांग उतरा। झिलमिलाती हुई लाल-नीली-हरी रोशनियाँ, समुद्र पर मोटरबोट और जहाजों की जुगनू-सी चमकती बत्तियाँ। मिस्टर शिव जो कि मेरी कम्पनी के ग्राहक ऐरी डिक्रे के सेक्रेटरी थे, एयरपोर्ट पर मुझे लेने आए थे। शिव से मेरा यह पहला परिचय था। पता चला डिक्रे दम्पति भी नीदरलैंड से आया हुआ है और पेनिनसुला होटल में ठहरा हुआ है। ''आप कहाँ रहना पसन्द करेंगी ?''

''मीरामार।'' कलकत्ते से मैं इसी होटल की बुकिंग करके चली थी।

शिव की आँखों ने ऊपर से नीचे तक मेरा मुआयना किया फिर कहा, ''अच्छा चलिए मेरे एक चीनी दोस्त का सस्ता होटल है, बिलकुल नाथन रोड पर। आप वहीं ठहर जाइए।''

होटल में पहुँचकर रेट का पता चला पैंसठ अमरीकन डॉलर, मुझे लगा इससे तो मीरामार होटल ही ठीक था। एक रात के पैंतालीस डॉलर लग रहे थे लेकिन क्या किया जाए, चुप रह गई। एक अँधेरे सीलन भरे कमरे में बक्सा रखकर बेल बॉय चलता बना।

''किसी बात की असुविधा हो तो कहिएगा और यह रहा मेरा कार्ड, घर का नम्बर भी है। कल सुबह नौ बजे आकर आपको ऑफिस ले जाऊँगा।''

नींद तो क्या आती, मेरे दिमाग में पैंसठ डॉलर अटक गया था। 1978 में हांगकांग सस्ता माना जाता था। बेकार शिव के कहे में आई। खाक सस्ता होटल है, सरचार्ज आदि लेकर सत्तर पड़ जाएगा, बचेंगे पच्चीस डॉलर...उसी में सब कुछ खाना, पीना, टैक्सी और फिर शॉपिंग।''

दूसरे दिन मिस्टर डिक्रे ने पूछा, ''होटल कैसा है ?''

''ठीक-ठीक।''

शिव ने कहा, ''पैंसठ डॉलर में इससे अच्छा सिंगल रूम नाथन रोड पर नहीं मिल सकता।''

''मगर मीरामार का चार्ज तो इससे कम है, कुल पैंतालीस डॉलर ही तो लग रहे थे।'' मैंने फिर बात उठाई।

''वह दस-पन्द्रह डॉलर का फर्क कोई खास नहीं, यहाँ आपको वातावरण घरेलू लगेगा।'' शिव बोले। ''फिर यह होटल तो हम लोगों की ऑफिस के करीब है।''

''ओ.के. बिजनेस की बात पर आया जाए।'' मिस्टर डिक्रे फाइलों में खो गए। एक बजे हम लोग खाना खाने निकले। इतालवी रेस्टोरेंट में हम सबने अपनी-अपनी पसन्द का पित्जा खाया। सर्विस धीमी थी। बाहर निकलते ही जोरों की बरसात शुरू हो गई, आकाश टूट रहा था, तेज हवा का झोंका, बड़ा तूफानी मौसम था।

मिस्टर डिक्रे ने कहा, ''आलफर्ड, तुमने मौसम की भविष्यवाणी क्यों नहीं सुनी, पता रहता तो हम लोग रेनकोट ले लेते।''

''मुझे खुद पता नहीं था, रेडियो सुनने का वक्त नहीं मिला।''

सर पर प्लास्टिक का थैला लगाए मिस्टर शिव टैक्सी खोज रहे थे मगर टैक्सी रुक नहीं रही थी। एक तो बरसात, दूसरे लंच का वक्त। मिस्टर डिक्रे अब तक बरसाती मौसम को कई गालियाँ दे चुके थे और अब शिव को गाली देने की बारी थी। बारिश में भीगते हुए भी शिव नुक्कड़ पर खड़े आती-जाती टैक्सियों को रुकने का इशारा कर रहे थे। इतने में बगल की गली से एक खाली टैक्सी आती दिखी। बारिश में भीगते हुए मैं भी टैक्सी पकड़ने दौड़ी। टैक्सी रुक गई। ड्राइवर की सीट पर एक महिला थी। उसने आधी अंग्रेजी आधी चीनी में मुझसे कुछ पूछा। मैंने नासमझी में सर हिला दिया। उसने अपना सर पीटते हुए कैंटोनिस में फिर कुछ कहा...फिर बड़बड़ाते हुए उतरी...एक पुरानी बरसाती मेरे कन्धे पर डालकर उसने फिर टैक्सी चालू कर दी।

''स्टॉप प्लीज...'' मैं चीख रही थी। तब तक उधर से भीगते हुए शिव भी दौड़ते हुए आए मगर दो मकान के बाद ही टैक्सी फिर रुक गई। महिला ड्राइवर

अपना छाता लिये उतरी..शिव से उसने कुछ कहा...माथा हिलाते हुए शिव ने हम लोगों को बुलाया।

बारिश की तेजी करीब-करीब थम-सी गई थी...हाँ मोटी-मोटी बूँदें जरूर टपटपा रही थीं, इस पर तेज बर्फीला झोंका, भीतर तक हड्डियों में ठंड चुभ रही थी। शिव को उस औरत ने छाता सँभलवाया और खुद सामनेवाले चीनी ढाबे के सामने जाकर खड़ी हो गई। छाते के सहारे मिस्टर डिक्रे को टैक्सी में बैठाया गया, मैं और शिव तो मानो समन्दर में डुबकी लगाकर निकले हों ऊपर से नीचे तक तर-बतर। पन्द्रह मिनट हो गए, मगर ड्राइवर महिला वहीं दुकान से सटी चॉप-स्टिक से नूडल्स के मोटे-मोटे गुच्छे मुँह में ठूँस रही थी।

"पता नहीं यह औरत कितना खाएगी।" मिस्टर डिक्रे बड़बड़ाते रहे। उस औरत ने फिर चाय पी, वही पीले रंग की पनियारी चाय। 'मैं अभी आती हूँ।' कहते हुए वह दुकान के भीतर चली गई।

टैक्सी की वह महिला ड्राइवर आधे घंटे बाद लौटी और फिर पूछा, "कहाँ जाना है ?" "कावलून।" शिव ने एक फैक्ट्री का पता दिया।

"पहले क्यों नहीं बताया ? मैंने सोचा था आप लोग नाथन रोड जाओगे। बारिश के इस मौसम में नाथन रोड पर टूरिस्टों से ज्यादा कमाई होती है। अमरीकन टूरिस्ट टिप के पैसे भी देते हैं। कावलून जाकर मैं खाक कमाऊँगी, लौटने में सवारी नहीं मिलेगी..."

शिव ने कहा, "हम तुम्हें डबल पैसे दे देते हैं।"

उसने हाथ पटक दिया..."सवाल पैसे का नहीं उसूल का है..." कावलून की ओर जानेवाली सारी सड़कें जाम हैं, आप देख लीजिएगा। खैर, किसी तरह घूमते-घूमते पौन घंटे बाद हम लोग आमेरी की फैक्ट्री में पहुँचे। आमेरी युंग फैक्ट्री के गेट पर ही खड़ा था। हम लोगों को देखते ही दौड़ा आया, टिप के पैसे देकर शिव उतरने लगे। टैक्सी बन्द करके ड्राइवर महिला भी उतर पड़ी, उसने आमेरी से कहा, "हांगकांग के व्यापारियों में कोई मनुष्यता नहीं है, वे खाली पैसा समझते हैं, पैसे के लिए रात-दिन दौड़ते रहना। बारिश में भीगने के कारण बेचारे टूरिस्ट लोगों को कितनी परेशानी हुई। इस आदमी को जरा सोचना चाहिए था ना।"

आमेरी उस महिला ड्राइवर के कन्धे थपथपा रहा था। अचानक उसने आमेरी का हाथ झटक दिया। फिर टैक्सी में बैठते हुए कहा, "इस गरीब औरत को डॉलर चाहिए तुम्हारी थपकियाँ नहीं।" पिच्च से थूककर उसने टैक्सी आगे बढ़ा दी। मैं मन्त्रमुग्ध-सी उस औरत की तेजी देख रही थी।

इसी महिला टैक्सी ड्राइवर का नाम आइवी था।

और उसी दिन रात को हम लोग नाथन रोड पर घूम रहे थे। मौसम सुहाना हो गया था। बारिश के बाद बत्तियों की चमक बढ़ गई थी...मैं बार-बार ठंड में काँप उठती, दुपट्टे की जगह एक शॉल लपेटा हुआ था। कलकत्ते से चलते वक्त मैंने यही सोचा था कि काम चल जाएगा, कोट को टाँगे-टाँगे कहाँ फिरूँगी। कलकत्ते से गरम कपड़े लेकर ही नहीं आई थी, यह ख्याल ही नहीं रहा कि कलकत्ते और हांगकांग में कई अक्षांशों की दूरी है।

अचानक पीछे से एक भारी हथेली थप्प से मेरे कन्धे पर गिरी...बिलकुल मुझे दबोचती हुई। "हा...य..." भय से मैं एकदम चीख उठी लेकिन तब तक शिव मुझे सम्हाल चुके थे।

"परेशान मत होइए...डरिए मत-डरिए मत," मेरे सामने वही सुबह वाली ड्राइवर महिला थी...नीली छींट का चीनी पायजामा और कुर्ता पहने हुए...उसके हाथ में मेरा पासपोर्ट फोलियो था। वह आधी अंग्रेजी, आधी चीनी में शिव को डाँटे जा रही थी...और कभी-कभी अपनी आँखों से चुभती हुई अग्निशलाकाएँ मुझ पर भी फेंक रही थी।

"अरे यह पासपोर्ट फोलियो तो मेरा है...इसको कैसे मिला, और इसमें मेरे एक हजार अमरीकन डॉलर भी थे।"

उसके बदले शिव ने कहा, "हाँ-हाँ आपका ही है। आपका वॉलेट टैक्सी में छूट गया था, यही तो यह मुझसे कह रही है कि आप लोग कितने गैर-जिम्मेवार हैं, दो-दो पुरुष एक महिला की हिफाजत नहीं कर सकते। यह हांगकांग है, यहाँ पर तो कोई भी डॉलर और पासपोर्ट लेकर चलता बनता।"

"अरी मेरी माँ" जाड़े के बावजूद मेरी हड्डियाँ काँप उठीं। क्या होता यदि पासपोर्ट खो जाता तो ? और दोपहर से अब तक की भाग-दौड़ में पासपोर्ट सँभाला ही नहीं।

मैं जल्दी-जल्दी चमड़े के फोलियो का कोना-कोना टटोल रही थी, पासपोर्ट, ट्रेवलर्स चेक–एक हजार डॉलर के, पचास हांगकांग डॉलर सब कुछ वैसे का वैसा रखा था। कोने में कोई चीज चुभी। उँगलियों से टटोलकर निकाला। "हाय राम...यह तो हीरे वाले टॉप्स थे जिन्हें कल रात सोते वक्त मैंने बड़ी हिफाजत से इसी में रख छोड़ा था।"

"बहुत-बहुत धन्यवाद। एहसानमन्द हूँ।" कहते हुए मैं उससे चिपट गई, "मगर आपने हमें खोजा कैसे ?"

उसने चीनी-अंग्रेजी में जो उत्तर दिया उसका सारांश था कि पिछले दो घंटे से वह नाथन रोड पर एक सिरे से दूसरे सिरे तक चक्कर लगा रही थी...हर चेहरे

को टटोलती हुई। चूँकि कावलून जाते वक्त आप लोगों ने कहा था कि आप नाथन रोड में ही ठहरे हुए हैं, मैंने सोचा कोई भी टूरिस्ट हो रात को यहीं पर कहीं-न-कहीं घूमेगा।"

"मैं पुलिस स्टेशन भी जा सकती थी। पर क्या पता कैसा पासपोर्ट हो, देश छोड़कर भागने के लिए बहुधा लोग जाली पासपोर्ट भी बनाते हैं, नकली वीजा भी रहता है और फिर पुलिस पूछताछ शुरू कर देती। मैं भी तो चीन के शेनजेन इलाके से भागकर आई हुई हूँ, फर्जी नाम से टैक्सी चला रही हूँ।"

मेरे पैर सीमेंट के हो गए थे। हवा के साथ एक ही बात कानों में साँय-साँय कर रही थी—क्या होता यदि पासपोर्ट खो जाता...और इसकी ईमानदारी...दो घंटे से एक अनजान औरत का पासपोर्ट लिये घूम रही है।

"तुम फर्जी नाम से क्यों टैक्सी चला रही हो... ?" अबकी ऐरी डिक्रे की बारी थी।

"क्योंकि मुझे अभी तक हांगकांग की नागरिकता नहीं मिली।"

"क्यों ?"

"पैसे चाहिए, मेरे पास पैसे नहीं हैं।"

"कितना पैसा ?" मिस्टर डिक्रे बोले।

"पाँच-सात सौ डॉलर से काम हो जाएगा।"

शिव ने बीच में कहा, "हांगकांग में टैक्सी चलाते हुए इतने दिनों में तुम पाँच-सात सौ डॉलर नहीं बचा पाईं ?"

"मुझे रुपए घर भेजने पड़ते हैं। मेरा परिवार है...छोटा भाई और मेरा बेटा।"

"तब इससे तो अच्छा होता पहले अपना वीजा ले लेतीं।"

"यह मेरा निजी मसला है। तुम बीच में बोलनेवाले कौन हो ?" उसने शिव की ओर घूरते हुए कहा। मैं सन्नाटा खाए उस औरत का चेहरा देखे जा रही थी, और सोच रही थी दुनिया में ईमानदारी बची है। हाँ, ऐसे भी लोग इस दुनिया में हैं जो भूखे पेट पर कपड़ा बाँध लेंगे पर किसी और की रोटी नहीं छीनेंगे।

"आप मुझसे हजार डॉलर लीजिए और अपनी नगारिकता हासिल कीजिए..." मिस्टर डिक्रे अपना पर्स खोल रहे थे।

उसने खटाक से मिस्टर डिक्रे का हाथ झटक दिया, "मैं किसी से भीख नहीं ले सकती..."

"भीख नहीं, एक दोस्त की सहायता..."

"दोस्ती और वह भी इतनी जल्दी, गोरी चमड़ी बड़ी चालाक होती है।"

"नहीं, मैं तुम्हारी ईमानदारी से प्रभावित हूँ, और मैं तुम्हें अपने ऑफिस में

नौकरी देना चाहता हूँ...मिस्टर शिव को एक सेक्रेटरी की, सच में एक ईमानदार सेक्रेटरी की जरूरत है और मुझे लगता है तुम यह काम कर लोगी।''

''मुझे अंग्रेजी लिखना-पढ़ना नहीं आता। बहुत दिन लगेंगे और तब तक मैं क्या पानी पीकर जीऊँगी ? फिर अंग्रेजी स्कूल में पढ़ना...मैंने आपसे कहा न आप इंगलिश लोग बड़ी बेतुकी बात करते हैं...''

''मैं इंगलिश नहीं, डच हूँ।''

मिस्टर डिक्रे के दाहिने हाथ में लगभग चिकोटी काटते हुए वह फिर बोली, ''आप इंगलिश हो या डच या जर्मन, आप लोगों की चमड़ी का रंग सफेद है और हर सफेद चमड़ी वाले का दिल काला होता है। आप लोगों ने हमारे देश का शोषण किया और अब रहम दिखा रहे हैं।''

मुँहफट आइवी के सामने शिव का सर झुका हुआ था मगर मिस्टर डिक्रे मुस्करा रहे थे।

मैंने कहा, ''आइवी एक पीढ़ी के पाप का बोझ दूसरी, तीसरी पीढ़ी पर क्यों लाद रही हो ?''

''तुम बिलकुल बेवकूफ हो, हिन्दुस्तानी हो ना इसलिए तुम लोग अभी भी अपनी गुलाम मानसिकता में कैद हो, इंगलिश लोगों की नकल करते हो।''

हालाँकि मुझे हृदय से उसकी साफगोई अच्छी लग रही थी मगर यों चौराहे पर अपनी जाति का वस्त्र-हरण हो ? तब तक वह फिर बोली, ''पश्चिमी जाति स्वभाव से बर्बर है। इनके जीवन में बर्बरता का इतिहास है। ये दो-दो महायुद्ध लड़ चुके हैं और मुसलमानों ने बर्बरता इनसे सीखी है...''

मिस्टर डिक्रे ने बीच में उसे रोकते हुए कहा, ''अच्छा सुनो, यह लो मेरे ऑफिस का कार्ड और कल सुबह दस बजे आ जाना। हम लोग ऑफिस में बैठकर बात करेंगे।''

''कल लंच के वक्त आऊँगी, आज इस लड़की के पीछे मेरा बहुत वक्त बरबाद हुआ। मुझे बहुत-से काम करने हैं और इन कामों के लिए पैसे की जरूरत है।'' कहती हुई वह बिना गुड बाई कहे खट-खट करती हुई आगे बढ़ गई।

''बिलकुल पागल औरत है। झक्की ! मिस्टर डिक्रे आप भी किसे नौकरी पर रख रहे हैं।'' मिस्टर शिव कह रहे थे।

''सनकी हो सकती है मगर बेहद ईमानदार है। शिव, तुम अपना पिछला अनुभव भूल गए ? वह खूबसूरत-सी भोली-भाली सेक्रेटरी जिसने हमारी व्यापारिक सूचनाओं को 'किंग हुक' कम्पनी को बेच दिया था। तुम इससे कल बात करो, समझा-बुझाकर रखो, इसकी ट्रेनिंग पर कुछ खर्च होगा। वे सारे पैसे हम देंगे।

इसको यदि हजार-दो हजार डॉलर एडवांस चाहिए तो जरूर दे दो, धीरे-धीरे इसकी तनखा से काट लेंगे।''

दूसरे दिन वह आई थी। मैले-कुचैले कपड़े और रूखे बाल। उसका नाम था मिसेज पिन युंग येन। नौकरी पर वह बहाल कर दी गई। एक हजार अमरीकन डॉलर मिस्टर डिक्रे ने पकड़ा दिया। अब जाकर उसके चेहरे पर हँसी फैली। सेक्रेटरी की खाली कुर्सी पर बैठकर वह काफी देर तक गोल-गोल घूमती रही थी।

शिव ने मिसेज युंग येन का नया नामकरण किया मिसेज आइवी युंग। शिव का कहना था, ''हर हांगकांग चाइनीज के तीन नाम होते हैं, एक जन्म से, दूसरा घरवालों के लिए प्यार से पुकारा जानेवाला नाम और तीसरा व्यवसाय जगत में बुलाने में सुविधा हो इसलिए क्रिश्चियन नाम दे दिया जाता है। और हांगकांग की व्यावसायिक दुनिया में हर औरत को चाहे वह नानी-दादी ही क्यों न हो जाए मगर 'मिस' कहकर सम्बोधित किया जाता है।

उस यात्रा के करीब दो साल बाद 1980 में मैं फिर हांगकांग गई। एयरपोर्ट पर मुझे लेने आइवी आई थी। ऐसा कायाकल्प कि मैं तो पहचान ही नहीं पाई थी। वह खुद ही भीड़ में से निकलकर गले लगी, ''प्रा...फा तुम दो साल तक कहाँ थीं, हांगकांग क्यों नहीं आईं ?'' सामान की ट्रॉली अपने हाथ में लेते हुए उसने कहा, ''हमेशा तुम्हारी याद आती रही पर तुमने तो कभी पत्र ही नहीं लिखा, खाली क्रिसमस पर एक कार्ड भेज देती हो।''

''सॉरी आइवी ! मुझे नहीं पता था कि तुम मुझे याद करती हो ?''

''कैसे नहीं करती ? फिर उस लड़की को जिसके कारण मेरा भाग्य खुला। मैं तुम्हें रोज याद करती हूँ...'' मेरे गालों को चूमते हुए उसने फिर कहा, ''हम लोग दोस्त हैं ना ?''

''जरूर आइवी...''

उसके सफेद दाँत सुर्ख लिपस्टिक के बीच झिलमिला उठे। कन्धे तक कटे हुए बाल, पूरा मेकअप...आइवी ने काले रंग का घुटने से नीचे झूलता हुआ लम्बा स्कर्ट पहन रखा था। चीनी कढ़ाई का सफेद सिल्क का ब्लाउज, एक हाथ में सुनहली घड़ी, एक हाथ में सोने का मोटा कड़ा, कानों में मिकी मोटी के दो गोल-गोल मोती लटक रहे थे। गले में मखमली काले फीते से एक सोने का अमरीकन डॉलर लटक रहा था। मैं सच में अवाक् देख रही थी। बिलकुल चपटी नाक, मोटे हाथ, चीरी हुई गहरी काली आँखें और मक्खन-सी पतली त्वचा।

''आइवी, तुम कितना बदल गईं, कितनी सुन्दर लग रही हो।''

''तुम भी।''

''कहाँ, मैं तो वैसी हूँ।''

''नहीं, तुममें पहले से अधिक आत्मविश्वास आया है।''

''चलो अच्छा है, अब मैं पासपोर्ट नहीं खोऊँगी।''

''तुम्हारा भरोसा है। चलो हम लोग टैक्सी स्टैंड की ओर चलें।''

''यह किसका बच्चा है तुम्हारे साथ ?''

''यह शिव का लड़का है बॉब, आजकल मेरे पास रहता है।''

प्यार से उसके बालों में उँगलियाँ चलाते हुए आइवी ने कहा, ''प्राफा, यह बच्चा प्यार का इतना भूखा है कि क्या बताऊँ ? चार साल का था तब से इसकी माँ को ब्रेस्ट कैंसर हो गया। जिन्दगी के पिछले छह वर्ष तो इसने घर में केवल तनाव और उपेक्षा झेली है।''

''मगर मिस्टर शिव ने तो कभी नहीं बताया कि उनकी पत्नी बीमार रहती हैं।''

''अरे ! वह क्यों बताने लगा ? उसको तो पत्नी की बीमारी से शरम आती है। खुद मुझे ही बहुत बाद में पता चला। आलफर्ड मुझे कभी अपने घर थोड़े ही बुलाता है।''

''क्यों ?''

''मैं इतनी पढ़ी-लिखी नहीं हूँ ना। आलफर्ड हमेशा हांगकांग में कान्वेंट में पढ़ी हुई लड़कियों की प्रशंसा करता है। वे कितनी अच्छी अंग्रेजी बोलती हैं, वे कैसे-कैसे खूबसूरत कपड़े पहनती हैं।''

''कपड़े तो तुम भी पहनती हो ?''

''अरे नहीं...आलफर्ड का टेस्ट बहुत ऊँचा है। वह हर लड़की में जैकी डिक्रे को खोजता है।''

मुझे जोरों की हँसी आ गई। आइवी बिगड़ गई, ''इसमें हँसने की क्या बात है ?''

मैं फिर भी हँसती रही। आइवी नाराज हो रही है, यह मैं समझ पा रही थी। लेकिन क्या करूँ ? हँसी थी कि रोके नहीं रुक रही थी। किसी तरह खुद को नियन्त्रित करते हुए मैंने कहा, ''आइवी मैं तो सोच रही थी...'' फिर अचानक मैं चुप हो गई। सोचने लगी कि पूछूँ या नहीं ? बात बहुत व्यक्तिगत हो जाएगी। लेकिन आइवी तो हमेशा व्यक्तिगत बातें ही करती है। चलो पूछ ही डालो, ''आइवी, कहीं तुम आलफर्ड से प्यार करती हो मगर जब वह पुरुष उत्तर नहीं देता तब तुम आहत होती हो।''

''प्राफा !'' स्वर में एक कड़क थी। ''तुम अर्थ के अनर्थ मत लगाओ।''

''क्यों नहीं ? तुम भी अकेली हो और आलफर्ड का भी घर उजड़ रहा है।''

''नहीं, आइवी युंग अब किसी से प्यार नहीं कर सकती।''

''तुम नहीं करतीं या कोई पुरुष तुमसे नहीं करता ? आइवी तुम अपनी उम्र मत भूलो।''

''तुम मुझे क्यों खरोंच रही हो ? पचपन की औरत को भी पुरुष मिलता है। तुम सोचती हो पिछले दस सालों में लोग मेरे आसपास नहीं मँडराते रहे ? लेकिन मैंने पुरुष का बड़ा निर्मम पक्ष देखा है। क्या सोचती हो ? शिव ने डोरे डालने की कोशिश नहीं की ? मगर मैं सेक्रेटरी होकर क्यों अपने बॉस से उलझने जाती ? उन सब चक्करों में पड़ती तो क्या मैं अपने काम में मन लगा सकती थी ?''

''फिर तुम शिव के बच्चे को क्यों पाल रही हो ?''

शिव की पत्नी का मेरे पास फोन आया कि वह मुझसे मिलना चाहती है। फिर मैं घर पर उससे मिलने गई। उसने मेरी गोद में इस बच्चे को डाल दिया। रोने लगी, इतना रोई कि क्या बताऊँ ? कहने लगी, आइवी आज रविवार के दिन भी आलफर्ड घर में नहीं। मुझे बहुत बुरा लगा। मैंने शिव की पत्नी से पूछा, ''क्यों ? वह बाहर क्या करता है ?''

''क्या करता है ? सारे दिन दोस्तों के साथ ताश पीटता है। बेचारे बच्चे ! इनको कोई घुमाने ले जानेवाला भी नहीं। एन्ड्रू तो चलो बड़ा हो गया है, दोस्तों के साथ समय बिता लेता है पर मेरा यह छोटा वाला बॉब चुपचाप बैठा-बैठा टीवी देखता रहता है। तुम इसे अपने पास रख लो। इसे माँ की जरूरत है और तुम्हें बच्चे की...मैं अपनी जिन्दगी के बचे हुए दिन अपनी माँ के घर बिता लूँगी।''

आइवी ने धीरे से अपनी आँखें पोंछीं। उसने सच में बॉब को अपने पास रख लिया था, मगर वही आइवी, शिव की शिकायत कर रही थी, काम में उसकी गलतियाँ ढूँढ़ रही थी। खैर, छह महीने बाद नीदरलैंड जाना हुआ।

नीदरलैंड में मिस्टर डिक्रे की ऑफिस में आइवी को देख मैं चौंक गई थी।

''ओ आइवी !! तुम यहाँ कैसे ?''

''आइवी शिव के खिलाफ शिकायत लेकर आई है।''

''क्या ?''

''हाँ, छोटी-मोटी नहीं...काफी गम्भीर मसला है।''

''क्या वह जहाज कम्पनी...'' कहते-कहते मैंने जीभ काट ली। बुरी तरह खुद पर झल्ला उठी। यह क्या किया मैंने ? इतनी बड़ी बेवकूफी ? कहे हुए शब्दों को कैसे वापस लूँ ?

''तब क्या जहाज कम्पनी की बात तुम्हें मालूम थी ? और तुमने हमें बताया

तक नहीं ?'' जैकी डिक्रे का स्वर आहत था।

''जैकी, मुझे पूरी बात नहीं पता है। मैं बस इतना जानती थी कि जहाज कम्पनी को, कहीं कुछ ज्यादा पैसे दिए गए हैं।''

''काश ! बात इतनी सरल होती। पैसे गलती से ही दिए गए होते। आलफर्ड शिव पर एक नहीं कई इलजाम हैं। तुमको ऐरी का स्वभाव पता है। वह इतनी जल्दी किसी की चुगली पर विश्वास नहीं करता लेकिन आइवी पूरे सबूत लेकर आई है।''

मैं सन्नाटा खा गई। मेरी आँखों के सामने आलफर्ड शिव की बीमार पत्नी और उसके बच्चों के चेहरे तैर उठे। क्या हुआ है इस आइवी को ? यह कैसी प्रतिक्रिया ? क्या यह औरत पत्थर हो गई है ? क्या आइवी इस बात को शिव से बातें करके नहीं सलटा सकती थी ? बस एक धमकी काफी होती।

''तुम जरा सोचकर देखो प्रभा, शिव पर हम लोग कितना निर्भर करते थे। पन्द्रह साल का पुराना मैनेजर। हमारे तो सारे व्यापारिक सम्पर्क शिव के कारण बने। हम लोग तो आँख बन्द करके चेक पर सही करते थे। ऐरी तो इतना डिप्रेस्ड है कि क्या कहूँ ?''

मैंने सोचा कौन नहीं डिप्रेस्ड होगा एक इस आइवी के सिवा।

आइवी वहाँ पर चुपचाप खड़ी थी, निर्विकार। वही मेकअप से पुता हुआ चेहरा लिये। पीले घेरवाले स्कर्ट पर सफेद और पीली धारी वाला ब्लाउज था।

''ओ प्राफा ! तुमको भी मुझ पर विश्वास नहीं है ना ? मैं जानती थी। मुझे भी अपने कानों पर विश्वास नहीं हुआ था। जब वह ह्यूगो ब्रदर्स से फोन पर बातें कर रहा था। फिर मैंने उसकी मेज के नीचे एक डबर फिट कर दिया। दस दिन में पूरी बात सामने थी। चोर, बिलकुल चोर है शिव ! सारी बातें उस टेप में हैं। आलफंर्ड ने किससे कितने में सौदा तय किया सब कुछ इस टेप में है। फिर मिस्टर डिक्रे की ओर घूमकर बोली, ''क्यों मिस्टर डिक्रे, आपने भी टेप सुना कि नहीं ?''

कॉफी पीते हुए हम लोग फिर उसी बात पर आ गए। मेरा वही प्रश्न... ''आखिर शिव ने ऐसा क्यों किया ?''

''मैं बताऊँ क्यों किया ?'' अबकी आइवी धीरे से मेरे कान में फुसफुसाई, ''एक नम्बर का औरतबाज आदमी है। उसे रोज एक नई लड़की चाहिए थी और हांगकांग में लड़कियाँ सस्ती नहीं मिलतीं।''

''और तुमको जलन होती थी, यही ना ?'' बोले बिना मैं नहीं रह सकी। पता नहीं क्यों मुझे अब लग रहा था कि आइवी शिव से कोई व्यक्तिगत बदला ले रही है।

"प्रा...फा मुझे क्यों जलन होने लगी ? क्या मेरे पास मर्दों की कमी है ?"

"नहीं ! नहीं !! आइवी मेरी गर्लफ्रेंड है।" हँसते हुए मिस्टर डिक्रे ने आइवी के कन्धों पर हाथ रखा।

कन्धे से हाथों को धीरे से सरकाते हुए आइवी ने एक चुभती हुई नजर मिस्टर डिक्रे पर डाली फिर कहा, "आप मुझे गर्लफ्रेंड ही तो बनाकर रख सकते हैं, मुझसे शादी तो नहीं कर सकते।"

"आइवी !" जैकी डिक्रे का स्वर जरा सख्त था, "मुश्किल है कि तुम अंग्रेजी कम समझती हो, अर्थ का अनर्थ ले बैठती हो।"

"नो...मैं गर्लफ्रेंड का अर्थ बहुत अच्छे से समझती हूँ।"

"ओ.के." आइवी का कन्धा थपथपाते हुए मिस्टर डिक्रे उठ खड़े हुए।

डिक्रे दम्पति के जाते ही कॉफी के प्याले पर मैं और आइवी अकेले रह गए थे। कॉफी का एक घूँट भरते हुए आइवी ने कहा, "प्राफा, बॉब के बिना मुझे बहुत सूना लगता है।"

"आइवी, तुम्हें लगाव की जरूरत है, और तुम हो कि जान-बूझकर सम्बन्धों की जड़ पर कुल्हाड़ी मारती हो। मिस्टर शिव की शिकायत करने तुम्हें यहाँ आने की क्या जरूरत पड़ी ? और फिर आलफर्ड की नौकरी के साथ तुम्हारी नौकरी भी तो जुड़ी हुई है।"

"वह कैसे ?"

"आलफर्ड की जगह कोई नया बॉस यदि तुम्हें न स्वीकारे ?"

"यस ! इस पर तो मैंने सोचा भी नहीं। लेकिन आलफर्ड चोर है...चोर। साथ ही औरतबाज।" आइवी फिर चालू हो गई।

"देखो आइवी, व्यापार की दुनिया में तुम्हें आलफर्ड के व्यक्तिगत जीवन से कोई मतलब नहीं होना चाहिए। वह लड़की लेकर ऑफिस तो नहीं आता था ? फिर उसकी पत्नी बीमार है। हो सकता है उसे पैसों की जरूरत पड़ी हो ?"

"यस प्राफा, अब तुम ठीक जगह पर आईं। पैसे की बात कर रही हो ना ? जानती हो उस हरामी ने पिछले छह महीने से अपनी पत्नी को एक डॉलर भी नहीं दिया। उसको देखने तक नहीं जाता। वह बेचारी फोन करते-करते थक जाती है। अरे बेचारी बीमार औरत और उसके दो बच्चे।"

"अच्छा आइवी, तुमने मेरी बात का जवाब नहीं दिया। इन व्यक्तिगत बातों का नौकरों से क्या सम्बन्ध ?"

"ओफ हो प्राफा, तुम्हारा यह हिन्दुस्तानी दिमाग इतना निष्क्रिय क्यों है ?"

लेकिन मैं निष्क्रिय नहीं थी, उसी शाम को भोजन के वक्त मैंने मिस्टर डिक्रे

से पूछ ही लिया–"अच्छा मिस्टर डिक्रे, क्या आइवी की बातों पर आपको विश्वास होता है ?"

"विश्वास तो नहीं होता। मगर वह ठोस सबूत के साथ यहाँ पर आई है, और उसने बात केवल मेरे या जैकी तक रखी होती तो मैं हांगकांग जाकर पूछताछ भी करता, या शिव को धमकी देकर कुछ मसला सुलझाने की कोशिश करता। आखिर वह मेरा मैनेजर है, जिन्दगी के पन्द्रह साल मैंने उस पर खर्च किए हैं। मगर यह आइवी, ओफ !" मिस्टर डिक्रे की आँखों में एक निराश पीड़ा थी। गिलास को मेज पर रखते हुए उन्होंने कहा, "प्रभा, आइवी का यों बिना सूचना दिए यहाँ चले आना। फिर सबके सामने उसका यह ब्ला-ब्ला। जिससे मिलती है उसी से बस केवल शिव की चोरी की बात कहती है। सारा ऑफिस शिव के खिलाफ हो गया है। प्रभा ! दुनिया में इंसान नहीं बचे हैं।"

क्या आइवी इंसान नहीं ? जैकी नहीं ? मैं नहीं ? मन में घुमड़ते हुए प्रश्न पर प्रश्न। जिनके उत्तर मुझे भी नहीं मालूम थे। हम सभी चुपचाप कॉफी पीते रहे थे।

25 दिसम्बर क्रिसमस के दिन सुबह-सुबह आइवी का फोन था–

"प्रा...फा...हैपी क्रिसमस। मैं हांगकांग से आइवी बोल रही हूँ।"

"ओह हैलो आइवी ! हैप्पी क्रिसमस। मिस्टर शिव कहाँ पर हैं ?"

"तुमको पता नहीं ? आलफर्ड को नौकरी छोड़नी पड़ी।"

"तब कौन हैं तुम्हारे नए बॉस ?"

"मैं अब अपनी बॉस खुद ही हूँ। मुझे कल ही मिस्टर डिक्रे का फैक्स मिला कि पहली जनवरी से स्टैंडबाई कम्पनी की ब्रांच मैनेजर आइवी युंग नियुक्त की जाती है।"

"बधाई आइवी।"

"प्रा-फा, शिव का बेटा बॉब तुम्हें हैप्पी क्रिसमस कह रहा है।"

"क्या वह तुम्हारे पास है ?"

"और नहीं तो क्या अब वह मेरा बेटा है। मैंने उसे गोद ले लिया।"

"शिव ने उसे वापस नहीं माँगा ?"

"माँगा था।"

"फिर ?"

"मैंने कहा, यदि बॉब को तुमने मुझसे छीना तो सारे हांगकांग में तुम्हारी ऐसी बदनामी करूँगी कि तुम भूखे मर जाओगे। मैंने उसे ब्लैकमेल किया।"

"हे भगवान ! आइवी ! तुमको समझना असम्भव है।"

"मुझको नहीं, तुमको प्राफा, मैं तुमको भी नहीं समझ पाई। तुम पुरुषों का पक्ष क्यों लेती हो ?"

"क्यों ? क्या वे हमारे दोस्त नहीं ?"

"हांगकांग आओगी तब बताऊँगी। यह बताओ कब आ रही हो ?"

"जनवरी के अन्त में या फिर फरवरी..."

"ओ.के. खबर करना।"

"हाँ जरूर।"

फोन रखा जा चुका था।

आइवी की आवाज अब भी कानों में गूँज रही है।

'मैं आइवी युंग हांगकांग ब्रांच की मैनेजर बोल रही हूँ।'

1975 में इन्दिरा गांधी ने आपातकाल की घोषणा की। सारा देश स्तब्ध और आश्चर्यचकित। अरे यह क्या हुआ ? एक ओर तो जयप्रकाश नारायण द्वारा सम्पूर्ण क्रान्ति का नारा, दूसरी ओर प्रधानमन्त्री इन्दिरा गांधी का यह कहना कि राजनैतिक एवं आर्थिक समस्याओं से निपटने के लिए आपातकाल की घोषणा जरूरी है। तब क्या हमारा जनतन्त्र महज एक पश्चिमी उदारवादी भ्रम था ? क्या आज तक के चुनावों में जनता का सही प्रतिनिधित्व कभी नहीं हुआ ? कहाँ गए आजादी के वे सारे सपने ?

कांग्रेस सरकार द्वारा जयप्रकाश नारायण, मोरारजी देसाई, चौधरी चरणसिंह, अटल बिहारी वाजपेयी आदि प्रमुख विपक्षी नेताओं को जेल में डाल दिया गया।

आपातकाल में सिर्फ एक पार्टी नजर आती थी और वह थी कांग्रेस पार्टी। नौकरशाही के हाथ मजबूत किए गए थे। कहीं किसी भी कोर्ट में जनता की सुनवाई नहीं थी और सभी समझ रहे थे कि अब देश में वंशानुगत शासन परम्परा बनेगी।

सिमोन द बुवा ने अपने एक साक्षात्कार में कहा—"इन्दिरा गांधी, भंडारनायके और मार्ग्रेट थैचर तीनों ही राजनेता स्त्री होकर भी पुरुषों की भाँति सत्ताभ्रष्ट हैं।

वे स्त्री हैं और पुरुषों से भिन्न हैं और इस तथ्य को ये राजनेता बिलकुल भूल गई हैं।"

सफाई अभियान का प्रतीक था—आपातकाल ! समाज से भ्रष्टाचार को हटाना है। वक्त पर काम करो आदि-आदि, यह थी आपातकालीन घोषणा। जयपुर की महारानी गायत्री देवी को जेल हो गई, आर्थिक अपराध के नाम पर ग्वालियर की राजमाता के महल पर आयकर वालों ने छापा मारा। आयकर एवं कस्टम वाले हर कहीं डोल रहे थे, हर किसी की गर्दन पर अपना पंजा बैठा रहे थे। पकड़ो और जेल में भरो। दिल्ली, बम्बई, कोलकाता...अधिकतर बड़े शहर के बड़े आदमियों के घरों में छापे पड़े। दो-दो, तीन-तीन दिन तक तलाशियाँ होती रहतीं। कितना अघोषित धन है, कहाँ-कहाँ उस धन को छुपाकर रखा गया है वह सब निकालो। हर जगह घोटाला और भ्रष्टाचार था। व्यापारियों एवं नेताओं के करोड़ों-अरबों रुपए स्विस बैंक में जमा थे। विदेशी मुद्रा का गैर-कानूनी लेन-देन जारी था। नेहरूजी ने कभी कहा था—इन व्यापारियों को जितना पीटोगे उतना ही धन इनकी तिजौरी से निकलेगा। समाजवादी नेहरू के सपने को इन्दिराजी पूरा करने का दावा कर रही थीं।

निर्यात का कारोबार शुरू किए मुझे कुल साल भर ही हुआ था। विदेशी मुद्रा का लेन-देन निर्यात व्यापार का जरूरी अंग है। हर वक्त मन में दहशत छाई रहती कि कहीं कोई गलती न हो जाए। दशहत और आतंक में जी रहे थे हम। न जाने कब कौन आ जाए लेकिन मेरा मन विद्रोह कर बैठता...यह कैसी तलाशी, हम कोई स्मगलर तो नहीं, कोई काला धन्धा तो नहीं कर रहे। हालाँकि कुछ ऐसे मासूम आर्थिक अपराध होते हैं जिन्हें करना पड़ता है, भ्रष्ट नौकरशाही को खुश करने के लिए ताकि कामकाज सुचारु रूप से चलता रहे। व्यापार का यह भी एक जरूरी हिस्सा है।

हवा के बहाव में हर कहीं और हर ओर घबराहट थी। खबर मिली कल रात फलाँ व्यापारी के यहाँ आयकर, कस्टम, सीबीआई ने मिलकर छापा मारा। उनके छोटे भाई को हिरासत में बन्द कर दिया। बड़े सेठजी किसी भाँति डॉक्टरी सर्टिफिकेट के आधार पर अस्पताल में हैं। जमानत मिलने का सवाल ही नहीं उठता। इन्दिराजी के पास जाओ। मगर वहाँ कौन जाएगा ? फलाँ वकील की जान-पहचान है। वही शायद कुछ कर सके। लेकिन वह वकील तो दो-तिहाई पैसा खुद ही डकार जाएगा।

रेड राज के आतंक में हर दिन कई कहानियाँ थीं। बेचारी सेठानी ने अपने हीरे का हार अपनी नौकरानी को पहना दिया। नौकरानी अपने महबूब के साथ

भाग निकली। पुलिस को खबर भी कैसे की जाए ? अघोषित गहनों की सूची लम्बी जो थी और ऐसी चोरियाँ रोज हो रही थीं। कहीं बहनोई का धन साला डकार गया तो कहीं बेटे-बहू ने बूढ़े बाप को अँगूठा दिखला दिया।

अफसरों की पकड़ा-धकड़ी अलग, लेकिन बेचारा अफसर भी क्या करे ? उस बेचारे ने केवल हजार रुपए ही तो घूस में लिये थे और उसे शायद सच में रुपयों की जरूरत थी क्योंकि उसकी बीवी अस्पताल में थी, लेकिन वह घूस लेते हुए पकड़ा गया और भर दिया गया जेल में। मेरे एक पुराने परिचित प्रोफेसर बनर्जी को नौकरी से इस्तीफा देना पड़ा। उनसे कहा गया—और लिखो कम्युनिस्टों के पक्ष में। प्रशंसा करो ज्योति बसु, जयप्रकाश नारायण की। भूल जाओगे लेक्चर देना और लिखना-पढ़ना सब कुछ।

बहुतों का कहना था। अंग्रेजी राज जैसी शान्ति तो अब जाकर मिली है। सब कुछ टाइम से चल रहा है। बाबू लोग टाइम से दफ्तर आ जाते हैं।

उन दिनों शासन व्यवस्था एकदम से खतम हो गई थी। हमारे सामने एक बात स्पष्ट थी, सत्ता यदि रक्षक है तो वह भक्षक भी हो सकती है। सत्ता की चाल को समझना आसान नहीं। आपातकाल के दौरान बहुतेरे शिक्षित एवं सुसंस्कृत लोगों की सत्ता के प्रति जो अन्धभक्ति का नमूना देखा उससे कभी-कभी मुझे आश्चर्य होता है कि आदमी इतना नीचे कैसे गिर सकता है ?

अपने एक व्यापारी दोस्त से मिलने गई थी। वह स्वयं कम्युनिस्ट नहीं था मगर नक्सलियों एवं कम्युनिस्टों के प्रति उसके मन में पूरी सहानुभूति थी। कांग्रेसी तो वह किसी भी हाल में नहीं था, उसके घर पहुँचकर जो दृश्य देखा उससे तो मेरे होश उड़ गए। घर के लोगों का चेहरा एकदम बदला हुआ। भयाक्रान्त वे लोग प्लास्टिक के गुड्डों की भाँति सर हिला रहे थे। पता चला अलसुबह चार बजे पुलिस और कस्टमवालों ने रेड किया। सबसे पहले गाली-गलौज फिर धमकियाँ जिसका कुल आशय था कि प्रत्येक व्यापारी कालाबाजारी है, देश की छाती पर नासूर है। आप लोगों को तो लैंपपोस्ट से लटका दिया जाना चाहिए। व्यापारी और शाइलॉक एक-दूसरे के पर्याय हैं। इसके बाद आलमारियाँ खोली गईं, खींच-खींचकर जमीन पर फेंक दी गईं, सोफे की गद्दियाँ फाड़ दी गईं क्योंकि पता लगाना था कहीं सोना तो छुपाकर नहीं रखा गया है। मेरी सहेली ने रोते-रोते एक और नई बात कही...अधिकतर अफसरों का कहना था, "हमें आपसे पूरी सहानुभूति है, हम जानते हैं कि आपके पास आपत्तिजनक कुछ भी नहीं मगर अपनी रिपोर्ट में यदि हम ऐसा लिखें तो हमीं पर सन्देह किया जाएगा कि रुपया खाकर हम आपको हरी झंडी दिखा रहे हैं।" धीरे-धीरे हमें ऐसी और भी कहानियाँ सुनने को मिलीं।

खैर, फिर चुनाव हुआ, जनता ने अपना संवैधानिक अधिकार माँगा, न्याय माँगा और इन्दिराजी चुनाव हार जाती हैं।

जिन्दगी लुढ़क रही थी।

दिन महीनों में और महीने साल में परिणत हो रहे थे।

और अब इतने दिनों की मेहनत रंग ला रही थी, मेरे व्यक्तित्व के तीन आयाम थे–व्यापार, सृजन और मेरी निजी जिन्दगी, मगर तीनों समान रूप से प्रगति पथ पर आगे नहीं बढ़ रहे थे। निजी जिन्दगी में चैन ही कहाँ था। दिन-पर-दिन बिजनेस के बहाने मैं अपने-आप में बन्द होती जा रही थी। डॉक्टर साहब और मेरा आपसी वैमनस्य भी बढ़ता जा रहा था।

लायंस क्लब के डिस्ट्रिक्ट गवर्नर का चुनाव हुआ। डॉक्टर साहब गवर्नर पद की उम्मीदवारी हेतु खड़े तो हुए जबकि शुरू से यह एक बड़ी ओछी और घटिया लड़ाई थी। डॉक्टर साहब खुद लायंस क्लब के वरिष्ठ सदस्य थे, उन्होंने वर्षों जनसेवा की थी, हजारों गरीबों की आँखों का मुफ्त इलाज किया था, और अब वे लायंस क्लब से अपनी सेवा की कीमत माँग रहे थे। विरोधी प्रत्याशी एक मारवाड़ी व्यापारी था, जो लायंस गवर्नरशिप का पद हासिल करने के लिए पानी की तरह पैसा बहा रहा था। मैंने डॉक्टर साहब से काफी अनुरोध किया कि वे इस घटिया राजनीति में न उतरें। मेरा कहना था कि "चुनाव लड़ने से क्या लाभ होगा ? आपको पद्मश्री मिल चुकी है, क्यों नहीं आप एक चैरिटी अस्पताल खोलते ?"

लेकिन उन्हें भी गवर्नरशिप का चंद चाहिए था। चुनाव से ठीक एक दिन पहले शाम को पार्टी दी गई। उपस्थित महिलाएँ श्रीमती सर्राफ के बारे में पूछ रही थीं। यानी वहाँ डॉक्टर साहब के साथ मंच पर उनकी पत्नी का होना जरूरी था। लेकिन वे अपने पीहर बरहज गई हुई थीं और उन्हें दूसरे दिन सुबह आना था। मैं पार्टी की व्यवस्था में व्यस्त थी किन्तु वहाँ उपस्थित महिलाएँ बार-बार मुझे समझा रही थीं कि इस सामाजिक उत्सव में आपकी नहीं बल्कि श्रीमती सर्राफ की जरूरत है।

पार्टी खतम होते ही मैं डॉक्टर साहब पर गुस्से में फट पड़ी..."आप यदि लायंस क्लब का यह चुनाव नहीं लड़ते तो कौन-सा पहाड़ टूट पड़ता ?"

"देखो यों ही मैं परेशान हूँ, चुनाव की राजनीति से मैं दुखी हो गया हूँ और अब तुम ताने-बोली मत सुनाओ।"

"आप दुखी हो गए या मैं ? यह मेरी ही गलती थी कि मैं आपकी महत्वाकांक्षा में शामिल होती चली गई ? मैंने आपको दुखी किया ? पूछ लीजिए

किसी से भी...आहुति मेरी हुई है आपकी नहीं।''

''आहुति...आहुति...दिन-रात तुम्हारी एक ही रट है। ऐसा अनर्थ क्या हो गया तुम्हारी जिन्दगी में ? क्या मेरे कारण तुम्हारा नुकसान ही हुआ, कोई फायदा नहीं हुआ ? क्या मुझसे तुम्हें तुमको केवल दुख ही मिला, कभी कोई सुख नहीं मिला ?

''क्यों नहीं सुख भी मिला है।'' बात खतम करने के लिए मैंने कह तो दिया था लेकिन बाद में देर तक याद करने की कोशिश करती रही कि क्या मुझे कभी कोई सुख मिला भी ? याद नहीं आता कि प्यार और सन्तुष्टि के क्षण कभी दो दिन भी मेरे जीवन में स्थायी रहे हों। किसी दिन यदि मैं जरा खुश भी होती तब अमूमन कुछ ऐसा घटता, कुछ ऐसे ताने-बोली कि मुझे वापस रोने का दौरा पड़ जाता, आँसुओं का सैलाब उमड़ पड़ता। परिस्थिति पूरी तरह मुझ पर हावी थी, एक अवैध रिश्ते को जीकर दिखलाने के प्रयास का शायद यही हश्र होना था, इससे भिन्न और कुछ नहीं।

डॉक्टर साहब के स्वर की कड़वाहट मुझसे छुपी नहीं थी। वक्त की नजाकत को समझते हुए उस दिन मैं खामोश हो गई। उनका चेहरा बुरी तरह खिंच गया था। थोड़ी देर बाद वे कहने लगे...''कल चुनाव है। प्रचार का काम तो खतम हो गया। लगता है जीत हमारी होगी, किन्तु विजयोत्सव में शामिल न होकर, जान-बूझकर तुम इसी दिन स्कैंडिनेविया जा रही हो, दस दिन बाद भी तुम विदेश जा सकती थीं ?''

''मैं यहाँ रहूँगी तो इन औरतों की ताने-बोली से और पागल हो जाऊँगी।''

''पागल तो मैं हो रहा हूँ, ऐसी घटिया लड़ाई से।''

''आपसे किसने कहा था ऐसी लड़ाई लड़ने के लिए ?'' डॉक्टर साहब उठकर कमरे से बाहर चले गए, थोड़े समय बाद लौटकर मुझसे कहने लगे, ''देखो मेरी और तुम्हारी जीत अलग-अलग नहीं। इसे तुम अपनी लड़ाई समझो। तुम्हारे बिना कुछ भी करना मेरे लिए सम्भव नहीं, तुम्हारे सहारे के बिना मैं क्या मेरा यह परिवार भी नहीं चल सकता, बस एक इस मौके पर साथ दे दो, फिर मैं सब कुछ छोड़ दूँगा, प्रैक्टिस-व्रैक्टिस सब कुछ। तुम भली-भाँति जानती हो श्रीमतीजी को मेरी सफलता से कोई मतलब नहीं। श्रीमतीजी रहेंगी अपने बच्चों के पास। हम-तुम कहीं और चले जाएँगे।''

''अब इस उम्र में इतने दिनों बाद ?'' एक ठंडी साँस अकबकाकर निकल गई...''और मेरे व्यापार का क्या होगा ?''

''नीरज एम.बी.ए. करके आ ही गया है, साल भर में उसकी शादी हो जाएगी, वह और मिस्टर बासु मिलकर सारा व्यापार सँभाल लेंगे।''

"मुझे किसी पर भरोसा नहीं। कौन किसे कमाकर देता है ? न मैं उसे कमाकर दूँगी और न वह मुझे।" डॉक्टर साहब ने मेरी बात पर ध्यान दिए बिना अपना कहना जारी रखा—

"हम लोग कभी-कभी आया करेंगे, हमें इन सबसे छुटकारा पाना होगा और जिन्दगी फिर से शुरू करनी होगी। मैं सौगन्ध खाता हूँ कि मैं अब बस तुम्हारे लिए जीऊँगा।" और उनका हाथ मेरे सर पर था। लेकिन मैं जानती थी कि अपने-आप को बदलना और नई जिन्दगी की शुरुआत करना न केवल उनके लिए बल्कि खुद मेरे लिए भी सम्भव नहीं था। ऑफिस के ये आठ-दस घंटे, यह व्यस्तता और भागदौड़ इसी के सहारे तो मैं जी पा रही हूँ। मेरे पास मेरा काम नहीं होता तो न जाने मैं क्या करती। कैसे अपने खाली क्षणों को भरती।

दूसरे दिन मैं स्कैंडिनेविया चली गई। ढोल-मजीरों के बीच उनकी जीत का एलान हो गया। पार्टियों का सिलसिला जोरों पर था, और हर जगह सपत्नीक जाना आवश्यक था।

उन्हें सपत्नीक हवाई द्वीप समूह जाने का निमन्त्रण मिला। हवाई द्वीप मेरी दुखती रग था क्योंकि अपनी पहली विदेश यात्रा में जब मैं हवाई उतरी थी तो मैंने मन-ही-मन निश्चय किया था कि एक-न-एक दिन मैं डॉक्टर साहब के साथ यहाँ आऊँगी जरूर। हवाई का बासन्ती मौसम...अनन्ननास की खुशबू से महकती हुई हवा आज भी मुझे बेहद याद आती है। डॉक्टर साहब ने मुझसे वादा किया था कि हम लोग कभी-न-कभी जरूर हवाई द्वीप घूमने जाएँगे...लेकिन अब यह एक ऐसी यात्रा थी जहाँ मुझे साथ ले जाने का सवाल ही नहीं था हालाँकि वे दुविधाग्रस्त जरूर थे। शायद अन्य लॉयनेस ने अपने स्त्रियोचित स्वभाववश डॉक्टर साहब की इस दुविधा को भाँप लिया था। विदेश यात्रा के सन्दर्भ में वे कुरेद-कुरेदकर डॉक्टर साहब को छेड़तीं। कुछ औरतें जो ज्यादा मुखर थीं, अपने होंठों को कभी टेढ़ा कभी गोल करते हुए ताने-बोली सुनाए बिना नहीं मानतीं। "डॉक्टर साहब आप अकेले कैसे चलेंगे ? भाभीजी को साथ लेकर विदेश जाइए, आखिर लेडी लॉयनेस तो वे ही हैं।" यदि मैं वहाँ उपस्थित रहती तो कहने वाली मेरी ओर व्यंग्य भरी तीखी नजरों से देखना भी नहीं भूलतीं। वे स्त्रियाँ मुझे समझाए बिना नहीं मानतीं कि "तुम कुछ नहीं हो। सुहाग के नुपुर तो तुम्हारे पैरों में नहीं हैं फिर तुम क्यों व्यर्थ में इधर-उधर डोल रही हो ?"

मैं सोचती क्या डॉक्टर साहब इस उम्र में सामाजिक मंचों पर अकेले नहीं जा सकते थे ? क्या हर जगह पत्नी को साथ ले जाना जरूरी है ? माना कि पत्नीत्व एक संस्था है और पुरुष के लिए इस संस्था को चुनौती देना सम्भव नहीं।

लेकिन हार की यह भावना मुझे भीतर-ही-भीतर और अकेली कर जाती...। मैं घंटों अपनी मेज पर बैठी सूनी दीवारों को घूरती रहती। मेरी उदासी किसी से छुपी नहीं थी। एक ही बात मुझे परेशान कर रही थी। आखिर इतने वर्षों के साथ में मुझे क्या मिला ? कभी लगता मैं चौराहे पर भीख माँगने खड़ी हूँ...सुबह से शाम तक अपने खाली कटोरे को देखती हुई चवन्नी-अठन्नी गिनती रहती हूँ। छिः यह भी कोई जीवन हुआ ?

कभी सोचती कि क्या मेरी जिन्दगी महज पहचान की माँग बनकर रह जएगी। आखिर मैं किन लोगों से अपनी पहचान की माँग कर रही हूँ ? कौन हैं ये लोग जो मुझ पर एक बहिष्कृता का लेबल चिपका रहे हैं ? क्या आसपास के, परिवार के लोगों की भावना में द्वेष और ईर्ष्या की झलक नहीं है ? शायद ऐसे लोगों को डॉक्टर साहब के साथ मेरा सम्बन्ध आतंकित करता है। वे डरते हैं कहीं उनके परिवार में भी ऐसा कुछ न घटे। उनकी जिन्दगी का कोई छुपा हुआ कोना उजागर न हो जाए। किन्तु स्त्री को ही सारे लांछन सहने पड़ते हैं। पुरुष से कोई कुछ क्यों नहीं कहता। सम्बन्ध तो दो व्यक्तियों का होता है। दोनों ही इसके लिए उत्तरदायी हैं। आखिर यह कैसा पर-पीड़न और इस पर-पीड़न से कहनेवाले की कौन-सी दमित इच्छा का पोषण होता है ? इन लोगों से सहृदयता की अपेक्षा करना तो बड़ी दूर की बात है। नैतिकवादी होने की इनकी सारी चेष्टा एक ढोंग के अलावा और कुछ भी नहीं।

डॉक्टर साहब के परिवार के सभी सदस्यों को रिश्तेदारी में तथा अन्य विशिष्ट सामाजिक कार्यक्रमों में निमन्त्रित किया जाता, पर मुझे नहीं। मैं जी-जान से चाहती कि मैं इस 'दूसरी औरत' के आरोपित खाँचे से निकल भागूँ...लेकिन तुरन्त ख्याल आता कि करोड़ों के इस निर्यात व्यापार का क्या होगा ? इस मुकाम पर डॉक्टर साहब से उलझना एक बड़ी गैर-जरूरी लड़ाई होगी और उनसे उलझने का अर्थ हुआ मेरी जायदाद, मेरा व्यापार आदि का झमेले में पड़ना। खुद को ही समझा लिया करती थी...गम और भी हैं दुनिया में मुहब्बत के सिवा...।

इसी बीच कलकत्ता चेम्बर ऑफ कॉमर्स का चुनाव हुआ। मैं खजांची के पद पर थी और इसी साल मुझे सचिव होना था। मेरे मामाजी शुभकरण राजगड़िया अध्यक्ष हुए मगर मुझे सेक्रेटरी का पद नहीं दिया गया। मुझसे कई सदस्यों ने कहा कि, आपको अपने मामाजी से बात करनी चाहिए, एक बार उनके घर हो आइए। आप तो दीपावली-होली उनसे मिलने भी नहीं जातीं। ओह ! मुझे लगा सेक्रेटरी पद के लिए मुझे उनकी खुशामद की क्या जरूरत है ? मैं एक निर्यातक हूँ। करोड़ों का निर्यात करती हूँ और चेम्बर के बहुतेरे सदस्यों की तुलना में मेरा व्यावसायिक

अनुभव ज्यादा है। अतः यह पद मुझे मिलना चाहिए। बाद में पता चला कि मामाजी को मेरे चरित्र से शिकायत थी। उनके अनुसार मैंने अपने खेतान वंश का नाम डुबोया है। वे मंच पर मेरे साथ बैठना नहीं चाहते थे। मैंने भी मीटिंग में जाना छोड़ दिया। मामाजी का चेम्बर में समय-काल प्रायः असफल रहा। न उन्होंने कलकत्ता चेम्बर ऑफ कॉमर्स का हुलिया ठीक किया जिसके लिए धन देने का वादा उन्होंने जरूर किया था, मगर दिया नहीं और न ही कोई अन्य गतिविधियों को बढ़ाया। दो साल बाद मुझे वापस कलकत्ता चेम्बर ऑफ कॉमर्स में बुलाया गया और मैं चेम्बर की पहली महिला अध्यक्षा बनी।

1966 से 1990 तक इन चौबीस-पच्चीस सालों के दरम्यान हमारा मारवाड़ी समाज कई-कई लहरों पर सवार था। एक ओर जहाँ सामन्ती परिवारों की पुरानी ऐतिहासिक भूमिका और मूल्यबोध और जीवन-शैली पर सवालिया निशान थे, तो दूसरी ओर नव धनाढ्य व्यापारियों का ऐसा वर्ग उभर रहा था, जिसमें छोटे-छोटे कस्बों के लोग भी शामिल थे। वे बड़े दबे-ढँके मासूम लोग थे, महानगरों की सामन्ती परिवारों की ऊपरी कलई की चमक से इनकी आँखें चौंधियाई हुई थीं। इस ऊपरी चकाचौंध को ही वे शाश्वत सच मान रहे थे। सामन्ती परिवारों के भीतरी षड्यन्त्र को समझने में इन्हें अरसा लगा। महानगरों में आए इन प्रवासी परिवारों का परिचय कलकत्ता जैसे शहर में सुधारवादी कांग्रेसियों से हुआ। ये सुधारवादी महात्मा गांधी को कितना समझते और कितना अपने जीवन में उतार पा रहे थे यह तो पता नहीं था मगर एक आम मारवाड़ी को इन लोगों ने सुधारवादी निर्देशनों के बोझ तले लाद दिया और प्रगति को अवरुद्ध किया।

इन लोगों की नजर में स्त्री की एक आदर्शवादी छवि थी। ये कस्तूरबा, भगिनी निवेदिता जैसे सफेद लिबास में पाक-पवित्र स्त्री की कल्पना से आक्रान्त थे। स्त्री यदि विवाह न भी करे तो सामाजिक कामों में जुटी हुई स्त्री की तस्वीर को ही ये आदर्श मानते थे। यदि उक्त स्त्री के जीवन में कुछ गलत हो तो भी सब कुछ दबा-ढँका ही रहना चाहिए। स्त्री की किसी अलग पहचान से ये आतंकित हो उठते। लकीर से हटकर चलनेवालों के प्रति ये कठोर थे।

मैं प्रायः सोचा करती सामाजिक मंचों पर विराजमान ये लोग जो स्वयं को प्रत्येक सामाजिक काम में अग्रणी मान रहे हैं, वास्तव में एक आम मारवाड़ी की प्रगतिशीलता में बाधक हैं। किसी ने बंगाली लड़की से शादी कर ली और बस वह कट गया मुख्यधारा से। लगा मारवाड़ियों से आँखें चुराने। किसी की लड़की ने तलाक दिया और वह बेचारा...निन्दा-चर्चा का शोर उमड़ पड़ा। "और पढ़ाओ बेटी को", हर बुराई की जड़ वे शिक्षा को मानते थे। व्यापारी घरानों में लड़के

तक उच्च शिक्षा नहीं ले पाते थे। क्या होगा पढ़कर अब, कोई डॉक्टर, बैरिस्टर तो बनना नहीं है। बैठना तो है उसी गद्दी पर। बंगाल के सुधारवाद का मारवाड़ी समाज पर असर जरूर पड़ा था। पर सुधार की लहर मध्यमवर्गीय मारवाड़ी परिवारों को भीतर तक भिगो नहीं पाई थी। आम मारवाड़ी के मन में बड़े व्यापारी घरानों का आतंक था। श्रेष्ठी वर्ग के सामने वह बेहद आज्ञाकारी और नमनीय था जबकि बंगाल में नव सुधारवाद की मार्क्सवादी हवा बह रही थी किन्तु मारवाड़ी समाज यथास्थिति के पोषण में लगा हुआ था। हममें से किसी ने कभी रुककर अपने-आप से सवाल नहीं किया कि इन बड़े व्यवसायी घरानों से हम मध्यमवर्गीय लोगों को क्या मिल रहा है ? इन लोगों को पूरे समाज के प्रतिनिधित्व का अधिकार किसने दिया ? और क्या धन एवं सत्ता के मद में ये लोग अपने से भिन्न के प्रति जरूरत से ज्यादा आक्रामक ढंग से पेश नहीं आ रहे ? क्या इनकी सुधारवादी संस्थाएँ महज कुछ लोगों की अव्यावहारिक महत्वाकांक्षा से परिचालित नहीं हो रहीं ? एक प्रवासी के रूप में बंगाल में हम मारवाड़ी आए थे और अल्पसंख्यक की भाँति कलकत्ता महानगरी में अपने अलग मंच, अलग मुहल्ले में सीमित होकर रह गए। क्या इसे ही प्रगति कहें ? सम्भव है इससे मारवाड़ी समाज के कुछ व्यक्तियों को जरूर सुविधा हुई होगी, समाज के नेतृत्व का उन्हें मौका मिला और प्रतिष्ठा भी मिली। पर आम मारवाड़ी की इससे भयानक उपेक्षा हुई। आम मारवाड़ी स्थानीय बंगाली समाज से मिलने, उनके साथ एकसार होने के बदले एक अजीब तरह की घेट्टो मानसिकता से आक्रान्त रहा। रोजी-रोटी के लिए बंगाल में रहना जरूरी था मगर बंगाली से वह भयभीत भी था। स्थानीय लोगों से सहज मिलना-जुलना, आपस में प्रेम-विवाह सम्बन्ध, खान-पान सभी में विभाजन की लकीरें खींची हुई थीं। मजे की बात तो यह है कि मारवाड़ी, अंडा और चिकन रोल तो खाना सीख गया मगर फिश फ्राई से नफरत करता रहा। आपसी द्वेष की इन राजनीतियों में सरलीकरणों का सहारा लिया गया। बंगाली को हम भातखोर मानते रहे और बंगाली मारवाड़ी को शोषक मानता रहा। जबकि सारे मारवाड़ी न तो शोषक हैं और न ही अमीर। समस्या तो यह है कि इन मान्यताओं, ख्यालों पर आधारित द्वित्व महज एक वैचारिक समुच्चय तो बन जाता है पर यथार्थ को सम्बोधित नहीं कर पाता। न हमने बंगाली समाज से संवाद स्थापित किया और न बंगाली समाज ने हमसे। और अन्ततः बंगाल की जमीन पर हम सच में अन्य में परिणत होते चले गए, जिसका परिणाम यह हुआ कि आज भी बंगाल में सौ साल रहने के बावजूद मारवाड़ी स्वयं को प्रवासी कहकर सम्बोधित करता है। वह कभी नहीं कह पाता कि मैं पहले भारतीय हूँ फिर बंगाली-मारवाड़ी...।

अम्मा बीमार रहने लगी थीं और मुझे लगा कि अम्मा के जीवित रहते हुए मुझे अपना एक अलग घर बना लेना चाहिए। आखिर कभी तो मेरा अपना घोंसला हो। आखिर कब तक मैं औरों के घोंसले को सजाती रहूँगी ? सुबह खेतान हाउस से आठ बजे निकलती हूँ, रात को नौ-साढ़े नौ बजे तक वापस वहाँ पहुँचती हूँ। क्या करती रहती हूँ सारे दिन ? काम और केवल काम। वह भाइयों का घर है, यह डॉक्टर साहब का घर है। मेरा अपना कोई घर नहीं। मैंने निश्चय किया कि 4-बी, लिटिल रसल स्ट्रीट में स्थित अपनी निर्यात ऑफिस को कहीं और भेज दिया जाए। चूँकि ऑफिस वाला फ्लैट मेरा अपना फ्लैट है अतः मैं उसी फ्लैट में रहना शुरू कर दूँगी। मित्र-मंडली ने सवाल किया–"कौन-कौन रहेगा इतने बड़े फ्लेट में ?"

"मैं रहूँगी।"

"अकेली औरत ?"

"क्यों घर बनाने के लिए मैं अकेली काफी नहीं...?"

"बिना पुरुष के कैसा घर ?"

"और जब वह पुरुष दुनिया में नहीं रहता तब क्या उस औरत का घर घर नहीं रह जाता ?"

"उस घर में उस पुरुष के बच्चे तो रहते हैं और यदि रोजगार की तलाश में घर छोड़कर चले जाते हैं तो कभी-कभी तो आते रहते हैं।"

"लेकिन पीछे छूटी हुई औरत, किसी की पत्नी, किसी की बेवा, एक अदद बच्चों की माँ क्या अकेली नहीं रह जाती ?"

"बाल-बच्चों वाली औरत कभी अकेली नहीं हुआ करती।"

"ऐसी बहुत-सी औरतें हैं, जिनकी शादी के बाद बच्चे नहीं हुए।"

"सिन्दूर की पहचान तो रहती है। वे मिसेज कहलाती हैं, मिस नहीं। आप समझतीं क्यों नहीं कि आप एक अकेली औरत हैं और अकेले फ्लैट में लोग आपको शक की निगाहों से देखेंगे। डॉक्टर साहब तो आपके पास रात में रहेंगे नहीं। वे तो अपने फ्लैट में रहेंगे।" डॉक्टर साहब के दोस्त ने समझाने के अन्दाज में कहा था और इस सारी बहस में सब कुछ सुनते-समझते हुए भी डॉक्टर साहब निष्पक्ष एवं निर्विकार बने रहे। समझाने का मुझ पर कोई असर नहीं हुआ।

अन्त में मैंने कहा–

"मैं कब कहती हूँ कि डॉक्टर साहब मेरे साथ रहें ? मुझे किसी की जरूरत नहीं।"

बात वहीं खतम हो गई थी। किसी ने मुझसे पूछा–"आपके अकेले के लिए

क्या तो खाना पकता होगा ? आप तो कुछ भी खा लेती होंगी।''

''क्यों ? मैं तो अच्छे-से-अच्छा खाती हूँ।''

''आपको अकेले इतने बड़े फ्लैट में डर नहीं लगता ?''

नहीं, डर कैसा ? फिर मेरे फ्लैट में मेरी सेक्रेटरी, मेरी आया मीना रहती है, क्या ये इंसान नहीं ? नीचे गेट पर बैठा छत्रसाल सिंह दरबान जो पच्चीस साल से अपनी ड्यूटी कर रहा है, जिस पर हम सबकी सुरक्षा निर्भर करती है, क्या वह मेरी रक्षा नहीं करेगा ?

''पर वह तुम्हारा अपना कोई सगा तो नहीं है।''

''हाँ, ठीक कह रहे हैं। मानती हूँ वह मेरा कुछ नहीं लगता, न भाई, न बेटा, न दोस्त। सब पड़ोसी हैं लेकिन आधी रात को आवाज देने पर ये लोग मेरी मदद के लिए जरूर आएँगे।''

''अपना, अपना होता है, अपनेवाले ही काम आते हैं।''

''लेकिन मेरे अपने लोगों को पुकार-पुकारकर मैं थक गई हूँ, उन्हें मेरी सुरक्षा की चिन्ता नहीं। मुझे तो अपने वालों से कुछ मिला नहीं जबकि बाहरी दुनिया ने झोली भर-भरकर दिया।''

''तब तुम किसी अन्य पुरुष से शादी कर लो।''

''नहीं, पुरुष की अब और कोई भूमिका मेरे जीवन में नहीं बची।''

मैंने अपनी डायरी में लिखा, अपने-परायों का यह भेद हमारी दृष्टि का भेद है। हम केवल अपनेवालों का अवदान ही देखते हैं, उनका ही महिमा-मंडन करते हैं और परायों के दिए गए अवदान के प्रति आँख बन्द किए रहते हैं। कूट-कूटकर हमारे भीतर इसे भर दिया जाता है कि अपना-अपना होता है। इन अपने वालों से मुक्ति ही असल मुक्ति है। बाहरी दुनिया में ठगे जाने पर यह सोचकर सन्तोष करना चाहिए कि अपनेवालों ने भी तो मुझे ठगा है। ऐसे सोच से जीवन बड़ा सहज हो जाएगा।

खैर, मैंने अपना घर बसाया, उसे सजाया भी। डॉक्टर साहब ऊपरवाले माले पर रहते थे और मैं नीचे। रोज सबेरे वे टहलने जाते तो चाय पीने के लिए मेरे पास आ जाते। फिर तो दिन भर की हमारी अपनी-अपनी व्यस्तताएँ थीं।

डॉक्टर साहब की व्यस्तता से कभी-कभी मैं बेहद नाराज हो जाती और डॉक्टर साहब मेरे क्रोध से आतंकित। आपस में हजार वायदे किए जाते, लेकिन मेरे शान्त होते ही उनके व्यवहार की उग्रता, प्रतिहिंसा उभर आती। मुझे नियन्त्रित करने का नया-नया तरीका सोचने लगते। उनके दोस्त ने मुझसे पूछा, ''आपकी जिन्दगी में उद्देश्य क्या है ?''

“उद्देश्य...! उद्देश्य का अर्थ ?” मैंने पूछा था।

“यानी आदर्श यानी एक नक्शा जिसके सहारे गन्तव्य पर पहुँचना सम्भव होता है।” उनका बड़ा नपा-तुला उत्तर है।

“लेकिन मैंने तो शुरू से ही गलत नक्शा थाम रखा है, तब क्या मैं कभी अपने गन्तव्य स्थल पर पहुँच ही नहीं पाऊँगी ? चाहे जितनी मेहनत करूँ, चाहे जितनी अपनी गति तेज कर लूँ, क्या मेरे जीवन का नक्शा नहीं बदलेगा ? अपनी तमाम ईमानदारी, अपनी कुल आशावादिता के बावजूद क्या मुझे मेरी मंजिल का पता नहीं मालूम पड़ेगा ?”

“आप उलझी हुई बातें कर रही हैं। आपने जब चलना शुरू किया था तब यदि सही नक्शा लेकर चली होतीं तो शायद ठीक रहता, इतनी परेशानी नहीं होती।”

न जाने कितने नक्शे, कितने सन्दर्भ बिन्दु मेरे दिमाग में तैर गए थे उस क्षण। उन दिनों मैंने कभी अपने-आप से यह नहीं पूछा कि मुझे जो नक्शा थमाया गया वह वास्तव में सही है या गलत ? मेरे अनुकूल है या प्रतिकूल ? मैंने तो बस यही मांन लिया था कि चीजें जैसी हैं, उन्हें उसी रूप में स्वीकार लेना चाहिए।

मैं अपनी इस दोहरी, दोयम हैसियत से बखूबी परिचित थी। अपनी अप्रिय और विकट स्थिति का यह ज्ञान ही मेरी सबसे बड़ी धरोहर था और मेरी पीड़ा का कारण। मैं अन्या से भी कमतर अन्या थी। और इस समस्या का कोई निदान न मुझे समझ में आ रहा था न डॉक्टर साहब को।

कभी-कभी अपने फ्लैट में चारों ओर की खामोशी से मैं बेहद आतंकित हो जाया करती। यदि इस अँधेरे में कोई मुझे धर दबोचे। हालाँकि अँधेरे से मुझे अब डर नहीं लगता। मुझे पता है इस फ्लैट में रोशनी के छोटे-छोटे गोल घेरे कहाँ-कहाँ हैं। पलंग पर पालथी मारे घंटों चुपचाप बैठी रहती...यह कोई ध्यान का वक्त नहीं था, विचारों की पृष्ठभूमि में बस घड़ी की टिकटिक रहती, सड़क से तैरकर आती गाड़ियों की आवाज भर होती। बचपन में दाई माँ कहा करती थी कि “बिल्ली का रोना अमंगलसूचक है, कोई-न-कोई बीमार होता है।” कौन बीमार हो सकता है ? डॉक्टर साहब ? नहीं...भगवान तुम उन्हें सुरक्षित रखना। मैं ? मैं मर भी जाऊँ तो क्या फर्क पड़ेगा, बल्कि अच्छा ही रहेगा, मेरे लिए, उनके परिवार के लिए...एक नाजायज सम्बन्ध का जायज अन्त हो जाएगा।

डॉक्टर साहब की बाँहों के घेरे से निकलना इतना आसान भी नहीं होगा। मैं तो अपना कमाया हुआ धन लेकर भी नहीं जा पाऊँगी ? बड़े दबंग व्यक्ति हैं डॉक्टर साहब, ऊपर तक उनकी पहुँच है। चिन्दियों में बिखेर दी जाऊँगी, बड़ी

गैरजरूरी लड़ाई होगी वह।

अजीब समाज है। यहाँ सिर्फ कुँआरी कन्याओं और पत्नियों की जरूरत है। बाकी कौन बचीं ? विधवाएँ और वृद्धाएँ तो तीरथ में रहती हैं या बड़े दिन की छुट्टियों में जब कलकत्ता क्रिकेट और पिकनिक से गुलजार रहता है तो ये औरतें मुरारी बापू एवं आशाराम बापू का प्रवचन सुनने जाती हैं। लेकिन परित्यक्ताएँ, वंचिताएँ, तलाकशुदा स्त्रियों को कहाँ रखा जाए ? उनकी उपस्थिति से माँ-बाप को असमंजस होती है। क्या करें वे ? जवान लड़की को लिये-लिये कहाँ-कहाँ जाएँ ? इसलिए या तो लड़की अपने काम में व्यस्त है या फिर उसे पढ़ने के लिए विदेश भेज दिया जाता है। समाज की मुख्यधारा में उनका क्या काम ? शादी-ब्याह और अन्य उत्सवों में ऐसी लड़कियों का क्या काम ? समाज को उनकी जरूरत नहीं। विदेश में उनका जो मन आए सो करें, कौन देखने जाता है। मानो मुख्यधारा से उनका पृथकीकरण एक सामाजिक आवश्यकता है। इससे माँ-बाप और लड़की सबको राहत मिलती है।

मुझे डॉक्टर साहब को छोड़ देना चाहिए। लेकिन निर्णय की तमाम स्वतन्त्रता के बावजूद डॉक्टर साहब को छोड़ने के नाम से मैं कातर हो जाती। आँखें बरसने लगतीं, वापस उसी मुकाम पर डटे रहने के लिए मेरा मन नए-नए नुस्खे तलाशने लगता। कितने ज्योतिषी, कितने साधु-महात्मा, न जाने कितने काउंसलर एवं विज्ञजनों के पास गई हूँ। अपने जीवन के हर पहलू पर मैंने उनकी राय माँगी है, उनकी नेक सलाहों पर अमल भी किया है, हाँ, इस एक प्रसंग के सन्दर्भ में मैं कमजोर पड़ जाती। आज जिन्दगी के इस पड़ाव पर उन पुरानी बाध्यताओं का विश्लेषण करना सम्भव नहीं। उन दिनों समझ नहीं पा रही थीं कि मैंने ऐसा निर्णय क्यों किया, किसलिए बबूल के काँटे चबा रही थी और खून थूक रही थी ? किसलिए...?

पूरा प्यार–सुखी विवाहित जीवन, एक भरा-पूरा परिवार–सभी तो एक-दूसरे से जुड़ी हुई कड़ियाँ हैं। एक के बाद दूसरी कड़ी की कामना हर स्त्री की है। उन दिनों अंग्रेजी, हिन्दी क्रे ढेरों रोमांटिक उपन्यास पढ़ती रही थी। उन रोमांटिक उपन्यासों में एक ही आदर्श था–सुखी, सम्पूर्ण विवाहित जीवन...प्रेम, विवाह, परिवार इन्हें जीने की कला के रूप में लिया गया। जीवन का चरम उद्‌देश्य था...रोमांस यानी प्यार, फिर विवाह, फिर हमेशा-हमेशा के लिए साथ रहना। लेकिन मैंने स्वीकार लिया था कि मेरे जीवन में यह सब कभी नहीं होगा।

वह भी एक दौर था जब मन बेहद आहत था।

डॉक्टर साहब मेरे प्रति ईमानदार नहीं रहे थे। समझ नहीं पा रही थी उनके

इस ध्यान परिवर्तन का कारण ? शायद उन्हें मेरा व्यापारी जीवन नहीं भा रहा था और उनका मन कहीं और किसी अन्य स्त्री के पास अटक गया था। मेरे मन में सवालों के बादल घुमड़ते रहते।

क्यों ? डॉक्टर साहब ने ऐसा क्यों किया ?

डॉक्टर साहब जैसे पुरुष आखिर क्योंकर किसी एक से सन्तुष्ट नहीं हो पाते ? और...और की यह खोज किसलिए ? क्या वह मेरी कमी है कि मैं उन्हें बाँधकर नहीं रख पाई ? जो उन्हें चाहिए था मैं उन्हें वह दे नहीं पाई ?

डॉक्टर साहब के शब्द मन को छीलते रहते—"कहाँ गईं तुम्हारी कविताएँ ? क्यों खतम हो गए वे सब रोमांटिक सपने ? तुम बेहद दबंग हो, पुरुषों की तरह सोचने लगीं...इस व्यापार की दुनिया ने तुम्हें बदलकर रख दिया। इतनी व्यवहार-कुशल, नपी-तुली बातें क्यों करती हो ?"

कल तक डॉक्टर साहब की हर बात में आस्था थी, अब उनके प्रति मेरे मन में सवालों का बवंडर था। मुझे समझ में आने लगा था कि सागर की तलहटी में चट्टानें हैं, जो लावा उगल रही हैं और मुझे जल-जलकर राख होना है। क्या मैं भी वही हूँ श्रीमती सर्राफ जैसी, हर कदम पर असुरक्षित, कायर, डरी-डरी सी। तरह-तरह के सवाल मेरे मन को नोचते रहते। मैंने मिसेज सर्राफ को दुखी किया, क्या इसलिए भगवान मुझे ऐसी सजा दे रहा है ? और मैं खुद से पूछती, शीशे में अपना चेहरा देखती...क्या सच में अब मुझमें कोई आकर्षण नहीं बचा...? लेकिन मैं तो अन्य पुरुषों की आँखों में अपने लिए चाहत देखती हूँ तब फिर डॉक्टर साहब ही क्यों बदल गए ? उन्हें किसलिए मुझमें कमियाँ नजर आने लगीं ? केवल इसलिए कि उनके जीवन में कोई और है तथा वह भी इतने खुले रूप से कि उनका स्टॉफ तक मुँह छुपाकर हँसे और बातें बनाए। उनकी पत्नी ने ही सबसे पहले इस बात की शिकायत मुझसे की थी और मैं सर से पाँव तक एक जलती हुई अग्निशिखा थी, बदले की आग में धधकती हुई। डॉक्टर साहब किसी और को खोज सकते हैं तो मैं क्यों नहीं खोज सकती ? जितनी चोट मुझे लगी है उतनी चोट उन्हें भी लगनी चाहिए। मैं भली-भाँति समझ गई थी कि केवल कहने-सुनने से बात बनेगी नहीं। पुरुष जैसे औरत को काम में लेता है, औरत भी वैसे ही पुरुष का व्यवहार कर सकती है। औरत भी तो कह सकती है तू नहीं तो कोई और सही। कम-से-कम एक बार किसी अन्य पुरुष की बाँहों में अपना होना तो महसूस कर पाऊँगी।

और जिधर कदम नहीं उठने चाहिए थे, उस ओर कदम उठे...

उस व्यक्ति को सपने में भी यह आशा नहीं थी कि मैं कभी उसके प्रति

आकर्षित होऊँगी...पर उस दिन, उस क्षण, उसके प्रति मेरे मन में प्रबल आकर्षण था...

मैंने उस पुरुष की ओर देखा, एक साधारण चेहरे-मोहरेवाला साधारण व्यक्ति लगा। हाँ, पैसेवाला जरूर था। लेकिन उसके पैसे से मुझे क्या लेना-देना, अपना पैसा मैं आप कमा रही थी।

हम कई बार मिले थे। कभी शाम की फुर्सत में ऑफिस की थकान मिटाते हुए, कभी अकेले में चाय पीते समय—आपस में की जानेवाली चर्चाओं में डॉक्टर साहब का जिक्र जरूर रहता। लॉयल्टी का अर्थ क्या है, इस पर घंटों बहस हुई थी।

''डॉक्टर तुम्हारे लिए लॉयल नहीं। गीली लकड़ी की तरह जिन्दगी भर धुँधवाती रहोगी।

''वे तुम्हारा ख्याल नहीं रख पाते।''

''बहुत व्यस्त हैं...''

आपस में हम टूटकर बतियाते, सिर्फ अपनी बातें करते। कितने ध्यान से वह मेरी बातों को सुनता था। बरसों की दबी हुई भूख एक बार फिर सर उठाती है...किसी के कन्धों पर सर रखने का मन करता है...किसी का हाथ थामकर अपनी बात कहने का मन करता है। मैं कहूँ और वह सुने। उन बातों को कहूँ जिसे सुनने का डॉक्टर साहब के पास वक्त नहीं, कुछ ऐसी बातें जो मैं किसी से कह नहीं पा रही हूँ। कह नहीं पाती कि मैं खाली हूँ...बेहद खाली कि यह खालीपन मेरे भीतर तक उतर गया है। बरसों से एक उम्मीद पल रही है। जब-जब स्थगित होती हूँ तब-तब यों खारिज होना बड़ा कष्ट देता है। पूरी आत्मछवि भरभराकर टूट जाती है। मेरी ठंडी हथेलियाँ इस टूटन को सँभाल नहीं पातीं। कभी तो किसी गर्माहट को मैं महसूस करूँ...ताकि मुझे अपना होना समझ में आए। उससे बातें करते हुए ये ख्याल यूँ ही औचक आ जाते। उस दिन तेज बारिश हुई थी। ऑफिस से जल्दी उठ गई थी। मुझे उसके साथ बाहर जाना था। यह मेरा निर्णय था, उसका नहीं।

उसने मुझे छुआ...मेरा हृदय जोरों से धड़क रहा था, उसने धीरे से मुझे चूमा, पहले मेरी उँगलियाँ, फिर गालों, फिर होंठों को। धीरे से उसने मेरा आँचल हटाया, ब्लाउज के बटन खोलने की चेष्टा करते ही मेरी देह सख्त होने लगी, यह मैं क्या कर रही हूँ ? आतंक और भय से मैं पसीना-पसीना हो उठी, वह रुक गया था...उसने धीरे से पूछा...''तुम्हारी मर्जी नहीं है ?''

''नहीं, मैं अपनी इच्छा से यहाँ आई हूँ...यह मेरी देह की जरूरत है।''

"सिर्फ देह का समर्पण और मन... ?"

"मन अब किसी को नहीं चाह सकता, वह तो हमेशा के लिए बुझ गया है।"

खैर, शरीर टकराए, पर मैं उस चेहरे में डॉक्टर साहब को खोज रही थी। मैं अपनी ही देह की प्रत्येक हरकत को साक्षी भाव से देखती रही थी। दो-एक बार हम और मिले। मुझे लगा मैं इस व्यक्ति से प्रेम नहीं करती। प्रेम और वासना का फर्क मुझे उस दिन समझ में आया। प्रेम सर्कस का नाम नहीं, जिमनास्टिक का खेल नहीं...

हमने अपने-आप को अपराधी पाया क्योंकि एक-दूसरे से हम अपने-अपने तनावों से मुक्त होने की ताकत बटोर रहे थे। इस नए साथ के कारण पुराने को सह पा रहे थे, अपने विरोध को स्थगित रख पा रहे थे। किन्तु यह सम्बन्ध, यह आचरण गलत है इसे हमने शुरू से मान लिया था।

अतः यह सम्बन्ध कुछ नहीं था मेरे लिए। यह सम्बन्ध महज एक निषेध था। यह स्वयं के भोग का प्रयास था क्योंकि इसे मैं छुपकर जी रही थी।

मैंने हथेलियों में मुँह छुपा लिया था। धीमी रुलाई के बीच क्षणों के इस रिश्ते की व्यर्थता समझ गई थी। क्या दे देगा यह पुरुष मुझे ? देने के लिए इसके पास कुछ नहीं। मैं खुद इस व्यक्ति को कुछ नहीं दे पाऊँगी क्योंकि डॉक्टर साहब से छूटने और इस नए से जुड़ने के लिए जो समय, जो ताकत चाहिए, वह भी मेरे पास नहीं। इस रिश्ते से जो सुख मिलता है उससे अधिक सुख मुझे व्यापार की दुनिया में मिलता है। व्यापार की दुनिया में, नई चुनौतियों का सामना करने में जो उत्तेजना महसूस होती है, जो आत्मविश्वास पनपता है वह इस रिश्ते में नहीं।

मैं स्त्री हूँ पर मैं मनुष्य भी तो हूँ।

ठीक है मेरे कुछ हिस्से टूट गए, पंगु हो गए हैं पर मेरे बचे हुए हिस्से का बाह्य जगत में विकास मुझे एक बेहतर मानवीय अहसास से भरेगा।

मैं रूपान्तरित हो पाऊँगी।

और बाद के दिनों में उसके हर आग्रह पर मैं कहने लगी..."नहीं...आज नहीं, आज मुझे काम है, व्यस्त हूँ।" कभी कहती जल्दी में हूँ फिर किसी दिन। कभी कहती आज मन नहीं है कल। वह कल, परसों में बदल जाया करता था, परसों एक हफ्ते में। मेरा बदला हुआ रूप वह समझ गया था, उसकी आँखों में शिकायत थी लेकिन मुझे भी समझ में आ गया कि प्रेम कभी देह आधारित नहीं हुआ करता, देह की भूमिका गौण है। फ्रॉयड महाराज इसे चाहे जिस ग्रन्थि का नाम दें मगर मन एक है। जिसे चेतन-अचेतन में भी विभक्त नहीं किया जा सकता। यह मन ही समर्पण की आज्ञा देता है। इस सारी घटना के बाद मुझे गहरे नैराश्य ने घेर

लिया। दिलो-दिमाग पर एक अजीब तरह की ठंडक छा गई। नहीं, यह मेरा रास्ता नहीं हो सकता। इस रास्ते पर चलकर मैं कहीं नहीं पहुँचूँगी। डॉक्टर साहब अपना निर्णय लें, उन्हें जैसे जीना है वे जीएँ। लेकिन इस पथ पर मैं ज्यादा दूर जा नहीं पाऊँगी। यह तो अपने-आप से बदला लेना हुआ। मैंने पूरी घटना को वहीं छोड़ दिया था, और अपने-आप को इस रिश्ते से अलग कर लिया।

आज भी सोचती हूँ, उस दिन भी यही सोचती रही थी कि आखिर मन एवं शरीर में इतनी दूरी क्यों ? क्या मन और शरीर दो अलग-अलग पदार्थ हैं ? उनमें कोई सम्बन्ध नहीं ? जबकि मन और शरीर को एक-दूसरे के साथ सुसंगत होना चाहिए मगर वह कैसे ? आदमी के भीतर का यह जानवर...? यानी देह के स्तर पर क्या हम केवल पशु हैं, नियन्त्रण और संयम से परे। जबकि संयम जरूरी है। एक इस घटना ने मुझे सिखाया बहुत...। किसी के प्रति आप बेहद कोमल हो सकते हैं पर जरूरी नहीं कि आपकी देह साथ दे और शरीर एवं उसका आवेग...वह चाहे जितना तीव्र हो, जरूरी नहीं कि प्यार एवं कोमलता को सम्प्रेषित करे। आप भाग्यशाली हैं यदि एक ही रिश्ते में आपको दोनों मिल जाएँ। और आपके जीवन में वे हमेशा साथ-साथ बने रहें। मैंने अपना निर्णय ले लिया था—अपनी इस देह को साध लेने की मैं क्षमता रखती हूँ। देह के अधीन मुझे नहीं होना। आदमी को अपना चुनाव कर लेना चाहिए कि जीवन में वह क्या चाहता है ? केवल देह तो वह नहीं चाहेगा, भला देह के स्तर पर कौन आदमी जानवर होना चाहेगा ?

मेरी किसी भी बात को वह समझ नहीं पाया। हाँ, एक स्त्री का ना कहना, यों उठकर चल देना उसे अपमानित कर गया। वह ना सुनने का आदी भी नहीं था। अपने इस अपमान का बदला उस पुरुष ने लिया भी। मगर मैं क्या करती...? यह मेरी करनी थी, इसका फल मुझे ही भोगना था। उस पुरुष से मैं कभी नहीं कह सकी कि मैंने तुम्हारा शरीर नहीं चाहा था बल्कि तुम्हारे शरीर के माध्यम से अपनी देह और मन को समझना चाहा था और मेरे अनुसार प्रेम से ज्यादा महती भावना है एक-दूसरे के प्रति मानवीय लगाव एवं करुणा। हम उस दूसरे को इसलिए बचाना चाहेंगे क्योंकि हम खुद जिन्दा रहना चाहते हैं। दूसरे की जरूरत के प्रति मन में संवेदना होगी, लेकिन अपनी जरूरत के बारे में भला कोई कैसे उदासीन रह सकता है ? अन्ततः मुझे यही लगा कि अपने-आप में मैं एक इकाई हूँ, और उतनी ही जटिल हूँ जितनी कि यह दुनिया।

इस घटना के बाद मुझे लम्बे समय तक लगता रहा मानो यह मेरी देह नहीं। मानो मैं एक खाली भुतहा मकान में रह रही हूँ। किसी प्रकार के लगाव की वहाँ

कोई आवाज नहीं थी। चाहत की कोई सुगबुगाहट नहीं थी। डॉक्टर साहब भी मुझे अजनबी लग रहे थे, एक मन कहता उनसे सब कुछ कह दूँ, दूसरा कहता नहीं चुप रहो, खामोश रहो, ये बातें किसी से कही नहीं जातीं। लेकिन क्या सच में मेरी देह मलिन हो गई, पराए पुरुष के छूने से मैं अपवित्र हो गई ? भ्रष्ट हो गई ? लेकिन मुझे तो ऐसी किसी अपवित्रता का बोध नहीं होता। जो कुछ भी उसके मेरे बीच घटा...वह महज एक घटना थी। एक ऐसी घटना जो दो वयस्क व्यक्तियों के बीच घटने की सम्भावना रखती है। जिसे घटते हुए मैंने देखा और बाद में जिस घटना में रस लेने का कभी मेरा मन नहीं किया। न मैंने उससे कोई वायदा किया था और न उससे कोई झूठ बोला था।

मुझे डॉक्टर साहब के आचरण से दुख हुआ, पीड़ा मिली, मैं उस स्थिति से मुक्ति चाह रही थी...कोई भी मनुष्य पीड़ा के साथ जीवित नहीं रहना चाहेगा मगर जल्द ही समझ गई कि दर्द से मुक्ति का यह रास्ता ज्यादा दूर तक मेरा साथ नहीं दे पाएगा। देह की उपयोगिता है मगर देह और इसकी कामना ही तो सब कुछ नहीं मनुष्य के जीवन में।

मुझे नहीं मालूम यह क्यों घटा था, लेकिन आज इसे लिखते हुए अपने को हल्का महसूस कर रही हूँ। लिखने से पहले मैं द्वन्द्व में थी, सोच रही थी क्या मुझे लिखना चाहिए ? क्या सोचेंगे लोग मेरे बारे में ? यह मेरी गलती थी, क्षणों का आवेग था मगर अपराध नहीं था।

वैसे आत्मकथा लिखना तो स्ट्रीप्टीस का नाच है। आप चौराहे पर एक-एक कर कपड़े उतारते जाते हैं। लिखनेवाले के मन में आत्मप्रदर्शन का भाव किसी-न-किसी रूप में मौजूद रहता है, मन के किसी कोने में हल्की-सी चाहत रहती है कि लोग उसे गलत नहीं समझें कि जो कुछ भी वह लिख रहा है उसे सही परिप्रेक्ष्य में लिया जाए, पर दर्शक वृन्द अपना-अपना निर्णय लेने में स्वतन्त्र हैं। उनका मन, वे इस नाच को देखें या फिर पलटकर चले जाएँ।

स्पष्ट रूप से लिखी गई आत्मकथा का अपना महत्त्व है। इतना भी जानती

हूँ कि उपन्यास से अधिक दिनों तक आत्मकथा जीवित रहती है। किसी भी आत्मकथा में एक 'मैं' है जो प्रामाणिक रूप से अपनी यात्रा कर रहा है जिसे खारिज करना किसी के लिए सम्भव नहीं...पाठक भी इस विशिष्टता को, विशेष व्यक्तित्व को पहचानता है। पाठक और लेखक दोनों के बीच एक साझेदारी है। दशकों बाद भी यह कहानी जिन्दा रहती है और रहेगी—हाँ, इसको पढ़ने का तरीका जरूर बदलता जाएगा। आज जिस रूप में इसे पढ़ा जा रहा है सम्भव है उस रूप में यह कहानी भविष्य में न पढ़ी जाए मगर आत्मकथा अपने पाठकों को बाध्य करती है कि वे खुद भी अपने-आप से सवाल करें एवं वर्ग, जाति एवं संस्कृति के प्रभाव को समझें।

उस घटना के बाद मन ने भटकना छोड़ दिया। हर रोज, हर पल अपने अस्तित्व की अग्नि परीक्षा दी है मैंने। पाथेय के रूप में सिर्फ मेरे गुण-अवगुण उपलब्ध रहे हैं मुझे। गुरुमन्त्र था, अहोरात्रि का जप था—किसी की परवाह मत करो, बस काम करना है और करती रहो।

जिन्दगी फिसलती रही थी और मैं इस फिसलती हुई जिन्दगी के पीछे दौड़ रही थी। दौड़ते रहना ही मानो मेरी नियति थी क्योंकि मैं समझ रही थी कि इसी दौड़-भाग में एक दिन मैं अपनी मुक्ति का रास्ता खोज निकालूँगी।

मैं जीवन की छोटी-छोटी घटनाओं से अपना पाठ सीख रही थी। यह भी समझ रही थी कि केवल पढ़ने से, अध्ययन-चिन्तन और लेखन से स्त्री स्वतन्त्र नहीं हो जाती, सामाजिक पंगुता के विरुद्ध क्रोध और विद्रोह की भावना व्यक्त करने से ही मैं व्यक्ति नहीं हो जाऊँगी। संस्कारों से, परम्परा से मुक्ति की यात्रा बहुत लम्बी है और बड़ी कठिन। दो पैसे कमा लेने से ही मुझे निर्णय की स्वतन्त्रता मिल जाएगी ऐसा नहीं है। पीढ़ियों से स्त्री की जो छवि बन चुकी है उसको बदलने की शायद मेरे पास भी शक्ति नहीं है। व्यावहारिक स्तर पर अपनी रणनीति विकसित करने के लिए जरूरी है कि स्त्री-पुरुष के बीच कुछ मौलिक अन्तर को ध्यान में रखा जाए। जिस प्रकार धन सीमित है उसी प्रकार व्यक्ति की ऊर्जा भी। स्त्री को भी अपनी ऊर्जा का निवेश बहुत सोच-समझकर करना चाहिए। उफान और भावुकता को मैं बहुत पीछे छोड़ आई थी।

डॉक्टर साहब से फिर भी सम्बन्ध बना रहा। व्यावहारिक बुद्धि ने समझाया, क्यों नहीं इस सम्बन्ध को जैसा है वैसा ही रहने दूँ ? जो कुछ भी बच गया है उसे वहीं का वहीं पड़ा रहने दूँ। जिन्दगी के और भी ढेरों आयाम हैं। चलो एक बार मान लेती हूँ कि इस आयाम में मुझे सुख और सन्तुष्टि नहीं मिली। यह भी तो सम्भव है जो दूसरा मिलता वहाँ भी सुख नहीं मिलता। सम्बन्धों में सुख की

गारंटी कोई दे नहीं सकता और किसी नए प्रयोग की न मेरे पास ताकत बची थी और न समय। स्त्री-पुरुष अब भी दोस्त नहीं हुए हैं। पुरुष मुझसे चाहे जितने वायदे करे मगर देर-सबेर पितृ व्यवस्था उस पर हावी हो जाएगी और वह मुझे व्यवस्था की नजरों से ही तौलेगा। सामाजिक परिवेश की सामूहिक आवाज वहीं की वहीं ठहरी हुई है, जहाँ हजार साल पहले थी। उससे कोई सहायता मिलने की उम्मीद नहीं। बिना किसी प्रतिशोध के यह लड़ाई तो मुझे अकेले लड़नी है ताकि मेरे जीवन में रूपान्तरण हो। मुझे अभिव्यक्ति की, विकास की, निर्णय की स्वतन्त्रता मिले।

मेरा गहरा विश्वास था कि अपने जीवन में प्रगति के जिस सपने को मैं देख रही हूँ और जो परिवर्तन घट रहा है वह पटाक्षेप है। एक नए जीवन की शुरुआत है। अपने-आप से फिर-फिर सवाल किए। सामयिक समझौतों एवं ताउम्र के लिए किए गए समझौते में फर्क होता है। व्यापार के कारण बाहरी परिस्थिति बदलेगी तो मैं भी बदलती जाऊँगी।

इसी बीच हिन्दी की दो महान लेखिकाओं को सुनने का मौका मिला। महादेवी जी और अमृता प्रीतम को। महादेवी जी वृद्धावस्था में थीं मगर अमृता जी की रशीदी टिकट सद्यःप्रकाशित हुई थी। और इमरोज के साथ उनका प्रेम-प्रसंग परवान चढ़ा हुआ था। सभी अमृताजी की बोल्डनेस से बेहद प्रभावित हो रहे थे। औरत हो तो ऐसी हो। प्रेम के लिए पति, घर-गृहस्थी किसी की चिन्ता नहीं की उन्होंने...

भाषण में महादेवी जी ने मानो अमृताजी को सुनाते हुए कहा...''जागो अमृता ! अब तो जागो। यह मत भूलो कि एक अंगारा सौ दीयों को जलाता है। चुनाव तुम्हारे सामने है, अंगारा बनना है या दीया...''

रात्रिभोज पर मैंने अमृताजी से एक सवाल किया—''आपको इमरोज मिल गए लेकिन वह स्त्री क्या करे जिसे इमरोज जैसा प्रेमी न मिला हो ?''

छूटते ही उनका उत्तर था—''तो एक और इमरोज की तलाश करे...।''

''क्या औरत की जिन्दगी महज इमरोज की तलाश बन जाए ?''

''बिना प्यार के औरत पंगु है।''

''अमृताजी ! सिर्फ प्यार ही क्यों ? केवल इमरोज ही क्यों ? यह समाज तो कई-कई मुकामों पर औरत को उसकी पंगुता महसूस करवाता है। औरत के लिए केवल प्यार ही काफी नहीं। व्यक्ति बनने के लिए उसे और भी बहुत कुछ चाहिए। धन-मान, अभिव्यक्ति की स्वतन्त्रता सभी कुछ। जीवन शुरू करने के लिए उसे भी पुरुष के बराबर की जमीन चाहिए और इस जमीन को समाज से छीनकर लेना

पड़ता है। महज अनुनय-विनय से काम नहीं चलता।''

मुझे मेरा उत्तर मिल गया था। महादेवी जी ने ठीक ही कहा है—अंगार बनो। और अंगारा बनने के लिए तपस्या की जरूरत पड़ती है। आधुनिक स्त्री की तपस्या, पार्वती की तपस्या से भिन्न है। वह प्रार्थना करती है, उस प्रार्थना में वह सब कुछ माँगती है क्योंकि आज की पार्वती के लिए केवल पति ही काफी नहीं। पुरुष ने शिव के अलावा सत्य और सुन्दर को चाहा तो स्त्री क्यों नहीं अपने जीवन में इसकी माँग करे ? स्त्री भी न्याय और औचित्य की माँग करेगी। इस नए सर्जित संसार में प्रगति का प्रशस्त मार्ग, घर की देहरी से निकलकर पृथ्वी के अनन्त छोर तक जाता है। स्त्री को यह समझना होगा।

कल रात लिखते-लिखते नींद आने लगी थी। मेरी सबसे बड़ी कमजोरी है नींद। मैं सारे दिन खट सकती हूँ पर रात जगकर शायद ही मैंने कभी कोई काम किया हो।

सुबह रविवारीय पत्रिका ग्रेफिटी पर नजर पड़ी...सुहेल सेठ का किसी 28 वर्षीय प्रेम में डूबी लड़की को—जो अब तक केवल कैरियरपरस्ती में लगी रही...दिया गया सुझाव था—तुम प्रेम करती हो बड़ी अच्छी बात है, खैर है कि तुमने अपनी जिन्दगी में पुरुष को स्थान तो दिया। तुम्हारा बॉस कुँआरा भी है यह तो और अच्छी बात है। फिर कैसी चिन्ता ? तुम्हारी जिन्दगी की यह घटना उतनी ही महत्त्वपूर्ण है जितना ज्योति बसु का 93 वर्ष पूरे करना। यदि तुम्हारा प्रेमी तुम्हारा बॉस है तो और भी अच्छी बात है। काम पर देरी से पहुँचोगी कोई कुछ नहीं बोलेगा। आने-जाने के लिए कम्पनी की गाड़ी मिलेगी। तुम दुनिया में सर उठाकर चलोगी, कह सकोगी कि तुमने भी कुछ हासिल किया और अपने साथियों को जलने और ईर्ष्या का मौका दोगी। सम्बन्ध कितना गहरा है यह तो तुम ही जानो लेकिन यदि गहरा नहीं तो चिन्ता मत करो। जब तक चले, चलने दो और नहीं तो बाई-बाई...टाटा ! गिला किस बात का ?

मेरा प्रेम सम्बन्ध पिछली शताब्दी का सम्बन्ध है। ज्योति बसु उन दिनों की राजनीति में सक्रिय थे किन्तु अब चुनावी राजनीति से अलग हो गए हैं। क्या इन सुझावों का स्त्री मुक्ति के साथ कोई सम्बन्ध है ? क्या मुक्त स्त्री ने अपनी देह को खुला छोड़ दिया है ? सम्बन्धों को कपड़े की भाँति बदलने लगी है। आज की अधिकतर औरतें इस मत से सहमत हैं ? शायद हाँ...

शायद नहीं...

वामफ्रंट की सरकार दुबारा जीतकर सत्ता में आती है। अस्सी के दशक का यह एक नया दौर था। पहचान की राजनीति, लैंगिक समाज का अध्ययन, मार्क्सवाद, संरचनावाद, उत्तर आधुनिकवाद मानो यह एक वैचारिक निर्धारण का दौर था। मेरी जैसी स्त्री के लिए नारीवाद शब्द मात्र एक विशेष आकर्षण रखता था। मेरा जीवन ही ऐसा था क्योंकि मैं पितृसत्ता के ओछेपन, दमन, दुराचार को किसी भी कीमत पर स्वीकार नहीं पा रही थी। स्त्री-पुरुष की जिन असमानताओं को देखते हुए मैं बड़ी हो रही थी वे सभी तो पितृसत्ता के कारनामे थे। स्त्री दमन का विरोध राष्ट्रीय फलक पर शुरू हो चुका था। लेकिन बंगाल में तो प्रत्येक प्रकार के दमन के खिलाफ यह विरोध बड़े भयानक और त्रासद रूप से मुखर हुए। एक ओर बन्द होते हुए कारखाने, श्रमिकों की नित नई माँगों और अनुशासनहीनता से अपनी जमा-पूँजी को उठाकर भागता हुआ व्यापारी वर्ग तो दूसरी ओर ममता बनर्जी, सोमेन मित्रा की आपसी फूट के कारण अलग-अलग खेमों में टूटती हुई कांग्रेस। कांग्रेस की पकड़ बंगाल पर कम-से-कमतर होती जा रही थी। मुझे लगता आम मारवाड़ी को नेतृत्व के लिए मुख्यमन्त्री ज्योति बाबू की ओर देखना चाहिए...उनसे संवाद स्थापित करना चाहिए। आजादी की वे पहले वाली कहानियाँ अब फीकी लग रही थीं...भूख, महँगाई, भ्रष्टाचार, जर्जर अर्थव्यवस्था तो हम शुरू से देखते आ रहे थे। मार्क्सवादी कम्युनिस्ट पार्टी के कारण नए-नए किसान-मंजदूर आन्दोलन शुरू हुए, भूमि सुधार के कानून बने...देखते-देखते अलीपुर एवं दक्षिण पार्क स्ट्रीट के बगीचों वाले आलीशान बँगलों को नोटिस जारी किया गया। किसी ने अपनी जमीन बेची, कहीं जमीनें बेनामी हो गईं और कहीं सरकार की लौह पकड़ भूमिपतियों की गर्दन दबोचती गई। गाँवों में कम्युनिस्ट पार्टी का नारा था—जिसका हल उसकी जमीन। संस्थाएँ, कानून और नीतियाँ बदली गईं। बंगाल सरकार की एक सीधी टकराहट थी केन्द्र सरकार की नीतियों के साथ। हालाँकि सब कुछ एक ही दिन में हासिल नहीं हो गया था किन्तु कुछ तो परिवर्तन घटा। दलितों, मजदूरों, स्त्रियों को कोई तो रोशनी की रेखा दिखलाई पड़ी।

आज पीछे पलटकर उन बीते दिनों को देखती हूँ और आनेवाले कल पर नजर

डालती हूँ तो यह जरूर समझ में आता है कि इन सारे आन्दोलनों ने यदि कहीं हम स्त्रियों को भीतर से तोड़ा तो एक वृहत्तर मानव समाज से जोड़ा भी। प्रतिरोध के वे क्षण नई ऊर्जा स्रोत भी थे। वास्तव में ऐतिहासिक संक्रमण के दौरान बीते कल की पीढ़ी विरासत में कुछ देना चाहती है। उस विरासत को सँभालने-सँवारने तथा अपनी ओर से नया जोड़ने में मौजूदा पीढ़ी को वक्त भी लगता है। मेरे लिए यह स्मृतियों के साथ एक नए अवबोध का दौर था। हालाँकि कुछ ऐसे राजनैतिक, बौद्धिक और व्यक्तिगत संघर्ष होते हैं, जिनका उत्तर हम ताउम्र सोचते और खोजते रह जाते हैं, या फिर जिनका उत्तर जीवन से भी बड़ा होता है। वर्ग संघर्ष के दौरान कौन जीतेगा और कौन हारेगा ये कुछ ऐसे यक्ष प्रश्न हैं जो अब भी अनुत्तरित हैं। हर पुराने संघर्ष के साथ नए संघर्ष का अध्याय जुड़ता चला जाता है और यही लगता है कि इन प्रश्नों पर एक ऐसा संवाद होना चाहिए जो पीढ़ियों को घेरता हो।

अपनी तमाम निर्भरता के बावजूद, एक सफल व्यवसायी महिला होते हुए भी एक इस सम्बन्ध के कारण लोगों की ताना-बोली और उपेक्षा से मन की सारी कोमलता झुलस जाती थी। एक तीखी यन्त्रणा से मन चीखने लगता था। पर ये बातें मैं किससे कहती ? कौन था वहाँ सुननेवाला ?

हाँ, मैंने प्यार किया था, लेकिन प्यार के मीठेपन के साथ मुँह में बालू के कण भी किरकिराते रहे थे। कभी परिस्थितियों से लड़ पाती तो कभी उनके सामने घुटने टेकने पड़ते, डॉक्टर साहब तो दिन-प्रतिदिन अधिक-से-अधिक प्रतिष्ठित होते जा रहे हैं। मंच पर उन्हें माला पहनाई जाती है, कलकत्ता के वे शेरीफ भी चुने गए। किन्तु व्यापार एवं लेखन के कारण निरन्तर संवर्धित होता हुआ मेरा व्यक्तित्व चीख-चीखकर पूछना चाहता—मुझ अकेले को ही यह सजा क्यों ? यह पीड़ा क्यों ? और क्यों है मेरे मन में यह विराट सूनापन ? कविता उन दिनों ज्यादा लिखती गई लेकिन कभी-कभी मैं सोचती, कि अर्जुन के विषाद योग पर मैंने क्यों नहीं कविता लिखी ? अच्छा रहता...शायद अपनी कविता में मैं कृष्ण से कहती...मुझे लेक्चर देनेवाले हे नाथ ! पहले मेरी परिस्थिति में जन्म लेकर देखो।

स्वाभाविक है कि आज यह आत्मकथा लिखने के पीछे कोई कारण रहा होगा। कुछ ऐसा-वैसा जरूर घटा होगा मेरे जीवन में। हाँ, मैंने लकीर से हटकर व्यवस्था के प्रति विद्रोह किया किन्तु वह मुझ अकेले का विद्रोह था। जन-आन्दोलन में मैं कभी नहीं उतरी। कैरियरपरस्ती में लगी हुई स्त्री के किसी जुलूस में शामिल होने का सवाल ही नहीं उठता। हाँ, अपनी ओर से कम्युनिस्ट पार्टी के समर्थन में जहाँ जितना करना सम्भव था वह मैंने किया किन्तु मार्क्सवादी

पार्टियाँ भी स्त्री से सम्बन्धित मुद्दों को ज्यादा गम्भीरता से नहीं ले रही थीं। इसका भी क्षोभ मेरे मन में था। मेरी यह आवाज एक भिन्न आवाज है, और इस आवाज का खतरा यही था कि यह आवाज अनसुनी रह जाती क्योंकि न मैं पूरी तरह उदारवादी थी और न ही मार्क्सवादी, न परम्परा से चिपकी रही और न ही आधुनिकता को भली-भाँति ओढ़ पाई। बस दिक् काल के निश्चित दायरे में अपने स्वभावगत तमाम विरोधाभासों को लिये जीती रही। मेरे लिए एक ओर मुक्ति की नई-नई उड़ानें थीं तो दूसरी ओर पुनः लौटकर उसी दायरे में बँधे रहने की विवशता भी थी।

कभी लगता मेरी सारी ऊर्जा छोटे-छोटे विद्रोह करने तथा अपने औरतपने को सँभालने में ही खतम हो जाएगी। किसी ने मुझसे यह नहीं पूछा कि मैं क्या चाहती हूँ ? मुझसे केवल चाहा गया...दूसरों की आशा-प्रत्याशा का दबाव मुझे तोड़े डाल रहा था। समझ रही थी कि आसपास के व्यक्तियों, सामाजिक और नैतिक दबावों तथा जन्मगत संस्कारों से इतनी जल्दी मुक्त होना सम्भव नहीं। सशक्तीकरण के सारे दावे मेरे लिए झूठे पड़ रहे थे। ऑफिस की मेज पर सर पटकते हुए, खुद को आँसुओं में बहते हुए केवल मैं ही देख रही थी। जैसे कोई बच्चा गलती से किसी की झोपड़ी में आग लगा दे फिर पानी लेकर दौड़े और पाए कि संस्कारों की यह झोपड़ी के अवशेष ही उसे बाँधने और संचालित करने के लिए काफी हैं। मुझे लगता—क्या घर, पति और एक बच्चे के बिना मैं अधूरी हूँ ? या फिर मेरे दामन का दाग दूसरों की नजर में मेरी प्रत्येक उपलब्धि को तुच्छ ठहराएगा। सम्पर्क में आनेवाले लोग भी चाहे-अनचाहे मेरी इसी कमी की ओर इशारा करते। मेरी गृहस्थी नहीं थी पर किसी और की गृहस्थी को, उसके सारे बोझ और कर्मकांडों को मैं कितनी वफादारी से ढो रही थी, चाहकर भी जिससे मैं निकल नहीं पा रही थी या फिर भ्रम पाल रही थी कि यह गृहस्थी मेरी भी है।

वैसे सब कुछ ठीक ही चल रहा था। समय बीत रहा था—कभी तेज कभी धीरे-धीरे फिर अचानक यह क्या घटा ? कुछ दिनों से डॉक्टर साहब को थकान लग रही थी। दाहिने पैर में सूजन थी। एक्स-रे करवाया तो पता चला कि उन्हें प्रोस्टेट कैंसर हो गया है। डॉक्टर केडिया ने उन्हें तुरन्त अमेरिका आने को कहा। छोटा बेटा नीरज अमेरिका में ही था अतः डॉक्टर साहब अकेले ही ऑपरेशन करवाने अमेरिका चले गए। बीस दिनों बाद वे लौटकर आए। अमेरिका से फोन पर तीन-चार बार बातें हुई थीं, उनका कहना था सब कुछ ठीक है।

एयरपोर्ट से घर आते ही डॉक्टर साहब ने मुझे ऊपर अपने कमरे में बुलवाया। उनका कहना था—कुछ जरूरी बात करनी है। यह क्या, डॉक्टर साहब कमरे का

दरवाजा क्यों बन्द कर रहे हैं ? अभी-अभी तो अमेरिका से लौटे हैं। लेकिन यहाँ सबके रहते बन्द कमरे में ? ड्राइंगरूम में पत्नी और बेटे-बहू सभी बैठे हैं। आखिर मुझसे ऐसी कौन-सी गुप्त मन्त्रणा की जरूरत आ पड़ी और वह भी घर आते ही ? दरवाजा बन्द कर डॉक्टर साहब मेरा विस्मय चकित चेहरा अपनी हथेलियों में भर लेते हैं।

"एक बात कहनी है, वादा करो रोओगी नहीं, बिखरोगी नहीं।"

"ऐसी कौन-सी बात...? कहाँ क्या घट गया ? आप अभी-अभी तो एयरपोर्ट से आए हैं। सॉरी, मैं आपको लेने आ नहीं सकी थी। ऑफिस में काम था। पर अन्य सभी लोग आपकी पत्नी, बहू-बेटी, सभी लोग तो एयरपोर्ट गए थे।

"हाँ गए थे।"

"तो इतनी देर में ऐसा क्या घट गया ? अमेरिका में तो डॉक्टर केडिया ने आपको हरी झंडी दिखा ही दी। आपने ही तो फोन पर कहा था—मैं बिलकुल ठीक हूँ, चिन्ता की बात नहीं।"

"वह झूठ था...प्रभा।"

मैं वहीं सोफे पर बैठ जाती हूँ। भावी अनिष्ट की आशंका से कलेजा मुँह को आने लगा। "क्या हुआ बताइए तो...सब कुछ ठीक है ना ?"

"नहीं कुछ भी ठीक नहीं...कैंसर सारे शरीर में फैल गया है। हद से हद...महीने दो महीने का मेहमान हूँ।"

"क्या...?" मेरे पास और शब्द नहीं थे। मैं मूक-बधिर गाय-सी उनकी ओर देख रही थी।

अब वे मेरी गोद में मुँह छुपाकर फूट-फूटकर रो रहे थे।

"सब खतम हो गया प्रभा ! अब मुझे जाना होगा इस दुनिया से। जाना तो होगा। बस अपने साईं बाबा से दो साल माँग दो मेरे लिए...अपने हावड़ा वाले पंडितजी से कहो मेरे लिए पूजा करें...बस दो साल का वक्त और मिल जाए ताकि मैं इन बिखरे कामों को समेट दूँ, ठीक से वसीयत लिख दूँ..."

"सुनिए, यह सब बातें बाद में होंगी। पहले इस बीमारी के इलाज की चेष्टा कीजिए।" मुझे अपनी आवाज ही बड़ी दूर से आती हुई लगी। आँचल से उनका आँसू भरा चेहरा पोंछते हुए मैंने पानी का गिलास उनकी ओर बढ़ा दिया था।

मैं कह रही थी—"कुछ नहीं होगा आपको। सब ठीक हो जाएगा...साईं सब ठीक करेंगे।" लेकिन रह-रहकर काँपता हुआ मेरे गले का स्वर, दी जानेवाली सान्त्वना में छुपी हुई व्याकुलता, सारी देह में अवरुद्ध साँसों का आलोड़न...और इन सबके बावजूद यह कहना..."विश्वास रखिए ऊपरवाला न्याय करेगा अन्याय

नहीं।" किन्तु इस कथन में क्या सच में आस्था की महक थी। क्या मेरा अपना कलेजा भीतर से बर्फ नहीं होता जा रहा था ? अब तक हाथ-पाँव काँप रहे थे, अब तो मानो अचानक कम्पन की क्षमता भी जाती रही।

इसके बाद कुछ भी नहीं पूछा मैंने। भावविह्वल देखती रही थी उनकी ओर न जाने कितनी देर। फिर उठकर धीरे-से दरवाजा खोला...और बिना किसी की ओर देखे फ्लैट के गेट की ओर बढ़ गई।

लेकिन वहाँ कोई और खड़ा था। मेरी तरह निस्तब्ध, निर्वाक्...श्रीमती सर्राफ ने धीरे से मेरा हाथ पकड़ा और दूसरे कमरे में ले गईं।

"अब आपको ही सब कुछ सँभालना है।"

"जी..."

"आप जो सेवा कर पाएँगी वह मैं नहीं कर पाऊँगी।"

"जी..."

"आप पढ़ी-लिखी हैं। व्यापार करती हैं और मुझे विश्वास है कि...परिवार को आप सँभाल लेंगी।"

"जी..."

वे रोने लगी थीं...और मैं बिना कुछ कहे उठकर नीचे चली आई।

डॉक्टर साहब दो वर्ष बीमार रहे थे और इन दो वर्षों में कितना कुछ बदल गया। पहले उनकी बीमारी का सदमा...इसी बीच अम्मा चल बसीं फिर मँझली दीदी और छह महीने बाद डॉक्टर साहब। जानेवालों के मन में कितनी पीड़ा, कितना दर्द था इसे वे ही जानें लेकिन पीछे छूटी हुई मैं अपने सन्नाटे को रोती रहती थी। एक बार डॉक्टर साहब ने मुझसे कहा था—"कैंसर का यह दर्द अब और नहीं सहा जाता...पर जीने के लिए सहना पड़ेगा।"

"मेरे लिए सह लीजिए।"

"हाँ सह लूँगा पर तुम वादा करो कि मुझे छोड़कर कहीं जाओगी नहीं।"

मन कर रहा था चीख-चीखकर डॉक्टर साहब से कह दूँ...नहीं, मुझे अब और

मत बाँधिए...डॉक्टर साहब, मैं उतनी मजबूत नहीं जितना दिखती हूँ...मुझे मेरे हाल पर छोड़ दीजिए। अपनी इच्छा से जीने दीजिए। मेरा तो इहलोक-परलोक में कोई नहीं। हमेशा-हमेशा से अकेली हूँ। निःसंग रही हूँ। किसी को मुझसे प्यार नहीं, किसी की मुझ पर ममता नहीं, किसी ने क्षण भर को नहीं सोचा कि मेरी यह अकेली जिन्दगी कैसे चलेगी ? स्नेह, प्यारविहीन...थार का रेगिस्तान जैसा मेरा जीवन रहा है, जहाँ केवल अकेले चलती रही हूँ। इस भाँति जीना मेरा चुनाव नहीं था। यदि मुझसे पूछा गया होता तो मुझे भी घर-गृहस्थी के पारम्परिक सुखों की पहले कभी चाहना रही होती मगर आज नहीं। ऐसी कोई महत्वाकांक्षा अब मेरे मन में नहीं। मैं अकेले जी लूँगी पर इतने अपमान और लांछन के साथ जीना भी कोई जीना है ?

लेकिन इन बातों को फिलहाल कहने का वक्त नहीं था। मैं चुप रह गई थी। ठहरे हुए पानी की तरह। डॉक्टर साहब भी जानते थे कि वे ज्यादा जीएँगे नहीं पर उनका कहना था कि वे अब भी मुझसे प्यार करते हैं। लेकिन मैं ?

उन दिनों जितने लोग डॉक्टर साहब से मिलने आते मुझे नसीहत देना नहीं भूलते..."प्रभाजी ! डॉक्टर साहब को आप ही सँभाल सकती हैं। आप पर बहुत कुछ निर्भर करता है।" अचानक एक गैर-जरूरी रिश्ता न केवल डॉक्टर साहब के लिए बल्कि पूरे परिवार के लिए बड़ा जरूरी हो गया था—डॉक्टर साहब के चेहरे पर दर्द था...वे कमजोर पड़ते जा रहे थे। कैंसर की बीमारी होती ही ऐसी है कि आदमी को तिल-तिलकर मारती है। मैं डॉक्टर साहब से बहुत कुछ कहना चाहती थी, पर एक कैंसर के मरीज से आखिर कितना कहा जा सकता है ? कैसे कह दूँ उनसे कि मैंने तो सब कुछ छोड़कर गीता के पास मांट्रियल रहने का निर्णय ले लिया है, मुझे यही समझ में आया कि विदेश की जमीन ही ठीक है, और आपके परिवार से काँटा भी निकल जाएगा। लेकिन अब ?

मैं भी कभी उन हजारों-लाखों स्त्रियों की भाँति हुआ करती थी जो घर-गृहस्थी को ही अपना सर्वस्व मानती हैं। बाल-बच्चे जिनके लिए मथुरा और वृन्दावन हैं लेकिन अब मैं किसी दूसरे व्यक्ति को अपना सर्वस्व मान ही नहीं पा रही थी। मैं स्वयं ही अपना सर्वस्व थी। किन्तु फिर भी डॉक्टर साहब की बीमारी के कारण मैं इतनी दयनीय क्यों हो गई थी ? क्यों मैं भीतर ही भीतर टूट रही थी। इतनी कमजोर तो मैं कभी नहीं थी। रातों को चौंक-चौंककर नींद से उठ बैठा करती। क्या होगा...कल कैसे सँभलेगा ? परिवार का भय, समाज का भय, डॉक्टर साहब को खो देने का भय और सबसे अधिक निपट अकेले रह जाने का भय। प्रगति पथ पर आगे बढ़ते हुए मानो वह मेरे कदम नहीं थे। मानो कोई मुझे उस ओर

ढकेलता रहा, परिस्थिति मुझ पर हावी रही किन्तु डॉक्टर साहब के लिए छुप-छुपकर रोना, मेरा आवेग ? मेरा बिखरना ? यह सब कहाँ से आया ? क्यों ऐसा घट रहा था मेरे जीवन में ?

बम्बई से डॉक्टर आडवाणी को बुलाया गया। कलकत्ते से डॉक्टर मजूमदार एवं डॉक्टर पोद्दार थे। डॉक्टरों का कहना था, आखिरी इलाज है कीमो थेरापी। क्या पता दवा लग जाए। कीमो थेरापी काम कर गई या फिर हम लोगों की पूजा-अर्चना पर डॉक्टर साहब एकदम ठीक हो गए। डॉक्टर मजूमदार का कहना था ऐसे चमत्कार कभी-कभी होते हैं।

मुझे मिलान जाना था चमड़े की सालाना प्रदर्शनी में भाग लेने। डॉक्टर साहब ने अपनी बीमारी से सम्बन्धित सारे कागज पकड़ा दिए। "वहाँ तुम्हें किसी डॉक्टर कैमियानी से मिलना होगा।"

"सब कुछ ठीक तो है।"

"मगर राय लेने में हर्ज ही क्या है ?" डॉक्टर पोद्दार ने भी इस बात का समर्थन किया।

"कैसे खोजूँगी उस अस्पताल को ?"

"टैक्सी कर लेना। इतनी बार विदेश जाती हो क्या इतना-सा काम नहीं कर पाओगी ?"

"क्यों नहीं, आप निश्चिन्त रहें।"

विशाल फैला हुआ कैंसर अस्पताल था। अस्पताल के गेट पर फूलों की दुकान थी। मैंने डैफोडिल का एक बड़ा-सा बुके खरीदा उस कैंसर विशेषज्ञ के लिए। मगर फूल तो किसी मरीज को देने के लिए खरीदे जाते हैं। खैर, अस्पताल का माहौल मुझे और अकेला कर गया। किसी तरह डॉक्टर कैमियानी मिल जाते तो रिपोर्ट दिखाकर काम खतम होता। मुझे इस अस्पताल से निकलना है, कोई यहाँ रहना थोड़े ही है।

डॉक्टर कैमियानी के क्लीनिक के सामने काफी लोग प्रतीक्षा कर रहे थे। पीले

जर्द चेहरे, मुड़े-तुड़े काले कपड़े। मानो प्रतीक्षा के अलावा उनके पास और कोई काम ही नहीं। मैं अपना कार्ड रिसेप्शनिस्ट को देती हूँ, उसने इतालवी में कुछ कहा, मैं बिलकुल नहीं समझ सकी। फिर भी दाँत चियारती हूँ। उसने मेरे हाथों में फूलों का गुच्छा देखा और इशारे से बैठने को कहा। मेरे सामनेवाली दीवार पर टॉयलेट का चिह्न था। मैं फूलों को वहीं रख टॉयलेट की ओर बढ़ जाती हूँ। लौटकर देखती हूँ सामने की अधिकतर कुर्सियाँ भरी हुई थीं। बूढ़े-बच्चे-औरतें, क्या कैंसर किसी को नहीं छोड़ता ? अधिकतर व्यक्ति उदास, पीला जर्द चेहरा लिये मृत्यु की प्रतीक्षा करते हुए। बस जितने अधिक दिन बोनस में मिल जाएँ। कैंसर के मरीज ठीक भी हो जाएँ तब भी उनके भीतर एक आतंक पलता रहता है। दस-पन्द्रह वर्ष जीते हैं तब भी भीतर एक आतंक पलता रहता है, न मालूम कब कैंसर की यह जानेलवा बीमारी बढ़ जाए।

दिन के ढाई बजे थे और जोरों से भूख लगी थी। काश ! यह पूरा कमरा एक रेस्त्राँ में परिणत हो जाता। हल्की नीली रोशनी, धीमा-धीमा संगीत और हँसी-खुशी के माहौल में बदल जाता। मन है कि अभाव से लड़ना नहीं भूलता, कल्पना के रेशमी धागों से हमेशा कुछ-न-कुछ बुनता रहता है।

कोई आधे घंटे बाद मेरा नम्बर आया। डॉक्टर कैमियानी से पहली बार मिलना हुआ था। डॉक्टर कैमियानी के सामने मैं अधिक-से-अधिक शान्त रहने की चेष्टा करती हूँ पर मेरी उद्विग्नता उनसे छुपती नहीं।

''सीधे इंडिया से चली आ रही हूँ। उड़ान के दस घंटों में कलकत्ता से दिल्ली के दो घंटे और जोड़ दीजिए। फिर फ्लाइट तीन घंटे लेट थी।'' आगे मैं यह भी कहना चाहती थी, राष्ट्रीय से फिर अन्तर्राष्ट्रीय इन्दिरा गांधी एयरपोर्ट तक की भागदौड़ ने थकाकर रख दिया था। डॉक्टर कैमियानी ने सर हिलाते हुए फिर पूछा—''यह आपकी रिपोर्ट है ?''

''नहीं...नहीं...मेरे मित्र डॉक्टर सर्राफ़ की रिपोर्ट है। उन्होंने कीमो थेरापी का कोर्स पूरा कर लिया है, फिलहाल बिलकुल ठीक हो गए हैं। यह दो दिन पहले की रिपोर्ट है।''

''ओह अच्छा... !'' उन्होंने ध्यान से रिपोर्ट देखी। फिर पूछा—''अभी कैसे हैं ?''

''जी...बिलकुल ठीक।''

''आपकी भगवान में आस्था है ?''

''जी बहुत अधिक।''

''तब प्रार्थना कीजिए कि ये ठीक रहें। बीमारी कभी भी खराब रूप ले सकती

है क्योंकि फेफड़ों में कैंसर का दाग स्पष्ट दिखलाई पड़ रहा है।''

डॉक्टर सहृदय था। पूछा—''चाय पीएँगी ?''

''नहीं मैं होटल जाना चाहूँगी। आपकी फीस ?''

''इतनी दूर से कोई चलकर रिपोर्ट दिखाने आए उसके लिए फीस नहीं ली जाती।''

''जी अच्छा...धन्यवाद ! मैं जाऊँ ?''

बाहर निकलकर खुली हवा में साँस लेना अच्छा लगा। गेट के पास जहाँ फूलवाले की दुकान थी वहीं पास में पड़ी बेंच पर बैठ गई। लोगों का आना-जाना, चारों ओर का कोलाहल और मेरे भीतर का सन्नाटा...अनचाहे आँखें भर आईं, खामोश आँसू टपकते रहे...यानी डॉक्टर साहब पूरी तरह ठीक नहीं हुए हैं। बीमारी कभी भी बढ़ सकती है और दूसरी बार कीमो थेरापी वे बर्दाश्त नहीं कर पाएँगे। मेरी अम्मा, मँझली दीदी और अब डॉक्टर साहब की यह हालत... ! जिन्दगी कितनी खाली हो जाएगी।

घड़ी देखी दिन के ढाई बजे हैं। कल इस वक्त कलकत्ते में मैं कितनी खुश थी। यही सोच रही थी कि डॉक्टर साहब निरोग हो गए हैं। उनके डॉक्टरों का भी कहना था। फिर यहाँ पर अलग बात क्यों ? डॉक्टर मजूमदार एवं डॉक्टर पोद्दार दोनों देसी व्यक्ति हैं और इसीलिए शायद मानते होंगे कि आस है तो साँस है, शायद इसीलिए वे बात को दबा गए। लेकिन इस देश में डॉक्टर बता देते हैं, समय कम है तुम्हें जो करना है सो कर लो।

मन में घुमड़ता हुआ आतंक एवं संत्रास। मैं उठकर सामने से आती हुई टैक्सी रोकती हूँ और ड्राइवर को होटल बियांका का नाम-पता थमा देती हूँ। अब तक मिलान शहर कितना रंगीन शहर लग रहा था। गुस्ताव क्लिम की पेंटिंग की तरह अब आसपास के मकान, दुकान, सड़कें और लोग सभी जर्द लग रहे थे...एकरंगी।

मैं रोगी की मानसिकता के बारे में सोच रही थी। पढ़े-लिखे प्रबुद्ध व्यक्ति भी अपनी मृत्यु के बारे में क्यों नहीं जानना चाहते। क्यों वे भ्रम को बनाए रखना चाहते हैं ? वे...मृत्यु से सम्बन्धित समस्याओं का सामना क्यों नहीं करना चाहते।

होटल पहुँचकर बिस्तर पर लेटते ही पता चला कितना थकी हुई हूँ। कनपटी के पास दुखती रगों को कुछ राहत मिली। बन्द पलकों के भीतर सपनों के बदले विचार तैर रहे थे।

पिछले साल से बेहद परेशान रही हूँ और यही सोचा था कि अब काम में मन लगाऊँगी लेकिन अब डॉक्टर कैमियानी का यह कहना कि बीमारी कभी भी

बढ़ सकती है, मेरी सारी सोच को छिन्न-भिन्न कर रहा था। बाहर से मैं कितनी मजबूत लगती हूँ।

मेरी विवाहित दोस्तों के शब्द–''प्रभा ! तुम भाग्यशाली हो, प्रभु की कृपा है। कितने लोगों को इतनी खूबसूरत जिन्दगी नसीब होती है ?''

''हाँ, ठीक कहा जा रहा है। सच में ऐसी जिन्दगी नसीब नहीं होती। इतना पैसा, इतनी पढ़ाई-लिखाई, इतनी शोहरत कहाँ मिलती।''

''क्या कमी है तुम्हारी जिन्दगी में ?''

मैं कहती हूँ–''कुछ भी नहीं।''

''कौन नहीं तुम्हारा दोस्त बनना चाहता ?''

''हाँ सभी लोग।''

मुझसे छोटी लड़कियाँ...''मासी, आपने इतना अचीव किया।''

''हाँ बेटे, हर उपलब्धि की कीमत चुकानी पड़ती है।''

''बुआ, किसने तुमसे क्या कहा, इसका क्या बुरा मानना ? लोग जलते हैं।'' मेरी भतीजी मुझे समझाती है।

''आप भी बाई फिजूल की बात लेकर बैठ जाती हैं।'' भाभी कहती हैं।

हाँ ठीक है। तुम सब लोग ठीक कह रहे हो मेरे दोस्तो। मेरी बहनो। मेरी बेटियो। मेरी जैसी जिन्दगी कम लोगों के पास है। विशिष्टता की सीढ़ियों पर चढ़ती हुई मैं। अगल-बगल दिन पर दिन पुरुष अधिक नजर आ रहे हैं और औरतें कम। मैं नीचे उतरना चाहती हूँ लेकिन उतर नहीं सकती। मैं खुद से कहती हूँ–इस प्लेन से कूदकर देखो...क्या जमीन पर पहुँचोगी ? नींद नहीं आ रही, मेज पर रखे हुए टाइम अखबार को उठा लेती हूँ। शीर्षक था–'खाड़ी युद्ध की समाप्ति जरूरी है।'

युद्ध शुरू होने से दस दिन पहले मेरे अमेरिकी ग्राहक हैम्प और पेट्राशिया कलकत्ते आए थे।

''अमेरिका के बाजार में भयंकर मन्दी है। कोई कुछ नहीं खरीद कर रहा है। मैं कहाँ से ऑर्डर दूँ ?'' हैम्प कह रहा था। हैम्प के स्वर में खेद था। मेरे जैसे और दस सप्लायर भविष्य के प्रति आतंकित थे। क्या होगा ? कल क्या होगा ?

''हैम्प ! तुम्हें लगता है क्या युद्ध होना चाहिए ?'' मैंने पूछा था।

''हाँ ! सद्दाम इस शताब्दी का दूसरा हिटलर है। उसने सारी दुनिया की गर्दन अपनी मुट्ठी में बन्द कर रखी है। एडॉल्फ हिटलर तो केवल जर्मनी का वर्चस्व चाहता था मगर यह फैनाटिक...मुस्लिम।''

''हैम्प !'' पेट्रा चीख रही थी। ''हैम्प ! लेकिन मेरा बेटा क्यों युद्ध में मरने

जाएगा, मुझे बोलो आखिर क्यों ?"

पेट्रा की बात अनसुनी करते हुए हैम्प कह रहा था—"सद्दाम हमारे हवाई हमलों का जवाब नहीं दे सकता। इराक रेत की ढेरी में परिणत हो जाएगा।"

बहस ! हर जगह बहस हो रही थी। हर फोरम पर। चेम्बर ऑफ कॉमर्स में व्यापारियों के बीच। युद्ध छिड़ते ही बैरम के दाम साठ डॉलर हो जाएँगे। कैसे देश का चक्का चलेगा ? विदेशी मुद्रा का अभाव है। पर निर्यातक माल बेचें तो कहाँ बेचें ? हर जगह मन्दी। उनकी बातें सुन मैं चौंक गई थी। हैम्प बड़ी शान्ति से पेट्रा को समझा रहा था—"पेट्रा, तुम समझकर देखो यदि सद्दाम जिन्दा रहा तो अपनी मुट्ठी में दुनिया की नब्ज पकड़े रहेगा। हर राष्ट्र उसके सामने घुटने टेकने पर मजबूर होगा। तेल के दाम मनमाने ढंग से बढ़ते चले जाएँगे। हमको लड़ना होगा, पेट्राशिया डार्लिंग ! दुनिया में अमन-चैन लाने के लिए सद्दाम जैसे फैनाटिक जन्तु को खतम करना जरूरी है।"

"लेकिन मेरा माइक ? मेरा माइक युद्ध में क्यों जाएगा ?" पेट्रा का छोटी बच्ची की तरह मचलना।

"माइक को कुछ नहीं होगा, चिन्ता मत करो स्वीटहार्ट।"

"सद्दाम के पास अणु बम है, उसने तेल की पाइपों के नीचे बम भर रखा है ?"

"बेबी, बेकार की अफवाहें मत सुनो।"

हम लोग ग्रांड होटल के कमरा नम्बर 436 में बैठे-बैठे बात कर रहे थे। हैम्प को पेट्राशिया के आँसू नहीं छू पाते। वह घड़ी देखने लगा था। नीचे होटल की लॉबी में और दो सप्लायर प्रतीक्षा कर रहे हैं। सबको समय देना है। "प्रभा, सैम्पल दिखाओ।"

हैम्प हम सबका गॉड फादर। इस बार उसने बड़ा ऑर्डर दिया क्योंकि मैंने दाम घटाए थे, मैं समझ रही थी कि कम्पनी की लागत बढ़ती जा रही है लेकिन फिलहाल मेरे पास कोई उपाय नहीं था। डॉक्टर साहब की बीमारी, उनके पास बैठना, उनकी सेवा-टहल मुझसे जितना बनता मैं करती रहती, लेकिन भविष्य में यदि डॉक्टर साहब को कुछ हो जाएगा तब ? भविष्य की चिन्ता को पीछे ढकेल मैं वापस युद्ध के बारे में सोचने लगती हूँ।

यदि यह युद्ध और महीने भर चला तो क्या होगा ? हम निर्यातकों का क्या होगा ? देश को डॉलर चाहिए। पेट्रोल चाहिए। फ्लाइट कैंसिल की जा रही है। ऊर्जा की बचत करो। लेकिन मेरी ऊर्जा का क्षय होता जा रहा है। तरह-तरह के दबावों के कारण मैं उलझती जा रही हूँ।

किसी तरह युद्ध खतम हो जाए। पेट्रा का माइक लौट आए। खाड़ी देशों से

लौटे हुए उदास भारतीय चेहरे हँसते हुए वापस शाहों के महल बनाने जा पाएँ। शाहों को हर चीज की जरूरत है, उनके पास बस खाली तेल है। अभी उसी दिन मेरा दर्जी पूछ रहा था...''दीदीजी आपकी फैक्ट्री में कोई काम है ?...भाई कुवैत से वापस आ गया है। जान है तो जहान है।''

मुझे तो कहीं कोई धरम नजर नहीं आता। एक ही धरम का बोलबाला है...शक्ति का संचय, धन का संचय, ताकि गुलामों की भीड़ को नियन्त्रित रखा जा सके।

उस इतालवी डॉक्टर...ने भी मुझसे मिलान आने का कारण पूछा। मैंने जब उससे कहा कि मैं मिलान फियेरा में भाग लेने आई हूँ तो वह बड़ा प्रसन्न हुआ। कहने लगा कि तब तो इतालवी अर्थव्यवस्था ठीक हो पाएगी। हर जगह व्यवसाय की चर्चा। आदमी का जीना-मरना भी कितना यान्त्रिक हो गया है। मैं उठकर डॉक्टर पोद्दार को कलकत्ता फोन करती हूँ। डॉक्टर पोद्दार से कहती हूँ—''डॉक्टर कैमियानी का कहना है समय सीमित है। लेकिन डॉक्टर साहब को नहीं बोलिएगा...घटना को सहज घटने दीजिए।''

मिलान आने से पहले श्वार्ज और कुक्कू भी हांगकांग होते हुए कलकत्ता आए थे। हर बार हैम्प एवं पेट्रा के साथ ही कलकत्ता आते हैं मगर इस बार ही अलग-अलग आए। घर पर हम तीनों ही खाना खा रहे थे...कुक्कू को मेरे घर का मारवाड़ी शाकाहारी भोजन बहुत पसन्द है। वैसे इस बार मैं कुक्कू को ज्यादा समय नहीं दे पाई थी। श्वार्ज शाकाहारी नहीं पर जिस दिन उसे मेरे घर आना होता है उस दिन लंच में आबिद हुसैन के दस्तरखान पर ज्यादा खा लेता है। हाँ, तो खाना खाते हुए हम लोग टीवी देख रहे थे। टीवी के पर्दे पर तेल से नहाई चिड़िया के बेचैन पंख फड़फड़ा रहे थे। हजारों वर्षों से समुद्र के गर्भ में बसे हुए कछुए तेल की सतह पर मृत तैर रहे थे।

''ओह नो ! कभी नहीं। बुश (मौजूदा अमेरिकी राष्ट्रपति जॉर्ज बुश के पिता एवं तत्कालीन अमेरिकी राष्ट्रपति) को जान से मार डालना चाहिए।'' कुक्कू ने चीखते हुए कहा।

''क्यों, सद्दाम को क्यों नहीं ?'' हँसते हुए श्वार्ज ने छेड़ा...

''शायद हम सभी सद्दाम से डरते हैं।'' मैंने कहा। ''मगर श्वार्ज कुछ करना चाहिए ना।''

कुक्कू ने एकदम से चम्मच रखते हुए कहा—''सॉरी प्रभा, मुझसे खाया नहीं जा रहा। देखो इस चिड़िया को देखो। कैसे चोंच उठाए आकाश की ओर देख रही है।'' और कुक्कू की आँखों में आँसू थे।

''लेकिन कुक्कू आदमी भी तो मर रहे हैं। बेगुनाह नागरिक, साधारण आदमी...कोई माँ, कोई बच्चा, किसी की प्रेमिका। उनके लिए तुम्हें रोना नहीं आता।''

''प्रभा, तुम्हारी बात मानती हूँ लेकिन आदमी मरता है तो मारता भी है। क्या बुश और सद्दाम आदमी नहीं ? लेकिन ये बेचारे निरीह पशु-पक्षी...इस चिड़िया ने किसी का क्या बिगाड़ा है ? और यह समुद्री गर्भ में रहनेवाला आदिवासी कछुआ ?'' वह फिर रोने लगी।

''ओके ! ओके, डार्लिंग टेक इट इजी। सब ठीक हो जाएगा। खाना खाओ। देखो प्रभा ने तुम्हारे लिए स्पेशल चॉकलेट दही बनाया है।''

''सॉरी प्रभा ! मेरा मन रो रहा है। मैं क्या करूँ, मेरे से नहीं खाया जाएगा। मैं क्या करूँ ?'' उसके गालों पर मोटे-मोटे आँसू थे।

''कोई बात नहीं कुक्कू, फलों का रस लोगी ?''

''नहीं।''

श्वार्ज ने उठकर टीवी बन्द करते हुए कहा—''टीवी खोलने की गलती मैंने की थी।''

सोचते-सोचते नींद कब आई पता नहीं चला। सुबह आँखें खुलीं, छह बजे थे। उठकर खिड़की खोलती हूँ, मेरी आँखें खिड़की के बाहर ठहर गईं। उगती हुई भोर की उजली रेखा, शहर बड़ा निस्तब्ध था। मुझे अजीब-सी शान्ति मिल रही थी। ऐसा लगा मानो सारी धरती गा रही है और मेरी साँसें ? क्या इतनी दूर से कोलकाता डॉक्टर साहब तक पहुँचेंगी। असम्भव, बिलकुल असम्भव। लेकिन इतना कुछ जानते हुए भी क्यों मन में कोई आशा, कोई अपेक्षा रहती है कि शायद हम जो चाह रहे हैं वही होगा। अन्यथा खुद अपना ही अस्तित्व कितना गैरजरूरी लगने लगता है।

अचानक सूरज निकल आया। सुबह हो गई...किसी ने सलेटी रंग पर लाल-नीली स्याही से मार्किंग कर दी हो। देर हो रही है। चाय की केटली का स्विच ऑन करती हूँ।

चाय पीते हुए टीवी के कान उमेठती हूँ। अजीब-सा भयानक दृश्य था टीवी के पर्दे पर। तेल से भीगी चिड़िया चोंच उठाए छटपटा रही थी। फिर वही दृश्य। यों टीवी वाले एक ही दृश्य को बार-बार क्यों दिखाते हैं ? वैसे मैं रेगिस्तान में उड़ती हर चिड़िया से पूछना चाहती हूँ कि धरती की छाती कहाँ-कहाँ जख्मी हुई है। और तुम आकाश की ओर क्यों देख रही हो, पीने का पानी नहीं है ना ? क्या केवल खून से सनी रेत है, बारूद का धुआँ है, खून का दरिया है...क्या हरे पत्तों की छाँव में कोई सैनिक बैठा हुआ अपने घर को याद नहीं कर रहा ? पर दूर-दूर तक कहीं कोई पेड़ दिखाई नहीं दे रहा था। केवल रेतीली ज़मीन को रौंदते हुए कतार-दर-कतार टैंक...ओलों की तरह टपाटप बम बरसाते हुए प्लेन और काले अँधेरे में अनार की रोशनी की तरह फूटती हुईं मिसाइलें।

खिड़की से बाहर बादलों के छोटे-छोटे गोले नजर आ रहे थे। इधर-उधर छितरे हुए, हरे-भरे जंगलों के धब्बे, पठारों के बीच कोई शान्त सड़क...और दूर बादलों को चीरकर चमकता हुआ कैथेड्रल।

होटल से निकलकर मैं सड़क मोन्ते रोजा पर चलती चली गई। भोर की ताजा हवा, कैथेड्रल की घड़ी साढ़े आठ बजा रही थी। होटलवाले ने कहा था...''दाहिने जहाँ पर मोन्ते रोजा सुपर मार्केट पड़ेगा, आप वहीं पर बाएँ घूम जाइएगा। फिर कुछ ब्लॉक के बाद 'फियेरा' का बोर्ड मिलेगा।''

ख्यालों में खोई मैं सुपर मार्केट से आधा फर्लांग और आगे निकल गई थी। चौड़ी सड़कों पर दौड़ती हुई गाड़ियाँ, बच्चों की पीठ पर रंग-बिरंगे स्कूली बस्ते। काली नंगी डालियाँ फूटती हुई कलियों की भाँति आनेवाले मौसम की सूचना दे रही थीं। वापस लौट पड़ी, अब दाहिने जाना था। इस नुक्कड़ को मैं पहचानती थी। सामने प्रदर्शनी के साइनबोर्ड नजर आ रहे थे। अब करीब बीस मिनट और चलना होगा।

रिसेप्शन पर मैंने कार्ड दिखाया।

प्रदर्शनी में वही परिचित माहौल। अगल-बगल सजे हुए बड़े-बड़े स्टैंड। 'आरमानी' के स्टैंड पर पारदर्शी काँच से सटी हुई खाली काँच की मेज पर एक खूबसूरत लाल रंग का बैग रखा हुआ था। सुनहली चेन अलयासी-सी लिपटी हुई थी। बगल में काले रंग का एक गुलाब, और सफेद लेसवाला अकेला रूमाल। एक किनारे रखे गए छोटे से कार्ड पर लिखा था...ब्लैक मैजिक।

मुझे लगा जिसने भी यह सजाया है वह जरूर कविता लिखता होगा। श्वार्ज के स्टैंड पर देखा, इरिना और टियो मेज पर बैठे काम कर रहे थे। श्वार्ज बगल में खड़ा था।

"क्या मैं बैठ सकती हूँ ?"

"जरूर ! कल क्या किया शाम को ?"

"सोती रही थी।"

"हाँ, तुमको नींद की जरूरत थी। यहाँ बैठो इस कुर्सी पर।" कहते हुए श्वार्ज ने एक कुर्सी बढ़ाई।

इरिना मेरी ओर देखकर मुस्कुरा देती है। उसकी मुस्कुराहट बड़ी प्यारी थी। प्रभा, तुमको क्या हुआ है, तुम इतनी दुबली कैसे हो गईं ?"

"खाड़ी युद्ध के कारण।" कहते हुए मैं हँस पड़ी थी।

"और तुम लोगों ने दो मिलियन सैनिक इराक भेजे थे ? अमेरिका के खिलाफ लड़ने के लिए ?"

"यह तुमसे किसने कहा इरिना ?"

"जर्मनी के प्रत्येक अखबार में यह खबर थी ?"

"अच्छा ! मैं तो सोचती थी कि केवल हमारे ही संवाददाता सही खबर नहीं छापते।"

"नहीं, मैं ठीक कह रही हूँ।"

अजीब बेवकूफ लड़की है ! यह भी नहीं समझती कि दो मिलियन का अर्थ हुआ बीस लाख सैनिक। इतनी सेना तो मित्र राष्ट्रों की भी नहीं थी। मैंने उसकी आँखों में देखते हुए कहा—"दो मिलियन नहीं, वास्तव में पाँच मिलियन सेना भेजी गई थी।"

"और उसमें कितने लोग मरे ?" इरिना का वही मासूम अन्दाज...

"करीब एक मिलियन लोग तो जरूर ही मारे गए।"

"मुझे दुख हो रहा है। तुम्हारे देश में कितने आदमी हैं ?"

"सौ करोड़... !"

"और मुसलमान ? वे तो भारत को अपना देश नहीं मानते, वे सब मिडल ईस्ट जाकर बसना चाहते हैं।"

"क्या यह भी तुमने अखबार में पढ़ा ? कौन-से अखबार में इरिना ?"

"सारे अखबारों में यही खबर छपी रहती है।"

मेरा धीरज जवाब दे रहा था। यह लड़की इतनी मूर्ख क्यों है ? जबकि वह चीफ डिजाइनर है और उसके साथ आजकल सारी दुनिया घूमती है। बात यह है कि इरिना डिजाइनों के अलावा अन्य किसी विषय पर अपना माथा नहीं लगाती। मेरा मन कर रहा था कि उसका मुँह नोंच लूँ। तब तक श्वार्ज की आवाज थी—"इरिना, तुमने कुछ गलत पढ़ा होगा। भारत 'नाम' का सदस्य है। जर्मनी

की तरह वह भी निर्दलीय है। भारत इराक का दोस्त है, भारत ने इराक में लड़ने के लिए सेना नहीं भेजी है।''

''मगर श्वार्ज, तुम तो कह रहे थे कि जर्मनी को अमेरिका का साथ देना चाहिए था ताकि बाद में मिडल ईस्ट के व्यापार में अमेरिका के साथ जर्मनी का भी साझा रहे।''

अपनी मासूमियत में इरिना बहुत कुछ कह गई। व्यापार के अलावा हम कुछ नहीं सोचते, लाभ और केवल लाभ। मेरे भीतर घृणा का जलता हुआ सैलाब उमड़ उठा। पर श्वार्ज मेरा सबसे बड़ा ग्राहक है। उसे नाराज करना बेवकूफी होगी। व्यापार कितने समझौते की माँग करता है यह मैं भली-भाँति समझती हूँ। मैं बिलकुल खामोश सामने लटके हुए रंग-बिरंगे बैगों को घूरे जा रही थी।

''बात यह है प्रभा कि पश्चिम से बाहर पूर्वी यूरोप तथा मिडल ईस्ट या कुछ और उससे आगे अभी तक डेमोक्रेसी यानी एक स्वस्थ डेमोक्रेसी विकसित नहीं हो पाई है। एक-न-एक प्रकार की तानाशाही रही है, वह चाहे दक्षिणपन्थी की हो या फिर वामपन्थी की। प्रभा, अब तुम अपने देश को ही देखो न, फिर से चुनाव की तैयारी हो रही है।''

श्वार्ज के लेक्चर से मुझे उकताहट हो रही थी। श्वार्ज अब मुझे भूमंडलीकरण के फायदे समझाएगा और घंटे भर बोर करेगा।

''प्रभा उदास हो गई है।'' टियो श्वार्ज से कह रहा था।

''प्रभा ज्यादा भावुक है। व्यापार में इतनी भावुकता अच्छी नहीं।'' श्वार्ज ने बात को खतम करने के अन्दाज में कहा।

''क्या चीज अच्छी नहीं ?''

एक खिलखिलाता हुआ स्वर था, लगा कि बहार आ गई। कुक्कू थी... मैगनोलिया के फूलों की तरह। उसी रंग का प्लेन ऊनी ब्लॉउज, मगर स्कर्ट में रंग-बिरंगे फूलों का जंगल।

''चलो कैथेड्रल चलते हैं, हम लोग लिफ्ट से एकदम ऊपरवाले बुर्ज पर जाएँगे। सारा मिलान दिखाई देगा।''

''मुझे नहीं जाना।'' मेरा संक्षिप्त उत्तर था।

''प्रभा, तुम जिन्दगी नहीं जी रही हो, बिलकुल मशीन होती जा रही हो। क्या होगा रुपया कमाकर ? पिछली बार जब तुम फ्लोरेंस आई थीं, तो श्वार्ज के साथ फिजियानी की फैक्ट्री में बैठी रहीं। कम-से-कम दो दिन की छुट्टी तो तुम्हें लेनी चाहिए।''

क्या उत्तर दूँ ? क्या सच में मैं मशीन होती जा रही हूँ ? कह नहीं पाती कि

कुक्कू मैं अपने देश में अमीर हूँ पर यहाँ बहुत गरीब। कल से डॉक्टर कैमियानी की बात सुनकर मैं बेहद परेशान हूँ। जितनी आसानी से ये विदेशी अपनी निजी बातें कह लेते हैं हम लोग नहीं कह पाते, काश ! मैं कुक्कू की गोद में मुँह छुपाकर रो पाती। मैं तो कुक्कू से यह भी नहीं कह पा रही कि कुक्कू तुम्हारे साथ बाहर जाना बड़ा महँगा पड़ता है। चूँकि तुम मेरे ग्राहक की बीवी हो अतः कॉफी के पैसे मैं देना चाहूँगी। यों ही कल से आज तक ढाई सौ डॉलर खर्च हो गए हैं...जिसमें अभी होटल का बिल नहीं चुकाया है। कह नहीं पाती कि कुक्कू मुझे डॉलर इसलिए नहीं दिया जाता है कि मैं इतिहास के पन्ने पलटूँ। इतिहास से मुझे दहशत होती है पर यह वर्तमान, इसका नीला जहर। इरिना के कहे हुए वाक्य चुभ रहे थे। पश्चिमी प्रेस का यह प्रचार बहुत ज्यादा चुभ रहा था। लेकिन कुक्कू की कॉफी पीने की जिद, आखिर उसके साथ बाहर निकलना पड़ा। गेट पर निकलते हुए कोटेश्वर राव मिल गए थे। लम्बे-चौड़े कोटेश्वर राव...।

"कैसी हैं मिस खेतान ?"

"अच्छी हूँ। व्यापार यहाँ मन्दा है।"

"उतना मन्दा नहीं जितना आपका जर्मन या अमेरिकन कह रहा है। अच्छा बताइए तो आप इस जर्मन को कब छोड़ेंगी ? आप जैसी पढ़ी-लिखी महिलाएँ भी इनकी दोगली चाल नहीं समझतीं ? पता है हमारे माल पर ये लोग कितना मुनाफा कमाते हैं—आप क्यों नहीं सरकारी संस्थानों की मदद लेतीं ? हाँ बोलिए, हमारे जैसे सरकारी अफसर फिर किसके काम आएँगे ? बहुत गलत है...यों अपने माल को कम दाम में बेचना बहुत गलत है।"...धाराप्रवाह बोलते हुए मिस्टर कोटेश्वर राव के मुँह से झाग निकलने लगा। मैं हँसती हुई आगे बढ़ गई। कहना चाहती थी कि मिस्टर राव, सभी अफसर आप जैसे ईमानदार नहीं। यह भी तो होता है कि सरकारी अफसर हमसे रिश्वत की मोटी रकम न मिलने पर ऑर्डर रद्द करवा दें या नए सप्लायर को ग्राहक के सामने खड़ा कर दें। हाँ मिस्टर राव, व्यापार की दुनिया में सब कुछ सम्भव है। लेकिन बेचारे कोटेश्वर राव क्या करें ? मैं भी क्या करूँ ?

कुक्कू कह रही थी..."मैं रातों को सो नहीं पाती। प्रभा ! इन लोगों को युद्ध लड़ना है तो लड़ें। मगर यों टीवी पर युद्ध नहीं दिखाना चाहिए। मेरा इमोशनल आउट ब्रर्स्ट होता है। यों मरते हुए लोगों को देखना कोई कैसे बर्दाश्त कर सकता है ?"

"जब तुम टीवी देखती हो, श्वार्ज भी देखता होगा, उसका क्या कहना है ?"

"उस पर केवल व्यापार के लाभ-हानि की प्रतिक्रिया होती है। चूँकि पूर्वी

जर्मनी के कारण हमारा बाजार बड़ा हो गया, पिछला सारा स्टॉक बिक गया है, इसलिए वह खुश है।"

"लेकिन मुझे तो श्वार्ज बहुत चिन्तित लगा ?"

"उसकी चिन्ता का कारण अमेरिका की विजय है।"

मैं कारण नहीं पूछती। कारण जानती थी। आधा यूरोप नंगा-भूखा खड़ा है। यूगोस्लाविया का बढ़ता हुआ गृहयुद्ध। पश्चिम जर्मनी के ऊपर पूर्वी जर्मनी का बोझ। श्वार्ज की गोल आँखें भविष्य के अँधेरे में बहुत कुछ देख पा रही हैं।

कैफे मजारो में बैठते हुए कुक्कू बोली—"प्रभा, मैं अब और श्वार्ज के साथ नहीं रह सकती।"

"कुक्कू, यह तो तुम पिछले दस सालों से कहती आ रही हो।"

"दस साल ?" उसने बालों को अपनी लम्बी उँगलियों से पीछे करते हुए कहा—"लेकिन अबकी मैं संजीदा हूँ। हमारे रास्ते अलग हैं, ख्याल अलग हैं। वह बहुत बदल गया है। वह महीने में पच्चीस दिन तो बाहर दौरे पर रहता है और उसके साथ इरिना जाती है। मैं नहीं।"

मैं एकदम चुप हो जाती हूँ। मियाँ-बीवी के झगड़े के बीच कुछ बोलना उचित नहीं होगा, व्यापार में इमोशन की कोई जगह नहीं।

"कुक्कू तुम चाहती क्या हो ?"

"मैं चाहती हूँ श्वार्ज मुझसे प्यार करे, ठीक वैसे ही जैसे एक भारतीय पति अपनी पत्नी, अपनी माँ और बहन के लिए, अपने बच्चों के लिए सामान खरीदकर ले जाता है।"

"क्या सामान खरीदकर ले जाने से प्यार मालूम पड़ जाता है ?"

"हाँ-हाँ, बिलकुल। श्वार्ज बिना किसी ऑकेशन के कोई चीज नहीं लाकर देता है। बिना झगड़े के कभी पैसा नहीं देता। बिना रोए-चिल्लाए कभी प्यार नहीं करता।"

पता नहीं क्यों कुक्कू का दर्द मुझे छू नहीं पाता। यह मुझे क्या होता जा रहा है ? मेरी संवेदनाएँ पथराती क्यों जा रही हैं ? या फिर अपने दुख के सामने किसी और का दुख मुझे छू नहीं रहा। मालूम नहीं। वैसे हम सब खुद ही अपनी जिन्दगी की सबसे बड़ी बाधा बनकर खड़े हो जाते हैं। और फिर बाकी जिन्दगी इन बाधाओं की चट्टान तोड़ने में हाथों को लहूलुहान करते रहते हैं। कैफे में केवल हम दोनों स्त्रियाँ थीं। अपने-अपने कॉफी के कप में तैरती हुईं। कभी-कभी सोचने के लिए विचार का एक छोटा-सा टुकड़ा भी नहीं होता।

"मैं समझती हूँ प्रभा कि उन पुराने दिनों को याद करना व्यर्थ है। हमारे बीच

सिर्फ घृणा की लपलपाती हुई जीभ है। तुम्हारे घर में मैंने काली की पेंटिंग देखी थी ना, काली की निकली हुई लाल जीभ। मैं भी श्वार्ज से वैसे ही घृणा करना चाहती हूँ, जीभ निकाले हुए एक वीभत्स मुद्रा में।"

बहस बेकार थी। कुक्कू को कुछ भी समझाना असम्भव था। माँ काली के मिथक से अलग कुक्कू के भीतर पितृरूप का एक स्थायी मिथिक था जिसे आसानी से तोड़ना सम्भव नहीं। मैं खिड़की के बाहर देखने लगी थी।

भटकते हुए टुकड़ा-टुकड़ा सफेद बादल, चक्कर काटती हुई हवा। लम्बी उबासी लेता हुआ नीला आकाश। एक तिनका अपने में फूलों की खुशबू बसाए धीरे से आकर हमारी मेज पर ठहर गया था। कुक्कू की आँखों से उदासी झर रही थी। मेज पर पड़ती रोशनी पलकें झपकाती है और दीवार पर टँगी तस्वीर से झाँकती हुई औरत मुझ तक आना चाहती है। कुक्कू छुरी-काँटों से मेज पर आड़ी-तिरछी लकीरों को काट रही थी, न जाने क्या सोचती हुई ?

कैफे के बाहर सड़क पर आते-जाते लोगों की आवाज, पोर्टिको में पेड़ की छाया में हवा का सुस्ताना और जड़ों के भीतर बहुत भीतर तक उसके कहे गए शब्द रिसते चले जा रहे थे। मैं कहना चाह रही थी...कुक्कू ! तुम कुछ नहीं कर पाओगी। बहुत देर हो चुकी है तुम्हारे लिए। मेरे लिए भी अपनी इस वर्तमान जिन्दगी में कोई परिवर्तन लाना सम्भव नहीं। हम सब अपनी-अपनी स्थितियों के जबड़े में हैं।

कुक्कू बोलती जा रही थी..."श्वार्ज मुझे पैसे नहीं देता, मैं कुछ खरीद नहीं सकती, हेल्थ फार्म पर नहीं जा सकती। मुझे वियेना जाकर अपना फेसलिफ्ट करवाना है। वहाँ का प्लास्टिक सर्जन मेरा दोस्त है।"

"फेसलिफ्ट ? कुक्कू तुम्हारे चेहरे पर तो एक भी लकीर नहीं, इतना खूबसूरत चेहरा।" मैं हँसने लगी थी।

"पाँच साल बाद इस डॉक्टर की फीस चौगुनी हो जाएगी, मुद्रास्फीति का हाल तुम जानती हो और श्वार्ज का स्वभाव भी।" वह संजीदा थी और कह रही थी–"प्रभा ! तुम हँसो मत ! तुम मेरी पीड़ा नहीं समझोगी।"

हाँ, मैं सच में नहीं समझ सकती कि चेहरे की एक झुर्री को ठीक करने के लिए तुम आठ-दस लाख रुपए फूँक दो। सूनी आँखों से मैं कुक्कू के लम्बे-लम्बे नाखूनों पर लगी नेल पॉलिश को देख रही थी। इसके हाथ कितने मुलायम और गोरे हैं, कितने खूबसूरत नाखून, कुछ भी तो नहीं टूटा। तब कुक्कू की ये शिकायतें। वह अच्छी तरह जानती है कि तलाक के बाद उसकी क्या स्थिति होगी ?

यह स्टेटस, यह शौक-मौज अकेली औरत के लिए नहीं। माना कि वह कम्पनी के शेयर की मालकिन है पर कमाता तो श्वार्ज है ना। कुक्कू ने काम क्यों नहीं किया ? उसने सेक्रेटरी की नौकरी क्यों छोड़ी ?

मुझे डॉक्टर साहब की याद आ रही है, हम लोगों ने साथ-साथ चाँद-सूरज देखे हैं। सुबह का खिलना भी देखा है। हम लोगों ने न जाने कितनी बातें की हैं। क्या मेरे जीवन में कुछ भी नहीं बचेगा उनके जाने के बाद। डॉक्टर कैमियानी का कहना है–"डॉक्टर साहब ज्यादा दिन नहीं जीएँगे।"

फ्रैंकफर्ट से मिलान आते समय नीचे पसरी आल्पस की बर्फीली पहाड़ियों को देखते हुए मैं सोच रही थी कि इन्हीं खामोश घाटियों में काश ! यहीं कहीं मेरा भी घर होता। खामोशी को चीरने की कोशिश में पानी की लड़खड़ाती आवाज का अपना संगीत होता। रुक-रुककर बजता हुआ।

कैफे से निकलकर, मैं और कुक्कू पियाजा द्यूमो की ओर बढ़ गए थे। भीड़ बढ़ती जा रही थी। शनिवार की शाम। अचानक एक आदमी मेरा दाहिना हाथ पकड़ते हुए कह रहा था–"इंडिया। मदाम फ्रॉम इंडिया ? सपोर्ट टू इराक...गुड मदाम।" मैं हाथ छुड़ाती हुए कहती हूँ "धन्यवाद।" अजीब आदमी है। यों राह चलते हुए का हाथ खींचना। मुझे शकल से वह आदमी इराकी नहीं लगता।

"मोरोक्कोन है।" कुक्कू बोली।

"होगा !" मैं फिर ख्यालों में खो गई थी। मन भारी हो रहा था। क्या होगा ? क्या डॉक्टर साहब अब कभी ठीक नहीं होंगे ?

"बहुत ज्यादा चिप्पू पति भी अच्छा नहीं लगता।" पेट्रा हैम्प से पिंड छुड़ाते हुए कहा करती है कि "अब मेरा मातृत्व सूखने लगा है और यह हैम्प बच्चे की तरह मेरा एप्रोन पकड़े रहता है।" क्या चाहिए औरत को ? हैम्प जैसा पति भी पसन्द नहीं।

"तुम हैम्प से क्या चाहती हो पेट्रा ?"

"मुक्ति।"

हैम्प उसकी बातों पर हँसता रहता है।

हैम्प और पेट्रा न्यूयॉर्क से दोपहर तक आ गए होंगे। वे लोग भी हमारे ही होटल में ठहरेंगे। कुक्कू ने सूचना दी। कुक्कू से विदा लेकर मैं धीरे-धीरे मेट्रो/सबवे की सीढ़ियाँ उतर गई थी। ट्रेन लगी हुई थी...मुझे लोट्टो उतरना था। वही ऊपर आना, तेज चलते हुए होटल में घुसना...चाभी...रूम 32 लिफ्ट लॉबी...दाहिने घूमो, कमरे का खट्ट से खुलना...भीतर जाकर कोट, जूते...एक ओर फेंककर पलंग पर पसर जाना। मेरी आँखों से टपटप आँसू गिर रहे थे।

तकिए में मुँह छुपाकर रो पड़ी...

शायद रोते-रोते सो गई थी। फोन की घंटी से हड़बड़ाकर उठ बैठी। हैम्प था।

"हाय प्रभा ! कैसी हो ? सो रही थीं ?"

"नहीं ! नहीं ! कैसे हो हैम्प ? पेट्रा तुम्हारे साथ आई है ?"

"हाँ-हाँ ! और सुनो प्रभा, ठीक आठ बजे 'रिगोलो' आ जाओ, तुम्हें बहुत बढ़िया पास्ता खिलाएँगे। श्वार्ज और कुक्कू भी चल रहे हैं, और उनका वह फ्रेंच सेल्समैन भी।"

"हैम्प ?...मैं कहना चाह रही थी कि डिनर खाने का मेरा मन नहीं कर रहा, पर मैं कुछ कहूँ इससे पहले फोन रखा जा चुका था।

रिगोलो में हम लोग गोल मेज के चारों ओर बैठे थे। इरिना फ्लोरेंस चली गई है—शाम की ट्रेन से। इरिना के जाने से कुक्कू सहज हो आई थी। लेकिन यह औरत तो दोपहर को श्वार्ज को तलाक देने के लिए सोच रही थी ? लेकिन अभी ? श्वार्ज की आँखों में झाँकती हुई ? क्या हम सभी औरतें खंडित व्यक्तित्व की हैं ?

सब अपनी-अपनी फर्माइश बोल रहे थे। लाल और सफेद वाइन पर हल्की रोशनी झिलमिला रही थी। श्वार्ज ने मेज पर मुक्का मारते हुए जर्मन में हैम्प से कुछ कहा।...मैं जर्मन समझ नहीं पाई। बस मेरे सामने मेज पर रखे गिलास उछल रहे थे।

"बोनाप्टी प्रभा।" कुक्कू ने कहा।

"कहाँ खो गई हो ?" पेट्रा पूछ रही थी। सफेद वाइन ढाली जा चुकी थी।

मेरे लिए पास्ता, मक्खन में उबाले गए पालक, सलाद, पेट्रा ने बिना पूछे ही ऑर्डर दे दिया था। पेट्रा ने कैनोलानी मँगवाया, कुक्कू ने क्रैब का ऑर्डर दिया था, हैम्प दो कच्ची-पक्की मछलियों को चबा रहा था। श्वार्ज की प्लेट में रेड मीट था...मीडियम।

हँसी-मजाक...

प्रभा हाथ देखकर बताओ तो यह साल कैसा जाएगा ? हैम्प पूछ रहा था। उसकी सफेद हथेली पर लम्बी सीधी भाग्य रेखा चमक रही थी।

मैं कुछ नहीं कहती। हैम्प ग्रेट अमेरिका का नारा लगा रहा है। श्वार्ज मास्को के कमजोर पड़ने से दुखी है। मुझे पता है आज डॉलर के भाव तेज हो गए, जर्मन डैश मार्क और बीस पैसे कम हो गए। हैम्प कह रहा है मास्को की अर्थव्यवस्था पूरी तरह बिखर गई है, उन्हें निर्णय लेना पड़ेगा। "लेकिन कौन-सा निर्णय ?" मेरे प्रश्न का कोई उत्तर नहीं देता। श्वार्ज का कहना है कि जब तक गरीबों की

बस्तियों को पुलिस और सेना ने घेर रखा था तभी तक सब कुछ ठीक था। बेकार में पूर्वी बर्लिन का घेरा तोड़ा गया।

"श्वार्ज ?" अब कुक्कू चीखती है।

"हाँ, मैं ठीक कह रहा हूँ।"

"तुम नाजी हो श्वार्ज, प्रभा तुमको पता है श्वार्ज के नाना नाजी सेना में जनरल थे।"

"तो क्या हुआ ?" श्वार्ज के स्वर में ढिठाई थी।

"क्या आज भी दुनिया में नाजी नहीं हैं ? सद्दाम हुसैन क्या है ?" श्वार्ज और हैम्प एक साथ बोल दिए—"वह मानव समाज का कैंसर है।"

मैं अब बिलकुल चुप थी, वहाँ होकर भी नहीं थी।

एक बार के खाने में दो सौ डॉलर, टैक्सी के पचास डॉलर, एक रात में तीन हजार रुपए ? मैं यहाँ क्यों आई हूँ ? किसलिए ? डॉलर कमाना है। मेरे मेजबान मेरी कम्पनी के ग्राहक भी हैं। उनको नाराज नहीं किया जा सकता। लेकिन सात हजार रुपए में मेरे देश में चार प्राणियों का परिवार खुशी-खुशी पूरे महीने रह लेता है। दाल-रोटी और सब्जी, मुझे घर का खाना याद आ रहा है। कब घर पहुँचूँगी...? चार दिन बाद।

श्वार्ज मेरी चोटी खींचता है..."ए...क्या हुआ है तुमको ? क्या सोच रही हो ?"

"प्रभा के पास अच्छा ऑर्डर है...हमने बड़ा ऑर्डर दिया है।" हैम्प का किशोर अहंकार बोल रहा था।

मन किया पूछूँ कि क्या तुमने भीख दी है ? नहीं चुप रहो, बिलकुल चुप रहो। जरा कलकत्ते में ग्रांड होटल की लॉबी याद करो। तुम जैसे दस-पाँच निर्यातक भिक्षापात्र लिये खड़े रहते हैं। बस किसी तरह ऑर्डर मिल जाए।

"प्रभा फिर भी चुप है।" अबकी कुक्कू कह रही थी। "जानती हो प्रभा से एक मोरोक्कोन चिपक गया था।" कुक्कू मेरी उदासी हल्की करना चाहती है।

"नहीं वह इराकी था।" मैंने जानकर छेड़ा।

"अच्छा ?" हैम्प का प्रश्न...

"कहाँ पर ?" पेट्रा पूछ रही थी।

"पियाजे ड्यूमा के सामने...कह रहा था इंडिया ग्रेट इंडिया।"

"प्रभा तुम्हारे बैग में डॉलर तो नहीं थे,...अपना बैग सँभालो तो।" श्वार्ज का चिन्तित स्वर।

मैं बैग खोलती हूँ। "हाय भगवान्, मेरे...अमेरिकन एक्सप्रेस के चेक कहाँ

गए ? श्वार्ज, मेरी चेक बुक नहीं है।...?'' मेरी आवाज में दबी हुई चीख थी।

''ठीक से देखो। मैंने कहा न, दुनिया डकैतों से भरती जा रही है।''

घबराहट में हाथ काँप रहे हैं। मैं टटोलती हूँ, पूरा बैग उलटकर रख देती हूँ। पासपोर्ट, टिकट, इतालियन लीरे सब कुछ है, सिर्फ मेरे डॉलर नहीं थे। मेरी आँखें भीग जाती हैं।

''चिन्ता मत करो, तुम्हारे पास चेक का नम्बर तो होगा ?'' हैम्प पूछ रहा था। श्वार्ज ने बीच में टोका–''नहीं, सबसे पहले अमेरिकन एक्सप्रेस के ऑफिस में फोन करो ताकि कोई चेक को भुना न सके।''

''और यदि चेक भुना लिये गए तो ? श्वार्ज मेरे पास तो एक भी डॉलर नहीं है।''

''चिन्ता मत करो डॉलर हम लोगों के पास हैं।''

हैम्प और पेट्रा अपने किसी दोस्त से मिलने चले गए और मैं श्वार्ज के होटल से रात बारह बजे तक लगातार अमेरिकन एक्सप्रेस के रोम के ऑफिस से बातें करती रही थी। टेलीफोन पर एक आदमी दुनिया भर के प्रश्न पूछता रहा था। बिलकुल साफ अंग्रेजी बोल रहा था...समझ में आने लायक...''कल आप कहाँ मिलेंगी ?''

''यहीं मिलान में।''

''लेकिन कल रविवार है। मिलान के सारे ऑफिस और बैंक बन्द हैं। क्या आप सोमवार को भी मिलान में रहेंगी।''

''नहीं, पेरिस में रहूँगी, महज एक रात के लिए।''

''मदाम, आप अपना रेफरेंस नम्बर लिख लीजिए। पेरिस में पहुँचते ही फोन कीजिए, आपको चेक मिल जाएगा। हमें कलकत्ते की शाखा को टेलेक्स करना होगा। आप अकेली यात्रा कर रही हैं ?''

''हाँ।''

''लेकिन फोन पर तो एक जर्मन की आवाज थी ?''

''हाँ, हाँ मेरे दोस्त हैं...मिस्टर श्वार्ज।''

''तब ठीक है। आप जरा फोन उन्हें दीजिए।''

श्वार्ज, जर्मन में थोड़ी देर बातें करता रहा। इसके बाद फोन रखकर उसने अपना माथा पीटते हुए कहा–''प्रभा ! तुम्हें क्या जरूरत थी मेरा नाम बताने की ? अब वह समझ गया है कि तुम अकेली नहीं हो। यानी तुम्हें डॉलर उधार भी मिल सकते हैं। नहीं तो जैसे भी हो सुबह तक उन्हें तुम्हें डॉलर देने पड़ते।''

''श्वार्ज, मैं समझी नहीं। मैं क्या करूँ ? मैं झूठ नहीं बोल पाई ?'' मेरी

आवाज में थोड़ी सफाई थी।

"ओ. के. स्वीट हार्ट, चिन्ता मत करो।" कुक्कू मुझे फिर समझाने लगी। "प्रभा ! मन मत छोटा करो। श्वार्ज की भी बहुत बार जेब-कटाई हुई है।" कुक्कू मेरी कमर में हाथ डालते हुए कहती है।

"कल ठीक वक्त पर लिनाते एयरपोर्ट पहुँच जाना। ओ. के.।" श्वार्ज की आखिरी हिदायत थी।

पेड़ की डालियों की तरह हम तीनों के हाथ आपस में उलझ गए। बहती हुई हवा के साथ पत्तों की सरसराहट थी। मगर हमारी जड़ें ? नहीं, हम तीनों जड़विहीन रात के सूने आकाश में फैलते हुए पेड़ थे। हाइटेक की दुनिया में बिलकुल सुरक्षित।

पेरिस पहुँचकर अमेरिकन एक्सप्रेस से बात हुई। फोन पर मैंने अपना रेफरेंस नम्बर दिया। उस ओर से एक औरत बात कर रही थी। "हाँ, आप कहाँ से बोल रही हैं ?"

"होटल ब्रितानी। रू द साँ लाजा।"

"गुड। आपके होटल के सामने चौराहे के पास बैंको द नैसनिये पैरी पड़ेगा, वहाँ चली जाइए।"

ट्रेवलर्स चेक लेकर जब मैं वापस लौटी, घड़ी दस बजा रही थी। स्पीड। गति। चक्राकार बवंडरों में खतम होती हुई जिन्दगी। मैं ऊपर कमरे में गई। कपड़े बदल दौड़ती हुई नीचे उतरी। फिर टैक्सी। फिर हिल्टन। लॉबी में घड़ी देखता हुआ श्वार्ज खड़ा था। जर्मन स्टैंडर्ड टाइम के अनुसार मैं पन्द्रह मिनट लेट थी। उसके साथ उसका फ्रांसीसी पार्टनर था।

"तुम्हारे चेक मिले ?" श्वार्ज ने पूछा।

"हाँ।"

"गुड।" श्वार्ज के चेहरे पर असीम तृप्ति थी।

मुझे डॉक्टर साहब बेहद याद आ रहे हैं। और उनकी आँखें...उन आँखों में बसी हुई एक कोमल कली-सी, खिली-खिली चाहत। इस वक्त उनके बारे में मैं क्यों सोच रही हूँ ? यहाँ व्यापार की दुनिया में मेरे अमेरिकन ग्राहकों का तुर्श मिजाज, मेरे जर्मन ग्राहक का चीखना, सद्दाम के बारे में यह कहना कि पहले किसी को भी लॉजिकली तरीके से समझाया जाता है और यदि वह युक्ति से नहीं समझे तो उसे हथियार से समझाना पड़ता है।

अपराध को न्यायोचित ठहराने के लिए इन पश्चिमी लोगों के पास सिद्धान्तों की ढेरी है।

रात के भोजन पर बिस्त्रो में कुक्कू मेढक की टाँगें लहसुन की चटनी में डुबा-डुबाकर खा रही थी और साथ ही उसका भाषण चालू था। "मेढक की यह जाति दुनिया से खतम हो रही है। मैं कल ही वर्ल्ड वाइल्ड लाइफ सेंटर को एक पत्र लिखूँगी। तुम सोचकर देखो प्रभा ! यहाँ अकेले पेरिस में हजारों टन मेढक की टाँगें खप जाती हैं और आधे से अधिक का सप्लायर बँगलादेश है।"

"कुक्कू, उन्हें विदेशी मुद्रा की जरूरत है।"

"अरे खाक जरूरत है। विदेशी मुद्रा से वे क्या मँगवाएँगे ? शौकीनी सामान, बड़ी-बड़ी गाड़ियाँ, इलेक्ट्रॉनिक्स सामान, टी.वी., डिस्क ?"

"नहीं उद्योग-धन्धे भी लगाए जाते हैं। प्लांट और मशीनें खरीदी जाती हैं।"

"हाँ, वे उद्योग लगाए जाते हैं जिन्हें अपने देश में हम नहीं लगा सकते। वे ही मशीनें बेची जाती हैं, जिन्हें चलाने में और अधिक पेट्रोल, डीजल, मोबिल चाहिए, यही ना ? तीसरी दुनिया के लोगों के पास दिमाग नहीं है।"

इन विदेशियों के बीच मैं केवल एक असहाय भीड़ का हिस्सा हूँ। मेरी कोई आवाज नहीं। हमारे देश में भी वही घटता है जैसा ये लोग चाहते हैं।

श्वार्ज की तेज आँखें...मुझे हमेशा गिद्ध की याद क्यों आती है ?

कुक्कू जीवित विरोधाभास है। मेढक की टाँगें खाती हुई मेढक जाति को बचाने की योजना बना रही है।

खाना खाकर निकलते-निकलते रात ग्यारह बज गए। कुक्कू का मन था सेना नदी के किनारे घूमने का। पेरिस की ठंडी चमकती हुई रात। "ऐसे में भला कोई सोता है ?" पर हम सब अपने-अपने होटल की ओर...आँख कब लगी, पता नहीं। रात कब बीती, पता नहीं। सुबह कब हुई ? बेकअप कॉल था। घड़ी सात बजा रही थी।

हिल्टन की लॉबी में रिसेप्शन से श्वार्ज के बारे में पूछा। पता चला कैफे में है। उधर से कुक्कू आती हुई दिखी।

कुक्कू कहने लगी—"मैंने बांग्लादेश सरकार को एक अलग से लम्बा पत्र लिखा है। वे इतनी बड़ी मात्रा में मेढकों की टाँगें विदेशों में निर्यात करते हैं कि अब उनके देश में मेढक की जाति नहीं बची रहेगी और जानती हो इसका नतीजा क्या होगा ?"

"क्या ?" मैं कुक्कू का आशय बिलकुल नहीं समझ पा रही थी।

"अरे मेढक का पानी में रहना ठीक है। वह कीड़े-मकोड़े को खाकर पानी को साफ करता है, साफ पानी हमारे लिए, तुम्हारे लिए, सबके लिए जरूरी है।"

कुक्कू स्टेक (गाय का मांस) नहीं खाती। कुक्कू का कहना है कि पाव भर

स्टेक के लिए कितना मन अनाज गाय को खिलाया जाता है। इससे दुनिया में भुखमरी बढ़ती जा रही है। लेकिन वह मछली खाती है। कुक्कू के अपने तर्क हैं, श्वार्ज के अपने। श्वार्ज कहता है—भारतीय चमड़े के बने बैग इटली का हांगकांग का मुकाबला नहीं कर सकते। अतः उनके दाम नहीं बढ़ाए जा सकते। मिस्टर कोटेश्वर राव कह रहे थे—"आप इस जर्मन के चंगुल से निकलेंगी या नहीं ?"

डॉक्टर कैमियानी का कहना था कि डॉक्टर सर्राफ की बीमारी कभी भी खतरनाक मोड़ ले सकती है...ओह ! मेरा जी मिचला रहा है। जेट लैग होगा, मैं कुछ नहीं समझ पा रही हूँ।

श्वार्ज अपने फ्रेंच पार्टनर के साथ हम दोनों के सामने खड़ा था। साथ में एक और बड़ी फैशनेबल महिला थी। जरूर किसी बड़ी कम्पनी की डिजाइनर है। हाथ मिलाए जा चुके थे। महिला ने अपना नाम प्रॉसुआ बताया, मगर डील-डौल से यानी उसका कद्दावर शरीर, समझ में नहीं आया कि वह फ्रेंच है।

हम चारों कांफ्रेंस रूम की ओर बढ़ गए। कुक्कू पीछे अकेली खड़ी रह गई। कुक्कू यदि काम करती रहती तो हमारे साथ रहती। उसके जीवन में यह खालीपन और ऊब तो नहीं होती। आखिर वह कितना घूमेगी ? कितना खाएगी ? कितने कपड़े पहनेगी ? अठारह साल का अकेला लड़का, माँ का लाड़ला मगर बाप से जरा भी नहीं पटती। अब तो अपनी गर्ल फ्रेंड के साथ अलग रहने लगा है। कुक्कू अपना परिचय एनवायरनलिस्ट का देती है। वह ग्रीन पीस जैसी संस्था की सदस्य है। लेकिन अपने काम में, मकसद में अपने आपको भूल क्यों नहीं पाती ? उसके जीवन का खालीपन बार-बार सतह पर तैर आता है। अपनी तमाम तकलीफों के लिए वह श्वार्ज को जिम्मेदार ठहराती है। कुक्कू के नाम के पीछे श्वार्ज हर बार एक नया विशेषण जोड़ देता है। मिलान में उसे केओटिक कहा था, कल डिनर में उसे जीवित विरोधाभास की उपाधि मिली।

खैर, हिल्टन के कांफ्रेंस रूम में गोल मेज के चारों ओर बैठे हम लोग तीन घंटे तक डिजाइनों को लेकर माथा पचाते रहे। फॉसुआ स्केच बनाकर पहले हम लोगों को दिखाती। फिर मुझसे पूछती, कितना चमड़ा लगेगा, क्या दाम पड़ेगा ? एक ही काम करते-करते ऊब गई हूँ। कभी खतम न होनेवाला सिलसिला।

मेरे साथ चलो। लंच से उठते ही कुक्कू हाथ खींचने लगी, "चलो, लुब्रे में रेम्ब्राँ की पेंटिंग लगी हुई है। गैलरी लफायत में नया स्टॉक है। हो गया, तुमने बहुत व्यापार कर लिया। अन्त में खाली मैदान में एक सवार पाँच घोड़े रह जाएँगे। कुक्कू श्वार्ज को 'ए गुड जॉकी' कहकर सम्बोधित करती है। तब क्या हम लोग आदमी नहीं। शायद नहीं। सच में हम लोग श्वार्ज के घोड़े हैं। इन लोगों के पास

कोई मानवीय पैमाना नहीं। क्या मैं खुद भी मशीन नहीं होती जा रही हूँ ? यह जानते हुए भी कि डॉक्टर साहब ज्यादा दिन नहीं जीएँगे, उनके पास बैठ नहीं पाती हूँ। शाम को जब ऊपर जाती हूँ, तो कभी पत्नी, कभी लड़के-लड़कियाँ तो कभी अन्य पारिवारिक सदस्यों से उन्हें घिरा हुआ पाती। भारी मन लिये उनके पास से उठ जाया करती हूँ।

जब मैंने पहली बार डॉक्टर साहब को एक बीमार व्यक्ति की तरह नर्सिंग होम में पलंग पर लेटे हुए पाया तो मन किया दौड़कर उन्हें अपनी बाँहों में भर लूँ...डॉक्टर साहब मुझे एक परेशान बच्चे की तरह नजर आए जो अपनी ही समस्या में उलझा हुआ हो, और मैं उनकी माँ थी जो अपने शर्तहीन प्यार का एलान करना चाह रही थी। मेरी शीतल हथेलियों के स्पर्श से डॉक्टर साहब ने आँखें खोलीं...और गहरी कोमल आँखों से मेरी ओर देखा। इस दृष्टि को मैं पहचानती थी। इस दृष्टि से मेरा परिचय बहुत पहले हो चुका था। मैंने बस इतना ही कहा था—"मैं अब भी आपसे प्यार करती हूँ बहुत अधिक।"

"जानता हूँ।" उनका संक्षिप्त उत्तर था। "ठीक हो जाऊँगा। डॉक्टर साहब ने आश्वासन दिया है।" लेकिन उनकी आवाज में छुपी हुई पीड़ा मुझे भीतर तक हिला गई। शायद वे जानते थे कि इस आश्वासन की डोर से बँधी मैं कठपुतली-सी नाचती रहूँगी। दाहिने-बाएँ, ऊपर-नीचे हर दिशा में। हालाँकि उनकी बेटी, जँवाई सभी डॉक्टर थे और सबने मुझे अकेले में समझा दिया था कि ज्यादा समय नहीं है, हद-से-हद साल-दो साल। लेकिन अद्भुत था उनका साहस ! बीमारी के बावजूद डॉक्टर साहब छुट्टियों की चर्चा करते। कहते, हम लोग सब साथ-साथ किसी पहाड़ पर जाएँगे। पर मुझे पता था कि अब शायद ऐसा कभी नहीं घटे। बस घर के बड़े बेटे की तरह नेपथ्य में रहकर सारा काम करते रहना है। वैसे उनके साथ पहाड़ों की सैर मैंने कभी की ही नहीं। वे हर साल गर्मियों में सपरिवार मसूरी, शिमला, नैनीताल कहीं-न-कहीं जाया करते। जाने की सारी तैयारी का जिम्मा मेरा रहता। बच्चों के कपड़े सिलाने हैं, पीछे छूटे हुए घर का ख्याल मैं रखती थी। चेम्बर का पूरा ध्यान रखना पड़ता। डॉक्टर साहब ट्रेन में सफर करना ज्यादा पसन्द करते थे।

"तुम भी चलतीं।"

"आप जानते हैं।"

"क्या करूँ परेशान हो जाता हूँ। श्रीमतीजी अपना मूड बिगाड़कर गुम होकर बैठ जाएँगी।"

"ठीक है आप जाइए, आपको आराम की जरूरत है।"

और मैं लौट आया करती थी हावड़ा स्टेशन से। विदाई में हिलता हुआ हाथ। बच्चों की किलकारियाँ। आँखें नम हो आतीं। सोचने लगती क्या मैं भी कभी इन लोगों का हिस्सा बन पाऊँगी ?

विदेश यात्रा से वापस लौट आई थी। डॉक्टर साहब को विशेष कुछ नहीं बताया गया। लेकिन बीमारी को तो बढ़ना ही था...अब की इलाज के लिए बम्बई जाना पड़ा।

"पापाजी खतम हो गए हैं।" बम्बई से नीरज ने फोन पर कहा। कुछ समय के लिए मैं इस वाक्य का अर्थ नहीं समझ पाई थी। वे तो बम्बई में हैं और मैं यहाँ। ऐसे कैसे सब कुछ खतम हो सकता है ? कल सुबह ही तो फोन पर बात हुई थी। इतने वर्षों का साथ क्या एक साँस के उतार-चढ़ाव पर टिका हुआ था ?

बम्बई जाते हुए डॉक्टर साहब का आखिरी निर्देशन था—"तुम उषा (डॉक्टर साहब की तलाकशुदा बेटी) का फिर से ब्याह करवा देना, तुम मजबूत हो अकेले रह लोगी लेकिन उषा नहीं रह सकती।"

"ठीक है आप चिन्ता न करें। उषा मेरी जिम्मेदारी है।" सात जनवरी को दोपहर को मालूम पड़ा कि उन्हें नर्सिंग होम ले जाया गया। बोली बन्द हो गई थी। सुना कि बस बार-बार वे दरवाजे की ओर देख रहे थे। किसकी प्रतीक्षा थी उन्हें ? क्या मेरी प्रतीक्षा ? पर मैं तो कलकत्ते में थी। चाहकर भी बम्बई जाना सम्भव नहीं था। जाने की एक भी टिकट नहीं मिल रही थी। दिसम्बर में बाबरी मस्जिद ढहाने के कारण मुम्बई में दंगा-फसाद हुआ, इसके कारण वहाँ हालात खराब हो गए थे। बाद में किसी तरह एक टिकट मिली भी लेकिन उषा की जिद थी कि पहले वह बम्बई जाएगी। आखिरी वक्त मुझे रहना है, पापाजी के साथ मैं हमेशा दोयम क्यों रह जाती हूँ ?

मैं अड़तालीस की थी जब डॉक्टर साहब को कैंसर हुआ। पचास की जब उनकी मृत्यु हुई। सबकी नजर में मैं एक प्रौढ़, परिपक्व मस्तिष्क वाली महिला थी लेकिन मैं तो उन्हें बीमार देखते ही रोने लगती...उन दिनों ट्रंक्वेलाइजर पर मेरी निर्भरता बढ़ गई। उन दवाओं से जिन्दगी को झेलने में मदद मिलती। बाद के दिनों में मुझे कभी इन दवाओं की जरूरत नहीं पड़ी। मैं और डॉक्टर साहब आपस में ज्यादा बातें नहीं करते थे। शायद इसकी जरूरत भी नहीं थी। डॉक्टर साहब जब बम्बई गए थे, रेडियो थेरापी के लिए तो वह...दिसम्बर का दिन था। एयरपोर्ट पर एक बार उन्होंने मुड़कर पीछे देखा, नीले सूट के भीतर वे और सिकुड़ गए थे। चश्मे के लेंस पर जमी धुन्ध को वे पोंछ रहे थे। मैं बिलकुल पास खड़ी हुई थी। उन्हें समझ में नहीं आया कि मुझसे वे क्या कहें। मेरा भी कुछ कहने को

मन नहीं किया।

उस दिन दस तारीख थी, जनवरी 1993। कलकत्ता शहर का तापमान काफी कम था और चारों ओर घना कोहरा था। सुबह साढ़े सात बजे से लोगों का आना शुरू हो गया था। साढ़े नौ बजे अचानक कोहरा छँटा और चमकती हुई धूप निकल आई। लॉन के बीचोबीच उनकी अर्थी रखी हुई थी और अब ऊपरवाले फ्लैट से रुलाई का एक सैलाब उमड़ा...कुछ औरतें मिसेज सर्राफ को लेकर नीचे आ रही थीं। पुरुषों ने फेरी दे ली थी और अब घर की औरतों की बारी थी लेकिन मुझे उसमें शामिल नहीं किया गया क्योंकि मैं परिवार की औरत नहीं थी। औरतों की फेरी पूरी हो चुकी तब भीड़ में किसी ने मुझसे कहा—"आप भी जाइए ना..." "ओह हाँ !" किसी ने मुझे माला पकड़ा दी। मैं डॉक्टर साहब के चरणों में झुक जाती हूँ...बर्फ से ठंडे चरण...माला रखकर उसी कोने में लौट आती हूँ जहाँ पहले खड़ी थी...भीड़ में से कुछ आँखें मुझे घूर रही थीं। शायद देखना चाहती थीं कि मैं रो रही हूँ या नहीं ? और सच में मेरी आँखें सूखी थीं। मैंने अपने को समझा लिया था...यहाँ नहीं...सबके सामने नहीं रोना है। अपने कमरे में अकेले रो लूँगी जिन्दगी भर रो लूँगी लेकिन इस वक्त यहाँ नहीं।

उनकी मृत्यु के बाद बहुत बार उनका वही चेहरा देखा है। बस मृत्यु के दो दिन बाद मैं अपने कमरे में आकर बैठी ही थी, मुझे लगा डॉक्टर साहब दरवाजा ठेलकर भीतर आए और उन्होंने कहा—"प्रभा ! मैं आ गया हूँ।" उनके स्वर में कोई शिकायत नहीं थी। पर उनकी उपस्थिति मुझे याद दिला रही थी कि हमारा प्यार हमारी जिन्दगी का चाहे जितना बड़ा हिस्सा हो किन्तु पर्याप्त नहीं था। प्यार को कार्य रूप में परिणत करने के लिए जिस साहस की जरूरत पड़ती है हमारे पास वह नहीं था। हम दोनों बड़े बुजदिल इंसान थे।

उनकी स्मरण सभा में उन्हें कई रूपों में सम्बोधित और याद किया गया। कलकत्ते के वरिष्ठ नागरिक, समाजसेवी, सफल डॉक्टर...पीछे पत्नी और बच्चों को छोड़कर गए हैं। प्रभा खेतान नामक स्त्री का कहीं भी जिक्र नहीं था।

●●●